フォード・マドックス・フォード

Ford Madox Ford

パレーズ・エンド◉第1巻

Some Do Not...

為さざる者あり

Parade's End

高津昌宏［訳］

論創社

Some Do Not... (1924)
(Parade's End, Part 1)
by Ford Madox Ford

パレーズ・エンド[1]　為さざる者あり＊目次

為さざる者あり

主要人物一覧

クリストファー・ティージェンス

帝国統計局に勤める官僚。第一次世界大戦が起きるとフランスに出兵。砲弾ショックを受けて帰国。帰国中は療兵所での講義を担当。

ヴィンセント・マクマスター

スコットランド下層階級出身の出だが、クリストファーの両親の援助を受け、クリストファーに先立ち、ケンブリッジ大学を出、帝国統計局に勤める。ドゥーシュマン夫人と恋仲になり、その夫が亡くなった後結婚する。ティージェンスから借金があるばかりか、ティージェンスの統計解釈を自ら発案したものとして公表し、ナイト爵に上り詰める。

シルヴィア・ティージェンス（旧姓サタースウェイト）

既婚男性と関係を持った後、その後始末にクリストファーを誘惑して結婚、ティージェンス夫人となるが、結婚生活に飽きて、ペローンという男と駆け落ちをしたり、銀行家の甥ブラウニーに思わせぶりな態度をとったりと男関係が絶えない。

サタースウェイト夫人

シルヴィアの母親で、大資産家。

ヴァレンタイン・ワノップ

ケンブリッジ大学のラテン語教授だった男と小説家の母親の娘で、父親が無一文で亡くなったため、一時期、女中奉公をして一家を支え、その経験がもとで女性参政権運動家となる。クリストファーと出会い、互いに惹かれるようになっていく。

ワノップ夫人

ヴァレンタインの母親で、亡き夫がティージェンスの父親の友人であったため、ティージェンス父の支援を得て、保守系の雑誌に記事を連載する。クリストファーが十八世紀以降読むに足る唯一の小説を書いた作家だと評する人物。

ドレイク

荒くれ者の既婚者で、シルヴィアの子の父と目される。陸軍の情報将校。

マーク・ティージェンス

クリストファーの腹違いの兄。ティージェンス家の長男。ホワイトホールのクリストファーが勤めているところとは違う省で局長を務める。競馬好きで、フランス人の情婦を囲う。自ら子供は持たず、クリストファーにグロービー邸を譲ることを考える。

ドゥーシュマン師

元オックスフォード大学の礼拝堂付き牧師で「ブレックファースト・ドゥーシュマン」というあだ名が付くほどふるまう朝食の素晴らしさが有名だったが、のちにライ近郊の教区の牧師となる。精神を病んで、人前で猥褻な言葉を発するようになり、夫人が留守の間に死亡する。

イーディス・エセル・ドゥーシュマン

ドゥーシュマン師の妻。夫を精神病院に入れることなく健気に面倒を見ているが、マクマスターと恋仲になり、マクマスターの主催する芸術サークルの女主人役となって、彼の出世、叙勲に貢献するとともに、ドゥーシュマン師亡き後、マクマスターと結婚する。

ホースリー師

ドゥーシュマンの教会の副牧師。

パリー

かつて拳闘選手で、今はドゥーシュマン氏の精神状態がおかしくなったときのための見張り役をしている。

キャンピオン将軍

クリストファーの父の親友で、クリストファーの名付け親。英国陸軍の将軍。

クローディーン

キャンピオン将軍の妹で、サンドバッチの妻。

ポール・サンドバッチ

キャンピオンの妹クローディーンの夫で、ライ近郊の選挙区選出の保守党所属下院議員。

コンセット神父

リバプールの貧民街で活動をしているカトリックの神父。サタースウェイト夫人とシルヴィアの聴罪司祭。イースター蜂起に係わったとして、アイルランドの人権活動家ケースメントが銃殺刑に処された際、彼も絞首刑にされる。

フェンウィック・ウォーターハウス

自由党所属の下院議員で重要閣僚。

ラグルズ
マーク・ティージェンスの同居人。マークの依頼によりクリストファーの素行調査を行い悪い噂を集めて回る。その報告がティージェンス父を自殺に追い込んだとも考えられる。

トミー・ティージェンス
シルヴィアが生んだ男の子だが、ドレイクの子かクリストファー・ティージェンスの子かはっきりしない。ローマカトリックに改宗後、名はマイケル・マーク・ティージェンスとなる。（第四巻『消灯ラッパ』参照）

マーチャント
かつてはクリストファーの姥だったが、今はトミーの姥の年配の女性。

ペローン
シルヴィアの浮気相手。ブルターニュ地方に駆け落ちするが、シルヴィアに飽きられてしまう。

ポーツカソ
クリストファー・ティージェンスが使用している銀行の頭取。

ブラウンリー
ブラウニーと呼ばれる、ポーツカソの甥で、シルヴィアに横恋慕し、銀行役員の立場を利用し、故意に小切手を不渡りにして、クリストファーを失脚させようとする。

第一部

I章

二人の男が――イングランドの官僚クラスの男たちである――完全装備された鉄道車両のなかに座っていた。革製の窓の止め具は真新しく、荷物棚の下のこれもまた真新しい鏡は、ほとんど何も映してこなかったようにきれいだった。贅沢に整った曲線を描いて膨む椅子張りは、緋色と黄色の複雑な細かい龍の模様の図柄で、ケルンの幾何学者がデザインしたものだった。仕切り客室は見事に塗装され、微かなニスの衛生的な匂いがした。列車は――ティージェンスはこう思ったのを覚えていた――英国債同様の最高の安全を保証するかのように滑らかに走った。速度も上々だった。しかし、もし列車がレールのつなぎ目で左右に揺れたり、ガタついたりしたならば、こうした異常が予測でき斟酌し得るトンブリッジ[1]の前のカーブやアシュフォード[2]の分岐点での場合はさておくにしても、マクマスターがきっと会社に投書しただろうとティージェンスは思った。「タイムズ」紙にさえ投書しただろうと。

このクラスの男たちは、サー・レジナルド・イングルビーが率いる新設の帝国統計局のみならず、世界を統括していた。もし警官が不正をしたり、鉄道のポーターが礼節を欠いたり、街灯の明るさが不十分だったり、公共サービスや海外諸国での何らかの不手際が見つかったりしたら、彼らは無頓着なベイリオル口調[3]で、あるいは「タイムズ」紙への投書により、残念そうに怒りの質問を浴びせる手筈を整えた。「英国のあれやこれやはこんなざまになってしまったのか！」と。あるいは、今もなおその多くが残っている硬派の論評誌に、礼儀作法や芸術、帝国間貿易、故人となった政治家や文人の私的評価といった、それぞれの雑誌が得意とする分野の記事を投稿したのだった。

少なくとも、マクマスターはこうしたことをどれもしそうだった。ティージェンスは自分についてはさほど確信がなかった。マクマスターが目の前に座っていた。小柄で、ホイッグ党員で、小柄な男が上がりかけた知名度をさらに高めるためによく生やすような、手入れされた尖った顎鬚を生やし、黒い剛毛は固い金属製のブラシで撫でつけられていた。鼻は鋭く、歯は強く平たかった。陶器のように白く滑らかなバタフライカラーを嵌め、金のリングで留められた、黒の斑点が入った鋼色のタイを付けていた――これが目の色に合わせるための工夫であることにティージェンスは気づいていた。

他方、ティージェンスは自分が何色のタイを身につけているかさえも思い出せなかった。彼は勤め先から家まで辻馬車に乗って帰り、仕立屋に作らせた、ゆったりとした上着にズボン、それと柔らかなワイシャツに身を包むと、とてもたくさんのものを、急いで、しかし几帳面に取り出し、取っ手が二本付いた旅行鞄へと詰め込んだ。必要ならば車掌乗務車のなかに投げ込めるようにするためだった。彼は「下僕」が自分のものに触れるのを嫌った。妻の女中が自分のために荷造りするのも嫌った。ポーターが彼の旅行鞄を運ぶのさえ嫌った。彼はトーリー党員で…服を着替えることすら嫌いだったので、旅行中も、細紐が付き、鋲が打たれた大きな褐色のゴルフ靴をはいたまま、両足を大きく広げ、膝に大きな左右の手を載せて、クッションの端に身を乗り出した格好で座り――ぼんやりと考え事に耽っていた。

他方、マクマスターは体を後ろに反らし、いくぶんぎこちなさげに、少し顔をしかめながら、小さな閉じられていない校正刷りを読んでいた。これはマクマスターにとって感動の瞬間であることをティージェンスは知っていた。マクマスターは初めて世に出す本の校正をしているところだったのだ。

ティージェンスは知っていたが、この分野では言葉に微妙な意味合いが付きまとうのだ。例えば、もしマクマスターに、あなたは作家ですかと訊ねたとしたら、マクマスターは弁解するように、ほんのわずかに肩をすくめて答えただろう。

「いいえ、奥様」というのも、明らかな粋人に、男がそんな質問をすることは無論ないからである。そこでマクマスターは微笑みながら続けるのだ。「わたしはそんな優れた者ではございません。時折、つまらぬことを言うだけの者です。批評家とでも申しましょうか。そう、ささやかな批評家といったところです」

しかし、それにもかかわらず、マクマスターは、長いカーテンや青磁の皿、大きな柄の壁紙、大きく落ち着いた感じの鏡が備わった、俗世を離れた美術愛好家たちの集う応接間を歩き回った。家に招待されたときには、奥様方のできるだけ近くで――少々高圧的に――話を続けることができた。ボッティチェリやロセッティ、ロセッティが「原始主義者」と呼んだ初期イタリア画家について話すマクマスターは、敬意をもって聞いてもらうことを喜んだ。ティージェンスはそうした場所にいるマクマスターを見ることがあった。非難すべきことは何もなかった。

こうした集まりは社交界ではなかったが、第一級の官僚の職歴の、長く、注意を要する道のりの第一歩を形成するものだった。ティージェンスは、自身は職歴や仕事についてまったく無頓着だと思っていたが、友人の野心については、冷笑的にではあれ、極めて暖かい共感の気持ちを抱いていた。それは奇妙な友情だったが、友情の奇妙さはしばしばその持続の可能性を保証するのである。

ヨークシャーの郷士の末息子ティージェンスには、最高のもの——一流の官庁や一流の人々が与えることのできる最高のもの——を手に入れる資格があった。彼は野心家ではなかったが、こうした最高のものは、イングランドに流れ込むのと同様に、自ずと彼のもとにやって来た。そのため、彼は着るものに無頓着であることができたし、付き合う仲間たちや自分の発する意見に無頓着であることができた。母の贈与財産によってわずかな個人的収入があり、帝国統計局からのわずかな収入もあった。財産のある女と結婚し、トーリー党員らしく、嘲りや冷やかしを利かせて話す術に十分熟達していた。彼は二十六歳だったが、とても体が大きく、公平だがぞんざいなヨークシャー人気質《かたぎ》を有し、年齢が許容する以上の重責を担っていた。彼の上司、サー・レジナルド・イングルビーは、ティージェンスが統計に影響を及ぼす大衆の傾向について話すとき、注意を払って耳を傾けたものだった。ときに、サー・レジナルドは「君はまさに正確極まりない知識の完璧な百科全書だよ、ティージェンス」と言ったものだった。そしてティージェンスもまた、それを自分の当然の取り分だと考え、黙って、その賛辞を受け入れるのだった。

他方、マクマスターは、サー・レジナルドから声をかけられると、「ご親切なことで、サー・レジナルド」と呟いたもので、ティージェンスもそれを極めて適切なことだと考えた。

役所勤めの期間はマクマスターのほうが少し長かった。おそらく彼のほうが少し年も上だった。このルームメイトの年齢や正確な出自については、ティージェンスの知識に一種の空白があった。マクマスターは明らかにスコットランド生まれで、いわば長老教会の牧師の息子だった。これは実は彼がクーパーの食糧雑貨商の息子かエディンバラの鉄道のポーターの息子だということを意味していた。スコットランド人の場合、そんなことはどうでもいいことで、マクマスターも当然のこと、自分の家系については話したがらなかったが、いったん人物を受け入れた後では、誰も、心のなかでさえも、問い質すようなことはなかった。

　ティージェンスはいつも彼を受け入れていた――クリフトン[4]で、ケンブリッジで、チャンスリーレーン[5]で、グレイ法曹院の部屋でも。そして、マクマスターに対し深い愛情を――感謝の念さえも抱いていた。マクマスターのほうでもそうした感情に報いようとしたのはもっともなことだった。確かに、彼はティージェンスのために役に立とうと最善を尽くした。ティージェンスがまだケンブリッジにいる間に、大蔵省に入り私設秘書としてサー・レジナルド・イングルビーに付き従っていたマクマスターは、サー・レジナルドにティージェンスの様々な天賦の才を売り込み、その結果、雌子羊のように愛しむ新設の局のために若い人材を探していたサー・レジナルドが、ティージェンスを職場の第三位の地位に受け入れることになった。一方、大蔵省のトマス・ブロックにマクマスターを売り込んだのはティージェンスの父親だった。そして実際、ティージェンス家が――実際にはティージェンスの母親が――わずかな金を提供したおかげで、マクマスターはケンブリッジを卒業して、ロンドンで生活できるようになったのだった。マクマスターはそのわずかな額を返済した――その一部は、ティージェンスがロンドンに出てきた際に、ティージェンスを自分のアパートに寄宿させることによって支払われた。

　スコットランドの若者には、そうした立場が完全に可能だった。ティージェンスは以前、昼間使う居間に、色白でふくよかな、聖人のような母親を訪ね、言ったことがあった――

「お願いがあります、お母さん。マクマスターのことですが！　大学を卒業するのに少しばかりお金が必要なんです」すると、母親は答えるのだった。

「分かりました。いくら必要なのですか」

低い階層の若いイングランド人だったならば、階級的恩義を感じ続けざるをえなかっただろう。マクマスターの場合、まったくそんなことはなかった。

最近ティージェンスに厄介事がもちあがって以来――四か月前にティージェンスの妻が別の男と駆け落ちして外国に行き、夫のもとを去ったのである――マクマスターは他の誰も埋めることのできない立場をティージェンスに対して占めることになった。というのも、クリストファー・ティージェンスの感情面の鉄則は、完全な沈黙を貫くことだったからである――少なくとも、自分自身の感情に関しては。ティージェンスの世の中に対する見方は、普通の人には「説明」できないだろうし、その感じさえ摑めないだろう。

実際、妻の駆け落ちが、彼の感情をほとんど完全に麻痺させてしまったので、この出来事について彼が話すことができたのは、せいぜい二十語程度だった。そのほとんどが父親に向けて言われたものだった。父親は背が高く、体格が良く、白髪で、まっすぐな姿勢の人物だったが、グレイ法曹院にあるマクマスターの住まいの応接室に、いわば流されるかのように入ってきた。五分間黙ったままでいたが、その後でこう言った。

「おまえは離婚するつもりか」

クリストファーが答えた。

「いいえ。女を離婚の試練に晒すのはならず者だけでしょう」

ティージェンスの父は離婚を提案したのだったが、一呼吸置いて、また訊ねた。

「彼女のほうから離婚を切り出すとしたら」

クリストファーは答えた。

「もし彼女が望むなら。子供のことも考えなければなりません」

ティージェンスの父が言った。

「あの女の贈与財産を子供に移すのか」

「軋轢なしにそうできるなら」

父はこう意見するだけだった。

「そうか」数分後、父は言った。

「母さんはとても元気だ」それから「あの電動鋤は期待外れだったな」さらに「食事はクラブでとることにする」

クリストファーが言った。

「マクマスターを連れていってもいいですか。彼を会員に推薦してくれるとおっしゃっていましたが」

ティージェンスの父が答えた。

「言ったとも。フォリオット老将軍が来るんだ。将軍が彼を贔屓にしてくれるだろう。知り合っておいて損はない」父はもう部屋を出ていた。

父親との関係はほとんど申し分のないものだとティージェンスは考えていた。クラブのなかの――唯一のクラブのなかの――二人の男のようだった。考え方が同じなので、話す必要がなかった。父は、地所を相続するまでは、多くの時を海外で過ごしていた。荒野を渡って所有する工業都市へ入っていく際には、いつも四頭立ての大型馬車に乗って出かけて行った。グロービーホールの館内に煙草の煙が立ち込めることは決してなかった。父は毎朝、庭師頭に十二本のキセルを詰めさせ、館に通じる車道沿いのバラの茂みに置かせた。そして日中にこのキセルを吸った。彼は所有地の多くを農地として利用した。一八七六年から一八八一年までヨークシャー州イーストライディングのホルダネス選挙区選出国会議員を務めた。議席の再配分が行われた後は、選挙に出馬することはなかった。十一の聖職禄の授与権者で、猟犬を先に立てて狩りをし、かなり定期的に射撃も行った。クリストファーの他に三人の息子と二人の娘がいて、今は六十一歳だった。

妻が駆け落ちした翌日、クリストファーは姉のエフィーに電話をかけ、こう言った。

「いつまでになるか分かりませんが、トミーを預かってもらえないでしょうか。マーチャントもお供させます。姉さんのところの下の二人の子の面倒も見てくれるでしょう。だから女中は雇わずに済みますよ。トミーとマーチャントの食費に少し上乗せしてお支払いします」

ヨークシャーから姉の声が答えた。

「分かったわ、クリストファー」彼女はグロービーの近くの教区の牧師の妻で、数人の子供がいた。

一方、マクマスターには、ティージェンスはこう言った。

「シルヴィアがペローンという奴と一緒に出て行った」

マクマスターはただ「そうか」と答えただけだった。

ティージェンスが話を続けた。

「家は貸して、家具は倉庫に預けるつもりだ。トミーは姉のエフィーのところに行く。マーチャントも一緒だ」

マクマスターが言った。

「それじゃあ、君はもとの部屋が必要になるね」マクマスターはグレイ法曹院の建物の非常に広いワンフロアを占有していた。ティージェンスが結婚して出て行った後も、マクマスターはここに住み続けていたが、下男を屋根裏部屋からティージェンスが使っていた寝室へと降りて来させていたのだった。

ティージェンスが言った。

「よければ、明日の夜からお世話になる。それならフェレンスに屋根裏部屋に戻る時間ができるだろう」

それから四か月が経った朝、朝食の席で、ティージェンスは妻からの手紙を受け取った。彼女は悔いることもなく、連れ戻してほしいと求めてきた。ペローンとブルターニュにすっかり飽きてしまったのだった。

ティージェンスは目を上げてマクマスターを見た。マクマスターはすでに椅子から半ば立ち上がろうとしていたが、顎鬚を震わせ、鋼のように青い目を大きく見開いて、ティージェンスを見つめた。ティージェンスが話し始めたときには、茶色い木製の酒瓶棚に置かれたカットグラス製のブランデーデカンターの首を摑んでいた。

ティージェンスが言った。

「シルヴィアが連れ戻してほしいと求めている」

マクマスターが言った。

「少し飲めよ」

ティージェンスは無意識に「いや」と言いそうになったが、思い直して――

「そうだな、おそらく。グラス一杯なら」と言った。

デカンターの注ぎ口が震え、グラスに当たってチリン、チリンと音を立てているのにティージェンスは気づいた。マクマスターは動揺しているに違いなかった。

マクマスターが、まだ背を向けたまま、言った。

「彼女を連れ戻すつもりか」

ティージェンスが言った。

「そのつもりだ」ブランデーは体のなかを下っていき、胸を暖めた。マクマスターが言った。

「もう一杯どうだ」

ティージェンスが答えた。

「そうだな。ありがとう」

マクマスターは朝食を摂りながら、送られてきた手紙をむさぼるように読んだ。ティージェンスも同様だった。フェレンスが入ってきて、ベーコンの皿を下げ、お湯で温めた銀の皿に盛った落とし卵とタラの料理をテーブルの上に置いた。長い時が経った後で、ティージェンスが言った。

「そう、原則的には、決心はついている。だが、詳細を考えるのに三日費やしたい」

ティージェンスはその問題に何の感情も抱いていないようにみえた。シルヴィアの手紙のなかの傲慢な文句が心に引っ掛かっていた。こんな手紙でかえって良かったと思った。ブランデーは彼の心境に何の影響も与えなかったが、体が震えるのを防いでくれてはいるようだった。

マクマスターが言った。

「十一時四十分の列車でライに出かけるのはどうだろう。今は日が長いから、お茶の後で一ラウンドできるだろう。ライで教区牧師を訪問したいと考えているんだ。本のことで手伝ってくれたのでね」

「君の扱う詩人が教区牧師と知り合いだったとはね。だが、もちろん知り合いだったんだ。ドゥーシュマンという名ではなかったかね」

マクマスターが言った。

「二時半に訪問といこう。田舎では、この時間で構わないようだ。馬車を外に待たせ、四時までお邪魔する。五時には最初の一打を打ち始められるだろう。もしそこのコースが気に入れば、翌日も留まろう。それから火曜日はハイジに、水曜日はサンドイッチに移る(6)。あるいは、三日間ライに留まってもいい」

「たぶん、動き回るほうが僕にはよさそうだ」とティージェンスは言った。「君のブリティッシュ・コロンビアの統計のこともあるし。もし今、馬車をつかまえれば、一時間と十二分で僕が君に代わって統計を仕上げられるだろう。そうすれば、ブリティッシュ・ノース・アメリカの件は印刷屋に回せる。今はまだ八時半だ」

マクマスターがいくらか心配そうに言った。

「ああ、いくら君でもそんなことはできないよ。僕がサー・レジナルドに話して、我々の休暇を認めてもらうことにしよう」

ティージェンスが言った。

「ところが、そんなことができるのさ。統計が仕上がったと君が報告すれば、イングルビーは喜ぶだろう。彼が十時に出勤してきたとき、君が渡せるよう、書類を整えておくよ」

マクマスターが言った。

「ああ、何て君は驚くべき奴なんだ、クリシー。天才だと言ってもいい！」

「ああ」ティージェンスが言った。「昨日、君が帰った後で、僕は書類に目を通して、総計のほとんどを頭に叩き込んだんだ。眠る前にそれについて考えた。今年クロンダイク(7)が人々を惹きつける力を過大評価している点で君は間違っている、と僕は思うんだ。道は開けているが、誰も渡ろうとしない、とでもいおうか。僕はそうした趣旨の注釈を加えた」

　ティージェンスが馬車のなかで言った。

「いまいましい私事《わたくしごと》で君を煩わせて申し訳ない。だが、このことは君と局にどんな影響をもたらすだろうか」

「局には」とマクマスターが言った。「何の影響もない。シルヴィアは外国でサタースウェイト夫人の看病をしていることになっている。僕に関して言えば、願わくは…」マクマスターは小ぶりだが強い歯をくいしばった。「願わくは、君があの女を泥のなかで引きずり回すことを望むよ。くそっ、本当だ。なぜ君はあの女に今後の人生までずたずたにされなければならないんだ。もうあの女は十分それをしてきたじゃないか」

　ティージェンスは馬車のあおり戸越しに外を見つめた。

　これで一つ、疑問が解消した。数日前に、彼自身の友人というか、むしろ妻の友人といったほうがよい男が、クラブのなかで彼に近づいてきて、サタースウェイト夫人——妻の母のことだ——のご回復をお祈りします、と言ったのだ。いま、ティージェンスは言った。

「謎が解けた。サタースウェイト夫人はシルヴィアの駆け落ちを隠すために外国に出かけたんだ。あばずれだが、賢明な女だ」

　辻馬車はほとんどひと気のない街路を走っていた。官庁街ではまだ早い時間だった。馬の蹄が出し抜けにパカッ、パカッと音を立てた。ティージェンスは二人乗り一頭立て二輪馬車を好んだ。紳士用にできていたからだった。彼はいま、自分の私事を仲間たちがどう見ているかまったく知らなかった。訊ねるためにはこのひどい麻痺状態を打破する必要があった。

　この数か月間、彼は近ごろ新版が出た『ブリタニカ百科事典』の誤りを、記憶を頼りに一覧表にする作業に取り組んでいた。この問題については、凡庸な月刊誌に記事を書きさえした。ところが、記事は逆に、的外れなほどに辛辣だった。彼は参考文献を利用する人間を軽蔑した。しかし、彼の記事は、論点があまりに馴染みのないものだったために、誰の感情も傷つけることがなかった。実際、その記事はサー・レジナルド・イングルビーを楽しませた。サー・レジナルドは部下にこんなにも強靭な記憶力と百科全書的な知識を持つ者がいるということを知って喜んだ……

それは、長い微睡《まどろみ》のように、性分に合った仕事だった。だが、今はもう問い合わせてみるべきときだった。

「二十九歳にして家庭崩壊――それについてはどう考えられているだろうか。僕はもう二度と所帯を持たない」

「それについちゃ」とマクマスターが言った。「ラウンド・ストリートがサタースウェイト夫人の体に合わなかったのだと考えられている。それで夫人が病気になった。排水が悪かったんだとね。サー・レジナルドは完全に――明白に――正しいことだと思っている。官庁勤めの若い既婚者が南西地区に高級住宅など持つべきではないというのが彼の考えだ」

ティージェンスが言った。

「畜生！」そして付け足した。「だが、局長の意見はおそらく正しいのだろう」それから、加えて言った。「ありがとう。僕が知りたかったのはそれだけだ。寝取られ亭主はいつでも不信の目で見られる。当然のことだ。夫は妻を繋ぎ止めておくことができて当然だからな」

マクマスターが心配そうに大声で言った。

「そんなことはない。そんなことは、クリシー」

ティージェンスが言葉を継いだ。

「一流の役所はパブリックスクールのようなものだ。メンバーに、妻に逃げられた男が混じっているのを好まないのは、もっともなことさ。理事たちが最初のユダヤ人と最初の黒人を入学させることを決めたとき、クリフトン校全体がそれを嫌ったことを僕は覚えているよ」

マクマスターが言った。

「もうそれくらいにしていておいたほうがいい」

「男がいた」ティージェンスは話を続けた。「我が家の地所の隣りに敷地を持っていた男だ。名はコンダーと言った。彼の妻は常習的に彼を裏切った。毎年三か月は他の男と一緒に姿をくらました。コンダーは指一本動かさなかった。だが、僕らはグロービーとその近隣が脅かされていると感じたものだった。客間に彼を通すのははばかられた——妻のほうは言うまでもなく。あらゆる種類の決まり悪さがつきまとった。下のほうの子供たちがコンダーの子でないことは皆が知っていた。ある男が末の娘と結婚し、敷地内の土地を譲り受けた。ところが、誰一人、娘を訪問する者はなかった。それは道理に適ったことでも正しいことでもなかった。だが、社会が寝取られ亭主を信用しない理由は実際そこにあるんだ。社会全体がいつ不合理で不正なものへと貶められてしまうか分かったものでないからなのさ」

「まさか君は」マクマスターは真に苦悶の表情を浮かべて言った。「シルヴィアにそんな振る舞いをさせたままにしておくわけではないだろうね」

「分からない」ティージェンスが言った。「どうやってやめさせると言うんだ。いいかい。僕は、コンダーはまったく正しかったと思う。こうした惨事は神の意思なのだ。紳士はそれを受け入れなければならない。もし女が離婚しようとしないならば、男はそれを受け入れなければならない。噂の種になったとしても。今回は君がうまく立ち回ってくれたようだ。君と、おそらくはサタースウェイト夫人が間に入って。だが、君たちがいつもその場に居合わせてくれるわけにはいかないだろう。僕が別の女を見つけるかもしれないし、な」

マクマスターが言った。

「そうか！」それから少し経って――

「それでどうなる？」

ティージェンスが言った。

「知るもんか…子供のことは考えなければならない。可愛そうに。マーチャントはあの子がすでにヨークシャー訛り丸出しで話し始めていると言っている」

マクマスターが言った。

「もしそれがなければ…君の言ったことが解決策になるかもしれないな」

ティージェンスが「そうか！」と言った。

破風造りの屋根が付いた灰色のコンクリート製の表玄関の前で、馬車の馭者に手を伸ばして金を払いながら、ティージェンスが言った。

「餌《えさ》に混ぜる甘草の量を減らしたね。そのほうが走りがよくなると、僕が言ったんだったな」

光沢のある帽子をかぶり、くすんだ茶色の厚手の上着を着て、ボタンホールにクチナシの花を挿した、朱色のニスを塗ったような顔色の馭者が言った。

「おっしゃる通りで」

列車のなか、光沢のある衣装ケースや書類ケースが山と積まれた荷物棚の下から、マクマスターが友人を見やった。すでにティージェンスのほうは、大きな旅行鞄を両手で車掌乗務車に放り込んでいた。その日はマクマスターにとって晴れの日だった。目の前には、彼が初めて出版する小さくて上品に見える本の校正刷りがあった…ページは小ぶりで、印字は黒く、まだ少しインクの匂いを放っていた。彼は鼻孔に印刷インクの心地よい匂いを嗅いだ。できたばかりの校正紙はまだ少し湿っていた。彼の白い、先広の、いつもいくらか冷たい指には、特にこうした校正をするために買った、小さくて平たい金の鉛筆が握られていた。修正箇所は一つも見つからなかった。

彼は喜びに溺れることを期待していた――これまで何か月もの間自分に許してきたほとんど唯一の官能的喜びに。わずかな収入で英国紳士の体面を保つのは並大抵のことでなかった。だが、自分で書いた言葉のなかを転げ回り、まじめなのかふざけているのか分からない味わいを楽しみ、バランスよく、しかも落ち着きがあるリズムを感じることは、大抵の喜びを超える喜びであり、おまけにお金のかからない喜びだった。そうした喜びを、彼はこれまでは、単なる「論説」から――カーライルやミルのような大御所の哲学や家庭生活に関する論説、あるいは植民地間貿易の拡大に関する論説から――得ていた。だが、今回は一冊の本だった。

彼はこの本が自分の立場を強固にしてくれると確信していた。役所では、たいていの人間が「生まれ」の側に属し、大した共感は示してくれなかった。本人の長所や単なる勤勉を頼りに入ってきた若者たちもちらほらいたが――今に大人数になりそうだった――こうした者たちは嫉妬心を抱きながら出世の機会を窺い、縁故採用の割合の増加を見張り、仲間うちで依怙贔屓に対する不満の声をあげ合っていた。

そうしたことに対して、マクマスターは無関心を装うことができた。ティージェンスとの親交により、彼はこの組織のなかで、どちらかというと「生まれ」の側に立つことができたからだった。サー・レジナルド・イングルビーに愛想よくすることによって――マクマスターは快活で有能だった――不愉快な事態から身を護ることができた。彼の「論説」が、謹厳な態度をとる権利を彼に与えていた。今度の本で、自分はほとんど裁判官のように公平な態度を取ることが可能になるだろうと彼は確信した。そうなれば、彼は権威ある批評家たる「あのマクマスター氏」ということになるだろう。一流の部署はその一団の飾りとして著名人がいることに反対しない。少なくとも、著名な者の昇進に異議が唱えられることはない。マクマスターは――肌で感じるほどに――分かっていた。サー・レジナルドはリーミントン夫人やクレシー夫人やド・リムー閣下夫人の応接間で彼の大切な部下が受けている熱烈な歓迎に気づいている、と。サー・レジナルド自身は政府の刊行物以外のものを読むような人物ではなかったが、この歓迎ぶりには気づくだろうし、批判力に恵まれた真面目な若き部下のために成功の道のりを容易にしてやることは別段危険なことではないと感じるだろう。スコットランドの名もない港町の船会社の大変貧しい船荷係の息子であったマクマスターは、かなり小さい頃から身を立てる道について心を決めていた。少年時代、大変人気があった作家スマイルズ氏のヒーローたちの道と、大変貧しいスコットランドにおいても可能な、もっと明らかに知的な栄達の道、その二つのうちのどちらを採るかということについては、選ぶのに困難はなかった。鉱夫が炭鉱の所有者になり上がることはあるかもしれない。他方、勤勉で才能があり眠る間も惜しんで精進するスコットランド青年が、慎み深くかつ遺憾なく、勉学の課程と公的有用性を追求すれば、必ずや、名声と安定とまわりの人たちの賞賛を勝ち得るものである。それは「～かもしれない」と「～なものである」の違いであり、マクマスターは選択に悩むことはなかった。五十歳でナイト爵の位を授かるほどの出世を遂げることが、今では、ほとんど確実だと思われた。それよりはるか前に、十分な収入と自分自身の応接間と彼の控えめな名声に貢献する女を手に入れることになるだろう。その女性は応接間で当代きっての知識人たちの間を歩き回り、優雅に、献身的に、彼の名声と功績のあかしとなってくれるだろう。我が身に大きな災難は起こらないという自信が彼にはあった。災難は飲酒、破産、女を通してやって来るものだ。最初の二つは自分には縁遠いものだと思っていた。確かに、彼の出費は収入を超える傾向にあり、いつもティージェンスに借金をしていたのではあるが。幸いなことに、ティージェンスには資産があった。三つ目に対しては、マクマスターにはそれほどの自信はなかった。彼の人生は必然的に女性に飢えたものであり、女の要素は然るべき警戒が必要だと分かっていながらも、それが人生の正当な関心事となったとき、彼は飢えのために自分が向こう見ずな選択をしてしまうのではないかと恐れなければならなかった。自分が必要とする女のタイプを、彼は正確に知っていた。背が高く、優雅で、肌が浅黒く、緩やかなガウンを纏い、情熱的でいて用心深く、卵型の顔をした、思慮があり、まわりの人たちに親切に振る舞う女性だ。彼はその女の衣装の衣擦れの音さえ聞こえそうな気がしていた。

それでも…彼は、カウンターの後ろでクスクス笑う、胸の大きな真っ赤な頬の娘たちに、無分別にも目が眩み、口では言い表せないほどに引きつけられ、ひどい目に合うことが何度もあった。極めていかがわしい危機から彼を救ったのは、まさにティージェンスだった。

「止めておけ」とティージェンスは言ったものだった。「あんな売女とは関わるな。君にできることは、あの娘にタバコ屋を始めさせることくらいなものだ。店のなかで、顎鬚をむしり取られるのが関の山だぞ。まして、君にそんな金の余裕はないはずだ」

ぽっちゃりしたその娘のことを「ハイランドのメアリー」[8]に匹敵するくらい感傷的に思いつめたマクマスターは、まる一日、ティージェンスのことをこの野蛮な人でなし、と言って呪った。だが、同時にティージェンスがいたことを神に感謝した。それで、三十歳近くになるまで、もめごとに巻き込まれることもなく、健康を害することもなく、女に関する心配事を抱えることもなく、マクマスターはそこに座っていられたのである。

深い愛情と関心をもって、マクマスターは聡明な後輩を見やった。ティージェンスは自分自身を救わなかった。もっとも露骨な罠に嵌ってしまったのだ。想像し得る限り最悪な女の、もっとも残酷な罠に。

そこで、マクマスターは突然、想像していたのとは違って、己の書いた散文の官能的な流れに自分が耽溺していたわけではないことを悟ったのだった。彼はきちんと四角く整った最初のパラグラフを精力的に読み始めていた…確かに校正刷りに関しては印刷屋がいい仕事をしてくれていた。

「彼を、神秘的かつ官能的な、正確な造形美を想像する者と考えようが、彼のカンバスに見られるのと同様の色彩にあふれた言葉を使い、朗々と轟き渡る声で偉大なる詩行を操縦する者と考えようが、はたまた彼以上に偉大とは言えそうにない神秘主義者の秘密奥義を解明し、そこから啓示を引き出す深遠な哲学者とみなそうが、このささやかなモノグラフの主題たるゲイブリエル・チャールズ・ダンテ・ロセッティには、外観や人間的ふれあい、今日の我々が送る高度な文明生活を形作る元となったあるゆるものに対して、大きな影響を与えた者としての名誉が与えられなければならない…」

マクマスターは散文をここまで読み終えたことに気づいた。期待していた喜びを感じることなく読み終えたことに気づいた。それから、自分が三頁の真ん中のパラグラフに眼を移していることとに気づいた――序説が終わった後の部分に。彼の眼は散漫に行を追っていた。

「この本の主人公が首都ロンドンの西中央の区に生まれたのは……」

この言葉は彼に何も伝えなかった。それは自分がまだこの朝のことを克服できていないからだと彼は了解した。コーヒーカップの縁越《へり》しに視線を上げ、ティージェンスの指の間で震えている青灰色の便箋に、あのいまいましい女が太いペン先を使って書いた大きな字の筆跡を見た。ティージェンスが狂った馬の獰猛さで、彼の、マクマスターの顔を睨んでいた。灰色の不恰好な顔が！　鼻は豚脂《ラード》が詰まった袋の上に載った青白い三角形のよう！　それがティージェンスの顔だった。

マクマスターは未だにみぞおちに打撃を、肉体的な打撃を感じることができた。ティージェンスは発狂するだろう、いや、もう発狂しているんじゃないかとマクマスターは思った。その瞬間が過ぎた。ティージェンスは不精で横柄な自己の仮面を取り戻していた。その後、ティージェンスは役所で、西部地域への人口移動に関し自分が公的な数字と違う見方を取る理由について、サー・レジナルドに大変力強い――しかし大変無礼な演説をぶつことになった。サー・レジナルドは大いに感心した。その数字は植民地相が演説するために――あるいは質問に答えるために――必要とするもので、サー・レジナルドは大臣の前でティージェンスの意見を披露することを約束した。それは若者にとって利益になるだろう、というのも、それは局に栄誉をもたらすものとなるだろうから、と言って。植民地政府によって提供される数字を検討し、頭の働きだけでその連中の誤りを正せるなら――それは得点だった。

しかし、ティージェンスはグレーのツイードの服を着て、不恰好に、ぶざまに両脚を広げ、青白いインテリ風の両手を両脚の間にだらりと垂らして、そこに座っていた。彼の眼は荷物棚の下の鏡の脇にあるブローニュ港の写真を見つめていた。金髪で、血色がよく、ぼんやりした様子のティージェンスは、いったい何を考えているのか誰にも分からなかった。数学的波動理論だったかもしれないし、アルミニウム主義に関する誰かの論文の間違いについてだったかもしれなかった。妙なことに思えるかもしれないが、マクマスターはこの友人の感情についてはほとんど何も知らなかった。それについては、実際どんな打ち明け話も二人の間で交わされたことはなかった。二度だけ例外があった。パリで行われることになっている結婚式に赴く前の晩、ティージェンスはマクマスターに言った。

「なあ、ヴィニー。これは裏口からの抜け出しだ。あの女にはだまされた」

つい最近、ティージェンスはこう言った。

「くそっ！　あの子が僕の子なのか分かったものじゃない」

この最後の打ち明け話は回復不能なほどに大きな衝撃をマクマスターに与え――子供は早産で生まれたかなりひ弱な子で、ティージェンスのその子に対する不器用な優しさが実に目立っていたので、この悪夢がなかったとしても、マクマスターは父と子が一緒にいる姿に感動を覚えていた――ひどい苦痛となったので、マクマスターはこの話を侮辱とさえ感じていた。それは男が同輩にする話ではなく、弁護士や医師や牧師のような、まともな男とは言えない者たちにする話だった。少なくとも、相手に同情を求めるのでもなければ、そうした話が男同士の会話に出てくることはないのだが、ティージェンスは相手に同情を求めているわけでもなかった。彼は冷笑的にこう言い足しただけだった。

「あの女は愉快な疑問を突きつけて楽しませてくれるよ。同様なことをマーチャントにも言ったらしい」――マーチャントとは、かつてティージェンスの乳母を務めた使用人だった。

突然――知らぬ間に理性を失ったかのように――マクマスターが言った。

「この男を詩人じゃないとは言わせないぞ」

この発言はマクマスターから引き裂かれるように出たものだった。というのも、仕切り客室の強い光のなかで、ティージェンスの前髪とその後ろの丸みのある一画の半分が銀色がかった白髪であるのに突如気づいたからだった。何週間かの間にそうなったのかもしれなかった。人はそばにいる人間の変化にはほとんど気づかないものだ。色艶のいいヨークシャーの男たち、金髪碧眼のヨークシャーの男たちには、とても若いときに白髪が混じることがよくある。ティージェンスは十四歳のときに一、二本白髪があった。クリケットの投球のために帽子を脱ぐと、陽射しのなかで大変に目立った。

しかし、ひどいショックを受けて動揺したマクマスターは、ティージェンスが妻の手紙の衝撃によって――この四時間で――白髪になったという確信を新たに抱いた。つまり、恐ろしいことがティージェンスのなかで進行しているということだった。必ずやティージェンスの思いは千々に乱れているに違いなかった。マクマスターの心の動きはほとんど意識化されたものでなかった。よく考えた上でなら、彼は画家詩人のことなど話題には出さなかっただろう。

ティージェンスが言った。

「何も言った覚えはないが」

マクマスターに彼の種族の頑固さが目覚めた。

「あのとき」彼は引用した。

　手だけが触れ合うようにして
　二人並んで立って以来
　二人の間に憂き世の半分を
　ああ、恋人よ、挟み置くがよい
　胸が張り裂けようとも
　永久に別れを告げよう
　おまえの悲しい目がわたしの目と出会い
　わが魂を誘惑することのあらぬよう！(9)

「言わせないぞ」マクマスターが言葉を継いだ。「これが詩ではないとは言わせないぞ！　偉大な詩ではないか！」

「そうは言えない」とティージェンスが軽蔑するように言った。「僕はバイロン以外、詩は読まない。だが、それはみだらな絵だ」

　マクマスターが不審そうに言った。

「絵があるとは知らなかった。シカゴにあるのか」

「描かれてはいない」ティージェンスが言った。「でも、あるのさ」

　それから、突然怒りに駆られて言った。

「くそくらえ！　姦淫を正当化しようとする試みにどんな意味があるというんだ。なのに、英国はそいつに躍起になっている。上流向けとしては、ジョン・ステュアート・ミルやジョージ・エリオットのものがある。そうした豪華版書籍一式をこの世から締め出せ。さもなければ僕を締め出すんだ！　少なくとも、あの、風呂にも入らず、グリースが染みついた化粧着を羽織り、寝ていたときのままの下着を身に着けた、肥満した、油ぎった男が、縮れ毛の五シリングモデルやミセス・W☆☆☆のそばに立ち、自分たちの下着姿や金メッキされたマンボウや吊り飾りの美しいシャンデリアや吐き気を催させる冷肉の載った皿などの映る鏡を覗き込んで、欲望で喉を鳴らしているところを想像すると、僕は胸糞悪くなる」

マクマスターは顔を蒼くし、短い顎髭を逆立てた。

「よくもまあ…よくもまあ、そんなことが言えるな」マクマスターがどもりながら言った。

「言えるさ」ティージェンスが答えた。「だが、言うべきでなかった…君に対しては。それは認めるよ。だが、君も同じに、僕に対しそんなたわごとを言うべきではなかったのだ。そいつは僕の知性への侮辱だ」

「確かに」マクマスターがこわばった調子で言った。「いま言うべきことではなかった」

「君の言っていることの意味が分からないね」ティージェンスが答えた。「いまが言うべきときなんてあるわけがない。確かに、世の中でのし上がるには、汚い仕事が必要だ――君にとっても、僕にとっても。しかし、まともな占い師は仮面の下で笑うものだ。互いに説教はし合わない」

「ますます難解な話になってきた」マクマスターが力なく言った。

「僕は力説するね」ティージェンスが話を続けた。「クレシー夫人やド・リムー夫人の厚意は君には欠かせないものだ。イングルビーのおっさんに影響力を持っているからな」

マクマスターが言った。

「くそくらえだ！」

「同感だ」ティージェンスが続けた。「僕も同意する。こいつはいつものゲームだ。それは伝統であり、それゆえに正しい。『滑稽な才女たち』[10]以来、承認されてきた」

「君には表現力がある」マクマスターが言った。

「そんなことはないさ」ティージェンスが答えた。「そんなことはないから、僕の言葉は、君みたいな、いつでも文学的表現を弄んでいる連中の心に突き刺さるのだ。だが、僕が言いたいのはこういうことだ。僕は一夫一婦制を支持する」

「君が！」とマクマスターが驚嘆の声をあげた。

ティージェンスは気にせずに「僕がだ」と答えた。そして言葉を継いだ。

「僕は一夫一婦制と貞節を支持する。そして、それについて何も話さないことを。もちろん、男たる男は女が欲しくなれば、女を手に入れる。だが、それについても話すことは何もない。男はやがてより立派な人間になり、暮らし向きもよくなる。ソーダ割りウイスキーのお代わりを飲まないほうがいいのと同じことさ」

「君はそれを一夫一婦制と貞節だというのか！」とマクマスターが口を挟んだ。

「その通り」とティージェンスは答えた。「おそらくは。少なくとも穢れていない。むかつくのは君たちがポケットのなかを探しまわり、多音節語を見つけて、愛による正当化をすることだ。君はお涙頂戴式の複婚主義を支持する。属するクラブに規則を変えさせられるなら、それも結構だ」

「君の言うことにはついていけない」とマクマスターが言った。「それにとても不愉快だ。乱交を正当化しているようにみえる。気に入らないな」

「僕はたぶん不愉快なことを言っているのだ」ティージェンスが言った。「悲観論者とはたいていそういうものだ。似非の性道徳の論議は、二十年を限度とすべきだ。君の、そしてダンテの、パオロとフランチェスカ[11]が地獄に落ちるのは適切で、当然のことだ。ダンテに彼らを正当化させることなどできやしない。だが、君の仲間の男はこっそり天国に入り込みたくて泣き言を言うのだ」

「泣き言など言っていない」マクマスターが声を荒げた。ティージェンスは落ち着いて言葉を継いだ。

「だが、男子店員の権利の名のもと、十人に一人か五人に一人の若い一般女性を誘惑することを正当化する小説を書いている、君の知り合いの作家はと言えば…」

「認めるよ」とマクマスターが意見を一致させた。「ブリッグズはやりすぎだ。彼には先週の木曜日にリムー夫人の家でそう言ってやったばかりだ…」

「僕はなにも特定の人物のことを話しているわけじゃない」とティージェンスが言った。「僕は小説を読まない。一例をあげたまでだ。君の言うラファエロ前派のおぞましさに比べたら、まだ穢れのない事例を。いや。僕は、小説は読まないが、社会的な風潮は追いかけている。男が自由の追求と男の権利を主張して、頭が足らず見た目の派手な娘たちを誘惑するのを正当化するとしても、それほどにみっともなくはない。自分の武勇を素直に勝ち誇って自慢するなら、もっとましだろう。だが…」

「君は時折、冗談をあまりに深追いしすぎる」とマクマスターが言った。「そのことは注意しておいたはずだぞ」

「僕はフクロウのように厳粛だ」ティージェンスが答えた。「下層階級が声をあげるようになってきた。どうして声をあげて悪いわけがあろう。この国で唯一の健全な人たちだ。この国が救われるとしたら、救うのは彼らだろう」

「それでも君は自分をトーリー党員だと言うのかね」とマクマスターは言った。

「下層階級の」ティージェンスが穏やかに言葉を継いだ。「公立中等学校を出た連中は、不規則で束の間のつきあいを求める傾向がある。休暇中は、互いに集ってスイス旅行や何かに出かけていく。雨の午後にはタイル張りの風呂で過ごし、互いの背を快活に叩き合い、あたりに白いエナメル塗料をまき散らすんだ」

「君は小説を読まないというが」とマクマスターが言った。「引用が認められるぞ[12]」

「僕は小説を読まない」ティージェンスが答えた。「だが、何が書かれているかは知っている。ある女性が書いたものを除いては、十八世紀以降、イングランドでは、読むに価するものは、一冊も書かれていないね…だが、エナメルをまき散らす連中が、明るく変化に富んだ文学のなかに、自分たちの姿を見たいと思うのは自然なことだ。どうして悪いことがあろう。それは健全で人間的な欲望だ。それに今では印刷や紙が安くなっているから、連中は自分の欲望を満たしてもらえるっていうわけだ。それは健全なことだ。それよりずっと不健全なのは…」彼は話を中断した。

「それよりずっと不健全なのは？」マクマスターが訊ねた。

「考えているところだ」ティージェンスが言った。「無礼にならない程度に抑えるにはどうしたらいいかと」

「君は無礼な態度を取りたいんだ」マクマスターが苦々しげに言った。「思索的な…用心深い生活を送っている人たちに」

「まさにそれだ」ティージェンスが言った。そして引用した。

女は歩く、わが喜びの女主人
女羊飼い
用心深く正しき女人
胸に秘めたる思いを明かしはしない

マクマスターが言った。

「畜生め、クリシー。君は何でも知っている」

「まあ、そうだな」ティージェンスは物思いにふけるかのように言った。「そんな女には無礼な態度を取りたいものだ。そうしなければならないと思っているわけじゃないが。相手が器量良しなら、そうすべきではないだろう。あるいはその女が君の運命の人ならば。それは受け合おう」

マクマスターは自分の喜びの女主人――まだ見つかったわけではないが――の傍らを歩くティージェンスの大きな、ぎこちない体の、突然の幻影を見た。高い草やケシが生えた崖の縁に沿って歩き、タッソーやシマビューの話をして極めて愛想よくしているティージェンスの姿を。それでも女はティージェンスを好きにならないだろうとマクマスターは想像した。普通、女たちはティージェンスを好きにならない。彼の外観と沈黙が女たちを脅かすのだ。憎むと言ってもいい…でなければ、実際、本当に好きになるだろう。それでマクマスターはなだめすかすように言った。

「ああ、当てにしているよ」それから付け加えた。「それでも無理からぬことは…」

彼はこう言おうとしたのだ。

「無理からぬことは、シルヴィアが君のことを不道徳だと言うことだ」と。ティージェンスの妻は、夫を唾棄すべき男だと断言していた。彼は沈黙によって彼女をうんざりさせ、話せば話すで、その見解の不道徳さによって彼のことを憎悪せずにはいられなくしてしまうのだ、と。しかし、マクマスターが発言を終えぬうちに、ティージェンスが話を続けた。

「それでも戦争になったとき、この国を救うのは、そうしたちゃちなスノッブたちだろう。というのも、連中には自分が欲しいものが分かっていて、それを言う勇気があるからだ」

「君はたまにすごく時代遅れなことを言うね、クリシー。戦争がありえないことは、僕と同様に、君にも十分分かっていることじゃないか――少なくとも、この国を巻き込むような戦争は。その理由はと言えば…」彼は口ごもり、それから大胆に発言した。「我々――用心深い者たち――その通り、用心深い階級が、いざというときには、国家の舵取りをするからさ」

「友よ、戦争は」ティージェンスが言った――列車はアシュフォードの駅にさしかかり、速度を落とし始めていた――「戦争は不可避であり、この国がそのまさに中心になる。それはなぜかと言うと、君たちのような同胞が忌まわしい偽善者だからだ。我々を信頼してくれる国など一つもない。我々は、いわば、いつも姦淫を犯しているんだ。君の仲間の男のように、天国の名を口の端に載せて」またもティージェンスはマクマスターのモノグラフの主題を嘲ったのだった。

「カ、カ、彼は、絶対」マクマスターがほとんどすっかりどもりながら言った。「テ、テ、天国について、ナ、ナ、泣き言を言ったりはしていない」

「ところが言っているのさ」ティージェンスが言った。「君が引用した忌まわしい詩はこう終わる」

たとえ胸が張り裂けようとも
愛する勇気がないからには

別れることとしよう。二人がまた再び、
いと高き天国で出会えるまでは

この一撃を恐れていたマクマスターは――というのも、彼には友人がどんな詩をどれだけ暗記しているか分からなかったからだが――衣装ケースやクラブをあくせくと棚から下ろし始めていた。これは普段ならポーターに任せる仕事だったが。ティージェンスのほうは、列車が自分の降りる駅に走り込もうとしていても、列車がしっかりと止まるまでは、岩のようにじっと座ったままでいたが、こう言った。

「その通り。戦争は避けられない。第一に、君たちのような信頼できない連中がいる。それに、浴室と白いエナメルを手に入れようとする大衆がいるからだ。何百万というそうした連中が。世界中に。ここだけではなく。だが、皆に行き渡るだけの浴室と白いエナメルがこの世にあるわけじゃない。君たち、女性に関する複婚主義者と同じだ。君たちの飽くなき欲望を満足させる、皆に行き渡るだけの数の女も、この世にはいないのだ。それに、それぞれの女に一人ずつあてがえるだけの数の男もいるわけでない。そして、ほとんどの女は複数の男を欲しがるだろう。そこで離婚のケースが生じる。君たちがいかに用心深く正しいからといったって、離婚が生じないということにはならないと思うがね。そう、戦争も離婚と同じように避けられないのさ…」

マクマスターは車両の窓から顔を出し、ポーターに大声で呼びかけた。

プラットホームの上では、黒貂のコートを纏い、紫や赤の宝石箱を携え、薄く繊細な絹のスカーフを乗車用のフードの陰からなびかせた女たちが、背筋を伸ばして重い荷物を運ぶ従僕たちに付き添われながら、ライ行きの支線列車のほうへ流されるかのように歩いて行った。そのうちの二人の女がティージェンスに会釈した。

マクマスターは、きちんとした服装をしてきたことを実に正しかったと考えた。列車の旅では誰に出会うか知れたものではない。このことはマクマスターがティージェンスとは対照的であることの証明だった。ティージェンスは土木作業員のような恰好を好んだのだ。

背が高く、白髪で白い口髭を生やした、頬の赤い男が、片脚を引きずりながら、ティージェンスの後を追った。ティージェンスはちょうど大きな荷物を車掌乗務車から取り出そうとしているところだった。男は若者の肩をポンと叩いて、言った。

「やあ。君の義理のお母さんの具合はどうだね。クロード令夫人が知りたがっていてね。もし君がライに行くのだったら、今夜ちょっと寄って話をしていってくれるようにと言っている」

男は非常に青い無垢な目をしていた。

ティージェンスが言った。

「これは、これは、将軍」そして言葉を継いだ。「とても良くなりました。すっかり元通りです。こちらはマクマスター。一日か二日したら、妻を連れ戻しに行ってきます。二人はロップシャイトにいるのです…ドイツの温泉地の」

将軍が言った。

「それはいい。若者が一人でいるのは良くないことだ。わたしからだと言って、シルヴィアの指先にキスしてくれたまえ。彼女は極上品だ、この幸せ者が」それから少し熱心に付け足した。「明日、四人でゴルフはどうだね？　ポール・サンドバッチが来ているんだ。あいつもわたし同様、脚が悪いのでね。わたしたちには一人で全ラウンドを回るのは無理なんだ」

「それはあなたが悪いのですよ」ティージェンスが言った。「僕が勧めた整骨医のところへ行くべきだったのです。マクマスターと話を取り決めておいてください」ティージェンスは車掌乗務車の薄暗がりのなかに飛び込んで行った。

将軍は、素早く刺すような目でマクマスターを見て、人物を吟味した。

「君があのマクマスターか」と将軍が言った。「クリシーと一緒ということは、そうなのだね」

高い声が遠くで呼んだ。

「将軍！　将軍！」

「君に言いたいことがある」将軍が言った。「君がポンドランド(12)について書いた論説の数字のことだ。数字自体に問題はない。だが、我々はあの忌々しい地域を失うことになるだろう、仮に……しかし、その話は今夜、夕食の後にしよう。クローディーン令夫人のところに寄ってくれたまえ……」

マクマスターは今度もまた自分の恰好を嬉しく思った。ティージェンスが煙突掃除夫のようにみえる分には何の問題もなかった。彼、マクマスターにとっては、そうはいかなかった。彼は幾分なりとも権威者でなければならず、権威者であるためには金のタイリングと広幅の黒ラシャを身につけている必要があった。将軍エドワード・キャンピオン卿には、すべての役所の給与の額や昇任を調整する、大蔵省の常任事務官をしている息子がいた。ティージェンスはライ行きの列車に、ただ並走するだけで、飛び乗ることができた。大きな旅行鞄を車両の窓のなかに投げ込み、乗降用踏み段の上に身を躍らせるだけで。マクマスターは自分がそんなことをしたら、駅にいる半分の人たちが「離れるんだ」と叫ぶだろうとつくづく考えた。

ティージェンスなればこそ、駅長は彼の後を追って早駆けし、車両のドアを開けると、ニヤニヤ笑って後に下がったのだ。

「ナイスキャッチ」と声をかけて。というのも、ここはクリケットの盛んな地域だったからだ。

「まことに」マクマスターが引用句を自分に向けてつぶやいた。

神々は各々に違った運命を割り当てる。
正門から入るものもあれば、入らざる者もある！

Ⅱ章

サタースウェイト夫人は、フランス人の女中と神父といかがわしい若者のベイリス氏とともに、無名の、ほとんど客のない、タウヌスの森の、松林のなかの保養地、ロップシャイトにいた。夫人は極端に流行を追う人でもあれば、流行にまったく無関心なところもあった――ただ、自分と同じ席に座った人が、面前で、有名なブラックハンブルク種のブドウを皮ごと飲み込むのを見ると、癇癪を起こした。コンセット神父は、リバプールのスラム街から三週間の休暇を取り、華やいだ楽しいひとときを過ごすために出かけてきていた。ベイリス氏は骸骨のように痩せた体を窮屈な青い綾織の毛織物に包んだ、金髪で赤ら顔の男で、結核のため今にも死にそうな状態、まったく持ち金もなかったので、贅沢な趣味をしていたのにもかかわらず、石のように黙して、一日六パイントの牛乳を飲み、行儀よく振る舞っていた。表向きはサタースウェイト夫人の手紙の代筆係としてここにいたが、夫人は結核が移るのを恐れて彼を私室に入れなかった。そこで、彼は、コンセット神父への憧れを高めることで満足するしかなかったのだった。コンセット神父は、口がとても大きく、頬骨が高く、黒髪が乱れ、横広な顔はあまり清潔には見えず、いつも汚らしくみえる手をしていた。いっときもじっとしておらず、言葉には、アイルランドの生活を扱った古い英国小説のなかでしかほとんど聞かれないような訛りがあった。蒸気機関で動くメリーゴーラウンドが発する騒音のような笑い声を絶え間なくあげていた。要するに、彼は聖人であり、ベイリス氏も、その理由は分からずとも、それを知っていたのだ。結局、サタースウェイト夫人の財政的援助により、ベイリス氏はコンセット神父の施物分配係となり、聖ヴィンセンシオ・ア・パウロ(1)の宗規に従い、そして大いに賞賛すべき、装飾的だが敬虔な宗教詩を書いたのだった。

彼らはこのように、とても幸福で無垢な一団だった。サタースウェイト夫人は、ハンサムな、痩せた、ひどくいかがわしい若者たちに関心を寄せていた──それは彼女の唯一の関心事だった。彼女は刑務所の門のところでこうした若者を待ち受けたり、そこに車を送って待たせたりしたものだった。夫人は若者たちのたいていは立派な衣装箪笥の中身を最新のものに変え、彼らに楽しく暮らせるだけの金を与えた。予期に反し──ただ、よくあることに──若者たちが改心すると、夫人はやれやれといった様子で喜んだ。ときには、彼女は、休暇が必要な神父とともに若者たちを歓楽街へと送り出した。ときにはイングランド西部にある自分の邸へと招待した。

そこで彼らは愉快な一団を形成し、皆、とても幸福だった。ロップシャイトには、大きなベランダが付いたガラ空きのホテル一軒と、破風に青いブーケや黄色の花が描かれたり、緋色の狩人が紫色の牡鹿を弓で射ているところが描かれたりした、灰色の梁の付いた白い農家が数軒あった。それらの建物は長い草が生えた草原のなかに置かれたあざやかな色のダンボール箱のようだった。草原の向こうでは松林が数マイルにわたって、荘重で茶色っぽく、幾何学的な模様を描きながら丘を上り下りしていた。農家の娘たちは黒いビロードのチョッキに白いボディス、幾重にも重ねられたペチコート、半ペニーのロールパンに形と大きさがそっくりな、おかしなまだら染めの頭飾りをつけていた。四人から六人が横に並び、ダンス用のパンプスの下にストッキングを着けた脚を前に突き出し、頭飾りを重たげに縦に揺らしながら、ゆっくりと歩いた。若い男たちは、青い仕事着と半ズボンをはき、さらに日曜日には三角帽をかぶり、合唱曲の各パートを歌いながら、娘たちの後に続いたのだった。

フランス人の女中は——サタースウェイト夫人がシャトールロー公爵夫人に自分の女中を貸す代わりに公爵夫人からこの娘を借りたのだが——はじめのうち、この土地を「陰気な」ところだとみなしがちだった。しかし、拳銃や、腕の長さほどもある黄金作りの狩猟用ナイフを所有し、金のバッジとボタンのついた明るい灰緑色の制服を着た、立派な、背の高い、金髪の男と凄まじい色恋沙汰を起こすことで、自らの運命と折り合いをつけたのだった。この若き林務官が彼女を射殺しようとしたとき、彼女は——「それも十分な理由があって」と彼女は言った——狂喜し、サタースウェイト夫人は動揺もせずに楽しんだ。

人々はホテルの大きな陰深い食堂に座ってブリッジをやっていた。サタースウェイト夫人とコンセット神父とベイリス氏がいた。右の肺と軍歴に最後のチャンスを得るためにここに来ていた、極めて遜《へりくだ》った態度の、若い金髪の海軍中尉や、顎鬚を生やした地元の医師が、さらにゲームに加わった。コンセット神父は荒い息遣いで、頻繁に腕時計を見ながら、ものすごいスピードでプレーし、大きな声をあげた。「さあ、早くやってください。もう少しで十二時ですぞ。皆さん、お早く願います」ベイリス氏はダミーだったので、神父が声をあげた。「三トリック、切り札なし。さあ、行きますぞ。早くソーダ割りのウイスキーを持って来てください。前と同じように薄めずにね」彼はものすごい速さで札を出していき、最後の三枚を投げ捨てた。「ああ、何ということだ。二トリック負けていて、その上に、場の札を持っていながら別の札を出してしまった」神父はソーダ割りのウイスキーを飲み干すと腕時計を見て大声をあげた。「時間通りに終了ですな。さあ、ドクター、わたしの後を継いで、勝負に決着をつけてください」神父は地元の司祭のためにミサをあげることになっていて、ミサをあげるには前夜の十二時から、食とトランプを断つことが必要だった。ブリッジは彼が唯一情熱を傾ける対象であり、毎年二週間は心身困憊する日頃の生活から抜け出して、これに打ち込むのだった。休暇中は十時に起きる。十一時にはブリッジ。「神父様のために四人組を」二時から四時までは、皆で散歩をする。五時には「神父様のための四人組を」九時には「神父様、ブリッジをやりにおいでなさいませ」コンセット神父は満面に笑みを浮かべて言った。「哀れなる老聖職者のために、親切にして頂きかたじけない。その報いは天国で得られますぞ」

他の四人はしかつめらしい顔をしてトランプを続けた。神父はサタースウェイト夫人の背後に座り、顎先を夫人の襟元に寄せた。緊迫の瞬間、神父は肩をギュッとつかみ、「クイーンを、マダム」と声をあげ、夫人の背に激しく息を吹きかけた。サタースウェイト夫人はダイヤの二を出した。すると神父は体を後ろに倒して呻き声をあげた。夫人が肩越しに言った。

「今夜、お話があります、神父様」三番勝負の最後に勝った夫人は、医師から十七マルク五十ペニヒを、海軍中尉から八マルクを回収した。医師が大声をあげた。

「こんなに多くの金を巻き上げておいて、行ってしまうとは何事ですか。わたしたちは、今度はベイリス氏に情け容赦なく強奪されてしまうでしょう」

夫人は陰のように黒い絹を纏い、食堂の薄暗がりを漂って行った。黒い繻子の化粧ポーチに獲得金を仕舞い、神父を後にしたがえて。ドアの外に飾ってある十二本以上ある鹿の枝角の下で、パラフィン油で燃えるランプがニスを塗った松材を照らすなか、夫人が言った。

「わたしの居間に来てください。放蕩者が戻って来たのです。シルヴィアがここに来ています」

神父が言った。

「夕食の後、バスのなかでちらっと姿を見かけたような気がしていました。夫のもとに戻るのでしょうな。哀れな世の中です」

「娘はひねくれ者ですわ」サタースウェイト夫人が言った。

「わたしもあの娘のことは彼女が九《こ》つのときから知っています」コンセット神父が言った。「あの娘には手本として信徒たちに推奨できるものがほとんど見られない」さらに付け加えて「だが、あのショックのせいでわたしが不公平になっているのかもしれませんな」

二人はゆっくりと階段を上がって行った。

サタースウェイト夫人は籐の椅子の縁《へり》に腰掛けた。そして言った。

「やれやれだわ」

夫人は車輪のような黒い帽子を被り、着る服はどれも、彼女に投げつけられたたくさんの四角い絹の布きれで作られているように見えた。光沢のない白い顔が二十年の化粧によりわずかに菫色になったと感じていたので、夫人は化粧していないときには——夫人はロップシャイトでは決して化粧しなかった——一つには、自分の顔が菫色に見えないように、また一つには喪中でないことを示すために、暗褐色の繻子のリボンをそこかしこに留めていた。彼女はとても背が高く、非常にやつれていた。黒い目には、下に暗褐色の拇印を押したような跡ができ、その目はとても疲れているように見えることもあれば、とても冷淡に見えることもあった。

コンセット神父は、背中で手を組み、頭を垂れて、あまりよく磨かれていない床の上を行ったり来たりした。しろめ製に似せたヌーベルアートのロウソク立てには、二本のロウソクがぼんやりと灯っていた。ここには赤いフラシ天のクッションと肘掛けが付いた安いマホガニー製のソファー、安い毛氈で覆われたテーブル、巻かれたり平らなままだったりの非常にたくさんの書類が投げ入れられたアメリカ製のロールトップデスクが置かれていた。サタースウェイト夫人は身の回りの環境に極めて無頓着だったが、自分の書類をしまうための家具は必要だと主張したのだった。さらに、夫人は、庭の花ではなく、温室の花をふんだんに飾ることを好んだが、ロップシャイトにはそうしたものはまったくなく、それはなしで済ませていた。また、原則として、使うことがあるにせよ、めったには使わない心地よい長椅子がなければならないと主張したが、当時のドイツ帝国に心地よい椅子などはなかったので、それもないままで、本当に疲れたときにはベッドで休んだ。大きな部屋の壁には死の苦悶を味わう動物たちの絵が一面に飾られていた。オオライチョウが雪の上に真っ赤な血を流して死んで行くところ、鹿が頭を後ろに反らし、目を虚ろにして死んで行くところ、キツネが緑の草原で真っ赤な血を流して死んで行くところが描かれていた。つまり、それぞれの額縁は、狩猟の場面を描いた絵をおさめていたのだった。このホテルは、前の大公の狩猟小屋を今日的な趣味に合うよう改造したもので、ニス塗りの松材、バスルームやベランダ、イギリス人観光客に喜んでもらえそうな極度に現代的で派手な洗面設備を備えていた。

サタースウェイト夫人は椅子の縁に腰掛けた。彼女はいつも、どこかに出かけようとしているか、あるいは、たった今入って来て服を脱ぎかけているような様子だった。夫人が言った。

「午後の間ずっと、一通の電報が娘を待っていたのです。娘が来るのは分かっていました」

コンセット神父が言った。

「わたしもそれが棚のなかにあるのを見ました。信じられませんでしたよ」そして付け足した。

「ああ、何たることでしょう！　とにかく、そのことについては、あなたと話し合ってきましたが。とうとう来ましたか」

「こういうことに関しては、わたし自身が邪悪な女でした。でも…」

コンセット神父が言った。

「その通り。あの娘は間違いなくあなたからそれを受け継いだのです。あなたのご主人は善良なかたでしたからな。しかし、一度に考えることができるのは、一人の邪悪な女のことだけです。わたしは聖アントニウス[2]ではないのですから…あの若者は彼女を連れ戻すと言っているのですかな」

「条件付きで、ですわ」サタースウェイト夫人が言った。「ここへ来て、事情を聴くそうです」

神父が言った。

「確かに、サタースウェイトさん、哀れな聖職者にとっては、結婚に関する教会の規則はときにあまりにも酷く厳しく、教会に測り難い知恵があることを疑いたくなるくらいです。あなたのことは構いません。ただ、わたしは、あの若者が何であれプロテスタント信徒の有利な立場を利用して――確かにこれは有利な立場です――シルヴィアと離婚したらよいのにと思うのです。というのも、向こうにいるわたしの信徒たちの間には、見るに堪えない状況があるのです…」彼は神に向かってあいまいな身ぶりを示した。「わたしも酷い状況を見てきました。というのも人の心は邪悪な場所だからです。しかし、この若者の運命ほど酷いものはないでしょう」

「おっしゃるように」とサタースウェイト夫人が言った。「わたしの主人は善良な人でした。わたしは彼を憎んでいましたが、非は彼にあったのと同様わたしにもあったのです。彼以上に。わたしがクリストファーにシルヴィアと離婚してもらいたくない唯一の理由は、離婚が主人の名前に泥を塗るということです。同時に、神父様…」

神父が言った。

「もう十分です」

「これだけはシルヴィアのために言っておきます」サタースウェイト夫人が話を続けた。「女には男を憎むときがあるのです――シルヴィアが彼女の夫を憎むように。男の後ろを歩いてきて、わたしは彼の首の血管に爪を突き立てたい欲望のためにほとんど叫び声をあげそうになりました。すっかり我を忘れてね。シルヴィアの場合はもっとひどいのです。生理的な憎悪なのですから」

「女よ」コンセット神父が怒鳴りつけた。「汝にはとても我慢できませんぞ。教会が命じる通り、女は夫の子を産み、慎ましくあるならば、そんな感情を持つはずがないのです。こうした過度の嫌悪を生み出すのは不自然な生活に不自然な習慣です。わたしを無学文盲の徒とは思わないでくださいよ。いやしくも聖職者なのですからな」

サタースウェイト夫人が言った。

「でも、シルヴィアは子供を産みました」

コンセット神父はピストルで撃たれた男のように、体を回転させた。

「誰の子です?」と訊ね、話し相手に汚い指を突きつけた。「あのならず者のドレイクの子ではなかったのですかな。わたしは長い間そう疑ってきました」

「おそらくドレイクの子でした」サタースウェイト夫人が言った。

「それでは」と神父が言った。「来世での苦悩を前にして、どうしてあなたはあの慎ましい若者に忌まわしい罪を着せるようなことができるのです?」

「確かに」サタースウェイト夫人が言った。「そのことを考えると身震いがします。彼を罠にかけるのにわたしが関わったなんて信じないでくださいよ。でも、防ぎようがなかったのです。シルヴィアはわたしの娘だし、犬は犬を食わないのですから」

「そうすべきときがあります」コンセット神父が蔑むように言った。

「真面目に言っているわけではないでしょうね」サタースウェイト夫人が言った。「わたしは無関心な母親ですが、賤い女中が使う言葉を借りれば、娘が既婚の男に困惑させられているらしいのに――母親であるわたしが介入して、神の恵みとも言える結婚を阻止すべきだなんて…」

「いけません」神父が言った。「聖なる名をピカデリーの不品行な娘たちの問題に持ち込んではいけない」彼は言葉を切った。「それに何たることです」と彼は言葉を継いだ。「何をすべきで、何をすべきでないか、わたしに答えを迫るとは。ご存知のように、わたしはあなたのご主人を兄弟のように愛していました。シルヴィアが小さなときから、あなたとシルヴィアを愛してきました。ですが、あなたの精神的指導者でないことを神に感謝します。というのも、あなたの質問に答えなければならないとしたら、答えは一つしかないのですから」彼は言葉を切って訊ねた。「あの娘はどこにいるのですか」

　サタースウェイト夫人が大きな声で呼んだ。

「シルヴィア、シルヴィア。ここへ来なさい！」

　暗がりのなかのドアが開き、ドアの取っ手に手を掛けた背の高い人影の背後に、別室からの明かりが煌めいた。とても太い声が響いた。

「さっぱり分からないわ、お母さん。お母さんはどうして軍曹食堂みたいな部屋で暮らしているの？」そう言って、シルヴィア・ティージェンスがふらふらと部屋に入って来た。「わたしは構わないけど。うんざりだわ」

　コンセット神父が呻いた。

「何ということだ。フラ・アンジェリコ(3)が描いた聖母マリア像のようだ」

とても背が高く、ほっそりとして、ゆっくりとした動きのシルヴィアは、耳に掛けた大きなヘアバンドで赤っぽい金髪をまとめていた。楕円形の整った顔には、よく十年昔のパリの高級娼婦たちが浮かべたような、処女のような無関心な表情が浮かんでいた。シルヴィア・ティージェンスは、自分には好きなところに行き、すべての男を足元に跪かせる権利があって、表情を変え、二十世紀初頭にさらに一般的な美を表すようになった溢れんばかりの活気をそのなかに注ぎ込む必要はまったくないと思っているようだった。彼女はドアからゆっくりと離れ、壁際の椅子にものうげに腰かけた。

「あら、神父様」とシルヴィアは言った。「握手してくださいとは言いませんわ。おそらく、してはくださらないでしょうから」

「わたしは神父ですから」コンセット神父が言った。「拒みはしません。しかし、握手はしないほうがよいでしょう」

「ここは」シルヴィアが言った。「退屈な場所のようね」

「明日には、そうは言えなくなるでしょうな」神父は言った。「二人の若者がいます…それにお母様の侍女から騙して取り上げることができるかもしれない一種の警官みたいな人物もね」

「それはまた」とシルヴィアが言った。「嫌味というものね。でも、それで傷ついたりはしませんわ。男には飽き飽きだもの！」それから突然言い足した。「お母さんも若かりし頃、男に飽き飽きしたと言ったのではなくて？　きっぱりと。本気だったのでしょう？」

サタースウェイト夫人が言った。

「その通りよ」

「そしてずっとそうだったの？」シルヴィアが訊いた。

「その通りよ」

「わたしもそうなれると思う？」

サタースウェイト夫人は言った。

「ええ、まあね」

シルヴィアが言った。

「まあ！」

神父が言った。

「ご主人の電報を見てみたいですな。紙の上の言葉を見ると見方が変わります」

シルヴィアが苦もなく立ち上がった。

そして「見ていけない理由はありませんわ」と言った。「何の喜びも見出せないでしょうけれどね」そう言って、ドアの方にふらふらと近づいて行った。

「もし喜びを見出せるものだったら」と神父が言った。「あなたはそれをわたしに見せないでしょう」

「見せないでしょうね」とシルヴィアが言った。

戸口で影法師となった彼女は、うな垂れて立ち止まり、後ろを振り返った。

「神父様もお母さんも」と彼女は言った。「雄牛にとって人生が耐えられるものとなるように計画を練りながら、そこに座っているのね。わたしは夫のことを雄牛って呼ぶのよ。不快なんですもの。膨れ上がった動物みたいに。とにかく…そんな計画がうまくいくわけはないわ」明かりに照らされた戸口には誰もいなかった。コンセット神父が溜息を吐いた。

「ここは邪悪な場所だと言ったでしょう」神父が言った。「深い森の奥ですからな。別の場所だったら、あの娘もこんな邪悪な考えは持たないでしょう」

　サタースウェイト夫人が言った。

「そんなことは言わないでください、神父様。シルヴィアはどこにいたって邪悪な考えを持ちますわ」

「ときどき」と神父が言った。「夜に、邪悪なものの鉤爪が鎧戸を引っ掻いている音が聞こえるように思います。ここはヨーロッパで最後にキリスト教化された土地です。たぶんキリスト教化すらされなかったので、邪悪なものがまだここには住まっているのでしょう」

　サタースウェイト夫人が言った。

「日中にそうした話をするのは全然構いません。この土地をロマンティックに見せるでしょう。でも、もう夜中の一時に近いはずです。それでなくとも、状況は十分に悪いのですから」

「そうですとも」コンセット神父が言った。「悪魔が働いているのです」

　シルヴィアが、何枚かの紙が連なった電報を持って、部屋のなかにふらふらと戻ってきた。コンセット神父はその電報を一本のロウソクに近づけて読んだ。神父は近眼だったのである。

「男って、皆、不快な生き物だわ」シルヴィアが言った。「お母さんはそう思いませんこと？」

　サタースウェイト夫人が言った。

「いいえ、そうは思わないわね。そう言うのは薄情な女だけです」

「ヴァンダーデッケン夫人はね」シルヴィアが続けた。「男は皆、不快な生き物で、男のそばで暮らすことは、女にとっての、反吐が出るような務めだと言っているわ」

「あなたはあの性悪女にまだ会っているの？」サタースウェイト夫人が言った。「あの女はロシアのスパイよ。いや、もっと、始末が悪いわ」

「わたしたちがゴサンジュに滞在していた間、彼女もずっとそこにいましたからね」シルヴィアが言った。「呻く必要はないでしょ。わたしたちのことを告げ口したりはしないわ。名誉を重んじる人だもの」

「そのことで呻いたのではありません。仮に呻いたにしてもね」サタースウェイト夫人が応じた。

持っている電報越しに、神父が大声をあげた。

「ヴァンダーデッケン夫人ですと！　とんでもない」

ソファーに座るシルヴィアは、ものうげな、信じられないような、可笑しそうな表情を浮かべた。

「彼女について何を知っているというの」シルヴィアが神父に訊ねた。

「あなたが知っていることを知っています」神父が答えた。「それで十分でしょう」

「コンセット神父様は」シルヴィアが母親に向かって言った。「交際範囲を一新させてしまわれたようね」

コンセット神父が言った。

「社会の屑について聞きたくなければ、屑のような人たちの間で暮らすべきではありません」

シルヴィアが立ち上がった。そして言った。

「わたしを黙らせ、お説教を聞かせたいのなら、友人たちのことには構わないで。ヴァンダーデッケン夫人がいなかったら、わたしはこの檻のなかに戻っては来なかったわ」

コンセット神父が大声をあげた。

「そんなことを言ってはいけません、いとし子よ。情けないことだが、わたしは実際、あなたが公然と罪の生活を続けてくれたほうが良かったと思っています」

シルヴィアは再び座り込んで、両手をだらりと膝の上に載せた。

「勝手にして頂戴」シルヴィアは言い、神父は電報の四枚目から再び読み始めた。

「これはどういう意味です」と神父が訊ねた。彼は電報の一枚目に戻っていた。「ここのこれです。『再び軛《くびき》を負うのを受け入れる』とは?」彼は息もつかずに読んだ。

「シルヴィア」サタースウェイト夫人が言った。「向こうに行ってアルコールランプの火を点けて、お茶の支度をしてきなさい。わたしたちにはお茶が必要です」

「お母さんはわたしを使い走りの少年だと思っているのかしら」シルヴィアが立ち上がりながら言った。「どうして女中を起こしておかなかったの?……その言葉はね、わたしたちが……夫婦関係を……指すときに使う言葉ですわ」彼女は神父に説明した。

「それでは、あなたと彼との間には十分な共感が存在したのですな」と神父が言った。「いろんなことに夫婦間の隠し言葉があるのですからな。それこそがわたしの知りたかったことです。言葉の意味は分かりましたけれどね」

「神父様のおっしゃる隠し言葉はね、かなりの毒を持つものだったのよ」シルヴィアが言った。

「キスというより呪いのような」

「では、その言葉を使ったのは、あなたなのでしょう」サタースウェイト夫人が言った。「クリストファーは決してあなたに恨み辛みは言いませんでしたからね」

神父のほうを振り向いたシルヴィアの顔に、含み笑いのような表情がゆっくりと過った。

「そこが母の悲劇なのよ」シルヴィアが言った。「わたしの夫は母が囲っている最高の若者たちの一人なのです。母は彼を崇拝していますの。でも、夫はそのことが我慢ならないのです」シルヴィアは隣りの部屋の壁の裏にふらふらと入って行き、神父は再びロウソクの脇で電報を読み続けたが、神父とサタースウェイト夫人には、シルヴィアが茶道具をチリンチリンと鳴らす音が聞こえた。神父の巨大な影は、中央から松の天井を這って壁を下り、床を横切り、不格好な長靴のなかの偏平足の足と融合した。

「これはひどい」神父がブツブツと呟いた。彼はウンブルムブルンブルといったような音を発した。「恐れていたよりも、一層ひどい…ウンブルムブル…「再び軛《くびき》を負うのを受け入れるが、厳しい条件を付けるそうだ。『とくに』であるべきだな…「特に、子供に関し、経費を削減するのは馬鹿げている。我々の立場は、子供だけの利益を考え、財産相続を見直すことだ。家ではなくアパートに住み、最低限の生活を享受する。僕は仕事を辞め、ヨークシャーに定住する準備をする。これが君の意に添うものでないなら、子供は姉のエフィーのもとに残し、自由に訪問し合えることとする。今回、暫定的にでも、このあらましを受け入れることができるなら、電報されたし。月曜日には、全体の概要を書き送ろう。火曜日に君と母上とで、もう一度よく考えてみることができるように。木曜日にはロップシャイトに到着する。二週間、ヴィースバーデンに行き、社会的課題の会議に臨む。木曜日のみ、コンマ、これは強調のためのコンマだ、用件に当てる」

「つまり」サタースウェイト夫人が言った。「シルヴィアを叱責するつもりはないということね。強調は『のみ』という言葉に向けられていますもの」

「あなたはどう思われますかな…」コンセット神父が訊ねた。「彼がこの電報に大金をつぎ込んだ理由について。彼はあなたがたがこんなに狼狽えると想像しただろうか」神父は急に言葉を切った…ゆっくりと歩いて、戸口からシルヴィアが入って来た。長い腕を伸ばして茶盆を運んでいたが、茶盆の蔭に覗くよく動く顔は、名状しがたい謎を秘めた恍惚の表情を浮かべていた。

なかったのか」

「ああ、幼子よ」神父が大声をあげた。「聖マルタだろうが苦い選択をしたマリア様だろうが、あなたほどには有徳に見えなかっただろう。どうしてあなたは良き夫の助力者として生まれて来なかったのか」

小さなチリンチリンという音が茶道具を載せた盆から聞こえ、角砂糖が三個、床の上にこぼれ落ちた。ティージェンス夫人がいらだたしげに言った。

「この忌々しい角砂糖は茶碗から落ちてしまうと思っていたわ」それから敷物が敷かれたテーブルの上に、一インチかそこら（二、三センチ）の高さから盆を落とした。「自分の運試しをしたままでのことよ」と彼女は言い、神父と向き合った。

「教えてあげましょうか」と彼女が言った。「なぜ彼が電報を打ったのか。わたしが嫌う英国紳士のちゃちな見せかけを装うためよ。でも、自分に外務大臣の威厳があるふりをしたって、末っ子丸出しなんだから。それだから、わたしは彼が嫌でたまらないのよ」

サタースウェイト夫人が言った。

「それが、彼が電報を打った理由ではありませんよ」

彼女の娘は、面白がっているような、どうでもいいような、寛大な態度をとった。

「もちろん、お母さんの言う通りよ」と娘は言った。「彼は熟慮の上でそれを送ったんだわ。わたしを困らせるために、君主然とした、装いをこらした熟慮をした上でね。彼なら言いそうね、十分な時間を与えることが君にとっては好都合だろうって考えたんだって。まるでわたしが記念物でもあるかのように、それに向けて伝令官が典礼を読み上げている感じね。また、一つには、彼は硬直したオランダ人形のように真実の人だからだわ。『親愛なるシルヴィア』から始めて『敬具』とか『頓首』とか『親愛なる者より』とかで結ぶことなしに手紙を書くことができないから、手紙は書かなかったのだわ。あの人はそうした細かいことにうるさい愚か者なのよ。とても形式的で、ありったけの因習的な文句を使わずには済ますことができない。でも、あまりにも真実を追究しすぎるので、因習的な文句はそのうちの半分が使えないのだわ」

「そんなに」とコンセット神父が言った。「彼のことをよく分かっているのなら、シルヴィア・サタースウェイト、どうして彼ともっとうまくやっていくことができないのです。『すべてを知ることはすべてを許すことなり』と言うではありませんか」

「いいえ」とシルヴィアが言った。「すべてを知ることは、うんざり、うんざり、うんざりだわ」

「それで、あなたは彼の電報にどう返事をするつもりなのです」神父が訊ねた。「それとも、もう返事を出したのですか」

「彼が火曜日に出発すべきか知りたいと気を揉み続けるように、わたしは月曜の夜まで、返事は出しませんわ。彼は、荷造りや正確な移動時刻のことで、ヒヨコを連れたメンドリみたいにヤキモキするでしょう。月曜日に、わたしは『オーケー』とだけ電報で知らせることにします」

「どうして」と神父は言った。「いつもは決して使わない卑俗な言葉を電報に使うのです？　あなたの言葉は、あなたに関わる物事のなかで唯一卑俗でないものなのですからな」

　シルヴィアが言った。

「それは、どうも」そして、ソファーの上であぐらをかき、頭を壁のほうに仰け反らせたので、下あごのゴシック式アーチが天井を指した。彼女は、とても長くて白い首を自慢にしていた。

「分かっています」コンセット神父が言った。「あなたは美しい女だ。あなたと一緒に暮らす男を幸運な男と言う人もいるでしょう。あなたのことを考えるとき、わたしもその事実は無視できません。男ならば、あなたの美しい髪の影にあらゆる種類の喜びが隠れていると想像するでしょう。ところが、そうした喜びは実際には存在しないのです」

シルヴィアは天井を見つめていた視線を下におろしていき、じっと考え込むように、褐色の目をしばし神父に向けた。

「その点、われわれは大きなハンデを負っています」と神父が言った。

「なぜあんな言葉を選んだのかわたしにも分からないわ」とシルヴィアが言った。「一言だから、値段はたった五十ペニッヒよ。でも、彼の尊大な自惚れを揺るがすことなんて到底望めそうにないわね」

「そう、わたしたち聖職者には大きなハンデがあるのです」と神父が繰り返して言った。「どんなに世事に通じた聖職者だろうと。——それに聖職者は世俗と闘うために世事に通じていなければなりませんが」

サタースウェイト夫人が言った。

「さあ、お茶を一杯どうぞ、神父様。冷めないうちに。シルヴィアはドイツにいる人間のなかで、唯一お茶の入れ方を知っている人間だと、わたしは信じていますわ」

「聖職者には、いつも堅く白い襟と絹の胸当てがついて回るので、あなたは聖職者の言うことが信じられないのでしょうな」とコンセット神父が付け加えた。「しかし、聖職者は、あなたと比べ、十倍も、いや千倍も、人間性について知っているのです」

「分からないわ」シルヴィアが宥めすかすかのように言った。「神父様はスラムにいて、どうやってユーニス・ヴァンダーデッケンやエリザベスBやクイーニー・ジェイムズやわたしの仲間の誰彼の性質について知ることができるのでしょう」彼女は立ち上がって、神父のお茶にクリームを注いだ。「差し当たり、お説教を垂れようってわけではなさそうですわね」

「嬉しいですな」と神父が言った。「その懐かしい言葉を使うほど、あなたが学生時代のことを覚えていてくれたとは」

シルヴィアはよろめいて、再びソファーに座り込んだ。

「やっぱりだわ」シルヴィアが言った。「神父様は説教をせずにはいられないのよ。じゅーんすいな少女としてのわたしが、いつも背後にいるのだもの」

「そんなことはありません」と神父が言った。「わたしはないものねだりをするような人間ではありません」

「わたしに純粋な少女になって欲しいわけではないのね」シルヴィアがやれやれというように不信感をもって訊ねた。

「そんなことを望んでいるわけではありません」と神父が言った。「ですが、あなたには時々かつてのご自身を思い出してもらいたいものですな」

「かつてのわたしなんて、あったものかどうか、怪しいものだわ」とシルヴィアが言った。「もし尼僧たちに真相が知れていたら、わたしはホーリーチャイルド校から追い出されていたでしょうね」

「そんなことはありません」神父が言った。「自慢話は止めなさい。尼僧たちには分別がありあまるほどにあるのです…いずれにせよ、わたしがあなたに望むのは、純粋な少女になることではなく、臆病にも地獄落ちを恐れるプロテスタントの女性慈善奉仕団員のように振る舞うことでもありません。あなたには、肉体的に健康で、自分自身に対してきちんと正直であるような、元気な若き既婚婦人であって欲しいということです。世界の災いであり救いであるのは、そうした者たちなのです」

「神父様は母を敬愛していらっしゃるのね」ティージェンス夫人が唐突に訊ねた。そして、ついでに付け加えた。「神父様は救いの観念から逃れられないのだわ」

「夫の胃に必要な食べ物を与え続けなさいとわたしは言っているのです」神父が言った。「もちろん、お母上のことは敬愛しています」

サタースウェイト夫人がかすかに片手を振った。

「いずれにせよ、神父様は母と組んで、わたしをやり込めようとしているのよ」シルヴィアが言った。そして、さらに関心をもって訊ねた。「それで、神父様はわたしに、母を模範にして、地獄の炎を免れるために善行を積みなさいとおっしゃるのね。母はレントで馬巣織りのシャツを着ますもの」

椅子の端でうたた寝をしていたサタースウェイト夫人がハッと目を覚ました。夫人は娘の生意気と張り合う神父の機知に信頼を置き、もし神父が厳しく打って出れば、シルヴィアに彼女の生き方のいくつかの点について少しは考えさせることができるだろうと思っていた。

「よしなさい、シルヴィア」夫人がさらに唐突に大きな声をあげた。「わたしはたいした人間ではないけれど、こそこそとズルをしたりはしませんよ。確かに、地獄の炎はものすごく怖いわ。でも、神様と取引はしません。神様が見逃してくだされればよいけれど。でも、たとえ今夜寝床に入るのと同じくらいわたしが地獄落ちになることが確実だとしても、わたしは男たちを泥のなかから救い上げる努力はやめないわ。——それがあなたとコンセット神父が言っていることだと思うけれど。これでこの話はお終いにしましょう」

「なんと、ベン・アーデムの名が真っ先にあがりそうね！」シルヴィアがそっと嘲った。「それでも、お母さんは、若くて、器量よしで、興味深いほどに邪悪な男でない限りは、きっと男たちを改心させようとはしないでしょう」
「その通りよ」サタースウェイト夫人が言った。「興味を引かない男たちに、そんなことをする義務はないわ」
シルヴィアはコンセット神父を見た。
「もうこれ以上わたしを懲らしめるつもりでないならば」と彼女は言った。「早く済ませましょ
う。もう遅いわ。わたしは三十六時間も旅をしてきたのよ」
「そうしましょう」とコンセット神父が言った。「『ハエを十分ピシャリと叩けば、壁にへばりつ
くものもある』というのは良い格言だ。あなたの常識に小さな染みをつけておこうとしたまでで
す。あなたはご自分がどこに行くのか分からないのですか」
「何ですって」とシルヴィアが無関心に言った。「地獄ってこと？」
「いいえ」と神父が言った。「この世のことを言っているのです。その後のことについて聴罪司
祭はあなたに話さなければなりません。ですが、わたしはあなたがどこへ行くか教えません。気
が変わりました。あなたが出て行ってから、お母上に話すことにします」
「教えて頂戴」シルヴィアが言った。
「いやです」コンセット神父が言った。「アールズコート展示場の占い師たちのところへ行って
御覧なさい。あなたが気を付けるべき美女についてすべてをあなたに教えてくれるでしょう」
「よく当たると言われている者たちもいますわ」とシルヴィアが言った。「ディ・ウィルソンが
そうした人のことを話してくれました。子供ができると言われたそうよ…神父様はそのことをお
っしゃっているんですの？　わたしの場合、誓ってそんなことはありませんわ…」
「おそらくそうでしょうな」神父が言った。「では、男たちについて話しましょう」

「わたしが知らないことを神父様に教えて頂けるとは思わないわ」とシルヴィアが言った。

「おそらくは」と神父が答えた。「ですが、あなたが知っていることを繰り返して話すことはできましょう。さて、もしあなたが毎週新たな男と駆け落ちして、何のお咎めも受けないとしたら……いったい何度駆け落ちしたら、気が済むのですか」

シルヴィアが言った。

「神父様、ちょっと待って」そしてサタースウェイト夫人に向かって言った。「もう寝なければならない時間だわ」

「その通りね」サタースウェイト夫人が言った。「わたしは保養地で十時以降は女中を起こしておいたりしませんよ。こんな場所に女中がすることなど何があるでしょうか。ここにいっぱい住みついている幽霊の物音に耳を傾けること以外には」

「お母さんはいつも思いやり深いのね」ティージェンス夫人が嘲った。「お母さんの女中のマリーが近づいてきたら、ヘアブラシで両腕を連打してやるわ」それから付け加えて言った。「神父様は男たちのことを話していらしたのよね…」それから突然元気づいて、母親に話し始めた。「電報のことでは気が変わったわ。明日一番に電報を打つことにします。『すべてに同意。ただし〝こちら交換台〟を連れてくるよう手配を願う』とね」

彼女は再び神父に向かって話した。

「わたしが侍女を〝こちら交換台〟と呼ぶのはね、彼女が電話みたいなキンキン声で話すからよ。わたしが『交換手さん』と言うと、『はい、奥様』と返事するの。本当に交換手が話しているみたいよ。でも、神父様は男たちについて話していらしたのよね」

「あなたに思い出してもらおうとしていたのです」と神父が言った。「しかし、続ける必要はないでしょう。あなたはわたしの発言の趣旨を理解しています。だから、聞こえないふりをしているのです」

「まったく違いますわ」とティージェンス夫人が言った。「ことが頭に浮かんでくると、わたしは口に出さずにはいられないのです。神父様は、おっしゃっていたのでしたわね。もしわたしが週末ごとに違った男と駆け落ちするとしたらって」

「あなたはもう期間を短縮してしまいましたぞ」神父が言った。「わたしはどの男にもまる一週間を与えました」

「それでも、家を持つ必要はあるわ」とシルヴィアが言った。「住所を持つ必要が。週半ばの約束を果たす必要がありますもの。夫を持ち、女中を置く必要が。〝こちら交換台〟はずっと住み込みで働いています。わたしには彼女がそれを好んでいるようには思えないけれど…たとえ毎週男を変えるにしても、そういう段取りにはうんざりするっていう点ではわたしも同意するわ。神父様が言おうとなさっているのはそういうことではなくて？」

「つまり」と神父が言った。「最高の瞬間は、若者が切符を受け取るのを切符売り場で立って待っているときだけになってしまうのです。それ以降は、徐々に、最高の瞬間でも何でもなくなっていく…そこで欠伸が出てご主人のもとに戻りたくなるのでしょう」

「ちょっと待って」ティージェンス夫人が言った。「神父様は告解聴聞室の秘密を乱用していらっしゃるわ。それはまさにトティー・チャールズが言ったことよ。フレディ・チャールズが三か月間マデイラに行っている間に彼女がやったことだわ。欠伸や切符売り場に至るまで彼女が言った通りじゃないの。それに『最高』っていうのも。二言ごとにこの言葉を使う人はトティー・チャールズしかいませんもの。わたしたちの大半は『素敵』って言うわ。そのほうが良識的ですもの」

「もちろん、わたしは告解聴聞室の秘密を乱用したりはしていません」コンセット神父が穏やかに言った。

「もちろん、そうですわね」シルヴィアが親愛の情を込めて言った。「神父様は朴念仁で、際限のない物真似師で、わたしたちの心の奥まで御見通しなのですものね」

「そんなたいそうなものではありません」神父が言った。「あなたがたの心の奥底にはおそらくたくさんの善があるのです」

シルヴィアが言った。

「それはどうも」そして唐突に訊ねた。「ちょっと待って。ミス・ランペターの学校でわたしたちのなかに見出したものが、神父様をスラム街に赴かせることになったんですの？　イングランドの将来の母親などと神父様が言っていたわたしたちのなかに見出したもの…つまりは嫌悪と絶望から」

「ああ、それをメロドラマに仕立て上げるのは止しましょう」神父が答えた。「まあ、言ってみれば、気分転換が必要だったのです。自分が役立っていると思えなかったのでね」

「神父様は為し得る限りの善をわたしたちに為してくださいましたわ。すっかり薬づけになったランペター先生や極悪なフランス人教師たちに対しても」

「前にもそんなことを言っていたわね」サタースウェイト夫人が言った。「でも、あそこは英国一の花嫁学校だと思われていたのよ。学費も高かったわ」

「まあ、腐った輩はわたしたちだったと言いたいんでしょ」とシルヴィアが決めつけた。それから神父に向かって「わたしたちは腐った輩だったのかしら」と訊ねた。

神父が答えた。

「わたしには分かりません。あなたがお母上やお祖母様やローマの女貴族やアシュタロス[4]の崇拝者よりひどかったとは思いませんし、今もひどいとも思いませんね。わたしたちは支配階級を持たなければならず、支配階級は特別な誘惑にさらされるものなのです」

「アシュタロスとは誰なんですの？」シルヴィアが訊ねた。「アスタルテのことかしら」それから言った。「それで、神父様の経験では、かつて世話したわたしたちよりもリバプールやその他の都市のスラム街の女工たちのほうがましだとおっしゃるのですか」

「アスタルテ・シリアーカはね」と神父が言った。「とても強い力を持つ女悪魔でした。この女悪魔がまだ生きていると信じる者たちもいます。わたし自身がそう信じているかどうかという話になると、自分では判断しかねますがね」

「あら、わたしはもうあの女とは縁を切ったわ」

神父が頷いた。

「あなたはプロフューモ夫人とつき合っていたのでしたな？」と神父が訊ねた。「それにあの忌まわしい男とも…何という名前でしたかな？」

「神父様にはショックでしょうね」シルヴィアが訊ねた。「あれは少し度を越していました…でも、もう縁を切りました。わたしは今ではヴァンダーデッケンに信頼を置くようになっています。そして、もちろんフロイトに」

神父は頷いて言った。

「もちろんです。もちろんですとも」

しかし、サタースウェイト夫人が突然強烈な声を張り上げた。

「シルヴィア・ティージェンス。わたしはあなたが何をしようが、何を読もうが構わないわ。でも、もう一言でもあの女に話しかけてごらんなさい、わたしはあなたとは口を利きませんからね」

シルヴィアはソファーの上で体を伸ばした。褐色の目を大きく見開き、再び目蓋をゆっくりと下げた。

「前にも一度言ったでしょ」とシルヴィアが言った。「わたしは自分の友人たちが罵られるのを聞くのが嫌でたまらないの。ユーニス・ヴァンダーデッケンはひどく誤解されているわ。本当に良い友達なのに」

「彼女はロシアのスパイです」とサタースウェイト夫人が言った。

「ロシアの祖母だわ」とシルヴィアが言った。「それに、もしスパイだとしても、誰が構うでしょう。わたしは歓迎よ…お二人とも、よく聞いて頂戴。この部屋に入って来たとき、わたしは心のなかで自分に言い聞かせていました。『わたしはお二人を嫌な気分にさせてしまった』って。お二人が、わたしのことを偭する以上に思っていてくださっていることはよく分かっています。さっきも言ったように、もし夜明けまで起きていられるならば、わたしはお二人がわたしに聞かせたいと思っているお説教を聞いて座っているでしょう。必ずそうします。返礼として。でも、友人たちのことは構わないで頂戴」

年長者二人は黙ったままだった。暗い部屋の鎧戸を閉めた窓から、カサカサと引っ掻くような音が聞こえた。

「聞いて御覧なさい」神父がサタースウェイト夫人に言った。

「枝の音ですよ」サタースウェイト夫人が答えた。

神父が答えた。「十ヤード（約九メートル）以内には一本の木もありません。コウモリを説明に使ったほうがよいのでは」

「そんなことはしないで頂きたいと前にも言いましたでしょう」サタースウェイト夫人が身を震わせた。

シルヴィアが言った。

「お二人が何を話しておいでなのか、わたしには分からないわ。迷信についてかしら。お母さんは迷信に弱いみたいですもの」

「入りこもうとしているのが悪魔だと言っているのではありません」神父が言った。「しかし、悪魔がいつでも入ろうとしていることは覚えておくべきです。それに特別の場所というものがあるのです。この深い森はとりわけ名だたるところです」神父は突然後ろを向き、陰になった壁を指差した。「悪魔にとりつかれた蛮人以外に誰が装飾としてあんなものを考えつくでしょうか」

彼は喉を切られ真っ赤な血を滴らせる瀕死の猪が実物大に下手くそに描かれた絵を指差していた。他の動物たちの苦悶はあたり全体の暗がりのなかに消えていた。

「狩猟だなんて」神父は怒りを込めた囁き声で言った。「悪魔の所業に他なりません！」

「たぶんそうでしょうね」シルヴィアが言った。サタースウェイト夫人はせっかちに十字を切った。沈黙が続いた。

シルヴィアが言った。

「お二人とも、話が済んだのでしたら、わたしも言わなければならないことを言います。第一に……」彼女は言葉を切り、かなり背を伸ばしてまっすぐに座り直し、鎧戸から来るカサカサいう音に耳を傾けた。

「第一に」彼女は弾みをつけて再び口を開いた。「神父様は歳をとることの問題の一覧をあげることなしに済まされましたわね。でも、わたしはそれを知っています。わたしのような女は…骨と皮ばかりになります。顔色が悪くなります。歯が突き出します。それから倦怠があります。わたしはそれを知っています。うんざり、うんざり、うんざりすることを！　それについては、神父様でもわたしが知らないことを教えることはできないでしょう。わたしはもう三十です。予期すべきことを知っています。神父様はわたしに教えておけばよかったと思ってらっしゃるのでしょうね。ご自分が世事に長けた世界的有名人の効果を損なうことを恐れさえしなかったならば、夫や子供を愛することによって倦怠やひょろ長い歯への不安は防げるということを、わたしに教えておくことができたのに、って。これって家庭の離れ業ですわね！　でも、わたしもそれは信じますわ。完全に信じます。ただ、わたしは夫が嫌でたまらないのです。それに…それにまた…わが子が嫌でたまらないのです」

　シルヴィアは言葉を切って、神父から失意か非難の大声があがるのを待った。そうした声があがることはなかった。

「考えてください」シルヴィアが言った。「あの子がわたしにとって意味してきた破滅を、あの子を出産した際の痛みと死の恐怖を」

「もちろん」神父が言った。「子供を産むのは女性にとってとても大変なことでしょう」

「品のある会話だとは言えませんわね」ティージェンス夫人が言った。「あからさまな罪を犯したばかりの女を捕まえて…そんな話をさせるだなんて。もちろん、神父様は神父様、お母さんはお母さん。わたしたちは一家水入らずの情況よ。でも、修道女のシスター・マリ・ドゥ・クロワ[5]はの格言にありますわ、『家庭生活ではビロードの手袋を着けなさい』というのが。わたしたちはまるで素手で会話を交わしているみたい」

それでも、コンセット神父は何も言わなかった。

「わたしから情報を引き出そうとしているのね」シルヴィアが言った。「ちょっと見ただけで分かるわ…それならそれで、そうして差し上げましょう」

シルヴィアは溜息を吐いた。

「神父様はどうしてわたしが夫を嫌うのか知りたいのね。それはね、彼の単純で純粋な不道徳のためですわ。わたしは彼の行動のことを言っているのではなく、彼のものの見方のことを言っているのです。彼の発する言葉を聞いていると、我知らず、彼をナイフで突き刺したい気持ちになるのよ。でも、もっとも単純な事柄についてさえ、わたしは彼が間違っていると証明できないの。ですけれど、彼を苦しめることはできます。そして、わたしはそうします。…彼は背をぴったりと凭せ掛けることのできる椅子に座り、何もせずにいるのでしょう。ぎこちなく、岩のように、何時間も動かずに…そして、わたしは彼を怯ませることができるのです。でも、彼はそれを表に出しません…彼は、いわゆる、信義に厚い人なのです。滑稽な小男が付いています…マクマスターと言います。そして母親がいます。彼が愚かしくも神妙に聖人だと――プロテスタントの聖人だと主張する母親が。そして子供の世話をする乳母がいます…そして子供自身が…それでも、眉を顰めさえすればよいのです。この人たちの名前のどれかが出たときに、わたしがちょっと眉を顰めさえすれば。そうすれば、彼をひどく傷つけることができます。無言の憤怒に駆られて彼は目を白黒させますわ…もちろん彼は何も言いません。何といっても英国紳士ですからね」

コンセット神父が言った。

「あなたがご主人のなかにあると言う不道徳に…わたしは気づいたことがありませんな。子供が生まれるまでの一週間、お宅にお邪魔していた間、わたしは彼としょっちゅう顔を合わせました。そして二人でたくさんの話をしました。聖餐に対する考え方の違いの問題は話しませんでしたが——その点についても、わたしたちの意見がそう違っていたかどうか分かりません。彼は完全に健全な人間だとわたしは思いましたよ」

「健全ですって！」サタースウェイト夫人が突然強い調子で言った。「もちろん彼は健全ですわ。そんな言葉では足りません。本当に最高の男です。立派な男としては、あなたのお父さんがいました。…そして彼が。それ以外にはあり得ませんわ」

「まあ」シルヴィアが言った。「お母さんには分からないのよ。いいこと！　公平な目で見てくれないかしら。例えば、一週間彼と口を利かなかった後、わたしが朝食のときに『タイムズ』紙を読んでいて、『医師たちがやっていることは素晴らしいわね。最新版をお読みになりました？』と言うとしましょう…すると、彼はたちまち傲慢な態度になって——彼は何でも知っているのよ——すべての不健康な子供はガス室送りにされなければならない、さもなければ世界は破滅してしまうと証明するの。証明をよ。聞いているほうは、まるで催眠術をかけられたかのようになって、何て答えればいいか分からなくなるわ。さらにまた、殺人者は死刑にされるべきではないと証明することで、言葉も出ないほどに聞く人を怒りに駆り立てるの。そこで、わたしは何気なく、子供が便秘になったらガス室送りにしなければならないのね、って訊いてやるの。それはね、乳母のマーチャントが、あの子は便通が正常でなく、その結果恐ろしい病気になるのではないかと、いつも泣き言を言っているからなのよ。もちろん、この質問は彼を傷つけるわ。彼はあの子が好きでたまらないのですもの。自分の子ではないことに半ば勘付いているのでしょうけれど…とにかく、これがわたしの言う不道徳の意味よ。殺人者は子を儲けるために生かしておかなければならないと彼は公言するでしょう。殺人者は勇敢だからと言って。その一方で、無邪気な子供は、病気だからといって、ガス室送りにすべきだと言うのよ。聞く者は、その考えに反吐が出そうになるけれど、その考えをほとんど信じ込まされてしまうのだわ」

「どうだろう」とコンセット神父が口を開き、なだめるように言った。「一、二か月修道院にこもって静修を行う気はないですかな」

「そんな気はありません」とシルヴィアが言った。「そんなことできるわけがないでしょう」

「バーケンヘッドの近くにプレモントレ会の女子修道院があります。多くの女性がそこに出かけて行きますよ」と神父が続けた。「料理はうまいし、自分の家具を持ち込むこともできます。尼僧に身のまわりの世話をしてもらうのが嫌なら、自分の女中を連れて行ってもよいのです」

「そんなことできませんわ」シルヴィアが言った。「ご自分でもお分かりでしょ。人々がすぐに変だと感づくわ。クリストファーが聞き入れないでしょう…」

「ええ、わたしもそんなことはできないと思うわ、神父様」と、やがてサタースウェイト夫人が口を挟んだ。「わたしはシルヴィアの行動の形跡を隠すために四か月ここで身を潜めていました。ウェイトマンの家屋敷の面倒を見なければなりません。来週には、新しい地所管理人が入ります」

「それでも」神父が震えんばかりの熱意を込めて言った。「ほんの一か月でもよいのです…ほんの二週間でも…たくさんのカトリック教徒の女性がやっていることです…考えてみても悪くないでしょう」

「神父様が何を目論んでいるのかは分かりますわ」シルヴィアが突然、腹を立てて言った。「わたしが一人の男の腕から別の男の腕に直接すぐに渡ることに嫌悪を抱いていらっしゃるのね」

「間隔を置いたほうが好ましいと思っています」神父が言った。「体裁が良いことではありませんからな」

シルヴィアが体に電流を通されたかのように、ソファーの上で身をこわばらせた。

「体裁が良くないですって！」シルヴィアは大声をあげた。「神父様はわたしのことを体裁が悪いといって非難するのですか」

神父は風に面と向かった男のように頭を下げた。

「その通りです」と神父が言った。「不名誉なことですからな。不自然でもあります。わたしなら、少なくとも、ちょっとは旅に出ますね」

シルヴィアは長い首に手を当てた。

「神父様がおっしゃりたいことは分かっています」彼女が言った。「神父様はクリストファーを救いたいと思ってらっしゃるのでしょう…いわゆる恥辱から。そしてまた…吐き気から。きっと彼は吐き気を感じるでしょうからね。わたしもそれを見込んだのよ。それで少しは彼に仕返しができるとね」

神父が言った。

「もう十分でしょう。これ以上は聞きません」

シルヴィアが言った。

「いいえ、聞いて頂くわ。いいこと…わたしはいつもこうした機会を心待ちにしていたのです。わたしはあの男の傍らに身を落ちつけましょう。どんな女性にも劣らず貞節を尽くしますわ。わたしはそう決心しましたし、そうするでしょう。だから、わたしは残りの人生をひどく退屈して過ごすことになるでしょう。でも、一つだけできることがあるのです。それはあの男を苦しめることです。わたしはそれをするでしょう。わたしがどうやってそれをするか、神父様にお分かりになるかしら。いろんな方法がありますわ。最悪の場合には、彼の頭をおかしくしてやることができます…子供を堕落させることによって！」彼女は少し喘ぎ声をあげ、彼女の褐色の眼球のまわりには白目が現れた。「彼に仕返しをしてやるわ。わたしにはできる。やり方は分かっているの。そして彼を通して神父様にも、わたしを苦しめたことに対する仕返しをしてやるわ。休む暇もなく、はるばるブルターニュからやって来たのよ。睡眠もとらずに…でも、わたしにはできるわ…」

コンセット神父は上着の裾の下に手を突っ込んだ。

「シルヴィア・ティージェンス」と神父が言った。「こうした場合に備えてわたしはズボンの後ろポケットに聖水の入った小瓶を持ち歩いています。これを二滴あなたに降りかけ、わたしが『御名において、我、汝アシュタロスを追い払わん』と大声で叫んだとしたらどうします…」

シルヴィアはソファーの上に座ったまま、スカートより上の半身を、髑髏を巻いた蛇の首のように硬直させて、まっすぐに伸ばした。顔はすっかり蒼ざめ、目は睨みつけるような眼差しだった。

「できる…できるもんですか」シルヴィアが言った。「わたしに向かって…侮辱もいいところだわ！」彼女は足をゆっくりと滑らせるように床の上に落とし、目で戸口までの距離を測った。「できるもんですか」と彼女は再び言った。「司教様に訴えてやるわ」

「二滴の聖水があなたの皮膚に焼きついてしまっては、司教様もほとんど助けにはならんでしょう」と神父は言った。「出て行きなさい。命令です。そしてアヴェ・マリアの祈りを一度か二度唱えなさい。あなたにはそれが必要だ。わたしの前で、もう二度と、小さな子を堕落させることについて話してはなりませんぞ」

「決して話しません」シルヴィアが言った。「話すべきではありませんでした…」

開いた戸口を背景にして、彼女の姿が影絵のように黒く浮かび上がった。

ドアが閉じられると、サタースウェイト夫人が言った。「あんなふうにシルヴィアを脅す必要があったのですか。もちろん、あなたが一番よく知ってらっしゃるのでしょうけれど。わたしには結構強烈に思えますわ」

「二日酔いに迎え酒という療法もあるのです」神父が言った。「シルヴィアは愚か者です。プロフューモ夫人や名前は思い出せませんが何とかいう男と一緒に黒ミサごっこを行ってきたのです。あなたもお分かりでしょう。白い子山羊の喉を掻き切って、その血を撒き散らすのです。それが心の片隅にあったのですな…それほど深刻ではないでしょう。愚かな、役立たずな娘たちの集団です。醜悪ではありますが、罪として比べてみれば、手相術や占いと大して違わないでしょう。自由意志に関する罪としては、ね。白であれ黒であれ、祈りの本質は自由意志なのですから…しかし、それが彼女の心の片隅にあったのです。ですから今夜のことは決して忘れないでしょう」

「もちろん、これはあなたのお仕事ですから、神父様」サタースウェイト夫人が気だるげに言った。「あなたはかなり強烈にあの娘《こ》を叩きましたわ。あの娘がこんなに激しく叩かれたことはこれまでなかったと思います。あなたが彼女に教えないと言ったのはいったい何なのですの？」

「ただ」神父が言った。「その考えを彼女の頭に入れないのが一番良いと思ったので、彼女には言わなかったのです。ですが、彼女の夫が、やみくもに頭を下げて、狂ったように別の女を追い回すようになったら、この世は彼女にとって地獄となるでしょうな」

サタースウェイト夫人は何を見るでもなく視線を宙に浮かせていたが、それから頷いた。

「そうですわね」夫人は言った。「考えてもみませんでした。でも、彼がそんなことをするかしら？　とても健全な男ですもの」

「何がそれを止められましょう」神父が訊ねた「神の恩寵以外、何がそれを止められましょう。彼には神の恩寵などないし、それを求めもしないでしょう…それに、彼は若くて元気旺盛なのに、夫婦生活を営んでいません。わたしの知る限り、営んでいないようです。そんな事態になれば…そんなことになれば、シルヴィアは家を壊してしまうでしょうな。世界に彼女の悪行をこだまさせるでしょう」

「あなたはこうおっしゃりたいのですか」サタースウェイト夫人が言った。「シルヴィアは何か下品なことをしそうだと」

「何年も夫を苦しめてきた女は、夫を失うと皆そうなるのではありませんかな？」と神父が訊ねた。「夫を苦しめることに励めば励むほど、妻は夫を失わなければならないことを不当だと考えるものです」

「可哀想に…」と夫人が言った。「彼が平安を見出せる場所はあるのかしら？…いったいどうなさったの、神父様」

　神父が言った。

「シルヴィアがクリーム入りのお茶を出して、自分がそれを飲んでしまったことを今思い出しました。これでもうラインハルト神父にミサを挙げて差し上げることができなくなってしまいました。行って彼の助任司祭を叩き起こさなければ。森のなかに住んでいるのです」

　ドアのところで、ロウソクを掲げ持ちながら、コンセット神父が言った。

「今日も明日も起き上がらないでくださいよ。たとえそれに耐えられるとしてもね。頭痛がすると言って、シルヴィアに看病させるのです…ロンドンに戻ったら、どんなにシルヴィアが看病してくれたか触れまわらなければなりません。たとえ、わたしを喜ばせるためであっても、必要以上に度し難い嘘を言い触らすことは、できればして欲しくありませんからな…その上、シルヴィアが看病するのを観察すれば、話をもっと真実に見せかける独自の細部を付け加えることができるかもしれません…娘の袖が薬瓶を掠って通り、どんなにイライラしたかとか、そういったことを！　会衆に醜聞が伝わりさえしなければ、それで良いのです」

神父は階下に走って行った。

Ⅲ章

マクマスターがドアを押し開くのに立てたわずかな軋みに、ティージェンスは激しく動揺した。ティージェンスはスモーキングジャケットに着替え、屋根裏の寝室で一人トランプに夢中になっていたところだった。この部屋は、黒いオークの梁が、傾斜した屋根の輪郭を描くとともに、クリーム色の特殊塗料を塗った壁を四角く切り分けていた。さらに、部屋には、四本柱の寝台と黒いオークの隅戸棚が置かれ、かなり不規則に張られた光沢のあるオークの床の上には、たくさんのイグサのマットが敷かれていた。ティージェンスは、こうしたワックスで磨かれた古めかしい掘り出しものをひどく嫌っていたが、この雰囲気にはそぐわない明るさの、白い笠が付いた電灯の下、部屋の中央に置かれたお粗末なトランプ用テーブルについて座っていた。ここは修復された田舎家の一つで、こうした家を宿屋に改装するのは当時の流行だった。ここに来ることを選んだのは、過去の霊感を求めたマクマスターだった。友人が趣味を磨く邪魔をしたくなかったので、ティージェンスは、この宿屋に泊まることを承諾するにはしたのだが、彼にはもっと気障でなく値段が安い、居心地の良い近代的なホテルに泊まるほうがずっと良かったのだった。陰気にだらしなく広がるヨークシャーの大邸宅の、いわば生い茂った古めかしさに慣れたティージェンスにとっては、掻き集められたひどく惨めな品々に囲まれているのは、耐え難いことだった。こうした品々を見ると、ティージェンスは、仮装舞踏会で真面目に振る舞おうとしているような馬鹿げた気分になるのだった。一方、マクマスターは、満足して、真剣な面持ちで、黒ずんだ家具の面取りを指先でなぞり、その時々によって、これは本物の「チッペンデール」だとか、「ジャコビアンオーク」だとか宣言したものだった。長い年月を経てこのように触れられることになった骨董品のそれぞれに対して、マクマスターは厳粛で重々しい態度をとっているように見えた。しかし、ティージェンスは、そのどうしようもない品はちょっと見ただけで偽物だと分かると断言したものだった。その後、家具専門取引業者の検査のもとでその件が持ち出されると、ティージェンスが正しいことのほうが断然多かった。マクマスターは小さな溜息を吐き、目利きになる困難な道をさらに歩んで行く気持ちを新たにするのだった。そして、ついには、誠実な研鑽により、マクマスターはサマーセットハウス[1]に呼ばれ、偉大な所蔵品の価値を検認する仕事を任されるまでになった。これは名誉であるとともに、実益が伴う仕事でもあった。

　ティージェンスは動揺しているのを見られるのが嫌でたまらぬ男の極度の激しさで悪態をついた。

　マクマスターは、夜会服を着て、ひどく小さく見えたが、こう言った。

「済まなかった。邪魔されるのがどんなに嫌いかはよく分かる。だが、将軍がひどく怒っているんだ」

　ティージェンスはぎこちなく立ち上がり、洗面台を囲む紫檀の戸棚に向かってよろめき、その上からウイスキーソーダのグラスを取って、かなりの量をがぶ飲みした。それから、あたりを不安げに見まわし、「チッペンデール」の書き物机の上に置かれたノートに気づき、鉛筆で短い計算をして、友人の顔を見た。

マクマスターがもう一度言った。

「済まなかった。君の壮大な計算の邪魔をしてしまったようだな」

ティージェンスが言った。

「いや、考え事をしていただけだ。来てくれて嬉しいくらいだ。何か言っていたね」

マクマスターが繰り返して言った。

「将軍がひどく怒っていると言ったんだ。君が夕食に行かなかったのは正解だった」

ティージェンスが言った。

「そんなはずはない…怒ってなどいるものか。将軍はあの女たちと顔を合わせずに済んで大満足しているよ」

マクマスターが言った。

「将軍は警察にこのあたり一帯を捜索させ、あの女たちを見つけ出すと言っているぞ。君も明日の一番列車で出て行くべきだと」

ティージェンスが言った。

「だめだ。それはできない。僕はシルヴィアの電報をここで待たなければならない」

マクマスターが呻いた。

「いやはや！　いやはや！」それから期待を込めて言った。「ハイジに転送してもらうこともできるだろうが」

ティージェンスがいくらか声を荒らげて言った。

「いいや。僕はここを出て行かない。警察とは話をつけたし、あの下種な大臣とも話をつけた。

巡査の奥さんのためにカナリヤの脚を治してあげた。さあ、座って落ち着くんだ。警察が僕たちみたいな人間に手を出すことはない」

マクマスターが言った。

「君には人々の気持ちが分かっていないようだな……」

「もちろん分かっているさ。サンドバッチのような人間のことなら」とティージェンスが言った。

「まあ座れよ……ウイスキーを飲もう……」ティージェンスは自分の長いグラスに酒を注ぎ、それを持って、クレトンで覆われた、座面がやたらに低く赤っぽい籐椅子に腰を下ろした。体重の重みで椅子は大いに撓み、ドレスシャツの正面が顎の先まで膨れ上がった。

マクマスターが言った。「いったいどうしたっていうんだ」

ティージェンスの眼は充血していた。

「言っただろう」とティージェンスが言った。「シルヴィアの電報を待っているんだ」

マクマスターが言った。

「なるほど」それから「今夜は来ないだろう。もう一時に近い」

「来る可能性はある」ティージェンスが言った。「郵便局長と取り決めたんだ――そのためにはるばる町まで行ってきた。来ないのは、おそらく、シルヴィアが最後の瞬間まで送ろうとしないからだ。僕を煩わせるために。それでも僕はシルヴィアからの電報を待っていて、このありさまさ」

マクマスターが言った。

「あの女はもっとも残酷なけだものだな……」

「言っておくが」とティージェンスが口を挟んだ。「君は僕の妻のことを話しているんだぜ」

「分からないね」マクマスターが言った。「こう表現せずにどうやってシルヴィアの話ができるというんだい…」

「一線を引くのは簡単なことだ」ティージェンスが言った。「君が女の行動を知っていて、しかも人に訊ねられた場合には、君はそれについて話すことができる。注釈をつけてはいけない。いまの場合、君は女の行動さえ知らない。だから、口を慎んだほうがいいのだ」ティージェンスはまっすぐ正面を見て座っていた。

マクマスターは胸の奥底から溜息を吐いた。彼は自問した。十六時間の待機が友人にもたらしたものがこれだとすると、後の時間は彼にどんな作用を及ぼすだろうか、と。

ティージェンスが言った。

「あと二杯ウイスキーを煽れば、話すのにふさわしい状態になるだろう。まずは、君の別の狼狽を解決しようじゃないか…金髪の娘の名はワノップだ。ヴァレンタイン・ワノップ」

「それは教授の名だ」マクマスターが言った。

「亡くなったワノップ教授の娘なんだ」とティージェンスが言った。「小説家の娘でもある」

マクマスターが口を挟んだ。

「しかし…」

「教授の死後一年間、彼女はある家の使用人となって生計を立てた」とティージェンスが言った。「今は安普請のいなか家で小説家の母親の小間使いだ。この二つの経験が女性の運命を改善しなければならないという強い思いを彼女に抱かせることになったのだろう」

マクマスターが再び口を挟んだ。「しかし…」

「この情報は巡査が教えてくれた。僕が彼の妻のカナリヤの脚に副木をしてやっている間にね」

マクマスターが言った。

「君が転倒させた巡査が、か？」彼の眼には訳が分からんというかのような驚きの表情が浮かんでいた。マクマスターは言葉を継いだ。「それじゃあ、巡査はミス…えーっと…ワノップを知っていたんだね」

「君はサセックスの警察にあまり知性を期待していないようだな」ティージェンスが言った。「だが、君は間違っている。フィン巡査はこの数年間、警官の妻や子供たちのために年に一度開かれるお茶とスポーツの会を運営するのに携わってきた若い女性を識別できる程度には頭がいいのだ。彼が言うには、ミス・ワノップは東サセックスで、四分の一マイル（四〇〇メートル）走、半マイル（八〇〇メートル）走、走り高跳び、走り幅跳び、砲丸投げの記録保持者だそうだ。彼女があんなにも格好よく溝を跳び越せたのも、これで説明がつく…あの娘のことはそっとしておいてやれないかと僕が言うと、この善良で単純な男はすこぶる喜んだ。僭越にもミス・ワノップに逮捕状を執行するなんて、どうしてできましょうかと、彼は言っていたよ。キーキー声をあげていたもう一人の娘はよそ者らしい。おそらくロンドンっ子だろう」

マクマスターが言った。

「君はそんなことを巡査に伝えたのか…」

「もちろん伝えたさ」とティージェンスが言った。「スティーヴン・フェンウィック・ウォーターハウス閣下がよろしくと言っていたとね。もし巡査がこの女性たちの件で毎朝『捕まらず』の報告を警部に提出すれば、閣下もお喜びになるだろうと。大臣からの五ポンド札一枚、僕からの一ポンド金貨二枚と新しいズボン代、これを彼に渡した。そこで彼はサセックスで一番幸福な巡査になった。極めてきちんとした男で、オスのカワウソの臭跡と孕んだ雌犬の臭跡を区別する方法を教えてくれた…そんなことは君には興味ないだろうがね」

　ティージェンスが再び口を開いた。

「そんな途方もないアホ面をしないでくれ。あの下種野郎と夕食をともにしたと僕は言ったんだ…いや、夕食を奢ってもらった後に、こんなことを言ってはいけないな。その上、彼はとてもきちんとした男だからな」

「君はウォーターハウスと夕食をともにするだなんて、僕に一言も言わなかったじゃないか」マクマスターが言った。「ウォーターハウスはわけても長期負債委員会の委員長だから、局や我々に対して生殺与奪の権限を握っているってことを君が弁えていてくれたことを望むよ」

「君はこんなふうに思っちゃいないだろうか」ティージェンスが言った。「この世の偉い人たちと食事をともにできるのは、君だけだ、なんて！　僕はただあの男と話してみたかっただけさ…あのいまいましい連中が僕にねじ曲げさせたあの数字について、大臣に直言したいと思ったんだ！」

「信じられん」マクマスターがパニックに陥ったかのような表情で言った。「その上、彼らは君に数字をごまかすように頼んだわけじゃない。与えられた数字に基づいて計算するよう頼んだだけだ」

「とにかく」とティージェンスは言った。「僕は直言した。三ペンスの計算だと、国家を、そしてきっと政治家としてのあなたを、完全に破滅させることになると」

　マクマスターは「何ということだ！」という驚きの声をあげ、それから「自分が政府のしもべであることを思い出すんだ。あの男には…」

「ウォーターハウス氏に」とティージェンスが言った。「彼の秘書課に移ってこないかと誘われたよ。そこで僕は『くそくらえ』と言ってやった。僕と議論しながら、彼は一時間街を歩いた。…君がここに入って来たとき、僕はあの男のために、四・五ペンスを基にした計算をしていたんだ。彼が月曜日一時半の列車でロンドンに帰る時間までに、その数字を示すと約束したんだ」

マクマスターが言った。

「信じられん…だが、確かに君はイングランドでそれができるただ一人の男だ」

「ウォーターハウス氏もそう言っていたよ」ティージェンスが補足した。「イングルビーのおっさんが彼にそう言ったんだそうだ」

「ただ祈るのみだ」とマクマスター。「君が礼儀正しく答えてくれたことをね」

「僕は言ってやった」ティージェンスが答えた。「同じことができる男は十指に余るほどいます、と。そして、特に君の名前をあげておいた」

「いや、とんでもない」マクマスターが答えた。「もちろん三ペンスの割合を四・五ペンスに変えることならできるだろう。だが、これは保険統計上の変更というものであって、それには際限がない。そうしたことには指一本触れることもできない」

ティージェンスが無頓着に言った。「こんな言語道断な事柄に僕の名前が出されるのは我慢ならないんだ。月曜日にあの男に書類を渡すとき、その仕事のほとんどは君がやったと話すことにしよう」

マクマスターが再び呻くように声をあげた。

この呻きは単に相手を思い遣るだけのものではなかった。聡明な友人の成功を大いに願っていたが、マクマスターの野心は、自らの安全を強く求める欲求の一部をなしていた。ケンブリッジでのマクマスターは、数学志願者の一覧のなかで、中程度の恥ずかしくない順位にいることに完全に満足していた。彼はそれが自分を安全にしてくれることを知り、後の人生で決してずば抜けないことを保証してくれるものと考えて、ますます満足した。しかし、二年後に、ティージェンスが数学の優等卒業試験の二級合格者になったとき、マクマスターは苦々しげに声を荒らげ、失望を露わにした。ティージェンスが努力しなかったことをマクマスターは余すところなくよく知っていた。ティージェンスは十中八九、わざと努力しなかったのだ。実のところ、ティージェンスにとって、それは労をとるに価することではなかったのだろう。

マクマスターの容赦のない非難に対し、ティージェンスは、優等卒業試験一級合格者のいまいましい肩書を首に下げて残りの人生を渡っていくことは考えられなかったと答えたのだった。

しかし、マクマスターは、誰もがみな肩書をもつ集団のなかに入って、あまり注目を浴びずとも権威として動きまわることができるならば、人生はもっとも安全なものになるだろうと早くから確信したのだった。彼は大きな文字で「一級合格者」と書かれた腕章をつけてペルメル街を歩きたかった。イングランドで最年少の大法官という肩書をつけて故郷に錦を飾りたかった。世界的に有名な作家と会話をしながら、その途中、大蔵卿委員会の大多数の者に会釈して、ホワイトホールを歩き回りたかった。そして、クラブでの一時間、お茶の後で、小さな集まりとなったこうした人々が、彼の健全さを尊敬する者の礼儀正しさで、自分のことを取り扱うことを望んだのだった。そうなれば、彼は安全だった。

彼はティージェンスが今日のイングランドでもっとも聡明な男だと信じて疑わず、ティージェンスが官僚として輝かしい地位に向かって華々しく素早い出世を遂げていないと考えることほど彼に苦痛を与えることはなかった。彼はティージェンスがマクマスター自身の職位を飛び越していくのを大いに喜んだだろう――実際、彼にそれ以上の望みはなかった。飛び越しなどあり得ないのが官僚組織だとは、彼には思えなかった。

それでも、マクマスターは望みを棄てていなかった。彼は今、自分で自分に処方した出世の技術以外にも出世の技術があることを十分に意識していた。彼自身はどんなに礼を尽くしたやり方であろうと上司の誤りを正している自分を想像することはできなかった。それでもマクマスターは見知っていた。ティージェンスがほとんどすべての高官を生まれつきの愚か者のように扱いながら、誰もそのことをひどく憎んではいないことを。もちろん、ティージェンスはグロービーのティージェンスだった。だが、それだけで永久に生き残るのに十分なのだろうか。時代は変化しつつあり、今は民主主義の時代だとマクマスターは考えていた。

しかし、ティージェンスは、いわば諸手で好機を投げ出し、非礼を犯し続けた……

この日は、マクマスターには、受難の日だとしか考えられなかった。彼は椅子から立ち上がり、もう一杯自分に酒を注いだ。心痛がして酒が必要だった。クレトン地の椅子に前かがみに座ったティージェンスは、正面を睨みつけていた。

ティージェンスは「注いでくれないか」と言って、マクマスターのほうは見ずに、長いグラスを差し出した。そのグラスにマクマスターは躊躇《とまど》いがちにウイスキーを注いだ。ティージェンスが言った。「もっと注いでくれ」

マクマスターが言った。

「もう遅い時間だ。僕たちはドゥーシュマンのところで十時に朝食をとることになっている」

ティージェンスが答えた。

「心配は無用だ、マクマスター君。君の麗しの貴婦人のため参上しようじゃないか」さらに付け加え、「あと十五分待ってくれ。君に話がある」と言った。

マクマスターは再び腰を下ろし、この一日を慎重に吟味し始めた。それは大きな災難で始まり、大きな災難のままに続いた。

マクマスターは、ほろ苦い皮肉のようなものを感じながら、キャンピオン将軍の言葉を思い出し、理解しようと努めた。将軍はマウントビーの玄関のドアのところまで足を引きずりながらマクマスターと一緒に歩いてきて、彼の肩をポンと叩き、高い背を少しだけ屈めて立ち、とても親しげに言ったのだった。

「いいかね。クリストファー・ティージェンスは素晴らしい男だ。だが、彼には世話してくれるいい女が必要だ。できるだけ早く彼をシルヴィアのもとに戻すんだ。二人にちょっとした諍いがあったのではないかね。深刻なものではないのだね。クリシーが別の女の後を追い回していることはないのだろうね。ないんだね。こんなことを言って何なんだが。ないのなら、それで結構…」

マクマスターは度肝を抜かれ、門柱のように微動だにせず立っていた。そして、どもりながら言った。

「ありません。断じてありません」と。

「二人のことはかなり前から知っていてね」と将軍が続けた。「特にレディー・クローディーンがね。シルヴィアは本当に素晴らしい女だ。真っ直ぐな女だ。友人たちに対して誠実そのものだ。それに恐れを知らない。激怒した悪魔にさえ立ち向かうだろう。ベルヴォア[2]に乗って出かけるところを見るべきだよ。もちろん、君も彼女のことは知っているのだろう…なら、それで結構だ」

マクマスターは、もちろんシルヴィアのことは知っていますと、何とか答えただけだった。

「それでは」と将軍が言葉を続けた。「もし二人の間におかしなことが起きるとすれば、それはクリストファーのせいだという点では、君もわたしと同意見だね。そして、それが残念な、ひどく残念なことだという点で。あいつにはもう二度とこの家の敷居を跨がせてやるものか。だが、あいつはシルヴィアとサタースウェイト夫人のところへ行くと言っている…」

「そのとおりです…」マクマスターが口を開いた。「もちろん彼は…」

「それなら」と将軍が言った。「結構だ…だが、クリストファー・ティージェンスには良い女の支えが必要だ。あいつは素晴らしい奴なんだが。こんなにもわたしが…何と言おうか…尊敬できる男は数少ない。だが、彼には支えが必要だ。心の安定を得るためにね」

マウントビーから丘を下って走る車のなかで、マクマスターは将軍への罵りの言葉が湧いてくるのを押さえようと神経をすり減らした。将軍は分からず屋の頑固親爺で、おせっかいな大馬鹿野郎だと、マクマスターは叫びたかった。だが、彼は閣僚のスティーヴン・フェンウィック・ウォーターハウス閣下の二人の秘書と一緒に車に乗っていた。週末ゴルフを楽しむために田舎にやってきた急進的自由党員のウォーターハウス閣下自身は、保守党員の家で食事をすることは控えていた。当時、政界では、両党の間に激しい社会的反目があった。こうした状況は近年までイングランドの政界の特徴ではなかったのだが。それでも、こうした禁令は比較的若い二人の秘書にまでは及ばなかった。

マクマスターは、この二人の男たちがある種の敬意をもって自分を取り扱ってくれることに不快ならざる気持ちを覚えた。この二人はマクマスターが将軍エドワード・キャンピオン卿に親しげに話しかけられるところを見ていた。実際、彼らと車は、将軍が相客の肩をポンと叩き、二の腕を掴み、その耳に低い声で話を吹き込んでいる間、待たされていたのだった。

だが、それはマクマスターがこの機に得た唯一の喜びだった。

そう、その日はシルヴィアの手紙をもって惨めに始まった。そして、あの女への将軍のほめ言葉によってさらに惨めに終わった――もし終わったとすれば、だが。一日中、彼は勇を鼓して大いに不快な役割をティージェンスに対して演じた。君はあの女と離婚しなければならないと言って。それがティージェンスの心の平安にとって、彼の友人たちの心に平安にとって、彼の家族の心の平安にとって必要なことだと。彼の経歴のために、また彼の体面にかけて。

一方で、ティージェンスがかなりの程度、マクマスターにそう行動することを強いた面もあった。極めて不快なことだった。二人は昼食時にライに到着していた――そのときティージェンスはブルゴーニュ産ワイン一瓶の大半を飲み干していた。昼食の間、ティージェンスはマクマスターにシルヴィアの手紙を渡して読ませ、後で友人に相談することになるだろうから、友人はこの文書を知っておいたほうがよいと言ったのだった。

その手紙は何とも不埒な手紙のようにみえた。それは何も言っていないに等しかった。「わたしはあなたのもとへ戻る用意ができています」というあからさまな表明を別にすれば、この手紙には、ティージェンス夫人が〝こちら交換台〟と呼ぶ女中の奉仕を必要としている――この女中の奉仕なしにはやっていけない――といった事実ばかりが書かれていた。もし帰ってきて欲しければ、〝こちら交換台〟を戸口に待たせておくように、といった具合に。夜、寝室に退くとき、まわりにいて耐えられる者は〝こちら交換台〟の他誰もいないといった細かなことも付け加えられていた。もしあの女が連れ戻してもらいたがっているとすれば、これは彼女が書き得る手紙のなかで最善の手紙だということが、マクマスターには分かった。というのも、くどくどと弁明したり説明したりしたとすれば、ティージェンスは十中八九そんな趣味の悪い女と暮らすことはできないという態度をとっただろう。マクマスターがシルヴィアに臨機応変の才が欠けていると考えたことは一度もなかった。

それにもかかわらず、手紙を見せられたことで、マクマスターは友人に離婚を促す決意をさらに固めたのだった。彼はドゥーシュマン師を訪問する際に駆って行くつもりで借りた一頭立ての貸馬車のなかでこの活動を始めるつもりでいた。ドゥーシュマン師は若い頃にはラスキン氏の個人的な弟子で、さらにまた、マクマスターのモノグラフの主題の、詩人であり画家であった男のパトロンであり、知人だった。ティージェンスはこの訪問に同行するのを渋った。自分は街をブラブラし、四時半近くにゴルフクラブでマクマスターと落ち合うと言った。新たな知り合いを作る気分ではなかったのだ。マクマスターは友人が味わっているに違いない苦悩が分かっていたので、それも仕方ないことだと考え、一人でアイデンヒルに馬車を駆って行くことにしたのだった。

マクマスターは、これまでほとんどどんな女にも受けたことがないような強い印象を、ドゥーシュマン夫人に受けた。彼は自分がほとんどどんな女の印象でも受け入れる気分にあったことは知っていたが、そのことはドゥーシュマン夫人が与えた強い印象を説明するには到底十分でないと考えた。客間には他に二人の女がいたが、彼が招き入れられたのとほとんど同時に姿を消した。そのすぐ後で、二人が窓の外を自転車で通り過ぎていく姿を目撃したが、次に会っても自分には二人が誰だか分からないだろうということは確かだった。ドゥーシュマン夫人が立ち上がり彼を迎えながら「あのマクマスターさんではありませんこと！」という言葉を発するや、彼の眼には他の者のことはもうまったく見えなくなってしまったのだった。

ドゥーシュマン師が、かなりの財産と文化的趣味によって、しばしば英国国教会を飾る聖職者たちの一人であることは明らかだった。牧師館自体は、非常に古い赤レンガで造られた、大きな、暖かみのある荘園領主用の邸宅で、マクマスターがこれまで見たことがないほどに大きな、十分の一税の穀物を収納するための納屋が隣り合っていた。オークの屋根板が敷かれた原始的な屋根の教会自体は、牧師館と納屋のそれぞれの端が作る片隅に心地よく収まっていた。教会は三つの建物のなかでひときわ小さく、装飾もされていなかったので、小さな鐘楼が付いていなければ、上等な牛小屋であると言ってもおかしくなかった。三つの建物は皆、ロムニー湿原を見下ろす小さな丘の連なりの端に建っており、均整のとれた扇形に植えられた楡の木々によって北風から護られ、立派なイチイの木のみから出来た非常に高い垣根や低木林によって南西の風からも護られていた。要するに、ここは文化的趣味を持つ牧師にとって理想の魂の保養地であった。一マイル（約一・六キロ）以内に無骨な小作人の家は一軒たりとも建っていなかった。

要するに、マクマスターにとって、ここは英国における理想の住処だった。ドゥーシュマン夫人の客間については、そこが完全に好ましいところだったということ以外、後でほとんど何も思い出せなかった。これはマクマスターのいつもの習慣とは相容れないことだった。というのも、彼はこうしたことに感性豊かで注意深い質《たち》だったからだ。三つある長窓は完璧な芝生に面していた。芝の上にはスタンダードローズの木が一本ずつ、あるいは群をなして植えられ、その均整のとれた半球型の青葉は、彫刻された大理石の薄片みたいなピンク色の花によっていっそう引き立って見えた。芝地の向こうには、低い石垣があった。さらに、その向こうには、静かな沼沢地が広がり、日光を浴びて揺らめいていた。

部屋の家具は、木工品はと言えば、蜜蠟で艶出しされ芳醇な柔らかさを増した、褐色の、年代ものだった。部屋にある絵画はどれも、体が弱く意志薄弱な部類の唯美主義者の一人、シメオン・ソロモンが描いたものだということが、マクマスターにはすぐに分かった。百合とも言えぬ百合を運ぶ女性たちの、後光のついた、いくぶん蒼ざめた頭部が描かれていた。こうした絵はこの流派に特有のものだったが、その流派の最上のものとは言えなかった。マクマスターが理解したところでは——そしてドゥーシュマン夫人が後でその考えを裏づけてくれたのだが——ドゥーシュマン師はもっと貴重な作品を私室で保管し、どちらかというと質の劣る作品を、比較的人の出入りが多いこの部屋に、気前よく、ちょっと人を見下すように、残したままにしておいたのだった。このことは、ドゥーシュマン師が選ばれた存在だという刻印を直ちに押すことのように思えた。

しかし、ドゥーシュマン師はその場に居合わさなかった。男二人きりの会合を設定するのはかなり難しそうだった。ドゥーシュマン師は、週末は忙しいのだと、彼の妻は言った。彼女は、かすかに、どちらかというと放心したような微笑みを浮かべて、「当然のことですが」とつけ加えた。牧師が週末忙しいのは当然のことなのだとマクマスターは直ちに理解した。ドゥーシュマン夫人が、マクマスターさんとご友人は、明日——土曜日——の昼食においでいただくことにしてはどうかしら、と提案した。しかし、マクマスターはキャンピオン将軍と四人二組に分かれて行うゴルフをする約束をしていた。十二時から一時までで半ラウンド、三時から四時までで半ラウンドだった。今の予定では、マクマスターとティージェンスは六時半の列車に乗ってハイジに行くことになっていた。そうだとすると、明日はお茶の時間も夕食も不可能だった。

十分な、しかし過度ではない遺憾の念を込めて、ドゥーシュマン夫人が声を張り上げた。

「あらまあ、あらまあ！　こんなに遠くまでおいでくださったのですから、夫に会って、絵を見て行ってくださらなければ」

かなり大きな耳障りな音が部屋の端の壁を通して聞こえてきた——何匹もの犬が吠える声、何点もの家具、あるいは何箱もの荷造り用の箱が移動させられているような音、しわがれた叫び声が。ドゥーシュマン夫人が心ここにあらずといった様子で野太い声をあげた。

「大きな音を立てているわね。庭に行って夫のバラを見てみましょうか。もう少し時間がおありでしたなら」

マクマスターは心のなかで引用した。

「目を凝らし、髪の陰に隠れたあなたの眼を見た…」

瑪瑙《めのう》のような濃い青色のドゥーシュマン夫人の眼は、確かに、規則正しく波打つ濃い藍色の髪のなかに隠れていた。髪は四角く低い額の上に垂れていた。これはマクマスターがこれまで実際には見たことのない現象だった。そこで彼は嬉しくなった。これは自分のモノグラフの主題である人物の観察眼を確証してくれる事柄だった――確証が必要だったならば、であるが。

ドゥーシュマン夫人は日光を抱えていた。浅黒い肌の色は鮮やかだった。頬骨の上には明るいえんじ色が上品に広がっていた。顎骨は尖った頤まで輪郭が非常にはっきりとしていた。雪花石膏で造られた聖人の顎骨のようだった。

夫人が言った。

「もちろん、あなたはスコットランド人ね。わたしもオールド・リーキー出身ですのよ」

マクマスターは前もってそれを知っていればよかったと思った。自分はリース港の出身だと言った。ドゥーシュマン夫人に何かを隠そうなどとは思いも寄らなかった。夫人がまた強く言い張った。

「ああ、でも、もちろん、夫に会っていただいて、絵を見て行ってくださらなければ。ええと…わたしたち、考えなければ…朝食なら構いませんのね…」

マクマスターは、彼と彼の友達は政府の役人なので、早起きだと言った。この家でぜひ朝食をいただきたいものです、と応じた。夫人が言った。

「それでは十時十五分前に、うちの車をあなたの宿のある通りのはずれまで行かせましょう。十分かそこらの問題ですから、長くお腹を空かせていなくても済みますわよ」

夫人はだんだんと活気づいていき、もちろんマクマスターさんはお友達を連れてこなければなりませんと言った。ティージェンスさんにはとてもチャーミングな女の子に会えるはずだと伝えてくださいな、と。夫人は口を噤み、それから突然言い足した。「少なくとも、おそらくは」夫人が口にした名前を、マクマスターは「ワンステッド」と聞き取った。ひょっとしたらもう一人の女性にも会えるかもしれない、それにホーステッド氏とか何とかいうドゥーシュマン師の副牧師にも会えるかもしれないと。夫人は思案しながら言った。

「そうね。かなりの大きさのパーティーになるかもしれませんわね…」そして付け足した。

「とても賑やかで楽しいパーティーに。あなたのお友達が話好きだといいけれど！」

マクマスターは、それはちょっと問題だといったことを何か言った。

「いいえ、大した問題ではありませんわ」夫人が続けて言った。「それに夫のためにもなりますし」さらに続けて「ドゥーシュマンはふさぎ込んでいるのです。ここは寂しいところですもの」と言った。そして、いくぶん人を驚かせるような言葉を付け足した。「なんのかの言ったところで！」

貸馬車で戻るとき、マクマスターは心のなかで呟いた。少なくともドゥーシュマン夫人を平凡と言うことはできないと。しかし、彼女との出会いは、もう長らく離れているが愛してやまない部屋のなかに入ったかのような感じだった。心地よい気分だった。それは一つには彼女のエディンバラ人気質のせいだったかもしれない。マクマスターはエディンバラ人気質という言葉を鋳造することを自らに許した。エディンバラには社交界があった——マクマスターがそこに入る権利を与えられたことはなかったが、その年史はスコットランド文学の一部となっていた。そこでは、貴婦人たちは皆、天井が高い応接間のなかの偉大な貴婦人であり、用心深く抜け目がないが、それでいてユーモアのセンスがあり、倹しいが心から客をもてなすご婦人方であった。ロンドンの彼の友人たちの応接間に欠けているのは、おそらく、まさにこのエディンバラ人気質だった。クリシー夫人やリムー閣下夫人やデローニー夫人はほとんど完璧な行儀作法や話し方や落ち着きを身につけていた。それでも彼女たちは若くはなく、エディンバラ人でもなかった。それに際立って優美というわけでもなかった。

ドゥーシュマン夫人には、その三つが備わっていた。彼女は、自信に満ちた、穏やかな物腰を、何歳までも持ち続けるだろう。その物腰は女性の謎めいた魂を示していたが、肉体的に、彼女が三十以上ということはなさそうだった。だが、それは重要なことではなかった。というのも、肉体的な若さが必要とされるどんな活動も彼女はしようとはしなかっただろうから。例えば、走ることなど考えられなかった。彼女はただ動くだけだった——漂うかのように。マクマスターは夫人の服の詳細を思い出そうと努めた。

それは確かに濃い青色をしていた——そして絹でできていた。いくぶん粗く織られていたが、上質な生地で、襞には小さな飾り結びによってできた銀色の微光が宿っていた。しかし、とても濃い青色だった。それは芸術性を——完全にあの流派の——芸術性を狙ったものだった。それでいて、格好よかった。もちろん袖はとても大きかったが、それでもよく似合っていた。夫人は光沢のある黄色い琥珀の大きな首飾りを下げていた。濃い青色のドレスの上に。そしてドゥーシュマン夫人は、夫のバラの上に身を屈め、この花を見ると、羊色の雲の形をしたものが地上を冷やすために降りてくるところが思い浮かぶのですと言った。…何とも魅力的な考えだった！

マクマスターが突然心のなかでつぶやいた。

「ティージェンスのお相手に申し分ない」さらに頭のなかで続けた。「彼女の影響を受けて悪いわけがあるまい」と。

やがて、眼前に一つの光景が開けた。マクマスターはティージェンスがドゥーシュマン夫人に対して独自の責任を負うところを想像した。正当な、穏やかな情熱のこもった、社会に容認された動機による責任を。そして、その付き合いにより「大いに高められる」ところを。そしてマクマスター自身は、一年か二年後に、ついに見つけた喜びの女性をドゥーシュマン夫人のところへ連れて行き、教えを受けさせ――この喜びの女性も用心深いが、若くて印象的な女のはずだ――彼女に夫人の神秘的で自信に満ちた作法と、装いの才と、琥珀を身につけスタンダードローズの上に身を屈めるコツと、さらには、エディンバラ人気質を学ばせるのだ。

マクマスターはこのように少なからず興奮していたため、大きなトタン波板張りのクラブハウスのなかの、緑色の染みがついた家具や絵入り新聞に囲まれてお茶を飲んでいるティージェンスを見つけると、大きな声をあげざるをえなかった。

「ドゥーシュマン夫妻が僕ら二人を明日の朝食に招待してくれたのを受け入れてきた。構わないだろうね」だが、ティージェンスはキャンピオン将軍と将軍の義理の弟でクローディーン令夫人の夫であるこの地区の保守党議員、ポール・サンドバッチ閣下と小さなテーブルを囲んでいた。将軍はティージェンスに上機嫌で言った。

「朝食だって！　ドゥーシュマンのところの！　行くといい。これまでの人生で最高の朝食を味わえるぞ」そして義弟に付け加えた。「クローディーンが毎朝我々に出してくれるインド料理もどきとはわけが違う」

サンドバッチがブツブツと不満そうに言った。

「あそこの料理人を盗む努力が足らないわけではないのですよ。この地に来ると、クローディーンはいつもそのための努力をしていますと」

将軍が機嫌よくマクマスターに言った。将軍はいつも機嫌よく、半ば微笑み、少し歯擦音を響かせて話した。

「弟はまじめに言っているわけではないんだ。分かるだろう。妹は料理人を盗もうなんて考えやしない。いわんやドゥーシュマン夫人からだなんて。恐れ多いことだと思っとるさ」

サンドバッチがブツブツと不満そうに言った。

「誰だってそう思うでしょうよ」

この二人の紳士はどちらも脚が不自由だった。サンドバッチ氏は生まれながらにしてそうであり、将軍は小さな自動車事故の結果を放置していたせいだった。実際、将軍には一つだけ虚栄心があった。それは自分に自分のお抱え運転手をする能力があるという確信だった。しかし、実は運転が下手で、おまけに不注意だったので、頻繁に事故を起こしていた。サンドバッチ氏は、浅黒く丸いブルドッグのような顔をした、荒々しい態度の男だった。彼は当時の大蔵大臣に「嘘つき弁護士」というレッテルを張りつけたことで二度登院停止処分を喰らっていた。そして、まだ登院停止の状態にあった。

このとき、マクマスターは不快な動揺を覚えた。彼は感受性が強く、その場に漂う不快な肌寒さをはっきりと意識した。ティージェンスの目元もこわばった。ティージェンスは真っ直ぐに前を見据えた。沈黙が流れた。ティージェンスの背後には、緑色の上着と赤いメリヤスのチョッキを着た赤ら顔の男が二人いた。一方は、髪が薄く金髪で、もう一方は、際立って脂ぎった黒髪だった。二人とも四十五がらみだった。彼らは少し口を開け、ティージェンスのテーブルに就いた人たちをじっと見ていた。さらに、あからさまに聞き耳を立てていた。どちらの男の前にも、飲み干したスロージンのグラスが三つとソーダで割ったブランデーが半分残る一個の大コップが置かれていた。将軍が、妹はドゥーシュマン夫人の料理人を盗もうとしたわけじゃないと説明した理由をマクマスターは理解した。

　ティージェンスが言った。

「さっさとお茶を飲み干して出かけましょう」彼はポケットから何枚かの電報発信紙を取り出して整え始めた。将軍が言った。

「そうカリカリしなさんな。我々はまだ出発できんのだよ…ここにいる紳士諸兄が出発するまではね。我々は歩くのが遅いのだ」

「そうだとも。わたしたちはすっかり立ち往生してしまうだろう」サンドバッチが言った。

　ティージェンスは電報発信紙をマクマスターに渡した。

「これに目を通しておいてくれ」ティージェンスが言った。「ゴルフの試合の後、もう今日は会えないかもしれないから。君はマウントビーで食事をすることになっている。将軍が車で送ってくれる。クロード令夫人は僕の欠席を許してくれるだろう。仕事があるんだ」

　これはすでにマクマスターが当惑していた問題だった。ティージェンスがサンドバッチ夫妻のところで食事をとるのを好まないことにマクマスターは気づいていた。夫妻は、極めて粋ではあるが普通以上に知性のない連中を招くのを慣わしとしていた。実際、ティージェンスはこうした雑踏を、党の――つまり保守主義の――悪疫流行の地だと呼んでいた。しかし、マクマスターは、友にとっては、群衆で込み合った街の暗い片隅で一人ふさぎ込んでいるよりは、不快な晩餐に出るほうがまだましたろうと考えざるをえなかった。そのとき、ティージェンスが言った。

「僕はあの下種野郎と話をつけてくる」ティージェンスが角張った顎を激しくしゃくりあげ、マクマスターはブランデーを飲んでいる二人の男たちの先に、頻繁に風刺画に描かれてお馴染みではあるが、それでも誰の顔だか分からない一つの顔を見た。マクマスターはすぐにそれが誰だか特定することができなかった。政治家には違いなかった。おそらく大臣だろう。しかし、どこの？　マクマスターの頭はすでにひどい混乱状態にあった。渡された電報をちらっと見ると、電報はシルヴィア・ティージェンスに宛てたもので、「了解」という文字で始まっていることが分かった。マクマスターはすばやく訊ねた。

「もう送ったのか。それとも、これは下書きかね」

ティージェンスが言った。

「あいつはスティーヴン・フェンウィック・ウォーターハウス閣下だ。長期負債委員会の議長。局で我々に報告書を偽造させた下種野郎だ」

それはマクマスターがこれまでに味わったなかで最悪の瞬間だった。さらに最悪の瞬間がやって来た。ティージェンスが言った。

「僕はあの男と話をつけてくる。だからマウントビーで食事はとらない。これは国に対する義務だ」

マクマスターの脳は動きを止めた。彼は全面窓ばかりの空間にいた。外は日が照っていた。そして雲が出ていた。ピンク色と白の。羊毛のような！　何艘かの船もあった。そして二人の男がいた。一人は黒い脂ぎった髪、もう一人は金髪で、禿げたところに染みができている。彼らは話していたが、その言葉はマクマスターに何の印象も与えなかった。黒い脂ぎった髪の男が、ガーティーはブダペストに連れて行かないつもりだと言った。絶対にね。そう言って、悪夢のような瞬きをした。その先には二人の若者と荒唐無稽な顔が一つ…そのすべてが悪夢のようで、閣僚の容貌もマクマスターには歪んで見えた。それはまるで無言劇の途方もなく大きな仮面、巨大な鼻と細長い中国人のような目をした、ピカピカ光る仮面のようだった。

それでいて、それは不快というわけではなかった。マクマスターは信念においても、生まれにおいても、気質においても、ホイッグ党員だった。公僕は政治活動を控えるべきだと考えていた。自分が自由党の閣僚を醜いと考えるとは思ってもみなかった。ウォーターハウス氏は、ざっくばらんな、ユーモラスな、やさしい表情をしているように見えた。彼は秘書たちの一人の話にうやうやしく耳を傾けていた。その若者の肩に手を載せ、いくぶん眠たげに少し微笑みながら。明らかに働きすぎだった。それでも、自制心をかなぐり捨て、腹を抱えて笑った。その脇腹には贅肉が付いていた。

何と哀れなことか！　何と哀れな！　マクマスターはティージェンスの判読しがたい筆跡で書かれた理解不能な言葉の流れを追っていた。「享受しない…家ではなくアパートに…子供は姉のもとに残し…」彼の目はこうした文字の上を行き来した。彼は言葉を結びつけるために、たびたび読むのを中断した。脂ぎった髪の男が吐き気を催させるような声で、ガーティーはセクシーな女だ、だが、君が話していたジプシー娘たちと一緒にブダペストに送るべき女ではないと話していた。ああ、もう五年間もガーティーを囲っているのだ。細君以上の存在だと、男は言った。相棒の返答はまるで胃弱のせいで出たゲップのようだった。ティージェンス、サンドバッチ、そして将軍が、火搔き棒のように身をこわばらせた。

何と哀れなことか、とマクマスターは思った。

自分が付き添うべきだったのだ…陽気な大臣に付き添うのが、楽しくかつ正しいことだった。普通ならば、マクマスターはそのようにしたものだった。その土地で最高のゴルファーは著名な訪問客と一緒にプレーすることを心がけるものであり、イングランド南部に、通常、彼を打ち負かすことのできる者は、ほとんどいなかった。彼は四つのときに、町のゴルフ場で、小型の五番ウッドと拾った紛失球を使ってゴルフを始めた。毎日、貧民学校に通い、昼食に家に戻り、再び学校に行き、それから家に寝に戻った。灰色の海のそばの、イグサの生えた砂地のゴルフ場を通って往来した。両足に履いたシューズは砂だらけになった。拾った紛失球は、三年は持たせた…マクマスターが大声をあげた。「何ということだ！」彼はティージェンスが火曜日にドイツに行くつもりであることを電報から推測した。マクマスターの不意の絶叫に呼応するかのようにティージェンスが言った。

「まったくだ。何とも我慢ならない。将軍、もしあなたがあの下種どもの口を閉ざさないなら、僕が閉ざします」

将軍が歯の間からシュッという音を発した。

「ちょっと待ってくれ。ちょっと…たぶん、あの、もう一人の男がやってくれるだろう」

黒い、脂ぎった髪の男が言った。

「もし君が言う通りに、ブダペストがトルコ風呂やら何やらで、娘たちに最適の場所ならば、我々はその古い町でどんちゃん騒ぎをしてやることにしよう」そう言って、ティージェンスに目配せした。男の友人は顔を伏せ、心のなかで不満の声をあげるかのように、染みのある額越しに不安げな視線を将軍に向けた。

「細君を愛していないというわけじゃ」ともう一方の男が理屈っぽく話を続けた。「そういうわけじゃないんだ。妻は申し分ない女だ。ところがガーティーが現れた。セクシーな奴だが、細君以上だ。だが、男が望むのは…」そして突然、「ああ」と絶叫した。

非常に背が高く、痩せ、赤い頬をし、白髪を梳かして前に垂らした将軍が、両手をポケットに突っ込み、二ヤード（約一・八三メートル）もない距離を、長い散歩をしているかのように歩いた。将軍は男たちをまさに上から見下ろす位置に立ち、男たちは気球を眺める児童たちのように目を見張って、将軍を見上げた。将軍が言った。

「紳士諸兄、うちのゴルフ場で楽しんでいただきまして光栄です」

禿げている男がいった。「ええ…楽しんでいます。最高級です。申し分ありません」

「しかし」将軍が言った。「賢明ではありませんな…家庭の状況を…ええ…カ…カ…会食室や…クラブハウスで論じるのは。他の人に聞こえるかもしれませんからな」

脂ぎった髪の男が半ば立ち上がり、大声をあげた。

「ああ、その…」もう一人の男がぼそぼそと言った。「黙るんだ、ブリッグズ」

将軍が言った。

「わたしはクラブの会長なもので。クラブの会員やお客様の大多数が楽しめるようにするのが、わたしの務めなのです。お気に障らなければよろしいのですが」

将軍は自分の席に戻った。苛立たしさに震えていた。

「あいつら同様のひどい無作法者になってしまったわい」と彼は言った。「だが、いったい全体、他にどうしたらよかったというのだ」二人のシティーの金融業者はそそくさと更衣室に入って行った。気まずい静寂が立ち込めた。マクマスターは気づいた。少なくも、ここにいるトーリー党員たちにとっては、実際、これは世の終わりなのだ、イングランドの最後なのだ、と。彼は心に狼狽を覚えながら、再びティージェンスの電報のことを考えた…ティージェンスは火曜日にドイツに行くことになるのだ。局を辞することを申し出た。考えられないことだ。想像を絶する！

マクマスターはもう一度最初から電報を読み始めた。薄っぺらな紙の上に影が落ちた。ウォーターハウス閣下がテーブルの上座と窓との間にいた。閣下が言った。

「我々も大変ありがたく思っておりますよ、将軍。あの好色な男たちの淫らな話を我々自身が弁護することはありません。我々の友人たちを女権論者にするのは、ああいった連中です。ああいったことが女権論者の存在を正当化するのです…」そして、言葉を継いだ。「やあ、サンドバッチ。休暇を楽しんでいるかね」

将軍が言った。

「わたしはあなたがああした連中を叱る仕事を始めてくれると期待していたのですが」

サンドバッチがブルドッグのような顎を突き出し、頭皮に生えた短髪を逆立てて、吠えた。

「やあ、ウォータースロップス。役得を楽しんでいるかね」

背が高く、猫背で、もじゃもじゃの髪を生やしたウォーターハウス氏が、上着の縁を持ち上げた。それはあまりにボロボロだったので、肘から藁が突き出ているかのように見えた。

「女権論者たちがこんな姿にしてしまったのだ」氏は笑いながら言った。「君たちのうちの一人はティージェンスという天才ではないのかね」彼はマクマスターを見ていた。

将軍が言った。

「こちらがティージェンス…こちらがマクマスター」

大臣がとても親しげに話し続けた。

「ああ、君か…折を見て君にお礼を言いたいと思っていたのだ」

ティージェンスが言った。

「おやおや！　何のためにですか」

「分かっているだろう」大臣が言った。「我々は君の数字なくしては、次の会期まで、下院に法案を提出することができなかったのだよ…」彼はいかにもいたずらっぽく言った。「そうだろう、サンドバッチ」そしてティージェンスに言い添えた。「イングルビーが話してくれたよ…」

ティージェンスは真っ青になり、身をこわばらせた。

「手柄となるようなことは何もしていません…わたしが考えるには…」

マクマスターが大声をあげた。

「ティージェンス…君は…」マクマスターは何と言ったらよいか分からなかった。

「ああ、君は謙虚すぎる」ウォーターハウス氏はティージェンスに有無を言わせなかった。「わたしたちは誰に感謝すべきか知っているのだよ…」彼は少々無造作にサンドバッチのほうへ目を向けた。そのとき、彼の顔がパッと明るくなった。

「なあ、おい、サンドバッチ」ウォーターハウス氏が言った。「こっちに来てくれ」氏は一、二歩さがり、連れの若者の一人に声をかけた。「おい、サンダーソン。巡査に酒を一杯奢ってやってくれ。旨くて強い酒をな」サンドバッチは椅子からぎこちなく立ち上がり、脚を引き摺って大臣のもとへ歩いて行った。

ティージェンスが喚き声をあげた。

「僕が謙虚すぎるだって！　この僕が！…あの下種野郎…口にするのも汚らわしい下種野郎だ！」

将軍が言った。

「いったいどういうことだ、クリシー。おまえはおそらく謙虚すぎるのだ」

ティージェンスが言った。

「くそっ。これは深刻な問題なんです。それによって、汚らわしい勤め口から僕は追い出されようとしているのですから」

マクマスターが言った。

「いや、いや、君は間違っている。間違った見方をしている」そして、将軍に対し、大いに真心込めた説明を行った。それはマクマスターがすでに大きな苦痛を感じていた問題だった。新しい法案を下院に提出する際に使いたいいくつかの一覧表を説得力あるものとするための数字を、政府が統計局に求めてきたのだ。ウォーターハウス氏がその法案を提出することになっていた。

いま、ウォーターハウス氏は、サンドバッチ氏の背中をポンポンと叩き、髪の毛が目にかからないように掻き揚げ、ヒステリーになった女学生のように笑っていた。氏は突然疲れてしまったように見えた。ボタンを輝かせた巡査がガラス戸の外に現われ、白目《しろめ》の甕から酒を飲んだ。二人のシティーの金融業者が更衣室から出てきて、服のボタンをはめながら部屋の隅を横切り、同じドアのほうへと走って行った。大臣が大声で言った。「ギニー金貨を使って、少し多めに支払うんだぞ」

マクマスターには、ティージェンスがこんなに陽気で気取らない男を、口にするのも汚らわしい下種野郎と言うのは、ひどく間違ったことのように思えた。公平なことではない、と。マクマスターは将軍への説明を続けた。

政府はＢ７と呼ばれる算定方法に基づく一連の数字を求めています。ところが、ティージェンスは——自己啓発のために——Ｈ19と呼ばれる算定方法に基づいて計算し、Ｈ19が数理上健全な最低値だと確信するに至っているのです、と。

将軍が楽しげに言った。「わたしにはまったくチンプンカンプンだ」

「いえ、いえ、決してそんなことはありません」マクマスターはそう言っている自分の声を聞いた。「こういうことなんです。クリシーは政府によって——サー・レジナルド・イングルビーによって——３×３ならどういう結果になるか、その解を出すように求められたのです。原理的にはそういう類のことでした。彼は国を破滅から救う唯一の数字は９×９だと言ったのです」

「政府は実のところ、労働者のポケットに金を注ぎ込みたかったのだ」将軍が言った。「無益な金をな——おそらく票を買うための金だ」

「しかし、要点はそういうことではないのです」マクマスターが思い切って言い放った。「クリシーが求められたのは、３×３の結果がどうなるか計算せよ、ということだけでした」

「ああ、クリシーはそれをやってのけ、大変な賞賛を受けたようだ」将軍が言った。「何も問題はないさ。我々はいつでもクリシーの才能を信じている。だが、あいつは我の強い奴だからな」

「彼はこの件でサー・レジナルドに大変失礼な態度をとったのです」マクマスターが話を続けた。

「いやはや、いやはや」将軍はティージェンスに向けて頭《かぶり》を振り、いかにも正規軍将校らしく、慎重に顔には出さないようにしつつも、少々がっかりした表情を浮かべた。「上官への無礼については聞きたくないね。どんな業務においてもだ」

「僕には考えられません」ティージェンスがこの上なく穏やかに言った。「マクマスターが僕に対して完全に公平であるとは。もちろん彼には、服務規律が何を求めているか、意見を述べる権利があります。僕は確かに、そんな卑劣な仕事をするよりは辞職するほうがましだとイングルビーに言ってやりました…」

「おまえはそんなことを言うべきじゃなかった」将軍が言った。「皆がおまえにみたいに振る舞ったとしたら、公務はどうなるのだ」

サンドバッチが笑いながら戻ってきて、低い肘掛け椅子に苦心して腰を下ろした。

「あの男はな」サンドバッチが話し始めた。

将軍がわずかに片手をあげて制した。

「ちょっと待ってくれたまえ」将軍が言った。「ここにいるクリシーに言わんとしていたところだ。もしわたしがアルスター義勇軍[3]を制圧する仕事を――もちろん正規の命令でだ――任されたなら、わたしはいっそ踏ん切りをつけるだろうと…」

「当然だ。アルスター義勇兵はわれわれの兄弟だ。卑劣な嘘つき政府を地獄落ちにするのが先決だ」

「いや、わたしは命令を受け入れると言おうとしたんだ」将軍が言った。「任務を投げ出したりはしないとね」

サンドバッチが言った。

「何ということを」

ティージェンスが言った。

「僕はそんなことはしてません」

サンドバッチが大声をあげた。

「将軍、あなたという人は！　クローディーンやわたしが言ったことの後でよくも…」

ティージェンスが割って入った。

「すみません、サンドバッチ。今のところ、僕はこの叱責を受け入れるつもりです。でも、僕はイングルビーに無礼な態度をとってはいません。もし僕が彼の言ったことや彼自身を侮辱したのだとすれば、それは失礼にあたったでしょう。でも、僕はそんなことはしませんでした。イングルビーもまったく腹を立ててはいませんでしたよ。まるでオウムみたいにしゃべっていましたが、腹を立ててはいませんでした。それで、僕は彼に説得を続けさせておいたのです。実際、彼は正しいことを言っていました。もし僕がその仕事を引き受けなければ、あの下種野郎どもが公開試験で登用された主任事務官を使って、誤った前提でその仕事をやり直させるばかりか、一覧全体をごまかすように仕向けるだろうと指摘したのです」

「わたしも同意見だ」と将軍が言った。「もしわたしがアルスター制圧の任務を引き受けなければ、政府は三国中のすべての農家を焼きつくし、すべての女性を凌辱する野郎を任命するだろう。政府はいざというときのために、そういう輩を用意している。そいつはコンノート・レインジャーズ連隊[4]に、一緒に北進するよう求めさえすれば足りるのだ。それが何を意味するかは、君たちにも分かっているだろう。それでもやはり…」彼はティージェンスを見た。「上官に無礼な態度をとるべきではない」

「無礼な態度はとらなかったと言っているではありませんか。そんな優しい、父親ぶった目で見ないでください。そうした眼差しはご自身に向けておいてください」

「君たち頭の良い男たちは！」将軍が言った。「君たちだけで、国や軍や何もかもを運営できるわけではないのだよ。わたしやサンドバッチのような、頭の悪い愚か者も必要なのだ。ここにいる健全な節度ある頭をもった者たちと並んでね」将軍はマクマスターを指差し、立ち上げると、言葉を継いだ。「さあ、行こう。君はわたしと同じ組で回ってくれ給え、マクマスター。君はかなりの腕前らしいからな。クリシーは役立たずだ。サンドバッチと組めばいい」

将軍はマクマスターと一緒に更衣室のほうへ歩いて行った。

ぎこちなく椅子からもがき出たサンドバッチが叫んだ。

「国を救うだと…糞くらえだ…」彼は両脚をしっかりと据えて立った。「わたしやキャンピオンは…国の来し方行く末を見守っているのだ。クラブハウスのあの二人の下種野郎やら、野蛮な女どもから大臣を守るために一緒にゴルフ場を歩き回る警官やら…まったくもって！　あいつらの背中の皮を剝いでやりたいものだ。本当に、まったくもって」

サンドバッチが言い足した。

「ウォータースロップスという奴は、きっぷのいい奴だ。われわれの賭けについて君たちに話せなかったが。君たちが大声をあげていたものだからな。…君の友人は本当にノース・ベリックでプラス1なのかね？　君はどうだね？」

「マクマスターは十分練習を積んでいるときには、どこででも優にプラス2ですよ」

サンドバッチが言った。

「それはそれは…たいしたものだ…」

「僕のほうは」ティージェンスが言った。「この忌まわしいゲームは嫌でたまらないのです」

「わたしもだ」とサンドバッチが答えた。「我々はあいつらの後をただとぼとぼと歩いていくことにしよう」

Ⅳ章

彼らは、高い空の下、遠景全体がくっきりと鮮やかに輪郭を描く、明るく開けた場所に出た。彼らは七名の小さなグループを作り――ティージェンスはキャディーを付けようとしなかった――最初の平らなティーグラウンドで待った。マクマスターがティージェンスに近寄って、小声で言った。

「本当にあの電報を送ったのか?」

ティージェンスが言った。

「もうドイツに着いているだろう」

サンドバッチが他の一人一人のもとへ不自由な脚を引き摺って歩いて行き、ウォーターハウスとの賭けの条件を説明した。ウォーターハウス氏は、彼と組になってプレーする若者たちの一人が、十八ホール中二度、彼らの前方でプレーしている二人のシティーの金融業者にティーショットを打ち込み、球をぶつけるだろうと主張した。大臣がかなり高い賭け率を飲んだので、サンドバッチはウォーターハウスのことをきっぷのいい奴だと考えたのだった。

ウォーターハウス氏と彼の二人の連れ合いは、第一ホールをだいぶ先まで進み、最初のグリーンに近づいた。右手には高い砂丘の連なりがあり、左手には生い茂るイグサと狭い排水溝に挟まれて道路が走っていた。閣僚の前方では、二人のシティーの金融業者とそのキャディーたちが、排水溝の縁に立ったり、藺草のなかを突いたりしていた。二人の女の姿が砂丘の上の方で見え隠れしていた。巡査はウォーターハウスがいるのと同じ高さの道路をぶらついていた。将軍が言った。「さあ、われわれももう出発しよう」

　サンドバッチが言った。

「ウォータースロップスが次のティーからあいつらを狙うだろう。連中は溝に嵌っちまったようだからな」

　将軍が真っ直ぐな、かなり良い打球を飛ばした。ちょうどマクマスターがスイングしているときに、サンドバッチが叫んだ。

「たまげた！　もう少しで当たるところだった。あの男の飛び跳ねようを見てみたまえ！」

　マクマスターが肩越しに振り向き、歯の間から立腹のシュッという音を出した。

「人が打っているときに大声を出してはいけないってことを知らないのですか。それともゴルフをしたことがないのですか」そう言って、マクマスターは球のあとを急ぎ追って行った。

　サンドバッチがティージェンスに言った。

「いやはや、あの男、癇癪を起こしているぞ」

　ティージェンスが言った。

「このゲームに関してだけです。あなたはそれに値するだけのことをしたのですよ」

　サンドバッチが言った。

「確かにそうだな…だが、あの男のショットを台無しにしたわけじゃないぞ。将軍より二十ヤード先まで飛ばしたじゃないか」

ティージェンスが言った。

「あなたのことがなければ、六十ヤード（約五十五メートル）先まで飛ばしたでしょう」

二人は他の者たちが遠くに離れるまで、ティーグラウンドをブラブラして時間をつぶした。サンドバッチが言った。

「これは驚いた。あの男、二打でグリーンに乗せたぞ…あんなに小柄なのに信じられん！」さらに言葉を継いで、「それほど高い階級に属する人物ではないのだろう」と言った。

ティージェンスは相手を軽蔑の目で見た。

その上で「いや、我々とほぼ同じ階級の人間です」と言った。「彼なら、前の二人にティーショットを打ち込めるか賭けたりはしませんよ」

サンドバッチは、ティージェンスがグロービーのティージェンスであることで、彼のことを嫌っていた。ティージェンスはサンドバッチの存在に腹を立てていた。サンドバッチは、グロービーから七マイル（約十一キロ）ばかりのところにあるミドルバラ市の、貴族である市長の息子だった。クリーヴランドの地主とクリーヴランドの富豪の反目はとても凄まじい。サンドバッチが言った。

「なるほど、あの男が君を、女どもとのいざこざや大蔵省とのいざこざから救ってくれるんで、そのお礼に君はあの男を連れ回しているってわけか。実用的な組み合わせだな」

「ポトル・ミルズとスタントンのようにね」とティージェンスが言った。この二つの製鉄所の合併を巡っての財政運営で、サンドバッチの父は、クリーヴランド選挙区で、相当な顰蹙を買ったのだった。

「何を言うか、ティージェンス」しかし、サンドバッチは気持ちを切り替えて、言った。

「さあ、もう行ったほうがいいだろう」サンドバッチは、ぎこちない動作ながら、それなりの腕前を発揮して、ティーからボールを打ち出した。彼の腕前がティージェンスより優っていることは確かだった。

二人は非常にゆっくりとプレーし――というのも、二人とも気が散っていて、おまけにサンドバッチはひどく脚が不自由だったからだ――彼らが三番目のティーグラウンドを離れる前に、他の者たちの姿は沿岸警備隊の家屋と砂丘との背後に隠れてしまっていた。脚が不自由なために、サンドバッチはかなり球をスライドさせた。今回は、建ち並ぶ家屋の前庭に球を入れてしまい、キャディーの少年と一緒に、低い塀の向こうのジャガイモの収穫後の茎の間に球を探す羽目になった。ティージェンスは気だるげに自分のボールを叩き、フェアウェイに乗せ、革ひもで荷物を引っ張りながら、ぶらぶらと歩を進めて行った。

ティージェンスは競技的性格を持つどんな活動も嫌いだったが、それに違わず、ゴルフも大嫌いだった。それでも、練習のためマクマスターが遠出するのに同行するときには、軌道の計算に熱中することができた。彼がマクマスターに同行するのは、この友人に明らかに自分より技量で勝る娯楽があることを嬉しく思ったからだった。というのも、常に相手を圧倒するばかりでは退屈だからだ。しかし、ゴルフをするときには、どの週末も、ティージェンスは三つの異なった、可能ならばまだ行ったことのないコースを利用することを条件として要求した。そうすることで、彼はコースの設計のされ方を研究し、ゴルフコース建設に対する鑑識眼を養い、傾斜したクラブの表面からのボールの飛び出し方に関する、そしてまた、それぞれの筋肉によって生み出される仕事量に関する、さらにまた回転運動の理論に関する、難解な計算をすることができた。彼はしょっちゅう、マクマスターはまあまあな腕前の平均的なプレーヤーだと偽って、彼を、平均的なまあまあな腕前の他人に押しつけた。そして自分はクラブハウスで競走馬の血統と形態を調べて過ごしたのだった。というのも、どのゴルフ場にもラフズガイド[1]が備えられていたからだった。春には、柔らかい嘴の鳥の巣を探して調べたものだった。彼は博物学や野外植物学は嫌いだったが、カッコウの生態には関心があった。

今回は、五番アイアンで打った別のショットのメモをちょっと調べただけで、ノートをポケットに仕舞い込み、表面が異常にでこぼこした、手斧のようなヘッドが付いた九番アイアンを持ってボールに向かった。グリップを握るとき、彼は几帳面に、小指と薬指を柄の革の部分から離した。サンドバッチが少なくとも十分間は姿を消していてくれるだろうことを彼は神に感謝した。サンドバッチはけち臭く行方不明になったボールの後を追っていた。ティージェンスは照準射撃のために撃鉄を半分起こした状態へと、非常にゆっくりと九番アイアンを持ち上げていった。

誰かが、小さな肺から少し荒い息を吐きながら、そばに立って自分を見ているのに、ティージェンスは気づいた。彼が縁なし帽の縁の下から目を向けると、実際、左右一組の白い少年用サンドシューズの先端が見えた。彼はショットを打つとき個人的栄光を少しも渇望していなかったので、見られることに少しも狼狽は感じなかった。

声がした。「あのう…」

ティージェンスはボールを見つめ続けた。

「ショットを台無しにしてごめんなさい」と声は言った。「でも…」

ティージェンスはクラブをすっかり下に置いて、背を伸ばした。顔をこわばらせた、色白の若い女性が、じっと彼を見つめていた。短いスカートをはいていて、少し喘いでいた。

「あのう」と女が言った。「あの男たちがガーティーを痛めつけないようにどうか取り計らって！　見失ってしまったんです」女は砂丘のほうを指差した。「あの男たちのなかには、ケダモノがいるようですから」

こわばった顔以外には何の変哲もない娘のように見えたが、目は青く、白い布製の帽子の下の髪の毛は、明らかに金髪だった。縞模様の木綿のブラウス姿だったが、淡黄褐色のツイード地のスカートを上手に着こなしていた。

ティージェンスが言った。

「デモをしていたのですか」

女が言った。

「もちろんです。原則的に、あなたは反対のお立場でしょう。でも、女が手荒く扱われるのをお見過ごしにはならないはずよ。おっしゃるまでもなく、わたしには分かるのです」

騒音が聞こえた。五十ヤード離れた低い庭壁の向こうで、サンドバッチがまるで犬のように吠えていた。「ウォー、ウォー、ウォー、ウォー」と身振りを交えながら。サンドバッチの少年キャディーがゴルフバッグに絡みつかれながらも、庭壁をよじ登ろうとしていた。巡査は高い砂丘の天辺に立ち、両腕を水車のように振り回し叫んでいた。巡査の脇と背後に、将軍とマクマスターの頭、そして二人の少年キャディーの頭が上って来るのが見えた。さらにその向こうに、ウォーターハウス氏と彼の二人の連れ合い、さらに彼らの三人の少年キャディーが姿を現わし、一幅の絵が完成しそうだった。大臣は一番ウッドのクラブを振って叫んでいた。皆が叫んでいた。

「いつものネズミ狩りよ」と女が言い、人数を数えた。「十一人にキャディーが二人！」女は満足を表した。「二人のケダモノを除いて、皆をわたしが先導してきたの。ケダモノたちは走れなかったわ。でも、ガーティーも走れないのよ」

女が切羽詰って言った。

「さあ、一緒に来て！　あなたはガーティーをあのケダモノたちの手に委ねたりはしないでしょ。あの人たちは酔っ払いよ」

ティージェンスが言った。

「それじゃあ、離れているんだ。ガーティーの面倒は僕が見る」彼は荷物を手に持った。

「いいえ、わたしも行くわ」女が言った。

ティージェンスが言った。「だめだ、牢屋にぶち込まれたくはないだろう。さっさと立ち去るんだ」

女が言った。

「冗談じゃないわ！　わたしはもっとひどいことに耐えてきたのよ。九か月の下働き女中の労働に…さあ、行きましょう」

ティージェンスが走り出した。紫色を見たサイのように。彼には激しい拍車がかかった。というのも、鋭いかすかな悲鳴が彼の体に突き刺さるように聞こえたからだった。女が彼の脇を走っていた。

「あなたは…足が…速いのね！」女はあえぎながら言った。「スパートして」

暴力を防ぐために悲鳴をあげるのは、当時のイングランドではまれなことだった。ティージェンスは、そんなものを聞いた試しがなかった。それは彼をひどく動揺させた。ただ、彼は、広々と開けた田舎の風景に感じ入るばかりだった。ボタンのせいで一際目立つ巡査が、円錐形の砂丘を斜めに用心深く降りてきた。銀色のヘルメットや何やらを身に着けた街の警官が広く開けた田園風景のなかにいるのはグロテスクな感じがした。その姿はとてもはっきりしているようでいて、しかも漠然としていた。ティージェンスはまるで自分が明るい博物館のなかにいて、いろんな標本を見ているかのような気分だった…

狩り出されたネズミみたいにすっかり恐慌をきたした小柄な若い女が、緑色の小丘の角を回ってやって来た。「これが襲われた女だ」とティージェンスは頭のなかでつぶやいた。女は砂におおわれた黒いスカートをはいていた。ちょうど砂丘を転がり降りてきたところだった。灰色と黒の縞模様のブラウスを着ていたが、ブラウスは片袖が肩のところで完全に引きちぎられ、そこからは白いキャミソールが覗いていた。勝利感と息切れで顔を真っ赤にした二人のシティーの金融業者が、砂丘の肩を越えてやって来た。二人の赤いニットのチョッキが鞴《ふいご》のように激しく上下した。黒髪の男は気味の悪い好色な目をし、黒と灰色の服の切れ端を高く振りかざした。男は調子に乗って叫んだ。

「あのメス犬の皮を剝いで、丸裸にしてしまえ…ウォー…まる裸にしてしまえ」そう言って、小丘から飛び降りた。男は勢いよくティージェンスにぶつかった。ティージェンスは声の限りに唸った。

「この極悪非道な下種野郎。動いたら、頭をぶちのめすぞ」

ティージェンスの後ろで、女が言った。

「さあ、行きましょう、ガーティー…あそこまで…」

喘ぎ声が答えた。

「もう…ダメだわ…心臓が…」

ティージェンスはシティーの金融業者たちを睨み据えた。顎を引き、目を見張って。すべての男の心には女を打ちのめしたい欲望があってしかるべしという彼の信じる世界は崩壊してしまったみたいだった。彼は喘ぎ声で言った。

「何だって言うんだ！　何だって！」

それまで背後で聞こえていた声より少し離れたところで発せられた悲鳴に、ティージェンスは強烈な倦怠感を覚えた。あの忌まわしい女どもはいったい何のために大声をあげているのだ。彼は荷物ごと体を回転させた。茹でたばかりのエビのように真っ赤な顔をした巡査が、排水溝のほうに小走りに逃げていく二人の女たちを、気乗りしない様子でドシンドシンと歩いて追おうとしていた。顔と同様に真っ赤な手の片方を前に伸ばして。巡査はティージェンスから一ヤード（一メートル弱）も離れていないところにいた。

ティージェンスは考えることも大声を出すこともできないくらい疲れていた。クラブの束を肩からはずし、旅行鞄を列車の荷物車に投げ込むかのように束全部を巡査の走っている脚の間に投げ入れた。たいした勢いで動いているわけではないその男は、前のめりに倒れて、四つん這いになった。ヘルメットが目にかかり、彼は少しの間思案しているように見えた。それから、ヘルメットをはずし、非常にゆっくりと身を回転させ、芝の上に座り込んだ。長い砂色の口髭が生えた、狡猾そうなその顔には、まったく何の表情も浮かんでいなかった。巡査は白い水玉模様が付いたえんじ色のハンカチで額の汗を拭った。

ティージェンスは巡査のもとへ歩み寄った。

「これはまたとんだことを！」ティージェンスが言った。「怪我はありませんか」彼は胸のポケットから湾曲した銀色の酒瓶を取り出した。巡査は何も言わなかった。彼の世界もまた確固たるものでなくなり、面目を失うことなくじっと座っていられることを大いに喜んでいた。巡査がつぶやいた。

「たまげたね。ほんの少しだが！　誰だってたまげるさ」

そう言ったことで巡査は落ち着きを取り戻し、酒瓶の上部の差し込み式掛け金を注意深く調べ始めた。ティージェンスが彼のために掛け金をはずしてやった。へとへとになって小走りで進んで行く二人の女は、排水溝の脇の近くにいた。金髪の女は走りながら、連れの、後ろ髪にピンで留められ、肩の上でパタパタと動いている帽子を整えようとしていた。

残りの追跡隊の者たちは、非常にゆっくりとしたペースで、半円を一点に収斂するかのような陣形で、前に進んで行った。二人の少年キャディーは走っていたが、ティージェンスは彼らが突然立ち止まり、逡巡し、その場に止《とど》まるのを見た。そのとき、ティージェンスの耳に、次のような言葉が漂い流れ込んだ。

「やめるんだ、少年たち。さもないと、あの女に痛い目に遭わされるぞ」

ウォーターハウス閣下はどこかで素晴らしいボイストレーナーに付いていたことがあったに違いない。カーキ色の髪の女が、排水溝に掛かった厚板の上で、震えながらバランスを取っていた。もうひとりの女がそこをジャンプして飛び越えた。空中に飛び上がり、着地した。すっかり手際よく。カーキ色の髪の女が渡り切ると、厚板の前に跪き、それを自分のほうに引っ張った。カーキ色の髪の女は広大な沼地を渡って小走りで逃げて行った。

もうひとりの女は草の上に板を置いた。そして顔をあげて、道の上に列をなして居並ぶ男たちや少年たちに面と向かった。女は若いメンドリのような甲高い声をあげた。

「十七対二ね。いつもの男の賭け率だわ。あなたがたはカンバー鉄道橋まで回って来る必要がありそうね。それまでに、わたしたちはフォークストーンに行っているわ。自転車があるんだから！」女は立ち去りかけたが、急に立ち止まり、ティージェンスを探して話しかけた。「こんなことを言って御免なさいね。わたしたちを捕まえようとしなかった方には。でも、実際に捕まえようとした人たちもいましたからね。それに、あなたがたは二人に対して十七人もいるんですよ」さらにウォーターハウスにも話しかけた。「どうして女性に参政権を与えてくださらないの」と女は言った。「与えてくれなければ、あなたにとって必要不可欠なゴルフがひどく妨害されることがお分かりになったでしょ。そんな事態になったら、この国の繁栄はどうなるのです」

ウォーターハウス氏が言った。

「もし君たちがここに来て、静かに話し合う気があるなら…」

女が言った。

「あら、そんなことは海兵隊員にでも言ったらいいわ」そして、そっぽを向いた。列に並んだ男たちは、彼女の姿が平坦な土地を渡って遠くに消えていくのをじっと眺めていた。誰一人として排水溝を飛び越す危険を冒す者はなかった。排水溝の底には九フィート（約二・七メートル）もの泥が蓄積していた。厚板が取り外されたら、女たちを追いかけるのに、七マイル（約十一キロ）遠回りしなければならないというのは、まったくの真実だった。これはよく考えられた襲撃だった。ウォーターハウス氏が、あれは素敵な娘だと言った。その他の者たちには、単に平凡な娘のように思えた。ようやく「ウォー」と叫ぶのを止めたサンドバッチが、女たちを捕えるにはどうしたらいいか知りたがった。しかし、ウォーターハウスは「おい、黙るんだ、サンディー」と言って、その場から立ち去った。

サンドバッチ氏はティージェンスと一緒に試合を続けるのは嫌だと言った。ティージェンスはイングランドの名折れだ、正義が行われるのを妨げたかどで逮捕状を出してやりたいくらいだと言った。サンドバッチは郡の治安判事ではないから、そんなことはできないはずだと、ティージェンスが応じた。サンドバッチは足を引きずって去って行き、遠くに退いていた二人のシティーの金融業者と激しい口論を始めた。そして、おまえたちのような男はイングランドの名折れだと言った。シティーの金融業者たちは羊のようにメーメーと泣き言を言った…

ティージェンスはゆっくりとコースを歩いて行き、自分のボールを見つけると、注意深くショットを打ち、右に逸れる距離が思ったより数フィート短くなったことを発見した。再び同じようにショットを打つと、同じ結果が得られたので、観察結果を一覧表にしてノートにまとめた。彼はクラブハウスのほうへとゆっくりと戻って行った。満足を覚えていた。

四か月ぶりの満足だった。脈は静かに打った。全身に降り注ぐ太陽の熱は、恵み深い洪水のように思えた。比較的昔に形成された大きな砂丘の連なりの側面に、良い香りがする小さな紫色の草が混じるちっぽけな草むらを見つけた。これらの植物は、羊が絶えず少しずつ齧るのから身を護るために、小さくなっていったのだった。彼は満足して砂丘の周囲をさまよい歩き、沈泥で塞がれた小さな港口にたどり着いた。海岸の傾斜した泥に残る波曲線にしばし思いをはせた後で、彼は、タールが塗られ、切り株状の帆柱が立ったポンコツ船の船べりから身を乗り出したフィンランド人と、ほとんど身振り手振りで、長い会話を交わした。船は、本来錨が下がっているべきところが裂けてあんぐりと口を開けているアルハンゲリスクから来た数百トンの積貨力のある船で、軟材を使い九十ポンドほどの額で急ごしらえして、木材貿易のために、沈むか浮くか、何とか浸水させたものだった。この船の隣りには、ローストフト漁船団のために造られた新品の漁船が、帆をぴんと張り、真鍮細工を輝かせて浮かんでいた。漁船の塗装を終えようとしていた男にその金額を確かめると、ティージェンスはその値段ならアルハンゲリスクから来た船を三艘造ることができ、アルハンゲリスクの船一艘で、毎時トン当たりにして、漁船の二倍の金額を稼ぐだろうと計算したのだった。

好調なとき、彼の頭はこのように働いた。それは明確に手際よく情報を拾い上げた。十分な情報が入ると、頭はその情報を分類した。何か目的があるわけではなかった。ものを知ることが心地よく、力強さの感覚を、他の男がそんなものがあるとは思ってもみないものを保持しているという感覚を与えてくれたからだった…彼は長い静かな午後をぼんやりと過ごした。

更衣室に入ると、将軍が古い上着の掛かったロッカーやピカピカに磨かれた木枠に嵌った炻器《せっき》の洗面台に囲まれた空間にいるのを見つけた。将軍はその並びに背をもたせかけていた。

「本当におまえは始末に負えない奴だ」と将軍が怒鳴った。

ティージェンスが言った。

「マクマスターはどこですか」

サンドバッチに二人乗りの自動車で送って行ってもらったと、将軍が言った。マクマスターはマウントビーに行く前に服を着替えなければならなかったのだ。将軍が再び言った。「本当におまえは始末に負えない奴だ」

「巡査を倒したからですか？」ティージェンスが訊ねた。「彼は喜んでいましたよ」

「巡査を倒しただって？…そんなのは見ておらんぞ」

「彼は女たちを捕まえたくなかったのです」ティージェンスが言った。「もし彼に会いたいなら会えますよ、将軍――そうですか、会いたくありませんか」

「それについては何も知りたくないね」将軍が言った。「ポール・サンドバッチから十分に話を聞かされるだろう。巡査に一ポンドやってくれ。それでこの話は終わりとしよう。わたしは治安判事だからな」

「いったい僕が何をしたというのです」ティージェンスが言った。「僕はあの女たちが逃げるのを助けたのです。あなたは彼女たちを捕まえたくなかった。ウォーターハウスも捕まえたくなかった。巡査も、です。あの下種野郎ども以外、誰も捕まえたいと思っちゃいませんでした。なら、いったい何が問題なのです」

「こん畜生」将軍が言った。「おまえは自分が若い既婚者だってことを忘れたのか」

将軍の年齢の高さと実績に敬意を表して、ティージェンスは笑うのを止めた。

「将軍、もしあなたが本気でそうおっしゃるのなら」とティージェンスが言った。「僕はいつでも自分が若い既婚者であることをしっかりと覚えています。僕にシルヴィアへの敬意が欠けていたと、あなたは暗に言っているのではないでしょうね…」

将軍が首を振った。

「わたしには分からん」彼は言った。「こん畜生！　心配なんだ。わたしは…くそっ！　わたしは君の父親の古くからの友人だ」将軍は砂を流したような磨りガラスを通して入ってくる光のなかで、本当に疲れたように、そしてまた悲しそうに見えた。将軍が言った。「あの女は君の友人なのかね？　君は彼女と示し合わせたのか？」

ティージェンスが言った。

「将軍、あなたの頭にあることをはっきり口に出して言ったらよいではありませんか」

老将軍は少し顔を赤らめた。

「そんなことはしたくない」と彼は率直に言った。「君のように聡明な者ならば…察しがつくだろう、君、わたしが言いたかったのは、ただ…」

ティージェンスは少しむっとして言った。

「早く言ってくださるほうがましです、将軍…あなたには父のもっとも古くからの友人としての権利があるのですから」

「それでは」と将軍が急に大きな声をあげて言った。「君がペルメル街を一緒に歩いていた女は誰なんだ？　この前、軍旗敬礼分列行進式があった日のことだ…わたし自身が見たわけではないが。それも同じ女だったのかね。ポールは料理女みたいだったと言っていたぞ」

ティージェンスは少し身をこわばらせた。

「実のところ、彼女は出版社の秘書でした」ティージェンスが言った。「僕には、好きな場所を、好きな人と歩く権利があります。そして誰にもそれに異議を唱える権利はありません…将軍、あなたは別ですが。その他は、誰にも、です」

将軍が混乱して言った。

「そこが君たち聡明な連中の…皆が君のことを聡明だと言うが…」

ティージェンスが言った。

「あなたが知識人に根深い不信をもたれるのは…当然です。しかし、僕に対しては公平であって欲しいのです。誓って、恥ずべきことは何もないのですから」

将軍が口を挟んだ。

「もし君が若く愚かな下級将校であって、母親の新しい料理女にピカデリーの地下鉄の駅への道を教えてあげていたと言うなら、わたしは君の言葉を信じるだろう…だが、若い下級将校は、そんなとんでもない、汚らわしい、馬鹿げた嘘をついたりはしない！　ポールは君が女の傍らを栄光に包まれた王様のように歩いていたと言っていたぞ！　よりによってヘイマーケット(2)の外の雑踏を擦り抜けながら！」

「サンドバッチの賞賛には痛み入ります…」ティージェンスが言った。彼はちょっと言葉を切って考え、それから続けた。「あの女を説得しようと思って…ヘイマーケットのはずれにある事務所からランチに連れ出したのです。友人にまとわりつくのは止めるようにとね。これは、もちろん、ここだけの話ですよ」

ティージェンスはこのことをかなりしぶしぶと口にした。マクマスターの趣味を非難したくなかったのだ。というのも、その女は、実際、用心深い役人が、一緒に歩いているところを決して人に見られたくない種類の女だったからだ。しかし、ティージェンスはマクマスターの関与をほのめかすようなことは一言も言わなかったし、彼には、他の友人もたくさんいた。

将軍がのどを詰まらせた。

「何を言う！」彼は言った。「わたしが人に話すわけがないだろう」将軍は肝を潰したように、その言葉を繰り返した。「たとえ」と彼は言った。「わたしのところの陸上幕僚副長が――わたしの知るなかでもっとも愚かな奴だが――明日にでも降格させてやりたいような嘘をついたとしても」彼は諌めるように言った。「非難に対して立派な嘘をつけることは、軍人の一番の務めなのだ――すべての英国人の務めでもある…だが、そういった嘘は…」

将軍は息を切らし、話すのを止めた。それから再び話し始めた。

「くそっ。わたしが祖母にそんな嘘をつけば、祖父がそのまた祖父に伝えるだろう。それで、皆が君のことをあっぱれな奴と呼ぶようになる！…」将軍がいったん口を噤み、それから責めるように訊ねた。「それとも、君はわたしももう耄碌したとでもと思っているのか」

ティージェンスが言った。

「将軍、あなたが英国陸軍のなかでもっとも優れた師団長だということは分かっています。僕がなぜ今のようなことを言ったか、結論を下すのはあなたにお任せしますよ…」

ティージェンスは正真正銘の真実を語ったのだが、信じてもらえないのを残念だとは思わなかった。

将軍が言った。

「それでは、君はわたしが嘘だと受け取ると分かっていて、わたしに嘘をついたのだと考えよう。そいつは極めて適切なことだ。君が女のことを公にする気はないと考えよう。だが、いいか、ティージェンス」将軍の口調にはさらに真剣さが増した。「もしも君とシルヴィアの間に入り込んだ女が――君たちの家庭をこわした女が、くそっ、事態はまさにそうなっているではないか、その女がミス・ワノップだとしたら…」

「女の名はジュリア・マンデルスタインです」とティージェンスは言った。

将軍が言った。

「そう、もちろん、そうだとも！　だが、もちろんそいつがミス・ワノップで、取り返しのつかない関係にまで行っていないとすれば…昔のようにいい子になって、彼女から手を引くんだ…手を引くんだ。あの娘の母親には酷すぎる話だ」

ティージェンスが言った。

「将軍、誓って言いますが…」

「わたしは質問しているわけではないのだよ、君。今はわたしが話しているんだ。君は自分が語りたい話をわたしに聞かせたのだから、今度はわたしが君に話を聞かせよう。あの娘は…以前はだが…極めて真っ当な娘だった。たぶん、君のほうがよく知っているだろう。もちろん奔放な女たちの間にいれば、どうなるか知れたものではない。皆、淫売だと言われている…君が彼女に惚れているのだとしたら、こんなことを言って申し訳ないが…」

「ミス・ワノップというのは」ティージェンスが訊ねた。「デモをしていた女ですか」

「サンドバッチが言うには」将軍が言葉を継いだ。「彼がいたところからでは、あの娘がヘイマーケットの女と同一人物かどうかは分からなかったそうだ。だが、彼は同一人物だと考えていた…かなりの確信をもって、な」

「サンドバッチはあなたの妹さんと結婚したのですから」ティージェンスが言った。「彼の女性の趣味を非難することはできません」

「もう一度言うぞ。わたしは訊ねているわけではないのだ」将軍が言った。「だが、もう一度言おう。彼女から手を引くんだ。彼女の父親は君の父親の親友だった。君の父親は彼女の父親を大いに賞賛していた。彼女の父親は保守党のもっとも聡明な頭脳だったと言われている」

「もちろんワノップ教授が誰なのか、僕は知っています」ティージェンスが言った。「あなたに教えてもらわなければならないことは何もなさそうです」

「たぶん、ないだろう」将軍が冷淡に言った、「それでは君は、彼が亡くなったとき、一文も遺産を遺さなかったばかりか、腐った自由党政府が彼の妻と子供たちを年金リストに載せようとしなかったことを知っているだろう。彼がときどき保守党のためにものを書いていたからだ。それで母親のほうは厳しい生活を強いられ、ようやく一段落着いたところだ。一段落着いたと言えればな。クローディーンが庭師にとってもらった桃を皆、彼女たちのところへ持っていくのをわたしは知っているのだよ」

ティージェンスが、母親のワノップ夫人は十八世紀以降読むに値する唯一の小説を書いた人物だと言おうとしたとき…将軍が再び話を続けた。

「わたしの話を聞きたまえ、君…もし君が女なしでやっていくことができないなら…シルヴィアで十分だとわたしは思っていたんだがな。われわれ男性がどんな生き物であるかは、わたしも分かっている…聖人を気取るつもりはない。この国の貞淑な女の生活と体裁が守られるのはわたしたちみたいな女がいるからなのよと、かつてエンパイア・プロムナード[3]の女が言うのを聞いたことがある。たぶん、それが真実なのだろう。だが、タバコ屋に置ける女を選び、奥座敷で求愛するのだな。ヘイマーケットではなく…君にその金銭的余裕があるかどうかは分からんが。それは君の問題だ。家を処分して金に換えたそうじゃないか。シルヴィアがクローディーンに漏らしたところでは…」

「信じられません」ティージェンスが言った。「シルヴィアがレディー・クローディーンに何か言ったとは…シルヴィアはあまりにも真っ当な女ですからね」

「『言った』とは言っておらん」将軍が大きな声をあげた。「細心の注意を払って『漏らした』と言ったんだ。そこまで言うべきではないかもしれんが、真相を嗅ぎ出そうとする女たちの傾向がやたらに強いことは、君にも分かっているだろう。クローディーンはわたしの知る女のなかでも、特にその傾向が強いんだ」

「そして、それを助長するサンドバッチがいるというわけですね」ティージェンスが言った。

「ああ、あいつはどの女よりもさらにひどい」将軍が強い口調で言った。

「それで、いったい全体、どんな非難がなされたのです」ティージェンスが訊ねた。

「まったくいまいましい」将軍が本音を明かした。「わたしは不愉快極まる探偵ではないのだよ。ただ、クローディーンに話せるもっともらしい話が欲しいだけだ。いや、もっともらしくなくたって構わない。君が社会に反抗しているのでないことが示せるなら、明らかな嘘でいいんだ——だが、ワノップの娘とヘイマーケットを歩いていたって言うのはいかん！　妻がその女のせいで家を出て行ったときに」

「いったいどんな非難なのですか」ティージェンスが辛抱強く訊ねた。「シルヴィアは何を漏らしたのです？」

「単にだな」と将軍が言った。「君が——君の考えが——不道徳だということだ。もちろん君の考えはしばしばわたしのことも当惑させる。もちろん、君の考えが他の人たちの考えと違っていて、その考えを自分の胸にしまっておけないとすれば、他の人たちは君を不道徳だと思うだろう。それで、サンドバッチが君を追及することにもなる…それに君は浪費家だ…まったくいまいましい、いつも、いつでも、辻馬車、タクシー、電報だ…確かに、君、時代はわたしや君の父親が結婚した頃とは違っている。長男でもなければ、年に五百ポンドあればやっていけると、わたしたちはよく言っていたものだ…だが、今度はこの娘だ…」将軍の声に、羞恥による——苦悩による——動揺が入り混じった。「おそらく、そんなことには思いが及ばなかったのだろう…だが、もちろんシルヴィアには自分の収入がある…つまり、分からんか…もし君がおまわりを出し抜くことができるとしても…要するに、君はシルヴィアの金を別の女に使っているということだ。人々はそれを我慢できんのだ」将軍は急いで付け足した。「サタースウェイト夫人はどんなことがあっても、きっと君を支援するだろう。どんなことがあってもな！　クローディーンが夫人に手紙を出した。だが、女たちが自分たちに対して丁重でハンサムな義理の息子にどんな態度をとるものかは、君も知っていよう。もし、君の義理の母親がいなかったら、クローディーンは何か月も前に君を彼女の訪問者名簿から削除していただろう。他の何人かの人たちの訪問者名簿からも君の名は削除されていただろうな…」

ティージェンスが言った。

「それはどうも。もうお話は十分伺いました。あなたが言ったことを考えるのに二分時間を下さい」

「では、わたしは手を洗って、上着を着替えてこよう」将軍は心底ほっとして言った。

二分後、ティージェンスが言った。

「いえ、僕には何も言いたいことはなさそうです」

将軍が熱を込めて大声をあげた。

「あっぱれな若者だ！　公然の告白は改心に次ぐのだよ…そして…目上の者にもっと敬意を払うようにし給え…畜生、人々は君のことを聡明だと言う。だが、君がわたしの指揮下の一員でないことを神に感謝するよ。君が立派な若者だとは信じているが。だが、君は師団全体に不和を引き起こすような奴だ…根っからの…何という名だったかな…そうそう、根っからのドレフュスだ[4]」

「あなたはドレフュスが有罪だとお考えなのですか」ティージェンスが訊ねた。

「くそっ」と将軍が言った。「有罪よりひどい――信用ならないが、それでいて有罪だという証拠をあげることができない奴だ。世界の呪いとでも言おうか…」

ティージェンスが言った。

「なるほど」

「何というか、あいつらは」将軍が言った。「社会を混乱させるような輩だ。どう接したらいいか分からない。判断がつかない。人を居心地悪くする。…おまけに聡明でもある。ドレフュスは今では准将になっているものと思うが…」将軍はティージェンスの肩に腕を回した。

「さあさあ、親愛なる若者よ」将軍が言った。「スロージンを飲もうじゃないか。それがいまいましい問題すべてに対する真の答えだ」

ティージェンスが自分自身の問題を考えられるようになるには、いくらか時間がかかった。ティージェンスたちを宿に送る貸馬車は、旧市街の愚かしくも絵のように美しい赤いピラミッドの前で曲がりくねる泥道を、ゆっくりとものものしく走った。月曜日まではゴルフ場に来ない方がいいという将軍の提案を、ティージェンスは聞かなければならなかった。そのほうがマクマスターにいい試合をさせられるというのだった。今や、マクマスターが立派な、健全な男だということになった。マクマスターのような健全さが君にないのは残念だと、将軍はティージェンスに言いがかりをつけた。

ゴルフコースで、二人のシティーの金融業者が、将軍に詰め寄り、ティージェンスへの激しい非難の言葉を言い立てたのだった。彼らは面と向かって赤ら顔の下種野郎と呼ばれたといって抗議した。警察に行くと言った。将軍は彼らのことを赤ら顔の下種野郎だと、ゆっくり、はっきりと言ったのは自分であり、月曜日より先は、このクラブの使用権を彼らには認めないと言った。無論、月曜日までは彼らにそこを使用する権利があるが、当クラブは騒動が起きることを望まない、と。さらに、サンドバッチもまたティージェンスのことをひどく怒っている、と。

ティージェンスは、咎められるべきはサンドバッチのような社会的に唾棄すべき人間に紳士の仲間入りを可能とした時代なのだと言った。人が完全に正しい行いをすると、ああいった汚らわしい連中がそれを悪意に解釈し、駆けまわって、泣き言を言ってまわるんだと。サンドバッチが将軍の義弟であることは分かっているが、言わざるを得ないのだとティージェンスが言い足した。それが真実なのだと。…将軍が言った。「分かっている、おまえさん。分かっとるよ。だがな、人は出会った人間と付き合うしかないのだ。クローディーンを食うに困らぬようにしてやらねばならなかったし、サンドバッチは夫として申し分なかった。注意深く、真面目で、政治的に正しい側に付いている。ちょっぴりやくざ者だが、すべて要求通りというわけにはいかん。政権党にはクローディーンが影響力を行使して——それも小さなものではない、女はたいしたものだ——サンドバッチにトルコでの外交の仕事をとってきた。それでグランドール夫人の政策にサンドバッチが引きずり込まれるのを阻止したのだ。グランドール夫人は小さな町の主だった反女性参政権論者なんだがね。それでサンドバッチはティージェンスに辛く当たるのだな」将軍はティージエンスに分かるように語った。

これまで、ティージェンスは、すばやく話を検討し、頭のなかで整理できる能力を自負していた。彼は将軍の話をほとんど聞いていなかった。彼自身に対する将軍の申し立ては、いまいましいものだった。だが、彼は普段、自分に対する抗議を無視することができた。それに、自分自身がその抗議に対して、それ以上何も言わなければ、もうその話は消えてなくなるだろうと思っていた。クラブやその他、男たちが談話する場所で、自分自身に対し不快な噂が交わされるとしたら、彼は妻が淫売だと考えられるよりは、自分がやくざ者と考えられるほうがましだと思っていた。それが正統だった。男性の自惚れであり、英国紳士の好みだった。シルヴィアに穢れがなく、彼自身も以前同様穢れがないというだけの問題だったならば——実際、彼は自分に穢れがないことを知っていた——彼は確かに、少なくとも将軍に対して自己弁護することができるだろうと思っていた。しかし、実際は、彼は、それ以上強くは自己弁護しないという方針をとった。それでも、自己弁護を試みたなら、将軍にそれを信じさせられただろうと考えていた。だが、それが正しい行動となっただろうか。それは単なる自惚れにすぎないのではないだろうか。彼は姉のエフィーのところに子供を預けていた。息子は母親の淫らさより父親のやくざっぽさを受け継いだほうがましなのだ。

将軍はずっと左のほうの平地の上で日を浴びている、山積みされたチェッカーの駒のような、ずんぐりした城の頑丈さについて、くどくどと説明した。最近はあんなふうに建てたりはしないと、彼は言っているところだった。

ティージェンスが言った。

「あなたは完全に間違っています、将軍。ヘンリー八世が一五四三年にこの沿岸に建てた城はすべて、安普請の記念建造物でした…『一五四三年にヘンリー八世はデール城、サンドイッチ城、ライ城、ヘイスティング城を建てた』とラテン語の文献にありますが…『建てた』は元来『下に放った』という意味の動詞です…」

「おまえは度し難い奴だ…もし何か既知の、ある種の事実があるとすれば…」

「ですが、行ってひどい実物を見て御覧なさい」ティージェンスが言った。「城はここに海流に乗って運ばれてきたカーン石[5]で外装されていますが、詰められているのは単なる荒石、がらくたにすぎません。いいですか。あなたの十八ポンド砲がフランスの七十五ミリ砲より優れているというのは、既知の、ある種の事実になっています。下院でも、選挙演説の会場でも、新聞でもそう言われています。民衆もそう信じています。ですが、反動抑制のための小さな曲がったピンを尾部に付けた見かけ倒しの品で、空圧シリンダーが付いたフランスの七十五ミリ砲を敵に回し――どのくらいかな？――そう、一分間に四発の砲弾を発射できるにしても…」

将軍が座っていたクッションの上で身をこわばらせた。

「それは別の話だ」将軍が言った。「いったい君は、どうしてそんなことを知っているんだ」

「別の話ではありません」ティージェンスが言った。「絶望的に古くなった野砲やひどく劣った弾薬を使った戦いに我々を駆り立てるような混乱した精神構造が、ヘンリー八世に立派な建造物を見るのです。わが軍はフランス軍に一分間はもち堪えられるぞ、と言う参謀を、あなたは誰であれ首にするんじゃないでしょうか」

「ああ、いずれにせよ、君がわたしの参謀のなかにいないことを天に感謝するよ。君は一週間のべつ幕なしにしゃべっているだろうからな。まったく本当に、民衆は…」

ティージェンスは聞いていなかった。考えていたのだ。サンドバッチのような良い家柄の出ではない男が、男たちの間にあるはずの連帯に背くのは当然なことなのだと。また、悪い噂が立つほどに目に余る浮気者の夫を持つ、子供のいない妻であるクローディーンのような女が、他の女の夫の浮気を信じるのも当然なのだと。

将軍が言っていた。

「フランスの野砲についてのその馬鹿げた話を君は誰から聞いたのだ」

ティージェンスが言った。

「あなたからです。三週間前に！」

そして浮気な夫を持つ他の社交界の女も皆、その男を叩きのめすのに総力をあげるに違いないのだ。彼女たちは訪問者名簿から男の名を削除するだろう。するがいい！　浮気者の宦官と結婚した、子を産めない娼婦たちは！　突然、彼は、自分が子供の父親なのか、確かには分からないことを思い出し、呻き声をあげた。

「おや、またわたしが何か間違ったことを言ったかね」将軍が訊ねた。「まさか君は、百姓は家畜のエサを食えと主張するんじゃあるまいな」

ティージェンスは、自分が健全な考えの持ち主であることを、次の言葉で証明した。

「いいえ、僕は大蔵大臣の考えに呻き声をあげていただけです。あなたにとって、それは健全なことだとばかり思っていましたが」しかし、こう言ったことで、彼はひどく嫌な気持ちになった。自分は不快な思いを整理棚におき、南京錠をかけてしまい込むことができなかったのだ。独り言を言っているようなものだった。

自分の宿ではない張り出し窓のなかに、沼沢地を眺めているウォーターハウス氏がいるのに、ティージェンスは気づいた。この地位ある男が手招きしたので、ティージェンスはなかに入った。ウォーターハウス氏は――ティージェンスを良識ある男と見込んで――二人の女の追跡を止めさせるようにと強く望んだ。彼自身がこの件で動くことはできないが、あの狂った女たちが今日の襲撃のせいで指名手配される事態にならなければ、五ポンド札一枚とひょっとしたら昇進をあの警官に渡すことにしようと言った。

それはたいして難しいことでなかった。地位ある男がクラブのラウンジにいれば、市長や市の助役や地元警察の幹部や医師たちや弁護士たちは自然とそこのバーに集まって酒を飲む。手筈が整った後で、地位ある男がバーに入り、一緒に酒を飲み、愛想の良さで大いに皆を楽しませることになるのだ…

ティージェンスは、ウォーターハウス氏と労働財政法について話したいと思い、この大臣と二人きりで食事をしたのだが、彼のことを不快な男とは思わなかった。実際、ウォーターハウス氏は馬鹿ではなく、ユーモアを帯びない狡猾さはなく、明らかに疲れていたが、二杯のウイスキーを仰いだ後には陽気になり、まだ金権政治には染まらず、十四歳の少年のようなクリームアップルパイへの嗜好を保持していた。当時、国の政治的基盤を揺るがしていた彼の有名な法令に関してさえ、いったん、それが英国の労働者の気質や要求に合致するものでないことを棚にあげれば、ウォーターハウス氏が不誠実な態度をとろうとしているわけでないことが明らかになるのだった。年金の保険統計表をティージェンスが何か所か修正したことを、彼は感謝して受け入れた…そして、ポートワインを飲みながら、二人は二つの立法上の理想について意見の合致を見た。それは、すべての労働者が年間最低四百ポンドの賃金を受給できること、そしてそれ以下の賃金しか払えないすべての忌々しい工場主は絞首刑に処すべきという点だった。それは極左の極端な急進主義であるのと同様に、ティージェンスの高踏派的保守主義にも似ていた。

さらに、ティージェンスは、このような純真で、人当たりがよく、学童のようなタイプの男を前にして、その男を嫌いになることなど決してなかったので、個人的にほとんどいつも人当たりが良い人間が、集団を形成するとなぜこんなにも忌まわしい現象になるのかと、訝しく思い始めていた。十二人の男がいるとしよう。その各人は、忌まわしい存在ではなく、面白くない人間であるというわけでもない。というのも、その各人が、自分の専門の技術内容について、別の人に伝えるべき何ものかを持っているのだから。ところが、この人たちを政府だのクラブだのに編成すると、圧迫や杜撰さや噂や中傷や嘘や腐敗や卑俗さやらで、狼や、虎や、イタチや、虱が集《たか》った猿から成る人間社会ができてしまうのだ。そこで、彼はあるロシア人の言葉を思い出した。

「猫と猿。猿と猫。人間性のすべてがそこにある」という言葉を。

ティージェンスとウォーターハウス氏は、その晩の残りを一緒に過ごした。

ティージェンスが巡査と面談している間は、大臣は宿屋の正面玄関の階段に座り、安タバコを吸った。ティージェンスが寝に帰るとき、ウォーターハウス氏は、ティージェンスを介して、ミス・ワノップに、都合のよい午後に下院の私室に、女性参政権について話をしに来るようにとの誠意ある伝言を伝えたいと主張した。彼は、ティージェンスがミス・ワノップと一緒に襲撃を企てたのではないと信じることをきっぱりと拒否した。女性が考えたにしてはきちんと計画され過ぎていると言い、彼女は素敵な娘だから、君は幸せ者だとティージェンスに言った。

それにもかかわらず、梁の下の部屋に戻ると、ティージェンスは動揺にとりつかれた。長い間、あちこちの壁を殴打したが、一連の思いを振り払うことができなかったので、ついには一人トランプの札を取り出し、シルヴィアとの生活の条件を考え抜いた。彼はできればスキャンダルを阻止したかった。自分の収入の範囲内で生活するようにしたかった。子供に母親の影響が及ばないようにしたかった。こうしたことは皆はっきりしていたが、難しいことだった…、予定の再調整に半ば没頭しながら、彼は、色鮮やかなテーブルの上でカードを操り、キングの上にクイーンを載せ、キングが再び現れるのを阻止した。

こんな具合だったので、マクマスターが突然入ってきたことは、ティージェンスに実に激しい肉体的衝撃を与えたのだ。もう少しで嘔吐するところだった。頭がくるくると回り、部屋がぐらついた。ティージェンスはマクマスターが目を丸くして驚いている前で大量のウイスキーを飲んだ。しかし、それでも彼は話をすることができなかった。友人が彼の服を緩めようとしているのをかすかに意識しながら、ベッドに倒れ込んだ。彼には分かっていた。自分が、意識的な脳のなかの思考を抑圧し続けた結果、無意識的自我が采配を振るい、肉体と精神をしばし麻痺させてしまったのだ、と。

Ⅴ章

「穏当とは言えないわね、ヴァレンタイン」ドゥーシュマン夫人が言った。夫人はガラス鉢の水に浮かんだ小さな花々を飾りつけ直しているところだった。二人は、朝食のテーブルの上の、銀の卓上鍋や、桃をピラミッドのように積んだ銀の飾り皿や、ダマスク織布にしだれかかるほどにバラをたくさん生けた大きなガラス鉢の間に、いわばモザイク模様の一画を作っていたのだった。大きな銀器の寄せ集めは、まるでテーブルの上座を守る要塞のようだった。非常に大きな二台の銀の紅茶沸かし、三脚の上に載った大きな銀の薬缶、ヒエンソウの非常に背の高い青い花穂《かすい》を扇状に広がるようにふんだんに挿した二つの銀の花瓶がそこにはあった。十八世紀建築様式の部屋は、天井が高く、細長く、黒っぽい鏡板が張られていた。鏡板四枚ごとに、それぞれ一幅の絵が、中央に、明かりに面して飾られていた。どれも、熟したオレンジの色調で、靄や朝靄のなかの船の索具を描いた絵であった。それぞれの絵の金の額縁の底部には、「J・M・W・ターナー作」という銘板が付けられていた。長いテーブルに沿って並べられた八人分の椅子には、チッペンデールの優美な、蜘蛛の巣のような、マホガニー製の背もたれが付いていた。真鍮のレールに掛かった緑色のカーテンを背景に、金メッキされたマホガニー製の食器戸棚の上には、パン粉をまぶしたハム、飾り皿に盛られたさらなる桃、艶のある皮の付いたミートパイ、青白い大玉のグレープフルーツを盛ったもう一つの飾り皿、厚いゼリーに包んで立方体に整えた嵌め込み細工の肉料理ガランティーヌが並んでいた。

「ああ、今の時代、女性はお互いに助け合わなければ」ヴァレンタイン・ワノップが言った。「いつからかは忘れたけれど、毎週土曜日にあなたと朝食をご一緒するようになった上は、この事態への対処をあなた一人に任せておくわけにはいきませんもの」

「本当に」ドゥーシュマン夫人が言った。「あなたが心の支えになってくれることに感謝するわ。たぶん今朝を選んで危険を冒すべきではなかったのでしょうね。でも、十時十五分までは主人をなかに入れないようにパリーには言ってあるのよ」

「とにかく、あなたはとても勇敢だわ」と若い女が言った。「やってみる価値はあると思うわ」

ドゥーシュマン夫人はテーブルのまわりを行きつ戻りつしながら、ヒエンソウの位置を少し動かした。

「これが良い衝立になってくれると思うけれど」ドゥーシュマン夫人が言った。

「ええ、誰もご主人を見ることはできないわ」若い女が夫人を安心させようとして答えた。そして突然意を決したように付け加えた。「いいこと、イーディ。わたしのことは心配しなくていいのよ。下働き女中として、イーリングの住み込み先で、九か月間、三人の男と病弱な奥さんと酔いどれ料理女と一緒に暮らしてきたわたしが、あなたの食卓で聞いたことのせいで、精神を堕落させることになるなんて考えるとしたら、あなたはまったく間違っているわ。安心して、もうそのことは言わないで頂戴」

ドゥーシュマン夫人が言った。「ああ、ヴァレンタイン。あなたのお母様はどうしてそんなことを許したのでしょう」

「母は知らなかったのです」若い女は答えた。「悲しみのせいで、何もまともに考えられなかったのよ。週二十五シリングの賄い付き下宿で、その九か月の大半を、手をこまねいて無為に過ごしていたわ。わたしが稼ぐ週五シリングは、そのお金を補うのに必要だったというわけ」そして言い足した。「ギルバートはもちろん学校に留めて置かなければならなかった。休暇の間も同様に」

「わたしには理解できないわ」ドゥーシュマン夫人が言った。「まったく理解できない」

「もちろん、そうでしょうね」若い女が答えた。「あなたは、売りに出された父の蔵書を買い戻すために予約購入し、それを母に贈ってくれる優しいかたですもの。それを倉庫に預けるのに、わたしたちは週五シリング払わなければならなかったのよ。イーリングでは、わたしは柄入りのドレスしか持っていないことで、いつもガミガミ言われていたわ……」

娘は急に言葉を切り、それから言った。

「よければ、もうその話は止めましょう。あなたはわたしを家に招いてくださったのだから、女主人が身分証明と呼ぶものをわたしに求める権利がおありだわ。でも、あなたはわたしに親切にしてくれて、証明を求めることもなかった。それでも、証明は必要になるの。わたしが昨日ゴルフ場にいた男の人に九か月間下働き女中をしていたことを話したのを、あなたはご存じかしら。わたしは自分がどうして女性参政権運動家になったのか説明しようとしたわけ。彼にお願い事をしたので、身分を証明する必要があると感じたのかもしれないわ」

娘のほうに歩み寄ろうとしたドゥーシュマン夫人が、衝動的に叫んだ。

「いとしい人！」

ミス・ワノップが言った。

「ちょっと待って。まだ話は終わっていないわ。わたしはこう言いたいの。わたしは、人生のこの時期を恥じているから、そのことを話さないわけではないのよ。わたしが恥じているのは、他でもなく、わたしが誤ったことをしたと感じているからなの。わたしは衝動的にその選択に飛びつき、頑固にもそれに執着したわ。母の生活費とわたしの勉学のためには、慈悲深い人たちの間を物乞いして回ったほうが賢明だったのかもしれないけれど。でもね、わたしたちがワノップ家の不運を受け継いでいるとしたら、わたしたちはワノップ家の誇りも受け継いでいるの。わたしには物乞いをして歩くことなどできなかった。おまけに、わたしはまだ十七歳で、家を売った後は、わたしたちは田舎に行くと言ってしまったんですもの。あなたも知っての通り、わたしはまったく教育を受けていません。受けたとしても半分です。父は聡明な男でしたが、いろいろと変わった考えを持っていました。その一つは、わたしをスポーツ選手にしようとしたことです。ひょっとしたらなれたかもしれないとわたしも思っているケンブリッジ大学の古典語教師にするのではなく。父がなぜそんな変わった考えをしていたのかわたしにも分からないわ…でも、わたしはあなたに二つのことを理解していただきたいの。一つはもうお話ししました。この家で聞くことが、わたしを不快にしたり、堕落させたりすることは決してないということよ。ラテン語で言われるからかと言われれば、それは無関係な、取るに足らないことだわ。わたしは英語とほとんど同じようにラテン語を理解できますもの。というのも、わたしとギルバートが話せるようになるとすぐに、父はラテン語でわたしたちに話しかけるようになったのですから…そう、その通り。わたしは下働き女中をしてきたから、女性参政権運動家になったのよ。でも、わたしが過去に下働き女中をし、今は女性参政権運動家であるにしても――あなたは古風なかただし、この二つに関してはいろいろと妙な考えが流布してますけれど――わたしが純潔であるということはあなたに理解して欲しいの。貞節を…完全に操を守っているということを」

ドゥーシュマン夫人が言った。

「ああ、ヴァレンタイン。あなたはキャップをかぶり、エプロンをかけたの。あなたが！　キャップにエプロンを」

ミス・ワノップが言った。

「ええ、わたしはキャップをかぶり、エプロンをかけたわ。そして女主人に鼻を啜るように『奥様』と言ったのよ。そして階段の下で眠ったわ。汚らわしい料理女と一緒に眠りたくはありませんでしたからね」

ドゥーシュマン夫人はミス・ワノップに走り寄り、その両手をつかんで、まずは左頬に、次に右頬にキスをした。

「ああ、ヴァレンタイン。あなたは勇敢な女性だわ。まだ、二十二歳なのに！…自動車が到着したのかしら、あの音は」

しかし、自動車が来たわけではなかったので、ミス・ワノップが言った。

「いいえ、わたしは勇敢な女性なんかじゃないわ。昨日、あの大臣に話しかけようとしたのだけれど、できなかった。大臣のところへ行ったのはガーティーでした。わたしはと言えば、片脚ごとにピョンピョンと跳んで、どもりながら、『じょ、じょ、女性に…せ、せ、選挙権を…』と叫んだだけ。もし少し勇気があったなら、見知らぬ男に声がかけられないほど臆病ではいられなかったはずだわ…でも、実際は、声をかけられなかった」

「でも、確かに」ドゥーシュマン夫人が言った。夫人は相手の両手を握りしめていた。「それはあなたが一層勇敢だったってことよ…恐れていることをするのが、本当に勇敢な人なのではないかしら」

「ああ、わたしたちは十歳の頃、よく父とそんな話を交わしたわ。あなたには分からないでしょうね。まず、勇敢という語を定義しなければなりません。わたしは単に卑屈だっただけだわ…群衆が集まった場所でなら、全群衆に向かって熱弁をふるうことができるのだけど。でも、平然と一人の男に話しかけるとなると…もちろん、実際、ガーティーを助けてもらうために、出目の太った間抜けゴルファーに話しかけましたけどね。でも、それは別の話です」

ドゥーシュマン夫人は両手で相手の両手を握り、上下に振り動かした。「わたしは古風な女よ。女の真の居場所は夫の傍らであると信じているわ。でも、同時に…」

ミス・ワノップが後ずさった。

「いけないわ、イーディ。それはいけないわ」ヴァレンタインが言った。「もしあなたがそれを信じるなら、あなたは敵方の人間よ…ウサギと一緒に走りながら、猟犬と狩りをするのは、やってはいけないこと。本当に、そこがあなたの悪いところだわ…いいこと、わたしは勇敢な女性などではぜんぜんありません。刑務所が恐くて仕方ないの。喧嘩も大嫌い。家にいて、母のために家事やタイプをするのが自分の務めなのを神に感謝しているわ。惨めな、アデノイドにかかった、小柄なガーティーが、我が家の屋根裏部屋に潜んでいるところをあなたに見て欲しいものね。ガーティーは、昨夜は一晩中泣いていたわ――でも、それは単に神経がピリピリしていたせいね。彼女は五回刑務所に入り、食べ物を強制摂取[1]させられたりもしたわ。それでも、一瞬たりともたじろいだことがなかった！　わたしはと言えば、刑務所も触れようとしない、岩みたいに丈夫な女よ…でも、いまのわたしは、全身、不安で一杯なの…だから、小生意気な女学生みたいに戯言を話さずにはいられないのだわ。すべての音が、警察が追いかけてくる音に聞こえて、とても怖いのです」

ドゥーシュマン夫人が年下の女の金髪を撫で、ほつれ髪を耳の後ろに挟み込んだ。

「髪の整え方を教えてあげられたらと思うわ」夫人が言った。「いつ何時、ふさわしい男があなたのそばに来るかもしれませんからね」

「まあ、ふさわしい男ですって！」ミス・ワノップが言った。「巧みに話題を変えてくれてありがとう。わたしにふさわしい男がやって来ることがあったにしても、それは既婚者でしょうね。それがワノップ家の人間の宿命なの」

ドゥーシュマン夫人がひどく心配して言った。

「そんなふうに言ってはいけないわ…どうしてあなたは自分が他の人たちより不幸だと考えるの。あなたのお母様は確かによくやっていらっしゃるわ。仕事に就き、お金を稼いでいらっしゃる…」

「ああ、でも母はワノップ家の人間ではありませんもの」年下の女が言った。「結婚によってそうなっただけ…本物のワノップ家の人間は…皆、処刑されたり、私権を剥奪されたり、誤った告発を受けたり、馬車の事故で死んだり、冒険家と結婚したり、父のように無一文で死んだりしてきたのだわ。歴史の初めからずっと。母が御守りを手に入れたのはその後のことよ」

「あら、御守りって何かしら」ドゥーシュマン夫人が活気づいて訊ねた。「聖遺物か何か、なの…」

「母の御守りをご存じないの？」年下の女が訊ねた。「母は皆に話しているわ…シャンパンを持ってきた男の話を聞いたことがありませんこと？　母がベッド付きの居間で自殺を考えていると、ティートレイとかいう名の男が部屋に入って来たの。母はいつもこの人を御守りと呼び、お祈りのなかでもそうしたかたとしてこの男のことを思い出すようにわたしたちに求めたわ。このかたは何年も前に父と一緒にドイツの大学にいた人で、父を心から愛してくれていたけれど、その後関係が途絶えてしまったのですって。父が死んだとき、またその前後、このかたは九か月間イングランドを離れていて、その後、父の死を知ったということでした。部屋に入って来るなり、彼は言ったのです。『おや、ワノップ夫人、これはいったいどうしたというのです』母はこの人に事情を告げました。すると『あなたに必要なのはシャンパンだ』と言いました。そして、下働き女中に一ポンド金貨を渡し、ヴーヴ・クリコを買いに行かせたのです。それから、栓抜きを持って来るのが遅いと言って、自らボトルのネックをマントルピースにぶつけて壊しました。そして母が歯磨き用のコップを使って、ボトル半分を飲んでしまうまで、母のことをじっと見つめていました。それから、母を昼食に連れ出しました。…ああ…ああ…ああ、寒い！…その後、母を叱って…彼が出資している雑誌に社説を執筆する仕事を与えてくれたというわけなのです…」

ドゥーシュマン夫人が言った。

「あなた、体が震えているわ」

「分かってます」年下の女が言った。そしてかなり早口に話を続けた。「もちろん、母はいつも父に代わって記事を書いていました。父にはいろいろなアイデアが浮かぶのですが、執筆ができなかったのです。一方、母には優れた文体が備わっていました…その後、母が窮地に陥ると、いつも御守りが——ティートレイが——姿を見せるようになったのです。雑誌社がいいかげんな記事を書いたと言って母を叱りつけ、解雇すると脅すと——母は恐ろしくいいかげんなのです——御守りは、すべての論評者が知っていなければならないすべての事柄を一覧表にして母に渡しました。A・イーボーはヨークの大司教であるとか、現政府は自由党であるといったことを。ある日、御守りが現れて、『この前わたしに話してくれたあの話を基に小説を書いてみたらどうだね』と言ったのです。そして、わたしたちが今住んでいる家を買うためのお金を貸してくれました。静かな環境で執筆できるようにと言って…ああ、これ以上話すのはもう無理だわ！」

ミス・ワノップはわっと泣き出した。

「あのひどい時代を思い出してしまうのですもの」と彼女は言った。「あのひどい、本当にひどい過去のことを！」彼女は両手のこぶしで激しく目をこすり、断固としてドゥーシュマン夫人のハンカチと抱擁を拒絶した。ミス・ワノップはほとんど軽蔑するように言った。

「わたしは善良で思いやり深い人間よ。試練があなたの上に重く圧し掛かっているというのに！わたしたちが旗をもって叫びながら行進している間、あなたが家庭で寡黙な勇敢さを発揮していることに、わたしが思いを馳せていないとでも思っているの？　あなたのような女性が毎週毎週、身も心も苛まれるのを阻止するために、わたしたちは…」

ドゥーシュマン夫人は、窓辺に置かれた椅子に腰を下ろし、ハンカチで顔を覆った。

「あなたのような立場に置かれた人間がどうして愛人を持ってはいけないのでしょう…」年下の女が興奮して言った。「それとも、あなたのような女性が愛人を持つことは…」

ドゥーシュマン夫人が顔をあげた。その白い顔には、涙にもかかわらず、真剣にして厳粛な表情があった。

「あら、あら、とんでもないことよ、ヴァレンタイン」夫人はさらに感情のこもった太い声で言った。「貞節には、どこか美しいところ、胸ときめくものがあるわ。わたしは了見が狭いわけでも、批判がましいわけでもないのよ。愛人を持つことを咎め立てはしないわ。それでも、言葉、思考、行動の点で、生涯に渡って貞節を保てるとすれば…それは決して卑しい功績ではないわ…」

「スプーンレースみたいにってことかしら」ミス・ワノップが言った。

「そうではないの。わたしが言おうとしたのは」ドゥーシュマン夫人は穏やかに答えた。「その真の象徴はアタランテー[2]ではないかしら。速く走り、金のリンゴには脇目も振らなかった。それがあの古くからの言い伝えのなかに隠された真実ではないかと、わたしはいつも思ってきたわ」

「わたしには分からないわ」ミス・ワノップが言った。「それについてラスキンが『野生のオリーブの冠』のなかで言っていることを読むと――いいえ、あれは『空の女王[3]』のなかだったかしら――あれはラスキンのギリシャ的戯言ではないかと思えるの。あれはただ若い女がちゃんと前を見ていなかったスプーンレースじゃないかとね。でも、結局同じことだわ」

ドゥーシュマン夫人が言った。

「まあ、ヴァレンタイン。この家でジョン・ラスキンの悪口は罷りなりませんよ」

ミス・ワノップが甲高い声をあげた。

とても大きな声が聞こえた。

「こちらに！　どうぞこちらに！…ご婦人がたはこちらにいらっしゃいます」

　ドゥーシュマン師のもとには、三人の副牧師がいた。師は、非常に裕福な牧師しか担当しえない、ほとんど棒給なしの三つの沼沢地の教区を任されていたのだ。――ドゥーシュマン師の副牧師たちは、皆とても大柄で、聖職者というよりもプロボクシングの選手のような体つきをしていた。そこで、彼自身並はずれて大柄なドゥーシュマン師とその三人の補助者たちがたまたま夕暮れ時に道を歩いていると、霧のなかで偶然彼らに出くわした悪人は誰であれ、心臓をドキドキさせながら小走りしたものだった。

序列二位のホースリー氏は、その上、非常に大きな声をしていた。四語か五語大声でしゃべると急に「ヒッヒ」という音を差し挟み、また四語か五語大声でしゃべると「ヒッヒ」という音を差し挟んだ。牧師服の袖口からは、巨大な手首の骨が突き出し、巨大な喉仏、短く刈り込まれた薄い髪の大きな頭、頭蓋骨のように血の気がなく目がひどく窪んだ顔をしていた。いったん話し始めると、誰もその話を止めることはできなかった。というのも、耳に聞こえる自分の声で、その他のすべての妨害音がかき消されてしまうからだった。

この朝、ちょうど玄関の階段を上ろうとしていて、そこに車で乗り付けたティージェンス氏とマクマスター氏をこの家の住人として朝食の間に案内したとき、ホースリー氏には語るべき話があった。そのために、案内はそれ自体、成功というわけにはいかなかった……

「ご婦人方、非常事態発生です」彼はうなり声と含み笑いを交互に繰り返した。「わたしたちは常に非常事態に置かれています。あれやこれやで……」前の晩、サンドバッチ氏と、マウントビーでの晩餐に与った六人を下らない血気盛んな若者とが、原動機付き自転車に乗り、仕込み杖で武装して、田舎道を捜索に出かけたのだった……女性参政権運動家たちを捕まえようと。彼らは暗闇のなかで出会ったすべての女性を引き止め、罵り、仕込み杖で脅し、尋問したのだ。このことで田舎一帯が大騒ぎになったのだった。

この話は、物語となって、適切な感想や繰り返しを伴い、語るのに長い時間がかかったので、ティージェンスとミス・ワノップは、その間互いに見つめ合う機会を得た。ミス・ワノップは、この大柄な、気の効かない、尋常でない顔つきの男が、今や再び彼女を見つけたのだから、彼女自身と、今ワノップ夫人の世話を受けてベッドで寝ていると想像される友人のガーティー、すなわちミス・ウィルソンとを探していると思われる警察に、自分たちのことを引き渡すのではないかと、正直なところ、恐くなっていた。ゴルフ場でのティージェンスは、ミス・ワノップには、自然で、場に馴染んでいるように見えた。しかし、ここでは、だらしなく垂れ下がった服や非常に大きな手やかなり短く刈り込まれた頭の脇の白髪の部分や仮面をつけたような形のはっきりしない容貌のせいで、彼はこの場に似つかわしいようにも似つかわしくないようにも思えた。彼は、ハムにも、ミートパイにも、ガランティーヌにも、ことによっては、バラにもよくマッチしているようだった。しかし、ターナーの絵や芸術的なカーテンやドゥーシュマン夫人の緩やかに垂れたローブや髪につけた琥珀やバラにはまったく合っていなかった。チッペンデールの椅子にもほとんど合っていなかった。そこでミス・ワノップは犯罪者としての動揺とホースリー副牧師の声に圧倒されつつも、妙なことながら、ティージェンスのハリスツイードの服は自分のスカートとてもよく合っていると考えている自分に気づき、自分がピンク色の縞の木綿のブラウスではなく、清潔なクリーム色の絹のブラウスを着ていることに嬉しい気持ちを味わったのだった。

その点、ミス・ワノップは正しかった。

一方、どんな男にも、並行して働き、互いに牽制し合う二つの精神がある。こうして、感情が理性に抵抗し、理知が激情を抑え、第一印象が少しだけ働くと、すぐさま内省が加わり、第一印象の働きはほんのわずかに限定される。それでも、第一印象は常に自らを贔屓にするので、それを消し去るのは、静かな内省によってでさえも、大変難しいのだ。

前の晩、ティージェンスはこの若い女性についていくらか考えた。キャンピオン将軍は彼女をティージェンスの愛人だと決めつけていた。将軍はティージェンスに、おまえは身を誤り、家庭を壊し、妻の金を彼女に注ぎ込んだ、と言った。それは嘘だった。だが、一方、それは本質的にあり得ないことではなかった。極めて健全な男たちが、折にふれ、適当な女がいたならば、そうしたことを行ってきた。自分がそうした運命に捕えられることはないと言い切ることはできなかった。しかし、家事使用人だと名乗り、ピンク色の木綿のブラウスを着た目立たない娘のせいで身を持ち崩すとは…ゴルフクラブの噂話の無分別さえも超えた話だった。

それが強い第一印象だった。表層の精神がこの娘は生来の下働き女中ではないと主張するのは当然だった。彼女はワノップ教授の娘であり、おまけに見事なジャンプをすることができた。ティージェンスは、階級が最終的に分かれるのは、上流階級が地面から足を上げて離すことができるのに対し、平民はそれができないからだという理論を固く信じていた…しかし強い第一印象が残った。ミス・ワノップは下働き女中だという印象が。言ってみれば、彼女は生来の家政婦だった。しかし、彼女は良家の出であった。というのも、ワノップ家の名は一四一七年にグロスターシャーのバードリップではじめて知られるようになり、おそらくアジャンクールの戦い[4]の後で富を得たのだろう。しかし、良家の立派な男たちであっても、ときには、生来の家政婦のような娘を儲けることはあるだろう。そこが、遺伝の奇妙なところだ…また、ティージェンスはミス・ワノップが若いときの歳月を、母親の才能のために、そして明らかに在学中の弟のために、犠牲にしたヒロインであると認識したが——そこまで推測したのである——それでも、ティージェンスは彼女のことを家政婦以上の存在として理解することはできなかった。ヒロインは誠に結構であり、賞賛に値し、聖人でありさえするかもしれないが、もし心配でやつれた顔をし、みすぼらしい恰好をしているとすれば…そう、彼女たちは、天国に十分蓄えられた財にありつけるのを待つしかないのだ。この世で紳士が妻として迎えることはほとんどありえない。もちろん男はそうした女に金を使おうとしないだろう。それが現実だった。

しかし、ティージェンスがいま突然見た彼女は、活気づき、ピンク色の木綿のブラウスの代わりに絹のブラウスを着、白いキャンバス帽の代わりに輝く巻き毛を露わにし、魅力的な若い首を覗かせ、小奇麗な足首の下に素敵な靴を履き、前日の、仲間への心配のために蒼ざめた顔に代わって、健康的に紅潮した顔をし、極めて立派な人々に囲まれたなかにあって、明らかに対等の人物と言って良かった。小柄だが、均整のとれた体つきをしており、健康的だった、測り知れぬほどの青い目で、当惑することなく、ティージェンスの顔をじっと見つめていた。

「まったく…」ティージェンスが心のなかで言った。「本当だ。彼女は何と素敵な愛人になることだろう」

ティージェンスは、そんな考えが頭に浮かんだのを、キャンピオンやサンドバッチやクラブの噂話のせいにした。というのも、残酷で、辛辣で、愚かな世の圧力には、選択眼が備わっているのだから。もしこの圧力が容赦のない話の輪のなかで男と女を結びつけるとすれば、それはその結びつきに何か調和するものがあるからなのだろう。従って、そこには、そうした提案を強いる圧力が働いているのだ。

ティージェンスは、ドゥーシュマン夫人を一目見るや、この人は無限に平凡で、おそらく退屈な人だろうと考えた。夫人の着ている、肩幅の広い、何ヤードもの生地を使って作られた青いドレスは、まったく趣味に合わず、また、本来、成り上がり者の巻きたばこ用パイプに使われる曇った琥珀は、どんな女性も身につけるべきものではないとティージェンスは考えた。彼はミス・ワノップを振り返り、彼女はマクマスターの良い妻になるだろうと考えた。マクマスターは元気のいい娘たちが好きだったが、彼女は十分淑やかでもあった。

ティージェンスはミス・ワノップがホースリー氏の強風に抗してドゥーシュマン夫人に大声で話しかけるのを聞いた。

「わたしがテーブルの上座の脇に座って、飲み物を注ぎますわ」

ドゥーシュマン夫人が答えた。

「いいえ。ミス・フォックスに注いでくれるようにもう頼んであります。彼女はほとんど耳が聞こえないから」ミス・フォックスは亡くなった副牧師の一文無しの妹だった。「あなたはティージェンスさんのお相手をしてあげて」

ティージェンスはドゥーシュマン夫人が喉から快い声を出すことに気づいた。それはヤドリギツグミの鳴き声が強風を刺し貫くように、ホースリー氏のあげる騒音を刺し貫いた。それはかなり快かった。ティージェンスはミス・ワノップが少し顔をしかめたのに気づいた。

ホースリー氏は群集に話しかける拡声器のように、一方から他方へと向きを変え、順々に聞き手たちに話しかけた。目下のところ、彼はマクマスターに向かって喚いていた。次に、ノービーズのハーグレン夫人の心臓発作の話を聞くのは、再びティージェンスの番になりそうだった。しかし、実際、ティージェンスの番が回って来ることはなかった…

顔が赤く、頬は膨らみ、眼差しが快い、それほど最近ではないが未亡人になったことを示す黒衣をきちんと身に纏った、四十五がらみの女が、慌ただしく部屋に入ってきた。女はホースリー氏が演説に合わせて動かす右手をポンと叩いたが、それでも氏が話すのを止めなかったので、彼の手を捕まえて揺さぶった。女は甲高い命令口調で叫んだ。「どちらが批評家のマクマスターさんですの?」そして一瞬しんと静まったなかで、ティージェンスに「あなたが批評家のマクマスターさんね?」と訊ね、「違うの?…それではきっとあなたですわね」と言った。

女はマクマスターのほうを振り返り、ティージェンスへの彼女の関心は跡形もなく消えてしまったが、この仕打ちはそれまで彼が経験した無礼のなかでももっとも無礼なものの一つだった。しかし、相手がまるで仕事上の取引を行っているかのような態度だったので、ティージェンスは気を悪くすることもなく、この仕打ちを受け入れた。女はマクマスターに言った。

「ああ、マクマスターさん。わたしの新刊が来週の木曜日に出版されることになっているのです」そして部屋の向こう端の窓のほうへマクマスターを引っぱって行こうとした。

ミス・ワノップが言った。

「ガーティーはどうしたの」

「ガーティーですって！」ワノップ夫人は夢から醒めたかのように驚いて叫んだ。「ああ、そう、そう。ぐっすり眠っていますよ。四時までは起きないわね。ハナにときどき見に行ってくれるように言っておいたから」

ミス・ワノップの両手が図らずも左右に開いた。

「まあ、お母さんったら！」という声がミス・ワノップの喉から絞り出された。

「ああ、そう、そう」ワノップ夫人が言った。「ハナ婆さんには今日は来なくていいと言うことになっていたわね。確かにそうだったわ！」そして「ハナ婆さんというのは、うちの掃除婦ですの」とマクマスターに言って、少し手を振り、それから明るく話を続けた。「わたしの新刊について聞くことは、もちろんあなたのお役に立つわ。あなたがたジャーナリストにとって、前もって少しばかり説明を受けておくことは…」こうして夫人はマクマスターを無理やり引っぱって行った。

こうした事態になったのは、次のようなわけだった。ちょうどミス・ワノップが牧師館に行くために馬車に乗ったとき——彼女は自分で馬を駆ることができなかった——朝食には二人の男性が来ることになっていて、一人の人の名前は分からないが、もう一人は著名な批評家のマクマスターさんだと母親に話したのである。ワノップ夫人は娘に向かって大声をあげた。

「批評家ですって？　いったい何の？」夫人の眠気は、電気ショックが走ったかのように飛んでいた。

「分からないわ」と娘が答えた。「おそらく本の批評ではないかしら」

一秒かそこらして、じっとしていられなくなった大きな黒馬が、何度か跳躍して、二十ヤード（約十八・三メートル）ばかり進んだとき、馬を駆っていた便利屋が言った。

「お母さんが後ろで喚いていますぜ」しかし、ミス・ワノップは構いませんと言った。すべて手筈を整えてきたと確信していたのだ。お昼には戻ることになっていた。屋根裏部屋のガーティー・ウィルソンの様子を、母親がときどき見に行くことになっていた。お手伝いのハナには、今日は帰っていいと言ってもらうことになっていた。まったく知らない若い女が朝の十一時に屋根裏部屋で眠っているのを知られないようにするのは、もっとも重要なことだった。もしそのことをハナが知ったら、その知らせは瞬く間に近所に知れ渡り、警察が即座に踏み込んでくるだろうと思えたからだった。

しかし、ワノップ夫人は仕事においてやり手の女性だった。馬車で行ける距離に批評家がいると聞いたならば、卵を土産にして、その人を訪ねる人だった。彼女はお手伝いが到着するや、直ちに出かけて行き、牧師館まで歩いた。警察からの脅威を考えたとしても、じっとしてはいられなかっただろう。ましてや、彼女は警察のことなどすっかり忘れていた。

ワノップ夫人の到来はドゥーシュマン夫人を大いに悩ませた。というのも、ドゥーシュマン夫人は夫が入って来る前に、客人がみな席について、朝食がうまく始まるよう願っていたからだった。それが容易なことでなくなってしまったのだ。ワノップ夫人は、招待されていなかったのだが、マクマスターから引き離されることを承知しなかった。マクマスター氏はワノップ夫人にこう言った。自分は日刊紙に批評を書くことはまったくなく、厚い季刊誌に載せる記事だけを書いているのだと。そこでワノップ夫人の頭には、そうした季刊誌の一つに彼女の新刊の記事が載ることがまさに必要なことだという考えが浮かんだのだった。それ故、彼女は自分についてどう書いたらよいかマクマスターに話すことに掛かり切りになったのだった。ドゥーシュマン夫人は二度、マクマスターを彼の席のすぐ近くまで誘導するのに成功したが、その都度、ワノップ夫人が窓のくぼみのところに彼を連れ戻した。ドゥーシュマン夫人はマクマスターの隣りの自分の席にしっかりと腰を下ろすことで、ようやくにして、この極めて重要な戦略的位置を確保することができた次第だった。さらに、ドゥーシュマン夫人は、
「ホースリーさん、ワノップ夫人をあなたのお隣りの席に連れて行って、お給仕してあげて」と大声で言い、ようやくにして、テーブルの上座のドゥーシュマン氏の席からもワノップ夫人を締め出した。この席が空いていて、マクマスター氏の隣りの席であるのを見て取ったワノップ夫人が、チッペンデールの肘掛け椅子を引き、そこに座ろうとしていたからだった。もしそんなことになったとしたら、災難が引き起こされかねなかった。というのも、それは彼女の夫を他の客人たちの間に解き放つことを意味したからだ。

しかし、ホースリー氏はこの婦人を連れ去る務めをしっかりと果たした。そこで、ワノップ夫人は彼のことをとても不快で厄介な人物だと考えた。ホースリー氏の席はミス・フォックスの隣りだった。ミス・フォックスは、白髪のオールドミスで、いわば銀の紅茶沸かしの要塞と言える

場所に座り、こうした器具の象牙の蛇口を巧みに操作した。ワノップ夫人はこの席もまた占有しようと努めた。この席からは、テーブルの上の、背の高いヒエンソウを挿した銀の花瓶を動かせば、マクマスターを向かいに見ることができ、従って大きな声で話しかけることができると考えたからだった。しかし、そうはいかないことを知り、八番目の客になるはずだったガーティー・ウィルソンのために取って置かれていた椅子に諦めて納まることにした。ワノップ夫人はすっかりふさぎ込んでその席に納まると、時折娘に言ったのだった。

「とてもひどい扱いだわ。このパーティーは本当に手筈がなってないと思いますよ」目の前に舌平目の皿を置いてくれたホースリー氏には、ほとんどお礼も言わなかった。ティージェンスには目もくれなかった。

マクマスターの隣りに座り、羽目板の壁の隅にある小さなドアを見据えたドゥーシュマン夫人は、突然、抗しがたい不安にとりつかれた。彼女は運を天に任せて何も言わないことにしようと決心していたのだが、客のマクマスターにはこう言わざるをえなかった。

「はるばるここまで来てくださるように頼んだのは、適切ではなかったかもしれません。夫からは何も得られないかもしれないのですから。夫は…特に土曜日には…」

ドゥーシュマン夫人は気持ちが定まらないかのように口ごもった。何も起きない可能性もあった。七週中二週の土曜日には、実際、何も起きなかった。何も起きなければ、告白は無駄に終わるだろう。この思いやり深い客は、持つ必要のない——彼女に対する嫌な思い出となる——知識を持って、彼女の人生から立ち去っていくだろう。しかし、この客は、もし自分の苦しみを理解してくれたなら、留まって自分を慰めてくれるのではないかという感情が、彼女を打ちのめすように襲ったのだった。彼女は自分が言いたいことを完結させるための言葉を探した。しかし、マクマスターが言った。

「ああ、奥様！」（こう呼ばれることは彼女には魅力的に思えた）「分かります…確かに、教え込まれ、理解できるようになっています…こうした偉大な学者たち、こうした観念的な専門家たちが…」

ドゥーシュマン夫人は、「ああ」と、深い安堵の溜息を吐いた。マクマスターはまさに適切な言葉を使ったのだった。

「ですが」マクマスターが言葉を継いだ。「短い時間を使うだけですから、浅い飛行といきましょう…『ツバメが高い門から門へと滑空するときのように』[5]…あなたはこの詩行を知っておられるでしょう…この詩行には、あなたの完璧な環境が…」

至福の波がマクマスターからドゥーシュマン夫人に伝わったように見えた。男はまさにこんなふうに話すべきだった。男はまさにこんなふうな外見であるべきだった——鋼《はがね》色のタイ、本物らしく見える金のタイリング、黒い眉の下の鋼色の目。夫人は半ばぬくみを意識した。これはまさに完璧な環境のなかで眠りに落ちるときの至福だった。テーブルの上のバラは美しかった。その香りが彼女のもとに漂った。

ドゥーシュマン夫人に声がかかった。「本当に優雅な設え様だと言わざるをえませんね」

大きくてぎこちないこと以外特に目立たない人物、あの魅力的な男がお供に連れて来た人物が、彼女の気を引こうと言い立てていた。男は、わずかな黒いキャビアと輪切りのレモンが載った小さな青い陶器の皿と、部屋中でいちばん赤い桃が載った赤味がかった上品なセーヴル焼の皿を、ドゥーシュマン夫人の前にちょうど置いたところだった。だいぶ前に、夫人はこの人物に対して、こうした食べ物の名前がキャリバンの目に彼女自身をより一層魅力的に見せるだろうと半ばぼんやりと感じながら、「ああ…少しばかりのキャビアを！　一個の桃を！」と話しかけていたのだった。

「あなたはこういったものをどうやって手に入れるのですか」男が訊ねた。

彼女は体に魅力の鎧を纏った。ティージェンスは大きな、生気のない目で、夫人の前に置かれたキャビアをじっと見ていた。

「ああ」夫人が答えた。「夫の手柄でなかったなら、単なる見栄に見えるでしょうね。わたしが見栄を張っているように見えますでしょう」彼女は眩い、しかし声にならない笑みを浮かべた。「夫がニューボンドストリートのシムキンズを仕込んだのです。夜中に電話で注文すると、特定の仲買人が鮭と赤ヒメジを求めてビリングズゲートへ行き、それを氷詰めにして、さらに大きな氷も用意するのです。相当な量になりますわ…そして七時までに車がアシュフォード連絡駅に向かいます…それでも十時前に朝食を出すのは至難の業ですわ」

夫人はこの陰気な男に対して、慎重な言葉を無駄に浪費したくはなかった。しかし、彼女が願ったように、小柄な男の、気心の知れた、流れるような言葉――まるで自分が読んだ本のなかから出てきたような言葉――に再度頼ることもできなかった。

「ああ、でも、それは」ティージェンスが言った。「見栄ではありません。偉大な伝統です。モードリンカレッジでのドゥーシュマンの朝食をまさかお忘れではないでしょうね」

ティージェンスは不思議そうに夫人の目の奥を覗き込んだ。しかし、明らかに彼は愛想よくしようとしていたのだった。

「忘れられたらと思うこともありますわ」夫人が言った。「夫自身そこからは何も得られなかったのですもの。夫は無分別なまでに禁欲主義者ですから。金曜日には何も食べません…わたしはひどく心配になるのです…土曜日にはどうなることやらと」

ティージェンスが言った。

「知っています」

夫人が大声をあげた——鋭い叫びといってもよいほどの。

「知っている、ですって！」

ティージェンスは真っ直ぐに彼女の顔を見つめたままでいた。

「ええ、もちろんドゥーシュマンの朝食のことは知っています！」と彼は言った。「ドゥーシュマン師はラスキンの道路敷設者の一人でした。そのなかでももっともラスキン的だと言われていました」

ドゥーシュマン夫人が大声をあげた。「ああ！」夫が最悪の気分のときに昔の師匠について語る最悪の話の断片が、彼女の頭を過ぎったのだ。自分の私生活の恥ずべき部分をこの正体不明の怪物は知っているに違いないと夫人は想像した。というのも、横を向いて夫人と顔を合わせたティージェンスは、定かな輪郭を持たない怪物のように見えていたからだった。彼は男であり、脅迫的で、不愉快なくらいぎこちなく、そして、よそよそしかった。夫人は心のなかで自分がこう言うのを感じた。「あなたを傷つけてやるわ、もし仮に…」というのも、彼女はもう一方の側に座る男の好みや思考や将来を自分は支配していると、すでに感じていたからだった。こちらの男は、男だが優しく、気心が知れ、調和の補完物であり、甘いイチジクの果肉のような、消費のための肉だった。…ドゥーシュマン夫人がこうした感情を持つことは、夫との関係のありようを考えれば、不可避、不可欠のことだったのだ…

夫人は背後から聞こえてきた恐ろしい、高い、耳障りな声を、何の感情も持たずに聞いた。それほどに彼女の動揺は大きかった。

「ポスト・コイトゥム・トリスティス！(6) ハッハッ！ まさにその通りだ」その声はこの言葉を繰り返し、嘲るように付け加えた。「これがどういう意味か分かるかね」しかし、夫人にとって、夫の問題は二の次になっていた。真の問題は「この憎たらしい怪物のような男が、ここを離れて何時間も経った先、自分のことを友人に何と言うだろう」ということだった。

ティージェンスはまだじっと彼女の目を見ていた。そして無頓着に、かなり低い声で言った。「もし僕があなただったら、キョロキョロ見まわしたりはしませんよ。ヴィンセント・マクマスターがすっかり状況を処理する気になっています」

彼の声には、兄の声のような馴れ馴れしさがあった。それでドゥーシュマン夫人はすぐに知った。すでに自分とマクマスターとの間に親密な関係が育っているということを、この男は知っているのだと。彼は親友の愛人の緊急時に男が話すような調子で話していた。だとすれば、彼は天から正しい直観力を与えられた手ごわい恐るべき男の一人ということになる…

ティージェンスが言った。「聞いたでしょう！」

「これがどういう意味か分かるかね」という問いかけの、ほくそ笑んだ、残酷な口調に、マクマスターがはっきりと、しかし学監が咎めるときのようなとげとげしさを加えて答えていた。「もちろん、それが何を意味するかわたしは知っています。ですが、それは発見とは言えません」それは申し分なく適切な調べだった。ティージェンスは――それにドゥーシュマン夫人もまた――青い花穂と銀器の塁壁の後ろに隠れて姿の見えないドゥーシュマン師が、叱責された学童のように鼻を啜りながら返答するのを聞いた。喉のまわりをボタンできつく留め、カラーのようにした、グレーのツイード地の服を着た渋面の小男が、見えない椅子の背後に立って、前方の虚空を睨んでいた。

ティージェンスが心のなかで言った。

「おやおや！　パリーじゃないか！　バーモンジー出身のライトミドル級ボクシング選手の！　ドゥーシュマンが暴れ出したら運び出すために、あそこにいるんだな！」

ティージェンスが周囲の様子をすばやく窺っている間に、ドゥーシュマン夫人は椅子に身を低く沈ませ、短い安堵の喘ぎ声をあげた。マクマスターが今後自分のことをどう考えることになるにせよ、とにかく今考えていた。彼は最悪のことを知ったのだ。良かれ悪しかれ、そのことはもう確定してしまった。すぐに彼のほうを振り向こう、と夫人は思った。

ティージェンスが言った。

「大丈夫ですよ。マクマスターは見事に振る舞うでしょう。僕たちには、ケンブリッジ時代、ご主人のような傾向を持った友人がいました。その男はマクマスターのおかげで、どんな社交の機会も切り抜けることができたのです…それに、ここにいるのは、良い家柄の人たちばかりですからね！」

ティージェンスは、ホースリー氏とワノップ夫人が二人とも料理に興味をそそられているのを見た。ミス・ワノップに関しては、それほど定かではなかった。彼女の大きな青い目から彼自身に向けられた、訴えかけるような眼差しを、彼は捉えた。彼は心のなかで言った。「あの娘《こ》は秘密を知っているに違いない。感情を露わにして、集まりを台無しにしてしまわないようにと、僕に訴えているのだ。生娘扱いされることは彼女にとって恥辱なのだ」と。そこでティージェンスは返答の眼差しのなかに「テーブルのこちら側に関する限り、何の問題もありません」というメッセージを添えた。

しかし、ドゥーシュマン夫人は自分の士気が少し下がるのを感じた。今ではマクマスターが最悪のことを知ってしまっていた。ドゥーシュマンはペトロニウスの「トリマルキオの饗宴」[7]のひどく淫らな一節を鼻声で引用し、マクマスターの耳に入れていた。夫人はフェスティナンス・プエル・カリーデ[8]…という句を耳にした。以前にも、ドゥーシュマンは、躁病患者の激しい力で夫人の手首を摑みながら、何度も何度もその句を夫人に翻訳したことがあった…隣りに座る憎たらしい男は、明らかにそのこともまた推測したに違いなかった。

夫人は言った。「もちろん、ここにいる人たちは皆、良い家柄の人たちですわ。当然、人選も厳しくし…」

ティージェンスが口を出した。

「ああ、でも、最近は人選がそれほどやさしくなくなってしまいました。あらゆる種類の下種どもが神聖な上にも神聖な場所に入り込んできます！」

ドゥーシュマン夫人は、ティージェンスがしゃべっている最中にもう、彼に背を向けていた。彼女の目は、無限の冷静さで、マクマスターの顔を食い入るように見つめていた。

マクマスターは、四分前、後ろに緑のラシャを張ったドアがもう一つある羽目板張りのドアから、ドゥーシュマン師が入ってくるのを見た唯一の人間だった。ドゥーシュマン師の後ろには、かつてプロの拳闘選手だったと認められる男が従っていた。これは異常な組み合わせだという考えが即座にマクマスターの頭を過ぎった。ドゥーシュマン夫人の夫のような、うっとりするほどハンサムな男が、常に男性美に飢えている教会のなかで高位に就いていないのも異常だという考えがさらに、彼の頭を過ぎった。ドゥーシュマン師は非常に背が高く、正統な聖職者タイプによくあるようにわずかに猫背だった。顔は雪花石膏のように白かった。真ん中で分けた白髪交じりの髪は、高い額の上に垂れて光り輝いていた。眼差しは、素早く、鋭く、厳しかった。鼻は鉤鼻で、彫りが深かった。師は崇高で豪華な聖堂を飾るのにまさにふさわしい男だった。それはちょうどドゥーシュマン夫人が聖公会の客間を神聖化するのにふさわしい女であるのと同様だった。この男の富と学識と歴史的存在感をもってして…「いったい何故?」という思いが、鋭く針で刺すような疑惑となってマクマスターの頭を駆け抜けた。「少なくとも司教地方代理くらいにはなっていても良さそうなものなのに」

ドゥーシュマン師は素早く自分の席に歩いて行き、パリーも師の後ろを同じように素早く歩きながら椅子を引いた。パリーのご主人様は優雅な横向きの姿勢でその椅子に滑り込んだ。師は、紅茶沸かしの栓に手を伸ばしたミス・フォックスに頭《かぶり》を振った。彼の皿の脇には水の入ったグラスがあり、彼の長い白い指がそれを包んだ。彼はマクマスターをちらっと盗み見ると、キラキラと光る眼でしげしげと見つめた。ドゥーシュマン師が言った。「おはよう、先生」それから、マクマスターの穏やかな抗議の声をかき消すかのように、「そう、そう。聴診器が几帳面にシルクハットに詰め込まれていましたよ。その煌めく帽子が玄関ホールに置いてありました」と言った。

うす茶色厚地メルトンラシャのすね当てを付け、ピッタリとしたあや織の半ズボンをはき、短いピッタリとした上着を、顎先まで襟のボタンを留めあげて着ている、プロの拳闘選手——まさに資産家の馬丁頭といった男——が、相手を誰だか認めたかのような素早い視線をマクマスターに向け、それからもう一度、素早くドゥーシュマン師の背中を見て、眉を吊り上げた。マクマスターはパリーのことをよく知っていた。というのも、パリーはケンブリッジでティージェンスにボクシングを教えていたからだった。マクマスターにはパリーがこう言うのが聞こえたような気がした。「妙な変化が現われました。少しの間、旦那様から目を離さないでいてください」そしてプロボクサーの素早く軽い足さばきで食器戸棚のところまでさっと退いた。マクマスターは自分の責任でドゥーシュマン夫人をちらっと盗み見た。夫人は彼に背を向けていた。マクマスターが再び元の方向を向くと、ドゥーシュマン師が半ば立ち上がり、銀の要塞を見回していた。マクマスターは少し胸騒ぎがした。しかし、ドゥーシュマン師は再び椅子に座り込み、禁欲的な顔に奇妙にも狡猾な表情を浮かべてマクマスターを見つめながら、大きな声をあげた。

「それにあなたのご友人は？　あのかたもお医者様ですか！　誰も彼も、聴診器を完備しておられます、な。もちろん認定には二人の医者が必要なんでしょうが…」

ドゥーシュマン師は話すのを止め、突然、歪んだ激怒の表情で、目の前のテーブルの上に舌平目の切り身を載せた皿を滑らせるように置くパリーの腕を払い除けた。

「こんなもの要りません」ドゥーシュマン師は雷鳴のような大声をあげ始めていた。「こんなけしからん情欲の誘引剤は…」しかし、再び、狡賢く不安げな一瞥をマクマスターに向けて「なるほど、なるほど。パリー、その通り。そう、舌平目だ。その後は少量のキドニーを。もう一品は。そう、クレープフルーツ！　シェリー酒も一緒にだ！」と言った。彼は古風なオクスフォード訛りを使い、膝の上にナプキンを広げ、魚を一切れ、急いで口に入れた。

マクマスターは、根気よくはっきりとした抑揚を付けて、自己紹介することをお許しくださいと言った。自分はマクマスターという名で、著したモノグラフの主題についてあなたと文通している者であると。ドゥーシュマン師は注意を喚起され、じっとマクマスターを見つめた。すると、師からは、次第にマクマスターへの疑いが消え、満足の喜びがそれに取って代わったのだった。

「ああ、そうでした、マクマスター」ドゥーシュマン師が言った。「マクマスター。新進の批評家。ちょっと快楽主義者気味の？　そう、そうでした。いらっしゃるという電報がありましたな。二人のお友だち。医者ではなく。お友だちねえ」師はマクマスターに顔を近付けて言った。「何と疲れた顔をしていることか！　疲れ、やつれています！　疲れ、やつれている！」

マクマスターが仕事疲れだと言おうとすると、彼の顔の間近で、耳障りな甲高い笑いに混じって、あのラテン語が響いたのだった。ドゥーシュマン夫人が――そしてティージェンスが――それを聞いた。そのとき、マクマスターは自分がどういう事態に直面しているのかを知った。彼はもう一度プロボクサーをちらっと見た。さらに顔を片側に動かすことで、彼の目は巨漢のホースリー氏のその瞬間の姿を捉えた。ホースリー氏の体の大きさに重要な意味があった。マクマスターは椅子にゆったりと凭れ、キドニーを食べた。ここにある腕力は、万一ドゥーシュマン師が暴れ出したとしても、それを抑えるのに十分だった。十分に訓練もされていた。マクマスターがケンブリッジでこのパリーを雇い、友人のシムの後をつけさせようと考えたのは人生の奇妙な、ささやかな偶然の一致だった。冷笑的な皮肉屋のなかでも極めて聡明で、良識があり、折り目正しく、人並みにちょっぴり澄まし屋のように見えたシムが、ドゥーシュマン師のように、一時的に正道を逸する傾向をもっていたのだ。社交の機会に、シムはもっとも考え難い淫らな言葉を立ち上がって叫んだり、座ったまま囁いたりしたものだった。シムをとても愛していたマクマスターは、できるだけ頻繁に彼と付き合い、こうした兆候を取り扱う術を習得したのだった…マクマスターは突然一種の喜びを感じた。もしこの状況を落ち着いて効果的に取り扱えば、ドゥーシュマン夫人の信望を勝ち得ることができるかもしれないと思ったのだ。親密な関係を生み出しさえするかもしれないと。それはまさに彼の望むところだった。

マクマスターは、ドゥーシュマン夫人が自分のほうを振り向いたのに気づいた。夫人が自分の声に耳を傾け、自分を観察しているのを感じることができた。夫人の一瞥が自分の頬に暖かく当たっているかのように感じられた。しかし、彼は振り向かなかった。彼は彼女の夫の悦に入った顔を見張っていなければならなかった。ドゥーシュマン師は客のほうに身を傾けながら、ペトロニウスを引用していた。マクマスターは体をこわばらせながらキドニーを食べた。

マクマスターは言った。「それは改訂版に載っている短長格の詩ではありませんね。我々が使ったヴィラモーヴィッツ＝メレンドルフ[9]では…」

発言を妨げるために、ドゥーシュマン師はマクマスターの腕に丁重に華奢な手をかけた。その薬指には、紅玉髄の印形が付いた、銅が混ざった金の指輪が嵌まっていた。師は恍惚として朗誦を続けた。あたかも目に見えない聖歌隊の歌を聴いているかのように頭を少し横に傾げて。マクマスターは本当に、オクスフォード風のラテン語の吟唱が嫌でたまらなかった。彼はほんの少しの間ドゥーシュマン夫人を見た。その目は自分に注がれていた。大きな、蔭深い、感謝に満ちた眼差しだった。その目に涙が溢れていることにも彼は気づいた。

マクマスターは再びドゥーシュマン師のほうを素早く振り向いた。それで突然分かったのだ。夫人は苦しんでいるのだと。夫人はおそらく強烈に苦しんでいた。夫人が苦しんでいるだなんて、それまでマクマスターは思ってもみなかった——一つには彼は神経過敏な質でなかったからであり、一つには夫人が自分に感じているのは第一に賞賛だと想像していたからだった。今や、夫人が苦しまなければならないとは、何とも忌まわしいことに思えた。

ドゥーシュマン夫人は苦悩の只中にあった。マクマスターは熱心に彼女を見つめたかと思うと、彼女から目を逸らした。夫人はマクマスターの視線に、彼女の状況に対する軽蔑と、彼自身がこうした立場に置かれなければならなかったことに対する怒りを読み取った。苦痛を感じながらも、夫人は手を差し伸べて、マクマスターの腕に触れた。

マクマスターは夫人に触れられたことに気づいた。甘美に満たされた気分だった。しかし、彼は頑固に顔をそむけ続けた。夫人のためを思うと、狂人の顔からあえて目を離すことはできなかった。危機が到来しつつあった。ドゥーシュマン師の英訳が始まったのだ。師は両手をテーブルの上に載せ、立ち上がる準備をしていた。立ち上がって、他の客たちに激しく卑猥な言葉を叫ぶつもりでいた。まさにそのときがやって来た。

マクマスターが辛辣なよく通る声で言った。

「『生温い愛に浸る若者よ』というのは『プエル・カリーデ』の嘆かわしい翻訳です！　嘆かわしいほど古風な…」

ドゥーシュマン師が咽《む》せながら言った。

「何？　何ですと？　どういうことです」

「十八世紀の逐語訳を使うなんて、まさにオクスフォード風ですね。それはホイストンとディットン[10]ではないでしょうか。何かそうしたやつが…」マクマスターはドゥーシュマンが肩すかしを食らって動揺しているのを見た――あたかも見知らぬ場所で目覚めたかのように。マクマスターが言葉を継いだ。

「いずれにせよ、哀れな学童の猥談でしょう。第五学年のね。それにさえ価しない。ガランティーヌを召し上がってください。わたしもいただきます。あなたの舌平目は冷えてしまいましたから」

ドゥーシュマンが皿に目を落とした。

「そう、そうですな」と彼はブツブツと言った。「そうですとも、砂糖とヴィネガーソースをかけたのがいい！」プロの拳闘選手が食器戸棚のところにそっと採りに行った。シデムシのように控えめな、驚くほどもの静かな男だった。

「わたしのモノグラフについてあなたは何か言ってくださろうとしていましたね。マギーはどうなったのでしょう…マギー・シンプソンは？　ロセッティの『アラ・フィネストラ・デル・キエロ』(11)のモデルだったスコットランド娘は？」

ドゥーシュマン師は、正気ではあっても、頭が混乱しているときのような、かなり疲れた目で、マクマスターを見た。

「『アラ・フィネストラ』ですと！」とドゥーシュマン師は大声をあげた。「そう、そう。その水彩画を持っています。あの娘がモデルをしているのを見て、その場でその絵を買いました…」師は再び皿に目を落とし、そこにガランティーヌが載っていることに驚き、貪るようにそれを食べ始めた。「美しい娘でした」と彼は言った。「首がとても長くて…彼女はもちろん…何と言うか…お上品とは言えませんでした。まだ、生きていると思います。非常に高齢ですが。二年前に会いました。たくさんの絵を持っていました。もちろん、形見の品々です…ホワイトチャペルロードに住んでいました。元来、貧困層の人間でしたからな…」彼は皿の上に顔を突き出し、口をもぐもぐさせながら話し続けた。マクマスターはドゥーシュマン師の発作は治まったものと考えた。そう考えると、彼は抗いがたい衝動に駆られて、ドゥーシュマン夫人のほうを振り向いた。夫人の顔は固くこわばっていた。マクマスターが早口に言った。

「ご主人は、少し食べる気になり、お腹が満ちれば…正気を取り戻すでしょう…」

夫人が言った。

「ああ、どうかお許しください。あなたにこんないやな思いをさせて！　わたしは自分自身を決して許しませんわ」

マクマスターが言った。

「いや、いや…とんでもない。僕はそのためにいるのですから」

一面蒼白な夫人の顔が感激で紅潮した。

「まあ、何て親切なかたなのでしょう！」夫人が感極まった声で言い、二人は互いに見つめ合い続けた。

突然、マクマスターの背後からドゥーシュマン師が大声をあげた。

「なんと彼は彼女に財産を分与したのです。もちろん『ドゥム・カスタ・エット・ソーラ』、すなわち貞潔にして独身のままでいる、という条件つきでですがね！」

ドゥーシュマン師は、暗黒のなかの巨大な力の如く自分自身の意志を圧していた強烈な意志のようなものが、突然取り除かれたのを感じて、ハーハーと息を切らしながら、喜ばしげに立ち上がった。

「貞潔！」と彼は大声で言った。「貞潔！　考えてご覧なさい。その言葉には何という暗示の世界が…」師は大きく広げられた豪華絢爛なテーブルクロスを見渡した。テーブルクロスは、長い拘禁の後に手足を伸ばして全速力で駆けることのできる広大な牧草地のように広がっていた。彼は猥褻な三つの単語を大声で言い、オクスフォード運動[12]の声で話し続けた。「しかし、貞潔は…」

ワノップ夫人が唐突に言葉を発した。

「まあ！」そして自分の娘を見た。娘は桃を剝き続けていたが、その間にゆっくりと顔が赤く染まっていった。ワノップ夫人は隣りのホースリー氏を振り向いて言った。

「きっとあなたもものをお書きになるのでしょう、ホースリーさん。わたしの哀れな読者たちが気に入るものよりももっと学識豊かなものに違いありませんけれど…」ホースリー氏はドゥーシュマン夫人からの指示で、アウソニウスの『モゼラ』[13]について書き記した論文を大声で読み聞かせる下準備をしてあった。しかし、なかなか話が始まらなかったので、ワノップ夫人のほうが先に口を挟んだ。彼女は穏やかに大衆の趣味について話した。ティージェンスはミス・ワノップのほうに身を傾け、右手に半分皮が剝かれたイチジクの実を持ち、できるだけ大きな声で言った。

「ウォーターハウス氏からの伝言があります。彼が言うには、もしあなたが…」

まったく耳が聞こえないミス・フォックスが——彼女は活字による教育を受けていた——斜め向かいのドゥーシュマン夫人に話しかけた。

「今日は雷が鳴ると思いますわ。小さな虫の数の多さにお気づきになりました？…」

「我が尊師は」とドゥーシュマン師が雷のような声を出して話を続けた。「結婚式の日に馬車で出かけ、隣りに座る花嫁に言ったのです。『わたしたちは祝福された天使のように暮らすであろう』と。何と崇高なことか。わたしもまた結婚式の後で…」

ドゥーシュマン夫人が突然金切り声をあげた。

「まあ…いやだわ！」

闊歩していた人たちが皆一斉に歩みを止められ、一息吐いたような状況が訪れた。それでも、その後、彼らは礼儀正しく熱心に話を続け、繊細な注意力を払いつつお互いの話に耳を傾けた。ティージェンスにとって、それはイングランドの作法の最高の成果であり正当化であるように思えた。

プロの拳闘選手であるパリーは、すでに二度ご主人様の腕を捉え、朝食が冷めてしまいますと大声をあげていた。今度はマクマスターに向かって、自分とホースリー氏とで、ドゥーシュマン師を外に連れ出すことはできるでしょうが、激しい格闘が予想されます、と言っていた。マクマスターが小声で言った。「待つんだ！」そしてドゥーシュマン夫人を振り向くと言った。「僕がご主人を制止してみせましょう。そうしてもよろしいでしょうか」と。夫人が答えた。「ええ、ええ、何であれ！」マクマスターは、夫人の涙を見た。涙は頰の上に、一粒、一粒分かれて留まっていた。これはそれまで見たことのないものだった。プロボクサーが下に向けた毛むくじゃらの耳に、マクマスターは、慎重に、しかし憤怒に駆られながら囁いた。「ご主人の腎臓にパンチを入れるんだ。親指でな。君の親指を骨折しない程度に、できる限り強く…」

ドゥーシュマン師はちょうど熱弁を振るっていた。「わたしもまた結婚式の後で…」師は両腕を振り動かしたかと思うと、再びそれを停止し、聞いていない人たちの顔を次々と見回した。

そのとき、ドゥーシュマン夫人がまさに金切り声をあげたのだった。

ドゥーシュマン師は、神の矢に射られたと思った。自分を無価値な伝令者だと想像した。思ってもみなかった痛みのせいで、彼は椅子の上に倒れ、身を屈めて座り込み、暗闇が彼の目を蔽うこととなった。

「これでご主人はもう立ち上がろうとしないだろう」マクマスターは賞賛の目を彼に注ぐプロボクサーに小声で言った。「立ち上がりたいとは思うだろう。だが、恐くてできないのだ」

次いでドゥーシュマン夫人に言った。

「愛しいおかた！　もう大丈夫です。確実です。これは科学的神経反対刺激法なのです」

ドゥーシュマン夫人が言った。
「どうかお許しください」そして激しく一泣きして、「あなたはわたしを尊敬してはくれませんわね…」と言葉を継いだ。夫人は、独房のなかの囚人が許しの兆候を求めて死刑執行人の顔を探るように、自分の目がマクマスターの顔を探るのを感じた。心臓が静止し、息も吐けないような感じだった。

その後、完全な至福が始まった。夫人は、テーブルクロスの下で、冷たい指が自分の手のひらに当たるのを感じた。この男はいつでも何が適切な行為なのか知っていた。甘松《かんしょう》や神肴《しんこう》のようにひんやりとした男の指を夫人の指が包んだ。

静かな部屋、完全な至福のなかで、男の声は話し続けた。最初は巧みな言葉遣いで。だが、それは何と洗練された言葉遣いだったことか！　単に神経の欲求による行き過ぎた行動は——これもまた当然神経の問題である——激しい肉体的痛みへの恐怖やその痛みが後まで続かないようにしたいという意志によって、すっかり治るわけではないにせよ、抑えられるのだというのが、彼の説明だった…

時を見計らって、パリーがご主人様の耳にこう吹き込んだ。
「明日の説教の準備をする時間です、旦那様」ドゥーシュマン師は厚い絨毯の上を滑るように渡って、小さなドアのところまで行き、そこから入って来たときと同じように静かに出て行った。

その後で、マクマスターは夫人に言った。
「あなたはエディンバラの出身なのですね。それではファイフシャー海岸をご存知ですか」
「もちろんですわ」と夫人が言った。男の手は夫人の手に包まれるが侭になっていた。男はゴルフ場のハリエニシダと平原のミユビシギの話をした。その話はとてもスコットランド風の声で、それにとても鮮明な言葉遣いで語られたので、夫人は再び子供時代を目の当たりにしたような気分になり、彼女の目にはもっと幸福な種類の涙が湧いてきたのだった。夫人は男のひややかな手を長く穏やかに握ってから、その手を離した。しかし、握力をかけ終えると、夫人の生気もその多くが失せたように見えた。夫人が言った。「あなたの街の外にあったキングシーハウスをご存知でしょう。わたしが子供の頃、休日を過ごしたのがあそこだったんですのよ」

マクマスターが答えた。

「ひょっとすると、裸足の少年だったわたしがその周囲で遊んでいるとき、あなたがあの壮麗な建物のなかにいたなんてことがあったかもしれませんね」

夫人が言った。

「いいえ、いいえ、そんなことはあるはずがありません。歳の差がありますもの。それに…それに、これからお話ししようと思っているのですが、その他にも理由があるのです」

夫人は再び体全体に魅力の鎧を纏ってティージェンスに話しかけた。

「考えられますか。マクマスターさんとわたしが若い頃一緒に遊んでいたかもしれないだなんて」

彼女には、ティージェンスが自分のことを、自分の嫌いな哀れみの表情を浮かべて見ているのが分かった。

「それでは、あなたのほうが僕より古い友人ということになるのでしょうね」ティージェンスが訊ねた。「僕は自身十四歳のとき、彼と知り合いましたが、あなたのほうが先手だったとは、とても信じられません。彼はいい奴です…」

夫人はより優れた男に対する彼の恩着せがましさと、彼の友人に手を出すなという自分への警告――彼女はそれを警告と受け取った――のために、彼を憎んだ。

ワノップ夫人が、はっきりとした、しかし人を不安にさせるほどではない金切り声をあげた。ホースリー氏がローマ時代のモーゼル川に棲んでいた珍しい魚について彼女に話しているところだった。自分が書いている論文の主題であるアウソニウスの『モゼラ』は、大部分、魚についての著書で…

「いいえ」と氏は大声をあげた。「それはローチだと言われてきました。しかし、今、この川にローチはいません。『緑の鰭と目』いいえ、逆です。鰭は赤く…」

ワノップ夫人の金切り声と大きな身振りはホースリー氏の話を中断させるのに十分だった。――実際、手はホースリー氏の口を塞がんばかり、服の袖はホースリー氏の皿を舐めんばかりだった。

「ティージェンス」と夫人が再び金切り声をあげた。「そんなことってあるのかしら…」

ワノップ夫人は娘を席から追い出すと、自分が若者の隣りに回っていき、やかましい声で彼を圧倒した。ワノップ夫人は、ティージェンスがドゥーシュマン夫人に話しかけたとき、その横顔が自分の結婚式の朝食の席に就いていたときの彼の父親の横顔と瓜二つであることに気づいたのだった。その話を記憶に留めているテーブルに向かって――それはティージェンス自身の記憶にはないことだった――夫人は自分が彼の父親に命を救われたこと、彼の父親が彼女の御守りになったことを物語った。そこで彼女は息子のほうに――というのも、父親は彼女に返礼することを決して許さなかったからだ――彼女の家と財布と心と時間、すなわち彼女のすべてを提供することを申し出たのだった。夫人はまったく二心なかったので、パーティーがお開きになると、マクマスターには会釈だけして、ティージェンスの腕を強く捉えると、批評家にはそっけなく言ったのだった。

「ごめんなさいね。記事についてはもうこれ以上、手助けできることは何もありませんわ。でも、親愛なるクリシーには欲しい本を皆あげますわよ。今、すぐにでも」

ワノップ夫人はティージェンスの腕をとって立ち去って行き、娘は親鳥のあとを追う白鳥の雛のように二人の後について行った。ドゥーシュマン夫人は優雅な物腰で、客人たちから御礼の言葉を受け、もう来る道もお分かりでしょうから…と挨拶を返していた。

解散したお祭りのこだまが部屋のなかで囁いているように思えた。マクマスターとドゥーシュマン夫人が向かい合った。二人の目は注意怠りなく――もの惜し気でもあった。

マクマスターが言った。「今行かなければならないのは悲しいことです。でも約束があるもので」

夫人が言った。「ええ、分かっています。立派なご友人たちと」

マクマスターが言った。

「いや、ウォーターハウス氏とキャンピオン将軍…それに、もちろんサンドバッチ氏です…」

夫人は、ティージェンスが仲間に入っていないことを知って、一瞬の激しい喜びを感じた。我が恋人は昔の俗物だった頃とは比べ物にならない位に高く飛翔しているわ、と思った…そこで耳障りなほどに大きな声で言った。

「キングシーハウスについて誤った考えをお持ちにならないでくださいね。あれは休暇中の学校に過ぎませんでしたのよ。壮麗な建物なんかではなく」

「僕にはとても贅沢なものでした」とマクマスターが言い、夫人はたじろいだ。

「そう、そうでしたわね」と彼女がひそひそ声といってもいいような小声で言った。

「わたしはとても貧しい団体に属する子供に過ぎませんでした。ミドロジアンのジョンストンズです。でも、とても貧しい団体でした…わたしは…彼はわたしを買ったようなものなのです…そして…わたしをお金のかかる学校に入れてくれました。十四歳のときのことです…親族は喜びました…でも、わたしが結婚したとき、もし母が知っていてくれたら…」彼女は全身を身悶えさせた。「ああ、忌まわしい、忌まわしいわ」と彼女は大声をあげた。「あなたには知っていただきたいのです…」

　揺れる荷車のなかにいるかのように、マクマスターの両手は震えていた…

　二人の唇が、憐みの感情と涙のなかで重なった。マクマスターが唇をはずして言った。「今夜、あなたに会わずにはいられません…あなたへの心配で頭がおかしくなりそうだ」夫人が囁いた。「ええ、それでは…イチイ並木の小道で」夫人は目を閉じていた。彼女は体をマクマスターに激しく押し当てた。「あなたが…初めての…男《ひと》なのよ…」と夫人が囁いた。

「永遠にただ一人の男《ひと》になりましょう」とマクマスターが言った。

　彼には自分の姿が見えた。長いカーテンが引かれた天井の高い部屋のなかで、上部にワシの飾りがある丸い壁鏡が二人の姿を映し、きらめいていた。非常に深みがある、宝石で彩られた絵のようだった。絡み合った人影が映っていた。

　二人は体を離し、手を握り合ったまま、互いを見つめた…ティージェンスの声が響いた。

「マクマスター！　今夜はワノップ夫人の家で夕食をとることにしてくれ。正装する必要はない。僕もだ」

　ティージェンスは、トランプのゲームを邪魔しただけであるかのように、表情一つ変えずに、二人を見つめていた。大きな灰色の爽やかな顔。白髪交じりの側の頭では、白髪の一角がキラキラと光っていた。

マクマスターが言った。

「分かった。この近くなんだろう？……その直後に約束があるんだ」

ティージェンスは言った。「大丈夫だ。自分も仕事がある。おそらく夜通しになるだろう。それというのも、ウォーターハウスが…」

ドゥーシュマン夫人が嫉妬に駆られ早口に言った。

「あの男にこき使われていていいの…」ティージェンスはいなくなっていた。

マクマスターが上の空で言った。

「えっ、誰に？　クリシーに？　ああ、僕が彼をこき使うこともあれば、彼が僕を…僕らは誓い合っているのです。無二の親友です。イングランドでもっとも聡明な男。最高の家柄の出。グローピーのティージェンスは…」夫人が友人のことを正しく理解していないのを感じて、マクマスターは上の空のまま、ティージェンスへの賞賛を積み重ねた。「彼は今、計算をしているのです。政府のために、他の誰にもできない計算を。それでも、彼は辞職するつもりでいます…」

極度の気だるさがマクマスターを襲った。彼は夫人の握力が感じられなくなったせいで弱気になっていたが、それでも勝ち誇った気分にもなっていた。今後ティージェンスに会う機会は減っていくだろうという考えがぼんやりと頭に浮かんだ。悲しいことだ！　マクマスターは、詩を引用する自分の声を聞いた。

「二人並んで立って以来」彼の声は震えていた。

「ええ、確かに！」夫人の痛切な声が響いた。「美しい詩行だわ。真実を伝えている。わたしたちは別れなければならないのだわ。この世では…」それは自分で言うには、あまりにも狂おしく、暗澹たる悲しみの詩行に思えた。だが、別人に言ってもらうことで、震えるようにあらゆるイメージを掻きたてる、何とも魅力的な言葉になった。マクマスターも悲しげに言った。「僕たちは待たなければなりません」そして激しく付け加えた「それでも今夜、黄昏時に」マクマスターが想像していたのは、イチイの生垣の下での黄昏だった。そのとき、輝く自動車が窓の外に止まった。

「ええ、確かに」夫人が言った。「小道は白い門へと通じています」夫人ははっきりとは見えない光景のなかでの、情熱と悲しみの出会いを想像していた。その程度には、魅力的な出来事の想像を、夫人は自分に許したのだった。

その後また、ご機嫌伺いに家を訪ねてください。二人並んで芝の上を歩きましょう。暖かい光のなかを公然と、ささやかな美しい詩について話し合いながら。少しもの憂げに、それでも二人の体と体の間に電流を通わせながら…それから、長く、用心深い歳月が…

マクマスターは長い階段を降りて行き、夏の太陽に輝く自動車のところまで行った。見事に刈り揃えられた芝の上にはバラが輝いていた。石を踏むマクマスターの踵は、冷酷な征服者の靴音を立てた。彼には大声をあげることもできただろう！

Ⅵ章

　ティージェンスは踏み越し段の脇でパイプに火を点けた。火皿とパイプ軸は、予め外科用の縫合針で丹念に掃除がしてあった。外科用の縫合針は彼の経験に照らせば、あらゆるパイプ掃除具のなかでもっとも優れたものだった。というのも、亜鉛と銅とニッケルの合金でできていて、柔軟性があり、腐蝕しにくく壊れにくいからだった。ティージェンスは、煙草が燃えた後の褐色のネバネバした産物を、大きなギシギシの葉を使って入念に拭き取った。彼は背後から若い女性がじっと見ているのを意識した。縫合針をいつも入れている手帳のなかに仕舞い、手帳は大きなポケットのなかに仕舞い込んだ。ミス・ワノップは、小道を下って離れて行った。小道は一列縦隊にふさわしく、左手に十フィート（三メートル近く）の高さの手入れされていない生垣があった。サンザシの花の縁がちょうど黒ずみ始め、小さな緑色の実が現れ始めていた。右手には、牧草が膝の高さ以上に生い茂り、道行く者たちにお辞儀をした。太陽はまさに垂直に射し、ズアオアトリが、「ピンク、ピンク」と鳴いていた。若い女性は感じのよい背中をしていた。

　これがイングランドだ、とティージェンスは思った。男とうら若き女がケントの牧草地を横切って歩いていく。牧草は大鎌で刈られるのに十分熟していた。男は品行方正、清潔で、姿勢が良い。家柄も立派だ。乙女もまったく同様、立派な家柄。二人とも消化しきれないほどの十分な朝食を食べて、まだ腹が満ちている。立派な家具が整った家から出てきたところだ。最良の人々がテーブルを囲み、二人の散歩は、言うなれば、教会——二人の牧師——、国家——二人の官僚——、母親、友人、老嬢に是認されたものだった。

　二人とも、囀る鳥たちやお辞儀する草の名を知っていた。ズアオアトリ、アオカワラヒワ、イエローアマー（いいえ、あなた、ハンマーではなくヒワを意味するアマーです！　中高ドイツ語に由来する名前なのです）、ニワムシクイ、オナガムシクイ、「皿洗い」として知られているハクセキレイ。（魅力的な地方固有の名前の数々。）草の上をマーガレットが無限の白い炎となって広がっている。霞がかった紫色の草がはるか遠くの生垣まで続いている。フキタンポポ、野生の白クローバー、イガマメ、イタリアンライグラス。（どれも最良の人々が知っていなければならない専門用語。ウィールド層[1]の永年放牧地にとって最高の草の混合。）垣根のなかには、ヤエムグラ、オドリコソウ、ヤグルマギク（でも、最後のはサセックスでは、ボロボロのコマドリと呼ばれているのです、あなた！）何て面白いのだろう！　キバナノサクラソウ（サクラソウはイースターを意味する古フランス語に由来するのです）。イガ、ゴボウ（農家の旦那さん、奥さんが健勝でありますように！　イガやゴボウみたいな厄介な奥さんは別ですけれど[2]）。スミレの葉。花はもちろんもう時期はずれだ。クロブリオニア、野生のクレマチス、後には長猿《ながさる》尾枷《おがせ》、紫蘭（それを若い娘たちは死人の指と呼び、自由奔放な羊飼いはもっと卑猥な名前で呼んでいます[3]。田舎はそれほどにいきがよくて扇情的なのです！）。…しからば、牧草地を通って歩きなさい、雄々しき若者と美しき乙女よ。思考や引用や愚鈍な形容語句を呼び覚まさないよう鎮静剤を充塡された精神たち。あまりにも素晴らしい朝食からおそらくは極端にまずい昼食まで、話すこともなく、まったくの沈黙。若い女は昼食を用意するつもりで、若者にしかるべくそれについて警告を与える。ピンクのゴムのような、生煮えのコールドビーフになることに間違いありません。ポテトは冷め、柳模様の皿の底に水が溜まっているでしょう。（いえ、本物の柳模様ではないのです、ティージェンスさん。）食用酢に漬けた育ちすぎのレタスは口の中でヒリヒリと痛いでしょう。ピクルスも食用酢で保存されたもの。蓋を開けるや壁に吹きかかるパブのビール二瓶。病人用のポートワイン一杯…こちらは連れの紳士用ね…あんなに立派な十時十五分の朝食の後では、もうほとんど食欲が湧かないでしょうけれど。それでも、お昼ですわ！

「神のイングランド」とティージェンスは思わず機嫌よく叫んだ。「希望と栄光の国」[4]よ——本位へ音からハ長調の基音に下る、四、六の和音、属七音がハ長調の通常和音に掛留…すべてが絶対的に正しい！　ダブルベース、チェロ、すべてのバイオリン、すべての木管楽器、すべての金管楽器、グランドパイプオルガン、すべての音栓。人声に似た音を出すオルガンの音栓やキー付きビューグル[5]の効果…父の知るラッパの音は国中に流れた…パイプはまったく問題なし。そうでなくちゃ。高貴な生まれのイングランド男のパイプなのだから。タバコも同上。魅力的なうら若き女性の背中。イングランドの夏至の真昼。世界中で最も良い気候！　こんな日に外出しない手はないだろう！　ティージェンスは立ち止まり、ハシバミのステッキで、一進一退決めかねている、白い粉で被われた柔毛質の葉と、一進一退決めかねている、ボタンのような、熟さぬレモン色の花を付けたビロードモウズイカの長い花穂《かすい》を狙って激しい一撃を加えた。植物の構造が、クリノリンを身につけたまま殺させた女のように、優雅に崩れた。

「さあ、俺は残忍な殺人者だ」ティージェンスが言った。「血まみれのでなく！　無垢な植物の樹液に染まった緑色の。…だが、神かけて、知り合って一時間後にはどんな田舎女もモノにせずにはいるものか！」彼はさらにもう二本のモウズイカと一本のノゲシを殺害した。影が、しかし、太陽による影ではなく、薄暗がりが、紫色の牧草の花と白いマーガレットとが咲いた六十エーカー（二十四ヘクタール）に横たわっていた。草の上をレースのペチコートのように覆って。

「確かに」とティージェンスは言った。「教会、国家、内閣、野党、金融業者…すべての支配層が、皆腐っている！　でも、有難いことに僕たちには海軍がある…だが、たぶんこれも腐っているのだ！　知るものか。大英帝国に防波堤は要らない…しからば、夏の牧草地を行く姿勢正しき若者と貞淑な乙女に万歳！　男はしかるべきトーリー党員中のトーリー党員、女は女性参政権運動の闘士、この地上での闘士だ。しかるべく！　しかるべく！　二十世紀初頭の数十年、他がどうであれ、女性は清潔で健全でいられるのだ。演壇から喚き散らすのは、肺のためにとてもいい。警官のヘルメットを叩き壊すのは…いや、それは僕の務めだ。僕のほうの。お嬢さん、僕はそう思う！…重い旗を掲げ持ちソドムの町々を通って二十マイル（三十二キロメートル）行進するとは。まったく素晴らしい。きっと彼女は貞淑だ。だが、賭ける必要はない。確実と知っていて賭けるわけにはいかないのだから。目を見れば分かる。素敵な目だ！　魅力的な背中だ。処女の生意気さ…年がら年中、好色な夫に仕えて、熱暑のなかの雌猫みたいにヒステリックになるよりも、帝国の母たちにとってより良き活動だ。あの女のなかにそれを見ることができる。たいていの女にそれを見ることができる。しからば、トーリー党員で姿勢正しい若い既婚の男性と、女性参政権運動家の乙女に万歳！…イングランドの屋台骨に！…」

ティージェンスはもう一つ花を殺害した。

「しかし確かに！　僕たちは二人とも嫌疑をかけられている。二人ともだ！…あの娘《こ》と僕。そして将軍エドワード・キャンピオン卿、クローディーン・サンドバッチ令夫人、ポール・サンドバッチ下院議員（登院停止中）が噂を撒き散らす…そしてクラブに属す四十人もの歯のない頑固な老人たちも、だ。それで、訪問者名簿が際限なく大きく口を開き、僕らの名前が削除されることになる。君…おい、君、とても残念だよ。父上とは大昔からの友人だったのに！　確かに、肉料理ガランティーヌのピスタチオナッツ。口に残る。うまくいかなかった朝食。陰鬱な瞑想。何にでも耐えられると思っていた。ダチョウを消化することすらも…だが、そうは行かない。陰鬱な瞑想。僕もあの大きな目の売春婦のようにヒステリーにかかっているんだ。同じ理由で！　誤った食事と誤った生活。座りっぱなしの生活をする人がカブで十分なのにもかかわらず、ヤマウズラ狩猟者向きの食事を摂るような。イングランドは丸薬の国。ダス・ピレン＝ラントとドイツ人は我らの国を言う。とても適切な文言だ…そして、くそっ、外での食事、すなわち茹でた羊肉。カブ、すなわち座りっぱなしの生活。そして世のなかの不潔さに直面することを強いられる。一日中、世のなかの不潔に鼻を突っ込む。ああ、いまいましい。俺もあの女と同様のひどい暮らしぶりだ。シルヴィアはドゥーシュマン同様のひどさだ！…これまで考えたこともなかった…肉が尿酸に変わるのも当然だ…神経衰弱の主因になる…何てひどい混乱だ！　マクマスターも可哀そうに。彼もこれで一巻の終わりだな。可哀そうな奴だ。この娘に色目を使ったほうがまだ良かったものを。「ハイランドのメアリー」を歌うことができただろうに。「これがすべての男の欲望のなれの果て[6]」より良い曲だ…「後期ラファエル前派風売春婦に釘付けになった男…」と墓石に刻まれ、カードに書かれることだろう。

ティージェンスは突然散歩を中断した。自分はこの娘と歩いているべきではないという考えが、彼の頭に浮かんでいた。

「だが、こん畜生」ティージェンスはひとり言を言った。「あの娘はシルヴィアにとってよい衝立になるだろう…構うものか！　当たって砕けろ、だ。あの娘は多分、すでにもう、いまいましい皆の訪問者名簿から削除されているだろう――女性参政権運動家だという理由で」

　クリケット場一面分かそこらティージェンスより先に立ったミス・ワノップは、踏み越し段を飛び越えた。左足を段に載せ、右足で最上部の横棒を越え、反対の段に左足を軽く触れ、明らかに渡らなければならない白い埃舞い散る道に降り立った。彼女はまだティージェンスに背を向けたまま、立って待っていた…彼女の素早い足の運び、魅力的な背中は、今のティージェンスにとって、際限なく痛ましいものに見えた。醜聞を彼女に張り付けることは、ゴシキヒワの羽を切るに等しかった。アザミの花の先端で、羽で霞を作る、黄、白、金、ほのかな色の輝かしい生物の羽を。いや、畜生！　それ以上のひどさだ。愛鳥家がするように、ズアオアトリの目を潰すのよりもひどい…際限なしに痛ましい。

　踏み越し段の上の、楡の木立ちで、ズアオアトリが鳴いた。「ピンク、ピンク」

　その馬鹿げた鳴き声を聞いて、ティージェンスは激怒した。彼は鳥に向かって言った。「おまえの目などくそくらえ！　そんなもの、潰されちまえ！」目を潰されると、この不愉快な騒音を出すいまいましい鳥は、少なくともヒバリや他の小鳥のように甲高い声で鳴く。「すべての鳥、野外博物学者、植物学者、くそくらえ！」同様にティージェンスはミス・ワノップの背中にも声をかけた。「おまえの目などくそくらえ！　おまえの貞節がその目に抗議の声をあげなかったとでも言うのか。何のためにおまえは公の場で見知らぬ男たちに話しかけるのだ。この国ではそんなことは許されないと知っているだろうに。人々が――ローマカトリック教徒とプロテスタントの信徒とが――穢れのなさの問題で互いの喉を切り合うアイルランドのように、まともな、まっすぐな国だったなら…まあ、それも可能かもしれないが。おまえはアイルランドを東から西に歩き、会ったすべての男に話しかけることができるだろう…『彼女の付けていた宝石は高価で珍しいものだった…(7)』家柄の良いイングランド男以外、会ったすべての男に話しかけることができるだろう。だが、家柄の良いイングランド男に話しかけたなら、おまえの処女は穢されるぞ！」ティージェンスは不恰好に踏み越し段を登って行った。「そう！　そんなことをすれば、処女を奪われ、幼子《おさなご》の評判を失うだろう。妙な音の高さに達するまでおまえは話した。おまえがどんな人間かが明らかになった。イングランドの聖職者と陸軍と内閣と行政機関と野党と母親と老嬢のお蔭をもって…彼らは皆、知らない男と話してはいけませんと言うだろう。日向でもゴルフ場でも、シルヴィアとか何とかいう女にとっての衝立とならない限りは…ならばシルヴィアの衝立になるがいい。訪問者名簿から削除されるがいい。おまえが深く関われば関わるほど、俺はひどい悪党になる。僕らがここにいるところを全員に見せてやりたい。それで問題が解決するのならば…」

それにもかかわらず、彼のほうを見ていないミス・ワノップと同じ高さの道端に立って、白い道路が左右に走り、反対側のどこにも踏み越し段がないのを目にしたとき、ティージェンスはぶっきらぼうに彼女に言った。

「次の踏み越し段はどこです。道路を歩くのは嫌いだ」ミス・ワノップは顎をしゃくって生垣を指した。「五十ヤード（四十六メートル）先よ」女は言った。

「行こう！」と男は大きな声で言い、ほとんど小走りで向かい始めた。皆揃って外出したキャンピオン将軍とクローディーン令夫人とポール・サンドバッチを乗せた車が――あるいは、将軍が愛用する一頭立て二輪馬車に一人で乗って――万が一このめくるめくばかりに広がる道をやって来たとすれば、とんでもないことが起きるだろうという考えが彼の頭に浮かんだのだ。男はひとり言を言った。

「神かけて！　もし彼らがこの娘に知らん振りを貫くなら、僕は膝の上で奴らの背をへし折ってやる」そして先を急いだ。「まさに、とんでもないことが起きるだろう」この道路はおそらくマウントビーの正面玄関のドアにまっすぐに通じていた。

ミス・ワノップは、小走りで彼の少し後ろについていた。ティージェンスのことを最も異常な男だと考えた。不愉快であると同時に狂っている、と。正常な人々は、急ぐならば——だが、どうして急ぐ必要があろうか——州道の白い閃光のなかではなく、牧草地の生垣の蔭で急ぐだろう。どうぞ、お先に。次の牧草地で談判しましょう。走って体を火照らせるつもりはなかった。あの男の好きにさせておこう。彼のいまいましい、だが確かに人目を引く目が、彼女に向かってエビの目のように突き出していた。しかし、綺麗なブラウス姿の彼女は、冷淡で威嚇的な態度をとった…

二人の後ろに一頭立て二輪馬車がやって来た。

突然、彼女の頭に浮かんだのは、あのバカ者は、警察が彼女たちを放っておくつもりだと言ったとき、嘘をついたのだということだった。朝食のとき嘘をついたのだ…二輪馬車には警官が乗り、彼女たちを追っているのだ…彼女はあたりを見回して時間を無駄にはしなかった。スプーンレースのアタランテーみたいに愚かではなかった。かかとを持ち上げて全速力で走った。生垣のなかの白いV字型自在門にはティージェンスより一ヤード半（約一・四メートル）先に着いた。恐慌をきたし、荒く息をつきながら。ティージェンスも喘ぎながら、彼女の後を追ってそのなかに入った。バカ者は女を先に通す良識も持たなかった。二人一緒に囚われてしまった。差し向かいで。喘ぎながら！　ケントでは恋人たちがこの機を捕らえてキスをするのだ。門は三つの部分から成り、内側の突縁は蝶番の上を動くようになっている。牛が通るのを防ぐためだが、この武骨なヨークシャー男はそれを知らず、去勢された雄牛のように力ずくで押し進もうとした。そこで二人とも囚われてしまったのだ。ワンズワース刑務所に三週間…ああ、何ということ！

ワノップ夫人の声——もちろん単なる母親の声にすぎなかった。足を蹴り上げている牝馬の後ろで、二十フィート（約六メートル）くらいの高さから、シャクヤクのように端正な丸い真っ赤な顔をした夫人が——しゃべっていた。

「まあ、ヴァルを門のなかに挟んで、押さえつけたりして…でも、ヴァルは二十ヤードのうち七ヤード（十八メートル中の六・四メートル）のハンデをあなたに与えて、門に着くまでに、あなたを追い抜いたのよ。それは彼女の父親の野望だったわ」夫人は子供たちがレースをしているように思った。縁の垂れた柔らかい感じの帽子をかぶり聖ペテロのような灰色の顎鬚を生やした御者の脇から、夫人は丸顔を覗かせて、素朴に、下にいるティージェンスに微笑みかけた。「ねえ、あなた！」と夫人は言った。「ねえ、あなた！　あなたを我が家にお迎えできるのは、とても嬉しいことよ」

黒馬が後ろ足で直立し、老齢の御者は馬の口に当てたハミをのこぎりを使うような手つきで引いた。ワノップ夫人はそんなことはお構いなしに言った。「スティーブン・ジョエル！　まだ話は終わっていませんよ」

ティージェンスはかんかんになって馬の汗まみれの腹の最下部を睨みつけた。

「あなたがたは間もなく」ティージェンスが言った。「首をへし折られますよ。腹帯がこんな状態だと」

「まあ、そんなことはないと思うけれど」ワノップ夫人が言った。「ジョエルは昨日この馬車を買ったばかりだもの」

ティージェンスはいくぶん獰猛に御者に話しかけた。

「さあ、降りるんだ」ティージェンスが言った。彼は、興奮で鼻孔を大きく開けた馬の頭を自ら押さえた。馬はほとんどすぐさまティージェンスの胸に額をこすりつけた。ティージェンスが言った。「そう！　そう！　よし！　よし！」馬の四肢からピーンと張った状態がなくなった。老齢の御者は、最初は前へそれから後ろへ降りようとして、高い座席から転がるように降りてきた。ティージェンスは御者に憤然として命令を浴びせた。

「馬をあの木の蔭に連れて行くんだ。ハミには触るな。口を怪我している。この十ぱひとからげの廉価品はどこで手に入れた！　アシュフォード市場で、三十ポンドの値段だって！　もっと値打ちはある…だが、畜生、十三ハンドの小馬の引き具を十六・五ハンドの馬に付けているってことが分からないのか。ハミを三穴緩めるんだ。馬の舌を真っ二つに切ってしまうところだ…この馬はリグだ。リグが何か知っているかね。二週間そいつに穀類を与えたなら、ある日、あんたも荷車も廏も五分間でこなごなにされてしまうだろう」御者は乗り物に乗って勝ち誇りひとり悦に入っているワノップ夫人とその他すべてを楡の木の下の蔭に引いて行った。

「ハミを緩めるんだ、こん畜生」ティージェンスは御者に言った。「ああ、あんたは怖いのか」

ティージェンスは、脂じみた引き具の光沢剤で指をドロドロにするのは嫌だったが、自分でハミを緩めた。それから言った。

「馬の頭を押さえていられないのかね？　それも恐いのですか？　あんたは馬に両手を嚙み切られるに値するね」ティージェンスは、今度はミス・ワノップに話しかけた。「あなたは押さえていられますか？」ミス・ワノップが言った。「いいえ。わたしは馬が恐いのです。どんな車でも運転できますが、馬は恐いのです」ティージェンスが言った。「とても真っ当なことです」と。

彼は後ろに下がって立ち、馬を見た。馬は頭を下げ、左側の後ろ足を持ち上げて、ひづめを地面に置いた。リラックスした姿勢だった。

「さあ、これで立っていられるでしょう」ティージェンスが言った。彼は不快なほどに身を屈め、汗まみれ、脂まみれになりながら、馬の腹帯をはずした。腹帯の革紐が手のなかで解けた。

「確かに」とワノップ夫人が言った。「あなたが気づいてくれなかったら、わたしは三分のうちに死んでいたでしょう。荷車が後ろにひっくり返ってしまったでしょうからね…」

ティージェンスは、学童が持っているような、大きな入り組んだ角《つの》でできた取っ手のナイフを取り出した。穴あけ具を選んで開いた。そして御者に言った。

「蠟引き糸を持っているだろうね。紐は？　針金は？　それでは、ウサギ網は？　おい、ウサギ網も持っていない奴を、便利屋などと言えるかい」

御者は、縁の垂れたソフトな感じの帽子を輪のように回して否定した。ティージェンスの言葉を、うっかりウサギ網を持っているとを認めたら相手を密猟に誘おうとするお偉さんの言葉のように思ったからだった。

ティージェンスは轅に副えて腹帯を置き、腹帯のなかに穴あけ具で穴を開けた。

「女でもできる仕事です！」ティージェンスはワノップ夫人に言った。「ですが、これであなたは家に帰り、半年間は生き延びられるでしょう…僕があなたに代わって明日、この代物全部を売ってきましょう」

ワノップ夫人がため息を吐いた。

「十ポンド札には相当すると思うけれど…」夫人が言った。「わたしが自分で売りに行くべきね」

「とんでもない」ティージェンスが答えた。「五十ポンドは手に入れてきます、そうでなければヨークシャー男とは言えません。この親爺はあなたをだましたわけではないのです。金額にしたら、べらぼうに立派な奴を手に入れたわけですが、ご婦人には何が適するかが分かっていないのですね。あなたにピッタリなのは、白い小馬とかご細工の軽装二輪馬車ですよ」

「あら、少しはスリルがあるもののほうが好きですわ」ワノップ夫人が言った。

「もちろん、そうでしょう」ティージェンスが答えた。「だが、この馬車は手に負えません」

彼はため息を吐いて、外科用の縫合針を取り出した。

「これでこの帯を結び合わせましょう。これはとても柔らかいので二重に縫うことができ、帯をいつまでも長持ちさせます…」

しかし、便利屋が彼の脇に来て、ポケットの中身を外に広げた。脂まみれの革袋、蜜蠟の玉、ナイフ、パイプ、チーズの欠片、色褪せたウサギ網。彼はこのお偉さんは慈悲深い男と認め、持ち物すべてを捧げたのだった。

ティージェンスが言った。「ああ」それから網を解きながら、

「まあ、聞きなさい…あんたはこの馬車を羊の脚亭の裏口で旅回りの商人から買ったのだろう」

「サラセン人の頭亭です」御者がぼそぼそと言った。

「旅回りの商人がひどく金を欲しがったので、おまえは三十ポンドでこれを手に入れた。分かるさ。ばかに安いからな…だが、リグは誰もが乗れるもんじゃない。獣医や馬商なら、へっちゃらだろうさ。高すぎる荷車もな…だが、すごく上手くやったものだ。ただ、あんたも昔のように三十ではない。馬が悪魔みたいに見え、おまけに荷車が高すぎて、いったん乗ったらば降りることができなくなった。そこで、あんたは女主人を待つのに二時間それを日向に置いておいたんだ」

「廏の塀に沿って日除けがありましたもんで」御者がぼそぼそと言った。

「だが、この馬は待たされるのが嫌でたまらないんだ」ティージェンスが穏やかに言った。「その年老いた首をへし折られずに済んでありがたいと思わなくては。さあ、この帯を結ぶんだ。僕が付けたハミに合わせて一穴分緩くして」

ティージェンスは御者席によじ登る準備をしたが、ワノップ夫人がその前に立ちはだかった。革紐で結ばれたクッション付きの斜めに傾いたものすごい高さの御者台から。

「まあ、ダメダメ」夫人が言った。「わたしが乗るときには、わたしか御者かどちらかが馬を駆り、それ以外の人間には任さないことにしているのよ。たとえあなたでもダメですわ」

「それでは僕は付き添いということで」とティージェンスが言った。

「ダメダメ」とワノップ夫人が答えた。「わたしとジョエル以外の首を、この乗り物のなかでへし折らせるわけにはいきませんからね」そして付け加えた。「でも、たぶん今夜、この馬を走らせるのがふさわしいとわたしが納得したならば」

ミス・ワノップが突然大きな声をあげた。

「まあ、それはダメよ、お母さん」しかし、便利屋が馬車によじ登って乗り込んだので、夫人は鞭を振るい、馬車を発進させた。すぐに馬を止めると、ティージェンスのほうに身を乗り出して、「あの可哀そうな女性は何という生活を送っているのでしょう」と言った。「わたしたちはできる限りのことをしてあげなければ。明日にでも、ご亭主を精神病院に入れてもらうことができるでしょうに。そうしないのは、まったく自己犠牲としか言いようがないわね」

馬は穏やかな規則正しい小走りで去って行った。

「あなたのお母さんは何て素晴らしい手綱さばきをしているんだ」ティージェンスが言った。「馬の口をあんなふうに扱える女性にはそうたびたび会えるものじゃない。あの止め方を見たかい？……」

　この間ずっと、ティージェンスは、娘が道端から目を輝かして、熱心に、魅了されてさえいるかのように、彼をじっと見つめているのを意識していた。

「見事な、立派な出来栄えの仕事をしたとお思いなのでしょうね」ミス・ワノップが言った。

「腹帯はあまり上手くいかなかった」ティージェンスが言った。「さあ、この道から離れましょう」

「貧しく弱い女性をふさわしい場所に置く」ミス・ワノップが話を続けた。「護符を持った男のように馬をなだめる。あなたは女もあんなふうになだめるのでしょうね。あなたの奥さんは可哀想だわ…イングランドの田舎紳士。便利屋を見つけると忠実な臣下にする。完璧な封建制度ね……」

　ティージェンスが言った。「まあ、お分かりでしょうが、召使は、あなたに事情に通じた友達があると思えば、さらに良い召使になるものです。下層階級とはそういうものです。さあ、この道路から離れましょう」

　ミス・ワノップが言った。

「ずいぶん急いで垣根の後ろに回ろうとなさるのね。警察がわたしたちを追いかけているの。それとも追いかけていないの。多分あなたは朝食のとき嘘をついたのね。弱い女の病的に興奮した神経をなだめるために」

「嘘はついていませんよ」ティージェンスが言った。「だが、野道があるのに道路は嫌なんだ…」

「それは恐怖症というものよ。女がかかるような」ミス・ワノップが大きな声で言った。

　彼女はV字型自在門をほとんど走るように潜り抜け、立ち止まってティージェンスを待った。

「思うに」ミス・ワノップが言った。「ご自分がその高飛車な男のやり方で、もし警察の捜査を阻止したら、わたしのロマンティックな若い夢を壊すとお考えなのでしょうね。でも、それは違います。わたしは警察に追われたくはありません。ワンズワース刑務所に入れられたら、きっと死んでしまうわ。わたしは臆病者なのです」

「いや、そんなことはありません」とティージェンスは言ったが、彼は、ちょうどミス・ワノップが少しも彼の言葉を聞いていなかったのと同様に、自分自身の考えを追っていた。「おそらく、あなたは申し分ないヒロインなのです。結果が危ぶまれる行動を貫いているからというのではありません。おそらく朱に交わっても赤く染まり汚れることがないからでしょう」

相手の言葉を遮るには育ちが良すぎたので、彼女は、ティージェンスが言いたいことを言い終わるまで待ち、それから大きな声をあげた。

「下準備を整えて置きましょう。明らかに、母はあなたとわたしたちが会う機会をたくさん作るつもりです。あなたもお父様と同様に、御守りにされてしまうでしょう。あなたも自分のことをそう考えているのでしょう。昨日は警察からわたしを救いました。今日は母が首の骨を折られるところを救ったみたいです。そして馬の取引で二十ポンド儲けてくださるようですし。もしそうなら、あなたはそういう人間にされてしまうでしょう…二十ポンドはうちのような家庭には大金です…ですから、あなたはワノップ家のいつも変わらぬ親友ということになりそうです…」

ティージェンスが言った。

「御免被ります」

「ああ」ミス・ワノップが言った。「ワノップ家の女性皆を愛することで、あなたが名をあげると言うのではありません。おまけに、わたししか居ませんもの。でも、母はたくさんのおかしな仕事をあなたに押しつけるでしょう。そして、テーブルの上にはいつもあなた用のお皿が置かれるでしょう。身震いなさらないで。わたしは本式の料理人なのですから――もちろんブルジョア料理の。本当にプロの料理人のもとで習ったのですよ。酔っ払いでしたけれど。つまり、料理の半分はわたしがやっていて、家族はやかましい人たちでした。イーリングの人たちはそうなのです。半分が州会議員とかそういった人たちなので。ですから、わたしは男がどういうものか知っているのです…」彼女は口を噤み、それから愛想よく言った。「でも、お願いですから、堪えてください。失礼はお許しくださいね。でも、男が驚異のクライトン[8]のような多芸多才を演じたり、イングランドの田舎紳士風に冷静に落ち着いていたりする間、ウサギの剝製みたいにじっとしていなければならないとすると、わたしはイライラしてくるんです」

　ティージェンスはひるんだ。若い女の発言は、彼の気持ちを傷つける妻のたびたびの弾劾にあまりにも近づきすぎていた。しかし、女は大きな声で言った。

「ああ、こんなことを言うのは公平ではありませんね。わたしは恩知らずな頑固者です。実際、あなたは、無能なバカ者の群れのなかで仕事をしている有能な職人以上には少しも偉そうにしなかったのですから。でも、本当の気持ちを吐き出してください。きっぱりと言ってください――あなたは正式で立派な方法をご存知のはずです――わたしたちの目的に共感しないわけではないけれど、わたしたちのやり方に――ああ、大変に、強く――不賛成なのだと」

　この若い女は思っていたのよりずっと強く、大義に対する――女性参政権の大義に対する――関心を持っているという気がティージェンスにはしてきた。彼はあまり若い女と話したい気分ではなかったが、心の上っ面をなぞるだけでない、かなりの本気度で答えた。

「そんなことはありません。僕はあなたのやり方に完全に賛成です。でも、あなたの目的は馬鹿げている」

　女は言った。

「あなたは知らないのですね。我が家のベッドで寝ているガーティー・ウィルソンは、昨日のことばかりでなく、郵便箱に爆発物が仕掛けられた一連の事件でも、警察に指名手配されているのです」

　男は言った。

「知りませんでした…ですが、それはどこから見ても適切な行為です。僕の手紙を焼いたわけではない。僕の手紙を焼いたなら、僕も困惑するかもしれませんがね。でも、僕の賛成を妨げはしない」

「あなたは考えないのですか」女が真面目に訊ねた。「わたしたち――母とわたし――が、彼女を匿ったことで重い刑罰を受けるとは。母には辛い運命となるでしょう。だって、母は反…」

「その刑については分かりません」ティージェンスが言った。「だが、僕らはできるだけ早く、彼女をあなたの家屋敷から出したほうがいいでしょう」

　女が言った。

「まあ、手を貸してくださるの？」

　男が答えた。

「もちろん。お母様に迷惑をかけるわけにいかないでしょう。なにしろ、十八世紀以降、読むに足る唯一の小説を書いた方ですからね」

　女は立ち止まり、真面目に言った。

「ねえ、いいこと！　投票が女に益をもたらさないと言う無知で軽薄な人たちの一人にはならないでください。女はひどい目に遭っています。実際に。もしわたしが見てきたことをあなたもご覧になったなら、わたしが大法螺を吹いているのでないことがお分かりになるでしょう」女の声はすっかり深みを増し、目には涙が溜まっていた。「貧しい女たちがひどい目に遭っています」女が言った。「小さな取るに足りない者たちが。わたしたちは離婚法を変えなければなりません。より良い条件を手に入れなければなりません。もしわたしの知っていることをあなたが知ったなら、あなたは我慢できなくなるでしょう」

ミス・ワノップの激しい感情の動きがティージェンスをいら立たせた。というのも、それは彼がこのとき欲していなかった兄弟愛のようなものを打ち立てるものと思えたからだった。女は親しい仲間たち以外の前で激しい感情を見せるものではない。彼は冷淡に言った。

「おそらく知るべきではないでしょう。実際知らないから、我慢できるのです」

女は深い失望を感じて言った。

「ああ、あなたはひどい人だわ。そう呼ぶのにあなたの許しは求めません。あなたがその言葉を本気で言っているとは思いませんが、そんなことを言うのは薄情です」

これもまたシルヴィアの告発の訴因の一つだったので、ティージェンスは再びひるんだ。女が説明した。

「ピムリコ陸軍被服工廠労働者の訴訟を知らないのですね。さもなければ投票が女に役立たないとはおっしゃらないでしょう」

「その訴訟のことなら百も承知です」とティージェンスが言った。「職務上、僕の目に留まり、誰にとっても投票権が役に立たないことを示すこれ以上に顕著な例はないと思ったことを覚えています」

「わたしたちが同じ訴訟を考えているとは思えないわ」女が言った。

「同じ訴訟です」男が言った。「ピムリコ陸軍被服工廠はウェストミンスター選挙区にあります。陸軍省の政務次官はウェストミンスター選挙区の議員です。前回の選挙での過半数は六百でした。被服工廠は七百人の男を一シリング六ペンスで雇っていて、この男たちは皆、ウェストミンスターでの投票権を持っていました。七百人の男たちは政務次官に手紙を書き、もし彼らの賃金が二シリングに上がらなかったら、次の選挙では結束して彼に投票しないと言いました…」

ミス・ワノップが言った。「さて、それで！」

「それで」とティージェンスが言った。「政務次官は一シリング六ペンス、すなわち十八ペンスで雇っていた男たちを首にして、十ペンスで七百人の女を雇ったのです。投票権が七百人の男たちにとって何の役に立ったと言うのです。投票権が役に立った人間が一人でもいたでしょうか」

ミス・ワノップはそこで相手の話を制し、ティージェンスは自分の誤り[9]が露わになるのを防ぐために、急いでこう付け足した。

「さて、その七百人の女たちが、低賃金で酷使された国中の女たちに支援されて、政務次官を脅し、郵便ポストを燃やし、政務次官の田舎の大邸宅のまわりのゴルフ場の芝地をずたずたに切り裂いたとしたら、彼女たちは翌週賃金を二シリング六ペンスにあげてもらえたでしょうね。それが唯一のまっとうなやり方です。まさに封建制度が働いている」

「ああ、でも、わたしたちはゴルフ場の芝地をずたずたに引き裂いたりしませんわ」とミス・ワノップが言った。「少なくとも、女性社会政治同盟[10]は先日その件を議論し、そうしたスポーツ精神に反することはわたしたちの活動を不人気にしてしまうだろうと結論づけました。わたしも個人的にそれに賛成します」

ティージェンスがうめき声をあげた。
「実に腹立たしい」と彼は言った。「女もまた男と同様に、公の会議の席になるとたちまち頭が混乱して、まともに問題と向き合うのが恐くなってしまうとは!……」
「それはそうと」女が話を遮った。「あなたは明日馬を売りには行けませんわ。明日は日曜だってことをお忘れね」
「それでは月曜日に」ティージェンスが言った。「封建制度の要点は、つまり…」

昼食の直後――それは素晴らしい昼食だった。子羊の冷肉と新鮮なジャガイモのミントソース添え。ミントソースは白ワインビネガー製で、キスのようにソフトだった。クラレットは申し分なく飲める品だったし、ポートワインはそれをはるかに凌ぐ味だった。ワノップ夫人が、今は亡き教授のワイン商人たちに再び注文を出すようになっていたのだ――ミス・ワノップは電話に出るために席をはずした。

田舎家は明らかに安普請だった。古く、広く、心地良かったが、天井の低い部屋の維持には多大な努力が掛けられてきた。食堂には両側に窓があり、一本の梁がその間を横切っていた。食事用の銀器はセールのときに買ったもので、タンブラーは古いカットグラスだった。炉の両側に一つずつ安楽椅子が置かれていた。庭には、赤レンガの小道があり、ヒマワリ、タチアオイ、深紅のグラジオラスが植えられていた。特段見るべきものはなかったが、庭木戸は立派に取り付けられていた。

ティージェンスにとって、これは皆、努力の賜物とみえた。ここに、数年前、もっとも惨めな状況で一文無しになり、ごくわずかな道具で生活を支えた女がいた。当時、何という努力をそれは意味しただろう！　今も、どれほどの努力をそれは意味していることか！　イートン校には男の子がいる…無意味な、しかし勇敢な努力だ。

ワノップ夫人がティージェンスの反対側の安楽椅子に腰かけた。立派な女主人、立派な貴婦人だ。颯爽と突撃するが、疲れている。厩舎の前の庭で三人の男に馬具を付けてもらい種馬のように飛び出すが、やがてゆっくりした速足にペースを落としてしまう年老いた馬のようだ。本当に疲れた顔をしている。新鮮な空気に当たれば深紅の頬になるのだが、皺が寄って弛んでいる。黒いレースの肩掛けに被われたふっくらとした両手を膝の脇に垂らし、他のヴィクトリア朝の貴婦人と同様に、くつろいでそこに座っていることもできたかもしれなかった。しかし、昼食のときにふとこう漏らした。この四年間毎日八時間——今日まで——一日も欠かさずに執筆してきましたの。今日は土曜日だから、社説を書かなくて済むのです、と。

「それで、あなた」夫人はティージェンスに言った。「わたしは今日の日をあなたに捧げましょう。他でもないあなたのお父様の息子さんに。——さんに、ではなくてね」この空欄に夫人があてはめたのは彼女が最も尊敬している名士の名だった。「これは本当よ」と夫人が付け加えた。それにもかかわらず、昼食をとっている間でさえ、夫人は何度も重く深い放心状態に陥り、突飛で誤った発言を繰り返した。たいていは公的な出来事に関して。それは皆、途方もない数字を示した。

それでティージェンスは、傍らの小さなテーブルの上にコーヒーとポートワインを置いたまま座っていた。家は彼のものだった。

夫人が言った。

「ねえ、あなた…あなたにはやることがたくさんあるわ。本当に娘たちをプリムソルに馬車で送っていくべきだと思っているの？　彼女たちは若くて無分別よ。仕事優先でしょ」

　ティージェンスが言った。

「たいした距離ではありません…」

「そうかしらね」と夫人がひょうきんに答えた。「テンターデンより二十マイル（約三十二キロメートル）先よ。月が沈む十時前に出発しなければ、たとえ事故がなくたって、五時までには帰れないわ…馬は大丈夫かもしれないけれど…」

　ティージェンスが言った。

「ワノップさん。娘さんとわたしは噂になっていると言わざるをえません。ひどい醜聞に！」

　夫人はかなり肩が凝っているかのようにティージェンスに向けて首を回した。放心状態から抜け出たばかりだったのだ。

「ええっ？」と言い、「ああ、ゴルフ場でのことね…疑わしく見えたに違いないわ。おそらくあなたは警察とも悶着を起こしたのでしょう。娘が捕まらなくて済むように」夫人は老いた教皇のように、少しの間、沈思黙考した。

「ああ、そんなことはこれから立派な生き方をして世人に忘れさせておしまいなさい」夫人が言った。

「こう言わざるをえません」ティージェンスがしつこく言った。「あなたが考えているより深刻なのです。ここには来るべきでなかったと思っています」

「ここに来るべきでなかったですって！」夫人が大声をあげた。「まあ、それじゃあいったい他のどこにいるべきだと言うのです？　あなたは奥さんとうまく行っていないのでしょ。分かっていますよ。奥さんは俗に言う性悪女なのですわ。ヴァレンタインとわたし以外の誰があなたの面倒を見ることができるというのです」

　ティージェンスは激しい悲痛を味わい――というのも、結局、複雑なこの世のどんな要素よりも彼は妻の評判を気にかけていたのだ――ワノップ夫人になぜシルヴィアのことを性悪女呼ばわりするのかとかなり厳しく問い詰めた。夫人は抗弁して、しかし眠たげに言った。

「あなた、理由なんて何もありませんよ！　あなたがたの間に様々な違いがあると推測しただけです。わたしはね、ある種の認識力には長けているのよ。あなたが完璧に明らかに真っ直ぐな人だから、奥さんは性悪女に違いないと思っただけのことよ。ただ、それだけのこと」

　ほっとしたティージェンスに、頑固さが蘇った。彼はこの家が気に入っていた。その雰囲気が好きだった。その質素なところ、家具の選択、窓から窓へと落ちる光の具合。きつい仕事の後の疲労感、母と娘の間の愛情、この二人が彼に対して抱く愛情が好きだった。それで、もし避けられるなら、この家の娘の評判を傷つけたくないと心に決めた。

　まともな男は女の評判を傷つけたりしないと考えながら、更衣室でキャンピオン将軍と交わした会話の主題を幾分慎重に詳しく語り聞かせた。彼はきれいに磨かれたオーク材のはめ込み台のなかにひび割れた洗面器を見る思いだった。ワノップ夫人の顔がますます灰色になり、ますます鉤鼻が鋭くなっていくようにみえた。少々恨みがましく！　夫人はときどき注意していることを示すように、さもなければすっかり眠たげに頷いた。

「まあ、あなた」夫人がやがて言った。「自分のことをあれこれ言われるのは、とても忌々しいことよ。それは分かります。でも、わたしも一生涯、醜聞の風呂に浸かってきたようなものです。わたしの年齢に達した女性は皆そんなふうに感じるものなの…何も問題ないように思うわ」夫人は実際こっくりこっくりし始めた。それからハッと目を覚ました。「分からないわ…あなたの評判をどうやって救ったらいいか、実際わたしには分からないの。分かったら、助けてあげるでしょう。それは信じて…でも、わたしには考えなければならないことがたくさんあるの…この家を維持していかなければならないし、子供たちを食べさせていかなければならないわ。学校にも行かせなければならない。他の人たちの問題に全部の頭を使うわけにはいかないのよ…」

　夫人はすっかり覚醒し、椅子から飛び起きた。

「でも、わたしは何というひとでなしなんでしょう！」夫人は娘とすっかり同じ口調の急な抑揚を付けてそう言うと、肩掛けと長いスカートを身につけたヴィクトリア朝婦人の風格を持って、ティージェンスの高い背の椅子の後ろに回り、椅子の背に身をもたせて、ティージェンスの右のこめかみを撫でた。

「まあ、あなた」夫人が言った。「人生は苦いものです。わたしは老いた小説家で、知っています。猫や猿が唸ったり喚いたりしてあなたの評判を貶めようとする荒野のなかで、あなたが国を救うために死ぬほど働いていることを。…お会いした際にわたしにこう言ったのはディジー[11]でした。『ワノップさん、それがわたしの立場です』と。…ですが…」夫人の体が少しの間フラフラっと揺らめいた。しかし、もう一度気力を振り絞り、「ねえ、あなた」と、頭をティージェンスの耳に近づけて囁いた。「問題ありません。本当に何も問題ありません。そんなことはこれから立派な生き方をすることで世人に忘れさせておしまいなさい。唯一重要なのは、いい仕事をすることです。とても厳しい生活を送ってきた年寄り女を信じなさい。そうした生き方は海軍で『小型船の乗務員特別手当』と呼ばれているわ。もったいぶった言葉遣いのように聞こえるかもしれませんけれど、それが唯一の真実なのです…あなたはそれに慰めを見出すでしょう。そして、立派な生き方をして世人に忘れさせてしまうことです。いえ、忘れさせられないかもしれません。

決めるのは慈悲深い神様だけですもの。でも、何も問題ありません。信じなさい。汝の能力《ちから》は汝の齢《よわい》に従わん、[12]って言うじゃありませんか」夫人は別の思いのなかに漂っていった。新しい小説の筋書きに心を騒がせていたので、それを考えることにどうしても戻りたかった。夫人は、頬髭を生やし大きなワイシャツの胸を着けた夫の色褪せた写真を、じっと見つめて立っていたが、意識にまで上らない優しさを込めて、ティージェンスのこめかみを撫で続けた。

　こうして、ティージェンスはそこに座り続けた。目に涙が溜まっていることをはっきりと自覚した。これはほとんど耐え難い優しさだった。それに彼は心底、完全にまっすぐで、単純で、感傷的な人間だった。劇場では、優しいラブシーンの後、いつも涙で目を湿らせた。それで、いつも劇場を避けた。ほとんど力が及ばないにせよ、彼は、もう一度努力してみるべきかどうか、自分に問い直した。彼はじっと座ったままでいたかった。

　撫でている手が止まり、ティージェンスはよろよろと立ち上がった。

「ワノップさん」と彼は言い、夫人と顔を合わせた。「まったくあなたの言うとおりです。あの下種野郎たちが僕について言っていることは気にすべきではないのです。でも、僕は気にします。骨身に染み込むまで、あなたのおっしゃったことをよく考えましょう……」

　夫人が言った。

「そう。その通りよ、あなた」そして写真を見つめ続けた。

「しかし」とティージェンスは言い、ミトンに包まれた夫人の手をとって、彼女を元の席まで連れて行った。「目下のところ僕の気がかりは、自分の評判ではなく、あなたの娘さんのヴァレンタインの評判なのです」

　夫人は、気球のように、高座椅子のなかに沈み込み、休息し始めた。

「ヴァルの評判ね」夫人が言った。「ああ！　皆が訪問者名簿からあの子の名前を消そうとしているることを言っているの。そんなこと、わたしには痛くも痒くもありませんよ。やればいいんだわ」夫人は長い間思いに耽ったままだった。

ヴァレンタインは部屋のなかにいて、少し笑っていた。彼女は便利屋に昼食を出してきたところで、ティージェンスに対する便利屋の褒め言葉を未だに面白がっていた。

「あなたには一人賞賛者ができましたわ」ミス・ワノップがティージェンスに言った。「『あの腐った革紐に穴を開けるとはね』とジョエルは言い続けてました。『まるで大きなヤッフルが空洞の丸太に穴を開けるように』と。一パイントのビールを飲みながら、喘ぎ喘ぎそう言ってましたわ」ミス・ワノップは彼女に訴えかけるジョエルの時代遅れの言葉の可笑しさを語り続け、「ヤッフル」というのは大きな緑色のキツツキを指すケントの方言なのだと教え、それから言った。「あなたにはドイツに友人がいらっしゃいませんか」彼女はテーブルの上を片づけ始めた。

ティージェンスが言った。

「ええ、妻がドイツにいます。ロップシャイトという場所です」

ミス・ワノップは黒い漆塗りのお盆の上に皿を山積みにした

「御免なさい」とミス・ワノップがたいして済まなそうな表情は見せずに言った。「電話の素晴らしいけれど愚かしいところね。それじゃあ、あなた宛ての電文を受け取ったんだわ。母の社説の題目だとばかり思っていたのに。いつも電文がティージェンスに似ていなくもない新聞のイニシャル付きで送られてきて、いつもそれを送ってくれる娘がホップサイドという名なのです。とても不思議に思ったのですが、ドイツの政治と関係があると思い、母なら分かるだろうと考えていたので…二人とも、眠っているのではないでしょうね？」

ティージェンスが目を開けた。娘はテーブルから離れ、彼のそばに立って見下ろした。彼女は電文を書き写した紙切れを差し出していた。不正確に書かれ、文字は乱れていた。電文は――「オーケー。でも〝交換台〟を連れてくるよう手配を願う。シルヴィア、ホップサイド、ドイツ」

ティージェンスは長い間、上体を反らしてその言葉を眺めた。その言葉は無意味に思えた。娘はその紙をティージェンスの膝の上に置き、テーブルに戻った。ティージェンスは娘が電話口でこの不可解な謎を解こうと奮闘したときの姿を想像した。

「もちろん、分別を働かせていたら」と娘が言った。「これが母の社説についてのメモのはずがないと分かったでしょう。母は土曜日にメモを受け取ることはありませんもの」

ティージェンスは、自分がはっきりと、大きな声で、それぞれの言葉の間に休止を入れて、こう公言するのを聞いた。

「それは僕が火曜日に妻のところに行くことを意味しているのです」

「まあ、羨ましい！」娘が言った。「あなたになり代わりたいわ。わたしはゲーテやローザ・ルクセンブルクの祖国に未だ行ったことがないのですもの」彼女は皿を山積みにした盆を持ち、テーブル掛けを前腕に引っ掛けた姿で離れて行った。ティージェンスは、彼女がそのときまでにブラシでパン屑を払い除けたのにぼんやりと気づいていた。ずっとしゃべりながらの、何とも素早い働きぶりは、驚きだった。これは女中奉公によって身についたものだろう。普通の若い女なら、仕事に二倍の時間がかかっただろうし、たとえ話そうとしても、きっと言葉の半分は抜け落ちてしまっただろう。効率の良さ！　自分はシルヴィアのもとへ戻るのだ、すなわち地獄に行くことになるという実感がようやくティージェンスに湧いてきた。確かに、それは地獄だった。もし悪意ある、技に長けた悪魔が…いや、悪魔はもちろん愚かで、花火や硫黄のような玩具を使う輩であり、精神的圧迫の長い痛みを極めて適切に考案できるのはおそらく神のみなのだ…それでは、神なのか。もし神がうんざりする永遠の絶望の洞穴を、彼クリストファー・ティージェンスのために考案することを望むならば（もちろん神に反対することは誰にもできないが、神がそんなことを望むことがありませんように！）…だが、神はそれを望んだのだ。明らかに報復として。何のための？　彼自身のどんな罪が神の目に重く罰すべきものと映ったのか、誰が知ろう。神は正義なるが故か？…たぶん神は、結局のところ、このように重い罰を性的犯罪に加えるのだろう。

　ティージェンスの頭に、家の朝食室の映像が蘇り、焼きついた。真鍮の電気器具類、落とし卵用の鍋、トースター、焼き網、電気ポットといった品の数々。彼は、それらを馬鹿げた非効率性のために嫌悪した。温室の花々はと言えば、異国風の蠟のような滑らかさが嫌でたまらなかった。これも嫌でたまらない白い琺瑯パネルと額に入れられた迫力のない絵――完全に本物よ！　サザビー[13]が保証しているんだから！――ゲインズバラもどきの帽子[14]を被ったピンクがかった色の女が鯖か箒を売っている。軽蔑すべき結婚のお祝いの品だ。そしてネグリジェ姿だが大きな帽子を被ったサタースウェイト夫人が、絶えず紙片をガサガサ言わせながらタイムズ紙を読んでいる。一つの頁に集中することができないのだ。シルヴィアは歩き回る。じっとしていられないのだ。トーストを持った手、あるいはつまんだ指を背中に回して。とても背が高く、肌が白く金髪で目が青く、優雅で、大概の退化したダーゴーの勝ち馬がそうであるように血気にはやり、残忍なのだ。何世代もの間、近親交配されてきたせいだ――一つの目的のために、すなわち、ある種の男たちを狂わせるために。…後ろ向きに歩き、前に歩き、「うんざりだわ！　まったくうんざりだわ！」と大きな声をあげる。ときには朝食の皿を落として割ったりする。…そしてしゃべる。永遠にしゃべる。普通に。巧みに。愚かしく。気を狂わせるような不正確さで。邪悪な洞察力を示して。反駁されたことに対して喚き散らして。紳士たる者、妻の質問には答えなければならない…そこで、彼の額には、絶えざる圧力がかかる。相手にしない決断。部屋の装飾が彼の頭に焼きつくようだった。今、その部屋が影のように彼の目の前にあった。そして額への圧力が…

　そのとき、ワノップ夫人が彼に話しかけた。夫人の言ったことがティージェンスには分からなかった。その後、自分がどう答えたかも分からなかった。

「ああ、神よ」彼は心のなかで言った。「もし汝が罰するのが性的な罪ならば、汝は確かに正しく深遠なのでしょう」というのも、彼は結婚する前にこの女と性的な関係を結んでいたからだった。デュークリーズ[15]から南に下る鉄道列車のなかでのことだった。途轍もなく美しい娘だった。

　彼女の肉体的魅力はどこへ行ってしまったのだろう。あのときは抵抗しがたかった。後ろにもたれていると、各州の地が飛ぶように背後に遠ざかっていった…彼の心は言った。彼女が俺を誘惑したんだ。彼の知性はこの考えを受け入れなかった。紳士は妻のことをそんなふうに考えるものではない。

　紳士は考えるものではない…確かに、彼女は別の男の子供を妊娠していたに違いない…今は彼にもそれが分かっていた。彼はこの確信を抑えようとこの四か月間、懸命に闘ってきたのだ。その間、麻酔をかけられたような状態で、数字や波動論に浸りきった。夜遅くの、彼女の最後の言葉、まさに最後の言葉。白ずくめの衣装で彼女は化粧室へと上って行き、彼はそれ以降彼女と会っていなかった。彼女の最後の言葉は子供についてだった。…「もし仮に」と彼女は話し始めた…彼は、それ以外のことは覚えていなかった。だが、彼女の目のことは覚えていた。長い白い手袋を剝ぐようにはずすときの彼女の仕草も…

ティージェンスはワノップ夫人の暖炉を見ていた。実際、夏の間、薪を暖炉のなかに残しておくのは趣味が悪いと考えていた。では、夏には暖炉はどうすべきなのか。ヨークシャーの田舎家では、ペンキを塗ったドアで暖炉を密閉する。だが、それも息苦しい。

彼はひとり言を言った。

「くそっ！　脳卒中を起こしたようだ！」そう言うと、彼は脚を調べるために椅子から飛び出した…卒中は起きていなかった。ある種の大きな肉体的な痛みが知覚されないのと同様に、今の物思いの痛みは、頭が記録するには強すぎたのに違いないと彼は考えた。神経は、計量機のように、一定量以上を計ることができず、それを超えると動かなくなってしまうのだ。列車に脚を切断された浮浪者が、何も感じず立ち上がろうとしたという話を彼に聞かせてくれたことがあった…だが、痛みは戻ってくる…

ティージェンスは、今もまだしゃべっているワノップ夫人に言った。

「もう一度言ってください。本当におっしゃっていたことを聞き逃してしまったのです」

ワノップ夫人が言った。

「わたしが言っていたのはね、それが、あなたのためにしてあげられる最善のことだということですよ」

ティージェンスが言った。

「大変申し訳ありません。そこを聞き逃してしまったのです。ご存知のように、少々困ったことがあるものですから」

ワノップ夫人が言った。

「分かっています。分かっていますよ。心ここにあらず、なのでしょう。でも、聞いて頂戴。わたしには仕事がありますし、あなたも、でしょ。わたしが言っていたのはね、お茶の後で、あなたとヴァレンタインがライまで歩いて行き、あなたの荷物を取ってくる、ということです」

ティージェンスは突然激しい喜びを感じ、神経を集中させた。遠くのピラミッド状の赤い屋根の上に射す陽光。緑の丘の長く続く斜面を下っていく自分たち。神よ、そうだ。僕は戸外へ行きたかったんだ。ティージェンスが言った。

「分かりました。あなたは僕たち二人をあなたの庇護の下に置いてくださるのですね。あなたはうまくごまかして僕たち二人を窮地から救ってくださるでしょう！」

ワノップ夫人はむしろ冷淡に言った。

「あなたたち二人については分かりません。あなたです。わたしが庇護の下に置こうというのは。(これはあなたの言い回しよ！) ヴァレンタインに関しては、自業自得の誇りを免れません。そのことはもうあなたに話したでしょ。もう蒸し返しませんよ」

夫人は口を噤み、別のことを言い出した。

「不愉快ですね」夫人が言った。「マウントビーの訪問者名簿から削られるのは。愉快なパーティーが催されますからね。でも、そんなことを気にするには、わたしは歳をとりすぎているし、わたしがあの人たちとの会話がなくなって残念に思う以上に、あの人たちのほうがわたしとの会話がなくなって残念に思うでしょう。もちろん、わたしは猫や猿どもを敵にまわして娘を支持しますよ。どんなことがあっても娘を支持します。既婚の男と暮らそうが、私生児を産もうが、支持します。でも、わたしは賛成しません。女性参政権運動家には賛成できません。彼女たちの目的を軽蔑します。彼女たちの手段を憎みます。若い娘が見知らぬ男に話しかけるべきだとは思いません。ヴァレンタインはあなたに話しかけましたが、それがあなたに引き起こした心配を思ってもごらんなさい。わたしは反対です。わたしは女ですが、自力で道を切り開きました。他の女たちもしそれをよしとし、それだけの精力を持ってそれをやったならば、同じことができるでしょう。わたしは反対です。でも、個人であれ団体であれ、どんな女性参政権運動家のことも、わたしが決して裏切らないということは信じてください。ヴァレンタインであろうと他の誰であろうと。繰り返されることになる不利な言葉をわたしが彼女たちに対して決して言わないということを――あなたにもそうした言葉を繰り返させたりはしませんよ。彼女たちに不利な言葉は一言だって書きませんわ。ええ、わたしは女であり、同性に味方します」

夫人は力強く立ち上がった。

そして「さあ、行って小説を書かなければ」と言った。「今夜、列車で送ることになっている月曜日分の連載があるのです。わたしの書斎にお入りなさい。ヴァレンタインが紙とインクと十二種類の違ったペン先を用意してくれるでしょう。部屋のまわり一面にワノップ教授の本がありますす。ヴァレンタインが奥まった場所でタイプを打つのは我慢してくださいね。二つの連載を同時進行させているのです。一つはタイプで、もう一つは手書きで」

ティージェンスが言った。

「でも、あなたは！」

「わたしは」と夫人が大きな声をあげた。「わたしは寝室で膝の上で書くのです。女だから、できるのですわ。あなたは男だから、クッション材の入った椅子と聖域が必要ですわね……仕事する気になりました？　それでは五時まで。五時になったらヴァレンタインがお茶を入れます。五時半にはライに出発しなさい。荷物とお友達とお友達の荷物と一緒に七時には戻ってこられるでしょう」

夫人は横柄にこう言ってティージェンスを黙らせた。

「バカなことは言わないで。きっとお友達は、パブとパブの料理より、この家とヴァレンタインの料理を好みますわ。節約もできるし…余計な面倒も起きないでしょう。お友達が二階の哀れな女性参政権運動家の娘のことを密告することはないでしょうからね」夫人は言葉を切り、それから言った。「あなたは必ず時間内に仕事を仕上げ、ヴァレンタインとあの娘をあの場所まで馬車で送れるとお思いになる？…なぜそれが必要かと言うと、あの娘は列車で旅するわけにいかないけれど、そこに女性参政権運動とは関わりのない親族がいるからなの。娘は少しの間そこに隠れていることができるでしょう…でも、あなたの仕事が終わらないくらいなら、むしろわたしが自分で彼女たちを送って行きますよ」

夫人は再びティージェンスを黙らせた。今度は厳しく。

「余計な面倒ではないと言っているでしょう。ヴァレンタインとわたしはいつでも自分たちのことは自分たちでします。親身にしてくれる人のなかに召使を入れようとは思いませんわ。近所の人たちが必要な量の三倍の助けをしてくれますもの。この地で、わたしたちは好かれています。余分な仕事をしてあげれば、その分余計に助けてもらえます。もし望めば、わたしたちだって召使を雇うことができたでしょう。でも、ヴァレンタインとわたしは夜、二人きりで一緒にいたいのです。お互いのことが大好きなのですもの」

夫人はドアのほうに歩いていき、またフラフラと戻ってきて言った。

「あのね。わたしはあの不幸な女と彼女の夫のことが頭から離れないの。わたしたちは皆、あの二人のためにできることをしてあげなければならないわ」それから、ぎくりとして大きな声をあげた。「でも、何ということでしょう。わたしはあなたのお仕事の邪魔をしているようね。書斎は、あのドアを通って、その奥ですよ」

夫人は急いで反対側の戸口を抜け、廊下に出ると大きな声で呼んだ。

「ヴァレンタイン。ヴァレンタイン。書斎のクリストファーのところへ行って頂戴。すぐに…いいこと…」夫人の声は次第に消えていった。

Ⅶ章

軽装二輪馬車の高い踏み段から飛び降りると、娘は銀色のなかに完全に姿を消した。彼女は濃い色のカワウソ皮の小さな婦人帽をかぶっていたので、それは見えていても然るべきだったのに。深い水のなかに、雪のなかに、あるいは薄葉紙を突き破って下に落ちたにしても、こんなにも完璧にいなくならなかっただろう。少なくとも、こんなに突然には。暗闇や深い水のなかに落ちたのだったら、一瞬、くすみが見えただろうし、雪や枠に張られた薄葉紙だったなら、穴が残っていただろう。ところが、ここには何も存在しなかった。

この確認は彼を面白がらせた。それまでも彼は、娘が低く隠れた踏み段を踏み損ねるのではないかと、じっと心配そうに見つめていた。踏み段を踏み損ねれば、娘はきっと向う脛をすりむくに違いなかった。しかし、娘は無分別な勇気をもって荷馬車から飛び降りた。彼が「降り方に気をつけなさい」と言ったにもかかわらずだった。彼自身は、そんな無分別は冒さなかったろう。あの白い固さのなかに飛び降りる勇気はなかった。

彼は「大丈夫かい」と訊ねることもできただろうが、すでに口にした「気をつけなさい」以上の心配を表現するのは、彼の鈍重さから外れることとなっただろう。彼はヨークシャー人で鈍重だった。娘は南国人で、柔軟で、感情的で、思わず叫び声をあげる傾向があった。ヨークシャー男がうなり声をあげるだけのときに「お怪我がなければいいですが」と、突然叫び声をあげるといった具合に。彼女は男――南国の男――同然だった。北部の上質な鈍重さを良しと認める心づもりができていた。男は、それが北部の慣例だったので、「大丈夫だといいですが」と口に出して言いはしなかった。そうしたいと強く望んではいたのだったが。

彼女の声は頭の天辺の裏側から、消音されて聞こえてきた。この腹話術みたいな効果は驚くべきものだった。

「ときおり大きな音を立ててください。この下のほうは霞んでいて、ランプがまったく役に立ちません。ほとんど消えてしまっていますわ」

男は水蒸気の隠蔽効果の確認に戻った。この馬鹿げた風景のなかで自分がどんなに異様な姿を呈しているか考えて楽しんだ。彼の右側には巨大なあり得ないほどに明るい三日月があり、光跡を彼の首に、海を下るかのように、まっすぐに送っていた。月の隣には異様に大きな一つの星があった。これらの上の途方もない位置に、北斗七星があった。彼が知っている唯一の星座だった。というのも、彼は数学者だったが、天文学を軽蔑していたからだった。天文学は純粋数学者にとって十分に理論的でなかったし、日常生活にとっても十分に実用的ではなかった。もちろん彼は深遠な天体の動きを計算したことはあったが、与えられた数字を使ってのことだった。自分の計算で星を探したりはしなかった…彼の頭上や空全体には他の星々があった。大きくて、光の涙を落としているように見えるものや、夜が明けていくにつれて、くすんでいき、ときに見え、ときに見えなくなるものが。目は見えなくなった星を後で再び捕えた。

月の反対側には一つか二つの雲の汚点があった。澄んだ空のくすんだ青を背景に、下はピンク色、上は濃い紫色をしていた。

しかし、愚かしいのはこの靄《もや》だった！…それは、彼の首から、完全に水平に、完全に銀色に、両側の無限へと広がっているように見えた。彼の右側の遠くの方では、黒い木の影が、集団をなし――それらは四本あった――まさに銀の海に浮かぶ珊瑚島のようだった。彼はこのばかばかしい比較を免れることができなかった。他に例えようがなかった。

それでも、靄は実際彼の首から広がっているわけではなかった。いま、胸の高さにあがった両手は、青白い魚のようにも見え、下に広がる虚無へと続く黒い手綱を握っていた。彼が手綱をぐいと引けば、馬は首を振り上げた。灰色のなかに二つの立ち耳が見えた。馬は十六フィート二インチ（約五メートル）か、それをわずかに凌ぐ高さになった。靄は十フィート（約三メートル）くらいの高さだったかもしれない。それくらいの所で…彼は娘がもう一度戻ってきて、もう一度馬車から飛び降りてくれることを願った。心構えができていれば、娘の姿の消失をもっと科学的に観察できるだろう。もちろん、もう一度やってほしいと頼むことはできなかった。それは癪に障ることだった。その現象は彼の煙幕についての考えを証明しただろうし、逆に当然、反証することもありえただろう。明朝の中国人は、蒸気――もちろん鼻につくものではない蒸気――の雲の下で敵に近づき、敵を圧倒したと言われていた。パタゴニア人は煙に隠れて鳥や獣に近づき手で捕える習慣があったと、彼は本で読んだことがあった。パレオロゴス統治下のギリシャ人は…

馬車の底板の下からワノップ嬢の声が聞こえた。

「大きな音を立ててください。ここの下のほうはとても寂しいわ。おまけに、ひょっとしたら危険かもしれない。道路の両側にどぶがあるかもしれませんから」

沼沢地であれば、道路の両側に、排水溝があるのは確かだった。「だが、なぜ人々は排水溝を『溝』と呼ぶのだろう。それになぜ彼女はそれを『どぶ』と言うのだろう」彼は心配を表わさないような言葉を何も思いつかなかったが、ゲームの規則によって心配を表明するようなことを言うわけにはいかなかった。そこで『ジョン・ピール[1]』を口笛で吹こうとした。しかし彼は口笛が下手だった。そこで歌った。

「夜明けのジョン・ピールを君は知っているか…」そしてバカみたいだと感じた。しかし、彼は唯一知っているこの曲を歌い続けた。この曲は、彼の兄たちがインドで所属していた連隊、ヨークシャー軽歩兵連隊の速歩行進曲だった。彼は軍隊に入りたいと思っていたが、父が次男と三男二人の息子にしか軍隊に入ることは認めなかった。彼はジョン・ピールの猟犬たちと果たして再び走ることができるだろうかと考えた。一度か二度走ったことがあった。あるいは、個々別々に飼育され、狩りの日に集められたクリーブランド地方の猟犬たちと一緒に。彼の少年時代には、まだそうした犬たちが何匹か残っていた。彼は自分自身を灰色の服を着たジョン・ピールのようだと考えたものだった。「ヒースの野を横切り、ウォートンの地所を越え、犬の群れは激しく走り、ヒースからは雨水が滴り、靄が巻き上がる…」南国の銀幕とは違った種類の靄だ。南国の銀幕…愚かしい代物！　魔術的！　まさにそれこそがピッタリの言葉。愚かしい言葉だ…北部では、昔ながらの灰色の靄が集まってうねり、黒い山腹を露わにするのだ！

　彼は今の生活を順調とは思わなかった。腐った官僚的な生活は…もし二人の兄と同様に軍隊に入っていたら…すぐ上のジェイムズとアーネストのように…だが、自分は軍隊を好きにはなれなかっただろう。規律。規律。規律には辛抱できただろう。紳士は辛抱しなければならない。結果を恐れてではなく、貴族は義務を負うからだ…だが、彼には、陸軍将校は哀れな存在に思えた。部下たちを格好よくジャンプさせるために早口でしゃべったり怒鳴ったり。卒中を引き起こすような努力の末に、部下たちは格好よくジャンプする。だが、ただそれだけの話だ…

実際、この靄は銀色ではなかった。というか、もはや銀色ではなくなっていた。もし芸術家の目をもってすれば…正確な目をもってすれば、だ！　それは、紫や赤やオレンジや微妙な色合いの反射の筋によって、雪のような漂流物になって上空から落ちてくる暗く青い影によって、汚されていた。正確な目。正確な観察。それは男の仕事だ。男の唯一の仕事だ。それなのに、なぜ芸術家は柔弱でめめしく、まったく男らしくないのだろう。一方、陸軍将校は学校教師の不正確な頭を持ちながら、なぜ男らしい男なのだろう。まったく男らしい男だ。老婆みたいにこせこせする男になるまでは！

それでは、官僚は？　彼自身のように太って軟弱になるか、マクマスターやイングルビーのおっさんみたいに無感情でやせて筋っぽくなるかだ。彼らは男の仕事をしている。正確な観察。報告書第一七六四二号に正確な数字を記載。しかし、彼らはまたヒステリックにもなる。廊下を走り回り、卓上ベルを気が狂ったように鳴らし、短気な宦官の甲高い声で様式九〇〇〇二はなぜ用意されていないのだと訊ねる。それにもかかわらず、男たちは官僚的な生活を好むのだ。ティージェンスの兄マークは家長であり、グロービーの跡取りであり…ティージェンスより十五歳年上で、無表情で、日焼けして、いつも山高帽を被り、しばしば競馬用メガネをかける寡黙な男だった。好きなときに第一級の役所に登庁した。どんな政府も彼に圧力をかけて追い出すには善良すぎる男だった。…しかし、グロービーの跡取りの場合、その人間は自分の立場をどう利用すべきなのか…明らかにそれにはお構いなく、アルバニーから競馬場へ――そこで賭けたりはせず――必要不可欠とされるホワイトホールへとあてどなく歩いて行くだけでいい…だが、なぜ必要不可欠とされるのか。いったいなぜ？　狩りもしなければ射撃もしない、鋤の先の鋭い刃と鋤の取っ手の区別もつかない人間は、山高帽を被って暮らすだけだ。…「健全な」男、すべての健全な男たちの原型として。これまでの生涯、誰もマークに向かって頭を振り、「君は頭脳明晰だ」と言ったことはなかった。頭脳明晰！　あの男が！　いや、あの男は必要不可欠なだけだ。「確かに」とティージェンスは心のなかでつぶやいた。「下にいるあの娘がこの数年間に僕が会った人たちのなかで唯一の知的な人間だ」ときどき態度が少しでかいし、もちろん理論づけが間違っているが、極めて知的だ。ときどき強勢に間違いがあることは否めない。しかし、どこであれ必要とされるということは、それだけのことがあるということだ。もちろん、種がいいのだ。父から受け継いだものも、母から受け継いだものも。確かに、彼女とシルヴィアは、彼がこの数年会った人たちのなかで尊敬できるただ二人の人間だった。一方はまさに殺しの才能のため、もう一方は建設的な願望を持ち、その実現にどう着手すべきか知っているという点で。殺すか癒すか。人間の二つの役割だ。感情であれ、希望であれ、理想であれ、もし何かを殺してもらいたいと思ったなら、きっと彼女なら殺してくれるだろうと信じてシルヴィア・ティージェンスのもとへ行くことができるだろう。即座に確かに殺してくれよう。もし何かを生かしておいて欲しいなら、ヴァレンタインのもとへ行くべきだ。そのための方策を見つけてくれるだろう。…精神の二つの形。無慈悲な敵と確実な遮蔽物。短剣と…鞘。

では、おそらく、世界の未来は女たちの手に握られているのだろう。いいではないか。ここ何年かの間、彼は自分が一段高いところから見下すように話さずに済む男に会ったためしがなかった。子供に話すときの見下すような態度でだ。キャンピオン将軍やウォーターハウス氏の場合もそうだった…マクマスターに対してもいつもこんな調子で話してきた。立派な男たちは皆彼らなりに…

だが、彼はなぜ群れの外の孤独な野牛として生まれてきたのだろう。芸術家としてではなく、軍人としてでもなく、官僚としてでもなく、確かにどこにも必要不可欠とされるところなく、ぼやけた精神の専門家たちの目からすれば健全ですらなく。正確な観察者…

この六時間半の間、それでさえなかった。

"Die Sommer Nacht hat mirs angethan
Das war ein schwiegsams Reiten..."(2)

彼は声に出して言った。

どう翻訳したらいいだろう。翻訳不可能だ。ハイネを翻訳することなどできない。

夏の夜がわたしにのしかかった。

それは沈黙の乗馬だった…

急に人声がして、彼が暖かい眠気を誘う物思いに耽るのをさえぎった。

「ああ、あなた、存在していたの。でも、声を出すのが遅すぎたようね。わたし、馬に衝突してしまったわ」彼は声をあげてしゃべっていなければならなかったのだ。彼は手綱の端で馬が震えているのを感じた。このときまでに馬は娘に慣れていた。ほとんど身動きしなかった。…自分はいつ『ジョン・ピール』を歌うのを止めてしまったのだろうと彼は訝った。…そして言った。

「では、戻って来てください。何か見つかりましたか」

答えが返ってきた。

「ええ、まあ…でも、この靄のなかでは話せませんわ…ただ…」

まるでドアが閉ざされたかのように声が止んだ。彼は待った。意識的に時間を使って待った。自責の念にかられ、音を立てようと、彼はバケツのなかの鞭の柄をガラガラと鳴らした。馬がビクッとしたので、彼はすぐに止めなければならなかった。ああ、ひどく馬鹿なことをしてしまった！　鞭の柄をガラガラと鳴らせば、もちろん馬は怯えるものだ。彼は大きな声をあげた。

「大丈夫かい」ひょっとしたら馬車が彼女を引き倒したかもしれなかった。しかし、彼はしきたりを破ってしまっていた。娘の声ははるかかなたから聞こえてきた。

「大丈夫よ。反対側を試してみるわ…」

さっきの思いが再び彼の頭に浮かんだ。自分は二人のしきたりを破ってしまった。他の男と同様に心配を露わにしてしまったのだ…彼は心のなかで言った。

「本当に！　休暇をとってなぜいけないんだ。あらゆるしきたりを破ってなぜいけないんだ」

しきたりは不可解に疑いなく確立していた。彼は二十四時間前には彼女を知らなかったし、話したこともなかったが、すでに彼が堅苦しく冷淡、彼女が暖かく愛情深いというしきたりが存在していた…しかし、彼女は明らかに彼と同様に冷めた人間だった。明らかに彼以上に冷めていた。というのも、彼は心の底では感傷主義者だったからだ。

もっともバカバカしい種類のしきたりだ…それなら、すべてのしきたりを破ってしまえ。この若い女に関して。とりわけ自分自身に関して。四十八時間の間…ドーバーに出発するまでのほぼ正確に四十八時間の間…

そして僕は緑の森に行かなければならない。

ただ一人。追放された男として！③
スコットランド境界地区のバラード。グロービーから七マイル（十一キロメートル）も離れていないところで書かれた。

沈み行く月に照らされて。今はちょうど夏至の日の前の鶏が時を告げる時刻を過ぎたところだ――何て感傷的な物言いであることか！――日曜日の四時半になったと言うべきだ。ドーバーで午前のオステンドフェリーに乗るためには、火曜の五時十五分にワノップの家を出て、車で連絡駅に向かわなければならないと彼は計算した…田野を横断する列車の接続は信じがたいほどに悪い。四十マイル（六十四キロメートル）もない距離を行くのに五時間もかかる。

だとすると、残る時間は四十八時間と四十五分だ。それは休暇にしよう！　とりわけ、自分自身からの休暇に！　自分の基準からの休暇に！　彼自身のしきたりからの休暇。明確な観察、正確な思考、他の人たちと同じ正確さですべての九柱戯のピンを倒すこと、感情を抑圧することからの休暇に…自分を自分にとって耐えがたいものとする倦怠からの休暇に…緊張が解け四肢が伸びるのを感じた。

そう、彼はもう六時間半の時間を費やしていた。彼らは十時に出発し、彼は他のどんな男でも同じだろうが、ドライブを楽しんだ。いまいましい馬車のバランスを保つのが難しかったことを別にすれば。娘は後ろの席に座り、オークの木を見るたびに叫び声をあげるもう一人の娘に腕を回していなければならなかった。

しかし、男は――もし自分に問い質すことあらば――上空で彼らに付き従い、乾草の匂いを嗅ぎ、今では当然しゃがれたサヨナキドリの声に耳をたてる月の下で、ぼうっと夢心地で時を過ごしていたというのが本当のところだった――六月には、上空で聞こえる音楽の節が変わる。ウズラクイナやコウモリの声、一羽の鷺の声が二度、上空から聞こえた。二人は青黒く見える麦束の山の影、重く丸みを帯びたオークの木々の影、半ば教会の塔、半ば道標のような、ホップの乾燥炉の影を通り越した。道は銀色がかった灰色、夜は暖かかった。夏至の日の前夜が彼に口ずさませたのだろう…

Hat mir's angethan
Das war ein schwiegsames Reiten....

完全なる静寂ではなかったが、静寂に近かった。ロンドン出の濡れ鼠を降ろして預けた教区牧師の家からの帰り道、二人はほとんど話さなかった。…牧師の家の人たちは不快ではなかった。娘の叔父。三人の従姉妹。彼女らは、娘と同様不快ではなかったが、個性がなかった…かなり美味しい牛肉料理、本当に賞賛に値するスティルトンチーズ、少量の、牧師が男であることを証明するウイスキーが、振る舞われた。すべてロウソクの灯の下で。家族の母親らしい母親が濡れ鼠を上の階へと連れて行った…一家の娘たちのたくさんの笑い声…それから予定より一時間遅れで、再び出発…そんなことはまったく問題なかった…前途には永遠のすべてがあった。立派な馬が――本当に立派な馬だった――縁の下の力持ちになってくれていた…。

彼らは最初のうち、これであのロンドン娘は警察の追跡を逃れられるだろうと、彼女を受け入れた牧師は信頼できそうな人だと、少しばかり話した。娘はきっと列車ではチャリング・クロスに辿り着くことができなかっただろう…などと。

長い沈黙の時間が幾度も訪れた。右側のランプのすぐ近くで、一羽のコウモリが旋回した。

「何て大きなコウモリなのでしょう！」娘が言った。「ノクティルクス・マヨール、大きな夜の光…」

　男は言った。

「あなたはどこからその愚かしいラテン語の学名を拾ってきたのです。それではファライナ、つまり蛾の一種ではありませんか…」

　女が答えた。

「ホワイト[4]です…『セルボーンの博物誌』がわたしの唯一読んだ博物誌です…」

「確かに彼は書くことのできた最後の英国人だ」とティージェンスが言った。

「セルボーンはダウンズ[5]を『あの荘厳で愉快な山々』と呼んでいます」娘が言った。「それで、あなたはそのひどいラテン語の発音をどこで拾ってきたのです。ファ…ラ…イ…ナ！　ダイナと韻を踏むなんて！」

「『崇高で愉快な山々』であって、『荘厳で愉快な』ではありませんよ」とティージェンスが言った。「今のパブリックスクールの生徒と同じように、僕はドイツ人からラテン語の発音を学んだのです」

　娘が言った。

「そのようね！　父はそれにはまったく反吐が出るってよく言っていたわ」

「カエサルはカイザーと等しい」ティージェンスが言った…

「忌々しいドイツ人！」娘が言った。「彼らは民族学者ではないし、文献学がなっていないのです！」それでも、学者ぶって見えないように「父がよくそう言っていました」と彼女は言い足した。

それから、沈黙が訪れた。娘は叔母に貸してもらった肩掛けを頭に巻いていた。男の傍らの影は、黒いかたまりからつんと澄ました鼻を突き出していた。四角い婦人帽がなければ、マンチェスターの紡績工の影絵とみえただろうが、婦人帽が違った輪郭を影に与えていた。ディアーナのヘアバンドのような。ほとんど月光を通さない濃い森林地帯の暗闇のなか、この上なく寡黙な女の脇で馬を駆っているのは、痛快で気持ち良かった。馬の蹄はカッポ、カッポと音を立てた。見事な馬だ。左側のランプが、背中に袋を背負い、生垣にぴたりと体をつけ、傍らに忌々しい密猟犬を連れた男のアズキ色の人影を映し出した。

「毛布に包まっている番人よ！」ティージェンスが心のなかで言った。「この南国の番人たちは皆、一晩中眠っている。…それなのに、週末の遊猟会では五ポンドのチップが要求される…」このことに関しても、彼は断固とした態度をとろうと決心した。選ばれた人々の大邸宅でシルヴィアと週末を過ごすのはもうお仕舞いだ…

娘が突然言った。二人は下生えが茂る森の空き地に乗り入れてしまっていた。

「あのラテン語のことで、あなたに腹を立てているわけではないのよ。あなたは不必要に無礼だったけれど。それに眠たくもないわ。このすべてを愛しく感じているの」

男は一瞬ためらった。こんなことは愚かな娘の言うことだ。彼女は普通、愚かな娘の言うようなことは言わなかった。彼女自身のために冷たくあしらってやるべきだ…

そこで男は言った。

「僕もいくぶんか、このすべてを愛しく感じています」娘は彼を見つめていた。影からは彼女の鼻が消えていた。彼にはそれをどうすることもできなかった。月はちょうど彼女の頭上にあった。

見知らぬ星々が彼女を取り巻いていた。夜は暖かかった。おまけに、本当に男らしい男はときに謙《へりくだ》ることができるのだ。彼はいくぶんか、それを自分自身に対する義務であると感じた……

娘が言った。

「ご親切なこと。忌々しいドライブが重要なお仕事の時間を奪っていることをそれとなく言ったのかもしれないけれど…」

「いや、ドライブしながら考えることもできます」男が言った。娘は――

「まあ！」それから「わたしのラテン語についてのあなたの無礼な言葉が気にならない理由は、あなたよりずっと立派なラテン語学者をわたしが知っているからですわ。あなたがオウィディウスを数行引用すれば、必ずやたくさんの大間違いを撒き散らすでしょう。longum（大きな）ではなく、vastum（巨大な）です。…「三つの巨大な岩が突き出た土地」[6]…caelo（天）ではなくalto（高いところ）です。『uvidus ex alto desilientis（高いところから滴り落ちている）…』どうしてオウィディウスが『ex caelo（天から）』などと書けたでしょう。Xのあとの C はイヌみたいに歯を剝き出しにしますもの…」

ティージェンスが言った。

「excogitabo!（わたしは努めます）」

「本当にイヌみたい！」娘は軽蔑を込めて言った。

「それに」とティージェンスが言った。「『大きな』は『巨大な』よりずっといい。『巨大な』みたいなもったいぶった形容詞は嫌いだな…」

「オウィディウスを正すのがあなたの慎みなの」娘が大きな声で言った。「それでいて、あなたはオウィディウスとカトゥルスがローマ詩人のなかでその名に値するただ二人の人物だったと言うのね。それは二人が感傷主義者で、vastum のような形容詞を使ったからだわ…『口づけと交じり合った悲しみの涙』なんて、感傷主義以外の何ものでもないもの」

「いいや。それは」ティージェンスが少しばかり危険を冒して言った。「『悲しみの涙と混ざり合った口づけをおまえはしてくれるだろう』とすべきだね… 'Tristibus et lacrimis oscula mixta dabis.'(7)…」

「誰がそんなことするもんですか」娘がかっとなって叫んだ。「あなたみたいな男がたとえどぶに落ちて死んだって、わたしは近づきもしませんからね。ドイツ人からラテン語を学んだ男だということを考えに入れても、あなたには情緒がなさすぎだわ」

「ああ、まあ、僕は数学者だからね」ティージェンスが言った。「古典は僕の本業じゃない」

「その通りね」娘が辛辣に言った。

随分後になって、娘の黒い人影から声が発せられた。

「あなたは mixta を訳すのに『交じり合った』の代わりに『混ざり合った』という言葉を使ったわね。ケンブリッジで英語の授業を取ったとは思えないわ。父が、ケンブリッジの連中は他のすべての科目と同様、英語もひどいもんだぞって、よく言っていましたけれど」

「きみのお父さんはもちろんベイリオル出(8)だったのだろう」ティージェンスはケンブリッジ大学トリニティー・カレッジの学者の横柄な軽蔑を込めて言った。しかし、娘はこれまでの人生の大半をベイリオルの人たちの間で過ごしてきたので、この言葉を褒め言葉として、オリーブの枝として受け取ったのだった。

しばらく後で、ティージェンスは彼女の影が彼と月の間にまだあることに気づいて言った。

「もう気づいているかどうか分からないが、僕たちは何分間かほとんど真西にむかって走っているようです。南東よりちょっと南側の方角に向かって行くべきなのだが。あなたはこの道路を本当に知っているのでしょうね…」

「隈なく知っているわ」娘が言った。「母をサイドカーに乗せてバイクで何度も何度も通ったことがありますもの。次の交差道路はグランドファーザーズ・ワントウェイズと呼ばれているのよ。あと十一・二五マイル（約十八キロメートル）あるわ。道がここで折り返しているのは、サセックス王国の昔から鉄の採掘場があるせいなのよ。道は何百もある採掘場の間をくねるように走っているの。ねえ、十八世紀のライの町の輸出品がホップと大砲と薬缶と暖炉の背板だったってこと、ご存知よね。聖ポール寺院の柵もサセックスの鉄で出来ているわ」

「もちろん、それは知ってました」ティージェンスが言った。「僕も鉄の産地の出身ですからね。どうしてあの娘をサイドカーに乗せて走らせてくれなかったのです。そのほうが早く着いたでしょうに」

「なぜなら」娘が答えた。「三週間前に、サイドカーはホッグズ・コーナーの里程標にぶつかって大破してしまったのです。時速四十マイル（六十四キロ）で走っていてね」

「きっと相当な衝撃だったでしょうね！」ティージェンスが言った。「お母様が乗っていたのではないのですか？」

「いいえ」娘が言った。「女性参政権の文献よ。サイドカーはそれで一杯でした。相当な衝撃でしたわ。わたしがまだ少し足を引きずっているのにお気づきになりませんでした？…」

　数分後、娘は言った。

「実を言うと、どこにいるのか、少しも分からないの。道路に注意するのをすっかり忘れていたわ。でも、そんなことはどうだっていい…ここに道標があるわ。馬車を寄せて頂戴」

しかし、ランプが標柱の腕木を照らし出す気配はなかった。燃え方が鈍り、あたりをはっきり映し出さなかった。多量の霧が空気中にあった。ティージェンスは手綱を娘に渡し、馬車を降りた。左側のランプを取り出し、道標のところまで一、二ヤード（一、二メートル）戻り、困惑させるほどに薄暗いその場所を調べた……

娘が小さな叫び声をあげ、それが男の背に届いた。蹄がガタガタッと異常な音を立てた。馬車が前進した。ティージェンスがそのあとを追った。驚くべきことに……馬車はすっかり見えなくなっていた。それから、馬車にぶつかった。幽霊のような、赤みがかった、濃霧に覆われた馬車に。突然さらに濃い霧に覆われたに違いなかった。ティージェンスがランプを受け口に戻したとき、霧は左側のランプのあたり一面で渦巻いていた。

「わざとやったのですか」彼は娘に訊ねた。「それとも馬を押さえていられないのですか」

「馬はダメなんです」娘が言った。「恐いのです。バイクも運転できないわ。嘘をついたのよ。ガーティーをわたしと一緒に馬車に乗せるよりサイドカーに乗せたほうが良かったとあなたが言うと分かっていたから」

「それでは」ティージェンスが言った。「いったいあなたがこの道を知っているのかどうか教えてもらってもいいですか」

「一向に構いませんわ」娘が快活に答えた。「未だかつて一度たりとも馬車で通ったことがありませんせん。出発する前に地図で見つけたんです。往きに通った道には死ぬほどうんざりでしたから。ライからテンターデンまでは一頭立ての乗合馬車が走ってますし……テンターデンから叔父の家へは何度も何度も歩いたことがありますし……」

「それでは僕らは一晩中外で明かすことになるでしょうね」ティージェンスが言った。「それでも構いませんか。馬は疲れているかもしれないが…」

娘が言った。

「ああ、可哀想なお馬さん！…わたしたちだけだったなら一晩中外で明かしても構わないのに…でも、お馬さんは可哀想ね！　そのことを考えてあげないとは、わたしは何てひとでなしなのでしょう」

「僕らはブリードというところから十三マイル（約二十一キロ）のところにいます。名前を読むことができなかった場所からは十一・二五マイル（約十八キロ）。アドルミアとかなんとかいうところからは六・七五マイル（約十一キロ）…」とティージェンスが言った。「これはアドルミアに続く道だ」

「あら、そこはまさしくグランドファーザーズ・ワントウェイズだったところよ」娘が断言した。「そこならよく知っているわ。そこがグランドファーザーズと呼ばれるのは、フィン爺さんと呼ばれた年取った紳士がよくそこに座っていたからなの。テンターデンの市の日にはいつも、道行く馬車に、バスケットに入れて持ってきた自家製のケーキを売っていたわ。テンターデンの市は一八四五年に廃止されたけれど——穀物法撤廃(9)の影響でね。トーリー党員として、あなたはそういうことに関心があるはずよ」

ティージェンスは我慢強く座っていた。彼は娘の気分に共感できた。彼女は今や大きな胸のつかえを下したところだった。それでも男は、妻との長い付き合いによって女の気まぐれに耐えられるようになっていなかったなら、彼女の気まぐれにも耐えられなかっただろう。

「教えてもらっても」そのとき彼が言った。「いいですか…」

「もしも」と娘が質問を遮った。「あれが本当に爺さんのワントウェイズだったら、イングランド中部地方の方言ということになる。『ヴェント』は四辻の意味。高尚なフランス語で言えばカレフール。…いや、それは適切な単語とは言えないな。でも、これはあなたの考えを辿ったまでのことよ…」

「あなたはもちろん叔父さんの家から爺さんのワントウェイズまで以前よく歩いたんだ」ティージェンスが言った。「従姉妹たちと通行税徴収所の古い家の病人にブランデーを届けるために。それで爺さんの話も知っているって訳だ。あなたはそこを馬車で通ったことがないと言ったが、歩いたことはある。これはきみの考えを辿っていることになるのではないかね」

娘が言った。「まあ！」

「それでは」ティージェンスが言った。「教えてもらってもいいですか——可哀想な馬のために——アドルミアが家へ帰る途上にあるのかないのかを。あなたはここの道筋は知らないかもしれないが、正しい道かどうかは分かるんじゃないのかな」

「一抹の哀感は」と娘が言った。「間違った調べだわ。道について精神を病んでいるのは、あなたよ。馬がどうのこうのというのではなく…」

ティージェンスは馬車をもう五十ヤード（約四十六メートル）前に進ませて、それから言った。

「これは正しい道だ。アドルミアの分岐点は正しい分岐点だ。そうでなかったら、あなたはもう五歩たりとも馬を進ませないでしょう。あなたは馬に関してはやけに感傷的だからね…僕と同様に」

「少なくともその共感の絆はわたしたちの間にあるようね」娘が冷淡に言った。「爺さんのワントウェイズはアディモアから六・七五マイル。家からはちょうど五マイル。合計十一・七五マイルよ。アドミア自体の半マイルを足して、十二・二五マイルね。そこの名前はアドルミアではなく、アディモアですわ。地元の地名に熱心な人たちは、これを『オア・ザ・ミア（湖の向こう）』に由来すると言っているけれど。バカバカしい！　伝説ではこう言われているの。教会の建設者たちが、聖ラムウォルドの遺物を納めた教会を間違った場所に建てることを望むと、嘆きの声がしたのです。『オア・ザ・ミア』と。本当にバカバカしい。下劣だわ。『オア』はグリムの法則で『アディ』には変わりませんもの。『ミア』は中央低地ドイツ語ではまったくないのだし…」

「どうして」とティージェンスが言った。「あなたは僕にそうした情報を伝えるのです」

「だって」と娘が言った。「それがあなたの思考が赴く方向だからよ。あなたの頭は、磨いた後の銀器が硫黄蒸気を集めるように、役に立たない事実を集めるわ。そして、銀器が変色するように、あなたの頭は役に立たない事実を時代遅れのパターンに配列し、そこからトーリー主義を作り出すの…わたしはこれまでケンブリッジ出身の保守主義者に会ったことがありませんでした。わたしは、そういう人たちは皆博物館のなかにいるとばかり思っていましたわ。ですが、あなたは骨から再びそうした主義を組み立てるのです。これは父がよく言っていたことよ。父はオクスフォード出身のディズレーリ派保守帝国主義者でした…」

「もちろん知っています」ティージェンスが言った。

「もちろん知ってらっしゃるでしょう」娘が言った。「あなたは何でも知っている…そして、すべてを愚かしい原理へと加工してしまう。あなたは父を不健全だと思っているのでしょう。特定の目的を人生に適応しようとしたからといって。あなたはと言えば、イングランドの田舎紳士になろうとして、新聞や馬市での噂話から原理を紡ぎ出すのよ。そして国が地獄に落ちても、だからそう言ったじゃないかと言う以外、指一本動かそうとしない」

　女は、突然、男の腕に触れた。

「わたしのことは放っておいて」女が言った。「これは反動よ。わたしはとても幸せ。とても幸せなの」

男は言った。

「大丈夫。大丈夫です」しかし、本当は、一、二分の間、全然大丈夫ではなかったのだ。彼は心のなかで言った。あらゆる女性の鉤爪はベルベットに被われているが、人格的欠点の泣き所に当たれば、――たとえベルベットが付いているにせよ――大いに人を傷つけることができるのだ、と。さらに、彼は付け加えて言った。「お母様はあなたをこき使うのでしょうね」

娘が大声をあげた。

「どうしてお分かりなの。驚くべき人ね。イソギンチャクになろうとしている男にしては！」娘は言った。「ええ、まる四か月の間でこれが初めての休日です。一日に六時間はタイピングに、四時間は女性参政権の活動のために、三時間は家事と庭仕事に、三時間は書き間違いを見つけるため母が一日の仕事を声に出して読むのを聞いていることに費やしてきました…その上、警察の手入れやその不安が…恐ろしい不安が圧し掛かってきます…母が収監されるのではないか、とか…ああ、気が狂いそうでしたわ…平日も休日も…」娘は口を噤んだ。それから「本当にごめんなさい」と話を続けた。「もちろん、こんなふうに、あなたに話すべきではありませんでした。あなたは統計や何やらで国を救う偉大なるパンジャンドラム[10]ですからね…そのことがあなたを幾分おぞましい姿にしているのがご自分でお分かりになるかしら？…だから、わたしはあなたに自分と同じ思いがけない人格上の欠点があると知って、ほっとするの…わたしはこのドライブを恐れていました。ガーティーと警察について恐れていなかったとしても、このドライブがひどく恐かったのです。もしいらいらを発散させなかったなら、飛び降りて馬車の脇を走ったでしょう…今でもそうできそうだわ」

「できるわけがない」ティージェンスが言った。「馬車を見失ってしまう」

　二人はちょうど、柔らかく体一面を殴打してくるように思える層雲状の濃霧のなかに突っ込んだところだった。一寸先も見えない濃霧だった。音をかき消すような濃霧だった。このロマンティックな異常さのなかにいることは、ある意味、悲しくもあり、楽しくもあった。二人には、ランプのぼんやりした明かりが見えなかった。馬の足音もほとんど聞こえなかった。馬は常足《なみあし》に速度を落としていた。自分たちのどちらにも道に迷った責任はないという点で、二人の意見は一致した。信じがたいこの状況下では。幸いなことに、馬は二人をどこかに連れて行こうとしていた。馬はこれまで家禽の仲買にこの道を利用する地元の行商人のものだった。…二人は自分たちに責任はないと合意し、その後は計り知れない時間を黙って進んで行った。本当に少しずつではあったが、靄が光を発するようになっていった。一度か二度、上り坂で、星と月が見えた。本当にぼんやりとではあったが。四度目には、二人は銀色の湖面へと浮き上がった。熱帯の海面に浮き上がった人魚のように…

　ティージェンスが言った。

「降りて、ランプを取ってください。里程標があるかもしれない。僕が自分で降りたいが、あなたには馬を押さえておくことができないかもしれないから…」娘は飛び込んだ…

　男は、火薬陰謀事件[11]のガイ・フォークスのように、わけが分からない様子で座っていた。馬車の上の、光のなかで、まったく不快でない思いに耽りながら――ミス・ワノップと同様に――その思いは火曜日の朝までの完全休暇に注がれた。彼は予期せずにはいられなかった。様々な人物と過ごす長く贅沢な一日、正餐の後の休息、さらに多くの人物と過ごす半夜、たまたま知っている馬商のいる市の立つ町で馬を売るのに励む月曜日。この馬商は本当にイングランドのあらゆる狩猟家に知られている人物だった。廏のアンモニア臭のなかで行われる贅沢で長い議論、馬丁の警句をもって行われるのんびりとした論争。これ以上に素晴らしい一日があり得るだろうか。パブで飲むビールも旨いだろう。ビールでなければクラレットだ…南国の宿屋のクラレットはしばしば極上ものだ。売り物ではないので、よく寝かしてある…

火曜日で、それも終いになる。ドーバーで妻の女中と会うことから始まって…

彼はとりわけ自分自身であることからの休暇をとり、他の男たちと同様に過ごし、自分のしきたり、拘束服から解放されるべきだった。

娘が言った。

「今、そっちに行くわ！　見つけたものがあるの…」男は熱心に、きっと娘が現れるだろう場所を凝視した。そのことで、靄の見通しにくさについて、何かヒントが摑めるのではないかと思った。

娘のカワウソ皮の帽子には露の数珠玉が付いていた。露の数珠玉はその下の彼女の髪の上にもあった。彼女は少しぎこちなく這い上がった。眼は喜びで煌めいていた。少し喘ぎ、頬は赤らんでいた。髪は靄の湿気で黒ずんでいたが、娘は突然の月光を浴びて全身金色に見えた。

娘がすっかり馬車に上がる前に、ティージェンスがキスしそうになった。もう少しで。ほとんど抑えがたい衝動だった。男が大きな声をあげた。

「落ち着け、ケント連隊[12]」と驚きの声を。

娘が言った。「手を貸[13]してくれたほうがよかったのに」それから「見つかったのは」と娘は続けた。「I・R・D・Cと書かれた石だったけれど、そのあとランプが消えてしまいました。わたしたちは沼沢地にはいませんわ。垣根の間にいるのですもの。わたしが発見したのは、それだけです。…でも、どうして自分があなたに対してこんなに辛辣なのかが分かったわ…」

男は女がどうしてこんなに完全に落ち着いていられるのか信じがたい気持ちだった。この衝動の余波は彼にはとても強烈だったので、女をものにするため捕えようとして、女に裏をかかれたかのように思えた。女は憤慨したり、面白がったり、嬉しがったりさえすべきなのだ…何らかの感情を表すべきなのだ。

娘が言った。

「あなたのピムリコ陸軍被服工廠についての馬鹿げた不合理な結論にわたしは閉口したのです。あれはわたしの知性に対する侮辱だわ」

「あなたはあれが詭弁だと分かったのですね！」ティージェンスが言った。彼は女をじっと見つめていた。自分に何が起きたのか彼には分からなかった。女は長い時間をかけて、冷たく、しかし非常に大きな目で、男を覗き見ていた。男にとって、それは、いつも、いつの間にか通り過ぎてしまう運命に、少しの間、覗き見られているかのような感じだった。男は運命と議論した。「男は取っ組み合いのなかで女学生とキスしてはいけないのか…」と彼自身の声、滑稽化された彼自身の声が、自分に聞こえたように思えた。「紳士はそんなことはしない…」彼は大きな声をあげた。

「紳士はしないのか…」そのとき、頭のなかのことを自分が声に出してしゃべっているのに気づき、彼は口を噤んだ。

娘が言った。

「あら、紳士だってやりますわ」娘が言った。「議論で進退窮まったところをすり抜けるために詭弁を使います。それと同時に、女学生を脅しつけもします。あなたに対しわたしをいらだたせてきたものは、まさにその本心、その下心なのです。あなたは、あの日——四分の三日前——わたしを女学生とみなしていましたもの」

　ティージェンスが言った。

「今の僕はそうじゃない」そして付け足した。「今の僕がそうじゃないことは天もご存知だ」

　娘が言った。「ええ、今のあなたはそうじゃないわ！」

「僕を納得させるのに、青鞜派[14]の博識を持ち出す必要なんてなかったのに…」

「青踏派ですって」女が軽蔑するように、大きな声をあげた。「わたしに青踏派らしいところなどあるはずがないわ。わたしがラテン語を知っているのは、父がその言葉で昔わたしたちと話していたからです。わたしはあなたの尊大な態度を戒めてあげようとしただけですわ」

　突然、娘が笑い始めた。ティージェンスは吐き気を催した。文字通り吐き気を催したのだった。娘は笑い続けた。彼はどもりながら言った。

「あれは何だろう?」

「太陽よ」娘は指さして言った。銀色の地平線の上に太陽があった。輝き、ピカピカ光る赤い太陽ではなかった。

「そうかなあ…」ティージェンスが言った。

「何を笑っているんだとお思いになる?」娘が訊ねた。「日の出よ…一番昼の長い日が始まったのだわ…夏至の日が。明日以降、冬に向けて日が短くなっていく。でも、明日も同じくらい長いのよ…ああ、とっても嬉しいわ…」

「僕らが夜を切り抜けられたからですか?…」ティージェンスが訊ねた。

娘は長いこと彼を見つめた。「あなたは実際、そうひどく醜いわけじゃないのね」娘が言った。ティージェンスが言った。「あの教会は何だろう」

四分の一マイル（約四百メートル）向こうの信じがたいほどに緑が映える円丘にかかった靄のなかから目立たない礼拝堂が立ち現われた。鉛のように灰色に輝くオーク材でできた塔の板屋根、あり得ないほどに眩い、太陽よりも眩い風見。濃い色の楡の木々がその建物のまわりを囲み、靄の湿気を抱き込んでいた。

「イックルシャムよ」娘がそっと叫んだ。「ああ、もう家に近いわ。ちょうどマウントビーの北側よ…あれはマウントビーの車道だわ」

木々が存在していた。木々は滴る霧によって、黒や灰色に染まっていた。生垣の木々とマウントビーに通じる並木道。この並木道は本道に入るすぐ手前で九十度曲がり、本道は門のところを直角に遠ざかって行くのだった。

「並木道に入る前に左に逸れなければならないわ」娘が言った。「さもないと、多分、馬はまっすぐ邸まで歩いていくでしょう。この馬を飼っていた行商人はよくクローディーン令夫人の卵を買いに来ていましたから」

ティージェンスは野蛮に大声をあげた。

「忌々しいマウントビー。願わくば近づきたくないものだ」と言って、馬を鞭打ち、突然小走りにさせた。蹄が突然大きく響いた。娘は、馬を御する手袋をはめた彼の手に、手をかけた。もし彼の手が素手だったなら、娘はそうはしなかっただろう。

娘が言った。

「ああ、いとしい人。永遠にそういうわけにはいかないでしょう…けれど、あなたは立派な人だわ。それにとても頭がいい…きっと困難を切り抜けられるわ」

十ヤード（約九メートル）も離れていない前方に、ティージェンスは茶盆を見た。黒い漆塗りの茶盆の底が、ちょうど靄のなかから現れて、一直線に彼らのほうに滑走してくるのを。男は頭に血が上り、狂ったように叫んだ。彼の叫びは馬の悲鳴にかき消された。彼は馬の進行方向をさっと左に向けた。馬車が上を向き、馬が靄から現れ出た。頭と肩が。前足で宙をかいているところが。ヴェルサイユ宮殿の泉に建つ海馬の石像！　まさにそれだった。永遠に空中にかかっている。女は、少し前のめりになって、それを見ていた。

馬は後ろに戻っては来なかった。手綱が緩んでしまっていた。馬はもうそこにはいなかった。起こり得る最悪の事態だった。彼にはこうなるだろうことが分かっていた。男は言った。

「僕らはもう大丈夫だ」二十個もの茶盆が立てるガチャガチャいう音やギシギシいう音、長く響く音が聞こえた。彼らは見えない車の泥よけをこすったに違いなかった。彼は馬の口に力をかけた。馬は離れ、猛烈な勢いで走った。男はさらに力を入れた。娘が言った。

「あなたとならわたしも平気よ」

突然明るい陽光が降り注いだ。馬車にも馬にもありふれた生垣にも。彼らは丘を登っていた。険しい斜面を。男は女が「いとしい人」だか「ああ、いとしい人」だか、そんな言葉を発したような気がしたが、確信が持てずにいた。「知り合ってからこんなに短いのに、そんなことがあるだろうか…？　しかし、長い夜だった。それに、明らかに、自分は彼女の命を救ったのだ。彼は馬の口にかける力を緩やかに増していった。一六八ポンド（七十五、六キロ）の体重とありったけの力をかけた。丘が語っていた。草を刈られた土手の間を走る険しい白い道路も。

「止めて！　何をやっているの！　可哀想なお馬さん…」娘は馬車からスルリと抜け出した。いや、そこから躍り出た。外の、馬の頭部へと。馬は頭を振り上げた。娘が立っていられないくらいに！　娘はハミを掴んでいた。…だが、それをはずせなかった。扱いにくい口が…馬が恐かったのだ…男が言った。

「馬は怪我しているようだ」娘の顔がブラマンジェのように白く震えた。

「早く来て」娘が言った。

「少しの間手綱を押さえていなければ」男が言った。「降りるために離したら、どこかに行ってしまうかもしれない。ひどい怪我か？」

「血がベッタリと付いているわ！　エプロンみたいに」

男はやがて娘の脇に来た。本当だった。しかし、エプロンというよりは、赤い艶のあるストッキングのようだった。男が言った。

「あなたは白いペチコートを身に着けているでしょう。生垣を乗り越えてください。飛び越して、ペチコートを脱いで…」

「細長く引き裂くのね」娘が訊ねた。「その通り」と答えが返ってきた。

男は娘に大声で呼びかけた――娘は土手を上がる途中で止まっていた――「まず半分を裂き、残りは細長く引き裂くんだ」

娘が言った。「分かったわ」娘は男が期待したほど格好良く生垣を飛び越さなかった。踏み切りもなし。しかし、とにかく越えはした…

馬は、震え、鼻孔を広げて、左足から落ちて溜まった血を見下ろしていた。傷はちょうど肩の上にできていた。男は左腕を馬の両目の上に置いた。馬は安堵の溜息らしき鳴き声をあげ、痛みに耐えた。…馬を引きつける見事な力。はたしてこの力は女も引きつけるだろうか。神のみぞ知る、だ。男は娘が「いとしい人」と言ったとほぼ確信した。

だが、娘が言ったのは「行くわよ」だった。男は白っぽいものを丸めた球を捕えた。男はそれを解いた。有難い。どんな意味で！　長く、強く、白い帯。ところで、あのシューという音はいったい何だろう？　ぺちゃんこになった泥よけの付いた、小さな箱型乗用車が、ほとんど音もなく、黒く輝き…神よ、それを呪いたまえ！　それが彼らの前を通り過ぎ、十ヤード（約九メートル）先に止まったのだった。…馬は後ろ足で立った。いきり立っていた！　明らかにいきり立って！…何か緋色と白のオウムみたいなものが、小さな車のドアからはためくように出てきた…将軍だった。盛装していた。白い羽で。九十個の勲章で。緋色の上着で。赤い縞の入った黒ズボンで。たまげたことに、拍車まで持って。

ティージェンスが言った。

「くそっ、この下種野郎！　さっさと立ち去るんだ！」

馬の遮眼帯のそばを通り過ぎた人影が言った。

「少なくとも君の代わりに馬を押さえていることはできる。君の姿がクローディーンの目に入らないように通り過ぎたんだ」

「それはご親切様」ティージェンスはできるだけ無礼に言った。「馬の代金は払ってもらいますからね」

将軍が大声をあげた。

「畜生！　何でわたしが？　君はまさにこの汚らわしい駱駝をうちの車道に乗り入れようとしていたんだぞ」

「あなたは警笛を鳴らさなかった」ティージェンスが言った。

「私有地のなかだ」将軍が叫んだ。「その上、鳴らしたぞ」激怒し真っ赤になった、とても痩せた案山子みたいな将軍が、馬勒《ばろく》を押さえていた。ティージェンスは、半分になったペチコートを、目測しながら、馬の胸部の前に広げた。将軍が言った。

「あのなあ、わたしはドーバーのセント・ピーターズ・イン・マナーで王室一行の護衛をする義務を負っているんだ。彼らは東ケント連隊の旗を祭壇か何かの上に置くことになっている」

「あなたは警笛を鳴らさなかった」ティージェンスが言った。「何でお抱え運転手を連れてこなかったのです。彼は有能な男なのに…あなたは未亡人とその娘について大変な大口をたたくけれど、母娘《おやこ》の馬を殺して五十ポンド奪う段になると…」

　将軍が言った。

「君らは朝の五時にうちの車道に入ってきて、いったい何をしていたんだ」

ティージェンスがペチコートの半分を馬の胸部に当て終わり、大声をあげた。

「あれを拾って僕にください」亜麻布を平べったく巻いたものが将軍の足元にあった。生垣から転がり落ちてきたのだった。

「馬を放して大丈夫か」将軍が言った。

「もちろん、大丈夫です」ティージェンスが言った。「あなたが車を運転する以上に上手く僕が馬をおとなしくさせられないとしたら…」

　ティージェンスは新たな亜麻布の切れ端をペチコートの上に巻いた。馬は頭を下げ、ティージェンスの手の匂いを嗅いだ。将軍はティージェンスの後ろで、かかとに体重をかけて立ち、黄金作りの太刀を摑んだ。ティージェンスは包帯をグルグルと巻き続けた。

「なあ、おい」将軍は、突然前屈みになって、ティージェンスの耳に囁いた。「わたしはクローディーンに何と言ったらいいのだ。あの娘の姿がクローディーンの目に入ったのは間違いないと思う」

「ああ、あなたのところの忌々しいカワウソ猟犬を何時に放つ積りなのか、我々が聞きに来たと言えばいいでしょう」ティージェンスが言った。「早朝の仕事ですからね…」

将軍の声に、実に痛ましい抑揚がついた。

「日曜日だぞ！」将軍が怒鳴った。それから、ほっとした口調で付け足した。「ペットにあるドゥーシュマンの教会で早朝行われる聖餐式に君らは出かけるところだとクローディーンには言おう」

「馬の解体という仕事に悪態をつきたければ、つけばいい」ティージェンスが言った。「でも、この馬の代金は払ってもらいますからね」

「とんでもない」将軍が叫んだ。「いいかな、君らはうちの車道に乗り入れてきていたんだ」

「では、僕が払います」ティージェンスが言った。「そのことにあなたはどう説明をつけると言うのです」

ティージェンスは背をまっすぐに伸ばし、馬を見た。

「さっさと行ってください」ティージェンスが言った。「何とでも好きなように言ったらいいでしょう。好きなようにしてください。でも、ライを通るなら、獣医のところに寄って、ここに馬匹救急車を送るように言ってください。忘れないでくださいよ。僕はこの馬を救うつもりなんですから…」

「なあ、クリス」将軍が言った。「君は素晴らしい馬の使い手だ…イングランドには誰一人…」

「そんなことは分かっています」ティージェンスが言った。「さっさと行ってください。そして救急車をよこしてください…あなたの妹さんが車から出て来ようとしていますよ…」

　将軍が言った。

「説明してもらわねばならないことが実にたくさんある…」しかし、「将軍！　将軍！」というかぼそい悲鳴を聞くと、緋色の縦縞が入った黒いズボンをまとった長い脚の間に剣が挟まらないように柄を押さえ、車まで駆けていき、羽根に被われた黒い長枕のような妹をドアのなかに押し戻した。彼はティージェンスに手を振った。

　そして「救急車は手配しよう」と大きな声で言った。

　馬は、一本の脚の膝から上を白い十字に包まれ、そこから紫色の染みが滲み出ていたが、眩いばかりの太陽の下で、騾馬のように頭を垂れ、身動きせずに立っていた。馬を楽にするために、ティージェンスは引き革をはずし始めた。娘は垣根をひょいと跳び越し、下に降りると、男の手伝いを始めた。

「ああ、これでわたしの評判もガタ落ちね」娘が陽気に言った。「わたしには分かっているわ。クローディーンがどんな人か…なぜあなたは将軍と喧嘩したの？」

「ああ、あなたは」とティージェンスが惨めに言った。「将軍に対して訴訟を起こすべきだ。それで説明がつく…あなたがマウントビーに行かないことの…」

「あなたはあらゆることを考えるのね」

　二人は動かない馬から馬車をはずして後ろに引いた。ティージェンスは馬を――血が馬の視界に入らないようにと――二ヤード（約一・八メートル）前に動かした。それから二人は土手の斜面に並んで腰を下ろした。

「クロービーのことを話して」女がやがて言った。

ティージェンスは自分の邸のことを娘に話し始めた…邸の前には直角に公道につながる並木道がある。マウントビーと同じように。

「僕のひいひい爺さんが作ったんだ」ティージェンスが言った。「プライバシーを大切にし、道を通る卑しい人々に邸を覗かれるのが嫌だったんだろう…マウントビーを設計した男と明らかに同じだ…だが、車にとってはひどく危険なんだ。我々はそれを改良する必要がある…まさに下り坂を下り切ったところでは。馬を怪我させるわけにはいかないからね…いずれはどうにか…」何世代もの祖先があれこれ思案した愛すべき場所を実際相続する息子が、おそらく自分の子ではないということが、突然彼の脳裏に浮かんだ。オランダ人ウィリアム[15]以来ずっと続いてきた！ こいつは忌々しい非国教徒の下種野郎だったが！」

土手の上で、彼の膝は、顎の先とほとんど同じ高さだった。滑り落ちそうな感じがした。

「はたしてあなたをそこに連れて行ったら…」男が話し出した。

「でも、きっと連れて行ってはくれないでしょう」女が言った。

その子は彼の子ではなかった。グロービーの跡取り息子は！ 兄たちには子供がいなかった。厩舎が並ぶ庭には深い井戸があった。もしそこに小石を落としたら、二十三数えるまで待つんだ、とその子に教えてやるつもりだった。すると、そこからは囁くような轟きが上がってくる…だが、それは彼の子ではなかった。彼には子を孕ませる能力さえないのかもしれなかった。結婚した兄たちもそうだった…無様なすすり泣きが彼の体を揺すった。彼にとどめを刺したのは、馬の恐ろしい負傷だった。責任は自分にあると感じた。可哀想な馬は彼を信頼し、その信頼を叩き潰したのは彼だった。ミス・ワノップが彼の肩に腕を回した。

「ああ、いとしい人」娘が言った。「あなたは決してわたしをグロービーに連れて行ってはくださらないわ…たぶん…ああ…知り合ってまだ短いけれど、わたしには分かる、あなたは最高に素晴らしい人だと…」

男は考えた。「どちらかといえば、知り合ってまだ短い」と。

男は大きな痛みを感じた。痛みを強いたのは、背が高く、ウナギのように滑らかな肌で、金髪碧眼の彼の妻だった…

娘が言った。

「一頭立て馬車が来るわ」そう言って腕を放した。

充血した眼の駁者を乗せた馬車が、二人の目の前に止まった。駁者はキャンピオン将軍にベッドから、古女房の隣から、叩き起こされたのだと言った。ぐっすり眠っていたところを起こされたりしたのだから、二人をワノップ夫人のところまで送って行くのに一ポンド欲しいと言った。屠畜業者の荷馬車は後から来るとも言った。

「すぐにワノップさんを家まで送ってくれ」ティージェンスが言った。「母親の朝食を用意しなくてはならないのだから…僕は屠畜業者の有蓋荷馬車が来るまでここを離れられない」

一頭立て馬車の駁者は、古びた緑色の帽子に鞭を当てた。

「承知しました」とだみ声で言い、一ポンドをチョッキのポケットに仕舞い込んだ。「紳士はいつでも紳士だ…慈悲深い男は獣にまで慈悲深いものだ…だが、こちとら、獣のために自分の小さな木造小屋を離れるわけにはいかねえし、朝食を食わないわけにもいかねえんだ…為す者もあれば、為さざる者も…ありだ」

駁者は旧式な乗り物のなかに娘を乗せて走り去った。

ティージェンスは土手の斜面で強い日差しを浴びながら、うな垂れる馬のそばに留まった。馬は四十マイル近く走り、ついには大量の出血をした。

ティージェンスが言った。「将軍に五十ポンド払わせることができるだろう。母娘《おやこ》には金が必要だ…」

ティージェンスは言った。

「だが、それは原則に反するんじゃないだろうか」

それから、だいぶ時間をおいて、さらに言った。

「原則など皆、くそくらえだ」それから——

「だが、前に進まないわけにはいかない…原則は国の概略図だ。東に進んでいるのか北に進んでいるのかが分かる」

屠畜業者の荷馬車が、角を曲がってガタガタとやって来た。

第二部

I章

シルヴィア・ティージェンスが昼食のテーブルの端の席から、自分の皿を持って立ち上がり、テーブルに沿ってふらふらと歩いた。未だにヘアバンドで髪を留め、スカートの裾はできるだけ長く下ろしていた。背が高いから、ガールガイド団員に間違えられたくないのだと言った。顔の艶や体形や気だるげな動作に、歳を感じさせるところは少しもなかった。顔の肌に生気のなさを見ることはできなかった。目には意図的に表そうとする以上の疲労を見ることはできなかった。しかし、彼女は嘲笑うような傲慢な態度を故意に増してきていた。それは、冷たさの度合いにより男への支配力が高まると、彼女が感じていたからだった。誰かがかつて危険な女について言ったことを、彼女は知っていた。危険な女が部屋に入ると、部屋のなかの女が皆、亭主を革紐に繋ぐのだ。シルヴィアの喜びは、部屋から出て行く前に、部屋のなかのすべての女が屈辱を感じながら「そんな必要はなかったわ！」と認識する場面を想像することだった。口説きにかかる男たちに酒場の女が言うように、冷たくはっきりと「真っ平御免だわ」と部屋に入ってくるなり言ったならば、それが何よりはっきりと、他の女たちに向かって、「あなたがたが大切にする廃物は、わたしにとってまったく無用の長物よ」と伝える言葉になっただろう。

かつて、荒野が海の上に突き出すヨークシャーの崖の縁で、流行である退屈な遊猟が行われていた間に、一人の男が、崖下に見えるセグロカモメの行動を観察するよう彼女に命じた。絶壁に面する岩から岩へと飛び回り、甲高い鳴き声を上げるセグロカモメは、少しもカモメの威厳を持っていなかった。なかには捕まえたニシンを落としてしまうものもあり、彼女は銀の破片が青い動きへと変わるのを見た。男は彼女に上を見るように言った。高いところで輪を描き、長い間、輪を描き続けながら、下からの日光に照らされて、空を背景にした青白い炎のように、一羽の鳥が飛んでいた。男は彼女に、あれはウミワシかタカの一種だと言った。このワシは自然の習性としてカモメを追いかけ、恐怖に駆られたカモメが獲物のニシンを落とすと、獲物が海面を叩く前にそれを掻っ攫うのだ、と。このときには、ワシは狩りをしているわけではなかった。だが、カモメたちは、あたかもそうであるかのように、すっかり怯えていた。

シルヴィアは長い時間ワシの旋回をじっと眺めていた。何も脅かすものはないのに、それでもカモメたちが甲高い鳴き声を上げ、ニシンを落とすのを見ているのは楽しかった。…このこと全体が野卑な普通の女たちと自分との関係を思い出させた。…彼女に関しては、わずかな醜聞さえあったわけではなかった。そのことは彼女にもよく分かっていた。が、イイ男の――性的魅力を湛えた「本当にイイ男」の――申し出を却下するのがまさに彼女の趣味であったのと同様に、醜聞は常に彼女の頭を離れぬ関心事だった。

彼女はこうした男たちにあらゆる種類の「拒絶」を実行した。英国の軍人キッチナー風の口髭を生やし、アザラシの茶色の目をし、正直な、ぞくぞくさせるような声を出し、短縮語を話し、背筋が伸び、見事な記録をあげている――ただし、あまり細かく問わない限りにではあるが――本当に素敵な男たちに対して。かつて、大戦が始まった頃、一人の若者が――彼女はもっと信頼のおける男と勘違いして彼に微笑みかけたのだった――彼女の車の後をぴったりとつけてタクシーで追い、ワインと、栄光と、けばけばしいカーニヴァル姿の女はすべて共通財産になるという固い信念で顔を輝かせ、共用の階段から彼女の部屋に押し入ってきたことがあった。…彼女のほうがわずかに背が高かったが、数分も経たないうちに、彼女は男にとって、背中に焼きを入れるような言葉の才と凍った大理石の彫像のような声により、十フィート（三メートル強）も背があるように見え始めた。その声には過熱したものを冷ます効果があった。部屋に入ってきたとき、男は赤い目をして、すべての脚を地面から離し跳躍する種馬のようだった。彼女の言葉を聞いた後は、半ば濡れネズミのように階段を降りて行った。何らかの理由で目が霞み、本当に涙で濡れているように見えた。

しかし、実際には、彼女は、現に前線にいる同胞の将校たちの妻にどう振る舞うべきか、ということを、男に語っただけだった。彼女が言ったことは、日頃彼女が親しい人たちとまったくのナンセンスだということで同意していた視点からの言葉にすぎなかった。しかし、男には、それは母親の声のように聞こえたに違いなかった。もちろんもっとずっと若かった頃の母親の声だが——その声が天国から語りかけ、男の良心がその他すべての湿っぽさを作り上げたのだった。だが、これはメロドラマであり、おまけに戦争物のドラマだった。それ故に、それは彼女の興味を引かなかった。もっと深い静かな痛みを与えることのほうが彼女の好みだったのだ。

彼女は、自分に示される男の熱意の量を一目で予測することができると自負していた。量も質も。紹介の際に欲望を隠すことのできない哀れな男には一瞥も与えないか、与えてもごくわずかな、もっとも無関心な一瞥を与えるだけだった。晩餐の後で、いままで食事を共にしていた遅い夕食のパートナーに対し、正確に計算された視線を右足に、次いでズボンの右側のアイロンされた襞に沿って斜め上に這わせ時計ポケットに、さらに斜め上に這わせてシャツの正面を横切らせ、ボタンや何やらに注いだ後で、左肩の上から急に逸らし、哀れな男の度肝を抜いて立たせ、男の晩餐がすっかり台無しになってしまうこともあった。このように、穏やかな調子からはっきりした調子まで、ありとあらゆる拒絶を彼女は繰り返したのだった。翌日、男たちは長靴のメーカーを変えたり、靴下売り場を変えたり、洋服屋を変えたり、飾りボタンやシャツのデザイナーを変えたりした。彼らは溜息をついて、髭のカットを変え、朝食後の鏡と真剣に相談しさえするのだった。しかし、彼らは、心のうちで、彼女が彼らの目を見てくれなかったことでこの悲惨な事態は生じたのだと分かっていた。…あえて見ようとしなかったというのが、多分、正しい言い方だった。

シルヴィア自身、そうかもしれないと心から認めただろう。彼女は親友たち――すべすべした紙の写真週刊誌に出てくるすべてのエリザベス、すべてのアリックス、すべてのモイラ令夫人たち――と同様に、自分が男狂いであることを知っていた。それは、加熱プレスして光沢を出した紙の上に彼女たちが再現されることの正当性を証明するものであるのと同様に、彼女たちの親密さの証しだった。彼女たちは、小麦畑みたいな羽毛のスカーフを頭上に靡かせるかのようにして、一団となって歩き回った。実際は誰もそんなスカーフを身につけてはいなかったのだが。髪とスカート丈を短くし、できるだけ胸が出っ張らないようにした。それによって、何というか…ある種の…彼女たちはシティーの金融業者たちが足繁く通う喫茶店のウエイトレスのような物腰をできるだけ採用したのだった――それにしても何と似ていなかったことか。しかし軽犯罪即決裁判所の検挙記録でそれが何であったかを読むことはできる。おそらく彼女たちは、行動面では、どんな他の女性と比べても恥ずかしくないまともな振る舞いをしていたようだった。おそらく大戦前の偉大なる中産階級の女性たちよりはるかにまともで、離婚裁判所の統計記録だけを見ても

――それをシルヴィアはティージェンスから手に入れたのだが――ウェールズやスコットランド低地の村々の上級使用人たちを恥じ入らせるほど高い道徳観を持つ彼女たち自身の上級使用人と比べても、なお確かに非の打ちどころがなかった。彼女の母親は自分の雇っている執事はきっと天国に行くだろうよ、とよく言っていた。なぜならば、記録天使は、天使であり――それ故に優しい心根をしているだろう――モーガンのもっとも許されざる罪に対しても、それを厚かましくも批判したり、ましてや大きな声で読み上げたりはしないだろうからね、と言うのだった。

シルヴィアは生来懐疑的な質だったが、友人たちの不品行の能力は、実際信じてさえいなかった。そのなかの誰かがフランス人の言う特定の男の「公式愛妾」に本当になっているとは信じられなかった。情熱は少なくとも彼女たちの得手ではなかった。彼女たちはもっと威厳があったり――あるいはなかったり――する仲間たちにそれを任せた。A公爵やAの弟たちは皆、気難しく、情熱に打ちひしがれたB公爵の息子たちであり、Bよりもっと気難しいが、それほど情熱的でない故A公爵の子ではないのかもしれなかった。同様に、トーリー党の政治家で前外務大臣だったC氏が、実は、トーリー党の大法官Eの全部の子供の父親であるかもしれなかった。ホイッグ党の最前列席議員たち、陰気で不快なラッセルたちやキャベンディッシュたちは、仲間のF卿やG氏の夫婦生活の破綻につけこんで、同様の真剣な糊付け――フランス人の言う collages serieux――を行ったのだった。しかし、こうした重厚な肩書と生まれをもった最前列席の好色漢たちは、けっこう威厳のある政治を行う人たちだった。加熱プレスして光沢を出した紙の週刊誌は彼らを捉えなかった。一つには、彼らの関係者たちは写真写りが良くなかったからだ。年をとり、どちらかというと醜く、服装もかなりひどかった。彼らはむしろ、無分別にもすでに文書化されているが、五十年間は日の目を見ない回顧録向きの素材だった。

シルヴィアの仲間たち、いわばいずれかの側の女性最前列議員たちの情事は、もっと微妙なものだった。もし彼女たちに情事が起きるとしたら、それは乱交の性質を有し、朝五時に鐘が鳴る田舎の邸宅で起きるのだった。シルヴィアはそうした田舎の邸宅のことを噂に聞いたことはあったが、実際にはどれ一つとして知らなかった。そうした邸宅はシェムやスタインやボームで終わる父称を持つ、冠を頂いた男爵の館かもしれないと、シルヴィアは想像した。こうした建物はたくさん出来ていたが、シルヴィアはそれらを訪れなかった。彼女にはそれほどにローマカトリックの気質が根づいていた。

比較的才気ある女友達のなかには、非常に唐突に結婚する者もあった。しかし、彼女たちは、平均的に、医師や弁護士や牧師や市長や市会議員の娘たちより際立って高い身分ではなかった。彼女たちの結婚は普通、どちらかと言えば形式にとらわれないタイプのダンスと経験不足としばしば空腹時のシャンパンの――不慣れな強さのシャンパンや珍しい環境で飲むシャンパンの――産物だった。こうした性急な結婚はまずめったに情熱の結果でも好色な気質の結果でもなかった。シルヴィア自身の場合は――何年も前のことだったが――シャンパンの後で、ドレイクという名の男に確かに付け込まれたのだった。今ではちょっと野蛮な男だと彼女には分かっていた。しかし、この出来事の後、情熱が芽生えた。女の側では熱烈に、男の側でも極めて十分に。彼女自身同様、母親も恐慌をきたしし、シルヴィアがティージェンスをだまして、ことに片をつけるためパリで彼と結婚したとき――オッシュ大通りの英国カトリック教会が彼女の母の結婚した場所でもあって、前例と表向きの理由が整ったことは幸いだった――まさに結婚式の前夜まで恐ろしい場面が繰り広げられた。結婚式のために一晩中送られてくる白い品々や花やそういった類のものを背景とした、あのときのパリのホテルの寝室や、悲しみと嫉妬で狂ったドレイクの歪んだ顔を思い出すのに、彼女はほとんど目を閉じる必要がなかった。彼女はあのとき自分が非常に死に近づいていたことを知っていた。彼女は死を欲していた。

そして、今もなお、新聞にドレイクの名を見つけさえすればよかった。——彼女の従兄に当たる上院の最前列席議員に彼女の母親が影響力を振るったことで、ドレイクには官報にも記録された植民地での昇進の機会が与えられた。——いや、何気なくあの夜のことを思い出しさえすれば、話も歩きもパタリと止まり、爪を掌に突き立て、わずかにうめき声を上げるのだった…独り言をぼそぼそ言うだけに終わり、自分を堕落させるように思えるこのうめき声を説明するのに、彼女は慢性的な心臓の激痛という作り話をでっち上げなければならなった…

この悲惨な思い出は、いつでもどこでも蘇って来た。彼女は白い品々を背景にしたドレイクの顔をよく思い出したものだった。薄いナイトガウンが裂けて肩からはずれるのを感じもした。しかし、どんな部屋にいようと、部屋の明かりを締め出す暗闇のなかで、とりわけ、あのとき感じた精神的苦痛、自分をめちゃめちゃにした野蛮な男への渇望、おぞましい心の痛みが自分に注ぎ込まれてくるのを感じたものだった。奇妙なことに、戦争が勃発してから何度か出会ったドレイク自身の姿は、彼女に何の感情も呼び起こさなかった。彼に対して嫌悪は感じなかったが、渇望も感じなかった。…それでも渇望はあった。しかし、それはあのおぞましい感情を再び味わいたいというだけの渇望であることが彼女には分かっていた。それもドレイクとではなく。

よって、本当にイイ男たちを拒絶するのだ彼女の気晴らしだったとしても、それは危険な趣のある気晴らしだった。成功の後で、彼女は、男たちが次から次へと上手く獲物を仕留めた後に感じると言う浮き浮きした気分の多くを、自分もまた感じるに違いないと想像した。そして確かに、同じ男たちが初心者と狩りに出かけるときに抱く感情を幾分なりとも共有した。彼女は今や体の清潔さと同様に純潔を大切にし、風呂上りには開いた窓の前でのスウェーデン体操に励み、その後は乗馬、それに、きちんと換気されたどんな部屋でも行える長い夜のダンスにたゆまず励んでいた。実際、人生のこの二つの側面は、彼女の頭のなかで密接に結びついていた。彼女は巧みに選ばれた運動と清潔とによって体を魅力的に保ち、一方、それ自体健康的であるその疲労が、貞淑な生活を求める気分に彼女を留め置くのだった。彼女は夫のもとに戻って以来ずっとそうした生活を送っていた。夫への愛情やそういうものとしての美徳のためではなく、気まぐれから自分自身と妥協し、そうした生活を続ける気になっていたのだった。彼女は男たちを足元に跪かせずにはいられなかったが、いわば、それは彼女の——純粋に社会的な——日々の糧の対価だった。それは彼女の親友たちの日々の糧の対価でもあった。シルヴィアはかつても今も絶対に禁欲的だった。彼女の親友たち、すべてのモイラたちやメグたちやマージョリー令夫人たちも、おそらくそうだったろうし、かつてもそうだった。——しかし、彼女たちは、いわば自分たちの集まりの上に、わずかながらであっても売春宿の雰囲気や習慣が垂れ込まずにいられないことをシルヴィアは完全に意識していた。大衆が求めていたのだ…動物園のワニの檻の水面に膠のように貼りつくわずかばかりの蒸気の跡を彼女は見たことがあったが、これと同じようなわずかな霞を。

　それは実際、対価であり、彼女は自分の幸運に気づいていた。性急な結婚をした仲間の若い女性たちのうち、沈まず生き延びられる者の数は多くなかった。社交シーズンの間、マージョリー令夫人が結婚の報告に宮廷訪問を果たした後、彼女とハント大尉の姿が、ローハンプトン[1]やグッドウッド[2]等の場所で見られるだろうという記事が新聞に掲載されることはあるだろう。ロウ[3]の柵を背景に若い二人が歩く写真が一か月かそこらの間現れるだろう。しかし、その後、彼らの社交界での行事の記録は、遠くの、肌に悪い南国の総領事館へと赴く随行員や大使館員の一覧へと移り変わる。「そして彼と彼女は用済みになるのよ」とシルヴィアは言った。

彼女の場合は、それほどひどくはなかったが、似たようなものだった。彼女には非常に金持ちの女の一人娘であるという利点があった。彼女の夫は総督にピッタリと付いて回るハント大尉のような人物ではなかった。一流の役所に勤め、アンジェリーク[4]がこの若い人たちの家庭について寸評を加えるときにはいつも――こうしたことについてのアンジェリークの考えは漠然としていた――夫のほうを将来の大法官かウィーン大使だと呼ぶことができた。そして彼らの小さな、ひどく高価な住居は――同居するシルヴィアの母親がこの家に大変見事な貢献をした――最初の危険な二年以上の間ずっと彼らを沈ませず浮き上がらせておいたのだった。彼らは必死になって人をもてなしたが、二件の念入りに調べられることになる醜聞がシルヴィアの小さな応接間から始まっていた。ペローンと駆け落ちしたとき、シルヴィアはすっかり名声を確立した既婚婦人だった。

夫のもとに戻ることはそう難しくはない。彼女はそう期待していたが、そうは行かなかった。ティージェンスはグレイ法曹院の大きな部屋に住むことを契約の条件として要求した。彼女にはこれが理に適ったこととは思えなかったが、夫は友人のそばにいたいのだろうと想像した。シルヴィアはティージェンスに連れ戻してもらったことを感謝せず、この家に住むという考えに強い不快を覚えるばかりだったが、自分は公平になるべきだと思った。彼女は鉄道会社をだましたり、関税のかかる香水を税関で申告せずに持ち込んだり、中古品業者に自分が実際着たよりも着ていないかのように偽って服を売ったりしたことは決してなかった。彼女の威光をもってすれば、実際こうしたことも可能だっただろうが。ティージェンスが住みたいところに住み、ジョージ朝風の方形の中庭越しの正面にマクマスターの背の高い窓が見える背の高い窓のある家に二人が住まうのは公平なことだった。

二人は大きな建物の二つのフロアを占有し、たくさんのスペースを確保した。戦争が始まってから昼食にも使っている朝食室は、非常に大きな部屋で、ほとんどがみな仔牛革の背の本が四方を囲み、非常に大きな鏡が、大理石製の、曲線を描く、非常に大きなマントルピースの上にかかっていた。非常に背の高い窓は、窓ガラスの何枚かが古さでかすかに菫色に変色し、仕切り具合と古く膨れ上がったガラスが蜘蛛の巣を思わせるため、部屋に十八世紀的特徴を添えていた。この部屋は十八世紀のジョンソン博士タイプであるティージェンスに似合っていると彼女も認めざるをえなかった。白い繻子とひだ飾りを身に着けてバースに行った、筆舌しがたいほどに癪に障る人だったに違いないボー何某[5]を除けば、博士は彼女が知っている唯一の十八世紀タイプだった。

上の階に、彼女は、十八世紀のもので敬うべきものであることが分かっている家具類の置かれた大きな白い応接間をあてがわれていた。ティージェンスには古い調度品に対する非常に優れた才能があった。これも彼女は認めざるをえなかった。彼は古い調度品をそれ自体としては軽蔑していたが、これを徹底的に知り尽くしていた。かつて、シルヴィアの友だちのモイラ令夫人が専門家のサー・ジョン・ロバートソンの助言のもとで新しい小さな家の天辺から足下に至るまで調度品の据え付けを行おうとして、その出費を嘆いていた際（モイラ夫妻はアーリントン・ストリートの家の一切合切をアメリカ人に売り払ってしまったのだ）、お茶を飲みに入ってきて、自分はしゃべらずに話を聞いていたティージェンスが、ごくまれにシルヴィアのもっとも可愛い友人たちに捧げる、穏やかな善意を込めた、かなり感傷的な口調でこう言ったことがあった。

「僕にそれをやらせてくれませんか」

白い羽目板、漆塗りの衝立、赤漆塗りや金箔が張られた飾り箪笥、大きな青とピンクの絨毯が備わったシルヴィアの見事な応接間を見回して、（シルヴィアはフラゴナードという名の男の手になる三つの羽目板だけであっても、彼女の応接間が注目に値することを知っていた。この羽目板は前の国王によってフラゴナードの人気が高められる直前に買ったものだった。）モイラ夫人は心を躍らせ、情事の一つでも始めるかのような声でティージェンスに言った。

「まあ、やっていただけるなら」

彼はそれをやり遂げた、それもサー・ジョン・ロバートソンの概算の四分の一の値段で。彼は一度か二度、象のような肩をくるりと回すだけでよしとするかのように、苦もなくそれをやり遂げた。というのも、包装紙に貼られた緑色の半ペニー切手を見るだけで、すべての販売業者や競売人の目録に書かれていることを知ることができたように思えたからだった。そして、さらに驚くべきことに、彼はモイラ令夫人を口説いた――ティージェンス夫妻はグロスターシャーにあるモイラ夫妻の家に二度滞在し、モイラ夫妻はティージェンスの招待客として三度、サタースウェイト夫人とともに週末を過ごした。ティージェンスはモイラ夫人がサー・ウィリアム・ヒースリーと恋愛沙汰を始めるまで、夫人に困難な時期を乗り越えさせるに足る極めて見事な口説きを行ったのだった。

ついでに言えば、古い調度品の専門家サー・ジョン・ロバートソンがモイラ令夫人に彼女の美しい家のあら捜しをするよう挑発を受けて、その家に行き、大きなメガネを飾り箪笥に当て、テーブルの上面板のニスの匂いを嗅ぎ、年老いた近視の人のように椅子の背に噛みつくことになった。それをもって、彼は自分の選んだものに比べて価値の劣るものをティージェンスは何一つ買わなかったと請け合った。このことはモイラ夫妻のこの老人への尊敬を増した。それはこの男の見積もりの何百万ポンドという値段を説明した。というのも、もしこの老人がモイラのような友人から――しかも、きれいな女への愛情によって抑えられた額として――三百パーセントの利益をあげることを提案するとしたならば、アメリカ合衆国の上院議員のような当然の――国家の――敵からはいったいどれだけの金額をぼったくることになるだろう！

それでも老人はティージェンス自身を大いに好きになった――ティージェンスがそれに憤慨しないことにシルヴィアは当惑した。老人はお茶を飲みにくるようになり、ティージェンスが在宅していれば、何時間も留まって古い調度品について話していった。ティージェンスは、自らは話さず、相手の話を聞いていた。サー・ジョンは競りのときのことを何度も何度もティージェンス夫人に詳しく語った。それは異常だった。ティージェンスは純粋に本能の赴くままに行動した。物をちらっと見て、その値段を推測した。サー・ジョンによれば、家具の取引でのティージェンスの注目すべき偉業の一つは、モイラ令夫人のためにヘミングウェイの書き物机を購入したことだった。ティージェンスはある田舎家の売却時に、気乗りしなさそうに三ポンド十シリングでこれを購入し、モイラ令夫人にこれはあなたが所有することになる最高の品になるでしょうと言った。モイラ令夫人も彼と一緒にセールに出かけていたのだった。そこにいた販売業者たちはほとんどこれに目をつけていなかった。ティージェンスは確かにその書き物机を開けてみなかった。しかし、モイラ令夫人の家で、サー・ジョンがこの光沢のある品の上部にメガネを当て、蝶番のわきに差し込まれた署名と地名と制作年の入ったオオバユクの木片近くに鼻をつっこんだ。「ジョン・ヘミングウェイ、バース、一七八四」サー・ジョンが何度も語ったので、シルヴィアはこれを覚えていた。それは、家具業界が長年の間探していた、失われた「逸品」だった。

この偉業のために、老人はティージェンスを愛したようだった。シルヴィアは、老人が彼女自身のこともまた愛していることを、すっかり分かっていた。老人はおののくように彼女のまわりをひらひらと舞い、彼女のために素晴らしい余興を提供し、彼女が拒絶しない唯一の男になった。彼はブライトンかどこかの巨大な家の中にハーレムを設えていると噂されていた。しかし、彼がティージェンスに与えたのは、これとは別種の愛だった。それは、老人が仕事の後継者と目される者に与える、どちらかと言えば哀れっぽい愛であった。

一度、サー・ジョンはお茶に寄り、極めて堅苦しく、ものものしいとさえ言えるような口調で、今日は七十一歳の誕生日で、もうすっかり気力も衰えてしまったと告げたことがあった。私的財産のためではなく、この商売の反転攻勢のために、ティージェンスは彼と提携すべきだと真剣に提案した。ティージェンスは愛想よく話を聞き、サー・ジョンの提案する契約の詳細を一つ二つ訊ねた。それから、彼は、時折かわいい女に使うそっと愛撫するような口調で、それは割に合いませんと言った。けがらわしいほどの金が入るでしょう。仕事としても役所勤めより性に合っています。…ですが、あまりにもけがらわしいほどの金が入ります。

もう一つ、少々シルヴィアが驚いたことは——男の人たちは本当に奇妙な生き物だわ！——サー・ジョンがこの異議申し立てを遺憾の念をもって聞き、弱々しく抗弁したにせよ、その申し立てを極めて妥当だと考えたらしいことだった。彼はほっとしたかのように陽気に明るく去っていった。というのも、ティージェンスがダメと言えば話はそれまでだと腹を括っていたからだった。そこで彼は一オンス二ギニーくらいの、信じがたい、とても気持ちが悪くなるような料理をメニューに載せている店に、シルヴィアを招待した。そして食事の間、サー・ジョンはシルヴィアに彼女のご亭主を褒めそやして彼女を楽しませた。ティージェンスは古い家具の商売で人生を棒に振るのにはもったいない紳士だ、と老人は言った。それだから自分は固執しなかったのだと。しかし、彼はシルヴィア経由で、もしティージェンスに金が要る事態が起きたなら…という趣旨の伝言を残したのだった。

シルヴィアは、ときどき他の人にあなたのご主人は大きな才能をお持ちだと言われたが、なぜ人々がそう言うのか分からず当惑した。彼女にとって、夫はわけのわからない存在だった。彼の行動や意見は――彼女自身のそれと同様に――単に気紛れの産物のように思えた。シルヴィアには、自分自身の行動や意見のほとんどが、せいぜい内に抱える矛盾の表出であると分かっていたので、彼女はティージェンスについて深く考える習慣を棄ててしまっていた。

しかし、ティージェンスには少なくとも人格の一貫性とかなり並はずれた人生に対する知識があるということに、彼女は徐々にぼんやりと気づき始めた。このことに気づいたのは、二人の法曹院への引っ越しが社会的に成功であり、彼女自身にとっても都合のよいものだったと認めたときのことだった。ロップシャイトでその引っ越しについて話し合ったとき――というか、シルヴィアがティージェンスの示すすべての条件を飲んだとき――ティージェンスはこれからどういうことが起きるのかをほとんど正確に予言してみせた。ただ、彼女にもっとも大きな感銘を与えたのは母親の従兄のオペラ劇場のボックス席のことだったけれど。ティージェンスはロップシャイトでシルヴィアに、彼女の社会的立場に干渉するつもりはないと言ったし、心底そう考えていた。彼は彼女の立場について十分考え抜いていた。

彼女は夫の言うことをよく聞いていなかった。最初は、彼は馬鹿かと思い、それから夫は彼女を傷つけようとしているのだと思った。そして、夫にはその権利があると認めた。妻が別の男と駆け落ちした後になお、自分に夫の名の栄誉と住居の保護が及ぶよう求めるなら、妻には夫が示す条件に異議を唱える権利はなかった。夫に対する彼女の唯一の見苦しくない復讐は、敗残者の屈辱を夫にみせつけるような諦めの気持ちをもって、後の生活を送ることだけだった。

しかし、ティージェンスはロップシャイトでたくさんの戯言をしゃべった。彼女にはそう思えた。予言と政治が入り混じった戯言を。当時の大蔵大臣は大地主に圧力を加えていた。大地主たちは所帯の縮小とロンドンの家の閉鎖でそれに対抗した。大規模にではなく、抵抗している振りが分かる程度に。そしてまた、従僕や仕立屋からかなりの抗議の声があがるように。ティージェンス夫妻は、二人とも、大地主階級に属していた。ティージェンスは言ったものだった。僕たちもメイフェア(6)の家を閉鎖して、荒野のなかに住む振りをすることができる。荒野を徹底的に居心地の良いものにできれば、なお結構だ、と。

ティージェンスはシルヴィアに、問題のこの側面を、彼女の母の従兄の、気難しくて勿体ぶったルージリーに披露するように助言した。ルージリーは大地主だった——すべての大地主のなかでも最大級の地主だった。扶養家族にも遠い親戚にも自分の義務を果たさなければならないという意識にとりつかれた地主だった。ティージェンスはシルヴィアに、この公爵のもとに行って、大蔵大臣の厳しい要求が僕たちに引っ越しを強いており、僕たちは一つには抗議としてこの引っ越しをするのだと伝えさえすればよいと言った。そうすれば、公爵はそれをほとんど彼自身への敬意のしるしとして受け取るだろう、と。たとえ抗議としてでも、公爵自身がメックスボロー(7)を閉鎖したり、出費を抑えたりすることは期待できない。だが、彼のより倹しい親戚たちが勇気をもって家を閉鎖するならば、彼はまずはきっと親戚たちにその分を補塡してくれるだろう。そしてルージリーの恩恵は、彼のまわりのすべてのものが壮大なスケールであるのと同様、壮大なスケールで与えられるだろう、と。「僕は驚かないね」とティージェンスは言った。「君が楽しめるように彼がルージリーのボックス席を貸してくれるとしても」

そして、まさにそれが起こったことだった。

公爵は――かなり遠い親戚の名まで記録簿に控えている男だったが――自分の親戚の若い夫婦がロンドンに戻ってくる少し前に、不快な醜聞が広く立つことが十分に分かっていながら別れて暮らしていたという噂を耳にしていた。彼はサタースウェイト夫人に鬱々とした愛情を抱いていたが、夫人に接近して、彼女からその噂は下品な中傷だと聞いて喜んだ。そこで、若い夫妻が再び姿を見せたとき――ロシアから、か！――二人が一緒だったばかりか、どう見ても極めて仲睦まじい夫婦だと認めたルージリーは、彼らに埋め合わせをしてくれたばかりか、彼らの中傷者たちを恥じ入らせるために、自分が面倒に巻き込まれない程度に示すことのできる注目すべき好意のしるしを示そうと決心したのだった。そこで彼は――男やもめだったので――彼自身楽しめるように二度サタースウェイト夫人を招き、シルヴィアには他の客たちを招かせたのだった。その後、彼は、ルージリー事務所に申し込み次第、席が空いていれば、オペラ劇場のルージリーボックス席を使うことのできる人たちの名簿に、ティージェンス夫人の名を掲載させた。これはとても大きな特権であり、シルヴィアはそれを最大限に活用する方法を知っていた。

他方、ロップシャイトでの会話のとき、ティージェンスはシルヴィアに、そのときの彼女にはたくさんの戯言だと思えたことを予言した。それは二、三年前のことだったが、一九一四年のライチョウ狩りの時期が始まる頃に、ヨーロッパに戦争が勃発し、メイフェアの家々の半分が閉鎖され、そこの住人を貧困に陥れるだろうと、ティージェンスは言ったのだった。彼は、様々なヨーロッパの強国に近づく破綻や大英帝国の住民の物欲・掠奪欲の増大について、財政的統計を用いて忍耐強くこの予言を裏づけた。シルヴィアは幾分注意してこれを聞いていた。彼女には、どちらかと言えば、これは田舎の大邸宅で話されるいつもの戯言のように思えた。苛立たしいことに、ティージェンスは、田舎の大邸宅では決してそんな話はしなかった。しかし、シルヴィアは自分が注目を浴びるために革命や無政府状態やがて起こりそうな紛争について感動的な言葉を発したいとき、意見を裏付ける絵のように美しい事実が一つ、二つあるといいと思った。そしてティージェンスの会話を大げさにして話してみせると、これまでより責任ある立場にいる真剣な男たちが彼女と議論を交わすようになり、以前よりもっと彼女に注意を払うようになったことに気づかされた…

そして今、手に皿を持ち、テーブルに沿って歩いているとき、彼女はティージェンスの意見は正しかったと勝ち誇って——彼女にとってとても気分のいいことと——認めざるをえなかった。戦争の三年目に、安くて快適で威厳があるとさえ言える、いざとなればメイド一人で何とか切り盛りできる、使い勝手のいい住居を持つことは大変便利だった——忠実な〝こちら交換台〟が未だそんな状態にさせてはくれなかったが…

ティージェンスの近くまで来ると、シルヴィアはゼリーで固めた冷たいカツレツ二つと葉野菜を何枚か載せた皿を持ち上げた。片側に少しふらつくと、円を描くような手の動きで、皿の中身をすべてティージェンスの頭に向けてぶちまけた。それから皿をテーブルの上に置くと、暖炉の上にかかる非常に大きな鏡のほうへとふらふらと近づいて行った。

「うんざりだわ」シルヴィアは言った。「うんざり！　うんざり！」

シルヴィアが皿の中身を飛ばした瞬間、ティージェンスはわずかに身をかわした。カツレツと葉野菜のほとんどは彼の肩の上を越えて行った。しかし、一枚の、下の方に飛んだ、濃緑の葉は肩章に引っかかり、皿から飛んだ油や酢は彼の軍服の襟の折り返しから緑色の将校の徽章にまで跳ねかかった——シルヴィアは自分が薬味を取りすぎることを知っていた。彼女はこれだけでもティージェンスに当てることができて喜んだ。射撃の腕前が衰えていないことを意味するものだったからだ。しかし、彼を射損なったことも嬉しかった。そんなことにはまったく無関心だった。頭に浮かんだことをなしとげただけだった。彼女にはそのことが嬉しかった。

シルヴィアは青っぽい深みを持つ鏡に映る自分の姿に少しの間見とれた。両耳に手を当てて大きなヘアバンドを押さえた。彼女の姿は申し分なかった。彫りの深い、雪花石膏のような色の顔――しかし、それはほとんど鏡の仕業だった。美しく、長く、冷たい手――どんな男の額もそれに触れられることを望まずにはいられないだろう。…それに、あの髪。白い肩の上に解かれたその髪をどんな男が想像せずにいられるだろう。…まあ、ティージェンスなら想像せずにいられるかもしれない。いや、おそらく想像せずにはいられないだろう…彼が想像せずにいられないことを彼女は願った。あん畜生、と彼女が言ったのは、彼がその姿を決して見なかったからだった。明らかに、ときに少しウイスキーが入った晩には、ティージェンスとてそれを見たいと思うに違いないのだが。

シルヴィアは呼び鈴を鳴らし、〝こちら交換台〟に絨毯の上に散らばった皿の食べ物を掃き清めるように命じた。〝こちら交換台〟は背が高い、黒髪の娘だったが、瞬き一つせずに大きく見開いた眼で虚空を見つめていた。

シルヴィアは書棚沿いに進み、古い革に〝Vitae Hominum Notiss〟（『著名人の生涯』）と不規則な大文字が金箔押しされた本の背の前でちょっと立ち止まった。最初の長窓のところでブラインドの紐に摑まって体を支えた。外を見て、部屋の中を振り返った。

「あのベールをつけた女がいる」とシルヴィアが言った。「十一号に入っていくわ…もちろん、もう二時よ…」

シルヴィアは夫の背中を厳しく睨んだ。今では猫背になりつつある、不格好なカーキ色の軍服を纏った背中を。彼女は一つの動作、一つのこわばりでさえ見逃さないつもりでいた。

「あれが誰なのか分かったわ」シルヴィアが言った。「そして誰のところに行くのか。門番から聞き出したのよ」彼女は待った。それから付け加えた。

「あなたがビショップ・オークランド[8]から一緒に旅してきた女よ。戦争が布告された日に」

ティージェンスが椅子のなかで、できる限りしっかりと振り向いた。堅苦しい儀礼のために彼がしそうなことだと彼女には分かっていた。従って、彼が振り向いたことには何の意味もなかった。

淡い光の中で彼の顔は白っぽかったが、フランスから戻り、ゴミの山に囲まれたブリキ小屋で日々を過ごし出して以来、彼の顔はいつも白っぽかった。ティージェンスが言った。

「それでは君は僕を見たのだね」だが、これも単に儀礼によるものだった。

シルヴィアが言った。

「もちろん、クローディーンのところから出てきた私たち皆が、あなたを見たわ。彼女が何とか夫人だと言ったのはキャンピオン老人よ…夫人の名前を忘れてしまったけれど」

ティージェンスが言った。

「キャンピオンの爺さんにはあれが誰だか分かるだろうと僕も思ったよ。爺さんが廊下からなかを覗いているのが見えたからね」

シルヴィアが言った。

「彼女はあなたの愛人なの？　それともマクマスターだけの愛人？　それともあなたがた二人一緒の？　共通の愛人を持つなんて、あなたたちらしいわね…彼女には気が狂った夫がいるんじゃなくて？　牧師さんの」

ティージェンスが言った。

「いや、いない」

シルヴィアは突然次の質問をするのを止め、こうした議論では決して有利な立場を取ろうと競うことのないティージェンスが言った。

「彼女はもう六か月以上マクマスター夫人だ」

シルヴィアが言った。

「それだと夫が死んだ翌日結婚したことになるわね」

彼女は大きく息を吐いて、付け足した。

「構わないわ…彼女は三年間金曜日ごとにここに来ているのだから…もしあの忌々しい小男が明日あなたに借りた金を返さないなら、彼女の正体を暴露してやるわ…本当にあなたにはあのお金が必要なんだから！」彼女はティージェンスがその提案をどう受け取るか分からなかったので、急いで付け足した。

「ワノップ夫人が今朝電話してきて、どんな人物か知りたがっていたわ…あの、ウィーン会議[9]の悪しき天才のことよ。ところで、ワノップ夫人の秘書は誰なのかしら？　ワノップ夫人は今日の午後あなたに会いたがっていたわ。戦争私生児について！」

ティージェンスが言った。

「ワノップ夫人に秘書はいないよ。電話をかけるのは彼女の娘だ」

「あの娘ね」シルヴィアが言った。「マクマスターが催したあの忌々しい午後の会であなたが夢中になっていた…。あの娘に戦争私生児を孕ませたのがあなただってわけ？　皆、彼女のことをあなたの愛人だと言っているわ」

ティージェンスが言った。

「違う。ミス・ワノップは僕の愛人じゃない。母親が戦争私生児についての記事を書くよう依頼を受けているんだ。僕が昨日、取り立てて言うほどの戦争私生児はいないと話したので、夫人は狼狽えてしまった。センセーショナルな記事が書けないからね。僕に考え直してもらいたいようだ」

「ミス・ワノップなのね、あなたの友人の家のあの忌まわしい会にいたのは？」とシルヴィアが訊ねた。「そして出迎えたのが、ミセス何とかだったのでしょう。あなたのもう一人の愛人の…。不快な会だったわ。あなたも趣味が悪いわね。ロンドンのおぞましい天才たちが勢揃いしていたのではないかしら。ウサギみたいな男が詩の書き方について話しかけてきたわ」

「あれにはパーティーとしての価値はないさ」ティージェンスが言った。「マクマスターは毎週土曜日ではなく金曜日にパーティーを開いている。もう何年も。マクマスター夫人は毎週金曜日にそこに行く。女主人役としてね。もう何年も、だ。ミス・ワノップは母親のための仕事が終わった後で、毎週金曜日にそこへ行く。マクマスター夫人を手伝うために…」

「もう何年もね」シルヴィアがティージェンスを真似てからかった。「そして、あなたも毎週金曜日にそこに行く。ミス・ワノップに寄り添うために。ああ、クリストファー！」——彼女はわざと哀れっぽい声を立てて言った——「わたしは決してあなたの趣味を高く評価していないけど…でも、あれはないわ！　どうか、あれはやめて頂戴。元のところへお戻しなさい。彼女はあなたには若すぎるわ…」

「ロンドンのおぞましい天才たちが」とティージェンスが平静に話を続けた。「毎週金曜日にマクマスターの家に行く。マクマスターは王立文学賞の賞金を授与する役目を任されているからね。

だから、皆そこに行くんだ。皆がそこに行く。だから彼はバス三等勲章を贈られた」

「あの人たちが重要人物とは思わなかったわ」シルヴィアが言った。

「もちろん、重要人物さ」ティージェンスが言った。「新聞雑誌にものを書いている。誰にでも何でも与えることができるんだ…自分たち自身に対しては別だけれど！」

「あなたみたいに！」シルヴィアが言った。「まさにあなたみたいね！　あの人たちは買収された連中だわ」

「いや、違う」ティージェンスが言った。「あからさまに不名誉な方法で買収されているわけじゃない。マクマスターが自分の昇進のために年四十ポンドの奨励金を配っているなんて信じてはいけない。マクマスター自身もその仕組みについては少しも理解できていないんだ。雰囲気は分かっているにしても」

「あんなに忌まわしい雰囲気ははじめてよ」シルヴィアが言った。「ウサギの餌のような悪臭を放っているわ」

「君は間違っている」ティージェンスが言った。「あれは大きな本棚に置かれた特別装丁された贈呈本の裏表紙のロシア革の匂いだ」

「あなたが何を言っているのか分からないわ」シルヴィアが言った。「贈呈本って何なの？　あなたこそ、キエフがいやというほど放っているロシアのひどい悪臭を放っているようだわ」

　ティージェンスは少しの間考えた。

「いや。思い出せない」彼が言った。「キエフだって？……それは僕たちが…」

「あなたはお母様のお金の半分を十二・五パーセントの利率でキエフ市に投資したでしょう。路面鉄道に」

それを聞いて、ティージェンスは怯んだ。それはシルヴィアが望んでいない怯み方だった。「あなたは明日出征できる状態じゃないわ」シルヴィアが言った。「キャンピオンの親父さんに電報を打っておくわ」

「ドゥーシュマン夫人は」ティージェンスが無表情に言った。「つまり、マクマスター夫人のことだが、以前はパーティーの前に少し香を炊いたものだった。…あの中国の悪臭…あれは何と言ったかな？　まあ、どうでもいいことだ」ティージェンスはあきらめの口調で付け加えた。それから、続けた。「間違えてはいけない。マクマスター夫人は大変優れた女性だ。途轍もなく有能だ。大いに尊敬されている。今や彼女は権力の座に就いているのだから、僕は君にも、彼女と対立することは勧めないいな」

ティージェンス夫人が言った。「あんな女！」

ティージェンスが言った。

「君が果たして彼女と対立するかは分からない。活動領域が違うからね。だが、対立した場合は、決して…僕がこんなことを言うのは、まるで君が彼女をナイフで刺そうとしているように見えるからだ」

「あんな女が我が家の窓の下を通って行くのが気に入らないのよ」シルヴィアが言った。

ティージェンスが言った。

「どんな女だって言うんだい？…マクマスター夫人についてちょっと話しておきたかったんだ。彼女は、別の男のおぞましい本を焼いた男を愛人に持つ女⑩のようだ。…名前は思い出せないが」

シルヴィアが急いで言った。

「思い出そうとしないで！」そして、もっとゆっくりとした口調で付け加えた。「わたしは少しも知りたくないわ…」

「まあ、彼女は女性相談役だった」とティージェンスが言った。「顕著な人々の霊感の源だったんだ。マクマスター夫人もまさにそれだ。天才たちがその周りに群がり、彼女は本当に選ばれた人たちと文通する。たいていは、より高い道徳性に関して、とても立派な手紙を書く。とても真心がこもった、もちろん、スコットランド風の手紙を。天才たちが外遊すると、彼女はロンドンの文壇での出来事の断片を拾い集めて書き送るんだ。お見事と言うしかないじゃないか！　そして、時折、自分がマクマスターに手に入れてほしいものをこっそり書き込むのさ。本当にこっそりとね。…例えば、それがバス三等勲章だとしよう。彼女は天才一、天才二、天才三、の心にマクマスターはバス三等勲章を受賞するにふさわしいという考えを吹き込むんだ。天才一が叙勲者選考副長官代理と昼食をともにする。副長官代理は文学賞の担当で、噂話を得るために天才たちと昼食をともにするというわけだ…」

「どうして」とシルヴィアが言った。「あなたはマクマスターにあのお金を全部貸してしまったの？」

「いいかい」ティージェンスは自分の話を続けた。「これは完全に正当なことだ。こんなふうにこの国では賛助が行き渡るんだ。当然の方法、唯一の清い方法だ。ドゥーシュマン夫人がマクマスターを支援するのは、彼が職務において第一級の男だからだ。そして夫人が天才たちに影響を及ぼす力となっているのは、彼女も自分の務めにおいて第一級の人物だからさ。…夫人は実に立派なスコットランド人にとって、より高く、より立派な道徳性を表わしているんだ。まもなく夫人は芸術院の夜会の招待状が人々に送付されるのを差し止めてしまうだろう。もうすでに王立奨励基金の夕食会のほうは差し止めてしまった。もう少し経って、マクマスターがフランス人たちの目を殴りつけることでナイト爵に叙されるとき、夫人はより権威ある集まりのなかに小さな持ち場を得ることになるだろう。…そうした人たちは誰かにアドバイスを求めなければならないからね。そこでだ、いつか君が誰かを社交界にデビューさせたいと思う。しかし、招待状は君のもとには回ってこないというわけさ…」

「それなら、良かった」シルヴィアが大きな声をあげた。「わたしはあの女のことでブラウニーの伯父さんに手紙を書いたのよ。今朝は少しいやな思いをしたから。グローヴィナからあなたがひどく金欠だということを聞いたのでね…」

「ブラウニーの伯父さんとは誰だい」ティージェンスが訊ねた。「何とか卿、何卿だったかな…銀行経営者の。伯父さんの銀行に勤めているブラウニー家の人たちは知っているけれど」

「ポーツカソ」シルヴィアが言った。「人の名前を忘れたふりをするのは止して頂戴。あなたはやりすぎよ！」

ティージェンスの顔が少し蒼ざめた。

「ポーツカソは」とティージェンスが言った。「もちろん法曹院宿舎委員会の議長だ。君は彼に手紙を書いたのか」

「ごめんなさい」シルヴィアが言った。「悪かったわ、あなたの物忘れについてあんなことを言って…わたしは彼に手紙を書いて、法曹院の住人としてあなたの愛人を受け入れることはできませんと言ったのよ。彼はもちろんその関係を知っているわ。重いベールを被って毎週金曜日にこっそり入ってきて、土曜日の朝の四時にこっそりと出て行くことを」

「ポーツカソ卿が僕の関係について知っているだって…」ティージェンスが話し出した。

「卿は彼女が列車のなかであなたに抱かれているところを見たのよ」シルヴィアが言った。「ブラウニーはすっかり憤慨して、あなたの当座借越しを認めず、振出人回しと記して、振り出された小切手をあなた本人に戻すことを提案したってわけ」

「君を喜ばすためにかい？」ティージェンスが訊ねた。「銀行経営者がそんなことをするのかね。イギリス社会も変わったものだ」

「銀行経営者も他の男たちと同じに女を喜ばそうとするのだわ」シルヴィアが言った。「そんなことをしてもわたしは喜ばないと力説したのだけれど…でも」彼女は口ごもった。「彼にあなたへの復讐の機会を与えようとは思ってないわ。あなたの問題に干渉したくはありませんもの。でも、ブラウニーはあなたのことを嫌っていて…」

「あいつは君が僕と離婚して、あいつと結婚することを望んでいるのかい」とティージェンスが訊ねた。

「どうしてそれを知ってるの」とシルヴィアが冷淡に言った。「彼にはときどき昼食を奢ってもらったわ。わたしの財産を管理させるのに好都合だったから。あなたも不在だったし…でも、もちろん彼にはあなたが陸軍軍人であることが気に入らないのよ。軍人でない人たちは、すべての軍人を嫌うものだわ。そして、もちろん女が絡むとき、軍人でない男たちは軍人である男たちを破滅させようとできる限りのことをするものよ。銀行経営者であれば、すごく良いコネを持っているでしょうしね…」

「そうだろうね」とティージェンスが漠然と言った。「もちろん、そうだろう…」

シルヴィアはそれまで片手で引っ張っていた日除けの紐を放した。日の光が彼女の顔に当たり、言葉に重みが与えられるようにと。というのも、一分か二分のうちに、勇気が萎えないうちに、ティージェンスに悪い知らせを伝えたいと思っていたからだった。彼女は暖炉のほうにふらふらと近づいた。ティージェンスは椅子に座ったまま、彼女の姿を追ってふりむき、彼女を見た。

シルヴィアが言った。

「ねえ、これは皆この忌々しい戦争のせいじゃないかしら？　あなたにそれが否定できる？　ブラウニーのようなまともな紳士的な男が、とんでもない卑劣漢に変わってしまうんですもの！」

「そのようだね」とティージェンスがものうげに言った。「いや、確かにそうだ。君の言い分は正しい。英雄的衝動に付き物の堕落だな。英雄的衝動はあまりにも一様な緊張を強いられると、付随する堕落が優勢になる。それがブラウニー家を説明する。…ブラウニー家の誰もが…とんでもない卑劣漢に変わることの説明になる…」

「それなら、どうしてあなたは今の状態を続けるの？」シルヴィアが言った。「もしあなたがほんの些細なことで支援してくれるなら、わたしは本当にあなたを困難から救い出すことができるのに」

ティージェンスが言った。

「ありがとう。でも、僕はこのままでいるほうがいいんだ…それ以外どうやって生計を立てることができると言うんだい」

「それじゃあ、あなたは知っているのね」シルヴィアが金切り声とでも言えそうな声をあげた。「もし追い出す方法が見つかれば、あの人たちはあなたを元の役所には戻さないだろうということを…」

「なに、奴らはそれを見つけるさ！」ティージェンスが言った…そして、もう一方の話を続けた。「もしフランスとの戦争になれば」彼はものうげに言った…今、議論のために頭を活発に働かさなくて済むように、彼がいつも通りの定説を述べているだけであることをシルヴィアは知っていた。あの人はワノップの娘のことを一生懸命考えているのだわ！　彼女が小柄なこと、ツイードのスカートが似合うことを！　わたし、シルヴィア・ティージェンスの、田舎風小型版を…では、もし自分が小柄で田舎風だったなら…だが、犬を打つ鞭で打ち据えるかのように、ティージェンスの言葉が彼女を切りつけた。「我々はもっと立派に振る舞うだろう」とティージェンスは言っていた。「この戦争に英雄的衝動はさほど関わらないだろうから。我々は…我々の半分は…自らを恥じるだろう。だから、つきまとう堕落はずっと少なくなる」

そこまでティージェンスの言葉を聞いたシルヴィアは、ミス・ワノップのことや、マクマスターのパーティーで本棚を背景にティージェンスが気取ってミス・ワノップに話しかけている頭にこびりついて離れない情景を、無理やり頭から締め出した。

「まあ！　いったいあなたは何を話しているの？…」

ティージェンスが話を続けた。

「我々の、来るべきフランスとの戦争のことだ。…我々はフランス人とは究極の敵同士だ。我々はフランス人から盗むか、フランス人を手先に使うかして、生計を立てる…」

シルヴィアが言った。

「まさか！　そんなことは…」

「そうせざるを得ないんだ！」ティージェンスが言った。「それが我々の生存の条件だ。我々は実のところ、破産し、人口過剰となった北国人だ。彼らは、人口が減少している、豊かな南国人だ。一九三〇年頃には、我々はプロシアが一九一四年にやったことをやらざるを得なくなるだろう。我々の状況は当時のプロシアとまさに同じになるだろう。それは…何と言ったかな…」

「でも」シルヴィアが大声をあげた。「あなたはフランスかぶれなのでしょう…フランスのスパイだと思われているわ。それがあなたの経歴を台無しにしているのよ！」

「そうかな？」ティージェンスが関心なさそうに訊ねた。それから付け加えて言った。「そうだな。本当にそうだったら、僕の経歴は台無しになるだろう…」それから、少し生気と集中力を取り戻して話を続けた。「ああ、それは見るに値する戦争になるだろう…腐敗政治家たちのための酔ったネズ公たちの戦いではなく…」

「そんな話を聞いたら母なら発狂するでしょう」シルヴィアが言った。

「いや、そんなことはないさ」ティージェンスが言った。「まだお達者なら、活気づくだろう…我が国の英雄たちは酒と色欲に溺れることなし。我が国の下衆どもは国に留まることなく、英雄たちを中傷することなし。我が国のトイレ用足し大臣が総選挙で女性票を得るために、二百五十万の男たちを基地に留め置くことなし。——これはまさに女性に参政権を与えることの最初の悪影響だが——それもなしだ。フランスがアイルランドを握り、ブリストルからホワイトホールまで実線を延ばすなかで、我々は大臣が書類に署名する前に、彼を絞首刑に処すだろう。そして、我が国はプロシアの同志や同胞に相当な忠義を尽くすだろう。我が国の内閣は、倹しく、論理に強く、教育が行き届き、容赦なく実際的であるフランス人を憎むほどには、プロシア人を憎まないだろうからね。プロシア人は、我が国が望めば、貪欲の共同戦線を張れる連中だ…」

シルヴィアが不意に言葉を差し挟んだ。

「お願いだから止めてちょうだい。あなたの話を聞いていると、もう少しであなたの言い分が正しいと信じそうよ。ほんとに、母が聞いたら発狂するわ。母の一番の親友はトネール・シャトレロー公爵夫人なんですから…」

「ああ」ティージェンスが言った。「君の一番の親友はメド…メド…君にチョコレートと花束をもらうオーストリアの将校たちだ。そこで騒ぎが持ち上がった…我々は彼らと交戦中だが、君は発狂していないじゃないか」

「分からないわ」シルヴィアが言った。「ときどき、わたしも発狂しそうになるもの！」彼女はうな垂れた。ティージェンスは顔をこわばらせて、テーブルクロスを見つめた。そして呟いた。

「メド…メト…コス…」シルヴィアが言った。

「あなたは『どこか』[11]っていう詩を知らないかしら？　それは『どこかいずこかに、きっとあるに違いない…』と始まるのよ」

ティージェンスが言った。

「済まないが、知らないね。もう一度、詩を呼び起こすことが、まだできないんだ」

シルヴィアが言った。

「いやだ！」そして付け足した。「四時十五分に陸軍省に行かなくてはならないのでしょう。今、何時かしら」彼女は彼が出かける前に悪い知らせを伝えたいとひどく望んでいた。できる限りそれを延ばしたいともひどく望んでいた。まずはその件についてとくと考えたかったのだ。とりとめのない会話を続けたいとも思っていた。さもないと、彼が部屋から出て行ってしまうかもしれなかった。「ちょっと待って、話があるの」と彼に言わなければならない事態にはしたくなかった。というのも、このときの彼女はそうした気分ではなかったからかもしれない。まだ二時にもならないとティージェンスが言った。まだ、一時間半話していられる、と。

会話を続けるために、シルヴィアが言った。

「ワノップの娘は包帯を作っているか志願陸軍婦人部隊の一員か何かだと思うけど」

ティージェンスが言った。

「いや、彼女は平和主義者だ。君と同じくらい平和主義者だよ。君ほど直情的ではないが。もっと議論好きだ。戦争が終わる前に監獄行きになるだろうな」

「私たち二人に挟まれて、あなたは素敵な時間を過ごしているに違いないわ」シルヴィアが言った。グローヴィナというあだ名の――全然いいあだ名ではなかったが――貴婦人との会見の記憶が、しみじみと彼女の脳裏に蘇っていた。

シルヴィアが言った。

「そういったことを、あなたはいつも彼女と話し合っているのでしょう？　毎日会っているのね」

シルヴィアは、ティージェンスが一分か二分の間、この件に注意を引かれたままでいるだろうと想像した。ティージェンスは、毎日ワノップ夫人とお茶を飲んでいると、まったく無頓着に言った。――シルヴィアはそれが意味するものだけを捉えた。「ワノップ夫人が、ベッドフォードパークと呼ばれる場所に引っ越してきたんだ。そこは僕の勤務先に近く、歩いて三分もかからない。その近所の公共緑地に陸軍省がたくさんの小屋を建てた。娘にはせいぜい週に一度しか会っていない。戦争についてはまったく話したことがないな。戦争は、若い娘には、あまりにも不快な話題だ。というか、あまりにも痛ましい…」彼の会話にはだんだんと未完結な文が頻出するようになっていった。

彼らは時折こうした喜劇を演じた。というのも、二人の人間が同じ家に住み、接点を持たずにいるのは不可能だからだ。そこで、彼らはそれぞれに話し、時には非常に長く、丁重に話したが、それぞれが自分の思いにふけって、ついには沈黙に陥るのだった。

それに、シルヴィアは静修を行う習慣を身につけてからは（改宗者が嫌いで聖体拝受は宗派入り混じったものであってはならないと考えるティージェンスを困惑させるために、彼女は英国国教会の婦人修道会で静修を行った）、ほとんど完全に自分の夢想にふける習慣もまた身につけていた。こうして、彼女は灰色の塊であるティージェンスが白っぽい広がりの先端に座っているのを漠然と意識していた。書籍もあった…だが実際には、彼女はまったく異なる人影と違った書籍を見ていた。――グローヴィナの夫の書籍を。というのも、この貴婦人が政治家である夫の書斎にシルヴィアを迎え入れたからだった。

　シルヴィアの絶対的にもっとも親密な二人の友人の母であるグローヴィナが、シルヴィアを呼び寄せたのだった。夫人は愛国的な活動をまったくしないシルヴィアを、やさしく、機知を利かせて諌めようとしたのだ。シルヴィアに、慈善事業や何かに提供できる卸売りの既成の赤ちゃん用オムツが買えるロンドン市内の店の住所を手渡した。それがあなたの責務だと言って。シルヴィアはそんなことはやらないと言ったが、グローヴィナは哀れなピルゼンハウアー夫人のことを考えてご覧なさいと言い張った。わたしは、毎日幾ばくかの時間を使って、外国人の名前と訛りと来歴を持つ不幸な金持ちにできる愛国行為を考え出しているのよ、とグローヴィナは言ったのだった。

　グローヴィナは五十歳ぐらいの、尖った灰色の顔をした、厳しい顔つきの婦人だったが、機知を利かせたり、熱心に懇願したりするときには、優しい物腰の女性だった。二人がいる部屋は、ベルグレーヴィア[12]の裏庭を見下ろせるところにあった。部屋は天窓から明かりが入るようになっていて、上方からの影は夫人の顔の皺を深め、かなりくすんだ灰色の髪を際立たせたのと同時に、彼女の厳しさと優しい物腰との両面をもまた際立てたのだった。このことにシルヴィアはとても深い感銘を受けた。というのも、彼女は人工の明かりのなかでこの夫人を見ることに慣れていたからだった…

　しかしながら、シルヴィアは言った。

「あなたは暗に言っているのではないでしょうね、グローヴィナ。わたしが外国人の名前を持つ不幸な女だと！」

　貴婦人が言った。

「親愛なるシルヴィア。あなたよりあなたの旦那さんのほうよ。エステルハージ家[13]やメッテルニヒ家[14]に関するあなたの偉業があんたの旦那さんの命取りになってしまったの。あなたは現政権が論理的でないことを忘れているわ…」

　シルヴィアは鞍の形をした革の椅子から跳ねるように立ち上がり、大声をあげたことを覚えていた。

「あの口にするのも汚らわしい卑劣漢たちは考えているのね、わたしが…」

　グローヴィナが忍耐強く言った。

「親愛なるシルヴィア。あなたではないと言ったでしょ。苦しんでいるのは旦那さんのほう。苦しむにはあまりに善良な人のようね。ウォーターハウス氏がそう言っているわ。わたし自身はあなたの旦那さんをよくは知らないけれど」

　シルヴィアにはこう答えた記憶があった。

「いったいウォーターハウスってどなたなの？」彼女はウォーターハウス氏が前の自由党の大臣だと聞くと、興味を失った。実際、それ以降、招待主の婦人が発した言葉が、言葉としてシルヴィアの記憶に残ることはなかった。言葉の含意があまりにも彼女を動転させてしまったのだ…

　シルヴィアは今、ティージェンスを見て立っていたが、グローヴィナ自身の言葉を正確に思い出そうと努めるあまり、心ここにあらずで、彼の姿はほんの時折しか目に入らなかった。普段、彼女はとてもはっきりとグローヴィナとの会話を覚えていた。しかし、あの折には、激しい憤りと吐き気と自分の爪が掌に食い込む痛みと様々な回復できない感情の連続のせいで、すっかり動転してしまったのだった。

彼女は今、ティージェンスを、一種の満足を伴う好奇心をもって眺めていた。自分の知る限りもっとも高潔な男が、卑劣な、根も葉もない噂によってこんなに痛めつけられなければならないなんて、あっていいことだろうか、と。もしあっていいことならば、高潔自体が邪眼の性質をもっていると疑わざるをえないだろう…

蒼い顔のティージェンスが、トーストを一枚、指で弄んでいた。彼が呟いた。

「メット…メット…確かメットだ」彼はテーブルナプキンで額を拭い、ビクッとしてそれを見つめ、床に落とし、ハンカチを引っぱり出した。…彼は呟いた。「メット…メッター…」貝殻に耳に当てて聞いている子供のように、ティージェンスの顔がパッと輝いた。

シルヴィアが嫌悪の情を爆発させて叫んだ。

「お願いだから、メッテルニヒと言ってちょうだい…あなたのせいで、わたし、気が変になりそうだわ」

彼女が再び彼を見たとき、彼の顔はすっかり明るくなり、彼は部屋の隅にある電話のところに急ぎ足で歩いて行った。シルヴィアにちょっと失敬と言って、イーリングの電話番号を告げた。それからしばらくして話し出した。

「ワノップさんですか。ああ！　妻がたった今わたしに思い出させてくれました。メッテルニヒがウィーン会議の悪魔的才能であったことを…」それから「そうです。そうです」と言って、相手の話を聞く側に回った。しばらくして言った。「ああ、もっと強い表現ができるでしょう。どんな犠牲を払ってでもナポレオンを滅ぼそうとするトーリー党の決意は、党の愚かな言動の一つだったとか何とか表現することだって。…そう、カスルリー、それに、もちろんウェリントンも。…申し訳ありません。もう切らなければなりません。…ええ、明日八時半にウォータールー発で。…いいえ、もう彼女には会いません。…いいえ、彼女は誤解しています。…ええ、よろしくお伝えください。…それでは」彼は受話器を置こうとして耳から離したが、甲高いキャンキャンいう声が途絶えることなく受話器から聞こえてきたので、再び耳元に受話器を当てざるを得なかった。「ああ、戦争私生児ですね！」ティージェンスが大きな声で言った。「もう統計をお送りしましたよ。いいえ。ところどころの例外を除いては、非嫡出の率に目立った上昇はありません。スコットランドの低地地帯では、率が驚くほど高いですが。でも、あそこはいつも驚くほど高いのです…」彼は笑い声をあげ、穏やかに言った。「あなたも随分としぶといジャーナリストですね。それでも五十ポンドを手放そうとしないとは…」彼は電話を切ろうとしていた。それでも「あるいは」と突然大声をあげた。「もう一つ、あなたのためになるアイデアがありますよ。率がほとんど同じなのは、おそらくこういうわけです。フランスに行く男たちの半分は向こう見ずになります。これが最後の機会だと思うからでしょう。でも、もう半分は良心的に考え直します。まともな英兵なら、自分が死ぬ直前に恋人を困難に陥らせるようなことについては再考するでしょう。もちろん離婚率は上がります。というのも、人々は法律の範囲内で再出発することを一か八か試してみるでしょうから。いや、どうも…どうも…」彼は受話器を置いた。

その会話を聞いたことで、シルヴィアの頭は異常にすっきりとした。彼女はほとんど悲しげと言えるような口調で言った。

「だから、あの娘を誘惑しなかったのね」そして彼女は知った――ティージェンスが「英兵は自分が死ぬ直前に恋人を困難に陥らせるようなことについては再考するでしょう」と言ったときの突然の声の調子の変化で知ったのだ――ティージェンス自身が再考したのだということを。

彼女は信じられないといったように、それでも極めて冷静に彼を見た。彼女は自問した。どうしてこの人はほとんど確実な死に赴く前に、あの娘との小さな喜びを味わおうとしなかったのだろう、と…彼女は実際に鋭い痛みを心臓に覚えた。窮地に陥った不幸な男…

彼女は暖炉のそばの椅子のところへ行き、今度は、興味深げに前に身を乗り出して椅子に座り、ティージェンスを見た。あたかも、園遊会で、それほど悪くない演出の牧歌劇を――あり得ないことながら――見出したかのように。ティージェンスは空想上の怪物だった…

彼が空想上の怪物だったのは、立派で高潔だからではなかった。シルヴィアは何人かのとても立派で、とても高潔な男たちを知っていた。彼女が、高潔で立派な女性をフランスやオーストリアの友達のなかにしか見出せなかったとしたら、それは高潔で立派な女性が彼女を楽しませなかったからか、あるいはフランス人とオーストリア人を除いては、ローマカトリック教徒でなかったためだった。…しかし、彼女が知っている立派で高潔な男たちは、たいてい成功し、尊敬されていた。彼らは大資産家ではなかったが、随分と気取って澄まし、高い評価を受けている田舎紳士のタイプだった…つまりティージェンスだったのだ…

彼女は自分の考えを整理した。頭のなかにある一つの問題を解決するために、彼女は訊ねた。

「フランスで、実際、何があなたに起こったの？　あなたの記憶はどうなってしまったのよ？それとも、脳がおかしくなってしまったの？」

ティージェンスが注意深く言った。

「脳の半分が、不規則な部分が、死んだんだ。あるいは衰弱した。ちゃんとした血の供給がなくなって。…そこで大半の記憶が消えてしまったんだ」

シルヴィアが言った。

「でも、あなたが!…脳がなくなって…」質問ではなかったので、ティージェンスは答えなかった。

ティージェンスがメッテルニヒという名を思い出すと、すぐに電話をかけに行ったことで、シルヴィアは確信した。彼がこの四か月間、心気症の振りをしていたわけでも、単に同情を得たり、病気休暇を長引かせたりするために嘘をついていたわけでもないということを。シルヴィアの友人たちの間では、砲弾ショックといううまい策略は、冷笑的に笑い飛ばされ、完全にうまい策略だと承認されていた。彼女の女友達たちのまわりの極めてまともな、彼女の知る限り勇敢な男たちが、向こうで、もううんざりという経験をしてきたとき、この純粋に名目だけの病気を装い、ちょっとした休暇をうまくせしめたり、延期したりしたことを公然と自慢していた。実際、嘘と好色と飲酒と遠吠えの総合的謝肉祭たる状況において、ちょっとばかり砲弾ショックの振りをすることなどは、彼女にとってほとんど高潔なことに思えた。とにかく、園遊会で時を過ごしたり、この数か月ティージェンスがやってきたように、ゴミの山に囲まれたブリキ小屋で時を過ごしたり、ワノップ夫人の新聞記事の手伝いのために毎日午後のお茶に行ったりするならば――そんなことに夢中になっているときに、男たちが殺し合いをしようとしているわけでないことは、少なくとも明らかだった。

そこで、シルヴィアは言った。

「実際、何があなたに起こったのか、わたしに教えてもらえないかしら」

ティージェンスが言った。

「うまく伝えられるかどうか…何かが破裂した。いや、『爆発した』と言ったほうがたぶん正しいだろう。僕の近くで。暗闇のなかで。聞かないほうがいいと思うよ…」

「ぜひ聞きたいわ」シルヴィアが言った。

ティージェンスが言った。

「問題は、自分でも何が起きたのか分からない、自分がどうしたのか思い出せないってことなんだ。僕の人生の三週間の記憶がなくなってしまった。覚えているのは、現場救護所にいて、自分の名前も思い出せなかったことだ」

「本当にそうだったの?」シルヴィアが訊ねた。「言葉の綾ではなく?」

「ああ、言葉の綾ではない」ティージェンスが答えた。「現場救護所のベッドに寝かされていた…君の友人たちがその上に爆弾を落としていた」

「わたしの友人だなんて言わないでよ」シルヴィアが言った。

ティージェンスが言った。

「済まない。正確さを欠いていた。忌まわしいドイツ人野郎どもが掘っ建て小屋の病院に飛行機から爆弾を落としたんだ。…救護所だと知ってのことと、僕は言っているわけじゃない。確かに、あれは不注意によるものだった…」

「わたしのためにドイツ人に情けをかける必要はないわ!」シルヴィアが言った。「別の男を殺したどんな男にだって情けをかける必要なんかないわ」

「当時、僕はひどく不安だった」ティージェンスが話を続けた。「アルミニウス主義(15)に関する本の序文を書いているところだった…」

「あなたは本なんて書いたことがないわ」シルヴィアがむきになって声をあげた。というのも、もしティージェンスが本を書き始めたなら、彼が生活の糧を稼ぐ方法になるかもしれなかったからだ。彼は本を書くべきだと、多くの人がシルヴィアに話していた。

「ああ、僕は本を書いていなかった」ティージェンスが言った。「それにアルミニウス主義とは何なのかも知らなかった…」

「あなたはアルミニウスの異端が何なのかすっかり知っているはずよ」シルヴィアが厳しく言った。「何年か前にそのすべてをわたしに説明してくれたわ」

「ああ」ティージェンスも大きな声で言った。「何年か前には説明できたが、そのときはダメだった。今はできるが、当時は少し不安だった。何も知らないテーマについて序文を書くことは、ちょっと手に余った。だが、軍人としてそれが信用を傷つけるものとなるとは思えなかった。…それでも、自分の名前を思い出せないのは、ひどく不安だった。僕は横になり、心配に心配を重ね、もし看護師がやって来て、僕に訊ね、僕が答えられなかったなら、どんなに信用を損ねることになるだろうかと考えた。もちろん、僕の名は襟首に括り付けられた下げ札の上に書かれていた。だが、負傷者にそうした処置がなされることを忘れていた。…その後、ずたずたになった看護師をたくさんの人が小屋に運び込んだ。もちろん、ドイツ軍の爆弾のせいだった。彼らはなおもこの場所のまわりに爆弾を落としていたんだ」

「でも、驚いたわ」シルヴィアが大声をあげた。「あなたのそばを通って、人々が、死んだ看護師を運んで行ったというの？」

「可哀想に、まだ死んではいなかった」ティージェンスが言った。「死んでいればよかったのにと思うよ。ベアトリス・カーマイケルという名だった。虚脱状態になった後で、僕が初めて覚えた名だ。もちろん、今はもう亡くなっているがね。…彼女を運び込んだことで、部屋の反対側にいる、頭にたくさんの血が滲み出した包帯を巻いた男が目を覚ましたらしかった。…その男がベッドから転がり出て、一言も発せずに小屋を横切り、僕の首を絞め始めたんだ…」

「でも、信じられない」シルヴィアが言った。「悪いけど、信じられないわ。あなたは将校でしょ。将校の目の前を通って、負傷した看護師を運んで行ったはずがない。その人たちは知っていたに違いないわ。あなたのお姉さんのキャロラインが看護師で、死んだってことを…」

「キャリーは病院船に乗っていて溺死したんだ。もう一人の娘と姉を結びつけて考える必要がなかったのは有難かった。…それでも、自分の名前と階級と部隊と入隊日に加えて、僕が姉を亡くし、戦闘で二人の兄を亡くし、——おそらくは失意によって——父が亡くなったことまで下げ札に書いてあったとは思えない…」

「でも、あなたのお兄さんのうち死んだのは一人だけよ。そのお兄さんとお姉さんの喪には服したわ」

「いや、二人だ」ティージェンスが言った。「でも、僕が君に言いたかったのは、僕の首を絞めていた男のことだ。男は何回か、耳をつんざくような叫び声をあげた。そこで、たくさんの用務係がやって来て、男を僕から引き離し、皆で取り押さえた。すると、男は「フェイス」と叫び始めたのだ。僕の脈拍で測った限りでは、二秒ごとに「フェイス…フェイス…フェイス」と朝の四時まで叫び続けて、死んだ。それが宗教的な戒めだったのか女の名前だったのか、僕には分からない。だが、たいした苦悶ではないにしろ、僕の苦悶を引き起こす原因となったのだから、僕は彼のことを大いに憎んだ。…フェイスという名の、僕の知っている娘がいたんだ。いや、恋愛沙汰があったわけじゃない。父が使っていたスコットランド人の庭師頭の娘だった。問題は彼がフエイスと言うたびに、僕が自問したことだ。『フェイス…フェイス何だっけ?』父の庭師頭の名字が思い出せなかったんだ」

シルヴィアは他のことを考えながら訊ねた。

「名字は何といったの?」

ティージェンスが答えた。

「分からない。今に至るまで分からない。問題は、その名前が分からないことを知ったとき、自分が新生児のように無知で無学であることについて、さらに不安に思ったってことなんだ。…コーランには——僕は、ワノップ夫人の家で毎日午後にブリタニカ百科事典を読んでいて、そのときKの項まで達していた——『強い男は打ちのめされるとき、プライドを打ちのめされる!』と書いてあった。もちろん、軍規とか軍法便覧とか歩兵野外訓練教範とか現在までの全空戦諜報とかの項目は即座に暗記した。こういった事柄はどれも、イギリスの将校が知っておくことを奨励されるからね…」

「ああ、クリストファー!」シルヴィアが言った。「あなたがあの百科事典を読んだとは。情けないわ。以前はあんなに軽蔑していたのに」

「まさに『プライドを打ちのめされる』だ」とティージェンスが言った。もちろん、今では読むこと、聞くことを覚えられる。…だが、僕は、Vは言うまでもなく、Mにさえ到達していない。それだから僕はメッテルニヒとウィーン会議について頭を悩ませていたんだ。自分で物事を思い出そうとするが、まだ、そこまで至っていない。僕の脳のなかのある部分が真っ白になってしまったみたいなんだ。ときには、ある名前が別の名前を思いつかせてくれる。君も気がついただろう。メッテルニヒを思い出したとき、それがカスルリーとウェリントンを思いつかせた——他にもいろいろな名前を。…だが、このことで統計局は僕を非難するだろう。僕をお払い箱にするときに。本当の理由は、僕が兵役に服したことなんだが。それでも表面上は、僕に百科事典で調べられる以上の一般知識がない、あるいは、戦争の継続状況次第では、その三分の二ほどの知識しかなくなってしまうだろうといった口実を設けるだろう。だが、もちろん本当の理由はフランス人を騙すための統計を偽造しようとしないことだ。先日、そいつを休暇中の課題として頼まれた。僕が拒否したときの、あいつらの顔を君にも見せたかったよ」

「本当に」シルヴィアが訊いた。「あなたは戦闘で二人のお兄さんを亡くしたの？」

「その通りだ」ティージェンスが答えた。「カーリーとロングシャンクスだ。二人はずっとインドにいたので、君は会っていない。注目に値する人間でもなかったしね」

「二人ですって！」シルヴィアが言った。「わたしがお父様に手紙を書いたのはエドワードという人に関してだけよ。それからお姉様のキャロラインについて。同じ手紙のなかで…」

「キャリーも目立たない存在だった。慈善事業の仕事をしていた。…だが、思い出した。君は姉を好きでなかった。姉は生まれながらにしてうるさくて神経質な質《たち》だったからね…」

「クリストファー」とシルヴィアが訊いた。「お母様はわたしがあなたのもとを出て行ったことで失意のために死んだのだと、あなたは今でも思っているの？」

　ティージェンスが言った。

「まったくもって、そんなことはないさ。そんなことは思ったためしがないし、今も思っていない。母がそんな死に方をしていないことは僕の知るところだ」

「それじゃあ」シルヴィアが大きな声をあげた。「お母様はわたしが戻ってきた失意のために死んだのね。そんなことは思っていないと主張しても無駄よ。ロップシャイトで電報を開いたときのあなたの顔を覚えているんだから。ミス・ワノップがライから転送してきた電報よ。消印を覚えているわ。わたしに害を加えるために生まれたような女ね。電報を見た瞬間、お母様が死んだのはわたしのせいだとあなたが思ったこと、それをわたしから隠さなくてはいけないと考えているのが分かったわ。お母様が死んだことをわたしに隠すなんて実行できるだろうかと頭を悩ませているのが分かった。もちろん、それはできなかった。だって、わたしたちはヴィースバーデンに行って社交界に姿を見せることになっていましたからね。あなた覚えている？　喪に服さなければならないから、わたしたちはヴィースバーデンにも行けなかったわ。そこで、あなたはわたしを葬儀に連れて行かなくて済むように、代わりにロシアに連れて行ったのよ」

「僕は君をロシアに連れて行った」ティージェンスが言った。「今、すべてを思い出したよ――サー・ロバート・イングルビーから命令がきたんだ。イギリス総領事がキエフ政府に関する国会報告用の統計表を準備する手助けをするようにという命令が。…キエフは当時の世界で産業の発展がもっとも見込まれる地域のようだったんだがな。もちろん、今はそうじゃない。あそこに投資した金は一文も戻りそうにないね。当時は自分のことを賢いと思っていた…そして、もちろん、金は母からの贈与財産だった。でも、あれは戻ってくる…もちろんだとも…」

「あなたが」シルヴィアが言った。「わたしをお母様の葬儀に連れて行くのを避けたのは、わたしが参列したらお母様の亡骸を穢すと思ったからかしら？　それとも、お母様の遺体の前では、お母様を殺したのはわたしだというあなたの思いをわたしから隠せないと踏んだからかしら？……否定しないで。それに、当時のことは思い出せないと言って逃げないでちょうだい。あなたは思い出しているところなんだから。わたしがお母様を殺したこと、ミス・ワノップが電報を送ってきたことを。電報を送ってきたことでどうしてあなたは彼女をひどいことをする女だと思わないの？…それに、まあ、あなたとあの娘が抱擁し合っている間にお母様が亡くなったことで、どうして自分をひどいことをする男だと思わないの？…ライでのことよ！　わたしがロップシャイトにいた間の…」

ティージェンスはハンカチで額を拭った。

「いいわ、止めておきましょう」シルヴィアが言った。「わたしにはあの娘の邪魔をする権利もあなたの邪魔をする権利もないわ。互いに愛し合っているなら、あなたたちは幸せになる権利があるのだし、おそらくあの娘はあなたを幸せにするでしょう。わたしはカトリック教徒だから、あなたと離婚することはできないけれど、ほかの点であなたがたの邪魔をするつもりはないわ。それに、あなたや彼女のような自己充足した人たちは、何としてでも切り抜けることでしょうからね。あなたはマクマスターと彼の愛人からその方法を学んでいるのでしょう。…それでも、ああ、クリストファー・ティージェンス、あなたがわたしにしてきたひどい仕打ちについて、果たして考えたことがあると言えるの！」

ティージェンスは彼女を注意深く見た。苦悶するかのように。

「もしも」とシルヴィアが非難を続けた。「あなたが生涯に一度でも『おまえは売女だ、雌犬だ、おまえが母を殺したんだ。その報いに地獄で朽ち果てるがいい』と言ったならば…もしあなたがそういったことを…子供について、ペローンについて…生涯に一度でも言ったなら…あなたはわたしたちを結びつけるのに何かできたかもしれない…」

ティージェンスが言った。

「それはもちろん本当だ！」

「分かっているわ」シルヴィアが言った。「あなたには仕方ないことだと。…でも、末の息子であっても、地方の名家のプライドを持って…ああ、キリストよ、お許しを…塹壕のなかで撃ち殺されるとしても…ああ、あなたは、鞍と地面の間で決して不名誉な行動をしなかったと言えるでしょう…それに、いいこと、キリストを除いてあなたほどそう言える権利を持つ者はいないとわたしは信じているわ…」

ティージェンスが言った。

「君がそう信じているだなんて！」

「わたしは救い主の前に立つことを希望するから」とシルヴィアが言った。「そう信じるの…でも、全能の神の名にかけて、どんな女であれ、あなたの傍らで生き…永久に許されることがどうして可能かしら？　いいえ、許されるではなく、知らんふりをされることが。…死ぬときには名誉ゆえの誇りを持たなければならない。でも、ああ、あなたはへりくだるべきよ…判断の誤りについて。あなたはきつすぎる轡鎖《くつわぐさり》を付けた馬を何マイルも駆って、その舌をほとんど真っ二つに切断するところだったのよ。お父様の馬の飼育係が狩猟馬をそんなふうにしてしまう癖を持っていたのを覚えているでしょ…それで、あなたは彼を馬鞭で打ったのよ。そして、あの牝馬の口のことを考えて、あとで散々泣きそうになったとわたしに話したわ。…まあ、その牝馬のことをときには考えることね！　あなたはそんなふうに七年間わたしを駆ってきたのよ…」

シルヴィアは口を噤み、それからまた話し続けた。

「あなたには分からないの、クリストファー・ティージェンス。『わたしもあなたを罪に定めない』[16]という言葉を言われて、女が悪魔を憎む以上に憎まない男は、この世にたった一人しかいないってことが！…」

ティージェンスは首尾よくシルヴィアの注意を引きつけておくほどにじっと彼女を見た。

「君に訊ねさせて欲しい」ティージェンスが言った。「どうして君に石を投げつけることを僕ができるだろう。僕は君の行動を非難したことは一度もない」

シルヴィアの両手が力なく脇に垂れた。

「ああ、クリストファー」シルヴィアが言った。「その昔ながらの演技はやめて頂戴。おそらく、わたしはもう二度とあなたに会って話すことはないでしょう。あなたは今夜ミス・ワノップと寝るのでしょう。明日は殺されるために出かけていく。次の十分かそこらは率直に話しましょう。そして、わたしに注意を向けて頂戴。ミス・ワノップもそれくらいは許してくれるでしょう。その他すべてを自分のものにするのだから」

シルヴィアにはティージェンスの注意が完全に自分だけに向けられているのが分かった。

「君がたった今言ったように」ティージェンスがゆっくりと大きな声で言った。「僕も救い主に会いたいと願っている。だから、君を善良な女だと信じる。不名誉なことをしたことのない女だと」

シルヴィアは椅子のなかで少し怯んだ。

「それじゃあ」シルヴィアが言った。「あなたは邪悪な男だわ。実際そう考えていたわけじゃないけど、わたしがいつもそう考えているふりをしてきたみたいな」

ティージェンスが言った。

「いや…僕の視点から君に言わせてくれ」

シルヴィアが大きな声をあげた。

「ダメよ！…わたしは邪悪な女だったわ。あなたを破滅させた。あなたの話は聞かないわ」

ティージェンスが言った。

「おそらく君は僕を破滅させた。でも、僕にはどうでもいいことだ。僕はまったく無頓着だ」

シルヴィアが絶叫した。

「まあ！　まあ！…まあ！」苦悶を吐き出すかのように。

ティージェンスが頑固に言い張った。

「構うものか。やむをえまい。それが、人並みな人間の生活状況だし――そうあるべきだ。次の戦争が起こったら、その戦争がそうした状況下で決着がつくまで戦われることを僕は願っている。お願いだ、勇敢な敵について話そうじゃないか。いつでも。僕らはフランス人から略奪しなければならない。そうしなければ、何百万ものイギリス人が餓死するに違いない。フランス人は我々に首尾よく抵抗するか、壊滅させられるかだ…同じことさ、君と僕も…」

シルヴィアが声をあげた。

「あなたは、わたしがあのとき邪悪でなかったなんて言うんじゃないでしょうね…あなたを罠にはめたときっていうのが母の言いぐさですけれどね…」

ティージェンスが大声で言った。

「いや…君は誰か野獣のような男によってそうした窮地に立たされたんだ。一人の男にだまされた女は――子供のための義務として――別の男をだます権利を持つと僕はいつも考えてきた。それで女は男に敵対する女になる。一人の男に敵対する女に。たまたま僕がその一人の男になったまでのことさ。それが神の意志だったんだ。でも、君は権利の埒内にいた。僕がその考えを翻すことはない。何物も決して僕を翻意させはしない」

シルヴィアが言った。

「でも他の男たちは？　ペローンは？…誰が何をするにしても、大っぴらにやっている限りは、

それとも、わたしが子供を堕落させたことが、あなたには不満なのかしら？　それとも、それを正当化し得るって、あなたが言うのは分かっているわ。…でも、そのせいでお母様は亡くなったのよ。わたしがあなたのお母様を殺したことが、あなたには不満なのかしら？　それとも、

「そんなことはない…そのことについて君に話したいんだ」

シルヴィアが声をあげた。

「そんなことはない、ですって…」

ティージェンスは穏やかに言った。

「僕がそんなことを考えていないことは君にも分かっているはずだ…子供をまともな英国国教徒にするために自分の考えを押し通すべきだと確信している間は、僕は子供に対する君の影響と戦った。君から僕が死んで破滅するかもしれないという考えを持ち出してくれたことに感謝するよ。僕は、今日か明日のうちに、百ポンドさえ調達することができないだろう。だから、僕は確かに、グロービーの跡取り息子を単独で養育すべき男ではないのだ」

シルヴィアが「でも、わたしの持っているお金は皆、あなたが自由に使えるのよ…」と言っていると、女中の〝こちら交換台〟が雇い主に近寄り、彼の手に名刺を置いた。ティージェンスが言った。

「応接間で五分間待ってくれるように言ってくれ」

シルヴィアが言った。

「どなたなの？」

ティージェンスが答えた。

「男だ…まずはこちらを決着させよう。僕は君が息子を堕落させたなんて考えたこともない。君

はあの子にたわいない嘘をつくことを教えようとした。完全に率直なカトリック教徒の方針に則って。僕はカトリック教徒に反対ではないし、カトリック教徒のたわいない嘘にも反対でない。君は一度あの子にマーチャントの風呂にカエルを入れるようにと言ったね。僕は男の子が乳母の風呂にカエルを入れること自体には反対じゃない。でも、マーチャントは年寄りだ。グロービーの跡取りは老夫人にいつも敬意を払わなければならない。特に年とった使用人たちに対してはね…あの子がグロービーの跡取り息子だという考えが、たぶん、君の頭には浮かんだことがないのだろう…」

シルヴィアが言った。

「たとえ…たとえあなたの二番目のお兄様が死んだとしても…一番上のお兄様がいらっしゃるわ…」

「一番上の兄は」ティージェンスが言った。「ユーストン駅の近くにフランス女を囲っている。競馬会がない午後には、もう十五年間以上、彼女と一緒にいるんだ。女のほうが結婚を承知せず、もう子供を産める年齢を過ぎている。だから、他には誰もいない…」

シルヴィアが言った。

「わたしが子供をカトリック教徒として育ててもいいってことね」

ティージェンスが言った。

「ローマカトリック教徒だ…もし僕が再びあの子に会うことがあるとすれば、僕の前ではそう言うように、どうかあの子に教えてくれ」

シルヴィアが言った。

「ああ、神様、ありがたいわ。あの子があなたの心を和らげてくれたのね。このことが家から呪いを取り除いてくれるでしょう」

ティージェンスが首を振った。

「そうは思えないな」彼は言った。「君からはおそらく取り除いてくれるだろう。グロービーからも取り除いてくれる可能性は大いにあるだろう。君はクロービーに対する神聖冒瀆について書いたスペルドン[17]を読んだことがあるのではないかね？……」

シルヴィアが言った。

「ええ、あの卑劣なオランダ人ウィリアムと一緒にやって来た最初のティージェンスが、カトリック教徒の土地所有者たちにとてもひどいふるまいをしたらしいわね！……」

「彼は頑強なオランダ人だった」ティージェンスが言った。「だが、話を先に進めよう。時間は十分あるが、ありすぎるわけじゃない…あの男にも会わなければならない」

彼は考えをまとめていたのだった。

「愛しい人」ティージェンスは言った。「君を愛しい人と呼ぶことを許してくれ。僕たちは昔からの敵同士だが、今は、僕たちの子の将来について話し合う関係だ」

シルヴィアが言った。

「あなたが『あの』子でなく、『僕たちの』子と言ってくれるなんて…」

ティージェンスがかなりの懸念を込めて言った。

「僕が養育することを許してほしい。君はこの子がドレイクの子だと思いたいようだが。そんなはずはない。それは自然の摂理に反する。…僕は見ての通り貧乏だ…許してくれ…結婚前に君とドレイクの動きを追うのにたくさんの金を使ってしまった。そして、もし君にとって知ることが救いとなるなら…」

「なるわ」シルヴィアが言った。「わたしは…わたしはいつもひどく内気だったから、専門家の前にその件を持ち出すことができなかったの。母の前にさえも…それにわたしたち女はとても無知だから…」

ティージェンスは言った。

「分かるよ…君は内気すぎて、自分自身、その件を真剣に考えることができなかったんだ」彼は月日の詳細を論じ、それから続けた。「だが、それはどうでもいい。婚姻中に生まれた子は法的に父親のものだ。紳士が女を孕ませたなら、礼儀正しくその結果を受け入れるべきだ。女と子供は、その男の前に赴くべきだ。その男が誰であろうと。それに、僕たちの子よりもっとひどい生まれの子供たちが、権威ある名を受け継いできた。それに僕は、初めて彼を見たときからずっと、心から、魂の底から、あの子を愛してきた。それは秘密の鍵かもしれないし、ただの感傷かもしれない。…だから、僕は一人前の男である間は、カトリック教徒である君の影響と闘った。だが、今やもう僕は一人前の男ではないし、僕を睨む邪眼がひょっとしたらあの子に標的を移すかもしれないからね」

彼はその話はやめて、言った。

「僕は緑の森に行かねばならない。ただ一人、追放された男として…だが、邪眼からあの子をよく守るように」

「ああ、クリストファー」とシルヴィアが言った。「わたしはあの子に対して悪い母ではなかったわ。そして、今後も決して悪い母にはならないでしょう。あの子とともにマーチャントのことも死ぬまでお世話するわ。あの子の宗教教育に口を挟まないように彼女に言って頂戴。そうすれば彼女も…」

ティージェンスは友好的ながらうんざりした口調で言った。

「それは大丈夫…それに君には神父様がいるじゃないか。…神父様が…あの子が生まれる前の二週間、僕らのところに来ていた聖職者に教えを授けてもらったらいい。あの男は僕が出会った人々のなかで最高の男だ。もっとも知性的な者の一人だ。息子が彼の手に委ねられると思うと、僕は大きな慰めを感じる…」

シルヴィアが、石のように蒼ざめた顔から眼を煌めせて、立ち上がった。

「コンセット神父は」シルヴィアが言った。「ケースメント[18]が銃殺された日に絞首刑に処されたわ。あの人たちはあえてそれを新聞に載せなかったのよ。というのも、彼は聖職者で、すべての目撃者がアルスターの目撃者だったから。…それでも、わたしはこの戦争を呪われた戦争とは言わないわ」

ティージェンスは老人のように重いゆっくりした動きで首を振った。

「僕のために…」ティージェンスが言った。「ベルを鳴らしてくれないか。君もいてくれ」

彼は、閉ざされた空間の青暗さに取り巻かれ、椅子に重々しく腰かけた。

「スペルドンが書いている神聖冒瀆は」ティージェンスが言った。「結局本当なのかもしれない。ティージェンス家の家系からそう言えるだろう。最初の首席裁判官がカトリック教徒のラウンス家の人たちをだましてグロービーを奪って以来、首を折ったり、心臓を引き裂かれたりして死ななかったティージェンス家の人は誰一人いなかった。一万五千エーカー（六十一平方キロ）もの立派な耕地と鉄鉱山があるにもかかわらず。その上のヒースの野にもかかわらず。…『もし汝が何かと何かだとすれば、汝は何かから逃れられぬであろう…』という引用句[19]の「何か」とはいったい何なのだろう。…いったい何なのだ」

「誹謗中傷よ！」シルヴィアが言った。彼女は強烈な辛辣さで話した。…「氷のように純粋で、冷たい…あなたのようだとすれば…」

ティージェンスが言った。

「そう、その通り…ティージェンス家の人間は皆、柔和ではないということを心に留めておくのだな。誰一人として。皆、心臓を引き裂かれる理由があったのだ。…僕の哀れな父を例にとれば…」

シルヴィアが言った。

「やめて！」

「僕の二人の兄は、二人とも同じ日に、インド連隊で死んだ。お互い一マイル（約一・六キロメートル）も離れないところで。そして、姉は同じ週に洋上で死んだ。兄たちからさほど遠くないところで。…目立たない人たちだった。だが、目立たない人ほど好かれるものだ。…」

〝こちら交換台〟が戸口に立っていた。ティージェンスは彼女にポーツカソ卿をこちらにお招きするようにと言った。…

「君はもちろんこの仔細を知っておくべきだ」ティージェンスが言った。「僕の父の跡継ぎの母として。…僕の父は同じ日に三通の通知を受け取った。それが父の心臓を引き裂いたんだ。その後、たった一か月しか生きられなかった。僕は父に会った…」

シルヴィアが鋭い悲鳴をあげた。

「やめて！　やめて！　やめて！」彼女は身を支えるために炉棚にしがみついた。「あなたのお父様が心臓を引き裂かれて亡くなったのは」シルヴィアが言った。「お兄様の親友のラグルズが、あなたのことをお父様に、女たちの金で生活をし、旧友の娘を孕ませた下種野郎だと告げたからなのよ…」

　ティージェンスが言った。

「なるほど、ああ、そうだったのか！…そんなことだろうと思っていた。実際、感づいてはいたんだ。今なら、あの哀れな男も、もっと分別を働かせるだろうが。いや、そうでもないかもしれないな。…どちらでも構うものか」

Ⅱ章

感情を抑圧するイングランド人特有の習慣は、異常な緊張の瞬間にイングランド男を非常に不利な立場に置くと言われてきた。日常生活の些細な問題では非の打ちどころがなく、怯むこともないのだが、物理的危険以外の何かに突然出くわすと、とてもひどく自制心を失いがちになる。——そして実際、自分自身それをよく知っている。少なくとも、これがクリストファー・ティージェンスの見解であり、彼はポーツカソ氏との会見をひどく恐れた。というのも、自分はもう破滅寸前に違いないと不安だったからだ。

イングランド人特有の習慣を選び、激しい気性はできるだけ抑えて！——というのも、人は誰も生まれる国や祖先を選ぶことはできないが、熱意と決意があれば、自分の自動的習慣を実質的に修正するほどに自分を見張ることはできるものだから——ティージェンスは極めて慎重かつ意図的に、日常生活でもっとも良いと考える行動の習慣を採用した。イングランド人が毎日、一日中、かん高い声をあげて、フランス人みたいに論理的で明晰なおしゃべりをするならば、プロシア人みたいに、凝った背を曲げてお腹に帽子を置き、声を張り上げて自己主張し、暗にそれとなく対話者を射殺するぞと一日中脅すならば、イタリア人みたいに涙を流して感情を露わにするならば、あるいはアメリカ人みたいに本質的でないことに辛口で風刺的な意見を述べる阿呆らしさをみせるならば、イングランドの人々の集まりの雰囲気を際立たせる表面的な落ち着きはまったくなくなり、やかましくて、厄介で、無思慮な社会が形成されるだろう。また、イングランド人がまったく何も考えず、あるいはクリケットの投球時のオフセオリー[1]だけを考えながら、クラブで何時間も座っていられる深い肘掛け椅子もなくなってしまうだろう。だが、他方、イングランド人は――海での死や火災による死、鉄道事故による死や川での偶発的な溺死は除くが――死に直面した場合、そして、狂気、熱情、不名誉、あるいは、特に長引く精神的緊張に直面した場合、ゲームの初心者のように、あらゆる不利益を被り、惨憺たる結果を招くことになる。幸いなことに、死や愛や公的不名誉やそうした類《たぐい》のことは、平均的な人間の人生では稀な出来事なので、イングランドの社会にはそれだけ有利な立場が備わっているようにみえていた。少なくとも一九一四年の最後の何か月かの前までは。人間にとって死は一度しか来ない。死の危険は実質的に無視できるほどに稀である。気晴らしの愛は、単に弱い者の病であるにすぎない。地位ある人間の公的不名誉は実質的に知られることがない。支配階級の隠蔽力はそれほどに強く、遠くの植民地の吸収力はそれほどに大きいのだ。

　ティージェンスは今、こうした精神的緊張の事態に直面していた。それは累積的に、だが、かなり突然に、彼に迫って来たものだった。彼の眼前には、それらすべてを覆い隠すことができるかもしれない会見、彼が大いに尊敬し、傷つけることを望まない男との会見が控えていた。それでも、彼は、脳の三分の二が麻痺したままの状態で、こうした事態に直面しなければならなかった。まさに、そうした事態だった。

　残った脳がいつもほど手厳しく使えないというわけではなかった。ただ、議論の支えにもはや呼び出すことのできない事実の領域が至る所にあった。彼の歴史の知識は、まだ実質的に取るに足りなかった。文学のことは何も頭になく、さらに悪いことに、数学の高度で、かつ美感に訴える側面も、それに輪をかけて頭になかった。それに、こうした事柄を思い出すのには、シルヴィアに打ち明けたよりずっと長い時間がかかった。こうした不利を背負って、彼はポーツカソ卿に対面しなければならなかった。

ポーツカソ卿は、シルヴィアが絶対的に高潔でもっぱら慈悲深い……しかし建設的な知性にいくぶん欠けた男を考えるときに最初に思いつく男だった。卿は、ロンドンの大銀行のなかでももっとも敬意が払われている銀行の経営を引き継ぎ、その結果、彼の商業的、社会的影響力は広範囲に及んでいた。低教会派の利益、離婚法の改革、人々のための娯楽を促進することに、非常に大きな関心を払っていた。そして、シルヴィアに深い親愛の情を抱いていた。四十五歳で体重も増え始めていたが、決して太り過ぎではなかった。大きくまん丸い頭、頻繁の洗顔で輝いているようにみえる血色のよい頬、刈り込まれていない黒っぽい口髭、かなり短く刈り込まれた滑らかな髪、茶色の目、といった外観。そして、新品のツイードの背広、新品のグレーの中折れ帽、金の輪に囲まれた黒いネクタイ、白い仔牛皮が上部に付いたエナメル革の長靴を身につけていた。彼には顔も、姿形も、誠実さも、親切さも関心も、彼にそっくりな妻がいた。ただ、夫の関心が人々のための娯楽に向かっていたのに対して、妻の関心は産科病院に向いていた。ポーツカソ卿の相続人は、ブラウニーとして知られている甥のブラウンリー氏だった。彼もまた肉体的には伯父にそっくりだったが、まだ肉が付いていなかったので、背が高くみえ、口髭と髪は伯父より少し長めで、もっと金髪がかっていた。この紳士はシルヴィア・ティージェンスに、彼自身完全に高潔と考える——というのも、シルヴィアがティージェンスと離婚した後、彼女と結婚することを望んでいたからだった——鬱屈した深い熱情を抱いていた。彼は、一つには、自分がティージエンス夫人と結婚したいと思っていたので、また一つには、ティージェンスのことをたいした資産のない望ましからざる人物と考えていたので、こいつを破滅させたいと望んでいた。この激情は、ポーツカソ卿の知るところではなかった。

ポーツカソ卿が今、召使の後に続き、開いた手紙を持って、ティージェンス夫妻の食堂に入ってきた。とても不安げで、鯱張った歩き方をしていた。シルヴィアが泣いていて、まだ目を拭っているのに気づいた。シルヴィアの泣いているわけを説明する何かが見つかるのではないかと部屋を見回した。ティージェンスはまだ昼食のテーブルの上座に座っていた。シルヴィアは炉辺の椅子から立ち上がるところだった。

ポーツカソ卿が言った。

「ティージェンスさん、用件があって、ちょっとお話したいのです」

ティージェンスが言った。

「十分間なら大丈夫です…」

ポーツカソ卿が言った。

「ティージェンス夫人はどうされます?…」

彼はティージェンス夫人のほうに向けて開いた手紙を振った。ティージェンスが言った。

「いえ。ティージェンス夫人はここに留まります」彼はもっと親切な言葉を言いたかった。そこで言った。「お座りください」

ポーツカソ卿が言った。

「すぐにおいとまします。しかし、実際…」そして、シルヴィアに向けて手紙を揺すったが、それほど大きな身振りでというわけではなかった。

「わたしは妻に隠し事はいたしません」ティージェンスが言った。「まったく何の隠し事も」

ポーツカソ卿が言った。

「ええ…もちろん、そうでしょうとも、しかしですね…」

ティージェンスが言った。

「妻もわたしに隠し事はしません。まったく何の隠し事も」

シルヴィアが言った。

「女中の恋愛沙汰や毎日の魚の値段については、もちろん、夫に話しませんけれど」

ティージェンスが言った。

「どうぞお座りください」親切にしたいという衝動が増していた。「実際問題として、わたしは、シルヴィアに引き継ぎができるように物事を整理していたところです…この指揮権の」これは、時折、軍事用語以外の言葉を思い出すことができなくなる知的疾患の不快さの一部だった。彼はひどい困惑を覚えた。ポーツカソ卿に、当時、軍人が自分の考えや言葉や先入観について何も知らない一般市民と接触するときに感じていた、軽い吐き気のようなものを感じたのだった。それにもかかわらず、彼は冷静に付け加えた。

「物事を整理しなければなりません。出かけますので」

ポーツカソ卿が急いで言った。

「ええ、ええ。長くお引き止めはしません。戦争にもかかわらず、たくさんの約束がありますから…」彼の眼は狼狽えて焦点が定まらなかった。ティージェンスはその視線がついに、シルヴィアのサラダドレッシングが彼の襟と緑色の襟章の上に残したオイルの染みに止まるのを見てとることができた。陸軍省に行く前に軍服を着替えるのを忘れないようにしなければならない、と心の中でつぶやいた。忘れてはならなかった。こうしたオイルの染みへのポーツカソ卿の狼狽はとても激しく、その説明を探すのに彼を没頭させるほどだった。…彼の四角い、艶のある褐色の額の内部を、様々な考えがゆっくりと流れていくのが見てとれた。ティージェンスは卿を助けたいと強く思った。彼は言いたかった。「あなたが手に持っておられるのは、シルヴィアの手紙ではないのですか」と。しかし、ポーツカソ卿は、格式ばった不快な出会いの折にイングランド人が互いに近づくのに使う、鯱張った、奇妙にもったいぶった歩調で部屋に入ってきていた。見知らぬ犬同士が町で出会うときみたいに虚勢を張って。そのことを考えると、ティージェンスは「シルヴィア」とは言えなかった…しかし、再び「ティージェンス夫人」と言ったならば、格式ばった感じや不快さが増すだろう。それはポーツカソ卿を助けることにはならないように思えた…

シルヴィアが突然言った。

「お分かりになっていらっしゃらないようね。夫は前線に出て行こうとしているのです。明日の朝。今度で二回目ですわ」

ポーツカソ卿は突然、テーブルの脇の椅子に腰を下ろした。卿は、血色の良い顔と褐色の目に苦悶の表情を浮かべ、大声をあげた。

「だが、親愛なる朋友よ、ああ、何ということです！」それからシルヴィアに向けて「申し訳ない」と言った。さらに気持ちを整理するために、再びティージェンスに向かって言った。「あなたが！　明日、出征するのですって！」そして、実際そう考えたことで彼の顔から突然苦悶の表情が消えたようにみえた。彼は素早くシルヴィアの顔を見ると、それからオイルの染みが付いたティージェンスの軍服をじっと見つめた。ティージェンスは卿が大いなる啓示を受けて自分自身に説明を試みているのを見た。これでシルヴィアの涙と軍服の染みの説明がつくというわけだ。将校がもっとも古い服を着て戦いに赴くということは十分に想像できることだったからだ…

しかし、たとえ卿の困惑した頭は整理されたにせよ、精神の苦悩は突然倍加した。部屋に入ってきて、相当に感情的な家族の別れの場面に居合わせることになるや感じた苦悩が、さらに増すことになった。ポーツカソ卿が戦争の間ずっと家族の別れをまったく目撃してこなかったことをティージェンスは知っていた。ポーツカソ卿は不可避ではないことはペストのように避けようとして、自分のただ一人の甥と妻の甥たち全員を銀行に入れていた。それは極めて真っ当なことだった。爵位を授けられたブラウニー家は、戦いに出かけるべき義務を負う支配階級ではなく、留まる権利のある行政階級の人間だった。それで、卿は別れの場面に出会ったことがなかったのだった。

卿は、すぐさま、自分が別れの場面に当惑し嫌悪を抱いていることの証拠を示した。ティージェンスの勇敢さを賞賛する言葉を語り始めたが、最後まで言い終えることができず、性急に椅子から立ち上がると、大きな声をあげた。

「そうした状況では…わたしがここに来た取るに足らない用件は…もちろん、わたしには思いも寄らないことでした…」

ティージェンスが言った。

「いえ、帰らないでください。あなたが来られた用件は…もちろん、それについてはよく分かっています。解決しておくほうが良いでしょう」

ポーツカソは再び腰を下ろした。あんぐりと口を開け、日焼けした顔の表面下の皮膚がほんの少し青くなった。やがて卿は言った。

「わたしが来た用件を知っているですって？　しかし、それでは…」

卿の率直で思いやり深い精神が不承不承働いているのが見て取れた。運動選手のようなピンと張った姿勢が撓んだ。卿は、未だテーブルクロスの端のところで握っていた手紙を、ティージェンスのほうに差し出した。それから、それが戻るのを待つ者の声で言った。

「だが、あなたが…知っているはずはありません…この手紙のことは…」

ティージェンスはテーブルクロスの上に手紙を置いたままにした。そこからでも、灰青色の紙の上の大きな筆跡は読むことができた。

「クリストファー・ティージェンス夫人から、ポーツカソ卿と法曹院評議員の皆様にご挨拶申し上げます」彼はシルヴィアがこうした言い回しをどこで覚えたのだろうかと訝った。彼はそうした言い回しは途方もなく間違っていると思った。ティージェンスは言った。

「すでに申しあげたとおり、この手紙のことは知っています。同じく妻の行動についても知っています――そして、わたしはそれを承認していると付け加えましょう…」彼は、硬く青い目で、脅すようにポーツカソの柔らかい褐色の目を覗き込んだ。「好きなように考えて地獄に落ちろ」というメッセージを発信していることを自覚しつつ。

穏やかな褐色の目の視線がティージェンスの顔の上に留まり、その後、その目は深い痛みの表情で一杯になった。ポーツカソが大声で言った。

「だが、何ということです！　そうしますと…」

卿は再びティージェンスを見た。低教会派や離婚法改正や国民のためのスポーツの件において人生から逃避する卿の精神は、強烈な状況を熟視したことで苦痛の海と化したのだった。彼の眼は物語っていた。

「お願いですから、あなたのご親友の愛人のドゥーシュマン夫人が、あなたの愛人でもあるなんてことは言わないでくださいよ。そして、あなたが下品にも彼らに対し恨みを晴らすためにこうした手段をとっているのだなどと」

ティージェンスは重々しく体を前に傾け、できるだけ謎めいた視線を浴びせ、非常にゆっくりと、非常にはっきりと言った。

「もちろん、妻は状況全体を理解してはおりません」

ポーツカソは椅子にのけぞった。

「分かりませんな」卿が言った。「まったく分かりません。わたしはどう振る舞ったら良いのです。この手紙に基づいてわたしが行動することを、あなたは望まないでしょう。望むわけがありませんですな！」

ティージェンスは、自分のとるべき方針を見つけ、言った。

「それについては妻に話してください。わたしの意見は後で言わせてもらいます。一方、妻には十分な権利があったようにわたしには思えると、言わせていただきたい。重々しくヴェールを被った女が金曜日ごとにここへ来て、土曜の朝の四時まで留まる…もしその状況を取り繕おうというのなら、妻にそうしてくださるのが良いでしょう…」

ポーツカソは、イライラして、シルヴィアに食ってかかった。

「もちろん、わたしに言い繕うことなどできません」と卿は言った。「とんでもないことです！…ですが、親愛なるシルヴィア…親愛なるティージェンス夫人…これほどに尊敬されている二人の人間の場合！…わたしたちはもちろん原則の問題を議論しました。それはもちろんわたしの心に大いに引っかかっている問題の一部です。すなわち、離婚を…少なくとも民事離婚を…認めるという問題です…結婚の当事者の一方が精神病院にいる場合に。わたしたちが出版するE・S・P・ヘインズの小冊子をあなたに送っておきました。あなたがローマカトリック教徒として強い意見をお持ちであることは分かっています。…わたしも寛容を支持する者ではないと請け合いますよ…」このとき、卿は実に雄弁になった。実際、彼はその問題を気にかけていた。彼の姉妹たちの一人が長い間精神病患者と結婚していたのだ。これは彼が個人的に目撃した唯一の人間の不幸の形態だったので、卿はなおさら雄弁にこの状況の苦悩について詳述したのだった。

シルヴィアがティージェンスをじっと見つめた。自分に伺いを立てているのだとティージェンスは思った。彼は少しの間しっかりと彼女を見つめ、それからシルヴィアに真剣な眼差しを向けたポーツカソを見、再びシルヴィアに視線を戻した。ティージェンスは言いたかった。「少しの間、ポーツカソの話を聞いていなさい。僕にはとるべき方針を決める時間が必要だ」と。

彼は人生で初めて自身の方針について考える時間を必要とした。

シルヴィアがマクマスターとその愛人を非難する手紙を法曹院評議員たちに書き送って以来ずっと、彼は心の奥で考えていた。戦争が始まる前の日のエディンバラ発ロンドン行きの急行列車のなかで、彼がドゥーシュマン夫人を腕に抱いていたことを、シルヴィアに改めて指摘されて以来ずっと、彼は非常に多くの北国の風景を途方もないほどにはっきりと頭に思い浮かべてきた。ところが、それぞれの場所に名前を貼りつけることができなかった。名前が思い出せないことは異常だった。ベリックからヨーク渓谷に至る様々な土地の名前は知っているはずだった。――しかし、その出来事自体は忘れていたとしても不思議ではなかった。それはほとんど重要性をもたなかったからだ。友人の恋愛沙汰の諸局面は思い出さないでおくほうが良かった。その後すぐに起きた大事件は、その直前の出来事を忘れさせて然るべき性質のものだった。貫通路付き車両の鍵のかかった客室のなかでドゥーシュマン夫人が彼の肩に顔を埋めて泣いていたことは彼には何の重要性もないことに感じられた。夫人は彼の親友の愛人だった。彼女は一週間かそこら非常に辛い時を過ごし、最後には動揺した男と激しい苛立たしい喧嘩をするに至ったのだった。もちろん、ドゥーシュマン夫人はティージェンスと同様にほとんどいつもあまりに自己充足的だったために、かえって一層動揺を招くことになった喧嘩の結果を、そこで泣いて冷まそうとしていたのだ。実際問題として、ティージェンス自身はドゥーシュマン夫人を好きでなかったし、夫人自身からは少なからず嫌われているとかなりの程度確信していた。そこで、二人を結びつけたのはマクマスターへの共通の思いだけだった。しかし、キャンピオン将軍は、そのことを知る由もなかった。…列車が出発した直後に誰でもそうするように、将軍は車両のなかを覗き込んだのだ。…駅の名前は思い出せなかった。…ドンカスターだったか…いや、違う！…ダーリントン。そうではなかった。ダーリントンにはロケット号(2)の模型があった…だぶん、ロケット号の模型ではない。…巨大で不細工な怪獣のような機関車。作ったのは…作ったのは…。北に向かう列車の大きな陰気な駅の数々…ダラム…いや、違う！　アルンウィック…いや、違う！…ウラーだ…間違いない！　バンバラに向かう乗換駅だ…

ティージェンス夫妻がサンドバッチ夫妻と滞在していたのがバンバラの城の一つだった。それから…自然に、ある名前が彼の頭に浮かんだ。…二つの名前が！…それが多分潮の変わり目だった。この後…初めて…赤い石で記されたかのように…ときに喉まで出かかっていたいくつかの名前が…ぽつりぽつりと思い出されるようになった…しかし、彼は何とかそれを続けていかなければならなかった。

あのときには、サンドバッチ夫妻に彼とシルヴィア…さらにその他の人たちも、七月の半ばからバンバラにいた。ローズ・クリケット場でのイートン対ハロウ戦、十二日に始まる田舎の大邸宅での本物のハウスパーティーを待つこと…修復した頭のなかに、この二つが、すなわちイートン対ハロウ戦とロンドンの社交シーズンの終わりが、以前と同じに残っていることを知った個人的満足のために、彼はその名前と日時を心のなかで繰り返した。八月十二日、ライチョウ猟が始まる…何とも不憫な話だった…

キャンピオン将軍がやって来て妹と再会した後、ティージェンスは二日間しかそこに滞在しなかった。二人の間のよそよそしさは残ったままだった。あの事故以来、裁判所以外で会うのは初めてだった。…というのも、ワノップ夫人が馬の損失に対し将軍を訴えるという容赦のない決断をしたからだった。馬はちゃんと生きていたが、クリケット場で芝刈り機を引くくらいしかできなくなっていた。…ワノップ夫人は将軍にがむしゃらにぶつかっていった。一つにはお金が欲しかったからであり、一つにはサンドバッチ夫妻と絶交する公的な理由が欲しかったからだった。将軍も同様に譲らず、法廷では明らかに偽証した。運転手としての能力を非難され、まさに危険な曲がり角で警笛を鳴らさなかったという事実が明るみに出されたとき、未亡人と孤児の迫害者にならないのは、最高の男でも、もっとも尊敬すべき男でもなく、もっとも情け深い男なのだろう。ティージェンスは将軍が警笛を鳴らさなかったと誓って言い、将軍は鳴らしたと誓って言った。鳴らしたなら聞こえただろうことに疑いの余地はなかった。警笛は怯えたクジャクの鳴き声のように長く続く騒音を発する忌まわしい代物だったからだ。…そこで、ティージェンスは七月の末までは、再び将軍に会うことがなかった。それは紳士が仲違いをするのに極めてふさわしいことだったし、極めて好都合だった。ただし、将軍には馬代が五十ポンドかかり、もちろんそれをはるかに上回る金がかかった。クローディーン夫人はその問題への介入を拒んだ。夫人は個人的には将軍が警笛を鳴らさなかったという意見だったが、将軍はとても献身的で、激情的な兄だった。彼女はシルヴィアと親密な関係を保ち、ティージェンスにも穏やかな愛情を示し、ワノップ母娘のことも将軍が参加しない園遊会には招き続けていた。彼女はドゥーシュマン夫人ともとても親しかった。

ティージェンスと将軍は、何年か前に自動車事故の偽証で互いを非難し合ったイングランド紳士の控えめな温かみをもって再会した。二日目の朝には、将軍が警笛を鳴らしたか鳴らさなかったかの話題に関して、二人の間に激しい喧嘩が勃発していた。将軍はついに叫び声をあげた…本当に叫び声だった。

「本当に！　おまえがわしの指揮下に入ったなら…」

ティージェンスは、個人的な喧嘩のために部下に悪い機密報告書を書いた将軍やもっと高位の陸軍佐官の運命を扱う軍規の簡潔な節を引用し、その番号を自分が言ったことを思い出した。将軍は感情を爆発させて怒鳴り散らし、その音はやがて笑い声となった。

「クリシー、おまえは何とぼろ入れ袋みたいな頭をしているのだ」と将軍は言った。「軍規がおまえに何の関わりがある。それに、どうしてそれが六十六節だか何だかおまえが言う節であると分かるんだ。わしにも分からんのに」そして、もっと真剣に付け加えた。「良くも知らないことに口を挟むとは、おまえはいったい何者だ！　一体全体、おまえは何のためにそんなことをするのだ」

その午後、ティージェンスは、はるか北の荒野に行き、息子と乳母と姉のエフィーとその子供たちと一緒に滞在した。これが最後の幸福な日々だったことを彼は後に知ることになる。彼の知る幸福の日々はそれほど多くなかった。そのとき、彼は満ち足りていた。彼は息子と遊んだ。有難いことに、息子はやっと健康に育ち始めていた。彼は、姉のエフィーと一緒に荒野を歩き回った。大柄で不器用な姉は牧師の妻で、弟とかみ合う話はまったくなく、折に触れて二人で母のことを話した。荒野はグロービーより北に住む者たちを十分幸福にしうる所だった。この者たちは、農場内の飾り気のない厳めしい家屋に住み、バター採取後の牛乳を多量に飲み、ウェンズレデールチーズを大量に食べた。それは彼の望む厳しく質素な生活であり、彼の心を落ち着かせた。

彼の心が安らいだのは、戦争が始まりそうだからだった。フランツ・フェルディナント大公暗殺の短い記事を最初に読んだ瞬間から、冷静に自信をもって、彼は戦争になるだろうと予知していた。この国が参戦すると想像したならば、彼の心は安らがなかっただろう。彼は、丘陵の続き具合、楡の木の形、地平線まで上っていき天の青と融合するヒースの野の情景のために、この国を愛した。戦争はこの国にとって屈辱以外の何物でもなかった。ほとんど見えざる帳を広げ、楡の木、丘陵、ヒースの野を覆う屈辱以外の何物でもなかった。…ああ、ミドルバラから広がる霧のように！　我々は敗北にも勝利にも適さない。我々は味方にも敵にも誠実ではありえない。自分自身に対してさえも、だ！

しかし、彼は我々にとっての戦争を恐れていなかった。彼は我らの国の閣僚たちが都合の良い瞬間までじっとしていて、中立の代償として、英仏海峡に面するフランス側の港一つ、ドイツの植民地のいくつかを、素早く手に入れるのを見た。彼は自分がはぐれ者であることをありがたく思った。ごたごたを避ける裏口ルート――これで二回目だ――は、フランス外人部隊だった。最初はシルヴィアに関して、今度はこれだ！　二つの途轍もない修練。魂と肉体にとっての。

彼はフランス人を賞賛していた。彼らの途轍もない能率のよさ、倹しい生活、論理的精神、芸術における偉業、産業システムの軽視、とりわけ十八世紀への傾倒が賞賛の理由だった。下種の快適水準や眉を顰めるべき好色に不正に貢献するようなものを、はっきりと、冷たく、（斜めに偽善的にではなく）まっすぐに、見る人たちに、たとえ奴隷としてであっても尽くすことは、心休まることとなるだろう。…彼は、何時間も兵舎室に座って、アルジェリアの陽射しの下、非常に長距離の、この上なく過酷な訓練行進に備え、記章を磨いているほうが良かったのだ。

　外人部隊について、彼は幻想を抱いてはいなかった。英雄として扱われることはなく、鞭打たれる犬のように扱われるだろう。挑発、残虐行為、ライフルの重さ、独房のことを彼はすべて意識していた。砂漠で六か月の訓練を受け、前線に放り出され、情け容赦なく殺される…外国の塵として。しかし、その見通しは、彼に深い平安を与えてくれるもののように思えた。彼は軟弱な生活を求めなかったし、もうそれとは縁を切っていた。息子は健康だった。シルヴィアは彼らがしてきた倹約によってとても金持ちだった。…今でさえも、自分ティージェンスとの軋轢が取り除かれたならば、彼女は良い母になるだろうと彼は確信していた。…

　確かに、彼は生き残るかもしれなかった。しかし、途轍もない肉体の鍛錬の後では、生き残ったものは、もはや彼ではなく、汚れを落とされ、砂で乾燥させられた骨、澄んだ精神となるだろう。彼の密かな野望は、常に、聖人のようでいられることだった。そのためには、コールタールの残り滓に触れても黒く穢れないでいられなければならなかった。そのことが自分をセンチメンタルな部類の人間に区分するだろうことを彼は知っていた。それは避けられないことだった。ストア派かエピクロス派か。ハーレムのなかのカリフか砂のなかで干からびる托鉢僧か。どちらかを選ばねばならなかった。そして、彼の望みは英国国教会的変種の聖人になることだった。母親がそうであったような聖人に。修道院も儀式も誓いも遺物によって行われる奇跡もない！　そうした聖人の性質を、外人部隊が真に与えてくれるかもしれなかった。…ハッチンソン大佐[3]以降のすべての英国紳士の望みがそうだった。一種の神秘主義…

こうした素朴で鮮明な太陽の光を思い出しながら、ティージェンスは――憂鬱な気分が彼のこの野望を弱めることは少しもなかったが――深いため息を吐き、我に返って再び食堂を眺めた。実際、ポーツカソに言うべきことを考え抜くためにどれ程の時間が残っているかを確かめねばならなかった。…ポーツカソはシルヴィアの隣に自分の椅子を移動し、彼女に触れんばかりに身を乗り出して、精神異常者と結婚した妹の悲しみについて物語っていた。ティージェンスは少しの間再び自己憐憫の贅沢に耽った。彼は考えた。自分は精神が鈍化し、体が重くボロボロになっており、ひどい中傷を受けて、ときには本当に自分が恥ずべき行為を犯したのではないかと信じざるをえなくなっている、と。というのも、いつまでも世間の悪評に抵抗し、心傷つかないでいることは不可能だったからだ。あまり長く嵐に向かって背を曲げていると、背は弓なりになってしまう…

彼の思考はしばし停止し、目はテーブルクロスの上に開いて置かれたシルヴィアの手紙をぼんやりと見ていた。様々な思いが一緒になり、締りのない文字で書かれた手紙の言葉の上に焦点を合わせた。

「この九か月間、一人の女が…」

ティージェンスは、ポーツカソにすでに何を言ったか、素早く思い返した。妻の手紙について知っていたとだけは言った。いつ知ったかは言っていない。承認していることも言った。まあ、原則的に。彼はきちんと座り直した。こんなに頭の回転が鈍くなってしまったとは！

彼はスコットランドからの列車で何が起きたのか素早く思い返した。そしてその後何が起きたかを…

マクマスターがある朝、農場内の家屋の朝食の席の脇にひょっこり姿を見せた。ひどく動揺した様子で、被った布の帽子、着ている新しい鼠色のビロードの背広に比べ、まったく小柄に見えた。請求書の支払いに五十ポンドが必要だとのことだった。北に向かう鉄道の線のどこかの駅の近くだった。北に向かう…ベリックという名が突然ティージェンスの頭に浮かんだ…

それが地理上の位置だった。シルヴィアは沿岸のバンバラ（乗換駅はウラー）にいた。彼自身は北西方向の猟場にいた。マクマスターは彼がいたところから北東方向の、ちょうど国境を越えたあたりの、用意周到に知り合いに会わないように選んだ景勝地にいた。マクマスターもドゥーシュマン夫人もその地方のことは良く知っていて、文学的連想にゴロゴロと喉を鳴らして嬉しそうに話したものだった。シラ、マイダ、ペット・マージョリー…フォー(4)。マクマスターはそれについて記事を書くことで律儀に稼げたし、ドゥーシュマン夫人は彼の手を握っていられたわけだった。

ドゥーシュマン氏が獰猛な犬のように夫人に襲いかかるという忌まわしい事件が、ちょうどマクマスターが牧師館に居合わせたときに起きてから、ティージェンスの知る限り、ドゥーシュマン夫人はマクマスターの愛人になっていた。…それは同然のことだった。いわば、サディズムの反動というものだった。しかし、ティージェンスはそうはなって欲しくなかった。このとき、二人は一週間、あるいはそれ以上、一緒に過ごしてきたようだった。このときまでに、ドゥーシュマン氏は保護施設のなかにいた…

ティージェンスが理解したところでは、二人は朝早くベッドから抜け出し、ボートに乗り、湖上の日の出を見て、快い一日を過ごしたのだった。明らかに彼らの罪を正当化するため、「あのとき手だけが触れ合うようにして、二人並んで立って以来」やその他のゲイブリエル・チャールズ・ダンテ・ロセッティの詩を引用しながら。ところが戻る際、彼らはポーツカソ夫妻と、彼らに合流しようと車から降りたばかりの、甥のブラウンリーがいるお茶の席に、ボートの舳先を突っ込んでしまったのだ。ポーツカソの一行は、湖と背中合わせの、マクマスター夫妻の泊まっていたホテルで、その夜を過ごすことになっていた。たった数ヤードの直径しかないこうした島々では日常的に起こりがちな忌まわしい出来事だった。

マクマスター夫妻はひどく度を失ったようだった。ポーツカソ夫人がドゥーシュマン夫人に対して、できる限り母親のように優しく振る舞ったにもかかわらず、だった。実際、母親のように優しかったので、もしも彼らが何も観察できない状態でなかったならば、ポーツカソ夫妻が彼らを見張るスパイではなく、むしろ支援者であると認識できたかもしれなかった。しかし、明らかに、彼らを動転させたのはブラウンリーだった。彼はマクマスターがティージェンスの友人だと知っていたので、彼に対してあまり礼儀正しくなかった。ブラウンリーはこの危機における銀行の方針について伯父に相談するために自動車でロンドンから急ぎやって来たのだった。伯父のほうはスコットランドの西部から急ぎ南下しているところだった。……

いずれにせよ、マクマスターはその夜ホテルには泊まらず、ジェドバラかメルローズか、そういった場所へ行き、ほとんど明るくなる前に再び姿を現し、朝の五時頃にドゥーシュマン夫人とおぞましい再会を果たした。彼女はその前の三時近くに自分の状況について悲惨な結論に下すに至っていた。彼らは付き合って以来初めて怖気づき、実際あまりにもひどく怖気づいたので、ドゥーシュマン夫人がそのとき言った言葉に、マクマスターはほとんど信じられない思いだった。

こうして、ティージェンスの朝食の席にひょっこり現れたマクマスターは、ほとんど狂気のようになっていた。彼はティージェンスにいま自分が乗ってきた自動車でホテルまで行き、勘定を払い、ドゥーシュマン夫人とロンドンに戻って欲しいと言った。ドゥーシュマン夫人は確かに一人で旅のできる状態ではないから、と。さらに、ドゥーシュマン夫人と仲直りして欲しい、それにいまはどこでも小切手を換金することができないから、自分に現金五十ポンドを貸して欲しいと頼んだ。ティージェンスは年取った乳母からその額を借りた。乳母は銀行を信用せず、アンダーペチコートのポケットに五ポンド札で大金を持ち歩いていたのだった。

　マクマスターは、お金をポケットに入れるとこう言った。

「これでちょうど二千ギニー（二千百ポンド）の借金になる。来週、君に返済する手筈を整えるよ」

　ティージェンスは、いくぶん体をこわばらせて、こう言ったのを覚えていた。「お願いだから、そんなことはしないでくれ。そんなことはしないように頼む。心神喪失者への管財人をドゥーシュマンに付け、彼の資産には手を出さないことだ。お願いだ。君は自分がどんな羽目に陥ろうとしているのか分かっていない。君は僕に何の借りもないし、いつでも僕を頼ることができるのだから」

　ティージェンスはドゥーシュマン夫人があの頃委任権を持っていた夫の地所をどうしたのか知らなかった。しかし、ティージェンスは、あのとき以来、マクマスターが自分に対しどこかそっけなくなり、ドゥーシュマン夫人のほうは自分を嫌っていると、想像した。何年かの間、マクマスターは一度に何百ポンドもの金をティージェンスから借りていた。ドゥーシュマン夫人との情事は、男に大金を使わせた。彼は週末をほぼ毎週、ライの高価なホテルで過ごした。その上、天才たちのための有名な金曜の会を、もう何年も続けていて、そのことは新しい家具や縁飾りや絨毯、天才たちへの融資を意味していた。少なくとも、マクマスターが国王奨励金を動かせるようになるまでは。そこで、借金の総計が二千ポンドにまで増え、今や二千ギニーに達していた。それ以来、マクマスターは返済のことを口にしなくなった。

マクマスターはドゥーシュマン夫人と一緒に旅することはできないと言った。というのも、ロンドンの人たちが誰も皆その列車で南に向かいそうだったからだ。実際、ロンドンの人たち誰もがその列車で南に向かった。その線を下っていく途中の、あらゆる想像しうる、あるいは想像も及ばない駅で、ロンドンの人たちは列車に殺到した。十四年八月三日の大殺到(5)である。ティージェンスはベリックで乗車した。この駅では臨時の客車が増結された。ティージェンスは車掌に五ポンドを与え、鍵のかかった客室を手に入れた。車掌はどこまでも単独使用できるとはお約束できないと言った。実際、ドゥーシュマン夫人を泣きたいだけ泣かせるのに足る時間、鍵をかけたままでいるわけにはいかなかった――そのことが運命のいたずらには一役買ったように見えた。サンドバッチの一行が、明らかにウラーで乗り込んだ。ポーツカソの一行がどこか他のところで乗り込んだ。車のガソリンがどこかで切れたが、銀行家にさえ販売は停止されていた。結局、マクマスターも、二人の水兵の陰に隠れて同じ列車で旅をすることになり、キングズクロス駅でドゥーシュマン夫人を迎え、それで話は一件落着となった。

ティージェンスは食堂に意識を戻し、安堵と、そして怒りを感じた。

「ポーツカソさん、時間が切迫しています。よろしければ、この手紙に片を付けましょう」

ポーツカソは夢から覚めたかのようにハッと正気づいた。彼はティージェンス夫人を離婚法改正賛成の方向に導く企てを大いに愉快だと感じていたところだった――誰に対してもそう感じていたように。卿は言った。

「ええ！……ええ、そうしましょう」

ティージェンスはゆっくりと言った。

「もし聞いて頂けるなら…マクマスターはドゥーシュマン夫人と結婚して、ちょうど九か月になります。お分かりでしょう？　わたしの妻は今日の午後までそのことを知らなかったのです。妻が手紙のなかで不平を言っている期間は、九か月です。妻があの手紙を書いたのは、まったく正しいことでした。そういうものとして、わたしはあの手紙を是認します。妻は、マクマスター夫妻が結婚していることを知っていたら、あの手紙を書かなかったでしょう。わたしは妻が本当にあれを書くとは、思ってもみませんでした。もし書くと分かっていたら、そうしないように要請したでしょう。もしわたしが書かないようにと要請したならば、妻はきっと書かなかったでしょう。わたしがその手紙のことを知ったのは、あなたがここに入って来た直前でした。たった十分前、昼食をとっているときにそのことを聞いたのです。確かにもっと前に聞いておくべきでしたが、わたしは家で昼食をとったのは四か月ぶりです。外地勤務の通告を受けるため、今日は一日休暇を与えられました。これまではイーリングで勤務してきたのです。妻と真剣な実務上の会話を交わしたのは今日が初めてでした。…ご理解頂けますか…」

ポーツカソが片手を差し伸べ、輝く容姿全体にうっとりとした花婿の雰囲気を漂わせ、ティージェンスのほうに走り寄った。ティージェンスは右手を少し右に逸らして、ポーツカソのピンク色の肉付きのよい手を避けた。彼は冷ややかに言葉を続けた。

「あなたは、さらに次のことを知るべきです。亡きドゥーシュマン氏は、スカトロ趣味の――後には殺人狂の――精神異常者でした。彼はたいてい土曜日の朝に、繰り返し発作を起こしました。それは金曜日に、単に節制していただけでなく、断食していたためでした。金曜日には飲酒もしました。断食の間、聖餐式の後で聖餐用ぶどう酒を飲み干すことから始まり、酒をしきりに欲しがるようになっていたのです。それは周知のことでした。後になると、ドゥーシュマン夫人にひどい暴力を振るいました。一方、ドゥーシュマン夫人は最大の配慮と真心をもって彼の世話をしました。夫人はもっと早く彼を精神異常だと証明してもらうこともできたでしょう。ですが、夫の頭が正常に働いている間は、監禁が彼に引き起こすに違いない苦痛のことを考えて、夫人は躊躇したのです。わたしは夫人の側のこの上なく勇敢な英雄的行為を数々目撃してきました。マクマスターとドゥーシュマン夫人の行為に関して、わたしは証言する用意ができています――そして社会も受け入れると信じています――それは、ああ、この上なく…用心深く正しいものでした。…二人のお互いに対する愛情は公然のものでした。待機期間の間、二人が慎ましく振る舞おうとしていたことは、疑問の余地がないとわたしは信じています…」

「ええ、ええ、確かに…この上なく…おっしゃるように…用心深く、そして、そう…正しいものでした！」

「ドゥーシュマン夫人は」とティージェンスが続けた。「長い間、マクマスターの文学の金曜日のホステスを務めてきました。もちろん、二人が結婚するずっと前からです。ですが、マクマスターの金曜日は完全に公開の催しであり、広く知られていると言ってもよいでしょう…」

ポーツカソ卿が言った。

「ええ、ええ、その通り…妻に入場券を頂けたら、わたしは大喜びするでしょう…」

「奥様はただ歩いて入っていらっしゃればよいのです」ティージェンスが言った。「わたしから言っておきます。彼らも喜ぶでしょう。…今夜、あなたがたが立ち寄られるおつもりなら！　しかし、マクマスター夫人が最終列車でライに帰るときには、見送りの若い女性が常に夫人に付いていました。あるいは、わたし自身がかなり頻繁に夫人を見送りに行きました。金曜の夜には、マクマスターが週に一度、新聞に載せる記事にかかり切りになっていたものですから…二人はドウーシュマン氏が亡くなった翌日、結婚したのです」

「彼らを非難することはできませんな」ポーッカソ卿が宣言した。「ドゥーシュマン夫人が被っていた実に恐ろしい責め苦は、できる限り早い時期に、保護と同情を彼女に与えることを正当化する——必要とするものでした。しかし、一つには、通常の喪の期間を尊重するため、また一つにはドゥーシュマン夫人が、今では広く噂の種となっている自身の苦しみにもかかわらず、結婚披露宴を行ったり、それに参加しない人たちから祝福の印を受け取ったりすることを大いに非難されるべきことだと強く感じていたため、二人は結婚の発表を先延ばしにしてきました。それでも、今夜のささやかなパーティーは二人が結婚したことを公表するためのものなのです…」ティージェンスは少しの間、思案するために言葉を切った。

「よく分かりました」ポーッカソ卿は大声をあげた。「わたしは完全に是認します。信じてください。わたしと妻は何でもします…何でもね！…大いに賞賛すべき人たちだ…それに、まあ、ティージェンス…あなたの行為は…何ともあっぱれだ…」

ティージェンスが言った。

「ちょっと待ってください…八月十四日にある機会がありました。国境のある場所で。名前は思い出せませんが…」

ポーッカソ卿がだしぬけに言った。

「ねえ、あなた…無理はなさらぬように…お願いですから」

ティージェンスは続けた。

「その直前、ドゥーシュマン氏はその妻にこの上ない激しさの暴力を加えたのです。彼が最終的に拘禁されることになったのは、そのせいでした。夫人は一時的に外見が損なわれたばかりでなく、心的外傷を受け、もちろん、ひどい精神障害にかかりました。彼女には転地が絶対に必要だったのです…しかし、わたしの結論は、それでも二人の振る舞いは…このときもまた、用心深く正しかった…ということなのです…」

ポーツカソが言った。

「分かります、分かります…妻とわたしは意見が一致しています――あなたが今おっしゃったことを知らなくてもね――哀れな人たちが大げさに考えたのだと。彼はもちろんジェドバラで眠ったのですな？」

「その通り！　彼らは大げさに考えたのです。…わたしはドゥーシュマン夫人を家に送るために呼び寄せられました。…どうやらそれが誤解を引き起こしたようです…」

ポーツカソ卿は――忌まわしい離婚法による二人の不幸な犠牲者が、慎ましさと用心深さで、彼らの望む避難所を手に入れたという考えに熱狂し――だしぬけに言った。

「ティージェンス、わたしは誓って信じますよ…もし誰かがあなたの悪口を言うのを聞いたとしても…あなたの友人への弁護を…あなたの…あなたの確固たる献身を…」

「ちょっと待ってください、ポーツカソさん」ティージェンスは胸ポケットの蓋のボタンを外そうとしていた。

「一つの事でこんなに素晴らしく行動できる人が」ポーツカソが言った。…「そして、あなたはフランスに行く…誰かが…誰かがあえてしなければならないにしても…」

角になめし革が張られた、緑の縁取りの手帳がティージェンスの手に握られているのを見て、シルヴィアが突然立ち上がった。ティージェンスがたれぶたの内側から真新しさを失った小切手を取り出すと、シルヴィアは絨毯の上を三歩大股に歩んで彼に近づいた。「ああ、クリッシー！…」シルヴィアは大きな声をあげた。「あの男の…あの人でなしのせいじゃないでしょうね…」

ティージェンスが答えた。

「あの男のせいだ…」ティージェンスは銀行家に汚れた小切手を手渡した。ポーツカソは緩慢な困惑を覚えながら、その小切手を見た。

「口座の借り越し」ポーツカソが読んだ。「ブラウニーの…わたしの甥の筆跡だ…クラブ宛てだ…これは…」

「泣き寝入りするわけじゃないでしょうね？」シルヴィアが言った。「ああ、よかった。泣き寝入りするわけではないのね」

「ああ、泣き寝入りはしないさ」ティージェンスが言った。「そんなことあるものか」厳しい疑惑の表情が銀行家の顔に浮かんだ。

「どうやら」ポーツカソが言った。「預金の借り越しをなさったようですな。預金の借り越しはしてはなりません。いくら借り越したのですか？」

ティージェンスは預金通帳をポーツカソに手渡した。

「あなたがどんな原則で動いているのか、わたしには理解できないわ」シルヴィアがティージェンスに言った。「あなたは泣き寝入りする場合が多いのに。なのに、これには屈さないのね」

ティージェンスが言った。

「実際、大したことじゃない。子供のことを除けば」

シルヴィアが言った。

「わたしは先週の木曜日に、あなたの借り越しを千ポンドまで保証したわ。あなたは千ポンドを越えて借り越しはできないのよ」

「わたしはまったく借り越しなどしていません」ティージェンスが言った。「わたしは昨日十五ポンドほど必要としました。わたしは借り越しを知らなかった」

　ポーツカソはまったく無表情で預金通帳のページを繰っていた。

「まったく理解できませんな」ポーツカソが言った。「あなたには預金残高があるようだ。…いつも預金残高があったように見える。時折の少額の借り越しを除けば。一日か二日の…」

「わたしは借り越していました」ティージェンスが言った。「昨日十五ポンド。三、四時間のことです。陸軍の代理店からあなたの銀行の本店まで郵便馬車がコースを辿っている間の。その二、三時間に、あなたの銀行がわたしの六枚の小切手のうちの二枚を選んで不渡りとしました。――二枚とも二ポンドに満たない額のものでした。もう一枚はイーリングでのわたしの会食者に送られました。その人はもちろんそれをわたしに戻しませんが、ね。その小切手にも『口座の借り越し』と記されていました。同じ筆跡でね」

「だが、実際」銀行家が言った。「それはあなたの破滅を意味するのですよ」

「それは確かにわたしの破滅を意味します」ティージェンスが言った。「それを狙ったのです」

「しかし」と銀行家が言った。失意の人の様相を帯び始めていた彼の顔に、ほっとした表情が浮かんだ。「あなたは銀行に別の口座を持っているに違いありません。おそらく、あなたがひどく悪感情を抱いている…投機的な口座を…わたし自身が顧客の口座に注意を払うことはありません。銀行の方針に影響を与える大変に巨額の口座なら別ですが」

「注意を払うべきです」ティージェンスが言った。「あなたが注意を払うべきは非常に少額の口座です。そうした口座から富を築いた紳士として。わたしはあなたのところに別の口座は持っておりません。これまでの人生で投機をしたこともありません。ロシアの有価証券では多額の損失を出しましたが。――わたしにとって多額の損失を。でも、きっとあなたもそうだったに違いありません」

「それでは…賭け事は?」ポーツカソが言った。

「馬にはこれまで一ペニーたりとも賭けたことがありません」ティージェンスが言った。「馬のことは分かりすぎていて賭けになりません」

ポーツカソはまずシルヴィアの顔を、次にティージェンスの顔を見た。少なくとも、シルヴィアは彼の古くからの友人だった。彼女が言った。

「クリストファーは賭けもしなければ投機もしませんわ。彼の個人的な出費はロンドンの誰よりも少ないでしょう。彼に個人的な出費などないと言ってもいいかもしれません」

再び、突然ポーツカソの無邪気な顔に疑惑の表情が浮かんだ。

「あら」シルヴィアが言った。「クリストファーとわたしはあなたを強請ろうとしているわけじゃありませんわ」

「いえ、そんなことは思ってもおりません」銀行家が言った。「しかし、もう一方の説明もまったく同じ様におかしなものです。…銀行を疑うなんて…銀行を…あなたはどう説明します?…」

ポーツカソはティージェンスに話しかけた。ポーツカソの丸い頭の下部が四角くなったように見えた。彼の顎の上には激しい感情が蠢いていた。

「これだけは言っておきます」ティージェンスが言った。「あなたが最適と思う方法で問題を解決して頂きたいということです。十日前に、わたしは解任通知を受けました。わたしを解任した将校に引き継ぎを済ませるとすぐに、わたしは軍の仕立屋や食堂への借金を返すため、小切手を振り出しました。一ポンド十二シリングでした。わたしは羅針盤と拳銃も買わねばなりませんでした。病院にいたときに、赤十字の用務員に自分のを盗られてしまったのです…」

ポーツカソが言った。「何ということだ！」

「彼らがものを盗むのをご存知ないのですか」ティージェンスが訊ねた。さらに続けて「実際、その合計は十五ポンドの過振りとなりました。しかし、そんなことになるとは思ってもみませんでした。というのも、軍の取次業者が一日に月給を払ってくれるはずでしたから。お気づきのように、払い込まれたのは今朝、十三日になってからです。わたしの預金通帳からお分かりのように、彼らはいつも一日ではなく十三日に払い込んでいたのです。二日前、わたしはクラブで昼食をとり、あの一ポンド十四シリング六ペンスの小切手を振り出しました。個人的な出費に一ポンド十シリング、昼食に四シリング六ペンスを…」

「しかし、あなたは実際に借り越してしまった」銀行家が厳しく言った。

ティージェンスが言った。

「昨日、二時間の間」

「しかし、それで」ポーツカソが言った。「あなたはどうして欲しいのです？　できるだけのことは致しましょう」

ティージェンスが言った。

「分かりません。好きなようにやってください。軍政局にできる限りの説明をするのが良ろしいでしょう。もしあなたがわたしを軍法会議にかけるならば、困るのはわたしよりあなたですよ。それは請け合います。説明できますから」

ポーツカソが突然震え出した。

「どんな…どんな…どんな説明です?…」ポーツカソが言った。「あなたは…誘いをかけて聞き出そうというのですか…よもやわたしの銀行が…」彼は言葉を切り、手で顔を拭い、それから言った。「しかし、あなたが…健全かつ賢明な男であるあなたが…悪い噂もいろいろと聞きました。しかし、わたしは信じません…あなたの父上はあなたのことをいつも賞賛していました。あなたが金を必要とするときには、いつでも当行のお父上の口座から三、四百ポンド引き出すことを許すと言っていたのを覚えています。…なので、今回の事態はとても不可解なのです。それは…それは…」ポーツカソの動揺が増した。「信頼を根底から揺るがすことに思えるのです」

ティージェンスが言った。

「いいですか、ポーツカソさん…わたしはいつもあなたのことを尊敬してきました。お好きなように解決してください。あなたの銀行にとって不面目とならない処理方法で、お互いの利益になるように混乱を収拾してください。わたしはすでにクラブを退会しました」

シルヴィアが言った「まあ、何てことを。クリストファー…クラブを退会するなんてとんでもない!」

ポーツカソは思わずテーブル脇から後ずさった。

「しかし、もしあなたが間違ったことをしていないのなら」ポーツカソが言った。「必要ないでしょう…クラブを退会することは…わたしは委員会のメンバーです…わたしが皆に説明します。完全完璧で、もっとも好意的な…」

「説明しても無駄です」ティージェンスが言った。「噂の機先を制することはできません…もはやロンドンの半分に広まっているのですから。あなたの委員会の歯のない高齢のメンバーたちをご存知でしょう。…アンダーソン、フォリオット…わたしの兄の友人のラグルズ…」

ポーツカソが言った。

「あなたのお兄さんの友人のラグルズね…しかし、いいですか…確か何か宮廷の仕事をしている人ですね。しかし、いいですか…」そこで彼の思考は停止した。彼は言った。「人は借り越してはいかんのです。…しかし、お父上が自分の口座を利用していいとおっしゃっていたのだから、実際、わたしにも大いに関係があることになる…あなたは第一級の男です。あなたの預金通帳からだけでも分かる…第一級の商人に理に適った額の小切手が振り出されている…わたしが銀行の下級職員だった頃に見て嬉しく思った種類の預金通帳です…」昔の思い出に、哀感が湧きあがり、もう一度、彼の思考は停止した。

シルヴィアが部屋に戻ってきた。二人の男は彼女が出て行ったことに気づかないでいた。今度は、彼女が一通の手紙を手に握っていた。

ティージェンスが言った。

「ねえ、ポーツカソさん。そんなに興奮せずに。事実がわたしの言う通りだと確信したならば、あなたにできることをしてくれると、どうか約束してください。あなたに迷惑をかけようとはまったく思いません。それはわたしの趣味ではありません。ただ、妻の手前…。男一人なら、その後の生き方で汚名を雪ぐこともできるでしょう。あるいは死ぬことも。男がその後の生き方で汚名を雪いだり死んだりできるにしても、妻がそんな悪名高いやくざ者につながれて生きなければならない理由はありません」

「しかし、それは正しくありません」ポーツカソが言った。「それは正しい見方ではない。あなたはまるで感情むき出しだ…わたしは単に当惑しているのです」

「あなたに当惑する権利なんてないわ」シルヴィアが言った。「銀行の評判を落とさないための手段を探して頭を悩ませているだけでしょう。あなたにとって、あなたの銀行は赤ちゃん以上だってことは、わたしたちにも分かっています。それなら、もっとよく面倒を見ることね！」

すでにテーブルから二歩離れていたポーツカソが、二歩後戻りし、ほとんどその上に身を乗り出した。シルヴィアは鼻孔を膨らませた。

彼女が言った。

「ティージェンスにあなたの汚らわしいクラブを退会させたりはしませんわ。断じて！　あなたの委員会は彼に退会届を撤回するよう正式に求めるべきだわ。お分かり？　彼は撤回します。それから、永久に脱会するでしょう。夫はあなたのような人たちと交わるには善良すぎます…」彼女は話を止めたが、息が弾んでいた。「あなたがしなければならないことをお分かりになりました？」と彼女が訊ねた。

ギョッとするようなかすかな思いがティージェンスの頭を過った。彼はそれを言葉にしようとは思わなかった。

「分かりません…」銀行家が言った。「委員会に承認させられるか…」

「させなければなりません」シルヴィアが答えた。「なぜだか申しましょう…ティージェンスはまったく借り越していなかったのです。先週の木曜日、わたしは夫の口座に千ポンド払い込むようにと銀行の人たちに指示しました。三紙でもその指示を繰り返し、わたしの親しい女中に証人として署名してもらったその手紙の写しも保管してあります。手紙は書留にしましたし、その領収書もありますわ。…お見せいたしましょう」

その手紙の上から、ポーツカソがぼそぼそと言った。

「ブラウニー宛てだ…確かに、ブラウニー宛ての手紙の領収書だ…」

彼は小さな緑色の紙片の両側を丹念に調べた。そして言った。「先週の木曜日か…今日は月曜だ…千ポンドの額でノースウェスタン株を売り…口座に入れること…それから…」

シルヴィアが言った。

「もう十分よ…これ以上の時間稼ぎは無意味だわ。あなたの甥子さんは前にもこうしたことをやらかしたのよ…まったくもう。先週の木曜日のお昼に、わたしに言ったわ。クリストファーのお兄様の弁護士はグロービー邸の蔵書を担保にして借り越しをすることを一切認めないことにしたのだと。家族の人たちに何件か借り越しがあったのね。あなたの甥子さんはクリストファーの不意を衝くつもりだと言ったわ——まさにその表現だった——そしてクリストファーが次に振り出す小切手を不渡りにするのだと。戦争が始まって以来チャンスを窺っていたのだと。そしてお兄様の許可の取り消しが彼にそのチャンスを与えてくれたと。わたしは甥子さんにそんなことはしないでと頼み込んだのよ…」

「しかし、まったくもって」銀行家が言った。「そんなことは初耳だ…」

「そんなことはありません」シルヴィアが言った。「クリストファーには、まったく同様の問題で軍法会議の被告になった、五人の鼻水をたらした、取るに足らない、みじめな部下の士官たちがいました。一つのケースはまさにこれと瓜二つでしたわ…」

「しかし、まったくもって」銀行家が再び大声をあげた。「国のために命を捧げている男たちが…あなたはブラウニーが軍法会議で弁護に立ったティージェンスに復讐するためにこんなことをしたと言うのですか…それで…あなたの千ポンドが旦那さんの預金通帳に記載されていないのだと…」

「もちろん記載されていませんわ」シルヴィアが言った。「払い込まれていませんからね。金曜日に、わたしは銀行の方々から公式の手紙を受け取りました。ノースウエスタン株が値上がり確実であることを指摘し、わたしに再考するように求める手紙でしたわ。同日、わたしは速達を送って、わたしの言う通りにするようにとはっきりと伝えました。…それ以来、あなたの甥子さんは電話で夫を救わないようにとしつこくわたしに頼んでくるんですの。たった今、ここに来ていたんですよ。わたしが部屋を出たときに。駆け落ちしてくれと懇願されましたわ」

ティージェンスが言った。

「もう十分じゃないか、シルヴィア。まるで拷問みたいだ」

「あの人たちは拷問を受けて当然よ」シルヴィアが言った。「でも、もう十分のようね」

ポーツカソはピンク色の両手で顔を覆った。彼は大声をあげていた。

「ああ、まったくもって！　またブラウニーか…」

ティージェンスの兄のマークが部屋にいた。彼はティージェンスより小柄で、日に焼けて、逞しかった。また、彼の青い眼はティージェンスより突き出ていた。片手に山高帽を持ち、もう一方に傘を持ち、霜降りのスーツを着、競馬用の双眼鏡を肩から斜めにぶら下げていた。彼はポーツカソが嫌いだった。ポーツカソも彼を憎んでいた。マークは最近ナイト爵に叙されていた。彼が言った。

「やあ、ポーツカソ」そして義理の妹に挨拶するのは怠った。彼は、身動きせずに立っている間、目をギョロつかして部屋を見渡し、次いで、奥まったところの、天井側と両脇を本棚に囲まれた書き物机の上に小さな化粧戸棚が載っているのをじっと見つめた。

「あの飾り戸棚をまだ持っているようだな」兄がティージェンスに言った。

ティージェンスが言った。

「いいえ。あれはサー・ジョン・ロバートソンに売りました。彼は収蔵品置き場に空きができてから持っていくつもりなのです」

ポーツカソはかなりふらついた足取りで昼食のテーブルのまわりを歩き、立ち止まると、長い窓の一つから外を見下ろした。シルヴィアは暖炉のそばの椅子に腰かけた。ティージェンス兄弟はお互いに顔を見合わして立った。クリストファーは小麦を入れる大袋のよう、マークは彫られた木のようだった。青みを映す鏡以外、二人のまわりに見えるのは、金の箔押しをされた本の背表紙ばかりだった。〝こちら交換台〟がテーブルを片付けていた。

「明日また出征するそうだな」マークが言った。「おまえと話をつけておきたいことがいくつかある」

「九時にウォータールーを発ちます」クリストファーが言った。「あまり時間がありません。もしよければ陸軍省までわたしと一緒に歩いてくれませんか」

マークの視線はテーブルを片付けてまわっている女中の白黒の姿を追った。女中はお盆を持って出て行った。クリストファーは、ヴァレンタインが彼女の母親の田舎屋でテーブルを片付けていたのを、突然思い出した。〝こちら交換台〟は彼女ほど片付けが速くはなかった。マークが言った。

「ポーツカソさん！　あなたがいらっしゃるので、一点話をつけておいた方がよいでしょう。わたしは弟の借り越しに対する父の保証を取り消しました」

ポーツカソが窓に向かって、しかし十分な大きさの声で言った。

「存じています。わたしどもにとっても残念なことですが」

「しかしながら、わたしはあなたにお願いしたい」マーク・ティージェンスが続けて言った。「弟が必要なら、わたしの口座から年に千ポンド彼に譲り渡すことを。どの年も千ポンドは越さないようにして頂きたいが」

ポーツカソが言った。

「銀行に手紙を書いてください。社交の機会に顧客の口座のお世話は致しません」

「どうしてそうなるのかわたしには分かりませんね」マーク・ティージェンスが言った。「それであなたは飯を食っているのではないのですか」

ティージェンスが言った。

「そんな面倒をおかけするわけにはいきません、マーク兄さん。いずれにせよ、わたしは自分の口座を閉じるつもりです」

ポーツカソがくるりと踵を返した。

「どうかそんなことはなさらないでください」彼は大声をあげた。「どうかあなたに利用を継続して頂く栄誉をわたしたちに…わたしたちに与えてください」彼はひくひく顎を動かすコツを身につけていた。光を浴びた彼の頭は、丸みを帯びた門柱の天辺のようだった。「あなたのご友人のラグルズさんに、あなたの弟さんはわたしから、わたし個人の口座を利用する権限を与えられていると言ってくれても構いません。…わたしの個人的な、私用の口座から、必要な額を。わたしはあなたの弟さんへのわたしの評価を明らかにするためにこんなことを言うのです。というのも、彼が返済できない債務を負うことはないと、わたしたちには分かっているのですから」

マーク・ティージェンスは、片手を傘の柄に載せてわずかに寄りかかり、もう一方の手は腕の長さいっぱいに伸ばし山高帽の白い裏地を見せつけながら、身動き一つせずに立っていた。その裏地はこの部屋でもっとも明るい輝きを放っていた。

「それはわたしの知ったことではない」マークはポーツカソに言った。「わたしの用件は、追って通知があるまでは、弟の口座に年一千ポンド振り込んでもらいたいということだけです」

クリストファー・ティージェンスは、感傷的だと自分でも分かっている声でポーツカソに言った。彼は感極まっていた。いくつかの名前が自然発生的に想起され、また銀行家から高く評価してもらったことで、形勢は一変し、実際、今日の日が暦に赤く記される日となるかもしれないと彼には思えたのだった。

「もちろんです、ポーツカソさん。もしあなたが継続して欲しいならば、わたしは自分の惨めでささやかな口座を解約しません。継続してくださるのは光栄です」彼は言葉を切り、それから付け足した。「ただ、わたしは避けたいのです、この…この家族内のめんどうな事態は。わたしは兄の金は欲しくありません」

ティージェンスはシルヴィアに言った。

「君はもう一方の問題をポーツカソさんと話し合って解決した方がいい」

ポーツカソには言った。

「あなたには大いに感謝します、ポーツカソさん。…ほんの一分でもいいですから、十一時前に、奥様を今宵のマクマスターの催しに連れておいでください…」そして兄に言った。

「さあ、行きましょう、マーク兄さん。わたしは陸軍省に赴きます。歩きながら話せるでしょう」

シルヴィアがまるで怯えているかのように言った。――そこで再び暗い思いがティージェンスの脳裏を過った。

「その後、わたしたちは会えるのかしら？　あなたが忙しいことは分かっているけど」

ティージェンスが言った。

「ああ、陸軍省で長く足止めされなければ、ジョブ夫人の家に君を迎えに行く。分かっているだろうが、僕は、夕食はマクマスターのところで食べる。遅くまではいないつもりだ」

「わたしもマクマスターさんのところに行くわ」シルヴィアが言った。「もしあなたがそれが適切だと思うなら。クローディーン・サンドバッチとウェイド将軍も連れて行くわ。わたしたちはロシアのダンサーたちを見に行くだけだから。早く切り上げるわ」

ティージェンスはこうしたことについて大変に素早く考えを整理することができた。

「ああ、そうしてくれ」彼はせっかちに言った。「そうしてくれたらありがたい」

彼は戸口まで行って、戻ってきた。兄はもうそこを通り抜けんばかりだった。ティージェンスはシルヴィアに言った。彼にとってこの機会は喜びにあふれたものだった。

「あの歌の歌詞の一部を苦労して思い出した。こんなふうだ――

『どこかいずこかに、きっとあるに違いない
　見られたことのない顔、聞かれたことのない声が…』

たぶん、韻律を整えるためには『未だ聞かれたことのない声』だろうな。…作者の名前は分からない。だが、今日中に全部を思い出したいものだ」

シルヴィアの顔がすっかり蒼白になった。

「やめて」シルヴィアが言った。「ああ…そんなことはなさらないで」そして冷淡に付け加えた。

「そんな苦労をするだなんて」そして、ティージェンスが去っていくとき、小さなハンカチで唇を拭った。

彼女はその歌を慈善音楽会で聞き、それを聞きながら泣いたことがあった。その後、プログラムで歌詞を読み、再び泣きそうになった。しかし、彼女はプログラムを失くしてしまい、再びその歌詞に出会うことはなかった。その歌詞のこだまは何か恐ろしくかつ魅惑的なものとして彼女の心に残った。いつか自分が取り出して自分に突き刺すだろうナイフのようなものとして。

Ⅲ章

兄弟二人は、何も話すことなく、戸口から閑散とした法曹院の歩道を二十歩ほど歩いた。二人ともまったく無表情だった。クリストファーは、ヨークシャーにいるかのように思った。彼は、狩猟者たちが芝地を越え、丘を登って射撃場まで歩いて行く間、山高帽をかぶり、傘を持ち、グロービー邸の芝地に立つマークの姿を思い描いた。マークはおそらくそんなことはしたことはなかっただろう。しかし、それは常に弟の頭を過る兄のイメージだった。マークは傘の襞の一つが乱れているのではないかと気にしていた。彼はすぐに傘を広げて畳み直すべきか――それは大きな骨折りだ――それともクラブに着くまでそのままにしておくべきか――そこならポーターにすぐに畳み直してもらうことができるだろう――どちらがいいだろうかと真剣に思い悩んだ。クラブに着くまでそのままにしておくということは、乱れた傘を持って一・二五マイル（約二キロ）、ロンドンのなかを歩くことだった。それは確かに不快なことだった。

マークは言った。

「わたしだったら、あの銀行家の奴にその種の証明書を出してもらったりはしないだろうね」

クリストファーが言った。

「ええ」

彼は、脳の三分の一が働くだけでもマークより自分のほうが議論は上手いと考えたが、もう議論には飽き飽きしていた。ポーツカソの自分への厚意に関しては、兄の友人のラグルズが何か不愉快な解釈を行うだろうと想像した。しかし、そんなことに興味はなかった。マークは漠然とした不快を感じた。そこで言った。

「おまえは今朝、クラブに不渡り小切手を振り出したのか」

クリストファーが答えた。

「そうです」

マークは説明を待った。クリストファーはニュースが知れ渡るスピードに喜びを覚えた。それは彼がポーツカソに言ったことを裏書きしていた。彼はこの事件を外部の目で見た。まるで機械モデルの円滑な動きを見ているようだった。

マークはさらに思い悩んだ。騒々しい南国に三十年間慣れ親しんだため、未だに寡黙が存在していることを忘れてしまっていた。勧める省で、短い言葉で配車係の怠慢を叱ったり、フランス人の情婦を、毎晩食べる羊骨肉に調味料をかけすぎるとか、ジャガイモを茹でるお湯に塩を入れすぎているとか言って――こちらも手短に――叱ったりした場合、彼は、すごい剣幕で発せられ、長く続く、非常にたくさんの言い訳や否定を聞かされたものだった。そこで、彼は、自分をこの世でほとんど唯一の寡黙な存在だと考えるのを常とするようになっていた。突然、不快感とともに――しかしまた満足感を持って――彼は思い出したのだった。弟はやはり弟だということを。

マークは、自分ではクリストファーについて何も知らなかった。道を歩く弟を、自分は遠くから、無作法に振る舞う子供を見るようにして見てきたように思った。その子は本物のティージェンスではなかった。両親がかなり年をとってから生まれた子で、それ故、父親っ子というより母親っ子だった。母親は賞賛すべき女性だったが、サウスライディングの出身だった。それ故、ものの柔らかで、ゆったりとしていた。ティージェンス家の年長の子供たちは、彼ら自身が居住するライディングの地の女と結婚しなかったことで父親を責めたものだった。そこで、マーク自身は、この子について何も知らなかった。この子は頭がいいと言われていた。それはティージェンス家の人間らしからぬ特質だった。話し好きであることと同様に。……一方、マーク自身は話し好きでなかった。マークは言った。

「母さんがおまえに遺した金はどうしたんだ？　二万ポンドだったかな？」

二人はちょうどジョージ王朝風の家々に挟まれた狭い道を通っているところだった。次の広場でティージェンスは立ち止まり、兄を見た。マークは眺められるがままにじっと立っていた。クリストファーは心のなかで言った。

「この男にはこうした質問をする権利がある」

映画のなかで奇妙なうっかりミスが生じたかのような感じだった。この男が家長になった。彼クリストファーがその跡取りだった。墓に入ってもう四か月になる父親が、このときに初めて死んだのだった。

クリストファーは妙な出来事を思い出した。葬式の後で、皆が教会の墓地から戻ってきて昼食を食べたとき、マークが葉巻入れを取り出し、自分が吸うのに一本の葉巻を選び、テーブルを囲む人たちに残りを回したのだ。――ティージェンスは今もそのときの兄のぎこちない仕草を鮮明に覚えていた。人々の心臓が鼓動するのを止めたかのようにみえた。その日まで、グロービーの邸のなかで煙草が吸われたことは一度もなかった。父親は十二個のパイプに煙草を詰めさせ、私道沿いのバラの茂みにそれを吊るさせておいたものだった……

兄の行いは不快な出来事、一種の悪趣味としかみなせなかった。…フランスから戻ったばかりのティージェンス自身は、頭がボーッとしていて、牧師が「グロービーの館のなかで煙草が吸われたことは今日まで一度たりともありませんでした」と囁かなかったならば、それが悪趣味だとさえ気づかなかっただろう。

しかし、今、それは象徴であるように思えた。絶対的に正しい象徴に。ここに家長がいて、跡取りがいた。家長は手筈を整えなければならず、跡取りは同意するかしないかだ。だが、兄には質問に答えさせる権利があった。

クリストファーが言った。

「その金の半分は息子に分与しました。ロシアへの投資信託で七千ポンドの損失を出し、残りはわたしが使って…」

マークが言った。

「なるほど！」

二人はホルボーンに通じるアーチの下を通っていた。今度はマークが立ち止まって弟を見た。クリストファーは兄の目を覗き込み、眺められるがままに、じっと立っていた。

マークは心のなかでつぶやいた。

「こいつは人の目を見ることを少しも恐れない！」マークはクリストファーがそれを恐れるだろうと確信していたのだ。マークは言った。

「女に使ったのか？　女に使った金をどこで手に入れた？」

クリストファーが言った。

「わたしは生まれてこのかた、一銭たりとも女に金は使っていません」

マークが言った。

「なるほど！」

二人はホルボーンを横切り、裏道を通ってフリートストリートのほうに向かった。

クリストファーが言った。

「『女』と言うとき、わたしは一般的な意味でそれを使っています。もちろん、我々の階級に属する女性に、お茶や昼食を奢ったり、辻馬車の支払いをしたりしたことはあります。たぶん、こう表現したほうがよいでしょう。結婚の前も後も、妻以外の女と関係を持ったことはありません、と」

マークは言った。

「なるほど！」

だが、心のなかでは、

「それではラグルズは嘘つきということになる」と。そのことは彼を苦しめもしなければ、悩ませもしなかった。彼とラグルズはメイフェアにある大きな、どちらかといえば陰気な建物のワンフロアを共有していた。二人は共同の化粧室で髭を剃りながら話すのを習慣としていたが、それ以外、クラブで会うのを除いては、あまり顔を合わすことはなかった。ラグルズは、何かの資格を持っていて、王室に、おそらくは金杖官代理[1]としての職を得ていた。もしかしたら二十年の間に昇進したかもしれないが、マーク・ティージェンスは問い合わす労をとらなかった。非常に誇り高く、また自分のなかに閉じこもる人間である彼は、どんな種類の好奇心も持ち合わさなかった。ロンドンに住んでいたのは、そこが巨大で、孤独で、行政的で、そこに住む市民たちに対して好奇心を持たないように思えたからだった。もし北部に同じくらい巨大で、その他の特徴にも秀でた都市が見つかったならば、彼はそのほうを好んだだろう。

彼はラグルズのことを軽視または無視した。彼はかつて「快い音を出すガラガラ」という句を聞いたことがあった。それがどういう意味かは知らなかったが、彼はラグルズを快い音を出すガラガラだとみなした。共に髭を剃っている間、ラグルズはその日の醜聞を話して聞かせた。彼はすなわち、貞操を金で買えない女や昇進のために妻を売ろうとしない男のことは決して口にしなかった。これはマークの南部に対する考えによく合致していた。ラグルズが北部の名門の家の出の男の名声を誇るとき、マークは彼の話を遮ったものだった。「いや、それは嘘だ。彼はワントリー・フェルズのクレイスターだぞ」とか、事情によっては別の名で。半分スコットランド人で半分ユダヤ人のラグルズは、非常に背が高く、頭をほとんどいつも片側に傾け、カササギに似ていた。もしもラグルズがイングランド人だったならば、マークは決して彼と部屋を共有しなかっただろう。実際、マークは生まれと地位の点で自分と部屋を共有する特権を持つイングランド人をほとんど知らなかった。その一方、それだけの生まれと地位を持つイングランド人が、座面に馬毛を張ったマホガニーの椅子が置かれ、すりガラスの天窓で採光する、陰気で居心地の悪い部屋を共有することに同意することはほとんどなかっただろう。二十五歳のときにロンドンに出たマークは、ピーブルズという名の男とここの部屋を共有した。この男はとうの昔に亡くなり、ラグルズがピーブルズに取って代わったが、マークは骨折ってまで何らかの変更を加えようとはしなかった。入れ替わった人物の名前のどことない類似も、もっと違った名前だった場合ほど、マークク・ティージェンスを動揺させなかった。例えば、グレインジャーという名の男と部屋を共有するのは不快なことだろうと、マークはよく考えた。実際のところ、彼はラグルズのことをまだピーブルズとよく呼んでいたが、何の差し支えも生じなかった。当時、マークはラグルズの出自について何も知らなかった。——従って、二人の結びつきは、クリストファーとマクマスターの結びつきにどことなく似ていなくもなかった。しかし、クリストファーが相手に最大限の援助をしようとしたのに対して、マークはラグルズに五ポンド札一枚以上は貸そうとせず、また、貸した金が期日までに戻ってこなければ相手を部屋から追い出しただろう。しかし、ラグルズは何も借りようとはしなかったので、マークは彼のことを完全に高潔な人物だと考えていた。時折、ラグルズは、自分がどこかの金持ちの未亡人と結婚しようとしていることや高い身分の人たちへの自分の影響力について話をしたが、そういう話はマークが聞こうとしなかったので、ラグルズはすぐに貞操を金で買える女や昇進のために妻を売ろうとする男の話に戻って行ったのだった。

五か月前のある朝、マークがラグルズに言った。「末の弟のクリストファーについて情報を集めて、知らせてもらえないだろうか」

その前の晩、マークの父親が、喫煙室の反対側からマークに声をかけて呼び寄せ、言ったのだった。

「クリストファーについて情報を集めてもらえないか。金が必要なのかもしれない。おまえはあいつがこの家の跡取りだと考えたことがあるか。もちろん、おまえの後での話だが」ティージェンス氏は子供たちが死んでから、ひどく老け込んでしまっていた。彼は言った。「おまえは結婚しないのだろう?」それに対してマークは答えた。

「ええ、結婚はしません。でも、クリストファーよりましな生活をしていますよ。あいつは向こうでだいぶ揉まれてきているようですからね」

そこで、この任務を帯びると、ラグルズ氏はクリストファー・ティージェンスの人物調査書を準備するにあたり、並はずれた活躍を行ったように見えた。常習的に噂をふれ回る人物が、実質的に名誉毀損に問われることなく、ある男について噂を触れ回る機会を得られることはそう多くはない。それに、ラグルズは噂を触れ回ることを大いに楽しむ男が、噂を触れ回ることがまったくない男に対して抱く嫌悪の情をクリストファー・ティージェンスに抱いていた。そして、クリストファー・ティージェンスはラグルズに対して、いつも以上に傲慢な態度を示した。そこで、その翌週、ラグルズの上着の裾は並はずれた数の戸口のまわりではためき、ラグルズのシルクハットは並はずれた数の高い正門の前できらめいたのだった。

なかでも、彼はグローヴィナと呼ばれる貴婦人を訪問した。

重要人物だけが入ることを許される部屋に、イングランドの名門の、高い地位の男たちの醜聞を書き留めた書物が存在すると言われている。マーク・ティージェンスと彼の父親は――数多くの頑固な地方の門閥家と同様に――暗黙のうちにこの書物の存在を信じた。クリストファー・ティージェンスは信じなかった。ラグルズのような紳士たちの行動自体が、こいつらの憎む者たちの出世を阻むに足るのだと想像したからだった。他方、マークと彼の父親はイギリス社会を広く見渡し、あれやこれやの職業で首尾よく活躍するのに十分な能力があるように見えながら、どんな種類の昇進とも身分とも肩書とも出世とも無縁な男たちの存在に目を留めた。こうした男たちが頭角を現さないのは、実に不思議なことだった。そこで、それはこの書物のせいだと二人はみなしたのだった。

ラグルズもまた、容疑をかけられ破滅の運命をたどった者たちのことを書き留めた書物の存在を信じたばかりでなく、自らの活動がそのページの書き込みにかなりの影響を与えるものと信じた。普通以上の節度と根拠をもって、ある種の名士たちの前で、ある種の男たちへの誹謗を行うならば、少なくともこれらの男たちに大きな損失を与えることになると信じた。そして、かなり執拗に、実際、自分の言っていることの多くを確かなことと信じて、ラグルズはある種の名士たちの前でティージェンスを誹謗中傷した。ラグルズは、シルヴィアがペローンと駆け落ちした後、なぜクリストファーが彼女を連れ戻したのか理解できなかった。また、シルヴィアがドレイクという男に孕まされたときに、クリストファーがいったいなぜシルヴィアと結婚したのか理解できなかった。まったく同様に、クリストファーがポーツカソから保証書を得たのも、彼がシルヴィアをこの銀行家に売ったからだとしか考えられなかった。彼はこうしたことの裏には金と取引以外何もないと考えた。ティージェンスがワノップ夫人やその娘や子を援助したり、ドゥーシュマン夫人とマクマスターの優雅を装う生活を支えたりするための金を得られたのは、妻を売ったからに他ならないと考えた。ドゥーシュマン夫人はクリストファーの愛人なのだろう、と。それ以外、説明の仕様がなかった。実際、まわりの人たちよりも利他主義者である人間は、自ら災いを招くことになるのである。

しかし、ラグルズには、自分がルームメートの弟に本当に損害を与えたのか、与えなかったのか、与えたとしたらどのくらいの損害を与えたのか、その指標の持ち合わせがなかった。彼は自分が適切だと考える方面で噂を振り撒いたが、自分が話したことが人々に浸透したかどうか確信が持てずにいた。ラグルズがかの貴婦人を訪問したのは、それを確かめたかったからだった。というのも、それが分かる人物がいるとすれば、それは彼女だと思えたからだった。

彼は何もはっきりと確かめることができなかった。というのも貴婦人は――彼にも分かったが――彼よりはるかに賢かったからだ。貴婦人が彼女の娘の友だちであるシルヴィアに真の愛情を抱いていることは分かった。貴婦人はクリストファー・ティージェンスが才能を発揮できずにいることは本当に心配だと表明した。ラグルズは一緒に住んでいる男の弟に何かもっと良くしてやれないか訊くことを表向きの目的にして貴婦人を訪ねていた。クリストファーは大きな才能を持っていると認められているが、役所でも――そこでの展望に満足していたなら、そこに残れただろうに――また軍隊でも、彼はとても低い地位に置かれている。クローヴィナ様なら何とかできるのではありませんか、と。そしてさらに付け加えた。「まるでクリストファーには罰点印がついてまわっているみたいですね…」

貴婦人は、自分にはまったく何もできませんと、大層勢い込んで話した。その勢いは、彼女の一党は権力の座にある人々によって倒され排斥され打ちのめされてしまったので、自分にはもうどこにも何の影響力もないということを示そうとしたものだった。これは誇張だったが、クリストファー・ティージェンスに何の利益ももたらさなかった。というのも、ラグルズは、グローヴィナの自分には何もできませんという発言を、仮に誰かが権利を持っているとすれば、この貴婦人こそが閲覧の権利を持っているに違いない内輪の人々の書物のなかに、ティージェンスに対する罰点印があるせいだと受け取ってしまったからだった。

他方、このことはグローヴィナの心にティージェンスへの心配を呼び起こした。書物の存在を彼女は信じなかった。そんなものは見たことがなかった。しかし、比喩的な性質の罰点印がティージェンスに付けられているということは信じることができた。そこで、次の五週の間に、機会を見つけ、ティージェンスについて調査を行った。彼女は、将校に関する機密報告書がしまってある中央兵站部に出入りする権利を持つドレイク少佐という人物に偶然出会った。そしてドレイク少佐は見本としてティージェンスに関する報告書をまったく躊躇することなく彼女に見せたのだった。その報告書は大いに落胆させる類のものの一つで、一面に読みづらい文字が散りばめられており、書かれてあることの要点はティージェンスの窮乏とフランス国民への贔屓、どうやらフランス王党派への贔屓だった。当時の政府は、同盟国との間に軋轢があったため、初めのうち彼にいくつかの楽な仕事を与えていたが、このフランス贔屓が後に大きな損害を彼にもたらすことになった。ティージェンスはフランス砲兵隊に連絡将校として派遣され、しばらくの間、隊に留まったが、戦争神経症にかかり送還されたという明確な情報をグローヴィナは持ち帰った。その情報の後ろにはティージェンスに対する評価が付け加えられていた。「連絡将校としてはもはや使いものにならない」と。

他方、シルヴィアが捕虜になったオーストリア将校たちを訪問したこともティージェンスの報告には付け加えられ、最後の締めは「秘密の仕事は任せられない」だった。

ドレイク少佐自身がどこまでこの記録を編纂したのか、貴婦人は知らなかったし、知りたくもなかった。彼女は両当事者の関係を良く知り、ある種の陰気な、血の気の多い男たちの場合、性的復讐の情熱がいつまでも続くことも理解していたので、このことはそれ以上問題にしないことにした。しかし、彼女は——今では引退しているウォーターハウス氏から——氏がティージェンスの人柄と才能を高く評価し、ちょうど引退前にティージェンスを大変高い地位へ昇進させるべく特別に推薦していたことを知った。大臣たちとのそのときどきの友情や反目の状況次第で、政府の影響範囲内にあるどんな男も破滅させられるに足ることをグローヴィナは思い知ったのだった。

それ故に、彼女はシルヴィアを呼んで、こうしたあらゆる問題を彼女の前に突きつけた。というのも、彼女は非常に聡明だったので、証拠があるわけではないが、若い二人の間には様々な意見の相違があるのだろうと想像しつつも、シルヴィアが夫の物質的利益を促進する以外のことを何かしでかすとは信じられなかったからだった。その上、この貴婦人は、ティージェンス夫妻に対して実に情け深かったので、ここには少なくとも権力の座にある人々にダメージを与えようという意図があるのだとみなしもした。比較的重要でない公的立場に置かれた人間は、不当な取り扱いをされると、ときに、ひどい悪臭を放ち、決然とした意志とわずかな後援者の強力な支援を得ることがある。少なくともシルヴィアに有力なバックがあることは確かだった。

それに、シルヴィアは貴婦人の知らせを大変な憤りをもって受け止めたので、彼女が夫に完全に忠実であり、その知らせについて夫にすべてを話すだろうことは誰も疑わなかっただろう。ところが、シルヴィアは、まだ、それをしていなかった。

一方、ラグルズは十分な量の知らせと結論を集めて、それを髭剃りの間にマーク・ティージェンスに提供した。マークは驚きもしなければ、憤慨もしなかった。彼はすぐ下の弟を除く父の子供たち皆を「小僧っ子」と呼ぶ習慣で、下の子たちの関心事は彼の関心事ではなかった。下の子たちは結婚し、ティージェンス家の傍系となって、その息子の息子である宿命を背負って消えていく重要でない子供を作るだろう。それに、真ん中の弟たちの死はごく最近のことだったので、彼はまだティージェンスのことを小僧っ子としか、行動は不快かもしれないが問題とはならない小僧っ子としか、考えなかった。彼はラグルズに言った。

「このことについては君が父に話してくれ。わたしにはこうした詳細を正確に覚えておける自信がないから」

ラグルズは大喜びし、ある日、クラブでのお茶の時間に、静かな一角で、ティージェンスの父に――自らの重みを伝えるために、自分が金の問題では信用がおけ、また人々の人柄や行動や昇進の詳細を集める能力に秀でていることを証明してくれるティージェンス家の総領息子との親交を吹聴し――クリストファーが結婚したとき新妻は子を孕んでいたのだと語った。クリストファーは妻のペローンとの駆け落ちをもみ消し、妻のその他の不倫も不名誉なことに黙認し、上層部にはフランスのスパイではないかと疑われ、影響力の大きい書物のなかに疑わしい人物と記されている…それもこれも、彼が孕ませたワノップ嬢を援助するための金を稼ぐため、それに、マクマスターとドゥーシュマン夫人に彼らの資産にそぐわない規模の生活を維持させるためだと。ドゥーシュマン夫人も彼の愛人なのだとラグルズは付け加えた。ティージェンスにはミス・ワノップに孕ませた子供がいるらしいという話は、グレイ法曹院には決して姿を見せない息子がヨークシャーにいるという事実により最初控えめに持ち出され、その後、同じ事実によって確実なことだとされた。

ティージェンスの父は分別のある男だったが、ラグルズの推定上の話を疑うに足るほどの分別は持ち合わさなかった。彼は大きな影響力をもつ書物の存在を信じた。この書物の存在は何世代にもわたって地方の大地主たちの間で信じられていた。彼は聡明な息子がその聡明さと影響力に見合った昇進をとげていないと認め、聡明さは不埒な傾向と同義ではないのかと疑った。その上、数日前に、旧友のフォリオット将軍に、クリストファーの行状を調査してみるべきだと、きっぱりと言われていた。どういうことかと追及すると、クリストファーは金の面でも女の面でも大変不名誉な振る舞いをしていると疑われていると、これもまたきっぱりと、フォリオットは言ったのだった。それ故に、ラグルズの申し立ては、十分に裏づけられているようにみえる容疑の決定的な確証となって彼の耳に届いたのだった。

ティージェンスの父は、クリストファーが聡明だと分かっていながら、小僧っ子を——これが下の息子たちに通常割り当てられる名称だ——路頭に迷わせ、発揮できる才能をすべて使わせて沈むなり泳ぐなりさせておいたことを悔やんだ。父は、この小僧っ子に優しくする特別の動機を持っており、家の自分の目の届くところに置いておきたいといつも思っていた。彼がひたむきな情熱をもって慕っていた妻は異常なほどクリストファーに夢中になっていた。というのも、クリストファーは彼女がだいぶ高齢になってから生まれた末の息子だからだった。妻を亡くしてから、ティージェンスの父はクリストファーを大変愛おしく思うようになった。あたかもクリストファーの存在が、彼の母親のものだった輝きや照明のようなものをもたらしてくれるかのように。実際、妻の死後、ティージェンスの父はもう少しのところでティージェンスとその妻に、グロービーに来て家政を切り盛りしてくれないかと頼むところだった。そして、統計局の仕事をやめなければならないことへの償いとして、クリストファーに特別な遺言状を作成するところだった。他の子供たちにも公平を図らなければならないという分別によって、彼がそうした振る舞いに及ぶことはついになかったのだが。

ティージェンスの父の悲嘆は、クリストファーがヴァレンタイン・ワノップを誘惑したばかりか彼女に子を孕ませたということによるものだった。大封建領主の習慣を身につけたティージェンス氏は、常に、芸術を後援する自らの義務の価値を信じ、たとえフランス歴史派のチョコレート色の絵を数枚購入するくらいしか、実際この方面での活動を行ってこなかったにせよ、旧友ワノップ教授の未亡人と子供たちのために自分が行ったことに関しては長いこと誇りに思っていた。彼は自分がワノップ夫人を小説家にしたのだと考え、そう考えるのは正当なことだったが、さらにまたワノップ夫人を大変偉大な小説家だと考えていた。そしてクリストファーの罪への確信は、自分では自覚のない息子へのかすかな色合いの嫉妬によって強められていた。というのも、クリストファーがワノップ家と親交を持つようになって以来——どのような次第で親交を持つようになったのか彼は知らなかった、なぜなら、彼は息子に紹介状を与えていなかったからだ——ワノップ夫人が騒々しく絶え間なく自分に助言を求めることがまったくなくなってしまったからである。その代わりに夫人は途方もない言葉でクリストファーを褒めちぎった。もしクリストファーがほとんど毎日家に来たり、少なくとも電話線の向こうにいたりしなかったなら、自分は大車輪の活躍を続けることはできなかっただろうと、夫人は本気で言ったのだった。このことがティージェンス氏を過度に喜ばせることはなかった。ティージェンス氏はヴァレンタイン・ワノップにまさに極めて深い愛情を抱いていた。同じ性質が、息子の心と同様、父親の心も惹きつけたのだ。六十を超えているにもかかわらず、彼はこの娘と結婚するという考えを抱いていた。彼女はレディであり、グロービーを十分うまく切り盛りしていけそうだった。地所の限嗣相続は、確かに、とても厳しく守られるべきものだが、彼の死後、彼女が困窮しないように手立てを講じることくらいはできるだろうと考えた。従って、父は息子の罪を疑わなかった。彼は息子がこの燦然と輝く個性の持ち主を裏切ったばかりか、この娘を孕ませ、それを吹聴したと考える屈辱を味わわねばならなかった。これは紳士の息子においては許されざる自制力不足だった。おまけに、この息子は彼の相続人であり、その後には庶出のガキが続くのだ。取り返しがつかない！

それに、ティージェンス氏の四人の背の高い息子たちは全員、沈没してしまった。長男は――まったくあっぱれなことに――永久に売春婦に縛られた。その次の二人は死に、末の息子は死んだのよりひどかった。ティージェンス氏の妻は悲嘆のために死んだのだった。

ティージェンス氏は、地味ながら深い信仰を持つ男で、まさにその信仰心の故に、息子の罪を信じた。金持ちが天国に行くのはラクダが針のめどと呼ばれるエルサレムの門を通るのと同じくらいに難しい[2]ことを彼は知っていた。彼は謙虚に、創造主が許される者たちのなかに彼を迎えてくれることを望んだ。そして、自分は金のある――途方もなくたくさんの金がある――男であるが故に、地上での苦しみもこんなに大きいのに違いないと考えた…

その日のお茶の時間からビショップス・オークランド行きの夜行列車に乗るまで、ティージェンス氏はクラブの書斎で、息子のマークを相手に時を過ごした。彼らはたくさんのメモを取った。ティージェンス氏には、軍服姿の息子のティージェンスが、明らかに放蕩のせいで、体を壊し、いくらかむくんでいるようにみえた。クリストファーが部屋の向こう側を通り過ぎて行ったが、ティージェンス氏は息子と目を合わさなかった。列車に乗り、一人で旅し、グロービーに着いた。夕暮れ近くに、彼は銃を取り出した。翌朝、死んでいるのが発見された。小さな教会の墓地の垣根越しのところで、二羽のウサギが傍らに寄り添っていた。銃口を自分に向けたまま、弾をこめた銃を引きずって、這って生垣を抜けたためらしかった。イングランドでは毎年、何百人もの男が、そのほとんどは農場経営者であったが、同じ理由で死んで行った。

こうしたことをすべて――というか、一度に心に留めておけるだけ――心に留めて、今、マークは弟の件を調査しているところだった。父の地所をどう整理するかはまったく決められていなかったので、彼は事態をそのまま放っておくつもりだったが、ちょうどその朝、ラグルズが、君の弟さんはクラブに不渡り小切手を振り出し、明日フランスに渡るそうだ、とマークに伝えた。父が死んでからちょうど五か月後のことだった。父が死んだのは三月で、今は八月だった。高い建物に囲われた狭い中庭に、きつい陽が射す、気だるい日だった。

マークは考えを整理した。

「安楽に暮らすにはどのくらいの収入が要るんだ」と彼は言った。「千ポンドで十分でないなら、いくらだ。二千か」

クリストファーは金は要らないし、安楽に暮らすつもりもないと言った。マークが言った。

「おまえが外国で暮らすなら、三千やろう。わたしは父の指示を実行しているだけだ。三千あればフランスで派手に暮らせるだろう」

クリストファーは答えなかった。

マークが再び口を開いた。

「それに、残りの三千を母からもらっているだろう。おまえは女にそれを分与したのか、それとも女のためにただ使ってしまったのか」

クリストファーは辛抱強く、自分には女などいないと繰り返した。

「おまえが孕ませた女だ。もしおまえがすでに何らかの手を打っていないならば——父はおまえが手を打つだろうと考えていたが——女に安楽に暮らせるだけのものを与えるようにとわたしが指示を受けている。女が安楽に暮らすのにどのくらいの額が必要だと思う？　わたしはシャーロットに四百与えている。四百で十分か。おまえは女をずっと自分のものにしておきたいと思っているようだな。女が子供を抱えて生活していくのに三千はたいした額ではないか」

クリストファーが言った。

「名前を言ってくれたほうが良くはありませんか」

マークが言った。

「いや、名前は挙げない。女性作家と娘のことだ。娘は父の子かもしれないぞ」

クリストファーが言った。

「いや、そんなことはないでしょう。わたしもそのことは考えました。彼女は二十七です。彼女が生まれる前の二年間、わたしたちは皆、ディジョン[3]にいました。父さんが地所に戻ったのはその翌年です。ワノップ家はそのころカナダに住んでいました。ワノップ教授はそこにある大学の学長でした。名前は忘れましたが」

マークが言った。

「確かに。わたしたちはディジョンにいた。わたしのフランス語のために！」それから付け加えた。「だとすれば、女が父の娘であるはずはない。それは良かった。父が財産を分与したがっていたので、てっきりあの子らは父の子だとばかり思っていた。息子も一人いたな。千やることにしよう。何をやっている男だ？」

「息子は」ティージェンスが言った。「良心的兵役拒否者です。ですが掃海艇に乗っています。水兵として。地雷を拾うことは、命を奪うことではなく救うことだというのが彼の考えなのです」

「では、まだ彼には現ナマはいらないな」とマークは言った。「事業を始めるには役立つだろうが。女の氏名と住所は？　どこに囲っているんだ？」

二人は、木骨造りの建物の取り壊しが中断されて埃っぽい、開けた空間にいた。クリストファーはかつては大砲であった円柱の近くで立ち止まった。これに寄りかかると、様々な考えを消化するのに兄もこの柱に凭れることができると感じた。クリストファーはゆっくりと辛抱強く言った。

「兄さんが父さんの意向を実行に移す方法を相談しているのであって、そのなかにお金の問題が含まれるのなら、兄さんは事実を把握する試みを行ったほうが良いでしょう。お金の問題に関しては、わたしは兄さんに面倒はかけません。第一に、わたしはそうした目的のお金は欲しいとは思いません。わたしは自分の給料で暮らせます。相対的に言って、妻は裕福な女です。妻の母は非常に裕福な女です…」

「彼女はルージリーの妾なのだろう」マークが訊ねた。

クリストファーは言った。

「いいえ、違います。確かにそうではありませんでした。どうしてそんなことがあるでしょうか。彼女は彼の従妹なのですよ」

「では、ルージリーの妾はおまえの妻なのではないか」マークが訊ねた。「でなければ、どうして彼女がルージリーのボックス席を借りられようか」

「シルヴィアもまたルージリーの従妹です。従妹姪になりますが」とティージェンスは言った。「妻は誰の情婦でもありません。それは確かです」

「情婦だと噂されているがね」マークが言った。「正真正銘の売春婦だという噂だ…おまえは侮辱されたと思っているのだろうな」

クリストファーが言った。

「いいえ。兄さんは侮辱などしていません…そうしたことは曝け出したほうが良いのです。わたしたちは実質的に他人ですが、兄さんには訊ねる権利があります」

マークが言った。

「では、おまえには女はおらず、女を囲う金も要らないと言うのだな…好きなのを手に入れられるだろうに。男が女を囲っていけない理由はないが、もし囲うなら、体裁よく囲うべきだ…」

クリストファーは答えなかった。マークは半ば埋もれた大砲に寄り掛かり、曲がった柄を振って傘をぶらつかせた。

「だが」マークが言った。「女を囲っていないなら、何をしている…」彼は「快適な家庭生活のために」と言おうとしたが、新たな考えが頭に浮かんだ。「もちろん」マークは言った。「おまえの妻がおまえにベタ惚れだってことは分かる」彼は付け加えた。「ベタ惚れだってことは…一日で分かる…」
　クリストファーは自分の口があんぐりと開くのを感じた。彼は、ほんの一秒も前でなく――今
まさに――その夜、ヴァレンタイン・ワノップに愛人になってくれるように頼もうと腹を決めた
のだった。もうやむを得ないのだと彼は心のなかでつぶやいた。ヴァレンタインが深く揺るぎな
い情熱をもって彼を愛していることをクリストファーは知っていた。彼のヴァレンタインへの情
熱が、ちょうど、大気が地を包むように彼の全精神を覆う圧倒的要素になっているのと同じよう
に。それでも、二人は歳月によって隔てられ、一言も交わさずに死へと赴かねばならないのだろ
うか？　何の目的のために？　誰の利益のために？　全世界が二人を強引に結びつけようと共謀
しているではないか！　抵抗するのがうっとうしいくらいに。
　兄のマークが話し続けていた。「わたしは女のことなら何でも知っている」と彼は宣言した。
おそらく本当だろう。何ともいかがわしい経歴の女に長年模範的な忠誠を尽くしてきた。おそら
く、一人の女を完璧に研究すれば、すべての残りの女を測量可能ということなのだろう。
　クリストファーが言った。
「いいですか、マーク兄さん。わたしのこの十年間の銀行通帳に目を通してください。それ以降
の通帳は皆持っています。もし兄さんがわたしの言っていることを信用しないなら、話していて
も埒が明きません」
　マークが言った。
「おまえの銀行通帳を見たいとは思わない。おまえのことは信じている」
　さらに、一秒後、付け加えた。

「いったい全体、おまえのことを信じない理由がどこにあろう。おまえを紳士と信じるか、ラグルズを嘘つきと信じるか、だ。その場合、当然、ラグルズを嘘つきと考えるのが常識だろう。わたしが信じていなかったのは、根拠がなかったからだ」

クリストファーが言った。

「嘘つきというのが正しい言葉だとは思えません。彼はわたしに対する悪口を掻き集めたのです。明らかに、それを忠実に報告しただけでしょう。わたしに対しては、いろんな悪い噂が言われています。なぜだか分かりませんが」

「それはな」とマークが力を込めて言った。「おまえがあの南国の下種どもを奴らが値する侮辱的態度であしらうからだ。あいつらには紳士の行動の動機が理解できんのだ。もしおまえが犬たちのなかで生きるとしたなら、それはおまえが犬の動機を持っているからだとあいつらは考えるだろう。あいつらに他の動機が考えられるものか。わたしは、おまえがあいつらの糞の下に長いこと埋もれていたんで、あいつらと同じように汚れちまったものと思っていた」

ティージェンスは、無知ながら鋭い男を見るときの尊敬の目で、兄を見た。兄が鋭いというのは発見だった。

だが、もちろん、普段から鋭いのだろう。彼は大きな省の欠かすことのできない長であった。優秀な性質を持っているに違いなかった…まだ洗練されてもいなければ磨かれてさえいない優秀な性質を。野蛮人だ！　しかし、洞察力がある！

「先を急ぎましょう」クリストファーが言った。「それとも辻馬車を捕まえましょうか」

マークが半ば埋もれた大砲から離れた。

「残りの三千はどうした？」マークが訊ねた。「三千は、ぽいと捨てるにはべらぼうに大きな額

ど貸し付けてしまいました」

だ。長男以外の息子にとっては」

「妻の部屋のための家具を買ったことを除いては」クリストファーが言った。「その金はほとんど貸し付けてしまいました」

「貸し付けだって」とマークが大声をあげた。「あのマクマスターの奴にか?」

「ほとんどは彼にです」とティージェンスは答えた。「でも、七百ポンドくらいはカラーコーツのディッキー・スワイプスに貸しました」

「なんとしたことだ!　何でまた彼なんかに!」マークが突然大声をあげた。

「ああ、それは彼がスワイプスだからです。カラーコーツの」クリストファーが言った。「それに頼まれたので。彼はもっと欲しかったのでしょうが、それだけで酒を飲みすぎて死ぬには十分でした」

マークが言った。

「おまえは頼まれれば誰にでも金を貸すわけではないだろうが」

クリストファーが言った。

「貸しますとも。これは主義の問題です」

「幸運なことだ」マークが言った。「多くの者がそれを知らないのは。知っていたら、金は長く手元に残らないだろうからな」

「実際長くもちませんでした」クリストファーが言った。

「いいかね」マークが言った。「末っ子の分際で王侯のように後援者を気取るものではない。それは趣味の問題だ。わたし自身は乞食に半ペニーすらやったことがない。だが、ティージェンス家の多くの者は王侯を気取るのだ。ある世代は稼ぎ、ある世代は保ち、ある世代は使う。それはそれで構わない。…マクマスターの妻はおまえの愛人らしいな。それで、もう一方の娘がおまえの愛人でないことの説明がつく。あの夫妻はおまえのために安楽椅子を用意しているそうじゃないか」

　クリストファーが言った。

「わたしはマクマスターに後援のための後援をしただけです。まず初めに彼に金を貸したのは父です」

「確かにそうだった」マークが大声を出した。

「マクマスターの妻は」クリストファーが言った。「ブレックファースト・ドゥーシュマンの寡婦です。兄さんはブレックファースト・ドゥーシュマンをご存知でしたでしょう?」

「ああ、ブレックファースト・ドゥーシュマンなら知っていたよ」マークが言った。「マクマスターもかなり豊かになったようだな。ドゥーシュマンの金で高慢になったのではないかね」

「かなり高慢に」クリストファーが言った。「もう長いことわたしと交際しようとしないのです」

「畜生め!」マークが言った。「事実上、おまえがグロービーの所有者だ。おまえがグロービーの所有者になるのを妨げるために、わたしが結婚して子供を儲けるつもりはない」

　クリストファーが言った。

「それはどうも。わたしはグロービーを欲しくはありません」

「おまえはわたしを恨んでいるのか」マークが訊ねた。

「ええ、兄さんを恨んでいます」クリストファーが答えた。「兄さんやラグルズやフォリオットや父さんたち皆を恨んでいます!」

　マークが言った。「そうか!」

「わたしが恨まないとは思わないでしょう？」クリストファーが訊ねた。

「ああ、おまえが恨まないとは思っていない」マークが答えた。「わたしはおまえを軟弱な男だと思っていた。今ではそうじゃないと分かる」

「兄さん同様、ノースライディングの生まれですからね」クリストファーが答えた。

二人はフリートストリートの人や車の流れのなかにいて、歩行者たちに押し分けられ、交通によって引き離された。当時の役人の横柄さをいくぶん発揮して、クリストファーは乗合バスや製紙トラックの間を突っ切って行った。役所の長の横柄さを発揮して、マークが言った。

「おい、警察官。この忌まわしい車の流れを止めて、向こうにわたしを渡らせてくれ」しかし、クリストファーのほうが断然速く渡り切り、ミドルテンプルの入口で兄を待つことになった。彼の頭に湧いてくるのは、ヴァレンタイン・ワノップを抱き締める場面の想像ばかりだった。自分は背水の陣を敷いたのだと、彼は心のなかで思った。

クリストファーの脇までやって来たマークが言った。

「おまえは父さんが望んでいたことを聞くべきだ」

クリストファーが言った。

「では、早く言ってください。急いでいるのです」彼は陸軍省での面接を早く切り上げて、ヴァレンタイン・ワノップのところに行かねばならなかった。二人の人生への愛を物語るには、わずかな時間しか残されていない。彼は彼女の金髪の頭とうっとりとした顔を思った。うっとりとしたとき、彼女はどんな表情を浮かべるだろう。彼はヴァレンタインの目元にユーモア、戸惑い、優しさを見たことはあった。――クリストファーの政治的意見への猛烈な怒りと軽蔑も。彼の軍国主義に対するものだった！

それにもかかわらず、二人はテンプルの噴水の傍で足を止めた。死んだ父への敬意のために。マークは説明し出していた。クリストファーはその言葉のいくつかを捉え、つながりを推測した。ティージェンス氏は遺書を残さなかった。巨額な財産の処理は長男が几帳面に行ってくれるだろうと確信して。遺書を残そうともしたが、よく考えなければならない曖昧な問題がクリストファーにあったからだった。クリストファーは末の息子だったが、彼にたくさんの金を与え、好きなように破滅の道をたどらせる手筈を整えることもできた。

だが、神の意志でもう末の息子ではなかった。

「父さんの考えは」マークが噴水のそばで言った。「決まった額ではおまえをまっとうにしておくことはできないというものだった。父さんの考えはおまえが女を食い物にするヒモだということだった。…気に障ったか」

「兄さんの率直なものの言い方は気になりません」彼は葉っぱで半ば詰まった噴水の底をじっと見つめた。この文明は、八月までに葉が腐る状況を作り出していた。何と言うべきか、この文明は破滅を運命づけられていた。

「もしおまえが女を食い物にするヒモならば」とマークが繰り返した。「遺言を残しても仕方なかった。おまえをまっとうにしておくためには無限に金が必要になるかもしれなかった。おまえは女たちを手に入れることになる。放蕩の限りを尽くすことになる。それも、きれいな金で。わたしはそれがどのくらいの額であるか見極め、その他の人間にも一定の割合で遺産を分配することになった…父にはたくさんの雇い人がいたからな…」

「父さんはいくら遺産を残したのですか」クリストファーが訊ねた。

「知るものか…おまえも知っての通り、地所は確かめられる限りにおいて百二十五万になる。だが、実際はその倍かもしれない。あるいは五倍かも……この三年間の鋼鉄の価格を考えると、ミドルズブラ地区の資産が何を生み出すかは予測不可能だ……相続税がそれを見越すことはあるまい。それに相続税を回避する方法はいくらでもある」

クリストファーは兄のことを、好奇心をもって見つめた。出目で、茶色い顔色で、全体的にみすぼらしく、かなり古い霜降りのスーツのボタンを窮屈そうにはめて着、下手くそに巻かれた傘を持ち、競馬を見るための古い双眼鏡をかけ、身につけたものとしては山高帽だけが唯一きちんとしたものであるこの男は、実際、王侯だった。硬直した輪郭をもった王侯だった。すべての本物の王侯がこのように見えるに違いない。彼は言った。

「ああ！　わたしのために兄さんが一文でも貧しくなる必要はありません」

マークはこの言葉を信じ始めていた。彼は言った。

「おまえは父さんを許すか」

クリストファーが言った。

「遺言を残さなかったことで父さんを許せません。ラグルズを呼び入れたことで父さんを許せません。父さんが死んだ前の夜、父さんと兄さんがクラブの書斎にいるのを見ました。父さんはわたしに話しかけてくれなかった。話すことはできたのに。ぶざまな、とても愚かしいことです。あのことを許すことはできません」

「銃で自殺したんだぞ」とマークが言った。「ふつう銃で自殺した男は許されるものだ」

「わたしは許しません」クリストファーが言った。「おまけに、その人はおそらく天国にいて、わたしの許しなど必要としていないのです。十中八九、彼は天国にいます。善人でしたから」

「最良の男の一人だった」マークが言った。「だが、ラグルズを呼び入れたのはわたしだ」

「兄さんのことも許せません」とクリストファーが言った。

「おまえは」とマークが言った——それは著しい感傷への譲歩だった——「安楽に暮らすのに十分な額を受け取らなければならない」

「くそっ」クリストファーが大声をあげた。「トーストにバターを塗り、羊肉を切り、スリッパを履いて絨毯の上を移動し、ラム酒にレモンと砂糖を混ぜる、兄さんの安楽など唾棄すべきだ。リヴィエラに豪邸を建て、お抱え運転手を雇い、油圧式エレベーターを使い、暖房を効かせる兄さんの情交が唾棄すべきなのと同じように……」彼は、カーテンも厚い肉もベトベトする媚薬もなしに、田舎家のむき出しの板の上でヴァレンタイン・ワノップと愛を交わすことを考えて、めったにないほどに興奮した。……「兄さんは」彼は繰り返して言った。「わたしのために一文だって損をする必要はないのです」

マークが言った。

「そんなことで怒ることはないだろう。もらいたくないのなら、もらわないまでだ。先を急いだほうが良いだろう。時間ぎりぎりだ。これで決まりとしよう。……おまえは銀行で借り越しているのか、いないのか。損失の補塡はわたしがする。おまえが止めようが何をしようが」

「わたしは借り越しなどしていません」クリストファーが言った。「わたしには三十ポンド以上の預金があります。それに巨額の借り越しをシルヴィアに保証してもらっています。あれは銀行のミスだったのです」

マークは少しの間躊躇った。銀行が誤りを犯すとは、彼にはとても信じられなかった。大銀行の一つが。イングランドの支柱が。

二人は堤防のほうに向かって歩いていた。マークは持っている高価な傘で、テニス場の芝の上の柵に激しい一撃を加えようと狙った。テニス場では、ぼやけた空気にかすんだ白っぽい人影が磔刑を行っている操り人形のように動いていた。

「くそっ」彼が言った。「イングランドも終いだな。…誤りを犯さないのはわが省だけだ。あそこで誤りが犯されたなら、国の背骨が割れてしまうだろう」さらに加えて、「わたしが安楽を放棄するとは思うなよ。放棄などしない。わたしのシャーロットはクラブのトーストよりもっと上手くバターが塗られたトーストを出してくれる。雨の日の競馬の後で、何度もわたしの命を救ってくれたフランスのラム酒を出してくれる。それも、わたしが与える五百ポンドですべてを賄い、おまけに、自分の身なりもきちんときれいに整えている。家計の切り盛りに関してフランス女らしいところはまったくない。…畜生、もし彼女がカトリック教徒でなければ、わたしはあの女と結婚するのだが。彼女は喜ぶだろうし、わたしが害を被ることもないだろう。だが、カトリック教徒と結婚する気にはなれない。信用が置けないからな」

「兄さんはカトリック教徒がグロービーを相続するのを我慢しなければならないでしょう」クリストファーが言った。「わたしの息子はカトリック教徒として育てられることになっていますから」

マークは足を止め、傘を地面に突き刺した。

「何だって。そいつは忌々しいことだ」とマークが言った。「どうしてそんなことになった？…おそらく、子供の母親がそうするようにとおまえに言ったのだろうな。結婚前に、あの女がおまえをだましてそうさせたのだ」さらに付け加えて「おまえの女房と寝たいとは思わんな。あまりにも筋骨逞しすぎる。鉄棒の束を抱いて寝ているようなものだろう。だが、おまえたちがひとつがいの山鳩のように仲睦ましいことは推測がつく…ああ、だがな、おまえがそんなに甘いとは思

か」

「今朝、決断したんです」クリストファーが言った。「小切手が銀行から戻されたときに。兄さんはグロービーについて書いた『冒瀆行為に関するスペルドンの書』[4]を読んだことがありませんか」

「読んだ覚えはないな」マークが答えた。

「では、その側面の話は説明しても仕方ありませんね」クリストファーが言った。「時間がありません。でも、シルヴィアがそれを結婚の条件にしたという兄さんの考えは間違っています。当時は、何を何としたところで、わたしは同意しなかったでしょう。わたしが同意したので、今では彼女は幸福な女になりました。可哀想に、カトリック教徒の跡取りがいないために、わたしたちの家が呪いをかけられていると思っていましたから」

「おまえはどうして今は同意したんだ」マークが訊ねた。

「今言ったでしょ」クリストファーが言った。「クラブ宛ての小切手が戻されたからです。それが一番の理由です。それよりましなことのできない男は、母親に子を育ててもらうほうが良いのです。…その上、不渡り小切手を振り出す父親をもつことは、プロテスタントの子を傷つけるほどにはカトリックの子供を傷つけないでしょう。『完全なイングランド人』でありませんからね」

「それもそうだな」マークが言った。

彼はテンプル駅の近くの公園の脇にじっと立っていた。

「それでは」マークが言った。「もしわたしが弁護士たちに手紙を書かせ、彼らの希望でおまえの借り越しに対し地所による保証が打ち切られたことを伝えさせていたなら、おまえの子はカトリック教徒にならなかったのだな。おまえは借り越しをせずに済んだのだろう」

「わたしは借り越しなどしていません」クリストファーが言った。「でも、もし兄さんが銀行に照会するようにわたしに忠告してくれていたら、間違いは起きなかったでしょう。どうして教えてくれなかったのです？」

「そのつもりだった」マークが言った。「自分でそうするつもりだった。しかし、わたしは手紙を書くのが嫌いなのだ。おまえのような奴と関わるのはあまり好かなかった。そのことでもおまえはわたしを許せないのだろうな」

「許せません。わたしに手紙をくれなかったことは許せません」クリストファーが言った。「兄さんは事務的書簡を書くべきだったのです」

「そんなものを書くのは真っ平御免だね」マークが言った。クリストファーは歩き出していた。

「もう一ついいか」マークが言った。「その子はおまえの子なんだろうな」

「ええ、あの子はわたしの子です」クリストファーが言った。

「なら、それでいい」マークが言った。「もしおまえが死んだら、わたしがその子の面倒を見ても構わないだろうな」

「喜んでお願いします」クリストファーが言った。

二人は並んでテムズ川北岸通りをぶらぶらと歩いて行った。一緒に歩く嬉しさに、二人とも背を伸ばし、肩を怒らせ、速度を落とすことで散歩を長引かせたいと願いながら、かなりゆっくりとしたペースで歩いて行った。一度か二度、彼らは汚い銀色の川面を見るために立ち止まった。というのも、二人とも風景の厳めしい効果が好きだったからだ。二人とも、その土地の所有者であるかのような心強さを感じた。

一度、マークが含み笑いをしながら言った。

「ひどくおかしなことだ。わたしたちが二人とも…何と言ったかな?……一夫一婦主義者だったか。そう、一人の女に固執するのは良いことだ。…それは違うとは言えまい。厄介を避けられる。それに、自分の立ち位置が分かるというものだ」

陸軍省の中庭に通じる陰気なアーチ門の下で、クリストファーは立ち止まった。

「いや、わたしもなかに入る」マークが言った。「ホガースと話がしたい。ホガースとはしばらく話していないからな。リージェント公園の輸送ワゴンの駐車場について話がある。こうした忌々しいことやその他のたくさんのことを何とかしなければならないのだ」

「兄さんはやり手だという噂です」クリストファーが言った。「必要不可欠だと」彼は兄ができるだけ長く一緒にいたいと思っていることに気づいた。彼自身もそれを望んでいた。

「大いに頑張っている!」マークが言った。「フランスで、おまえはそうした仕事ができるのか? 輸送手段や馬の面倒を見る」

「できるかもしれません」クリストファーが言った。「でも、また連絡業務に戻ることになると思います」

「そうはならないだろう」マークが言った。「おまえのために陸軍運輸部の人たちにひとこと言っておいてやるよ」

「お願いします」クリストファーが言った。「前線に戻るのにはまだふさわしい体調ではありません。おまけに、わたしは獣のような英雄ではありません。腐った歩兵将校です。ティージェンス家には誰一人、話題の的となるような軍人はいませんでした」

二人はアーチ門の角を曲がった。その場にぴったりと合う、的確な、予期されたもののように、ヴァレンタイン・ワノップが、壁際の、安っぽく着色された樅材の雨除け屋根の下に掛かる死傷者のリストを見ていた。この雨除け屋根は、当時の芸術運動の衰退の表出であると同時に、金を節約したいという固定資産税納付者の要求に応えるものだった。

彼女もまた予期された光景にクリストファー・ティージェンスがぴったりと合っていると感じた様子で、彼のほうを向いた。彼女の顔は蒼白で歪んでいた。クリストファーに駆け寄り、大きな声をあげた。

「このおぞましさを見て御覧なさいな！　あなたは、その汚い軍服を着て、これを支持しているのよ！」緑色の屋根の下の張り紙には、鋸歯状の横縞が引かれ、それぞれの線が今日死んだ人を意味していた。

ティージェンスは中庭のまわりに巡らされた歩道の縁石から一歩下がったところにいた。彼が言った。

「僕がそれを支持するのは、それが義務だからです。それを非難するのがあなたの義務であるのと同じように。二つの違った模様が僕たちには見えるというわけだ」さらに言葉を続けて、「これは僕の兄のマークです」と言った。

彼女はぎこちなく首を回してマークのほうを向いた。彼女の顔は蠟のように白かった。店頭に飾ってあるマネキンの首が回ったかのようだった。彼女はマークに言った。

「ティージェンスさんにお兄様がいらっしゃるとは知りませんでした。まあ、ほとんど知りませんでしたわ。話してくれたことがありませんでしたから」

マークは弱々しくニヤッと笑い、帽子をとって煌びやかな裏張りを見せた。

「たぶん誰にも兄のことは話したことがありません」ティージェンスが言った。「だが、確かに僕の兄なのです」

ヴァレンタインはアスファルト舗装された車道に足を踏み入れ、クリストファーのカーキ色の軍服の襞を摑んだ。

「言っておかなければならないことがあるのよ。それが済んだら帰ります」

彼女はクリストファーの軍服の生地をまだ摑んだまま、狭く、固く、不快な空間へと彼を引っ張っていった。彼がきちんと自分と向き合うまで、彼の体を回転させた。彼女は喉の動きにものすごく時間がかかるかにように、ごくりと唾を飲み込んだ。クリストファーはむさ苦しい、汚れた石造りの建物群が空に向けて描く輪郭を見まわした。卑しい、灰色の冷酷さを示す、戦備を整えた世界の冷たい中心に、ある程度の大きさの爆弾が落とされたならば、いったいどういうことになるのだろうかとそれまでも思案することがよくあった。

女は彼をたじろがせるように、彼の顔をむさぼるように見た。小さな歯の間から漏れる女の声は冷酷だった。

「エセルのお腹のなかの子の父親はあなたなの？　奥さんがそう言っていたわ」

クリストファーは中庭の面積を考えた。そして言った。

「エセルだって？　エセルって誰だい？」画家兼詩人の習慣に従って、マクマスター夫妻はいつも互いのことを「ガガム[6]」と呼んでいた。クリストファーは大惨事があらゆる名前を頭から掃き出してしまってから、たぶんドゥーシュマン夫人の洗礼名を一度も聞いていなかった。中庭は爆弾への耐破壊性を十分に有する閉鎖空間ではないという結論に彼は達した。

女が言った。

「イーデス・エセルよ！　マクマスター夫人のことよ」彼女は明らかに、緊張した面持ちで答えを待ち受けた。

クリストファーが上の空で言った。

「違う。違うに決まってるだろう…いったい何を言われたんだ?」

マーク・ティージェンスは、小川を覗く子供のように、緑色に塗られた雨除けの正面の縁石越しに身を乗り出していた。彼は、握っている柄で傘を振りながら、極めて辛抱強く待っていた。他に自己表現の手段を持ち合わせていないかのようだった。女はその朝クリストファーに電話をかけたとき、何の前触れもなく、相手の声が言うのを聞いたのだった。まったく何の前触れもなく、と女は繰り返した。

「もしあなたがワノップ家のお嬢さんなら、よその家の芝生には立ち入らないことね。ドゥーシュマン夫人がすでに主人の愛人なのだから。あなたは立ち入らないで」

クリストファーが言った。

「妻がそんなことを言ったのか」彼は兄が実際どうやって今の姿勢を保っていられるのか不思議に思った。女はそれ以上何も言わなかった。女は男を引き寄せ、彼の個性を吸い上げるような主張をして、答えを待っていた。それは耐え難いことだった。彼はその午後最後の努力をしなければならなかった。

そして言った。

「畜生! どうしてそんなバカな質問ができるんです。よりによって、あなたが! あなたは知性のある女性だとばかり思っていたのに。僕の知る唯一の知的な女性だと。あなたには僕がどんな人間か分からないのですか?」

女は頑なな態度を保つ努力をした。

「ティージェンス夫人は正直な人ではないのですか」ヴァレンタインが訊ねた。「ヴィンセントとエセルの家でお会いしたとき、正直そうなかただと思いましたけれど」

「言っていることを妻は信じています。しかし、そのときに信じたいと思うことしか、妻は信じません。もしそれを正直と呼ぶならば、彼女は正直です。妻には何の不満も持っていません」彼は心のなかで思った。妻をけなすことでこの女に訴えるのは止そう、と。

砂糖の塊に水をかけると硬い輪郭が突然消えるように、彼女の頑なさも溶けていったように見えた。

「ああ」と女は言った。「それでは本当じゃないのね。本当じゃないって分かっていたわ」女は声をあげて泣き始めた。

クリストファーが言った。

「さあ、行きましょう。今日は一日中バカな質問に答えてきた。これから、ここでもう一人の愚か者と会わなければなりません。それで仕事は終わりです」

女が言った。

「こんな泣き顔では、一緒には行けないわ」

クリストファーが答えた。

「いや、大丈夫。ここは女が泣く場所です」さらに付け加えて、「おまけに、マーク兄さんがいます。元気づけてくれる人ですよ」

彼は彼女をマークに引き渡した。

「さあ、ミス・ワノップの面倒を見ていてください」クリストファーが言った。「いずれにせよ、彼女と話したいでしょう」そして、せわしい売り場主任のように、二人の前をせかせかと歩いて行き、陰気な入口から玄関ホールへと入って行った。赤や緑や青やピンクの色つき襟章を身に付け、魚のような目をし、水槽のなかの魚が訊ねそうな質問を浴びせかけてくる無情な頑固者とすぐさま対面しなければ、彼もまた感情を抑えきれなくなり、泣き出すに違いなかった。安堵のあまりに。しかし、ここはまた男たちも泣く場所だった。

彼は、彼を彼たらしめている力だけを頼りに、たちまち何マイルにも及ぶような廊下を通り抜け、極めて知的で、痩せた、肌が浅黒い男の前に立った。男は緋色の色つき襟章を付けていた。それは彼が清掃作業員ではなく人事担当の高官であることを意味していた。

肌が浅黒い男が直ちに彼に言った。

「おい。傷病兵訓練所はいったい何をやっとるのだ。君はそういった場所に講演に行っているのではないのかね。節約に関して。こうした忌々しい暴動はいったい何が原因なのだ。腐った老大佐たちが指揮を執っているからか」

ティージェンスは穏やかに言った。

「よろしいでしょうか。お分かりのように、わたしは汚らわしいスパイではありません。腐った老大佐たちから厚遇を得てきました」

肌の浅黒い男が言った。

「おそらくそうだろう。だが、君はそのために送られたわけではない。キャンピオン将軍が言っていたぞ。君は彼の指揮下にある者のなかでもっとも頭の切れる男だとな。あいにく、キャンピオン将軍はもう戦地に出て行ってしまった。……いったい傷病兵訓練所のどこに問題がある。兵士たちか、それとも将校か？　名前を挙げる必要はない」

ティージェンスが言った。

「まあ、キャンピオンのような、とでも申しましょうか。兵士のせいでも、将校のせいでもありません。不正な制度のせいです。国家から賞されたと思っている男たちをあなたがたは集めます。彼らは本当に賞されたのです。それにもかかわらず、あなたは彼らを丸刈りにする」

「するのは軍医官たちだ」肌の浅黒い男が言った。「シラミを嫌っとるのだ」

「もし暴動のほうがいいならば…」ティージェンスが言った。「男は女と一緒に歩きたいと思い、きちんと油を塗って額の上に固めたヘアスタイルをしたいと思うものです。囚人のように取り扱われるのは真っ平御免なのです。彼らはまるで囚人のようにみなされています」

　肌の浅黒い男が言った。

「分かった。次に移ろう。腰をかけたらどうだ」

「少し急いでおりますので」ティージェンスが言った。「わたしは明日戦地に赴くことになっていて、兄や親類を下に待たせているのです」

　肌の浅黒い男が言った。

「ああ、それは済まない…だが、くそっ。君は国内に留まっていて欲しい人材だ。君は戦地に行きたいのか。もし行きたくないのなら、我々は留まらせることができるのだぞ」

　ティージェンスは一瞬ためらった。

「ええ」ティージェンスは迷った末に言った。「ええ、行きたいと思います」

　少しの間、彼は留まりたいという誘惑を感じていた。兄のマークに、シルヴィアはおまえを愛しているぞと言われたことが、彼の気落ちした心に浮かんだ。それはずっと彼の意識下にあったものだった。このとき、ラバに後ろ足で蹴られたかのように、その思いが彼の潜在意識を貫いた。それは途方もなく面倒な事態だった。本当でないかもしれなかった。しかし、本当であろうがなかろうが、彼にとって一番良いのは、できるだけ早く戦地に赴き、露と消えてしまうことだった。

それにもかかわらず、彼は下で泣いている女と一夜を過ごすことを激しく求めていた…

彼は耳にこの上なくはっきりと次の詩行を聞いた。


　　未だ聞いたことのない[5]声が…

　　わたしの言葉に答えた…


彼は心のなかでつぶやいた。

「それがシルヴィアの欲したことだったのだ。それだけは分かる！」

肌の浅黒い男が何か言った。ティージェンスが繰り返した。

「もしあなたが行くのを止《と》めるなら、それは非常に不親切であると思います…わたしは行きたいのです」

　肌の浅黒い男が言った。

「行きたい人もいれば、行きたくない人もいる。万一君が戻ってくる場合に備えて、君の名前をメモしておこう。…戻ってきたら、燃え殻ふるいの仕事を続けるのは構わんだろうね。…できるだけ速やかに君の話を続けたまえ。そして行く前に得られる楽しみを得たまえ。向こうはひどい状況だそうだぞ。途轍もなくひどい。地獄のような機銃掃射が続いているそうだ。君たちが必要とされているのはそのためだ」

　少しの間、ティージェンスは、遠くから、何マイルも離れたところから、絶え間なく沸騰する鍋の音が聞こえる、兵站駅の、灰色の夜明けを見た。軍隊の感覚が再び彼に襲いかかった。彼はかなり長く、熱を込めて、傷病兵訓練所について話した。こうした陰鬱な場所での兵士たちの取り扱いに対し、憤りで鼻を鳴らした。利口ぶった愚行を持って行われる取り扱いに対して！

時折、肌の浅黒い男が話を遮った。

「傷病兵訓練所が病人や負傷者を再び任務に就けるようにするための場所であることを忘れるな。我々はできるだけ早く彼らを任務に復帰させなければならないのだ」といった具合に。

「あなたもそうお考えですか」とティージェンスはその度に訊ねた。

「いや、我々は違う」ともう一人の男は答えた。「これはそのための調査だ」と。

「あなたがたは集めます」とティージェンスが続けた。「サウサンプトンから九マイル（約十四キロ）の忌々しい粘土質の丘の上に、スコットランド北部山岳地方や北アイルランドやカンバーランドが出身地の三千人の男たちを。ですが、出身地はどこでも構わないのです。故郷が三百マイル（約四八〇キロ）離れたところにあり、男たちが郷愁で気も狂わんばかりでありさえすれば。……男たちはパブの閉店時間中に、一日一時間だけ外出を許されます。軍人用の短いステッキは持ち歩かせません。居もしない地元の若い娘たちの気を引かないように頭は剃ってしまわれます。軍人用の短いステッキは持ち歩かせません。いったい何のためにですか！　転んだときに目を突かないように、とのことのようですが。どこの町に行くにも九マイル離れていて、白亜の坂道を歩かなければならず、風雨や陽射しを避けるための低木の茂みも生えてないときています。…そしてシーフォースかアーガイル出身の仲良し二人組がいるとすると、二人を同じ小屋には寝かせません。太った東ケント連隊の者たちやウェールズ人たち、ニラネギの匂いを発散し英語を話せない連中のなかに押し込めるのです…」

「それは連中が一晩中話に夢中にならないようにするための配慮から、忌々しい軍医官が発した命令だ」

「それが閲兵式に参列しない陰謀を夜通し企てさせるのです」ティージェンスが言った。「そして、忌々しい暴動が始まるのです。…それでも、畜生、彼らは立派な男たちなのです。第一級の連中です。どうしてあなたは――ここはキリスト教の国ですよ――彼らを故郷に返して、女やパブや友人とともに病後回復させるようにしないのですか。少しは英雄としての誇りを持たせて。いったい、どうして、あなたは？　まだ苦しみが足りないとでも言うのですか」

「『あなたは』と呼ばんで欲しいものだ」肌の浅黒い男が言った。「わたしの責任ではない。わたしが起草した唯一の陸軍評議会命令は、すべての傷病兵訓練所に映画館と劇場を設置せよというものだった。だが、忌々しい軍医官たちがこれを止めてしまった…病気の感染を恐れてね。そして、もちろん、牧師や非国教徒の治安判事たちは…」

「ああ、そんなことはすべて変えてしまうべきです」ティージェンスが言った。「でなければ、ありがたいことにわたしたちには海軍がある、と言うべきです。陸軍は要らない、と。先日、三人の男が――ウォリックの者たちですが――講演の後の質問時間にわたしに訊ねました。ベルギーから来た避難民がバーミンガムで自分たちの女房に子を孕ませているというのに、なぜ自分たちはこのウィルトシャーに閉じ込められていなければならないのか、と。そこで、わたしがどれくらい多くの者が同じ苦情を抱えているのか訊ねると、五十人以上の者が立ち上がりました。皆、バーミンガムから来た者たちです…」

肌の浅黒い男が言った。

「メモしておこう。…続けなさい」

ティージェンスは話を続けた。というのも、彼はそこに留まっている間ずっと、自分が、男が抱き表明する愚か者たちへの激しい軽蔑をもって、男にふさわしい仕事をする男であると感じていたからだった。それは息継ぎであり、実際最後の休暇だった。

Ⅳ章

マーク・ティージェンスはきまり悪そうに傘を振り、落ち着きを取り戻すために耳元までしっかりと山高帽を被り直して、中庭で泣いている女の傍らを歩いた。

「ところでだが」マークが言った。「クリストファーが軍国主義的な意見の持ち主だってことは大目に見てやってもらいたいね。…忘れないでくださいよ。あいつは戦地に赴くことになっていて、そのなかでももっとも優れた者の一人だということを」

頬に涙の跡を残したまま、女はすばやく彼に目をやり、それからまた目を逸らした。

「もっとも優れた者の一人」とマークは言った。「生まれてこのかた、嘘をついたことがなく、不名誉なことをしたこともない。彼には穏やかに諭すことです、いい子だから。そうすべきなのです。分かりますね！」

女は、顔をそむけて言った。

「彼のためなら一命を投げ打つわ」

マークが言った。

「それは分かっています。素晴らしい女性は見れば分かる。だが、考えてみてください。弟はおそらく考えているんだ…いいですか…あなたのためになら命を捧げられると。そしてまた、もちろん、わたしのためにも。違った角度からものを見れば、そうなる」マークは彼女の上腕をぎこちなく、しかし抵抗できないほどに、ぎゅっとつかんだ。青い布の上着に被われた腕はとても細かった。彼は心のなかで思った。

「これは驚いた！　クリストファーは骨と皮ばかりの女が好きなのだ。弟を魅了するのは運動家タイプの女たちだ。この娘は躍動感に満ちている、まるで…」マークはミス・ワノップほど躍動感に満ちたものを何も思いつくことができなかったが、彼女と、また自分の弟と、昵懇の仲になれたことに心温まる満足を感じていた。彼は言った。

「あなたはもっと優しい言葉をあいつにかけることなく行ってしまうのではないでしょうね。考えてもごらんなさい。あいつは殺されるかもしれないのですよ。…おまけに、おそらくあいつはドイツ人を殺したことがない。連絡将校でしたからね。その後は、陸軍のごみ箱のごみの集積場で、ごみをふるい分ける仕事をしてきたのです。いかに兵たちに出す食事を少なくするか考えながら。文民がもっと食事を得られるようにと。あいつが文民にもっと食事を供給することにあなたは反対しないでしょうね。…ドイツ人を殺すことに貢献しないのですから…」

　彼は女の腕の動きで自分の手が彼女の暖かな脇腹にギュッと押しつけられるのを感じた。

「あの人はこれから何をすることになるのですか」女が訊ねた。彼女の声は震えていた。

「そのためにわたしはここに来たのです」マークが言った。「なかでホガースさんに会うつもりです。ホガースを知りませんか。ホガース老将軍ですよ。クリストファーを輸送の仕事に就けてもらおうと思ってね。安全な仕事です。比較的安全な。名誉が得られる仕事ではまったくありませんが。でも、忌々しいドイツ人を殺すこともない。…いや、もしあなたがドイツ人贔屓なら、失礼な言い方をしましたが」

女は彼の顔を直視するために、自分の腕を彼の手から引き離した。

「ああ」と女が言った。「あなたは彼に忌まわしい軍功をあげてほしいとは思わないのですね！」

女の顔に色が戻った。彼女は目を見張って彼を見た。

マークが言った。

「思いませんね。そんなことを願う必要がどこにあります」彼は心のなかで思った。「この女はすごくでかい目をしている。首も、肩も、胸も格好がいい。お尻も素敵だし、手も小さい。X脚でもない。足首もきれいだ。立っている姿勢もいい。足は大き過ぎず。一六三センチか四センチの身長かな。本当に素敵な娘だ」それから声に出して言った。「どうしてあいつが忌々しい兵士にならねばならないのです。あいつはグロービーの跡取りです。一人の男にとって、それだけで十分ではないですか」

女は彼が批判的な目で見ていることに気づき、その間長い間じっと立ったままでいたが、今度は突然自分のほうから男の脇の下に手を突っ込み、入り口の階段のほうに彼を引っ張って行った。「それでは早くしましょう」女が言った。「すぐに彼を輸送業務に就かせる手筈を整えましょう。彼が明日出発する前に。そうすれば、わたしたちは彼が安全だと知ることができます」

マークは彼女のドレスに困惑した。それはとても実務的で、紺色で、とても短かった。それに、黒い絹の男性用ネクタイが付いた白いブラウス。帯の正面にアラビア数字が入った広縁のフェルトの中折れ帽。

「あなたもまた制服を着ているのですね」マークが言った。「あなたの良心があなたに戦争への貢献をさせているのですか」

女が言った。

「いいえ。わたしたちは経済的に困窮しているのです。わずかなお金を稼ぐために、わたしは大きな学校で体育の授業を受け持っているんですの…さあ、早く行きましょう」

肘にかかった女の圧力が彼を喜ばせた。彼はそれにわずかに抵抗して尻込みし、女にさらに執拗な圧力をかけさせた。彼は可愛い女に懇願されるのが好きだった。おまけに、相手はクリストファーの女だった。

マークが言った。

「まあ、これは分刻みの問題ではありません。連中は送り出す前に何週間も基地に人員を留めておきます。…わたしたちはあいつに万全の措置をとれますよ。間違いありません。あいつが降りてくるまで、玄関の広間で待ちましょう」

マークは、混雑した不快な玄関広間で、親切な守衛――壇上にいる二人の守衛のうちの一人――に言った。「二分経ったらホガース将軍に会いにいくつもりだ。だがベルボーイを使いに出す必要はない。まだ行くまでにはしばらく時間がかかるかもしれないから」と。

彼は、木のベンチに座ったミス・ワノップの隣にぎこちなく腰を下ろした。まるで砂浜にいるかのように、二人の爪先には、人間的な暖かさが波のように押し寄せた。女は少し体をずらして彼が座るための場所をあけ、そのことがまた彼を気分良くさせた。マークが言った。

「あなたは今、『わたしたち』は経済的に困窮していると言いましたね。『わたしたち』というのは、あなたとクリストファーのことですか」

女が言った。

「わたしとティージェンスさんですって。まあ、とんでもない！　わたしと母ですわ！　母が以前記事を書いていた雑誌が廃刊になったのです。あなたのお父様が亡くなったときのことだと思います。お父様が雑誌にお金を出していたのですわ。母には自由契約は向いていません。これまでの人生で十分すぎるほど働いてきましたもの」

彼は丸い目をさらに丸くして、彼女を見た。

「自由契約がどういうものかわたしには分かりませんが」とマークが言った。「あなたがたは楽な生活を送るべきだ。あなたとお母様が楽な生活を送るには、どのくらいの金が必要ですか。それに、クリストファーがときどき骨付きの羊肉を食べられるようにもうちょっと加算するとしたら！」

女はちゃんと聞いていなかった。マークがいくらかしつこく言った。「いいですか。わたしは用件のためにここへ来ているのです。あなたのもとに押しかけて来た年老いた崇拝者というわけではありません。確かにあなたのことは崇拝もしていますが…しかし、わたしの父は、あなたのお母様の安楽を念じていました…」

彼のほうを向いた女の顔が、こわばった。

「つまり、こういうことではないでしょうね…」女が言った。

マークが言った。

「早合点して言葉を差し挟まないように。わたしは自分なりのやり方で話す必要があるのです。父はお母様の安楽を念じていました。お母様が雑誌ではなく本を書けるようにしたいと言ったのです。どんな違いがあるのか、わたしには分かりませんが、そう父は言ったのです。父はあなたの安楽も念じていました。あなたは厄介事を抱えていたりはしないでしょうね！…いや、仕事上のことで。割に合わない帽子店だとか。娘たちのなかには…」

女が言った。「いいえ、わたしは教えているだけです…さあ、早く、その先を…」

生まれてはじめて、彼は他の者の望みを満たすために思考の流れを乱した。

「その金は当座の用に受け取ってもらって構いません」マークが言った。「父がお母様においしい小さなスモモを一個残しておいたかのように」彼は散り散りになった思考を拾い集めようと、あたりを見まわした。

「そうなのね。そうだったのね。思ってもみなかったわ！」女が言った。「何とまあ、有り難い」

「あなたが望めば、あなたの分も少しはあるでしょう」マークが言った。「それともクリストファーが許さないかな。弟はわたしのことを怒っていますからね。それから、あなたの弟さんを医業に就かせられるだけのものも」マークが訊ねた。「気を失ったのではないでしょうね」

女が言った。

「いいえ、気を失ったりはしませんわ。ただ、泣くだけです」

「それなら結構」マークが答えた。それに続けて「それはあなたがたの側の話です。今度はわたしの側の話をしましょう。わたしはクリストファーのために、骨付き羊肉と炉辺の肘掛椅子が確保できる場所があって欲しいのです。それに弟に良くしてくれる誰かがいるといい。あなたは弟に良くしてくれているのでしょう。わたしにはそれが分かります。わたしには女のことが分かるのです！」

女は静かに途切れなく泣いていた。ドイツ軍がベルギー国境のゲメニッヒ付近を横切った日以来彼女が負ってきた心の重荷が、初めて取り除かれた瞬間だった。

あの日はドゥーシュマン夫人がスコットランドから戻ったことから始まった。夫人は戻るとすぐに、ミス・ワノップを夜遅く牧師館に呼び寄せた。背の高い銀の燭台に刺さったロウソクの明かりが照らす、オーク材の羽目板際にいる夫人は、睨むような黒い目をし、ぼさぼさの髪をして、大理石の狂った塊のように見えた。夫人は機械のような耳障りな声で叫んだ。

「赤ちゃんはどうしたら始末できるの？　あなたは女中だったのでしょ。知っているはずよ」

それは大きな衝撃であり、ヴァレンタイン・ワノップの人生の転換点となった。その前の何年間かは静穏のときだった。クリストファー・ティージェンスを愛した彼女にとって、その静穏は憂鬱の色を帯びてはいたけれども。しかし、彼女は早くから何もなしで済ますことを学び、彼女の目に映る世界は、自制と崇高な努力と犠牲の場所だった。ティージェンスは母に会いにきて、素晴らしい話をしていく男でなければならなかった。ティージェンスが家に来ると、彼女は幸せだった。女中の配膳室で、お茶の準備をするのが常だったけれども。おまけに、彼女は母親にこき使われていた。天気は概ね良く、彼女たちが住む田舎の一角は、未だ新鮮で快適であるように見えた。彼女は極めて健康で、ティージェンスがジョエルの馬車馬の後釜に据えたキ・タメに乗ってときどき出かけた。それに、彼女の弟はイートン校で展示会や何やらで何回も入賞し、優秀な成績をあげ、いったんモードリン・カレッジに入ると、ほとんど母親の手から離れた。政治的に行き過ぎた言動のために放校処分になりさえしなかったなら、大学のために働き大学の名誉となる可能性もある優秀で陽気な青年だった。彼は共産主義者だった。

そして、牧師館にはドゥーシュマン夫妻が、というかドゥーシュマン夫人がいて、たいてい週末は、マクマスターがどこかその周辺にいた。

マクマスターのイーディス・エセルへの熱情、イーディス・エセルのマクマスターへの熱情は、ヴァレンタインには、人生における美しいものの一つに見えた。マクマスターとイーディス・エセルの二人は、自制と美しい引用とひたすら時を待つ確固たる意志の海を泳いでいるように見えた。ヴァレンタイン自身はマクマスターをあまり興味を引く人物だとは思わなかったが、イーディス・エセルのロマンティックな熱情のため、また彼がクリストファー・ティージェンスの友人であったため、彼のことを信用していた。彼女はマクマスターが何か独創的なことを言うのを一度も聞いたことがなかった。マクマスターが引用をするとき、その引用は、ものの見事というよりは、うまい出来栄えという印象を与えがちだった。しかし、彼女は、この男が真っ当な人間であることを当然のことと思っていた。自分が乗る急行列車のエンジンが信頼に足るものであることを、人が当然のことと思うように。真っ当な人たちがそのエンジンを自分のために選んでくれたのだから…

狂ったドゥーシュマン夫人を目の当たりにして、ヴァレンタインは、自分が大きな日当たりのいい大地の堅固さを信じるように信じる、偶像視している友人が、男の情婦であったことに――それも、その男に初めて会った日といっていい頃からずっとそうであったことに――いま初めて気づいたのだった。おまけに、ドゥーシュマン夫人は、極度に無慈悲な性格と大いに卑俗な言葉遣いとを、どこかに隠し持っていた。ロウソクの明かりのなか、黒っぽいオーク材の羽目板の前で、愛人への心の底からの憎しみを表わす下品な言葉を叫びながら、夫人は怒りを振り撒いた。

「あの田舎者にはもっとましなことができないのかしら…汚い小さなリース港の漁師風情には…これでは、銀の燭台のロウソクもいったい何の役に立つと言うの。回廊の磨かれた羽目板も」

ヴァレンタイン・ワノップは、イーリングの家庭で、擦り切れた木綿の服を着たみすぼらしい女中として、飲んだくれの料理女と病弱な女主人と三人の食べすぎの男たちと一緒に過ごし、階段の下で眠ったことで、性的必然や人間の不品行についてかなりの知識を得ていた。しかし、さらに貧しい大都市の下層民たちが物質的豪奢や優雅さや品位ある裕福を夢見ることで生きる希望をつなぐのと同様に、彼女もまたいつも、イーリングと食べすぎで種馬のようにいなくそこの州会議員たちの世界から遠く離れたところに、上品で、立派な考え方をし、利他的で、用心深い人々の晴れやかな集落があると考えていたのだった。

そして、いまこの瞬間も、自分がそうした集落のはずれにいるところを想像した。さらに、立派な知識人の集まりがロンドンの彼女の友人たちを中心にして出来上がることを前以って想定した。イーリングだけは頭から除外した。彼女は考えた。人類は、一方の、厳正で建設的な知識人と、他方の、墓地を埋めるだけの素材とで出来ていると、かつてティージェンスが言うのを彼女は聞いたことがあった。…今、厳正で建設的な知識人たちはどうなってしまったのかしら、と彼女は思案した。

何より悪いことに、ティージェンスに対する自分の美しい好意はいったいどうなってしまったのかしら、と。というのも、彼女はもうこの好意を重要なものとみなすことができなくなっていたからだった。自分が女中の配膳室にいて、ティージェンスが母の書斎にいる間、もはや彼女の心が喜びで高鳴ることはなくなっていた。さらにまた自分がティージェンスの美しい好意だと一人合点していたものは、いったいどうなってしまったのかしら、と考えた。彼女は永遠の問題を自問した――それは、どんな男女も美しい好意を美しい好意のままにしておくことはできないものなのだろうかという問いだった――そして彼女はそれが永遠の問題だと知っていた。ロウソクの明かりのなかで、青白い顔をし、髪を振り乱しながら、せっかちに行ったり来たりを繰り返すドゥーシュマン夫人を見て、ヴァレンタイン・ワノップが言った。「いいえ。いいえ。葦のなかで寝ている虎は、常に頭をもたげるものだわ」しかし、虎というより…それはどちらかと言えば、孔雀だった。

ティージェンスがティーテーブルの向こう側で顔をあげ、ヴァレンタインの母親の脇から長い瞑想的な視線を彼女に向けた。ティージェンスは、青い出目の代わりに、黒目が縦にひび入る目を――閉じるにせよ開くにせよ、密かな緑色の輝きをもって、黄色い地の上を黒目が縦にひび入るいわば虎の目を――持つべきなのではないだろうか。

ヴァレンタインはイーディス・エセルが彼女のことを取り返しがつかないほどに不当に扱ったことに気づいた。というのも、大きな性的衝撃を受けて、それ以降ずっと同じでいられる人間はいないからだ。少なくとも数年間は。それにもかかわらず、ヴァレンタインは深夜遅くまでドゥーシュマン夫人に付き添った。このとき、夫人は深い椅子に、まるで包装紙に包まれた骨の小荷物ででもあるかのように倒れ込み、動くことも話すことも拒絶した。それでも、その後も、ヴァレンタインが友人に忠実に仕える役割を疎かにすることはなかった。

その翌日、戦争になった。それは、昼も夜も休みなく続く、純然たる苦しみの悪夢だった。それは四日の朝、弟がノーフォークの湖沼地方で開かれたオクスフォード共産党の夏期講習会から帰ってきたことをもって始まった。彼はドイツ学生団の学帽を被り、泥酔していた。ドイツ人の友人たちをハーリッチで見送ってきたのだ。泥酔した男を見るのは、初めてのことだったので、彼女にはいい土産となった。

翌日、酔いが醒めると、弟はもっとひどくなったように見えた。父親に似て、ハンサムで浅黒い肌をしていた。母の鷲鼻を受け継ぎ、いつも少し情緒不安定気味だった。常軌を逸していたというわけではないが、そのとき持つべき意見という点ではいつも過激だった。夏期講習会で、彼はあらゆる観念について非常に辛辣な意見を述べる教師たちの教えを受けていた。これまでは、それでも問題にはならなかった。母親はトーリー党の雑誌に記事を書き、弟は帰省すると、オクスフォードの過激な機関紙を編集した。しかし、母はただクスクスと笑うだけだった。

　戦争がそれを一変させてしまった。二人とも血と拷問への欲望に満たされたように見えた。どちらも他方に少しの注意も払わなかった。戦争が続く間、このときの思い出は常に彼女につきまとったが、それはまるで、部屋の片隅で、年老いた母親が膝立ちになり、その状態から苦労して立ち上がって、しわがれ声の祈りを神に捧げ、どうかこの手でドイツ帝国皇帝と呼ばれる男の首を絞め、そいつを拷問にかけ、体の皮を全部剝いでやることができますようにと叫んでいるかのよう、部屋のもう片方では、直立した、肌の浅黒い弟が、顔をしかめ、辛辣に、片方の手の握り拳を頭上にかかげ、天の呪いがイギリス人兵士にふりかかり、その結果、千単位でイギリス人兵士が火傷した肺から血を迸らせながら苦悶のうちに死んでいきますようにと祈っているかのようだった。エドワード・ワノップがかぶれた共産党の指導者は、イギリス軍のそこここの部隊に不満を引き起こす企てに失敗し、それも苛立たしいほどに失敗し、馬洗い池に突き落とされたり、銃殺されたり何なりして殉教者になることもなく、ただ笑いものにされ無視されただけのように見えた。このことは一兵卒が戦争に責任を持っていることを明らかにした。こうした無知な下っ端たちが戦うことを拒否したならば、敵に囲まれ恐怖にさらされた、その他何百万の人たちが武器を棄てて逃げ出すことになっただろう。

　この一連の幻想にティージェンスの姿が交差した。彼は迷っていた。ヴァレンタインはティージェンスが彼女の母に何度か迷いを表明するのを聞いた。母のほうは日ごとに上の空になっていった。ある日、ワノップ夫人が言った。

「あなたの奥さんはそれについてどう考えているの？」

　ティージェンスが答えた。

「ああ、妻はドイツ贔屓です…いや、それは正確ではないな。彼女にはドイツ人の囚人の友だちがいて、彼らの面倒を見ています。しかし、たいていは女子修道院で静修の時を過ごし、戦前の小説を読んでいるってところかな。肉体的苦しみに耐えられないのです。わたしには彼女を非難することはできません」

ワノップ夫人はもはや聞いていなかった。だが、彼女の娘は聞いていた。

ヴァレンタインにとって、戦争はティージェンスを好意の対象として捉える割合を減らし、一人の男として捉える割合をはるかに増したのだった。——戦争とドゥーシュマン夫人が二人の間に割って入ったのだ。ティージェンスは以前ほど誤りなき男ではなくなってきたように見えた。迷いのある男は、目と手、食べ物への欲求、ボタンを縫いつけてもらうことの必要によって、もっと男らしくなる。実際、彼女は彼の手袋の緩んだボタンを固く付け直した。

金曜日の午後、マクマスターの家で、ヴァレンタインはクリストファーと長く話した。馬車で出かけ事故に遭ってから初めてのことだった。

あれ以降——戦争になるいくらか前のことだった——マクマスターは金曜の午後の会を設けた。ヴァレンタインはドゥーシュマン夫人に同行して、朝の列車でロンドンに出、夜に牧師館に戻った。ヴァレンタインはお茶を淹れ、ドゥーシュマン夫人は、天才や優れたジャーナリストが集まる、本棚がずらりと並ぶ大きな部屋のなかを漂い歩いた。

十一月の凍るように寒い雨の日だった——その前の週の金曜日は異常なほどの混雑だったのに、この日はほとんど出席者がなかった。マクマスターとドゥーシュマン夫人は、スポンジという名の建築家を食堂に案内し、ティージェンスがどこかで見つけマクマスターに与えた、異常なほどに見事なピラネージ[1]の『ローマの風景』のセットの真贋を確かめさせていた。ジェッグ氏とハヴィランド夫人という人たちが、遠くの窓腰かけにぴったりと寄り添って座っていた。二人は低い声で話していた。ときどきジェッグ氏は「抑制」という言葉を使った。ティージェンスは座っていた炉辺の席から立ち上がって、ヴァレンタインのところにやって来ると、彼女にお茶のカップを炉辺に持ってきて、一緒に話をしてくれるようにと頼んだ。彼女は従った。二人は磨かれた真鍮のレールの上に取り付けられた炉辺の革の椅子に並んで腰かけた。炉は彼らの背中を暖めた。ティージェンスが言った。

「ああ、ミス・ワノップ。どうしていましたか」二人は戦争の話へとさまよっていった。そうならざるを得ない状況だった。彼女はティージェンスが思っていたほど忌まわしい人物でないのに気づき驚愕した。というのも、彼女は、弟の平和主義者の友人たちによって頭に叩き込まれた事実で、また、ドゥーシュマン夫人の倫理を絶え間なく考えることによって、男らしい男は皆、強い欲望にとりつかれた悪魔であり、戦場を闊歩し、サディズムの熱狂のうちに負傷者に長めの短剣を突き刺すよりましなことのできない人間だという自然発生的な感情を抱いていたからだった。彼女はティージェンスに対しこうした見方をするのは間違いだと知っていたが、心のなかでそうした考えを温めていたことは間違いなかった。

ヴァレンタインは——潜在意識的には分かっていたことだが——ティージェンスが驚くほど温厚であることに気づいた。彼が母親のドイツ帝国皇帝に対する長い弾劾演説に耳を傾けている間、ヴァレンタインはあまりにしばしばその姿に目を向けていたので、彼女はそれを知らずにはいられなかった。彼は声を荒げることなく、何の感情も表すことがなかった。やがて彼は言った。

「あなたと僕は二人の人みたいだ…」彼はちょっと間を置き、それからもっと素早く言った。「いくつかの角度から違った風に読める石鹸の看板広告を知っているかな。近づいていくときには『サルの石鹸』と読める。通り過ぎて振り返って見ると『すすぐ必要なし』と読める。…あなたと僕とは違った角度に立っていて、同じものを見ているのに、違ったメッセージを読むんだ。たぶん並んで立っていても、僕たちはまた別のメッセージを見るだろう。…それでも、僕は、僕たちが互いを尊敬し合えればいいと思う。少なくとも、僕はあなたをすごく尊敬しているし、あなたが僕を尊敬してくれることを願っている」

彼女は黙ったままだった。二人の背後では、暖炉がカサカサと音を立てていた。部屋の反対側でジェッグ氏が言った。「調整の失敗…」そして声を落とした。

ティージェンスはじっと彼女を見た。

「あなたは僕を尊敬してくれないのですか」彼は訊ねた。彼女は頑固に黙ったままだった。

「していると言って欲しかった」彼が繰り返した。

「いいえ」彼女が大声をあげた。「こんな苦しみのなかで、どうしてあなたを尊敬できるというのでしょう。こんな苦痛、苦悩ばかりのなかで…眠ることもできず…まったく…あれ以来、一晩中眠れなくなってしまった…夜の闇の下に広がる巨大な虚空を考えてみてご覧なさいな…苦痛や恐怖は夜のほうが断然ひどくなるわ…」自分がこんなふうに大声をあげるのは、自分の恐れが現実のものとなったためだということが彼女には分かっていた。「していると言って欲しかった」と過去形を使って言ったとき、彼は別れの言葉を言ったのだ。愛する男もまた、戦地に赴こうとしていた。

それも彼女には分かっていた。はっきりと自覚していなくとも、彼女はずっとそのことを知っていて、今、そのことを告白したのだ。彼女の苦悶は、その半分は、いつか彼が彼女に別れを告げるだろうことが分かっていたからだった。こんなふうに動詞の語形変化とともに。しかし、彼は、ほんの時たま、「僕たち」という言葉を使って——それもたぶん何心なく——彼女を愛していることを彼女に伝えたのだった。

ジェッグ氏が窓際から漂うように部屋を横切っていった。ハヴィランド夫人はすでに戸口に立っていた。

「戦争についての徹底的な討論はあなたがたにお任せすることにしましょう」とジェッグ氏が言った。「わたし個人としては、保存しうる美しいものは保存するのが、人としての唯一の義務だと思いますね。わたしはそう言わざるをえません」

彼女はティージェンスと二人きりになり、静かな日を過ごした。彼女は心のなかで言った。「今、彼はわたしを腕に抱きしめるべきだわ。抱きしめるべきだわ。抱きしめるべき！」もっとも奥深くにある本能が、ほとんど自覚していない思考の層の下から、表面に浮かび上がってきていた。彼の腕が自分を包むのを感じることができた。彼の髪の妙な匂いを鼻孔に感じた。——リンゴの皮の匂いに似た、かすかな匂いだった。「抱きしめるべきだわ。抱きしめるべき！」と彼女は心のなかでつぶやいた。馬車で出かけたときの思い出がよみがえり、彼女を圧倒した。そしてまた、白い霧のなかからもがき出て、目もくらむような眩い光景のなかに入り込んだ瞬間が。あの抗しがたい瞬間、彼の全身の衝動が彼女に向かい、彼女の全身の衝動が彼に向かうのを彼女は感じた。寝入ったときに見る束の間の夢のような、突然の推移。…彼女は銀の霧の上に白い円形の太陽を見た。背後には長く暖かい夜があった…

ティージェンスはかなり縮こまり落胆して座っていた。暖炉の明かりが彼の頭の白髪の部分で揺らめいた。外はほとんど暗くなっていた。その大きな部屋は、金メッキの煌めきと手で磨かれた濃い色の木材の輝きのせいで、ほとんど週ごとに、ドゥーシュマン家の大食堂のようになっていくように二人には感じられた。あたかも炉辺の椅子が非常に高いところにあったかのように、ティージェンスは疲れたようにそこから降りた。彼は少し苦々しげに、しかしもっと疲れ切ったかのように言った。

「ああ、僕には役所を辞めることをマクマスターに告げる務めがある。こいつも愉快な用事じゃない。ヴィニーの奴がどう思うかは問題じゃないが」そして付け足した。「不思議なことだ、いとしい人…」いろいろな感情が千々に入り乱れるなかで、彼女はティージェンスが「いとしい人」と言ったとほとんど確信した。…「まだ三時間にもなっていないな、あなたが今使ったのとまさに同じ言葉を僕の妻が言ってから。ほとんど同じ言葉だった。妻は、夜さらにひどくなる苦痛に満ちた巨大な虚空のことを考えると、眠れなくなると話したのですよ。…それに、僕を尊敬することはできないと…」

ヴァレンタインが跳ね起きた。

「あら」彼女が言った。「奥さんは本気で言ったのではないわ。わたしは本気で言ったんじゃない。男であるほとんどすべての男が、あなたのしていることをやらなければならない状況ですもの。それでも、これがあなたを留まらせるための必死の試みだってことが、あなたには分からないの？　信念に基づいた試みだってことが？　男たちを失わずに済むようにわたしたちがあらゆる手段を尽くさずにはいられないってことが」さらに彼女は言葉を加えたが、それは彼女が言わずにはいられないもう一つの言葉だった。「その上、どうやってあなたは、ご自分のしていることを、あなたの観点からでさえ、あなたの義務感と一致させられるというの？　あなたはもっと役立つはずよ。ここにいたほうが国のためにもっと役立つってことがあなたには分かっているはずよ…」

男は女の上に覆いかぶさるように少し前屈みになって立ち、とにかくも大きな優しさと心配を示した。

「僕は自分のしていることを自分の良心と一致させることができないんだ」彼は言った。「この件では、どんな男だって自分の良心と一致させられることなんか何ひとつありはしない。僕は、僕たちがこの問題に関わるべきではないだとか、今いる側にいるべきでないだとか、言っているんじゃないのですよ。僕たちはそうあるべきだ。けれど、僕は他の誰にも言ったことのないことをあなたに打ち明けましょう」

彼が打ち明けたことの単純さは、彼女がそれまで聞いたどんな饒舌をも圧倒するように彼女には思えた。まるで子供がしゃべっているようだった。この国が戦争に突入するや、彼個人が味わった幻滅について彼は述べた。彼は北国の陽に照らされたヒースの野の風景を描写しさえした。そこで彼は無邪気にもフランス外人部隊に一般兵として参加しようと静かに決心したのだった。そうすることによって再び身を清められると確信したのだと、彼は述べた。

それは率直な気持ちだったと彼は言った。今は何もかもが率直ではなくなってしまった。自分にとっても、他の誰にとっても。もし二十世紀はダメで十八世紀がいいと言うのならば、清い心をもって文明のために戦うことができただろう。というのも、それがフランスのために敵国と戦う意味だったからだ。しかし、我々の介入がたちまち状況を一変させてしまった。我々の介入は、二十世紀のもう半分を打倒するために、十八世紀を手先として使う、二十世紀の一部だった。確かに、それ以外の何ものでもなかった。我々は、まともな精神でそれを行う限りにおいては、それを何とか我慢することができた――別の人間に対して統計を偽る仕事を。偽ることにうんざりし、疲れ、頭がふらつくまで。いや、さらにそれ以上に。

敵国に不利な主張を偽造するのは――誇張すると言ってもいいが！――おそらく得策ではない。悪いことはおそらく、何らかの形で、自分にはね返ってくるものだ。いや、ひょっとしたら、そうでないのかもしれない。それは上の人間たちにとっての問題だ。明らかに！　最初の連中は単純で正直な連中だった。愚かだが、比較的私利私欲のない。だが、今は！…どうすればよいのだろう…彼はほとんど口のなかでもぐもぐ言うかのように、話を続けた。

彼女は突然、彼は他の人たちの事では、また重大事では、途方もなく先見の明のある男だが、自分自身のことでは、ほとんど赤ん坊のように単純な人だということを、はっきりと見て取った。単純かつ優しく、また、途方もなく利己的でないということを！　彼は私利私欲が透けて見えるような考えを一言も漏らさなかった。…一言たりとも。

彼は言っていた。

「しかし、この腐敗政治家たちが幅を利かせている今！…何百万足もの軍靴の数を差し引いて、どこかの惨めな将軍とその配下の部隊を――例えばサロニカに――送るようにと他の誰かに強いることを求められるとしたら？――彼らも、あなたも、常識も、誰も彼も、何もかもが、それは破滅を招くと分かっているのに！　そんなことから始まって自国の軍隊を弄することまで…特定の部隊を飢えさせることさえあるんだ、政治的な思惑で…」彼は彼女にではなく自分自身に話していた。そして実際、彼は言った。

「ああ、まったくのところ、あなたの前で話すわけにはいきません。僕の知る限り、あなたの共感と活動は敵国とともにあるのだから」

女は熱を込めて言った。

「そんなことはありません！　そんなことは！　どうしてそんなことが言えるのですか」

男が答えた。

「どうでもいいのです。…確かに、きっとそんなことはないのでしょう。…でも、とにかく、こうしたことは職務上の秘密です。慎重であるならば、話すのさえまずい。…それに…お分かりでしょう、それは無数の人間の死を、無限の長期化を意味するのです。…それに側端へのあらゆる妨害を！…頭の上に雲のように血を迸らせる男たちの姿が目に見えるようだ。…なのに…あいつらが上官だからというだけの理由で、僕は彼らの命令を実行しなければならないのです。…彼らを手伝うことは無数の死を意味するというのに…」

彼はかすかな、滑稽と言ってもいいような微笑みを浮かべて、彼女を見た。

「分かるでしょ！」彼が言った。「僕たちはたぶんそれほど違っていないんだ！　あなただけがすべての死やすべての苦しみを見ているとは考えないで欲しい。すべてをね。僕もまた良心的兵役拒否者なのです。僕の良心が、こいつらと一緒に戦い続けることを、僕に許そうとしないのだから…」

女が言った。

「でも、何か他に…」

男が言葉を遮った。

「いや、これしか進むべき道はありません。こうした事柄においては、人は肉体か頭脳かのどちらかなんだ。自分は肉体より頭脳のほうだと思う。そう思います。でも、そうではないのかもしれないな。この仕事においては、僕の良心が僕に頭脳を使わせてくれないのだから。それで、僕はただの大きくて不格好な肉体ということになる。自分はたぶん役立たずなのだと認めましょう。でも、僕には生き甲斐がないのです。僕が支持するものはもうこの世にはなくなってしまった。

あなたも知っての通り、僕は欲しいものを手に入れることができないんだ。だから…」

女は苦々しげに大きな声をあげた。

「ああ、言ったらいいわ！　言ったらいいわ！　あなたの大きくて不格好な肉体は二人の小さな貧血気味の男たちの前で二発の弾丸を食い止めるだろう、って！…でも、生き甲斐がないだなんてどうして言えるの？　あなたは帰ってくる。あなたは立派な仕事をする。立派な仕事をしてきたのでしょう…」

男が言った。

「ああ、してきたと思う。以前はそれを蔑んでいたが、やったと自信を持てるようになった。…だが、ダメだ。奴らは決して僕を局に戻しはしない。僕に対するあらゆる悪評を添えて、僕を葬り去るんだ。奴らは組織的に僕を追いつめる。…理想主義者が――あるいは単に感傷主義者かもしれないが――石を投げつけられて死ななければならない世界をあなたは目にするでしょう。そうした人間は他の者たちをとても居心地悪くするんだ。そうした人間のことはゴルフをしているときも人々の脳裏を離れない。…ああ、人々は何とかして僕を捕えようとするだろう。そして、誰か他の者が――例えば、マクマスターが――僕の仕事をすることになる。そいつはそれほど立派な仕事はしないだろうし、もっと不誠実な仕事をするでしょう。いや、不誠実と言うのではないな。そいつは熱心に公正に仕事をする。非常に従順に、命令した者を感激させるようなやり方で、上司たちの命令を遂行するんだ。カルヴァン④のような妄信をもって同盟国に対して数字を偽り、戦争になると、バールの司祭を打擲したエホバ⑤の正当な怒りをもって、必要ないかさまを行う。そして彼は正しいことをしたとみなされる。我々はそれを適切だと評価する。僕らは戦争に突入すべきではなかったんだ。中立の代償として、他の国の植民地をくすねるべきだったのだ…」

「まあ！」ヴァレンタイン・ワノップが言った。「どうしてあなたはそんなに自分の国を嫌うことができるのでしょう」

男は大真面目に言った。

「そんなふうに言わないでください。信じないでください。一瞬たりとも考えないでください。僕はこの国の野をこよなく愛し、生垣のあらゆる植物を愛しています。ヒレハリソウ、モウズイカ、サクラソウ、自由奔放な羊飼いたちがもっと卑猥な名で呼ぶ赤紫蘭…その他残りのつまらないものまで…あなたはドゥーシュマン夫妻の家とお母様の家との間の野原を覚えているでしょう――我々は常に腐敗政治家であり、強盗であり、略奪者であり、海賊であり、牛泥棒だったのです。それによって、愛する偉大な伝統を築き上げました。…でも、今では、それが苦痛に満ちたものになっています。我々の現在の群衆はウォルポール(2)のときの群衆ほどには腐敗していません。それでもウォルポールのときの群衆に近づきすぎている。ウォルポールは国債を増やすことで国を強化したと今の人たちは考えています。方法論にはお構いなく…僕の息子であれ、誰の息子であれ、見るのは我々がいま見せかけから作り上げている不正利得の栄光だけでしょう。あるいはむしろ、その次の時代の見せかけかな。息子が方法論について教えられることはないでしょうね。学校では、父親の知るラッパの音が国中に響いていたと教えられ…これもまた恥ずべきことでしかなかったのに…」

「でも、あなたは」ヴァレンタイン・ワノップが大声をあげた。「あなたは！　あなたは何をするのです。戦争が終わったら！」

「僕が！」彼はかなり当惑したかのように言った。「僕が！…ああ、僕は骨董品の商売に戻ります。誘われていますから…」

　女は彼が本気で言っているとは信じなかった。男が将来について考えていないことを、女は知っていた。しかし、黴臭い品物で一杯の店の奥の暗がりにいる男の白い頭と青い顔の幻影が、突然女の頭に浮かんだ。男が外に出てきて、黴臭い自転車にどっかりとまたがって、引っ越しの処分品の買い取りに出かけていく。女が大声をあげた。

「すぐにそれを受けたらどう？　すぐにその仕事を始めたら？」というのも、暗い店の奥なら、彼は少なくとも安全だったからだ。

　男が言った。

「いや、それはできません！　すぐには無理です！　おまけに、古い家具の売買はおそらくこのご時世には向いていない…」彼は明らかに別のことを考えていた。

「僕はおそらく卑劣だった」彼は言った。「疑いであなたの心をねじ上げたりして。でも、僕たち二人の似たところがどこに現れるか、僕は見てみたかったんです。僕たちはいつも──僕にはいつもそう思えていたけれど──おそらく考え方がとても似ているんだ…僕は、おそらく、あなたに尊敬して欲しいんだ…」

「ええ、尊敬している！　尊敬しているわ！」彼女が言った。「あなたは子供みたいに無邪気だもの」

　男が続けた。

「そしてある考えにけりをつけたい。近頃は、静かな部屋と炉のある場所にいられることが少なくなったから…そして、あなたがいる所にいられることが！　あなたの前で考えると、散漫な考えがまとまってくる。今日まで、僕の頭はひどく混乱していました…五分前までは。馬車で出かけたときのことを覚えていますか。あなたは僕の性格を分析した。それまで、他の誰にもそんなことをしてもらったことはなかった。…でも、あなたには分かるのです。…分かるのではありませんか?」

女が言った。

「いいえ。わたしに何が分かるというのでしょう。覚えてはいるにしても…」

「確かに、僕がもうイングランドの田舎紳士ではないということを。馬市の噂を嗅ぎ回り、国が滅んでも自分には関係ないと言うような田舎紳士ではないということを」

女が言った。

「わたしがそんなことを言いましたか…ええ、言ったのでしょうね」

深い感動の波が彼女を襲った。彼女は身を震わせた。両腕を差し伸べた。差し伸べたように思った。男の姿が炉の明かりでかろうじて見えた。しかし、女は何も見ることができなかった。涙で目が見えなかった。両腕を伸ばすこともほとんどできなかった。というのも、両手で目にハンカチを当てなければならなかったからだ。男が何か言った。それは愛の言葉ではなかった。もしそうだったなら彼女はそれを摑んで放さなかっただろう。男は「ああ、僕がこれからしなければならないことは…」と言いかけた。それから長い間黙ったままでいた。彼女は、彼のもとから自分のもとに押し寄せる大きな波に自分が心を浸す場面を想像した。だが、彼はもう部屋にはいなかった…


その後、陸軍省でのあの瞬間までの間はまったくの苦悶であり、とても厳しいものだった。ヴァレンタインの母親の雑誌の収入は減り、連載記事の注文はこなかった。母は明らかに衰えつつあった。弟の永続的な、痛烈な非難は、彼女の肌に当たる鞭のようだった。弟はティージェンスを呪い殺そうとしているみたいだった。ティージェンスに関して、彼女は何も見なければ、何も聞かなかった。マクマスター夫妻の家で一度、ティージェンスはすでに戦争に行ったと聞いたことがあった。そのことで、新聞を見るとき、彼女には叫びたい衝動が加わった。貧困が一家を襲った。弟とその仲間を探す警察の手入れを受けた。その後、弟はイングランド中部地方にある刑務所に収監された。かつての隣人たちの親切は無愛想な疑いへと変わった。母娘《おやこ》は牛乳を得ることができなくなった。食べ物も遠くまで行かなければほとんど得ることができなくなってしまった。ワノップ夫人は三日間、頭がすっかりおかしくなった。その後、快復し、新しい本の原稿を書き始めた。その本はかなり良いものになりそうだった。しかし、出版してくれるところがなかった。エドワードが上機嫌に浮かれ騒ぎながら刑務所を出た。出所してきた連中は、刑務所のなかで酒をたらふく飲んできたかのような有り様だった。弟はヴァレンタインとの激しいやり取りの後で、姉をティージェンスの愛人であり、それ故、軍国主義者だと言って非難したが、彼は母親が恥辱のあまり精神錯乱に陥ったと聞くと、母に影響力を行使してもらい――まだ少しは母の影響力も残っていた――掃海艇の上等水兵になることに同意したのだった。絶えず海を渡ってやって来る発砲音に加え、強風もヴァレンタイン・ワノップにとって苦悩の種となった。母はますます健康を快復し、軍務に服する息子を持つことを誇りに思った。しかし、雑誌が支払いをすっかり停止したという事実をそれだけいっそうはっきりと理解することにもなった。十一月五日、ガイ・フォークス・デー(3)に、少人数の暴徒たちの集まりが、一家の田舎家の前で、ワノップ夫人の人形を焼き、一階の窓を壊した。ワノップ夫人は外に走り出て、かがり火が照らすなか、二人の世慣れしていない若い農場労働者を殴り倒した。火明かりのなかで、ワノップ夫人の白髪は見るもおぞましかった。その後、配給カードがあろうとなかろうと、肉屋がまったく肉を売ってくれなくなった。母娘はロンドンに引っ越すことを余儀なくされた。

沼沢地の地平線は巨大な堡塁によって覆い隠され、その上空を飛行機が飛び交い、道路は軍用車両で埋め尽くされた。当時、戦争の騒音から逃れるのは不可能だった。

ちょうど母娘《おやこ》が引っ越しを決心したとき、ティージェンスが戻ってきた。一瞬、母娘は彼が国内にいることで、天にも昇る気持ちになった。だが、一か月後、ヴァレンタイン・ワノップがわずかの時間彼に会ったとき、彼はとても体重が増え、年を取り、反応も鈍くなっていた。事情は逆ながら、以前とほとんど変わらぬひどさだった。彼にはほとんど理性がないかのようにヴァレンタインには思えた。

ティージェンスがイーリングの近くに宿舎をあてがわれている、少なくともそこに居住していると聞くや、ワノップ夫人はベッドフォードパークの近くに小さな家を借りた。一方、収支を合わせるために——母のほうはほとんど当てにならなかったので——ヴァレンタイン・ワノップは、あまり近くはない郊外にある大きな学校で、体育の教師の職に就いた。こうして、ティージェンスはほとんど毎日、午後になると、崩れかかった郊外の小さな家に出向き、ワノップ夫人とお茶を飲んだが、ヴァレンタイン・ワノップはほとんど彼と会わなかった。彼女が午後を自由にできるのは金曜日だけであり、その日はまだ定期的にドゥーシュマン夫人に付き添っていた。お昼近くにチャリング・クロスで会い、ライへの最終列車に間に合うように同じ場所の駅に夫人を送った。土曜日と日曜日は、母の原稿をタイプするのに一日中かかり切りだった。

そこで彼女がティージェンスに会うことはほとんどなかった。彼の頭から事実や名前がすっぽりと抜けてしまっていることを彼女は知っていた。しかし、母は、自分にとってティージェンスは大きな助けだと言った。いったん事実が供給されると、ティージェンスの頭は極めて迅速に働いて——大変驚くべき魅力的な理論により——健全で保守的な結論を導き出すのだった。ワノップ夫人は、激しやすい新聞のために記事を書く機会があるときにはいつも——今ではそのような機会はほとんどなくなっていたが——ティージェンスの存在は自分にとって最大級の助けだと言っていた。もう出版社が執筆料を払ってくれることはまったくなかったが、彼女は衰えつつある言論界に今も貢献していた。

当時、ヴァレンタインはドゥーシュマン夫人の付き添い役を続けていた。けれど、もう二人の間に親密な結びつきはなかった。ドゥーシュマン夫人がチャリング・クロス駅で見送りを受けた後、クラッパム乗換駅で列車を降り、暗くなってから辻馬車を拾ってグレイ法曹院に戻り、マクマスターと一夜を過ごすことをヴァレンタインはつぶさに知っていて、ドゥーシュマン夫人もヴァレンタインが知っていることをとてもよく知っていた。夫人とマクマスターの関係は、一種、慎重さと適切さを誇示するものだった。陰気な登記所で、ヴァレンタインが唯一の証人となり、もう一人必要な証人は素性の知れない座席案内人代理が務めて、結婚式が挙げられた後でさえも、二人はこうした関係を続けた。このときまでには、こんなつまらないことでどうしてマクマスター夫人を支えなければならないのか、あまり明白な理由はなさそうだとヴァレンタインは思ったが、結婚を公にするのが適切だということになるまでは、こうした関係を続けるのも悪くない、とマクマスター夫人が言ったのだった。マクマスター夫人に言わせると、非難がましい意見を言う人たちもいて、それに反論したとしても、醜聞をもみ消すのは、不可能ではないにしても難しいということだった。おまけに、天才たちの集うマクマスターの午後の会は、ヴァレンタインにとって教養教育になるに違いないというのが、マクマスター夫人の意見だった。しかし、ヴァレンタインは大半の時間、戸口近くのティーテーブルに就いて座っていたので、もっとも熟知したのは、著名人たちの知性ではなく、彼らの背中や横顔のほうだった。しかし、時折、ドゥーシュマン夫人は、天才から彼女に来た手紙の一つを、非常に大きな特権としてヴァレンタインに見せた。――たいていはスコットランド出身の天才からの手紙だった。そのなかのほとんどの人たちは、今のひどい時代に、チラチラと輝く美の唯一の閃光を残しておくことが自分たちの義務だと信じ、おおむね、ヨーロッパ大陸やもっと遠くの穏やかな風土のなかでこうした手紙を書いてよこすのだった。もっと世俗的な人たちの情熱的なラブレターで使われている言葉にも似た賛美の言葉で綴られたこれらの書簡は、外国の魅力的な女性との恋愛、彼らの病の経過、美しい魂をもつ文通相手が達したより高い道徳レベルの領域に向かっての彼らの魂の向上について、ドゥーシュマン夫人に物語る、あるいは助言を求めるものだった。

手紙はヴァレンタインを楽しませ、彼女はそこに書かれた妄想全体を楽しんだ。ヴァレンタインにこの友情は死んだとついに思わせたものは、もっぱら彼女の母に対するマクマスター夫妻の扱いだった。というのも女同士の友情は、驚くべき幻滅をも乗り越える、とても頑強なものであるばかりか、ヴァレンタイン・ワノップは普通以上に忠誠心が厚かったからだった。実際、元来の理由ではドゥーシュマン夫人を尊敬できないにせよ、ヴァレンタインは、目的を達成するための粘り強さ、マクマスターを出世させたいという決意、こうしたことを追い求める際の冷酷さという点で、実際夫人を心から尊敬することができたのだった。

ヴァレンタインの愛情は、実際、イーディス・エセルの、ティージェンスへの立て続けの誹謗さえも乗り越えた。――イーディス・エセルは、ティージェンスが非常に評判の良くない男で、風采もかなり見苦しくなり、金曜の会に集まる天才たちにいつも極めて無礼であるという理由からだけでも、ティージェンスを夫の首のまわりの重しとみなしていた。しかし、イーディス・エセルはますます多くの著名人が金曜の会に集まるようになるにつれてますます頻繁になっていったこうした不平をマクマスターの前では決して洩らさなかった。ところが、そうした不平が、ヴァレンタインにはちょっとおかしいと思える具合に、突然止んだのだった。

ドゥーシュマン夫人の不満は、マクマスターが弱い男であることにつけこみ、ティージェンスがマクマスターに対し銀行家として行動し、金利やら何やらで、ついにはマクマスターに大きな額の、具体的には数千ポンドもの借金を背負わせたということにあった。しかし、それは真の理由と言えるものではなかった。マクマスターはその金のほとんどを、自分の部屋の高価な家具に使うか、金のかかるライへの旅に使うかのどちらかだったからだ。一方、ドゥーシュマン夫人は、牧師館にある品物のなかから、ひょっとしたらマクマスターが欲しがるかもしれないあらゆる骨董品を見つけ出すことができたかもしれなかった。牧師館にはそうしたものがなくなっても困ると言う人は誰もいなかった。それに夫人はマクマスターの旅費もすべて負担するつもりでいた。彼女には夫から得た無尽蔵の金があった。夫は計算書を求めたことさえなかった。それなのに、ティージェンスが、未だマクマスターに影響力がある間に、夫人の方針に反する強硬な態度で影響力を行使し、夫人の方針は不名誉だという間違った考えをマクマスターに植えつけてしまったのだ。——それを思うとドゥーシュマン夫人は腹が立ってならなかった！——そんなわけで、マクマスターはティージェンスを頼りにし続けていたのだった。

そして、ドゥーシュマン夫人にとって、何よりも腹が立ったのは、彼女がドゥーシュマン氏の財産すべてに関して委任権を持ち、マクマスターの借金の二千ポンドかそこらを返すために、誰一人なくなっても困らないものを売りに出すことが極めて容易だった時期に、マクマスターがそうしたことに同意するのをティージェンスが一切許さなかったことだった。ティージェンスがまたもやマクマスターの弱い頭に、そうしたことは不名誉なことだと吹き込んでしまったのだ。しかし、ドゥーシュマン夫人は、ティージェンスの動機が何であるか、完全に分かっていると言った――そう言った後で、完全に口を噤んだ。夫人が口にしなかったのは、マクマスターに借金がある限り、自分が夫妻の家から閉め出されることはないとティージェンスが想像しているのではないかということだった。彼らの家は、ティージェンスのような怠け者にとっては似合いの閑職を世話してくれる大きな影響力のある人たちに会える場所になってきていた。ティージェンスは実際、何が自分の利になるか知っているのだ。

ドゥーシュマン夫人は訊ねた。自分が提案する段取りのどこに不名誉なところがあるのでしょうと。事実上、ドゥーシュマン氏の金のすべてが自分のもとに入ることになっていた。このときまでには、ドゥーシュマン氏は精神に異常をきたしており、それゆえ、お金は事実上、彼女のものだった。しかし、その後まもなく、ドゥーシュマン氏は医師によって精神異常だと証明されたので、家屋敷は月狂委員会の手に渡り、現金以外の資産を手に入れる望みは絶たれてしまった。ドゥーシュマン氏が死んでしまった今、資産は受託人の手に握られていた。ドゥーシュマン氏は財産のすべてをモードリン・カレッジに遺贈し、所得だけを夫人に遺していた。所得はかなりの額にのぼったが、当時容赦のない額にのぼった遺産税やその他の税金のための費用を、どこで夫人は工面できただろう。夫人は夫の遺言によって、サリー州に快適な土地付きの住居を買うのに十分な資金を、地主階級の分け前である余暇の楽しみをマクマスターに与えるのに十分な資金を得られることになっていた。二人は短角牛を飼い、十分な広さの土地に小さなゴルフ場を造り、秋にはマクマスターが友人たちを招いて、ささやかな――また、何とも荒っぽい――狩猟を行うことになっていた。まさにそうなりそうだった。ああ、これは見栄ではなかった。単に、快適な小さな住居だった。愉快なエピソードとして、そこの村人たちは、すでにマクマスターのことを「地主様」と呼び、女性たちは膝を曲げて彼にお辞儀した。しかし、ヴァレンタイン・ワノップは、こんな出費をしていては、マクマスター夫妻はティージェンスに返済する金を工面することができないだろうと思った。おまけに、マクマスター夫人はティージェンスに金を返すつもりはないと言っていた。ティージェンスには、かつて金を返済してもらう機会があったのであり、今では返済してもらわなくても良いと思っているのではないか。金はマクマスターが自分で返済すべきだが、家計への貢献がこんな調子なので、彼には返済などできそうにないと。しかし、複雑な問題が出てくることになった。マクマスターがサリー州のこの小さな住居について思案し、あれやこれやの変更をティージェンスに相談すると言い出したのだ。だが、ティージェンスの足がこの家の敷居を跨ぐことはあってはならないことだった。絶対に！　それは大きな不快を意味した。というよりもむしろ、ザクザクと踏み砕く音を意味した。一巻の終わりだわ！　と夫人が言った。ドゥーシュマン夫人は、当時、絵のように鮮やかな文句を、相手を見下すような態度でときどき使い、大きな効果をあげていた。

こうした痛烈な非難に対して、ヴァレンタイン・ワノップはほとんど何も答えなかった。それは特に彼女自身の関心事ではなかった。時折感じることがあったように、クリストファーに対して自分には所有権があるように少しの間感じたにせよ、彼女は彼とマクマスター夫妻との親密な関係が延長されることを特には望まなかった。というのも、彼女はクリストファーがその延長を特に望んでいないことを知っていたからだった。彼女はクリストファーが言外の気さくなからかいで夫妻を拒絶するところを想像した。そして、彼女はおおむねイーディス・エセルと同意見だった。ヴィンセントのような弱い小男が、脇に絶えず財布の口を広げた友人を持つのは、士気を挫く作用を及ぼすだけなのだ。ティージェンスは王侯貴族のように振る舞うべきではなかったのだ。それは欠点であり、ヴァレンタインが個人的に賞賛する彼の性質ではなかった。ドゥーシュマン夫人が夫の金を受け取り、それをマクマスターに与えるのが不名誉かどうかについては、彼女は前以って決めてかかりはしなかった。どの点から見ても、その金はドゥーシュマン夫人のものであり、夫人がティージェンスに借金を返済したならば、それは道理に適ったことと思えた。ところが、後で、もしそんなことをしていたら大変不都合な結果が生じただろうことが分かったのだ。しかし、男の行動規範は考慮されなければならず、少なくとも、マクマスターは男として通っていた。他の人たちの諸問題について賢明なティージェンスは、この件でもおそらく賢明だった。というのも、もしドゥーシュマン夫人がドゥーシュマンの遺産から二千ポンドを減算していたことが後で明らかになったならば、受託者や法定相続人との揉め事が起こる可能性があったのだ。ワノップ家が大きな土地の所有者だったことはこれまでまったくなかったが、家族のちょっとした不正行為に付随する騒動がどんなに不快なものとなり得るのかについては、ヴァレンタインも十分に良く知っていたのだった。

そこで、彼女はほとんど、あるいはまったく意見を述べなかった。ときどき、おずおずとマクマスターの士気のなさについて同意したが、それで十分だった。というのも、ドゥーシュマン夫人は自分の正しさを確信し、ヴァレンタイン・ワノップの意見にはまったく関心を示さないか、さもなければ、そんなことはまったく当然のことと思っていたからだった。

少しの間、ティージェンスがフランスに赴いていたとき、ドゥーシュマン夫人はこうした問題を忘れてしまったように見え、満足そうに、彼は帰って来られそうにないわね、と言った。ティージェンスは大概殺される部類の不器用な男だ。殺された場合、借用証書も何も書類が交わされていないので、ティージェンス夫人に請求権はない。だから、何の問題も起きないでしょう、と。しかし、ティージェンスが帰国した二日後に――そして、これによってヴァレンタインは彼が戻ってきたことを知ったのだが――ドゥーシュマン夫人は顔をしかめ大声をあげた。

「あの木偶の坊のティージェンスがまったく無事にイングランドに戻ってきているのよ。あの惨めなヴィンセントの負債の件がまた蒸し返されるわ…何てことでしょう！」

夫人が非常に唐突に、目立った形で言葉を切ったので、ヴァレンタインは自分自身の心臓が止まりそうになったにもかかわらず、その異常さを感じずにはいられなかった。実際、その知らせが何なのか完全に理解する前に、一呼吸あったような、その一呼吸の間に自分が心のなかで次のように言ったような感じをヴァレンタインは覚えた。

「とても奇妙だわ。イーディス・エセルはわたしがここにいることで彼を罵るのを止めたみたい…あたかも知っているかのように！」しかし、帰ってきた男をヴァレンタインが愛していることを、どうしてイーディス・エセルが知っているなどということがあっただろう。それはあり得ないことだった。ヴァレンタイン自身、ほとんど自覚していなかったのだから。そのとき、大きな安堵の波が彼女の上をうねって行った。彼はイングランドにいるのだ。いつか、自分は彼に会うだろう。この大きな部屋で。というのも、今みたいなイーディス・エセルとの会話は、いつも彼女が最後にティージェンスに会ったこの大きな部屋で行われたものだったからだ。部屋が突然美しく見え、彼女はそこに座ったまま、おとなしく著名人たちの到来を待つことにした。

それは本当に美しい部屋だった。ここ何年かの間にそうなったのだ。それは長くて天井の高い――ティージェンスの部屋に匹敵する部屋だった。牧師館からもってこられたカットグラスのシヤンデリアが、中央にほのかに煌めきながら下がっており、その光を、天辺にワシが載った、凸面の金メッキされたいくつもの鏡が反射し、再反射していた。この鏡や、同じく牧師館からもってこられたターナー作の美しいオレンジ色と茶色の絵を据えつける場所を作るため、白い羽目板張りの壁際からは非常に多くの冊数の本が取り払われていた。さらに牧師館からは、緋色と瑠璃色の柄の非常に大きな絨毯、大きな真鍮の火籠とその付属品、そして光沢のある深い青緑色の中国産の絹に斑色の鶴が長距離飛行に飛び立つところが描かれた三つの背の高い窓に掛かるカーテンがもってこられていた。加えてチッペンデールの肘掛椅子も皆、牧師館からもってこられたものだった。こうした品々の間を、いまも濃い青の絹をまとい、琥珀のネックレスを付け、黒髪をアルルのラピデール美術館のユリア・ドムナ[6]にまさにそっくりにウェーブした凝った髪型にまとめたマクマスター夫人が、優雅に、けだるげに歩き、足を止めてはやさしい仕草でいくつもの素晴らしい銀の鉢に活けられた真紅のバラを少しずつ整え直しながら移動していった——夫人もまた、牧師館からここに移しかえられてきたのだった。マクマスターは望みを達成していた。プリンシズ通り[7]から毎週金曜日の朝に配達されるショートケーキと奇妙な香りのする紅茶に至るまで。たとえマクマスター夫人にはまじめなようでいてこっけいな、相手を喜ばせる、過去のスコットランドの貴婦人たちにあったような気質がなかったにせよ、その代わりに性格に根づいた理解力と優しさがあった。夫人は驚くほどに美しく印象深い女性だった。黒い髪、黒いまっすぐな眉、まっすぐな鼻、髪の陰に隠れた濃い青い眼、ギリシャ船の舳先のように曲がった顎のなかで弓のように曲がったザクロの実のような唇……

　金曜日のこの場のエチケットは、あたかも王室儀礼であるかのように規定されていた。もっとも著名で、できれば肩書きのある人物が、暖炉の脇に斜めに置いてある、胡桃の木を使い縦溝彫りを施した椅子に案内された。青いビロードが張られたその背と座部が、どのくらい古いものかは見当もつかなかった。その人物の上に、ドゥーシュマン夫人が覆い被さるように接したものだった。あるいは、もしその人物が非常に著名だったたならば、夫妻は二人揃ってお相手したものだった。それほど著名ではない人たちは、代わる代わる、案内されて名士に近づきを得、その後、半円形に並んだ美しい肘掛椅子に座るのだった。さらに著名でない人たちは、さらに外側にグループとなり、肘掛のない椅子に座った。ほとんど著名でない人たちは、グループとなって立っているか、緋色の窓腰掛けに座って、恐れおののき、もの悲しそうにしていた。皆が揃うと、マクマスターが信じがたいほどにユニークな炉の前の敷物の上に陣取り、名士に向かって気の利いた言葉を発した。しかし、ときには、出席している最年少の者に優しい言葉をかけ、その若者に頭角を現すチャンスを与えるのだった。この当時、マクマスターの髪はまだ黒く、それほど硬くはなく、よく梳かされていなかった。顎鬚には灰色の筋が入り、それほど白くない歯は今ほど強く見えなかった。片眼鏡をかけ、右目にかかったそれは、少々苦悶の表情を彼に与えた。しかし、同時に、強い印象を与えたい相手に向けて顔を非常に近づける権利をも彼に与えたのだった。彼はこの頃、演劇に大きな関心を抱くようになっていた。それで普段、部屋には大柄で、もちろん評判の良い演技派女優が何人かいた。ごくたまに、ドゥーシュマン夫人が部屋の反対側から太い声で言ったものだった。

「ヴァレンタイン、殿下にお茶を出して頂戴」あるいは場合によって「サー・トマスに」と。そして、ヴァレンタインが椅子の間を縫ってお茶を運んで行くとき、ドゥーシュマン夫人は優しい超然とした微笑みを浮かべて言ったものだった。「殿下、この子はわたしの茶色い小鳥ちゃんなのよ」。しかし、普段は、ヴァレンタインはティーテーブルに一人で座っていて、客が自分の欲しいものを彼女のところまで来て取って行くのだった。

ティージェンスはイーリングに滞在した五か月の間に、二度、金曜の会に出席した。どちらのときも、ワノップ夫人に同行したものだった。

もっと初期には——最初期の金曜の会では——ワノップ夫人は会に来るといつも、なだらかに垂れた黒服を着て玉座に腰を据え、哀願者たちがこの大作家のもとに案内される間、大きく引き伸ばされたヴィクトリア女王のように座っていた。だが、さてこの時期、一度目のときには、ワノップ夫人は外側の円のなかの肘掛のない椅子に座り、一方、近頃、どこか東方方面の軍司令官になった将校が、まばゆいばかりの威光を放って玉座を占領していた。その軍事的成功は大きいというほどではなかったが、彼の部隊の急派は文字通り急派の名に値したと考えられていた。しかし、ワノップ夫人はその午後いっぱい、とても満足してティージェンスとおしゃべりをしていた。ヴァレンタインは、ティージェンスの大きな、無骨な、しかし大変冷静な姿を見たことで、さらにまた母と彼とが互いに抱く好意を観察したことで、何とも心慰む思いをしたのだった。

しかし、二度目のときは、玉座は、非常によくしゃべり、しかも大変な自信をもってしゃべるとても若い女性に占領されていた。ヴァレンタインはこの女が何者であるか知らなかった。虚ろで気もそぞろなワノップ夫人はその午後の間ずっと窓際に立っていた。それでも、ヴァレンタインは満足していた。非常に多くの若い男たちが母の周りに集まり、若いほうの女性の周囲をむしろ閑散とさせていたからだった。

とても背が高く、躍動感に満ち、美しい、金髪碧眼の女性が入ってきた。女は戸口の近くに、極端な——人目を引く——無関心な態度で立っていた。女はヴァレンタインに眼を留めたが、ヴァレンタインが話しかける間もなく眼を逸らした。女は、両耳の上でかなりの大きさに巻かれた、非常にボリュームのある美しい黄褐色の髪をしていた。何枚かの名刺を手にもち、困惑した表情を浮かべてその名刺を見つめ、それからそれを小テーブルの上に置いた。女はこれまでそこにきたことのある人間ではなかった。

イーディス・エセルが――これで二度目だった！――ワノップ夫人を囲む輪を崩し、若い男たちを連れ去って、胡桃材でできた椅子に座る若い女性のもとへ連れて行ってしまったので、ティージェンスとワノップ夫人だけが窓のところにとり残された。こうして、ティージェンスがその見ず知らずの人を見ることとなり、ヴァレンタインにはそれが誰なのか疑問の余地もなかった。ティージェンスは斜めに部屋を横切って妻のところに行き、妻をイーディス・エセルのところまでまっすぐに引っ張って行った。彼の顔にはまったく何の表情も浮かんでいなかった。

炉の前の敷物の中央に位置を占めていたマクマスターは、傍目には非常に滑稽だが、ヴァレンタインの分析がまったく及ばない激情に襲われていた。二歩前に躍り出てティージェンス夫人を迎え、小さな手を差し出し、半ば引っ込めると、半歩後ずさりした。片眼鏡が動揺した彼の目から落ちた。実際、それによって、彼の表情からいくぶん狼狽が消えたが、その代わりに、彼の髪の毛が逆立った。シルヴィアは夫の傍らを揺れるように進み、長い腕と無造作な手を差し出した。その手に触れられそうになると、マクマスターは指を万力に挟まれたかのようにたじろいだ。シルヴィアがイーディス・エセルのほうにゆらゆらと近寄ると、イーディス・エセルは突然、小さな、取るに足らない、比較的粗野な存在になってしまった。肘掛椅子の若い女名士はと言えば、ほとんど白ウサギの大きさに見えた。

部屋は完全な沈黙状態になった。部屋のなかのすべての女性がシルヴィアのスカートの襞の数と生地の量を計算した。ヴァレンタイン・ワノップにそれが分かったのは、自分でもそうしたからだった。もしあの量の生地とあの数の襞があったならば、自分のスカートもあんなふうにすらりと垂れるかしら。…というのも、そのスカートは驚くべきものだった。それは腰のまわりにピッタリとフィットし、長さと揺れ動きの効果を添えていた――それでいて、足首まで低く下ってはいなかった。作るのに十二ヤード（約十一メートル）の生地が要るスコットランド高地人のタータン縞のキルトのように、生地の量がそうした効果を生み出していることは明らかだった。そして、その沈黙から、ヴァレンタインはすべての女性と大半の男性が、この人はティージェンス夫人であるとまでは知らないにせよ――写真週刊誌に載った、いわば地方の名家の出の、上流社会の人物だということは知っていると判断できた。このころ結婚したばかりの小さなスワン夫人は、実際立ち上がり、部屋を横切り、花婿の傍らに腰を下ろした。それはヴァレンタインが同情できる動きだった。

それから、シルヴィアは、ドゥーシュマン夫人にほんのわずかに挨拶し、肘掛け椅子に座っている女名士のことは――ドゥーシュマン夫人が熱心にというわけではなかったけれど、紹介を試みたのにもかかわらず――完全に無視して、あたりを見回しながら、じっと立っていた。彼女は、種苗園主の温室のなかの貴婦人が、まわりでお辞儀する園丁たちを平然と無視し、自分はどの花に興味を持つべきだろうかと考えているかのような印象を与えた。一時的に椅子から立ち上がった、たくさんの緋色の縞をつけた二人の参謀将校を認めて、シルヴィアは二度目を伏せた。マクマスター夫妻のところに来る参謀将校は、第一級の参謀将校というわけではなかったが、それでも、その肩書きを持ち、そういう資格を持つ者として通っていた。

ヴァレンタインはこのときには母親のそばにいた。母親は一人切りで、二つの窓の間に立っていた。ヴァレンタインは、ひどく憤慨して、恰幅の良い音楽評論家から椅子を取り上げ、母をそこに座らせた。そのとき、ドゥーシュマン夫人の太い、それでも少しおろおろした声が響いた。「ヴァレンタイン…お茶を一杯持ってきて頂戴…」ヴァレンタインは母親にお茶を持って行くところだった。

憤慨がヴァレンタインの絶望的嫉妬を圧倒した。もしそれを嫉妬と呼べるならば、だが。というのも、もしティージェンスの隣りに、輝かしさ、優しさ、丁重さの点で完璧の域に達した人がいるとしたら、生きていたり愛したりする益がどこにあるというのか。その一方、彼女が持つ二つの深い熱情のうちで、二番目のものは母に対する熱情だった。

正しいか間違っているかは別にして、ヴァレンタインはワノップ夫人を偉大な、威厳のある人物だとみなしていた。偉大な頭脳、高く広い知性の持ち主だと。夫人は少なくとも一冊の偉大な著書を出し、たとえ残りの時間が二人の生活を占めるようになった絶望的な生存競争のなかで浪費されるにしても、それが永続的に母の名声を後世に伝えるその唯一の達成を損なうことにはならないだろうと。この偉大さをマクマスター夫妻が重視しないことに、これまでヴァレンタインは驚きも苛立ちもしてこなかった。マクマスター夫妻には行うべきゲームがあり、それについて言えば、彼らには彼らの好みがあった。彼らのゲームは、彼らを、公的に影響力のある人々、半官僚的な人々、公式に認定された人々と同じゲーム盤の上を動く駒と化していた。彼らはバース勲爵士、ナイト爵、カレッジの学長、その他の著作や芸術に手を染める人たちと同じゲーム盤の上を動いていた。第一級であることが望ましい公的な職場にいるか、権威ある定期刊行物出版社の常設ポストに就いている、そうした評論家や芸術批評家や作曲家や考古学者とともに夫妻は高きを目指して進んでいたのである。もし想像力の豊かな著者が地位と永続的な人気を確保しそうだということになれば、マクマスターはその人物に触手を伸ばし、謙《へりくだ》って仕え、遅かれ早かれ、ドゥーシュマン夫人が気高き魂の文通者の一人としてその男と付き合い続けるかどうかが決まることになるのだった。

ワノップ夫人は以前、発行部数の大きな機関誌の常設の主筆であり主要な評論家として受け入れられていたが、その偉大な機関誌は発行部数を減らし、今では姿を消してしまったので、マクマスター夫妻はもう会で彼女を必要としなかった。これはゲームだった――そしてヴァレンタインもそう認識していた。しかし、そのゲームがあまりにも横柄に、明らかに露骨に行われ、ドゥーシュマン夫人がワノップ夫人の取り巻きを二度崩した際、断りもなくそうしたことは、そのときのヴァレンタインにはほとんど耐えがたいことだったので、彼女はすぐさま母親を外に連れ出し、償いがなければもう二度とこの家には足を踏み入れない気持ちになっていた。

彼女の母親は近頃一冊の本の原稿を書き、出版社を見つけさえした。――そして、その本は力の衰えをまったく示していなかった。それどころか、精力を散逸させていたのべつ幕なしの雑誌への寄稿がやむなく途絶えたことで、ワノップ夫人はヴァレンタインが健全で良識があり見事だと思う作品を作り出したのだった。外部世界に対する注意力の衰えによって生じた放心は、必ずしも作家としての衰えの兆しを意味するものではない。それは単に、彼女が作品に思いを注ぎすぎて、外的接触を疎かにしているだけのことなのかもしれないのだ。もしそれが真実ならば、作品はさらによいものとなるだろう。母親に関してはそれが真実かもしれないというのが、ヴァレンタインの大きく密かな願望だった。母はやっと六十歳になったばかりだった。六十歳から七十歳の間の作家によって非常に多くの作品が書かれてきているのだから…

比較的若い男たちが年とった女性のまわりに集まったことが、ヴァレンタインのその希望にささやかな確証を与えた。この時代の大渦を巻いた流れや逆流のなかで、その本は当然のこと、ほとんど注目されず、哀れなワノップ夫人は血も涙もない出版社から一銭の利益も得ることができなかった。実際、夫人は数か月間、一銭も稼げず、母娘《おやこ》は小さな穴倉のような郊外の家で——ヴァレンタインの体育教師としての収入だけを頼りに——ほとんど餓死寸前の暮らしをしていた。…しかし、この半ば公的な場所であのようにわずかながらではあっても注目されたことは、ヴァレンタインには、一つの確証であるように思えた。おそらく母親の作品に健全で良識的で見事なものが含まれていることの証左であると。それはヴァレンタインが人生に求めるほとんどすべてだった。

そして実際、自分が母親のそばに立っている間、もしイーディス・エセルが母親のところに三、四人の若者を残しておいてくれていたら、その三、四人は無邪気な賛辞やら何やらで、哀れな母親に少しでも益を与えてくれただろうと、ヴァレンタインは少しほろ苦い哀感を覚えながら考えた。——それに、確かに、母娘はどんな小さな励みであれ励みとなるものをひどく必要としていた。——ちょうどそのとき、とても痩せた、だらしのない身なりの若者が一人、ワノップ夫人のもとに漂うように戻ってきて、出版のためにワノップ夫人がやっていることについて一つ二つメモをとらせてもらってもいいでしょうかとまさに訊ねたのだった。「あなたの本には」と彼が言った。「非常に注意を引かれました。わたしたちは自分たちのなかにまだ作家がいるとは知りませんでした…」

奇妙な三角形の移動が暖炉のまわりのいくつかの椅子で始まった。ヴァレンタインにはそのように見えた。ティージェンス夫人が自分たちのほうに目を向けながら、クリストファーに質問し、たちまち、腰の高さの磯波に乗るかのように押し寄せてきた。マクマスターとドゥーシュマン夫人は追従的にティージェンス夫人を挟んで立ち、椅子とそこに座っていた人たちを脇に退け、テイージェンスときまり悪そうに従う二人の参謀将校が楔型を広げることになった。

シルヴィアは長い腕を一メートル近く差し出し、ヴァレンタインの母と握手しようとした。はっきりとした、高い、恥じる色もない声で、やはり一メートル近く離れたところから、シルヴィアは部屋のなかの者皆に聞こえるように大声をあげた。

「あなたがワノップ夫人ですのね。偉大な作家の！　わたしはクリストファー・ティージェンスの妻です」

年とった婦人はかすんだ目で上に聳え立つ自分より若い女性を見上げた。

「あなたがクリストファーの奥様ね」夫人が言った。「クリストファーが示してくれたあらゆる親切に対してあなたにキスしなければなりませんわ」

ヴァレンタインは自分の目が涙で一杯になるのを感じた。彼女は母が立ち上がり、両手をもう一人の女の肩の上に置くのを見た。母が言うのが聞こえた。

「あなたはこの世でもっとも美しい人だわ。きっと善良なかたなのでしょうね」

シルヴィアはかすかに微笑み、抱擁を受け入れるために少し身を屈めて立った。マクマスター夫妻とティージェンスと参謀将校たちの後ろには、驚いて目を丸くした人たちが列をなしていた。

ヴァレンタインは泣いていた。ほとんどどんな風に戻ったかさえも思い出せないまま、紅茶沸かし器の後ろに逃げ帰って泣いていた。美しい！　これまでに見たなかでもっとも美しい女！　そして善良で！　親切で！　哀れな年とった女の唇に頬を差し出した愛らしい仕草ときたら…テイージェンスの傍で一日中、永遠に暮らそうと思えば…自分、ヴァレンタインは、シルヴィア・ティージェンスに命を捧げる覚悟をもたなければならないのだ…

ティージェンスの声がちょうど頭上から聞こえた。

「あなたのお母様はいつも通りの勝利を収めているように見えますね」そして彼は、気だてのよい皮肉を使って言い足した。「リンゴ運搬車を何台か転倒させたように見えますよ！」若い女名士が肘掛椅子を放棄し、部屋を横切り、ワノップ夫人を取り囲む馬蹄形の群集のなかに姿を消す際、マクマスターがその女に付き添っているのを、二人は目の当たりにした。

ヴァレンタインが言った。

「あなたは今日、とても陽気そうね。声が違っているわ。体の調子が良くなったんじゃないのかしら？」彼女はティージェンスを見ていなかった。彼の声が聞こえた。

「ああ、比較的元気です！」声が続いた。「あなたにも知らせたいと思っていました。数学に関わる頭脳が少し復活したようなのです。二、三、馬鹿げた問題を解いてみました…」

女が言った。

「奥様もお喜びになるでしょう」

「いやあ！」答えが返ってきた。「数学は闘鶏と同様、彼女の興味の範疇ではないのです」出てきた言葉の大変な素早さによって、彼女はこの発言に希望を読み込んだ。この素晴らしい女性は夫の行動に共感を覚えていないのだと。しかし、彼はそれを強く打ち消した。「どうしてそんなことに興味をもたなければならないのです。妻には他の人たちには太刀打ちできない非常にたくさんの活動があるのですからね」と言って。

ティージェンスはヴァレンタインに、その日昼食のときに行った計算について、かなり細かく語り始めた。彼は統計局に入って行くと、イングルビー・オブ・リンカン卿とかなり激しくやり合ったのだ。この称号はこの男が手に入れたなかなか洒落た肩書だった。彼らはティージェンスが、ある仕事のために、かつて在籍していた局への移動を自ら進んで求めるようにと望んだ。しかし、彼はそんなのは糞食らえだと言った。彼らがやっている仕事を彼は嫌い軽蔑した。

ヴァレンタインは、人生で初めて、彼の言うことをほとんど聞いていなかった。シルヴィア・ティージェンスがそんなにたくさんの個人的活動を持つという事実は、ティージェンスが彼女を冷淡だと思っていることを意味するのだろうか。夫妻の関係についてヴァレンタインは何も知らなかった。シルヴィアはほとんど謎だったので、これまではほとんど問題として存在してこなかった。マクマスターがシルヴィアを嫌っていることは、ヴァレンタインも知っていた。ドゥーシュマン夫人を通して知ったのだった。ヴァレンタインはそれを何年も前に聞いていたが、その理由については知らなかった。シルヴィアはマクマスターの午後の会にまったく来たことがなかった。しかし、それも当然だった。マクマスターは独身者として通っていて、最高級ファッション界の若い女性が、文学や芸術の関係者を集めた独身者のお茶の会に来ないのは、許されることだった。他方、マクマスターはしょっちゅうティージェンス夫妻の家で食事をし、彼がこの家族の友人であることは公になっていた。シルヴィアはまた、ワノップ夫人を訪ねても来なかった。しかし、当時、特に文学的関心があるわけでないファッション界の女性が訪ねて行くには、家が遠すぎた。それに、遠い郊外の犬小屋みたいな家に住む貧乏人を哀れんで訪ねる人が誰かいるなどということはまったく期待できなかった。彼女たちはほとんどすべての洒落た品々を売りに出さねばならなかった。

ティージェンスは話していた。イングルビー・オブ・リンカン卿との激しいやりとりの後――ティージェンスが有力者にそんなに無礼でなければいいのにと、ヴァレンタインは願った――彼はマクマスターの個室にふと立ち寄り、マクマスターがたくさんの数字に頭を悩ませているのを知って、単なる強がりで、書類を抱えたマクマスターを昼食に連れ出した。そして、何の希望もなしに、たまたまその数字を見ると、巧妙なごまかしが突然頭に浮かんだのだと、彼は言った。答えのほうからやってきたみたいな感じだったと。

彼の声はとても陽気で得意げだったので、ヴァレンタインは目をあげて彼を見ずにはいられなかった。彼の両頬は色つやがよく、髪は輝き、青い目は昔の傲慢さを少し湛えていた――それに優しさも。彼女の心は歓喜で歌い出すかのように思えた。彼はわたしの理想の男性だと彼女は感じた。彼の心の腕が伸びて彼女を抱きしめるところを彼女は想像した。

ティージェンスは説明を続けた。自信を取り戻し、マクマスターを嘲ったくらいだった。命令を受けた局が成し遂げたいと思っていることを自分たちだけで内緒でやるのも簡単なのではないだろうか。連中は同盟国に、破壊による彼らの損失は本国に書き送るほどのものではないと主張したいのだ。戦線に増援隊を送らずに済むように。破壊された地区のレンガとモルタルを例にとれば、レンガやタイルや木製品やその他のものの損失は、平和時に全国に広がる通常の年の荒廃より多くはならないと――少し数字を操作すれば、証明できる…年間の通常の修復費は、レンガとモルタルで数百万ポンドだ。敵が破壊したレンガとモルタルもそれと同額にすぎない。一年間の家屋の荒廃はどれくらいか――それは計算するのを見合わせ、つけは来年に回す。

こうして、もし三年分の失われた農産物の収穫高を、国のもっとも豊かな工業地域での工業生産の損失を、打ち壊された機械類を、樹皮を剝がされた果樹を、三年間の石炭の産出量の四十五パーセントを――そして生命の損失を――無視するならば、我々は同盟者たちのところに行って、こう言えるでしょう――

「損失のついてのあなたがたの不平は単なる戯言にすぎません。あなたがたにはあなたがた自身の戦線の弱い部分を補強する十分な余裕があります。我々は自分たちにとって真の利害が存する近東に新たな軍隊を送るつもりです」と。それを聞いて、奴らは遅かれ早かれ、その誤謬を指摘するかもしれないが、それだけでも単独指揮という忌まわしい便法を講じる必要を延期することが叶うでしょう。

ヴァレンタインは、ティージェンスの言葉で、それまで耽っていた思いから呼び覚まされ、こう言わずにはいられなかった。

「あなたは自分の信念に反した主張をしたのね」

ティージェンスが言った。

「もちろん、その通り。快活な心で！ 他人の反論を明確化することは役に立ちます」

ヴァレンタインは椅子に座ったまま、半ば振り向いた。二人は互いの目をじっと見つめ合った。男は上から、女は下から。女は男の愛を疑わなかった。女はまた、男が彼女の愛を疑うなどということはありえないと知っていた。女は言った。

「でも、それは危険なことではないの。その人たちにやり方を教えることになるんですもの」

男は言った。

「いや、そんなことはない。そんなことは。ヴィニーの奴がどんな人間か、あなたには分かっていないんだ。ヴィンセント・マクマスターに対してあなたは完全に公平ではなかったと思うよ。僕の知識をかすめとるくらいなら、僕の懐から金をくすねるほうがましだと考える奴だ。名誉を重んじる男なんだ！」

ヴァレンタインは、奇妙な、奇妙な感覚を抱いた。シルヴィア・ティージェンスが自分たちを見たことを意識する前から、自分がそれを感じていたかどうか、後になってみるとヴァレンタインにははっきりとしなかった。シルヴィアは、奇妙な微笑みを浮かべて、とてもまっすぐに立っていた。その微笑みが優しさを表すものなのか、残酷さを表すものなのか、それともよそよそしい皮肉を表すものなのか、ヴァレンタインにははっきりしなかった。しかしその背後に何があるにせよ、その微笑みを浮かべた人は、自分とティージェンスの間にある思いについて、知りたいことはすべて知っているということを露骨に示そうとしているのだと、ヴァレンタインは完全に確信した。…まるでトラファルガー広場で姦淫に耽る女と男が持つような感覚を覚えたのだった。

シルヴィアの後ろには、二人の参謀将校がいて、唖然としていた。彼らの髪はきちんと整えられてはおらず、たいした見てくれの男だとも言えなかったが、参謀将校は参謀将校であり、この集まりのなかではもっとも見栄えのする二人だった。――シルヴィアは彼らを独り占めにした。

ティージェンス夫人が言った。

「ああ、クリストファー。わたし、これからバジルさんの家へ行くわ」

ティージェンスが言った。

「分かった。ワノップ夫人がパーティーを満喫し終えたなら、地下鉄まで送って行き、それから歩いて君を迎えに行くよ」

シルヴィアは、ヴァレンタイン・ワノップに、挨拶のしるしとして、長いまつげを伏せ、漂うようにドアを通り抜け、軍服を着て緋色の袖章を付けてはいるがどちらかと言えば軍人らしからぬ将校たちがその後に続いた。

そのときから、ヴァレンタイン・ワノップはすっかり確信するようになった。シルヴィア・ティージェンスは、夫がヴァレンタイン・ワノップを愛していることを、そしてヴァレンタイン・ワノップが――絶対的な、言語に絶する熱情をもって――彼女の夫を愛していることを知っているのだということを。ヴァレンタインにとって分からない唯一のこと、見通せないままである唯一の謎は、シルヴィアがティージェンスの良き妻であるかどうかということだった。

　その後、ずいぶん経ってから、イーディス・エセルがティーカップの脇のヴァレンタインのところに来て、シルヴィアにワノップ夫人がいることを気づかされるまで、あなたのお母様が部屋にいることを知らなかったのだと言って詫びた。彼女はもっと頻繁にワノップ夫人にお会いしたいものだと希望した。直後に、これからは、ワノップ夫人はティージェンスに付き添われて来る必要はないのよ、と付け加えた。本当に、そんな必要がないほどに、わたしたちは昔からの友人なのですからね、と言って。

「いいこと、エセル、もしあなたが母と仲よくしてくれる一方で、あなたがたのためにあんなに尽くしてくれたティージェンスさんに敵対するとしたら、あなたは間違っているわ。本当に。母には大きな影響力があるのですもの。今この時点で、あなたが誤りを犯すのをわたしは見たくないの。不快な争いを起こすのは間違っているわ。もしあなたが母にティージェンスさんの悪口を言えば、あなたは大変不快な思いをすることになるでしょう。母はたくさんのことを知っていますからね。どうか思い出してちょうだい。母は何年もの間、牧師館の隣りに住んでいたのよ。それに母は恐ろしいほどに辛辣な舌の持ち主なのですからね」

　イーディス・エセルは、全身が鋼ばねでできているかのように後ろに飛びのいた。口が開いたが、下唇を噛み、それから真っ白なハンカチで唇を拭いた。そして言った。

「あの男は嫌い。嫌でたまらないの。近くに来ると身震いがするわ」

「それは知っているわ」ヴァレンタインが答えた。「でも、わたしがあなただったら、それを他の人に言うようなことはしないでしょう。そんなことをしても実際、評判が上がるわけでないですもの。彼はいい人よ」

イーディス・エセルは、長い、計算ずくの一瞥をヴァレンタインに送った。それから、暖炉のそばに行って立った。

　それはヴァレンタインがマーク・ティージェンスと一緒に陸軍省の待合ホールで座ることになった日の五週間前か、最大でも六週間前のことであり、その後直前の金曜日にも、すべての客が帰った後、イーディス・エセルはティーテーブルにやって来て、なめらかな優しさで、ヴァレンタインの左手に右手を載せた。その仕草を極めて熱烈に賛美しながらも、ヴァレンタインは、これで最後だ、ということを、この日知ったのだった。

　その三日前の月曜日に、[8] 学校の制服姿のヴァレンタインは、運動用具を買いに行った大きな店で、花を買っていたドゥーシュマン夫人と鉢合わせした。ドゥーシュマン夫人はその服装を見て、ひどく動転した。

　夫人が言った。

「いやだ、そんな恰好をして歩き回っているの。本当にみっともないったらありゃしないわ」

　ヴァレンタインは答えた。

「ええ、そうよ。勤務時間に学校の用事をしているときは、これを着ることになっているの。放課後に急いでどこかに出かけるときも、これを着ているわ。ドレスを使わずに済ますことができますから。ドレスはあまりたくさん持っていませんもの」

「でも、誰があなたに会うか分からないじゃないの」とイーディス・エセルが苦しみ悶えるような調子で言った。「ひどく配慮を欠いた行動だわ。あなたは自分がどんなに配慮に欠けた行動をしているか考えていないの。わたしたちの金曜の会にやってくる人たちの誰かに会うかもしれないじゃないの」

「しょっちゅう会っているわ」とヴァレンタインは言った。「でも、誰も気にしていないようよ。たぶん、わたしのことを志願陸軍婦人部隊の将校[9]だとでも思っているのでしょうね。それって、恥ずかしいことではないと思うのだけれど…」

ドゥーシュマン夫人は漂うように去っていった。両手に花をたくさん抱え、真に苦悶の表情を浮かべて。

そして今、ティーテーブルの傍らで、夫人は実にこっそりと言ったのだった。

「ねえ、ヴァレンタイン。わたしたちは来週、いつもの金曜日の午後の会を開かないことに決めたの」これは自分を排除するための嘘にすぎないとヴァレンタインは思った。しかし、イーディス・エセルは言葉を続けた。「わたしたちは小さな夜のお祝いをすることに決めたのよ。よくよく考えて、わたしたちはもう結婚を公にするべきだという結論に達したの」彼女は話を中断し相手の意見を待ったが、ヴァレンタインが何も言わなかったので、さらに先を続けた。「このお祝いはとても幸運なことに――とても幸運な偶然の一致と感じざるをえないのだけれど――別の行事とたまたま一緒に催されることになるのよ。わたしたちはこうしたことをたいして重んじているわけではないけれど…でもね、ヴィンセントの耳に入ったの。今度の金曜日…ねえ、ヴァレンタイン、ひょっとしたら、あなたも聞いているかもしれないけれどね…」

ヴァレンタインは言った。

「いいえ。聞いてはいません。でも、大英帝国勲章[10]を授けられるのね。とても嬉しいわ」

「国王が」ドゥーシュマン夫人が言った。「ナイト爵位の名誉を彼に授けたいとお考えなのよ」

「まあ」ヴァレンタインが言った。「目覚ましい出世ね。マクマスターさんはそれに値すること間違いなしだわ。とても一生懸命仕事をしてきましたもの。心からお祝いするわ。あなたには大きな助けになることでしょう」

「単にこつこつ仕事に取り組んできたからじゃないのよ」ドゥーシュマン夫人が言った。「そこがとても満足のいくところなの。彼が選定されたのはね、特別な才能のためなのよ。もちろん、これは秘密だけど…」

「ああ、知っているわ」ヴァレンタインが言った。「荒廃した地区の損失は、もし機械類、石炭の産出量、果樹、農作物の収穫量、工業製品等を無視するならば、一年の家屋の荒廃以上にはならないことを証明する計算を行ったという…」

ドゥーシュマン夫人は、実際、慄然として言った。

「でも、どうして知っているの。いったいどうやって知ったのよ…」夫人は言葉を切った。「それは極秘事項のはずよ…あの男があなたに話したに違いないわ…いったいあの男、どうやって知ったのかしら…」

「ティージェンスさんとは、この前ここにいらしていたとき以来、会っても話してもいませんわ」とヴァレンタインは言った。イーディス・エセルの当惑によって、ヴァレンタインは状況全体を把握できた。哀れなマクマスターは、事実上盗まれた数字が自分自身の発案でないことを妻にも打ち明けていないのだ。マクマスターは身内の人たちのなかで小さな威信を得たいと望んだのだろう。今回だけは、小さな威信を。ああ、どうしてそうした威信を得ていけないことがあるだろうか。マクマスターが得られるものすべてを得ることをティージェンスは希望するだろうとヴァレンタインは知っていた。そこで、彼女は言った。

「そうね、おそらく、うわさとして流れているのよ…政府が軍の上層部に対するフランスの要求を黙らせたがっているのだと。その助けをしてくれる人にならば誰にでもナイト爵位を与えるだろうと」

ドゥーシュマン夫人は落ち着きを取り戻した。

「きっとそうよ、それが」と夫人が言った。「あの忌まわしいフランス人たちを黙らせたんだわ」

夫人は少しの間言葉を切って考えた。それから「おそらく、それよ」と言葉を継いだ。「それがうわさとして流れているんだわ。あの忌まわしい人たちを遣り込めるために、世論に影響を与えてくれるものは何であれ、歓迎されるはずだもの。これは広く知られているうわさなのだわ…ええ、それを考えれば、あなたに伝えたのがクリストファー・ティージェンスだなんて、あるはずがないわね。そんなことがあの男の頭に入るわけがないわ。あの男はあいつらの仲間なんだから。あの男は…」

「彼は絶対」とヴァレンタインが言った。「この国の敵たちの友ではありません。わたしも、同じです」

ドゥーシュマン夫人が、目を見張り、激しく叫んだ。

「どういう意味？　いったい何が言いたいの。あなたは親独派だと思っていたのに」

ヴァレンタインが言った。

「違うわ！　違います！…わたしは人々の死を憎んでいます。…どんな人々の死も…」彼女は渾身の力を振り絞って自らを落ち着かせた。「同盟国に対して隠し事をすればするほど、わたしたちは戦争を長引かせ、ますます多くの命が失われるとティージェンスさんは言っているわ。…ますます多くの命が、ってこと、あなたにお分かりになります？…」

ドゥーシュマン夫人はもっとも超然とした、優しいけれど傲慢な態度をとった。「哀れな人ね」夫人が言った。「あの落ちぶれた男の意見が他の人にどんな関心を呼び起こすって言うの。あの男に警告しておいて頂戴。そんな信頼できない意見を言い続けたって何の役にも立ちはしないとわたしが言っていたって。あの男は要注意人物とみなされていて、もうおしまいなのよ。夫のガムが彼を擁護しても、もうどうにもならないわ」

「あなたの夫が彼を擁護するのですって」ヴァレンタインが訊ねた。「なぜそんなことが必要なのか、わたしには分からないわ。ティージェンスさんは必ずや自分の面倒は自分で見られるかたですもの」

「ねえ、いい子だから」イーディス・エセルが言った。「最悪を知ったほうがいいわ。クリストファー・ティージェンスほど信頼されていない人間はロンドン中探しても誰一人いないのよ。夫は彼を擁護することで際限のない害を被っているわ。それがわたしたちのただ一つの喧嘩の種になっているんだから」

夫人はさらにまた続けた。

「あの男の脳が働いていた間はまだ良かったわ。彼には知性があると言われていた。わたしにはまったく感じられなかったけれどね。でも、今は、酒と放蕩のせいで、あんな状態になっている――それ以外に彼の状態を説明する方法はないわ――だから、正直に言うけれど、役所の人たちは局の名簿から彼の名を削ろうとしているのよ…」

このとき初めて、無分別な霊感のように、この女は過去にティージェンスを愛したことがあるのだという考えがヴァレンタイン・ワノップの頭を過った。男とはそういうものだから、彼女がかつてティージェンスの愛人だったということもあり得ることだと。それ以外、ヴァレンタインには無意味に思えるこの悪意の説明がつかなかった。他方、ヴァレンタインは、非難し得るどんな根拠も持たない非難に対して、ティージェンスを弁護したいという衝動をまったく感じなかった。

　ドゥーシュマン夫人は、優しく、しかし傲慢に話し続けた。

「もちろん、あんな男に——あんな状態の男に——高いレベルの政策の問題が理解できるはずがないわ。絶対にあんな男たちに高い指揮権を与えてなるものですか。そんなことをしたら彼らの非常識な軍国主義精神におもねることになるでしょう。そんな人たちは排除されるべきね。もちろん、これはここだけの話だけれど、夫はこれが最上層部の確信だと言っているわ。たとえ早目の成功をもたらすにせよ、あんな男たちの好きなようにさせておいたら、先例を作ることになるだろうってね——それに比べれば、わずかな命の損失などは…」

　ヴァレンタインはギョッとして飛び上がり、顔をしかめた。

「お願いよ」ヴァレンタインは大声をあげた。「キリストがあなたのために死んだことを信じるなら、何百万人もの男の命が危機にさらされているということも理解して頂戴…」

　ドゥーシュマン夫人は微笑んだ。

「哀れな子ね」夫人が言った。「もしあなたがもっと上層の人たちのなかを動き回っていたら、もっと超然とした態度でこうしたことを考えるのでしょうけれど…」

　ヴァレンタインは高椅子の背もたれをつかんで身を支えた。

「あなたは上層の人たちのなかを動き回ってはいないわ」ヴァレンタインが言った。「お願いだから——それはあなたのためだから——あなたは一人の女であって、永久にいつでも上流気取りでいるわけにはいかないということを自覚して頂戴！　あなたはかつて善良な女性だった。ずいぶん長い間、ご主人に従っていたじゃありませんか…」

　ドゥーシュマン夫人は、椅子に腰をおろし、身を後ろにのけ反らせた。

「あなた」夫人が言った。「気でも違ったの？」

ヴァレンタインが言った。

「ええ、そうかもしれないわね。わたしには船に乗っている弟がいます。無期限で戦地に出かける恋人がいます。たとえあなたが苦しみの思いだけで人は気が狂うことがあるということを理解できないにしても、それは理解できるでしょう。…それに、イーディス・エセル、あなたが、あなたに対するわたしの意見を恐れているということが、わたしには分かるわ。それでなければ、あなたはこれまでの年月のごまかしと隠し事のすべてを持ち出したりしなかったでしょう…」

ドゥーシュマン夫人が素早く言った。

「ああ、あなた…もしあなたが個人的利害を持ち込むなら、高次元の問題を抽象的な見地から判断するなんて期待できそうにないわね。話題を変えたほうがよさそうだわ」

ヴァレンタインが言った。

「ええ、そうしましょう。ナイト爵位授与のパーティーに母とわたしを呼ばない口実を聞かせて頂きたいわ」

これを聞いて、ドゥーシュマン夫人も立ち上がった。そして、先がわずかに曲がった長い指で琥珀の数珠をまさぐった。夫人の後ろには、彼女のすべての鏡、滴のような形をしたシャンデリアの電球の数々、点々と輝く金箔、艶出しされた濃い色の木材があった。こんなに完璧に親切と優しさと威厳を装うことのできる人を、ヴァレンタインは未だかつて見たことがなかった。夫人は言った。

「ねえ、あなた。あなたが来たいと思うようなパーティーではないと予め断っておくわ…来る人たちは堅苦しい、形式にこだわる人たちだし、あなたはおそらく正装用のドレスを持っていないでしょう」

ヴァレンタインが言った。

「あら、ドレスならちゃんと持っているわ。パーティー用のストッキングには伝線が入っているけれど、あなたはまさかそれで成功を後押しした友人を捨てる気ではないでしょうね」彼女はそう言わざるをえなかった。

ドゥーシュマン夫人は微動だにせず立ち、彼女の顔には非常にゆっくりと赤みが差していった。その緋色の地に、鮮やかな白目やまっすぐな眉毛が互いにほとんどくっつきそうになっているのを見るのは、とても不思議な感じがした。それから、再びゆっくりと、夫人の顔は完全に蒼白になった。すると夫人の濃い青色の目が目立つようになった。夫人は長く白い左右の手をこすり合わせ、右手を左手の内に差し込むと、再び引き抜いた。

「ごめんなさい」と夫人が生気のない声で言った。「あの男がフランスに行ったなら――あるいはその他のことが起きたなら――わたしたちは昔の友好的な関係を続けられると思っていたわ。でも、あなた自身もきっと分かっている通り、わたしたちの公的立場をもってしては、見て見ぬ振りをすることは許されないの…」

ヴァレンタインが言った。

「分からないわ」

「もうこれ以上あなたも話したくはないでしょう」ドゥーシュマン夫人が言い返った。「わたしはもう話さないほうがいいと思うわ」

「話してくれたほうがいいのに」ヴァレンタインが言った。

「わたしたちが考えていたのはね」年上の女が言った。「ささやかな静かな夕食会をすることだったの――パーティーの前に、わたしたち二人とあなたで。過ぎ去りしなつかしき昔のために。でも、あの男が無理やり割り込んできて、あなたも知っての通り、わたしたちはあなたも呼べなくなってしまったのよ」

ヴァレンタインが言った。

「どうしてだか訳が分からないわ。わたしはティージェンスさんに会うのをいつも楽しみにしていますもの」

ドゥーシュマン夫人は、まじまじとヴァレンタインを見た。

「そうした仮面をつけて、どんないいことがあるというの。あなたのお母様があの男と行動を共にしているのはきっと良くないことよ。前の金曜日みたいなぞっとする場面がまたきっと起きるわ。ティージェンス夫人はあっぱれだったわ。本当にあっぱれだった。それでも、あなたの友人であるわたしたちを、ああした試練にさらす権利は、あなたにはないはずよ」

ヴァレンタインが言った。

「あなたが言っているのは…クリストファー・ティージェンスの奥さんのことなの？」

ドゥーシュマン夫人が続けて言った。

「主人はわたしがあなたがたを招くようにと主張しているわ。でも、わたしは招かない。絶対に招かないわ。あなたのために、正装用ドレスという口実を作ってあげたじゃないの。もしあの男がとても意地悪だったり、まったく文無しだったりして、あなたの体裁を保てないのなら、もちろんわたしたちがあなたに正装用のドレスをあげることもできたでしょう。だけど、繰り返しになるけれど、わたしたちの公的立場をもってしては、わたしたちにそんなこと、できるはずがないでしょう。できるはずがない。この不義を見て見ぬふりをするなんて狂気の沙汰よ。あの男の奥さんがわたしたちに友好的に見えるだけに、ますますそう思えるわ。いったんいらしたんだから、奥さんにはまた来てもらおうかしら」夫人は言葉を切り、厳粛に続けた。「警告しておくわ、いったん亀裂が生じたなら――そんな場合、どんな女がそれに耐えられるというの――わたしたちはティージェンス夫人を支援するわ。彼女はいつでもここに我が家を見つけるでしょう」

シルヴィア・ティージェンスがイーディス・エセルの傍らに立ち、キリンがエミューを小さく見せるようにイーディス・エセルを小さく見せる奇妙な絵がヴァレンタインの頭に浮かんだ。ヴァレンタインが言った。

「エセル。わたしの頭がおかしくなったのかしら。それともあなたのがかしら。本当に、わたしには理解できないわ」

ドゥーシュマン夫人が大きな声をあげた。

「まったくもう、お黙りなさい、この恥知らずが。あの男の子はあなたが産んだのね」

ヴァレンタインは、突然、背の高い銀の燭台、牧師館の黒っぽく磨かれた羽目板、イーディス・エセルの狂った顔とその前で旋回する乱れた髪を見た。

ヴァレンタインは言った。

「いいえ。絶対そんなことはありません。よくそんなことを考えられるわね。そんなことがあるわけがないでしょう」彼女は極度の疲労を乗り越え、さらに力を振り絞った。「請け合うわ――もしそれであなたが安心するのなら、どうか信じてください――ティージェンスさんはいまだかつて一度だって、わたしに愛の言葉をかけてくれたことがないのよ。わたしもまた、彼に愛の言葉をかけたことがありません。知り合ってこのかた、わたしたちはほとんど語り合ったことがないのですもの」

ドゥーシュマン夫人がとげとげしい声で言った。

「この五週間の間に、七人の人が、あなたがあの獣の子を産んだのだと言ったわ。あの男は、あなたとあなたの母親とその子を養わなければならないせいで破産したのですって。あの男がどこかに子供を隠しているってこと、あなたは否定しないわよね…」

ヴァレンタインが突然大声をあげた。

「ああ、エセル、あなたはまさか…まさかわたしに嫉妬しているんじゃないでしょうね。もし真実を知ってさえいれば、あなたはわたしに嫉妬などしないでしょう…ひょっとしてあなたが産もうとしていた子は、クリストファーの子だったの？　男ってそういうものだわ…でも、あなたはわたしのことを、決して、決して嫉妬する必要なんてないのよ。わたしはあなたがこれまでに持ちえた最良の友だったはずよ…」

ドゥーシュマン夫人がとげとげしく大声をあげた。あたかも首を絞められているかのように。

「一種のゆすりね！　こうなると思っていたわ。あなたみたいな輩はいつもそう。ならば、精一杯おやりなさい、この売女が！　二度とこの家に足を踏み入れないで頂戴！　どこにでも行って、くたばればいいんだわ…」顔に恐怖の表情を浮かべ、夫人は大急ぎで部屋の奥に走って行った。その直後、彼女はシャンデリアの下で、バラの大きな鉢の上にそっと身を屈めていた。そこのドアからヴィンセント・マクマスターの声が聞こえた。

「おい、入ってきたまえ。もちろん、十分はある。本はこの部屋のどこかに…」

マクマスターがヴァレンタインの傍らに来て、もみ手をし、奇妙な、どちらかと言えば卑屈な動作で身を屈め、片眼鏡で苦しみもがくかのように彼女を見つめた。片眼鏡は、彼のまつげと下目蓋と角膜の血管を途方もなく拡大して見せた。

た。

「ヴァレンタイン」とマクマスターが言った。「いとしのヴァレンタイン…聞きましたか。わたしたたちは公にすることに決めたのです。…ガガムがあなたをささやかな祝いの席に招くでしょう。わたあなたをびっくりさせることも用意していますよ。きっと…」

イーディス・エセルは嘆かわしげに、鋭い目つきで、身を乗り出すようにヴァレンタインを見
「ええ」ヴァレンタインは、イーディス・エセルに向けて、勇気を出して言った。「エセルがわたしを招待してくれたところです。伺うようにいたしますわ…」

「ああ、ぜひ来てくれなければ」マクマスターが言った。「あなたとクリストファーだけは。わたしたちにとても親切にしてくれたのですから。昔のよしみで。あなたがたは…」

クリストファー・ティージェンスの姿がドアからゆっくりと現れ、ためらいがちに彼女に手を差し出した。二人は家では実質的に握手をしたことがなかったので、彼の手を避けることは容易だった。彼女は思った。「どうしてそんなことができるでしょう。どうして彼はこんなことを…」そして、恐ろしい状況が彼女の頭に注ぎ込まれた。みじめな小男の夫、絶望的なほどに無頓着な恋人――そして嫉妬に狂うイーディス・エセル。破滅へと運命づけられた家庭。彼女は自分がクリストファーに手を差し出すのを拒むところをイーディス・エセルに見せてやりたいと思った。

しかし、バラの鉢の上に身を屈めたイーディス・エセルは、花から花へと彼女の美しい顔を埋めていった。彼女は何分も続けてこれを行うのを習慣にしていた。こうすることによって、夫の最初のささやかなモノグラフの主題たる人物が描いた絵に自分を似せられると考えたのだった。ヴァレンタインもまた、本当にそうだと思った。彼女はマクマスターに、金曜の夜に外出するのは難しいと話していた。しかし喉があまりにもヒリヒリとした。これがイーディス・エセルに会

う最後の機会になるだろうと分かっていた。彼女はイーディス・エセルをとても愛していたのだが。また、これがクリストファー・ティージェンスを見る最後の機会となって欲しいとさえ希望した。彼女はクリストファー・ティージェンスのこともとても愛していたのだが。…彼は本棚をゆっくりと眺めていた。とても大きな体で、とても無様な格好で。

マクマスターは騒々しく招待の言葉を繰り返しながら、石造りの玄関まで彼女の後を追ってきた。彼女は話すことができなかった。大きな鉄板張りのドアのところで、マクマスターは長い長い間彼女の手を握り、顔を彼女の顔に近づけて、嘆かわしげにじっと見つめた。彼は大きな恐怖を抱いているような語調で言った。

「ガガムが招待したですって?……そうじゃないのでしょう…」これほど近くで見ると少し染みがあるのが分かる彼の顔は、不安で歪んでいた。彼は狼狽して目をそらし、応接間のドアをちらっと見た。

ヴァレンタインは苦痛を感じる喉から声を迸らせた。

「エセルは」彼女は言った。「ナイト爵夫人、レディー・マクマスターになるそうですわね。わたしもとても嬉しいわ。あなたがたのためにお慶び申し上げます。あなたがたは望んでいたものを手に入れたのでしょう?」

彼はほっとして、うつろな口調で、あまりにも疲れていて、もはや心をかき乱されることがないかのように、言葉を発した。

「その通り!　その通り!…もちろん、これは内緒ですよ…彼には今度の金曜日まで言わないでおいてください…一種のご馳走となるようにね…彼はきっと土曜日には戦争に出かけることになるでしょう…大群が送られることになります…大攻勢のために…」これを聞いて、彼女は彼の手から手を引き離そうと努めた。それで彼が言っている言葉を聞き逃してしまった。それは楽しいささやかなパーティーのためならば彼はすべてを投げ打つというような趣旨の言葉だった。彼女が捉えたのは、かなり驚くべき言葉だった――「古き良き時代のように」といった具合の。涙で一杯になっているのが彼の眼なのか自分の眼なのか、彼女には分からなかった。彼女は言った。「わたしは信じます…わたしは信じます、あなたが親切な男だということを」

絹に描かれた長い日本の絵画が掛かった大きな石造りの玄関に、突然、電灯がパッと灯った。それでも、そこは、せいぜい悲しい、褐色の場所にすぎなかった。

マクマスターが大きく声をあげた。

「あなたにお願いします。どうか信じてください、わたしもまた決して見捨てないということを…」彼は再び内側のドアをちらっと見て、言葉を添えた。「あなたがた二人を…わたしは決して見捨てません…あなたがたを二人とも!」と彼は繰り返して言った。

マクマスターが彼女の手を放した。彼女は階段の上の湿った空気のなかにいた。彼女の背後では大きなドアが否応なく閉まり、空気の囁きを下に伝えていた。

V章

ティージェンスの父がずっと前からの約束をついに果たし、ワノップ夫人がこれからの生涯でもっと後世に残るような作品だけを書けるように、夫人に資金を提供することになったというマーク・ティージェンスの発表によって、ヴァレンタイン・ワノップは、一つの問題を除きすべての問題から解放された。ただ、その一つの問題が、当然のこと、直ちに、非常に大きな問題として彼女にのしかかってきた。

彼女は妙な、不自然な一週間を過ごした。このとき彼女を茫然自失にさせたのは、奇妙なことに、金曜日に何もやることがないという感情だった。アスファルトの上に整列した、布製の運動着を着、男性用の黒いネクタイを締めた百人の娘たちを見渡している間、市街電車に飛び乗ろうとしている間、自分と母親の主食である魚の缶詰や干物を買っている間、夕食の食器を洗っている間、バスルームの状態について不動産管理人を責めている間、あるいはタイプするために、母親の小説の、大きいけれど無慈悲な筆跡の上にぴったりと身を屈めている間、彼女はこの感情を繰り返し味わった。それは、半ば喜びとして、半ば悲しみとして、馴染みの仕事の合間に心を過ぎるのだった。余暇の期待に胸を躍らせる一方で、つらいけれど面白くてたまらない仕事からいやいや離れることでこの余暇が得られることを知る男が感じる気持ちを、彼女は味わっていた。

金曜日には何もやることがない！

それは、小説を手からひったくられ、その結末を知ることができなくなったような気持ちとも言えた。おとぎ話としてなら結末は分かっていた。幸運で大胆な仕立屋が、美しいお姫様になったがちょう番の娘と結婚し、ウェストミンスター修道院に埋葬される――少なくとも、追悼される――身分にまで着々と上っていく。実際、この郷士は忠実な村人たちが集まるなかで埋葬されるのだ。しかし、夫婦が浴室に張りたいと思っていた青いオランダ製のタイルを集められたかどうか、彼女は決して知ることがないだろう。それでも、同じような大望を目のあたりにすることが、彼女の人生の大きな目的だった。

さらに彼女は心のなかでつぶやいた。また別の物語が終わったのだ、と。表面的には、ティージェンスへの彼女の愛の物語は、ほとんど変化のないものだった。それは無において始まり、無において終わった。しかし、彼女の存在の深いところでは――ああ、その物語は十分に進展していた。二人の女の関与によって。ドゥーシュマン夫人との口論以前は、情熱に関しても人生に関しても、自分ほどその性的基盤に無頓着な娘はほとんどいないだろうと彼女は考えていた。家事使用人をしていた数か月の間に奥の台所から見たような性は、それを不快ものだと彼女に思わせる要因となった一方で、こうして得られた性の現実に対する知識は、彼女の知るほとんどの娘たちがこの話題を考える際に感じる神秘を彼女から奪い去ってしまったのだった。

性の道徳面についての彼女の確信は、極めて日和見的であることを彼女自身知っていた。結構「進歩的な」若者たちの間で育ってきたので、自分の意見を表明するように公然と求められたならば、彼女は仲間たちへの忠誠心から、この件には道徳も倫理も何の関係もないとおそらく宣言しただろう。進歩的な教員や当時の偏向した小説家たちによって感化された彼女の若き友人たちのほとんどと同様に、当然、彼女もまた、自分は見識をもって複数の人との性交を擁護すると述べただろう。それは、ドゥーシュマン夫人の秘密暴露より以前のことだった。しかし、実を言えば、ヴァレンタインはこの問題についてほとんど考えたことがなかったのだ。

その日より前でさえ、もし深層の感情を問われたなら、彼女は、性的不節制は極度に醜く、貞節こそがそれ自体スプーンレースである人生で褒め称えられるべきものとの考えをもって応じただろう。彼女は、たぶん見た目よりも賢明な父親によって、運動競技中心主義を賛美するよう育てられ、体の成熟は、貞節と厳粛と清潔を、それにまた自己放棄という見出しのもとに分類される様々な特質を要求するものと意識していた。彼女がイーリングの召使階級の仲間入りをすることはあり得なかった。雇われた家の長男は、妙に厄介な婚約不履行裁判の被告人になっていて、この件や同様の事件に関する酔っぱらった料理女の意見は、アルコールの入り具合により、感傷的なほどに控えめなものから極端なほどに下品なものに至るまで、広範囲に及んだ。だから彼女がイーリングの召使階級に仲間入りして、彼女自身の潜在意識的結論以外の結論に達することなどあり得なかった。そこで、彼女は世界を、一方に、聡明な存在、他方に、生きている間の活動に何の重要性もない、墓地をいっぱいにするだけの価値しか持たない素材があると分類し、聡明な存在は、見識ある乱交の公的擁護が自らの絶対的な節制と両立する人々であるに違いないと考えた。見識ある人々が厳かな女性助言者になるには、時折この基準からはずれることがあることに彼女は気づいていた。その点、彼女は前世紀のメアリー・ウルストンクラフトやテイラー夫人[1]やジョージ・エリオットのような人たちを、どちらかといえば気取った厄介者だといたずらっぽくみなしていた。実際、とても健康で、とても勤勉な彼女は、この問題全体をいたずらっぽいとまでは言わないまでも、屈託なく、厄介事とみなす習慣を身につけていたのだった。

しかし、第一級の女性助言者の性的必然に出くわしたことは、ヴァレンタインにとって恐ろしい事件だった。ドゥーシュマン夫人が、用心深く、禁欲的で、快い美的な性質と一緒に、もう一つ別の、酔っぱらった料理女同様に粗野な、限りない辛辣な言葉になって現れる性質を持ち合わせているという事実が明らかになったからだ。夫人がその愛人に関して二、三語ごとに使った——「あのでくの坊が！」とか「あのけだものが！」といった——言葉が、それまでの心理的支援の多くを無効にしてしまったかのように、文字通り、娘の心に苦痛を与えたのだった。ヴァレンタインは牧師館の外の暗闇のなかを歩いて帰れなくなるほどだった。

それに、彼女はドゥーシュマン夫人の赤ん坊がどうなったのか決して知ることがなかった。翌日、ドゥーシュマン夫人はいつも通り、上品で、用心深く、落ち着いていた。この話題については、二人の間でそれ以上一言も話が交わされることはなかった。このことはヴァレンタイン・ワノップの心に、見てはならないもの——いわば殺人——を見たという後ろめたさを残した。そして、彼女の性的に混乱したこの暗い世界に、女友達の愛人はティージェンスだったのではないかという性急な疑いが絶えず過ぎった。それはもっとも単純な類推の問題だった。ドゥーシュマン夫人は聡明な存在のように見えていた。ティージェンスも同様だった。だが、ドゥーシュマン夫人はむかつくほどに淫らな娼婦だった。…ならば、男であり、男のさらに大きな性的必然を持つティージェンスは、もっと淫らなのではないか。…彼女の頭は常にその考えを完結させるのを拒んだ。

その疑いは、ヴィンセント・マクマスター自身を考えてみても打ち消せるものではなかった。マクマスターは愛人か友人かに裏切られるのがほとんど必然であるような男だと彼女は感じていた。彼はそれを求めているようにさえ見えた。その上、ヴァレンタインはかつて自分に言ったことがあった。女は誰であれ、もし選択の権利や機会があるならば——それに機会が十分にあることは神も知るところだ——ティージェンスの腕の、あの素晴らしい男らしさがあるというのに、どうしてあの陰の、乾燥した葉っぱのほうを選べるだろうか、と。彼女は二人の男をこのように見ていた。そして、このぼんやりとした確信は、少し後に、ドゥーシュマン夫人自身がティージェンスに「でくの坊」とか「けだもの」という形容辞を使い始めたとき、さらにはっきりしたものとなると同時に、かえって心を和ませた。ドゥーシュマン夫人が、夫人の子だと見られる子供の父親を指すのに使ったのが、まさにこうした形容辞だった。

だが、その後、ティージェンスはドゥーシュマン夫人を棄てたに違いなかった。そしてもし彼がドゥーシュマン夫人を棄てたのならば、今や彼をこの自分が、ヴァレンタイン・ワノップが手に入れるチャンスだってあるに違いなかった。この感情は自分を恥知らずにするものだと彼女は考えた。しかし、それは彼女の心の奥底から湧いてきたもので、彼女には制御することができなかったし、それは存在することで、彼女を落ち着かせた。その後、戦争の到来によって、この問題全体が消滅した。戦いの開始と愛する人の出発が不可避だと明らかになったことにより、彼女は男に対する純粋に肉体的な欲望と自ら考えるものに身を任せた。このときの恐ろしい大変な苦悶のなかでは、身を任せるしか他に道がなかった。絶え間のない、まったく絶え間のない苦しい思い、愛する人もまたやがて大いに苦しむに違いないということに対するまったく絶え間のない苦しみをもってしては、この世にそれ以外の避難場所はありえなかった。他にはまったく！

彼女は屈した。彼女は男が二人を結び付けることになるはずの言葉を発するのを、あるいは二人を結び付けることになるはずの表情をするのを待った。もうわたしも終わりだ。貞節は、もはやなし。これでおしまい。他のあらゆるものと同様に！

愛の肉体的側面について、彼女にはイメージも概念もなかった。ひと昔前には、彼が家に来て、もし彼女のいる部屋に入って来たならば、あるいは彼が村にやって来るのが分かっただけでも、彼女は一日中小声で鼻歌を歌い、いつもよりも暖かい小さな流れが皮膚を伝っていくのを感じたものだった。お酒を飲むことで、血が体の表面の血管に送られ、暖かさの感覚が生じるということを、彼女はどこかで読んだことがあった。彼女はお酒を飲んだことはまったくないか、こうした効果が生み出されるのを認識できるほどには飲んだことがなかった。しかし、愛はこんな具合に肉体に作用するのだろうと、彼女は想像した。そして、愛は永久にその状態に留まるだろうと。

しかし、もっと後になると、もっと大きな痙攣が彼女をぐったりとさせた。ティージェンスが彼女に近づくだけで、彼女は自分の肉体全体がティージェンスの方に引きつけられるのを感じた。恐ろしい高みに近づくと、その高さに人の心が引きつけられるのとちょうど同じように。血の大きな波が彼女の存在を貫いて行った。あたかも、まだ発見されない、あるいは発明されない物理的な力が、その流動体自体を呼び寄せたみたいだった。月はこんなふうに潮を引きつけるのだ。

以前に一度、長い暖かい夜に二人で馬車を駆っていたとき、一秒の何分の一かの間、彼女はその衝動を感じたことがあった。それから何年も経った今、彼女は目覚めていても、半覚半睡の状態にあっても、常にそれを知るようになり、その衝動が彼女をベッドから追い立てた。彼女は、白み行く世界の上空で星たちの光が色褪せるまで、開いた窓のところに一晩中立ち尽くした。その衝動は彼女を喜びで激しく震えさせた。すすり泣きによって彼女の体を揺すり、彼女の胸をナイフのように突き刺した。

マクマスターが集めたたくさんの美しい家具の間でティージェンスと会話を交わした長い一日を、ヴァレンタインは自分が経験した素晴らしいラブシーンとして、心のカレンダーに書き留めた。それは二年前のことだった、ティージェンスは陸軍に入隊するところだった。今また、彼は再び戦地に赴こうとしていた。そのことで、彼女はラブシーンが何であるかを知った。それは「愛」という言葉なしに過ぎていく。衝動と興奮と皮膚の硬直のなかで過ぎていくものなのだ。それでも、互いに交わすどの言葉をとってみても、二人は愛を告白していた。こんなふうに、人は、小夜鳴鳥の鳴き声に耳を傾けるとき、己《おの》が心臓に打ち寄せる、愛する人の切なる願いの声を聞くのだ。

マクマスターが集めたたくさんの美しい家具の間でティージェンスが話した言葉は、どれも、愛の台詞の一部だった。ティージェンスは、まるでこの世に他の人間は誰もいないかのように──「この世の他の誰にでもなく」と彼は言った──彼女に彼の疑念や不安や恐怖を告白した。が、それだけでなく、その魔法が続いている間、彼が発し、彼女に届いた言葉は、どれも情熱について歌っていた。男が「おいで」と言ったならば、女は地の果てまで彼のあとについて行っただろう。男が「何の希望もない」と言ったならば、女は絶望のどん底を知っただろう。彼はそのどちらも言わなかったので、彼女は「これがわたしたちの状態だ。わたしたちはこれを続けなければならない」と知った。そしてまた、男は語っていた。彼もまた彼女と同様に…ああ、いわば正しい側にあるのだと。このとき女は申し分なくバランスのとれた状態にあり、男が「今夜、僕の愛人になってくれないか」と言ったならば、自分が「はい」と答えるだろうと知っていた。というのも、二人は本当に世界の果てにいるようだったから。

しかし、男の自制は女の貞節への偏重を強めたばかりか、世界は美徳と努力の場所だとする印象を女に取り戻させた。少なくともしばらくの間、女は時折こっそりと鼻歌を歌った。というのも、体のなかで心が歌うかのように思えたからだった。そして、自分の愛するこの人は美しい精神だとする印象が彼女には戻っていた。この数か月の間、彼女はベッドフォードパークの犬小屋のような家で、ティーテーブル越しに彼を見てきた。牧師館の近くの田舎家のもっときらびやかなテーブル越しに彼を見てきたのと同じように。ドゥーシュマン夫人が及ぼしたことが明らかな精神の堕落がそれによって緩和された。ドゥーシュマン夫人の狂気は、狂気に必然的に伴うと思われる犯罪とは無縁の根拠のない不安にすぎないという考えが彼女の頭に浮かびさえした。ヴァレンタイン・ワノップは、少なくとも、真っ当な問題の世界で、元の自信に満ちた自己を取り戻していた。

しかし、一週間前のドゥーシュマン夫人の感情の爆発が、昔の亡霊をヴァレンタインの心に蘇らせた。というのも、彼女はドゥーシュマン夫人に対して未だに大きな尊敬の念を抱いていたからだった。愛しいイーディス・エセルを単なる偽善者だとみなすことはできなかったし、イーディス・エセルは実際にまったく偽善者ではなかった。彼女はあの惨めな小男をひとかどの男らしきものに作り替えるという偉業を達成していた。——不幸な夫を長い間、精神病院に入れずにおいたという、もう一つの偉業を達成したのと同じように。それは並大抵の偉業ではなかった。どちらも並大抵の偉業ではなかった。それに、ヴァレンタインは、イーディス・エセルが本当に美と用心と上品さを愛していることを知っていた。イーディス・エセルにアタランテー[2]の貞節競争を支持させているものは偽善ではなかった。しかしまた、ヴァレンタインの理解では、人間には二重の性質が内在するものだった。ちょうど都会風で厳粛なスペインの国民が闘牛場の鋭く突き刺すような欲望に感情のはけ口を見出さねばならないように、はたまた、賞賛すべき金融街のタイピストがある種の小説家たちのもっと野卑な欲望のなかに自分の欲望の派生物を見出さねばならないように、イーディス・エセルも肉体的欲望のなかに——漁夫の妻の金切り声のような野卑のなかに——崩れ落ちていかねばならなかったのだ。実際、他にどんな方法でわたしたちは聖人を持つというのだろう。きっとそれは、最終的にただ一人で、前者の傾向を後者の傾向に対して勝利させることによってなのだろう。

しかし、いま、イーディス・エセルとの別れの場面の後で、単純な模様の並べ替えが、少なくとも一時的に、昔の疑惑を呼び起こした。ヴァレンタインは心のなかでつぶやいた。イーディス・エセルは性格が強いという理由だけで、嫉妬の激情の棘もなしに、ティージェンスへの途方もない非難を、すなわち彼の放蕩と行き過ぎに対する狂ったような告発を、そしてついにはヴァレンタイン自身に対する性的に狂ったような告発をしたりはしないだろうと。ヴァレンタイン自身はそれ以外の結論に到達することができなかった。この件について自分はいまではもっと冷静に考えられるようになったと彼女は信じていたが、とにかくもこのことについて考えながら、男とはああいうものだから、彼女自身を尊敬した、あるいは彼女自身に失望した彼女の恋人は、明らかに性急すぎるドゥーシュマン夫人を犠牲にして、彼の存在から野卑な必然を取り除いたのだと、ヴァレンタインは真剣に知力を尽くして考えたのだった。

そして、この一週間の間、ある種の気分のときには、彼女はこの疑惑を受け入れた。また、別の気分のときには、それを自ら排除した。木曜日が近くなると、もうそれは問題ではなくなったように思えた。愛する人は自分から離れていくのだ。戦争の長い吸引力が続いていた。人生の厳しい必然が拡張していた。人生という長く厳しいものにおいて、一回の不義が多少なりとも問題になるのだろうか。そして、木曜日には、比較的小さな、あるいは比較的大きな心配が彼女の平衡を乱し始めた。弟が数日休暇を取って帰宅すると知らせてきたのだ。そこで彼女は、ティージェンスが表すもの、あるいは彼がそのために自己を犠牲にしようとしているものに対して下劣に騒々しく対立するだろう仲間づきあいや視点を自分は受け入れなければならないという問題を抱えた。おまけに、彼女は弟と一緒に、いくつかの騒々しいお祝いに行くことになるだろう。その一方で、自軍が敵軍と接触する状況が刻々と近づくにつれ、彼女はティージェンスのことも考えなければならなかった。その上、彼女の母親がどちらかというと激しやすい日曜新聞の一つから、誰もが羨ましくなるほどの高額の注文を受け、戦闘に関連した途方もない事柄について連載記事を書くことになっていた。特に、エドワードが家に帰ってくるということもあって、母娘《おやこ》はひどくお金を必要としていたので、ヴァレンタイン・ワノップは母親が時間を浪費することに対しての自らの嫌悪を克服した。…この仕事はほとんど時間の浪費にはならないだろう、と自分に言い聞かせて。それに、この仕事がもたらす六十ポンドの金は、何か月も何か月もの間、自分たちの生活にあらゆる違いを生み出しそうな額だった。

　しかし、こうした事柄でもっとも助けになる人物とワノップ夫人が頼みにしていたティージェンスは、思いがけなく頑強な抵抗を示すようにみえた。夫人が言うには、いつもの彼らしくなく、提案した最初の二つの主題――それらは「戦争私生児」の主題とドイツ人が自分たちの死体を食うまでに身を落としているという事実を扱うものであった――を、まともな男が取り扱うには低俗すぎると嘲ったのだった。私生児が生まれる率はさほど上がっておらず、まともな筆者が取り扱うには低すぎる値だと、ティージェンスは言った。彼によれば、フランス語由来のドイツ語「カダヴァー」（cadaver）は、馬や牛の死体を意味し、「ライヒナム」（leichnam）という語が、ドイツ語では、人間の死体を意味するとのことだった。実質的に、彼はこの件に関わるのを拒否したのだった。

「カダヴァー」の件に関しては、ヴァレンタインもティージェンスと同意見だったが、「戦争私生児」に関しては、もっと偏見に捉われずに考えた。もし戦争私生児が誰もいないならば、自分が見る限り、この子たちについては書こうが書くまいが問題にはならない。もし哀れな戦争私生児が存在すると想定するならば、その子たちについては確かに書くまでもないだろう。逆にそれについて書くことは道徳に反すると認識せざるを得なかったが、母親がとても金を必要としていたので、母のことを一番に考えなければならなかった。

そのため、ティージェンスに懇願するしかなかった。というのも、記事に対するお人好しな、あるいは強いられた是認を意味する彼の精神的支援を得られなければ、ワノップ夫人はことをほったらかしにして、扇情的な、しかし払いのよい新聞とのつながりを失ってしまうだろうことが、ヴァレンタインには分かっていたからだった。ワノップ夫人は金曜日の朝にたまたま、あるスイスの評論雑誌に、ワーテルローの戦い[3]の後の平和に関連したある歴史問題について、宣伝記事を書いてくれるようにとの依頼を受けた。支払い額は実質的にただ同然だったが、比較的権威のある雑誌への寄稿だったので、ワノップ夫人は――まったくいつもの成り行きどおり――ヴァレンタインに命じたのだった。ティージェンスに電話をして、ワーテルローの前後に講和条件がとことん論じられたウィーン会議[4]について詳細を訊ねるように、と。

ヴァレンタインは電話をした。それまで何百回もしてきたように。少なくとももう一度ティージェンスが話すのを聞けそうなことに彼女は大きな満足を覚えた。電話先から返事が返ってきた。ヴァレンタインは二つの伝言を相手の女に託した。一つはウィーン会議について、もう一つは戦争私生児について。すると、ぞっとするような言葉が返ってきた。

「小娘が！　人の家の芝生に入るのはやめて欲しいわね。現にもうドゥーシュマン夫人がうちの主人の愛人なんだから。邪魔しないで頂戴」その声には微塵も人間らしさが感じられなかった。

巨大な暗闇から巨大な機械が衝撃を与える言葉を繰り出しているみたいだった。彼女は返答したが、意識していない心の基底部が、まさにその言葉を用意したかのようだった。それ故、落ち着き払い冷静に答えたのは「自分」ではない自分だった。

「話している相手をお間違えのようですわね。ティージェンスさんに、手が空いたら、ワノップ夫人宛てに電話をくださるようにお伝えください」

声がした。

「主人は四時十五分に陸軍省に行くことになっています。そこでお話しするでしょう——あなたの戦争私生児について。でも、もしわたしがあなただったなら、人の家の芝生には立ち入らないわ!」声の主《ぬし》が電話を切った。

ヴァレンタインは日常の雑事をこなした。とても安く、栄養豊富で、少なくともお腹を満たしてくれる松の実の噂を聞いた。母娘《おやこ》は満腹感に見合った金の使い方が大切との結論に達し、ヴァレンタインはこの食材を探して何軒かの店を訪ねた。それを見つけ、犬小屋のような家に戻ると、弟のエドワードが帰って来ていた。彼はむっつりと黙り込んでいた。休暇中の配給の一部として肉の塊を持ってきていた。そして、その夜、出かけることになっているラグタイムパーティーに着ていく水兵服を磨きあげるのに余念がなかった。たくさんの良心的兵役拒否者に会えるだろうとのことだった。ヴァレンタインは、刻まれたたくさんの野菜が入ったシチューに、肉を加えた。肉は筋だらけだったが、思わぬ幸運だった! ヴァレンタインは自分の部屋に上がって行き、母親のためにタイプを打った。

ヴァレンタインはティージェンスの妻の性格について思い悩んだ。以前は、ティージェンス夫人について考えたことなどほとんどなかったのに。夫人は非現実なもの、神話のように神秘的なものに思えていた！大きな雄ジカのように、光り輝き、気取った存在に！それでも、夫人は残酷な人に違いなかった。ティージェンスに対して執念深く残酷であるに違いなかった。さもなければ、夫の秘密を暴露するはずはなかった。単に吹聴するだけであっても。どんなにハッタリを利かせようと、自分が誰と話しているのか確信があったはずはなかった。すべきことではない。ワノップ夫人に頬を差し出したことも。すべきことではなかった。それでも親切なことではあった！　その午前中、数回電話のベルが鳴った。ヴァレンタインは電話への対応は母親に任せた。

ヴァレンタインは食事を用意しなければならなかった。それに四十五分かかった。母に食欲があるのを見るのは嬉しいことだった。インゲンマメが入った栄養豊富で腹の足しになる美味しいシチューだった。彼女自身は食べることができなかったが、誰もそれに気づくことがなかったのは幸いだった。ティージェンスからまだ電話がないと母は言ったが、とても思いやりのない発言だった。エドワードは「何だって！　ドイツ軍はあの古羽根枕をまだ殺してないのか。だが、もちろん、あいつは安全な仕事を見つけたんだろう」と言った。食器戸棚の上に置かれた電話がヴァレンタインの脅威となった。…エドワードは掃海艇で自分たちが下級将校をいかにだましたかという逸話を話し続けた。ワノップ夫人は彼の話を、セールスマンの話を聞く重役のように丁重ながら冷ややかな関心をもって聞いていた。エドワードは樽出しのビールを所望し、二シリング硬貨を差し出した。弟は随分と荒くれ立ってきたようにみえた。きっと表面上だけだろうが。近頃は、誰もが表面上ひどく荒くれ立っていた。

ヴァレンタインは一番近くのパブの酒類量り売りカウンターに一クォート（約一・四リットル）入るジョッキを持って行った。以前、こんなことはしたことがなかった。イーリングでも、女主人が彼女をパブに使いに出すことはなかった。料理女が食事のときのビールを自分で取って来るか届けさせた。たぶん、イーリングの女主人は、ヴァレンタインが思っていた以上に監視の目を光らせていたのだろう。親切な女性だったが病身だった。ほとんど一日中ベッドに寝ていた。ティージェンスの腕に抱かれたイーディス・エセルのことを考えると、ヴァレンタインは盲目の情熱に襲われた。イーディス・エセルには彼女自身の宦官がいるではないか。ティージェンス夫人は「現にもうドゥーシュマン夫人が彼の愛人なんだから」と言った。現に！　では、彼は今、ドゥーシュマン夫人のところにいるのかもしれない！

　その光景をじっと考えていると、ヴァレンタインは、酒類量り売りカウンターでビールを購入する恐怖を味わわずに済んだ。おがくずの上のビールの匂いを除けば、どうやらそれは何か別の品物を購入するのと変わらなかった。「ベストビターを一クォート」と言えば、テカテカ頭で白いエプロンを付けた、太った、極めて丁重な男が金を受け取り、ジョッキを満たす…でも、イーディス・エセルはティージェンスを不当に扱った。不当であればあるほど、功を上げた。…ジョッキのなかの樽出しビールの褐色の表面に噴き出た泡には、ほとんど大理石模様はできていなかった。歩道の縁石に躓いて零してはならないわ！――その思いに新たな確信が湧いた。女たちのなかには、愛する人と寝た後、相手を不当に扱う者がいて、熱中が激しければ激しいほど、不当な扱いは殺気立ったものとなる。ドゥーシュマン氏の言う「何々の後の悲しみ」(5)になるのだ。哀れなドゥーシュマン師！「悲しみ」！「悲しみ」！

「三つの巨大な岩が突き出た土地」(6)…「大きな」ではなく。

　弟のエドワードが独り言を言い始めた。十九時三十分に姉さんとどこかで待ち合わせて、ご馳走をしてあげましょうといった、長い意味不明の台詞を。彼の口から洩れるレストランの名前にヴァレンタインは恐れをなした。彼は浮かれて、しかしどこまで本気か分からない決断をした

――一クォートのビールはまったく酒を置いていない掃海艇の乗組員には相当な量だった――七時二十分にハイストリートで落ち合い、僕の知っているパブへ行きましょう、その後でまたダンスパーティーに、スタジオでの、と。「ああ、困ったわ！」ヴァレンタインは心のなかで叫んだ。「もしティージェンスがそのときわたしに会いたいと思ったとしたら！」彼のものになるには、最後の夜だというのに。もしかすると彼はそれを望むのではないか。今は、誰もが荒くれ立っている。表面上は。弟が家から転がり出て、ドアをバタンと閉めたので、粗末な作りの犬小屋みたいな家のタイルが一瞬浮き上がり、それからまた元の位置に収まった。

ヴァレンタインは二階に上がり、ドレスを点検し始めた。どのドレスに目を通したらよいか分からなかった。ドレスはベッドの上に一列に、ぼろきれのように横たわっていた。電話のベルがけたたましく鳴った。「あら、あら…あなたなの」という母親の声が聞こえ、突然、ホッとした気持ちになった。ヴァレンタインはドアを閉め、抽斗《ひきだし》を一つずつ開けたり閉めたりし始めた。この作業を終えるとすぐに、母親の声がわずかに聞こえ出し、母が質問をするために声をあげると、その声はきわめてはっきりと聞こえた。ヴァレンタインは母が「あの娘《こ》を面倒に巻き込まないで頂戴…もちろんのこと」と言うのを聞いた。その後、その声は次第にいつもの高さへと戻っていった。

ヴァレンタインは母親の呼ぶ声を聞いた。

「ヴァレンタイン、ヴァレンタイン、下に降りてきなさい…クリストファーと話したくないの？…ヴァレンタイン…ヴァレンタイン…ヴァレンタイン…」まるで、子犬に向かって呼びかけるかのようだった。ありがたいことに、ワノップ夫人はギシギシときしむ階段の一番下の段にいた。電話は切れていた。夫人は大きな声をあげた。

「降りてらっしゃい。あのね、あのいとしい青年がわたしを救ってくれたのよ！　いつも救ってくれるわ。彼がいなくなったら、どうしたらいいんでしょう」

「彼は他の者たちを救った。自分自身を救わなかった！」(7) ヴァレンタインは苦々しく引用した。広縁の中折れ帽を手に取った。彼女には、彼のためにめかし込むつもりはなかった。彼は今のままの自分を受け入れてくれなければならない。…彼は自分自身を救うことができなかった。でも、面目は施した。女性たちに対して！…荒くれ立って。けれど、たぶん、それは表面上だけ！　彼女自身は！…彼女は下へ走って降りて行った。

母親は、小さな客室に退いていた。九フィート四方（約二・七四平米）の部屋だった。その結果、十フィート（約三メートル）の高さはその部屋の広さに比べると高すぎた。だが、その部屋のなかには、クッション付きのソファーが置かれていた。…ここのクッションの上に頭を載せて、たぶん…もし彼が自分と一緒に家に来るとすれば！　遅い時間に！…

母親が言っていた。「あの人は素晴らしい人ね…戦争私生児の記事の要点はこうよ…英兵がまともな人間ならば、女を面倒に巻き込みたくないから身を慎むだろう…もしそうでなければ、これが最後の機会になるかもしれないから、当たって砕けるだろう、ですって…」

「わたしへのメッセージだわ！」ヴァレンタインは心のなかでつぶやいた。でも、どの部分がかしら…」彼女は何の気もなく、全部のクッションをソファーの片端に動かした。母が大きな声で言った。

「彼がよろしくと言っていたわ！　あのような息子を持てて、あの人の母親も幸せだったでしょうね！」そう言うと、小さな穴倉のような書斎に入って行った。

ヴァレンタインは、広縁の中折れ帽をしっかりと被って、庭の小道の割れたタイルの上を駆けて行った。腕時計を見ると、二十二、十四時四十五分だった。四時十五分、十六時十五分——理に適った変革だ——までに陸軍省へ歩いていくとすれば、もう家を出なければならない。ホワイトホールまで五マイル（約八キロ）。その後どうするかは、分かったものじゃない。帰りにも五マイル。二マイル半対角線上を横切り、十九時半までにハイストリート駅へ。五時間以内に十二マイル半（約二〇キロ）歩く。おまけに三時間踊り続ける。そして、服を着替える。…健全な格好の必要がある。…彼女は激しい苦痛を感じて言った。

「ああ、わたしは健全な人間なの…」彼女は青いジャンパーと男性用のネクタイを身につけて整列した百人の少女たちの姿を思い浮かべ、この娘たちの健全さを保っていることが自分を超健全にしているのだと考えた。そして、この少女たちのどれぐらいが今年のうちに男の愛人になるのだろうかと訝った。いまは八月だった。だが、たぶん誰もそうはならないだろう。自分が彼女たちを健全に保っているのだから…

「ああ」とヴァレンタインは言った。「もしわたしがたるんだ胸と柔らかな肉体のだらしない女であったとしたら。体全体に香水の匂いをプンプンとさせた…」でも、シルヴィア・ティージェンスもエセル・ドゥーシュマンも節操のない女ではなかった。ときには、香水を匂わせたりするかもしれないけれど。それでも、二人とも、数ペンス浮かせるのに十二マイル（約十九キロ）も歩き、おまけに夜通し踊り続けるなんてことを、平然と考えたりはしないだろう。わたしならできる！　わたしが支払う代償はそれだけだもの。自分はとても硬い人間だから、彼の気持ちを動かせないかもしれない…自分は、まともな男なら、殺されに行く前に女を困難に巻き込むようなことはしないとほのめかすような…真面目さ、貞節、禁欲の霊気を吐き出しているのだろう。…でも、もし男が女たらしだとしたら。彼女は自分がどうしてそんな言葉を知っているのかと不思議に思った……

むさ苦しい、一列に並んだ家々が、きつい八月の日の光のなかで、脇を急ぎ通り過ぎていくようにみえた。それは、考え事をしていると、辛いときは早く過ぎていくものだからかもしれないし、ある角の新聞販売店に気づくと、別のことに気づく前に、次の角の店の外側の、タマネギの箱が置いてある場所にもう至っているからかもしれなかった。

ヴァレンタインはケンジントン公園の北側にいた。みすぼらしい何軒もの店をすでに通り越していた。…見せかけの芝地、見せかけの並木道、見せかけの川がある、見せかけの国。見せかけの草地を通って歩く見せかけの人々。いや、違う。見せかけではない！ いや、真空状態だ！「低温殺菌された」というのが適切な言葉だろう。死んだ牛乳のように。ビタミンを奪われて。

歩くことで、もし数枚の一ペニー銅貨をとっておけば、いやらしい目つきの、あるいは情け深いタクシー運転手が弟の体を支えて犬小屋みたいな家の戸口に入れる手伝いをしてくれるとき、その手に渡すことのできる小銭の山が大きくなる。エドワードは死んだように酔っぱらっているだろう。彼女はタクシー代として十五シリング持っていた。…もしもう数枚の一ペニー銅貨を渡せば、気前よくみえるだろう。それにしても、心待ちにするには何という一日か。一生涯に匹敵する一日が人生にはあるということだ！

彼女はティージェンスにタクシー代を払ってもらうくらいなら、死んだほうがましだと思った。なぜだろう？ 一度、タクシーの運転手が彼女とエドワードをはるかチズウィックまで乗せて行ったとき、運賃を受け取らなかったことがあった。しかし、彼女は侮辱されたとは感じなかった。ちゃんと料金を払ったのにとは思ったが、侮辱されたとは感じなかった。感傷的な男で、可愛い姉さんと無能な水兵である弟に心動かされていた――たぶん彼女を本当の姉さんだとは信じなかったのだろう。ティージェンスも感傷的な男だった。…どんな違いがあるだろう。…そのとき、母は死んだように眠っているだろう。弟はぐでんぐでんに酔っているだろう。午前一時。彼は彼女を拒まないだろう。暗黒、クッション。彼女はクッションの位置を整えたことを覚えていた。潜在意識的に整えたものだった。暗黒。熟睡。泥酔。…おぞましい…胸が悪くなるような状況。イーリングの状態。…それは彼女を、墓地をいっぱいにするだけの素材にしてしまうだろう。…だが、自分はそれ以外の何者だというのだ。ヴァレンタイン・ワノップは。父親の娘？　そして母親の？　そうには違いない！　だが、彼女自身は…取るに足らない何の価値もない存在にすぎない！

海軍本部からきっと電報が来ているだろう…だが、弟はくつろいでいるか、パブでさらにもう少しばかり酩酊して反逆的なことを口走っているだろう。辛い海上生活に関しちらつく思いは目下のところ弟の関心事ではありえなかった。…安全地帯に走っていくとき、彼女の間近をバスが通った。乗ったほうが良かったかもしれない。だが、その勇気はなかった。

鳥小屋に付いているような小さな緑色の屋根の下、彼女は模様のように書かれた死者たちの名前を見た。心臓が止まりそう。その前に、息ができなくなった。気が狂いそうだった。死にそうだった…これらの死者たち。死者たちばかりではない。近づく死を待つこと。生から離れることへの沈思黙考。ある瞬間には生きている。だが次の瞬間には死んでしまう。死とはどんなものだろう。ああ、それがどんなものか、彼女には分かった…彼女は別離についてじっと考えながら、そこに立っていた。…ある瞬間には生きている。次の瞬間には…。胸のなかで、心臓が素早く不規則に鼓動した。…おそらく彼は来ないだろう…

すぐさま、薄汚い石の枠のなかに、男の姿が見えた。女は男のもとへ駆けて行き、何か言った。

ひどい憎しみを込めて。これらの死については、彼や彼の同僚に責任があると言って。…あなたにはお兄さんがいるでしょう、責任ある立場の…もっと褐色の顔色をした。でも、責任は、あなた、あなた、あなたにあるのよ！　すっかり落ち着いた、真っ直ぐな目をして…あり得ないわ。「やさしい唇、澄んだ目、健全な知力[8]」でも、ほんのわずかながら萎えてしまっている、健全な知力は。唇も、だろうか。それもまた疑えなかった。さもなければ、あんなふうに人をじっと見つめはしないだろう…

女は荒々しく男の腕を掴んだ。いまのところ、彼は彼女のものだった――もっと褐色の顔色をした、単なる文民のお兄さんのものであるよりは！　彼に聞いてみよう。「その通り。僕はそういう男だ」ともし答えたなら、こう言おう。「それならわたしも受け入れて。あの人たちを受け入れるなら、どうしてわたしではダメなの。わたしは子供が欲しいの。わたしも」と。彼女は子供を望んだ。あふれんばかりの議論によって、こうした憎らしくも彼を引きつける女たちを凌駕しよう。彼女は唇の間を言葉が通って行くところを想像し、感じ取った。…くずおれそうな心、受け入れる四肢を思い浮かべた…

男の視線は石造りの建物の蛇腹のあたりをさまよっていた。直ちに、女は再びヴァレンタイン・ワノップとなった。そうなるのに、彼からの言葉は必要なかった。言葉は交わされた。だが、言葉は存在する愛を高めることができないのと同様、確定した無罪を立証することもできなかった。男の言葉は鉄道の駅の名を暗唱しているのと変わらなかった。彼の目、彼の無頓着な顔、冷静な肩――それらが彼の無罪を証明していた。男が彼女に語った、語り得た最大の愛の台詞は、彼が激しく憤ってこう言ったときのものだった。

「そんなことあるものですか。あなたは僕のことをもっとよく分かっていると思っていたのに」

男は、まるでブヨを払うかのように、彼女を手で払い除けた。そして、ありがたいことに、ほとんど彼女の言葉を聞いていなかった。

女は再びヴァレンタイン・ワノップになった。日の光のなかで、ズアオアトリが「ピンク、ピンク」と鳴いていた。背の高い草の、種子をつけた頭状花が、彼女のスカートをこすった。彼女は、すらりとした手足をし、頭脳明晰だった。…問題はただ、シルヴィア・ティージェンスが彼に対し良い妻であるかどうかだった…彼のために、と言うほうが、多分、より正確な言い方だろう。沸騰し終えたお湯のように、すっきりした気持ちになった。静まり返った淵[9]のような。バカバカしい。陽光のせいだ。それに彼には崇敬すべき兄がいる。兄は弟を救えるかもしれなかった…輸送業務に就かせることで！　その言葉には別の意味があった。彼女は暖かい気持ちになった。この人はわたしの兄さんなのだ。二番目に近しい人というわけだ。彼女は自分が、優劣がつかなくなるほどに二人の価値を釣り合わせてしまったように思った。それでも、兄さんのほうは本物ではない！　彼女はこの親戚が自分にしてくれたことに対して感謝しなければならなかった。それでも、ああ、その感謝は、もう一人の人への――何もしてくれなかったもう一人の人への――感謝の念に決して及ぶものでなかった。

天は何度にも分けて大きな親切を施すものだ。彼女は階段を上りながら、輸送業務というありがたい言葉を聞いた。「我々は」とマークは言った。つまり、彼とわたしのことね。再び家族の感情。「クリストファーを輸送業務へ就かせるのです」神の加護によって、最前線輸送業務はヴァレンタインが何か知っている唯一の軍の業務だった。家に来る読み書きのできない掃除婦には、戦列部隊の軍曹である息子がいた。「万歳」と彼は母への手紙に書いてきていた。「病気ぎみです。それでも、陸軍功労賞に推薦されました。それで、休養のため、最前線輸送部隊の上級下士官の職をあてがわれています。これは、いまいましい最前線のすべての部署のなかでもっとも安全で軟弱な仕事です」ヴァレンタインは頻繁にゴキブリの出没する食器洗い場でこの手紙を読まねばならなかった。しかも声に出して！　彼女は、前線の詳細について書かれたどんなものも読むのが嫌いだったが、これを読むのも嫌でたまらなかった。しかし、慈善は確かに家の雑用をもって始まるものだ。彼女は読まねばならなかった。いまでは、神に感謝することができる。軍曹は母を慰めるために直接的な、完全に正直な言葉で、馬や雑用の荷車を仕事に送り出し、馬の順位表を管理する、日常業務を記述していた。「なんと」と一つの文には書いてあった。「我々の輸送部司令官は釣り狂いの一人です。どこに行っても、芝地の一角を刈り取らせ、釘を打ちつけ、そこを横切る人たちにひどい思いをさせます。そうした場所で司令官は、合わせて何時間も、鱒や鮭に釣り糸を投げる練習をしたものです。これでこの仕事がどんなに軟弱なものかお分かりいただけましょう」と軍曹は勝ち誇って文章を結んでいた。

いま、ヴァレンタイン・ワノップは、壁際の硬いベンチに座っていた。紛れもなく健康な中産階級――あるいは上層中産階級だろうか――の人間として。というのも、ワノップ家は、たとえ貧乏になったにせよ、旧家であることに違いはなかったからである。この硬いベンチの前を、彼女の実用的なモカシン靴越しに、人波が流れていた。彼女の片側の壇の後ろには、二人の守衛がいた。一人はいつも親切で、もう一人は絶え間なく怒っていた。彼女のもう一方の側には、出目で褐色の顔をした、義兄といって良い人物がいて、はにかみがちに彼女をなだめようと努め、絶えず、傘の柄の曲がった部分を口のなかに突っ込もうとしていた。あたかも、それが取っ手ででもあるかのように。なぜ彼が彼女をなだめたがっていたのか、このとき彼女には想像がつかなかった。でも、それはすぐに分かるだろうと彼女は思った。

ちょうどそのとき、女は奇妙なからくりに注意を引かれた。このからくりは数学的均整を保っていた。いま、青い服を着て、広縁のフェルトの中折れ帽をかぶり、黒い絹のネクタイを締めた彼女は——母親に十分な収入がある——イングランドの中産階級の娘だった。そうであってならないという考えはまったく頭になかった。それに、水晶のような純粋さで彼女を愛する男が一緒だった。十分前、いや五分前は、そうでなかった。…実際自分がどんな人間であったかさえ思い出すことができなかった。そして彼がどんな男だったか。確かに彼はこう見えていた。女たらし…いや、もう、そんな言葉は考えられない。…それなら、荒れ狂う種馬というのはどうだろう！単にテーブル沿いに手を動かすだけであっても、万一自分に近づいてきたなら、後ずさりしたくなるような男！

それは神の恵みだった。それでいて、馬鹿らしかった。両端にそれぞれ老いた夫と妻の人形が付いたあの天候予報機のように…夫が表に出れば、妻はなかに引っ込んだ。それは雨が降るということだった。妻が表に出れば…まったく同じことだった。ヴァレンタインにその類似を理解する時間はなかった。だが、そういうからくりだった！　雨天においては、全世界が変化する。暗くなる！…夫と妻を回す腸線が弛む…弛緩する…それでも、いつも変わらず、夫と妻は棒の両端に留まるのだ。

傘の柄に発言を妨げられつつ、マークは言った。

「それでは、お母様のために五百ポンドの年金保険を購入しましょう…」

この言葉に自分がほとんど驚かなかったことに、ヴァレンタインは驚いた。むしろ、その言葉は彼女を落ち着かせた。予期していたものの実現が遅れただけのことだった。尊敬すべきティージェンスの父が何年も前にそのことを約束していた。威厳ある天才たる彼女の母親はティージェンスの父が生きている間、彼の政治上の見解を彼の新聞に載せる手助けをするのに精を出すはずだった。彼は彼女のためにその埋め合わせをするはずだった。今、彼はその埋め合わせをしようとしていた。王侯貴族の流儀によってではなく、適切にも、紳士として。

マーク・ティージェンスは身を屈め、一枚の紙を手に取った。ベルボーイが近づいてきて言った。「リカルドさんでは！」マーク・ティージェンスが言った。「ちがいます。彼はもう行ってしまったようだ」そして続けた。

「あなたの弟さんについては…今回は棚上げだが…診療所を、立派な診療所を購入できるだけのものを用意しよう！　一人前の外科医になった暁には」彼は言葉を切って、傘の柄を噛みながら、気難しい視線を彼女に向けた。彼は極度にいら立っていた。

「次にあなただ！」彼は言った。「二、三百ポンド。もちろん一年に！　元本はもちろん全部あなたのものだ…」彼は口を噤んだ。「だが、警告しておこう。クリストファーは気に入らないだろうとね。わたしをナイフで刺すだろう。別にあなたに与えるのを惜しんでいるわけではないのですよ…ああ、いくらであろうと！」彼は手を振って、際限のない額を示した。「あなたがクリストファーをまっとうな人間であり続けさせてくれる女であることは分かっています。それができる唯一の人だ！」彼は付け足した。「哀れな奴だ！」

「彼があなたにナイフを突き刺す、ですって？　いったいどうして？」

マークは曖昧に答えた。

「ああ、そういう噂があったんです…もちろん真実ではないですがね」

ヴァレンタインが言った。

「人々はあなたの悪い噂を言い触らしたんですの？　弟さんに？　地所の整理に時間がかかった

せいでしょうか？」

「いや、そうではありません。実際、その反対です」

　彼が言った。

「それでは人々は」とヴァレンタインが大きな声をあげた。「わたしに対して…そして彼に対して、悪い噂を流していたんですの！」

　マークが心痛のあまりに大きな声をあげた。

「ああ、あなたには信じてくれるよう頼みます…どうか信じてください、わたしが…あなたを信じているということを！　ワノップさん！」彼はこっけいに言い足した。「太陽を戴く曙の女神が触れた野に横たわる露のように純粋に…」彼の眼が酸欠の魚の眼のように突き出した。彼は言った。「そのために、肘鉄砲を食わせることがないように願いますよ…」彼はきつい二重襟のなかで身もだえした。「あいつの妻は！」とマークが言った。…「いい妻ではありません…あいつにとっては！　弟の妻は感傷的にあいつを愛してはいる。でも、いい妻ではありません…」彼は今にも泣き出しそうだった。「あなたが唯一の…」彼は言った。「わたしには分かるのです…」

〝失われた足跡の館〟であまりにも長い時間を費やしてしまったという思いが彼女の頭に浮かんだ。列車で家まで帰らなければ。五ペンスかかる。だが、何の問題があろう。母は年間五百ポンドの収入を得るのだ…ペンスにすれば二百四十×五…」

　マークが晴れやかに言った。

「もし今、我々がお母様に五百ポンドの年金保険を購入すれば…あなたはクリストファーに骨付き肉を与えるのにたっぷりな額だとおっしゃるが…年間、三、四…わたしは正確でありたい…百ポンドがお母様の懐に入ることになるでしょう。その元本は、残余権とともにあなたに…」彼の困惑顔に喜びが煌めいた。

いま、彼女は状況全体を明白に把握した。ドゥーシュマン夫人の言葉を理解した。

「わたしたちに期待しないで頂戴、わたしたちの公的立場からして…見て見ぬふりをするなんてことは…」イーディス・エセルは完全に正しかったのだ。彼女に期待することはできなかった…彼女は用心深く正しくみせるために努力しすぎていた。友人のために全人生を犠牲にしてくれだなんて人に頼むことはできない！…頼める相手はティージェンスだけだ。彼女は言った。マークに。

「全世界が共謀しているかのようだわ…大工の万力のように…わたしたちを無理やり…」彼女は言おうとした「結びつけるために…」しかし、驚いたことに、マークが言葉を遮った。

「弟はバターの付いたトーストを食べなければなりません…それに骨付きの羊肉を…セント・ジェームズ・ラム酒と一緒に！」彼は言った。「畜生…あなたは彼にうってつけだ。…人々があなたがたを結びつけようとするのを非難することはできますまい…もしあなたが存在しなかったら、人々があなたを発明したでしょう。…ちょうどダンテが…誰だったろう？…ベアトリーチェだったかな？　そういうカップルもあるのです」

ヴァレンタインが言った。

「大工の万力に挟まれたかのように…くっつけ合わされる、抵抗しがたく。わたしたちは抵抗してこなかったということかしら」

マークは困った顔をした。突き出た目を二人の守衛がいる台の方に逸らした。彼はささやいた。

「逃げられませんよ…わたしの雄牛の蹄のせいでね…」

ヴァレンタインは言った——「前にマクマスターさんがしわがれ声でこうささやくのを聞いた

ことがありました――『どうか信じてください。わたしが決して…見捨てないということを…』と」

マクマスターは確かにそう言った。ミコーバー夫人[10]から取ったものに違いなかった。

クリストファー・ティージェンスが、みすぼらしい軍服姿で――というのも、妻が一番良い軍服を汚してしまったからだ――後ろから突然話しかけた。彼は二人の守衛のいる台の向こうから彼女に近づいてきて、彼女はベンチに座るマークのほうに顔を向けていたのだった。

「さあ、こっちにいらっしゃい。ここから抜け出しましょう」

彼女は自問した。彼はここから抜け出して、どこへ向かおうというのかしら？

三人は葬儀から押し黙って帰る人たちのように…あるいは男二人が女を間に挟み囚人を護送するかのように、出口のアーチ門のほうへ四十五度、ホワイトホールに百三十五度の角度をなす階段を下りて行った。兄弟は聞き取れないが満足そうな言葉を彼女の頭越しにブツブツと交わした。三人は安全地帯を伝って、さっきバスが彼女のスカートをこすって行ったホワイトホールを横切った。アーチ道の下の――

砂利が敷かれた石造りの荘厳な場所で、兄弟は面と向かった。マークが言った。

「握手をしようとは思わんのだろうな」

クリストファーが言った。

「思いませんね。どうして握手しなければならないのです」ヴァレンタイン自身がクリストファーに怒鳴った。

「ねえ、握手して！」（頭上に正方形に張られた無線アンテナについての彼女の関心は失せていた。弟はきっとピカデリーの酒場で酔っぱらっているだろう。表面上荒くれ立って！）

マークが言った。「したほうが良くはないか。殺されるかもしれないのだぞ。まさに殺されんとする男が、兄と握手するのを拒んだことを思い出したいわけがあるまい」

クリストファーが言った。「ええ…まあ…」

女が常春の国の住人の感傷に浸り幸福を味わっている間に、男は彼女の細い上腕を摑んでいた。彼は白鳥越しに——あるいは小屋越しにかもしれない、彼女はどちらか覚えていなかった——頭上に、あるいはその近くに柳の木がある腰掛けに女を引っ張っていった。男は魚のように喘ぎながら言った。

「今夜、僕の愛人になってくれませんか。明日、八時三十分にウォータールー駅から出征するんです」

女は答えた。

「ええ。十二時少し前に、しかじかのスタジオに来てください。…弟を家に送っていかなければなりません。…酔っぱらっているでしょうから」彼女はこう言うつもりだった。「ああ、いとしい人、あなたのことがすごく欲しかったんです…」

代わりに彼女はこう言った。

「クッションを整えておきました…」

彼女はひとりごちた。

「ああ、何であんなことを言ったのだろう。まるで食料品室の皿の下にハムがありますと言ったみたいじゃない…」その言葉には何のやさしさもなかった。

女は、足首の高さの柵の間の、ザルガイの貝殻が敷かれた小道を、激しく泣きながら歩き去った。赤い涙目で薄く白い顎鬚を生やした年とった浮浪者が、芝の上で寝っ転がっている場所から、もの珍しそうに彼女のことをしげしげと見ていた。彼は自分のことをこの風景の君主であると想像していた。

「いかにも女じゃ」彼は年老い硬直した者の間抜けた謎めいた調子で言った。「為す者もあり！」彼は芝に唾を吐いて言った。「ああ！」そして付け加えた。「為さざる者もあり！」

Ⅵ章

男は重いドアを開いてなかに入った。後ろ手にドアを閉めると、暗闇のなかで、ドアの重みが密かな囁きを大きな石の階段の上に送った。こうした音に男は苛立った。もし狭い場所で重いドアを閉じたなら、その行為がドアの前の空気を押し、囁きが生じるものだ。謎めいた雰囲気とは、元来馬鹿らしいものなのである。男は夜遊び――夜の三分の二を使っての夜遊び――から帰ってきただけにすぎなかった。三時半にはなるに違いなかった。しかし、その夜は長さが欠けている分、異様さが際立っていた。

男は見えないオーク材の箱の上に杖を置き、石の壁と階段の冷気をいつも内に抱え、手で触れることができそうな、ビロードのように滑らかな暗闇のなかで、朝食室のドアの取っ手を探った。三つの長い平行四辺形が存在した。上方の青白い微光が、三分の二ほど下ったところで、煙突の先端に取り付けられた鋸歯状の通風管と屋根の影によって分け隔てられていた！　毛羽立った重い絨毯の上を横切り、まるまる九歩。すると、左手の窓の脇にある丸い背が付いた椅子に到達するはず。予想通り、男は左手の窓の脇にある丸い背の付いた椅子に到達した。そこに深く腰を下ろすと、椅子は彼の背にピッタリとフィットした。これまでに誰もこんなに疲れ、こんなに孤独だったことはなかっただろうと男は考えた。小さな生気のある音が部屋の反対側に聞こえた。

彼の正面には一個半の青白い平行四辺形があった。それは鏡に映る窓だった。聞こえた音は猫のカールトンに違いなかった。とにかく、何か生き物だった。部屋の反対側にいるシルヴィアかもしれなかった。彼がどんな様子か見ようと待っていたのかもしれない。大いにありそうなことだった！　だが、構うものか！

　精神が停止していた！　すっかり疲れ果てて！

　また働き出したとき、それはこう言っていた。

「むき出しの小石と荒涼たる大波…」そして「こうした係争中の世界の境界について！」男は荒々しく言った。「バカバカしい！」前者は、口髭を生やした男、アーノルドの、カレービーチだか、ドーバーの砂浜かだった。[1]…自分も二十四時間以内にその両方を見ることになるだろう。…いや、違う。自分はウォータールーから出て行くんだった。従って、サウサンプトンとル・アーヴル[2]か！…後者は、「このささやかなモノグラフの主題」たる、あのいまいましい男[3]が作ったものだった。…何と昔のことだろう！　彼は輝くアタッシェケースの山を見た。「この棚は…専用」と明記させている。ブーローニュ[4]の砂浜の——ピンクと青の——カラー写真と宙に掲げられた四角、「この小さな…」の校正刷り。何と昔のことだろう！　彼は、新しい鉄道車両のなかで、自分の声が誇らしく、はっきりと、男性的な威厳を込めて、こう言うのを聞いた。

「僕は一夫一婦制と貞節を支持する。そして、それについて何も話さないことを。もちろん、男たる男は女が欲しくなれば、女を手に入れる。だが、それについても話すことは何もない…」彼の声——彼自身の声——が、長距離電話の向こう側からみたいに、男に聞こえてきた。とんでもなく長距離の電話だ！　十年の歳月を経た…

　そこで、もし男たる男が女を欲するなら…畜生、そうは問屋が卸さない。十年の間に、彼は学んだ。まともな男たる英兵は…彼の頭は、まったく同時に、フーガの二つの主題のように追いかけ合う二つの詩行を暗唱した。

「偽りの壊れた印章で乙女たちをだます者ども[5]」そして「手だけが触れ合うようにして、二人並んで立って以来！」

男は言った。

「だが、畜生、畜生め！　あの野蛮な男は間違っていた！　僕たちの手は触れ合わなかった…握手さえしなかった…あの娘には触れなかった…人生で…一度たりとも…握手の類さえなく…頷くだけ…出会い、別れる！…いかにも英国人らしい…だが、そう。彼女は僕の肩に腕をかけた…土手で！…知り合って間もないのに！　あのとき僕は心のなかで言った…ああ！　あれ以来、僕たちはその埋め合わせをしてきた。いや、埋め合わせではない！…罪滅ぼしだ！…シルヴィアがいみじくも言ったように。あのとき母が死にかけていた…」

彼の意識的自我が言った。

「だが、あれは酔っ払った弟だった…偽りの壊れた印章で乙女たちをだますことはできない。ケンジントン・ハイ・ストリートで、間欠的酩酊歩行状態の、酔っぱらった水兵を、二人して左右で支えながらでは」

「間欠的」とは、まさにぴったりの言葉だ。「間欠的に機能する！」

ある時点で、若者は二人から身を振りほどくと、驚くほどの速さで、冴えない木製舗装の、大きなひと気のない通りを走って行った。

二人が追いついたときには、彼は黒いしなだれた木の下で、オクスフォード訛りでしゃべり、直立不動の警官に向かって長々と弁舌を振るっていた。

「君たちこそが」と彼は大きな声をあげていた。「古きイングランドを今の姿にした男たちだ。君たちこそが我々の家庭の平和を守っている。恥ずべき不行跡から我々を救っているのだ…」

ティージェンス自身に対しては、彼はいつも一般水夫の声と訛りで話しかけてきた。荒くれ立った表面の声で！

彼には二つの人格があった。二、三回、彼は言った。「どうしてあの娘にキスしないんだ。あれはいい娘だ。あんたは哀れないまいましい英兵なんだろうが。いいか、哀れないまいましい英兵は、欲しいと思ういい娘をすべて、手に入れなければならない。それがまともってことじゃないのか…」

そのときでさえ、彼らにはこれから何が起きるか分からなかった。…乱暴狼藉もあり得た…彼らはやがて四輪の辻馬車を捕まえた。酔った若者は御者の隣りに座った。若者自身がそれを主張した。…女の小さな、青白い、しなびた顔が前方を睨んだ。…話すことは不可能だった。道路をガタゴトと走る辻馬車は、若者が手綱を引ったくると、ひどく引き攣ったようにガクンと止まった。…見たところ、年とった御者は気にしていなかった。しかし若者を暗い家のなかに運び込んだ後で、彼らはポケットのなかのすべての金を出して御者に支払わなければならなかった…

ティージェンスは頭のなかで考えた。

「いったん父親の家に着いたら、彼女は機敏になかに滑り込んで、言うだろう。『外には愚か者、中には手入らず[6]』と…」

そしてぼんやりと自問自答した。

「それが現実というものだろう…」男は玄関のドアのところに立ち、女は済まなそうな顔で、外にいる彼を見た。そのとき、なかのソファーで、弟が鼾をかき始めた。暗闇から聞こえる見知らぬ人種の笑い声みたいに、大きな奇怪な音だった。男は向きを変えて、小道を遠ざかって行き、女がその後を追いかけた。男は大声をあげた。

「ああ…目も当てられない…」

「ええ、そうね…醜いわ…ああ…あまりにも…人目にはさらせない」

それに対し男はこう言った。そのことを覚えていた。

「だが…永久に…」

女が大急ぎで言った。

「でも、あなたが戻ってきたら…いつまでも。ああ、それに公であるかのように」…「分からないわ」と女が言葉を継いだ。「為すべきではないの?…わたしは準備ができているわ…」そして、さらに言った。「あなたが求めるどんなことにも準備はできているわ」

男はいつの間にか言っていた。「だが、明らかに…この屋根の下では、無理だ…」そして言葉を付け足した。「僕たちは…為さざる者の仲間なのだ!」

女がまた素早く答えた。

「ええ、その通りね。わたしたちはそうした類なのだわ!」それから女は訊ねた。「それでエセルのパーティーは?　大成功だったの?」それが見当違いの発言でないことは、彼女にも分かっていた。男は答えた。

「ああ…あれは恒久のものだ…公的な。ルージリーがいたよ。公爵の…シルヴィアが連れて来たんだ。彼女は公爵の大の親友でね。それに地方自治庁長官もいたと思う。…それに、ベルギーの…首席裁判官にあたる人物…それに、もちろん、クローディーン・サンドバッチも。…二七〇名、皆、最高の人たちだと…慎ましくも得意満面な夫妻が、僕が出て行く際に言っていたよ。それに、ラグルズ氏も。…そう！…地位が確立した人たちばかりだ…僕のいる場所なんかありはしない！…」

「わたしのいる場所もね！」女が答えた。さらに付け加えて言った。「でも、嬉しいわ！」

二人の間には、時折沈黙の時が流れた。二人は酔っぱらった弟がへたりこむことのないように支えなければならないと考える習慣から抜け出せずにいた。痛ましくも、一千の月を経て、それは続いていているように思えた。…習慣を身につけるのには十分な長さだ。弟はうなっているみたいだった。「ホー――ホー――クリアッシュ…」二分後に再び、「ホー――ホー――クリアッシュ…」と。明らかにハンガリー語だった。

男が言った。

「公爵の隣りにヴィンセントが立っている光景は、そりゃもう素晴らしいものだった。公爵に初版本を見せていた。結局、結婚披露宴には無論ふさわしい本ではなかったが。だが、ルージリーにどうしてそれが分かっただろう。ヴィンセントは少しも卑屈でなかった。『コロフォン』という言葉の意味について従兄のルージリーの考えを訂正さえしたんだ。彼が目上の人の意見を訂正したのは初めてだな。地位が確立した人の意見をね！　ルージリーは実質的に僕の従兄でもある…いとしのシルヴィア・ティージェンスの従兄だからね。もっとも近い親類に次いで近い関係だ。マクマスター令夫人のもっとも古い友人の妻として、シルヴィアは、サリー州にある夫妻の――極めて倹しい――小さな家を訪れたことがある…僕たちはといえば」男は結論づけた。「立って待っている者も役に立つというところかな！」

女が言った。

「部屋は素敵だったでしょうね！」

「素敵だったさ…牧師館の書斎から持ってこられた、あの汚らわしい男の描いた何点もの絵が、黒っぽいオーク張りの食堂に皆飾ってあるんだ。乳房や乳首や唇や柘榴の美しい炎…もちろん、とても背の高い蠟燭立てで照らされて…覚えているかな、銀の蠟燭立てとオーク材の…」

「ああ、いとしい人…決して…決して！」

男は畳んだ手袋でヘルメットの縁に触れた。

「だから僕たちはただ洗い流してしまおう」男は言った。

女が言った。

「この羊皮紙の欠片を持っていって頂戴。ユダヤの少女にヘブライ語でこれに書いてもらったのよ。『神があなたを祝福し、あなたを守ってくださいますように！　神があなたの出立を見守り、そしてまた…』」

男はそれを胸のポケットに押し込んだ。

「お守りの一節だね」と男は言った。「もちろん身につけておくよ」

女が言った。

「もしこの午後のことを洗い流してしまえれば…耐えることがもっと楽になるでしょう。…あなたのお母様が死にそうだったのね、わたしたちがこの前…」

男が言った。

「それを覚えているのだね…それでも、あなたが…そして、もし僕がロップシャイトに行かなかったならば…」

「最初から、あなたに目をつけていたのよ…」

男が言った。

「僕も…最初から…分かるかな…ドアの外を見ると…一面、砂ばかりだった…半ば左のほうで、水がぶくぶくと湧いていた。確信できた…永久に湧き続けるだろうと…あなたにはたぶん、分からないだろうな」

　女が言った。

「いいえ、分かりますとも」

　二人は景色を見ていた。…砂丘。短く刈られた芝…投げやりな貨物の船積み。アルハンゲリスクから来た、切株みたいなマストのブリッグ船。…

「最初の瞬間から」と男が繰り返した。

　女が言った。

「もし洗い流してしまえるものなら…」

　男は次の言葉を言うと、初めて自分のことを、堂々と、かつ優しく、相手を守ってあげられる存在だと感じた。

「ああ、あなたにはそれができるだろう」と男が言った。「この午後の、四時五十八分直前から、時を切り取ってしまうんだ。あのとき、僕があなたに言い、あなたが同意したことを…僕には近衛騎兵隊司令部の時計が鳴るのが聞こえた…そこから今に至るまで…切り取ってしまい、時をつなぎ合わせるんだ。…それはできるさ。…ある種の病気の外科手術でされていることだからね。腸をかなりの長さ切り取って、管をつなぎ合わせる。…大腸炎の場合だったんじゃないかと思うが…」

　女が言った。

「でも、わたしは切り捨てないでしょう…初めて語られた証拠だもの」

男が言った。

「いや、そうじゃない。…まったく初めから…すべての言葉が…」

女が大きな声をあげた。

「あなたもそう感じていたのね！…大工の万力に挟まれたかのように、わたしたちはつなぎ合わされたと。…わたしたちは逃れようにも逃れられなかったのだわ…」

男が言った。「まったく、その通りだ…」

彼は突然、セント・ジェームズ・パークのシダレヤナギを見た。四時五十九分。彼がちょうど言ったところだった。「僕の愛人になってくれませんか」と。女は両手で顔をおおい、半ば左側に逃げた。半ば左には、小さな噴水があった。永久に湧き続けると信じることができる…

曲がった杖を振り、信じられなくくらいにピカピカ光る山高帽を斜めに被り、燕尾服の途轍もなく長い尾部を埃っぽい陽光のなかではためかし、カササギのような鼻眼鏡を煌めかせながら、湖畔に沿ってブラブラと歩いてやって来たのは、誰あろう、ラグルズ氏だった。彼は娘を見た。それから軽蔑するかのようにティージェンスを見て、ベンチの上に手足を伸ばして座った。彼は輝く帽子の縁にちょっと触って、言った。

「今夜はクラブで食事をするのかね？…」

ティージェンスが言った。「いや。退会した」

長い嘴の鳥がちっぽけな腐敗物をつつくように、ラグルズが言った。

「ああ、だが、わたしたちは緊急の委員会を開いたんだ。…委員会は開催途中で…君に再考を促す手紙を送ったのだ…」

ティージェンスが言った。

「分かりました…今夜、辞表は撤回します。そして、明日の朝また退会します」

ラグルズの筋肉はほんの一秒緩み、再び強張った。

「えっ、何だって！」彼は言った。「それはない…そんなことは不可能だ…クラブに対して…そんな事例はこれまでにもなかった…そいつは無礼というものだ…」

「それを意図しているのです」ティージェンスが言った。「紳士は、委員会にいわくつきのメンバーがいるようなクラブに属していると思われたくないですからね」

ラグルズのどちらかというと太い声が、突然甲高い声に変わった。

「えっ、それじゃあ、知っているのか」彼は金切り声で言った。

ティージェンスが言った。

「復讐しようというのではありません…ですが、ひどくうんざりしています。老婆たちのおしゃべりにはね」

ラグルズが言った。

「わたしには…」彼の顔が突然焦げ茶になり、緋色になり、茶っぽい紫になった。彼はうなだれて立ち、ティージェンスの長靴を見下ろした。

「ああ、まあ、分かった」ラグルズがやがて言った。「今夜、マクマスターの家で会おう…彼のナイト爵受章はすごいことだ。第一級の男だな…」

ティージェンスがマクマスターのナイト爵受章について聞いたのは、これが初めてだった。この朝の叙勲者名簿を彼は見逃していたのだ。後に、サー・ヴィンセントとマクマスター令夫人と三人だけで食事をしたとき、彼は、ヴィンセントに何かしている国王の後ろ姿が写った写真がピンで留められているのを見た。明日の朝刊用の写真だった。その名誉が特定の種類の特殊な奉仕によるものだというイーディス・エセルの説明をマクマスターが慌てて口止めしたことから、ティージェンスは、マクマスターの奉仕の性質も、その仕事をもともと行ったのが誰かということをこの小男がイーディス・エセルに話していないという事実も嗅ぎ当てた。そして、ヴァレンタインとまったく同様に、彼もそれをそのままにしておいた。ヴィンセントが家でほんのわずかばかりの威厳をもって悪いわけがどこにあろう――あらゆる記念碑の下で！　しかし、ヴィンセントに威厳などなかった。マクマスターは、名士から名士へと急いで挨拶を済ませ、まとわりつくイタリアン・グレイハウンドの不安と愛情をもって、一晩中、ティージェンスの近くにへばりついていた。ティージェンスは彼が女みたいに、友のフランス行きを悲しみ、愕然としていることを知っていたが、もう二度と、マクマスターの顔をまともに見ることはできなかった。…彼は恥辱を感じた。人生で初めて、恥辱を感じたのだった！

彼ティージェンスがパーティーから抜け出し、運を天に任せるために出て行こうとしたときでさえ、マクマスターは、客たちが上がってくるなかを、息を切らして階段を駆け下り、彼のあとを追いかけてきた。マクマスターは言った。

「待ってくれ…行かないでくれ…説明を…」惨めにも怯えたように、マクマスターは階段の上をじっと見つめた。マクマスター令夫人も出て来るのではないかと恐れたのだ。彼の黒く短い顎鬚が震え、彼の惨めな視線が下に落ちた。マクマスターは言った。

「説明させてくれ…この惨めなナイト爵位について…」

ティージェンスは上の段にいるマクマスターの肩を軽く叩いた。

「気にすることはないさ」ティージェンスが言った。そして真の愛情をもって、「僕たちは小さなことにも知恵を出し合ってきた。が、こんなことになるなんて…嬉しいよ…」

マクマスターが囁いた。

「それにヴァレンタインは…今夜は来てないようだが…」

マクマスターが大声をあげた。

「くそっ…僕が心をくばっていたならば…」

ティージェンスが言った。「気にすることはない、気にすることは…別のパーティーに行っている…僕もこのあと行くことになっているんだ…」

マクマスターは疑わしげに惨めたらしくティージェンスを見て、冷たくべとべとする階段の手すりにもたれて摑まった。

「彼女に伝えてくれ…」マクマスターは言った。…「なんたることだ！　君は殺されるかもしれないのだぞ…君に頼む…頼むから信じてくれ…僕が…君をかけがえのない存在だと思っていることを…」ティージェンスがその顔をちらっと見ると、マクマスターの眼には涙が溢れていた。

彼らは二人とも、長い間、石造りの階段を見つめて立っていた。

それからマクマスターが言った。「それじゃあ…」

ティージェンスが言った。「それじゃあ…」だが、彼はマクマスターの顔をまともに見ることができなかった。友の眼がいたましいほどに彼の顔を探っているのを感じたけれども…「裏階段からの退出だな」とティージェンスは思った。もう二度と会えないだろう男の顔をまともに見られないのは、奇妙なことだった。

「だが、くそっ！」目の前の女に注意が戻ったとき、彼は激しく自分自身に言った。「これを裏階段からの退出にしてはならない。…彼女に告げなければ…断じて努力せずにおくものか…」

女は顔にハンカチを当てていた。

「わたしはずっと泣きっぱなしだわ」女が言った。「永遠に湧き続けると信じることのできる小さな泉ね…」

彼は右を、次いで左を見た。ラグルズか、あるいはうまく合わない義歯をはめた何とか将軍が、やって来るに違いなかった。煤けた木立のある街路はすっかりひと気なく、静かだった。女は彼を見ていた。彼には自分がどのぐらい長い間押し黙っていたのか分からなかった。自分がどこにいるのかさえ判然としなかった。耐えがたい波が彼を女のほうに駆り立てた。

長い時間が経った後で、男は言った。

「それじゃあ…」

女は後ろに下がった。そして言った。

「姿が見えなくなるまで見送ったりはしないわ…それは縁起が悪いから…でも、わたしは決して…あのときあなたが言ったことを記憶から切り捨てないでしょう…」女は去っていた。ドアが閉まった。彼女は記憶から何を決して切り捨てないと言うのだろうと彼は考えた。あの午後、彼が愛人になってくれないかと頼んだことだろうか。

男は自分が勤めていた古い庁舎の門の外で輸送トラックをつかまえた。トラックはホルボーンまで彼を運んで行った。

終

訳者あとがき

本書はペンギン版に『パレーズ・エンド』（Parade's End）として収められているフォード・マドックス・フォードの四部作の小説の第一部 *Some Do Not...* の翻訳である。四つの作品は元々一九二四年から二八年までの間に別々に出版された。二作目は *No More Parades*（『ノー・モア・パレーズ』）、三作目は *A Man Could Stand Up—*（『男は立ち上がる』）、四作目は *The Last Post*（『消灯ラッパ』）である。

何とも取り付く島のない題名で、作者のフォード・マドックス・フォードは題名の付け方が下手だったとも言われているが、四つ作品の題名を合わせてみれば、これが軍隊や戦争に関連する作品ではないかという朧げなイメージが湧いてくるのではないか。

確かに、その想像は当たっていて、四作の時代背景に第一次大戦がある。本書『為さざる者あり』も、後半は第一次大戦中の一九一七年頃が時代背景となっている。戦争というものを第一義に考えれば、表題の『為さざる者あり』は兵士となって国に尽くそうとする者もあれば、兵役を逃れ無事に暮らそうとする者もいるということになるだろう。

前者に正義や勇気があり、後者は臆病で怠惰だというのではない。それはフォードの意図するところではない。戦争に赴く者もそれぞれに事情を抱えている。主人公のクリストファー・ティージェンスは他の男の子を孕んだシルヴィア・サタースウェイトに上手く利用されて結婚するが、二人の結婚生活はうまくいかず、シルヴィアの浮気は絶えない。そんななか女性参政権運動家のヴァレンタイン・ワノップと出会いプラトニックな恋が始まるが、ヴァレンタインに子供を孕ませたという噂を立てられ、また夫を破滅させてやりたいという愛憎入り混じった感情を抱くシルヴィアのせいで、状況から逃れる唯一の選択が戦地に逃れることだったのだ。ヴァレンタインの弟も掃海艇に乗り地雷処理をすることになるが、ギルヴァート（エドワード）・ワノップは元々は良心的兵役忌避者だった。世間から冷たい目で見られ、母親の伝で得られたこの兵役を、人を殺さない任務であると自分に納得させ、この仕事に就いたのである。

戦争にいかない人間には、クリストファーの友人ヴィンセント・マクマスターがいる。彼は未亡人となったドゥーシュマン夫人と結婚する。そのひとつの理由は独身者が戦地に赴かないのは体裁が悪いからだ。もちろんこの「用心深く正しい」似たもの同士の夫婦が相思相愛であることは否めないが。フランスへの派兵を最小限に止めたいイギリス政府はフランスの戦禍を実際より少なく見せかける方法を求めた。大蔵省統計局に勤める秀才クリストファーは、その方法を考案するが、自らは同盟国を裏切る政府に協力するのを拒否し、その方法をマクマスターに教える。そのお陰で、マクマスターは叙勲する。

だが、戦争を背景にした物語は、恋愛や結婚や性に纏わる人々の生活を主題にしている。その意味で『為さざる者あり』の「為す」は、「不倫を犯す」という意味でもあろう。「不倫を犯す者」のなかには、ペローンと浮気するシルヴィアがいるが、夫の存命中に関係を結んだイーディス・エセル・ドゥーシュマンとヴィンセント・マクマスターも含まれる。一方、クリストファーは再び戦地に赴く前に、数年前妻の浮気中に知り合った女権拡張運動家のヴァレンタインに愛人になってくれるよう頼むが、結局、契りを結ぶことなく終わる。二人はまさに「為さざる者たち」なのだが、それでもクリストファーはイーディスともヴァレンタインとも情を通じ、子供を孕ませた女たらしだという噂を立てられ、それが原因で父親が自殺すると思われる状況に至ってしまうのだ。

戦争の暴力、言論の暴力、性の暴力、それらの相関関係は、明快な方程式を描いているわけではないが、複雑に絡み合い、作品中でその響きを増していく。

『為さざる者あり』が出版された一九二四年は、E・M・フォースターの代表作『インドへの道』が出版された年でもある。フォースターのほうがフォードより五、六歳年下であり、フォードが第二次大戦前に亡くなったのに対し、フォースターは一九七〇年まで存命したが、小説家としてはほぼ同時代に活躍した作家だと言っていい。何となく二人の名前は似ているし、『パレーズ・エンド』という四部作の題名は、一九一〇年にフォースターが出版した『ハワーズ・エンド』に似ている。いまやメジャーなモダニストとして言及されることも多くなったフォードを、フォースターを引き合いに出して紹介するまでもないが、一昔前までは信頼のおけない語り手が物語る小説『立派な軍人』(*Good Soldier*, 1915)の作者として、また『イングリッシュ・レヴュー』と『トランスアトランティック・レヴュー』という二つの質の高い文芸誌の編集者として主に知られているのみだった。影響関係があるかないか分からない二作家を比較するのは、無謀な試みだが、『為さざる者あり』と『ハワーズ・エンド』の二つの作品は、ほぼ同時代を扱っているという点だけをとっても、読み比べてみるのも一興だろう。

『為さざる者あり』は一九一二年から一九一七年、すなわち第一次大戦前から第一次大戦が激化していくさなかを背景に展開していく。フォースターが『ハワーズ・エンド』で扱う、その直前のエドワード朝（1901-1910）に続く時代である。社会が変動し、確固としていた階級制度が揺らぎ出した時代である。『為さざる者あり』でライへ向かう二人の若き官僚たち（ティージェンスとマクマスター）の列車での旅は、単に週末をゴルフで過ごすためのものではなく（もっともティージェンスの場合は、駆け落ちした妻を連れ戻す計画を練るという厄介事を抱えているが）、イングランドを過去から未来へ、秩序正しき国家の幻想から現実へと導く旅でもある。着いたゴルフ場では、成り上がりものの金融業者が卑猥な話で盛り上がっていたり、大臣に婦人参政権を求める女活動家たちが闖入してデモを行ったりで、大混乱が引き起こされる。一方、『ハワーズ・エンド』は知識階級のシュレーゲル家の次女ヘレンと実業家のウィルコックス家の次男ポールとの突然の婚約と婚約破棄をめぐって起きる大混乱から始まり、ヘレンが下層中流階級の男と関係を持って妊娠するに至る。

性と戦争の暴力の根源にあるものを見極めようとするフォードの硬質な語りと、自ら同性愛者であり、寛容と自由の精神を重んじるユーモラスなフォースターの文体とは、対照的であるが、しかし、『パレーズ・エンド』の主人公、クリストファー・ティージェンスの十八世紀以前のイングランドの農村社会への愛着は、『ハワーズ・エンド』の主役の一人、マーガレット・シュレーゲルがルース・ウィルコックスから継承するものでもある。マーガレットの受け継ぐルースの屋敷の象徴が楡の木であるならば、ティージェンス家の継承するヨークシャーのクロービー邸の象徴は杉の木である。（もっともこの木が杉であることは第一巻

『為さざる者あり』のなかではまだ明かされず、第四巻の『消灯ラッパ』を持たなければならない。）

『為さざる者あり』第一部六章で、ティージェンスとミス・ワノップがドゥーシュマン家から朝食を終えてワノップ家に向かう際の田園風景の描写は、イングランドの大地への讃歌だ。この第一部六章の冒頭はイングランドの栄光の総括と言えるが、これと対照的に、もう一箇所、この作品のなかには英国人の感情の抑圧傾向に触れたエッセイとでも言える部分がある。第二部二章冒頭に出てくるこの摘要は、しかし、クリストファー・ティージェンス個人のことを言っているものとしても読める。この箇所はフォースターが評論「イギリス国民覚え書き」で論じた英国人を、特に馬車が転覆したときのフランス人の慌てふためきようと英国人の冷静さ、時が経ってからのその逆転現象といったものを、彷彿とさせるだろう。

　偏狭で想像力の乏しいヘンリー・ウィルコックスをティージェンスと同等に取り扱うことはできないが、愛人を囲っていた自分と同じ状況にあった男の行動が許せないヘンリーを婚約中のマーガレットが「あなたは結びつけて考えることができない」といって非難するように、ヴァレンタイン・ワノップはティージェンスのことを「あなたはと言えば、イングランドの田舎紳士になろうとして、新聞や馬市での噂話から原理を紡ぎ出すのよ。そして国が地獄に落ちても、だからそう言ったじゃないかと言う以外、指一本動かそうとしない」（第一部七章）と批判し、ティージェンスがその高慢さを改めるきっかけを作るのだ。ともに英国紳士の「未発達な心情」が取り扱われているということができるが、『ハワーズ・エンド』ではそれぞれ異なる階級に属する男女が結び合わされることにより、最終的には無階級社会の実現が可能となる、疑わしくはあるがとりあえずのハッピー・エンドを迎えるのに対して、

『為さざる者あり』では、二人の女、妻シルヴィアと女権拡張運動家のヴァレンタインの間に挟まれて、ティージェンスは身動きが取れなくなって、戦地に赴く。個人的問題の紛糾を、一歩退いた視点から見れば、ティージェンスは『アンナ・カレーニナ』のヴロンスキーのように「皆何らかの理由で過去の生活から逃れたいと思っている男たちの一人」にすぎないのだ。

こう考えていくと、『為さざる者あり』の「為す」は規範に従うこと、「為さざる」は規範に従わないことを指すものでもあろう。妻との離婚を考えず、妻が浮気者だと世間に見られるくらいなら自分がならず者だと思われるほうがましだというティージェンスは、社会規範や宗教の求める倫理規範に合致する行為をしているとも言える。しかし、心の底にある願望充足を果たさず、ヴァレンタインと契りを結ばないという点ではやはり「為さざる者」である。この点、心の底にある個人の欲求を重視し、『眺めのいい部屋』でヒロインを労働者階級の男と娶わせたり、『モーリス』で同性愛カップルを誕生させたりするE・M・フォースターとフォードはやはり本質的に対照的な作家なのだと言わざるをえない。

この点、E・M・フォースターをリベラル、フォードは保守と色分けるのも、さほど間違ってはいないように思える。確かに『為さざる者たち』のなかには自由党の大臣ウォーターハウスやマクマスターのような自由党支持者が出てくる。ウォーターハウスはティージェンスと気脈が通じる好人物であり、マクマスターもティージェンスの親友である。しかし、ウォーターハウスは脇役であるし、マクマスターは結局イーディス・エセル・ドゥーシュマンの影響を受けて、ティージェンスと距離を置き、ナイト爵位を授かる社会的な出世とは裏腹に人間としてのスケールの小ささを感じさせる人物である。
フォードが本当に関心を払っているのは英国のトーリー党員、保守主義者であり、彼らがいかにこの時代を生き抜いたかということのように思える。リベラリストの旗手と見られるフォースターの描く主人公たち、『眺めのいい部屋』のルーシー・ハニーチャーチとジョージ・エマソンや『モーリス』のモーリス・ホールとアレク・スカダーは、社会の慣習を破って自らの内奥の声に耳を傾ける。もちろんそれがたやすくなされるわけではないが、こうした人物たちの柔軟性、可変性、自由度は高い。フォースターにおいては社会的自我と私的自我の対立が大きなテーマであり、内奥の自我の自己実現がハッピー・エンドを導くのだと言える。

一方、最後のトーリーを自称するフォードの描く人物たちは、国に対する忠誠、世襲へのこだわり、世間での評判を大いに気にする人たちであり、身に着けている規範の鎧はそう簡単に壊れそうにない。フォードの作品では、社会的自我が保持されるべきことは自明の理であり、私的自我が社会的自我に勝利することはなく、むしろ内奥の自我は死への欲動により傷つけられずには置かないのである。『パレーズ・エンド』の主人公ティージェンスにとっても、そうした規範が打ち壊されるには、二度に渡る第一次大戦の戦場での経験という試練を待たなければならない。それはまた次巻以下に続く話である。

だが、その前にティージェンスがマクマスター同様、統計局に勤務していたことは見過ごせない。時代はどんな立場にいる人間にとっても人間を個人としてではなく集団として捕えずにおかない局面に入った。統計局は人間を個人としてではなく、集団とみなし、その傾向を把握しようとする役所である。しかし、出てきた数字は一見客観的に見えても、後からどんな理屈でも付け足すことができる数字なのだ。クロンダイクの移民を引きつける力についいて、国債の利率が国の将来に与える影響について、戦争私生児の数について、戦時中のフランスの被害について、どんな見方だってとれることをティージェンスは実証する。

ティージェンスは第一次大戦が始まる二年以上前からこの戦争が始まることを予見し、支配階級が用心深く気をつけている我が国が戦争に巻き込まれることはありえないと唱えるマクマスターに反論する。離婚や重婚を人々が欲するように、戦争もまた不可避なのだと。ティージェンスはさらに、イギリスとフランスが将来戦争することも不可避である、なぜなら人口が多く資源が足りないイギリスは豊かな土地に恵まれた人口密度の低いフランスを我が物にするか滅びるかしかないからだという。この理屈はあまりにも即物的で単純かもしれないが、だからといって簡単に切って捨てるわけにはいかない。実際それと大差のない原因が戦争を引き起こすこともあり得ないとも限らないばかりか、それは戦争の心理的深層を物語っているかもしれないからだ。性の暴力も戦争の暴力もフロイトなら「欲動」という観念で捉えるだろう。フロイトの名は『為さざる者あり』のなかでシルヴィアが一度口にするだけだが、この観念をシルヴィアとヴァレンタインに当てはめれば、ティージェンスにとって、前者は死への欲動、後者は生への欲動を表している。

殺すか癒すか。人間の二つの役割だ。感情であれ、希望であれ、理想であれ、もし何かを殺してもらいたいと思ったなら、きっと彼女なら殺してくれるだろうと信じてシルヴィア・ティージェンスのもとへ行くことができるだろう。即座に確かに殺してくれよう。もし何かを生かしておいて欲しいなら、ヴァレンタインのもとへ行くべきだ。そのための方策を見つけてくれるだろう。……精神の二つの形。無慈悲な敵と確実な遮蔽物。短剣と……鞘。(第一部七章)。

つまり、この作品は性の暴力と戦争の暴力がパラレルなものであることを顕にしているのである。

英国の支配階級を表すのにフォードはよく"good"という言葉を使う。一九一五年に出版された *The Good Soldier* はフォードの代表作と見做されているが、二十世紀初頭の英国の支配層は必ずしも土着の人々ではない。ティージェンス家にしても、十七世紀後半の名誉革命時にウィリアム三世に随行してオランダからやって来た人たちである。サタースウエイトは北欧系の名前であるし、ドゥーシュマンはオランダ人を意味するフランス語だ。マクマスターはスコットランド系であり、ヴィンセント・マクマスターはもともと貧しい家柄の出であったことが示されている。ワノップ家だけは十五世紀ヘンリー五世の時代にアジャンクールの戦いで武勲をあげたことが記されている旧家である。

フォードは評論『国民の精神』でチューダー朝とスチュアート朝とを対比的に示し、十七世紀以降のスチュアート朝を近代の英国として一貫するものと考えた。同書で、名誉革命を「イングランドに偽善者の国という名称を貼りつけることになる人生と原理との乖離の出発点」だ見做している。だとすると、カトリック教徒から酷い方法で土地を取り上げたティージェンス家の歴史は、近代英国の歴史を表し、この家は、いわば近代英国の呪いを背負っているのである。それが書かれているのが『冒瀆行為に関するスペルドンの書』と作中いわれる書物であり、その存在が迷信めいた神話的スケールをティージェンス家の歴史に投げかけている。以降、ティージェンス家の人々はまともな死に方をしなかった。

ティージェンスは二度目に戦争に赴く際、シルヴィアに子供をローマ・カトリック教徒として育てることを許す。その理由はシルヴィアに横恋慕する銀行家の策略によってティージェンスが不渡り手形を出してしまったことによる。これは社会規範からの逸脱がティージェンスにとって、理由はどうであれ、許されざることであり、グロービー邸の将来の所有者が社会規範の呪縛から解かれるであろうカトリック教徒になることにティージェンスが心の慰めを得ることを示す。だが、そればかりでなく、このことは作者がリアリズムを超えた神秘的なレベルで近代英国の歴史に予定調和の希望を導き入れていると読むこともできるだろう。

ティージェンスがトーリー党員であることは、彼の服装への無頓着さや荷物をまとめるのを下僕任せにするのではなく自分でしなければ気が済まないと言った些事とともに紹介されるが、そのトーリー的信条は「僕は一夫一婦制と貞節を支持する」という言葉にあらわされる。トニー・タナーは『小説における姦通』において「結婚こそがブルジョア小説の中心テーマ」だとし、ブルジョア社会にとって「結婚はすべてを包括し、すべてを組織づけ、すべてを含有する契約」であり、「情熱のパターンと財産のパターンをうまく連携させようとしたもの」だと言った。この制度を揺るがすものが姦通であり、ブルジョア小説が目を向けたものがそれだった。ティージェンスが十八世紀以降の小説はワノップ夫人が書いたもの以外読むに値しないと言うのも、十九世紀の小説の多くがこの結婚と姦通の問題を取り扱ったものだったからであろう。ティージェンスは妻シルヴィアの浮気も「妻が浮気者だと思われるより、自分がならず者と思われるほうがましだ」として隠蔽する。

初期のペンギン版の「まえがき」を書いたロビー・マコーリーは、ティージェンスが誰にでも寛大で親切なのに、なぜ悪い噂の的となり、皆に傷つけられなければならないのかが、この小説の最大の謎だと疑問を呈した。シルヴィアを「近代小説のなかで悪にとりつかれた最も典型的な人物」と評したグレアム・グリーンの見方同様、今ではこれほどナイーブな問を発することは、受け入れ難いだろう。友人に多額の金を貸したり、ドゥーシュマン夫人を列車でロンドンに連れ戻しマクマスターを窮地から救ったりと、ティージェンスは他人に尽くすが、寛大や親切も度を越せば人の妬みも買うものだ。そのおかげで、ティージェンスは、ドゥーシュマン夫人は彼の愛人で、ヴァレンタインに子供を孕ませたとも言われ、父親がその噂のせいで自殺すると思われる事態にまで追い込まれる。一見不当な迫害を受けているようにも見えるが、彼は「話をするとき、トーリー風に十分軽蔑と嘲りの調子で話を聞かせる達人だった」と描かれ、兄のマークが言うように「おまえが南国の奴らを彼らが値する侮蔑をもって扱うから」（第二部三章）だというのが真相なのだ。

クリストファーは、シルヴィアが言うには、体の弱い子はガス室送りにすべきで、殺人犯は大胆であるから絞首刑にすべきではなく、その子孫を残すべきだというような極端な優生学的主張さえする。フランス王党派を支持すると同時に、ナポレオンを英雄視し、英国保守党のウィーン会議でのナポレオンの処遇に異を唱えもする。ティージェンスの保守主義は、いわば原理というよりは封建領主の態度なのである。

こう見ていくと、クリストファーとシルヴィアの関係も前者が善、後者が悪というものではなく、たとえ前者をマゾ、後者がサドとする分類がある程度当て嵌まるにせよ、グレアム・グリーンの「近代小説のなかで悪にとりつかれた最も典型的な人物」というシルヴィア評を今やそのまま通用させることはできそうにない。新しいペンギン版の序文でジュリアン・バーンズがシルヴィアの倦怠と悪意について「ある意味夫の過失でもあり、シルヴィアはティージェンスを愛することができる限りにおいて愛していて、ティージェンスへの彼女の怒りは性的激情の働きである」と指摘しているのは、それへの修正になっている。彼女はグレアム・グリーンが論じたよりずっと共感と理解を得られる存在だと見ることができるのである。さらに、シルヴィアはヴァレンタインと決して死の原理と生の原理として相対しているのではなく、ヴァレンタインを見て「田舎風の小型の彼女自身」だとシルヴィアが思ったり、マークが二人とも筋肉質であることを指摘したりと、二人の女性は相違以上に近親性を持っている。二人は「新しい女」の違った側面を表していると考えることもできるだろう。

そしてティージェンスは二人の女性との関係を通して変わっていく。二度目に戦争に赴く前、五年前のヴァレンタインの批判に答えて、ティージェンスが「僕はもうイングランドの田舎紳士ではない。馬市の噂を嗅ぎ回り、国が滅んでも自分には関係ないと言うような田舎紳士ではない」（第二部四章）と心の底から言えることこそ、その証なのである。

訳者はこの場を借りて、この小説の孕むいくつかの問題を取り上げてみたが、さらなる論議は第二巻以降で小説の展開に沿って付け加えていきたいと思う。なお、この翻訳を上梓するにあたっては二つの大きな助けがあり、それなくしてはこの訳書を出版することはできなかったと思う。一つは二〇一〇年にCarcanet Pressが*Parade's End*（ロビー・マコーリーによれば、この題名は四作が一巻本にまとめられて出版された際、フォード自身がつけたものと言う）を再び四巻本にして出版したことである。その一つ*Some Do Not...*の編者マックス・ソーンダーズの綿密な校訂と詳しい注釈に多くを教えられ、その一部は本書の注に使用させて頂いた。もう一つは二〇一二年ＢＢＣ／ＨＢＣが『パレーズ・エンド』をトム・ストッパードの脚色でテレビドラマ化し、そのＤＶＤ版を見ることができたことである。たとえ小説と脚本との間でかなりの変更がなされているにせよ、印象主義的と言われるフォードの文体の曖昧さがドラマによって具象化されたことにより、映像を通して小説への理解を深められたのは大きな収穫だった。なお、『五番目の王妃』三部作に引き続き、本訳においてもまた丁寧な校正や出版に向けてのさまざまな手はずを整えてくださった論創社の松永裕衣子さんのご尽力に心より御礼申し上げます。

二〇一五年十二月

訳者

（2）ル・アーヴル

フランス北西部の大西洋に臨む港湾都市。

（3）あのいまいましい男

マクマスターが第一部Ⅰ章で校正していたモノグラフの主題であるラファエロ前派の詩人 Dante Gabriel Rossetti を指す。

（4）ブーローニュ

ドーバー海峡に面するフランスの都市。

（5）「偽りの壊れた印章で乙女たちをだます者ども」

Shakespeare, *Henry V*, IV.i.160-2.

（6）外には愚か者、中には手入らず

少なくとも 17 世紀以来、様々な版に収録されてきたバラード 'Blow Away the Morning Dew' の一節。二人の意志にもかかわらずヴァレンタインがまだ処女であることへのティージェンスの皮肉な思いを伝えていると言えるだろう。(Saunders 注)

イセンの連合軍に敗北したことでナポレオンの百日天下が終わり、革命戦争以来四半世紀にわたって続いた戦乱が終わった。

（4） ウィーン会議

ナポレオン戦争後、ヨーロッパの政治的再編のためウィーンで開かれた列国会議。会議は1814年9月18日の予備会談から翌15年6月9日の最終議定書の締結まで続いたが、その間全体会議は一度として開かかれず、「会議は踊る」という言葉に示されるような権謀術数と饗応外交の舞台だった。

（5） 何々の後の悲しみ

第一部Ⅴ章でドゥーシュマン氏が引用した「ポスト・コイトゥム・トリスティス」（性交の後での悲哀）を受けている。

（6）「三つの巨大な岩が突き出た土地」

第一部Ⅶ章でティージェンスとミス・ワノップとの間で議論が交わされた、オウィディウスの『祭暦』（*Fasti*）の一節。第一部Ⅶ章（6）の注に既出。

（7）「彼は他の者たちを救った。自分自身を救わなかった！」

「マタイによる福音書」27章42節のなかの言葉。

（8）「やさしい唇、澄んだ目、健全な知力」

フランス出身のドイツの詩人アーデルベルト・フォン・シャミッソー（Adelbert von Chamisso, 1781～1838）が自身の結婚生活に触発されて書いた作品『女の愛と生涯』*Frauenliebe und Leben*（1830）の一節。のちにロベルト・シューマン、カール・レーヴェがそれぞれ曲をつけ、連作歌曲、歌曲集とした。

（9） 静まり返った淵

ダンテ・ガブリエル・ロセッティ（Dante Gabriel Rossetti）の「祝福されし乙女」'The Blessed Damozel' の一節。

（10） ミコーバー夫人

チャールズ・ディケンズ（Charles Dickens, 1812～1870）作 *David Copperfield*（1849～50）の登場人物。貧乏でのんき者の夫ウィルキンズを支える健気な夫人。「絶対に主人を見捨てませんわ」というのが彼女の常套文句。

Ⅵ章

（1） アーノルドの、カレービーチだか、ドーバーの砂浜かだ

Matthew Arnold（1822～1888）は、イギリスの詩人、批評家。「荒れ果てた崖や裸の岩」に思いを馳せる 'Dover Beach'（1867）が有名だが、'Calais Sands' という詩も書いている。ここでは詩の題名が混乱している。

皆殺しにしたとされる。

（6）ユリア・ドムナ

Julia Domna（?～217）、ローマ皇帝セプティミウス・セウェルスの妃。シリアのエメサで太陽神崇拝をつかさどる神官の娘として生まれ、宮廷に迎えられた。野心的で教養豊かな彼女の周りには、学者らの取り巻き連中が集まり、宮廷でも影響力が強かった。夫帝の死後、彼女の２人の息子カラカラとゲタとの兄弟対立を憂慮して調停に尽力したが、成功するに至らなかった。晩年にはニコメディアに隠棲したが、かつてゲタを殺害したカラカラ帝の訃報に接して自決したと伝えられている。ラピデール博物館には異教の彫刻が集められている。

（7）プリンシズ通り

有名なティールームが何軒かあるエディンバラの大商店街。

（8）その三日前の月曜日

金曜日の三日前ならば、火曜日が正しいだろう。

（9）志願陸軍婦人部隊

原文のWaacはWomen's Army Auxiliary Corpsの略称。第一次大戦が起きるとイギリス、ロシアでは従前の義勇兵のほかに婦人志願兵の募集が組織的に行われ、後方支援業務や一部では第一線の戦いに参加した。

（10）大英帝国勲章

原文のO.B.E.はOrder of the British Empireの略称で、大英帝国勲章を表す。大英帝国勲章はイギリスの騎士団勲章の中ではもっとも新しく、もっとも広範囲の人々に与えられ、もっとも叙勲数の多い、グレートブリテン及び北アイルランド連合王国の騎士団勲章（Order）。“Order”の元の意味は「騎士団」であり、等級は中世の騎士団の階級制度を模している。

Ⅴ章

（1）テイラー夫人

英国の女権運動家、作家、女優であったHelen Taylor（1831～1907）のこと。ジョン・ステュアート・ミル（John Stuart Mill）の継娘で、一緒に女権運動を推進した。

（2）アタランテー

第一部Ⅴ章（2）の注を参照のこと。

（3）ワーテルローの戦い

1815年6月のナポレオン最後の戦い。この戦いでイギリス・オランダ・プロ

（４）『冒瀆行為に関するスペルドンの書』

第二部Ⅰ章（17）の注を参照のこと。

（５）未だ聞いたことのない声が…／わたしの言葉に答えた…

クリスティーナ・ロセッティの詩『どこか』の一節。第二部Ⅰ章（11）の注を参照のこと。

（６）ガガム

ダンテ・ガブリエル・ロセッティ（Dante Gabriel Rossetti, 1828〜82）とその愛人リジー・ジダル（Elizabeth Siddall）は互いにGuggumsと呼び合っていた。マクマスター夫妻がこの愛称を自分たちにも適用したということ。

Ⅳ章

（１）ピラネージ

ジョヴァンニ・バッティスタ・ピラネージ（Giovanni Battista Piranesi, 1720〜1778）は、18世紀イタリアの画家、建築家。ローマの景観を描いた版画で知られる。

（２）ウォルポール

イギリス（グレートブリテン王国）の政治家（首相［初代］、第一大蔵卿［第３代・第６代］）であった初代オーフォード伯爵ロバート・ウォルポール（Robert Walpole, KG, KB, PC, 1676〜1745）のこと。スペイン継承戦争後の財政再建に取り組んで、長期債＋間接税の導入により軍事財政国家への道筋をつけた。

（３）ガイ・フォークス・デー

1605年11月５日、議会爆破とジェームズ１世を狙ったカトリック教徒による火薬陰謀事件が露見し、その実行者とされるガイ・フォークス（Guy Fawkes, 1570〜1606）が逮捕された。それを記念して街頭でかがり火を燃やし、ガイ・フォークスをかたどった奇怪なわらの人形に花火を仕掛けて火中に投じ、陰謀の露見と国王の無事を祝う習俗が始まり、今日まで続いている

（４）カルヴァン

Jean Calvin（1509〜1564）：フランスの宗教改革者・神学者。厳格な聖書主義に基づき、神の絶対的権威を主張して予定説を唱えた。

（５）バールの司祭を打擲したエホバ

旧約聖書『列王紀』上18章で預言者エリヤは450名のバールの司祭にどちらの神が燔祭の牛に火をつけることができるかと挑発し、勝ってこの預言者たちを

Ⅱ章

（１）オフセオリー

クリケットで守備側のフィールダーが皆、右に寄り、ボウラーがウィケット（三柱門）の打者からもっとも遠い右側のスタンプ（柱）やさらに外側に投球して、攻撃側の打者をアウトにしやすくする戦略。

（２）ロケット号

1829年、英国のリバプール・アンド・マンチェスター鉄道の開通（1830年）に先立って行われた機関車競走の優勝車。ジョージ・スティーブンソン（George Stephenson）と息子のロバート（Robert Stephenson）が製作した。

（３）ハッチンソン

Sir John Hutchinson（1615～64）は、清教徒革命のリーダーの一人だった。夫人Lucyの回想録*Memoirs of the Life of Colonel Hutchinson*によってよく知られている。

（４）シラ、マイダ、ペット・マージョリー…フォー。

シラは州長官（Sheriff）をしていたウォルター・スコットWalter Scottのこと。スコットは1799年から没年の1832年までセルカークシャーの州長官をしていた。マイダはスコットが飼っていた犬の名。ペット・マージョリーはスコットの遠い親戚の娘で、８歳の誕生日に亡くなる前に詩を書いていた文学の天才児Marjorie Flemingのこと。フォーはイングランド北部カンブリア州の村の名。

（５）大殺到

翌日の宣戦布告を予期して人々が帰宅を急ぎ鉄道等に殺到した事態を指す。

Ⅲ章

（１）金杖官代理

金杖官は英国チューダー朝時代にできた役職で、国王の護衛にあたった。２名が任命され、職務を遂行している者を金杖官、代理は銀杖官と呼ばれた。ヴィクトリア朝時代には、儀式のための役目となった。

（２）金持ちが天国に行くのは…難しい

「マルコによる福音書」10章25節を踏まえている。

（３）ディジョン

Dijonは、フランス中部に位置する都市。ブルゴーニュ地域圏の首府、コート＝ドール県の県庁所在地。かつてはブルゴーニュ公国の首都であった。マスタードの生産地として知られる。

（13）エステルハージ家
中世から続くハンガリーの大貴族の家系。
（14）メッテルニヒ家
数百年にわたり、オーストリア・ハンガリー帝国の政治史に関わってきた名門。殊に著名なクレメンス・ヴェンツェル・ロタール・ネーポムク・フォン・メッテルニヒ＝ヴィネブルク・ツー・バイルシュタイン（Klemens Wenzel Lothar Nepomuk von Metternich-Winneburg zu Beilstein, 1773～1859）は、オーストリアの外相としてウィーン会議を主宰したほか、のちオーストリア宰相に就任し、ナポレオン戦争後の国際秩序であるウィーン体制を支えた。
（15）アルミニウス主義
オランダ改革派出身のヤーコブス・アルミニウス（Jacobus Arminius, 1560～1609）がカルヴァン主義の予定説に疑問を持ったことから生まれた。人間の側の力も半分認めて、「救われるには、人間の側の努力も半分必要だ」とする考えをとる。
（16）『わたしもあなたを罪に定めない』
「ヨハネによる福音書」8章11節のなかの言葉。この言葉を言われて女が憎まない唯一の相手とはイエス・キリストのこと。
（17）スペルドン
The History and Sacrilege（1698）を書いたHenry Spelman（1595～1623）と法学者でイングランドの古い法律や制度の専門家であり*History of Tithes*（1618）を出版したJohn Selden（1584～1654）を掛け合わせた人物と言える。（Saunders注）
（18）ケースメント
アイルランドの人権活動家ロジャー・ケースメント（Roger Casement, 1864～1916）のこと。ケースメントは、反逆罪とサボタージュとスパイ活動の罪で逮捕され、1916年8月3日に銃殺刑に処された。
（19）引用句
ウィリアム・シェイクスピア（William Shakespeare, 1564～1616）作『ハムレット』の三幕一場におけるオフィーリアに対するハムレットの台詞「もし汝が氷のように貞淑で、雪のように純粋であろうと、汝は世間の誹謗中傷を逃れられぬであろう。尼寺へ行け、尼寺へ…」を踏まえている。

（3）ロウ

ハイド・パーク内に存在する乗馬用道路、ロットンロウ（Rotten Row）のこと。

（4）アンジェリーク

どこかの社交界新聞に書いているゴシップコラムニストと思われる。(Saunders 注)

（5）ボー何某

「バースの王様」と呼ばれ、上流社会のルールを作り、洗練された社交場としての風俗を確立したボー・ナッシュ（Beau Nash, 1674〜1762）のこと。

（6）メイフェア

西はハイド・パークに、北はオックスフォード・ストリート、南をリージェント・ストリートに囲まれた地域。17 世紀中頃から都市化が始まり、18 世紀以降はロンドン随一の高級住宅街として人気を集めた。

（7）メックスボロー

サウスヨークシャーの鉱山都市。

（8）ビショップ・オークランド

イングランド北東部、ダラム州の市場町。

（9）ウィーン会議

ナポレオン戦争後、ヨーロッパの政治的再編のためウィーンで開かれた列国会議。会議は 1814 年 9 月 18 日の予備会談から翌 15 年 6 月 9 日の最終議定書の締結まで続いたが、その間全体会議は一度として開かれず、「会議は踊る」という言葉に象徴されるような権謀術数と饗応外交の舞台だった。

（10）別の男のおぞましい本を焼いた男を愛人に持つ女

パスカル（Blaise Pascal）の『風車小屋だより』の焼却を命じたルイ 14 世（Louis XIV）の愛妾、マントノン候爵夫人フランソワーズ・ドービニェ(Françoise d'Aubigné）のことと思われる。

（11）『どこか』

クリスティーナ・ロセッティ（Christina Rossetti, 1830〜1894）が書いた "Somewhere or Other" という名の詩。フォードの母の姉 Emma Lucy はクリスティーナの兄 William Michael Rossetti と結婚していたので、クリスティーナ・ロセッティはフォードの伯母に当たる。

（12）ベルグレーヴィア

ロンドン中心部にある超高級住宅街。

（10）パンジャンドラム

Panjandrumは英国の劇作家サミュエル・フット（Samuel Foote, 1720〜1777）の造語。ギリシャ語のpan = allとラテン語の響きのする語尾 -rumとの合成語。パンジャンドラムという言葉は、お偉方といった意味で、地位の高い人や権力のあるどんな人をもユーモラスにふざけてからかったりするのに使われる。

（11）火薬陰謀事件

1605年にイングランドで発覚した政府転覆未遂事件。イングランド国教会優遇政策の下で弾圧されていたカトリック教徒のうちの過激派によって計画されたものであるとされる。ガイ・フォークスはその実行責任者として逮捕され、拷問の末、自白し、極刑に処された。

（12）「落ち着け、ケント連隊」

'Steady, the Buffs'はもともと黄色い襟章を付けた東ケント連隊の閲兵場での号令として使われていたものだが、自戒の言葉として一般化した。

（13）I. R. D. C

Icklesham Rural District Councilの略。イックルシャム地方自治区。

（14）青鞜派

18世紀中頃のイギリスの教養ある上流婦人のグループ。ヴィーシー夫人（Elizabeth Vesey）、E. R.モンタギュー（Elizabeth Montagu）、F.バーニー（Fanny Burney）らがおり、文人S.ジョンソン（Samuel Johnson）や俳優ガリック（David Garrick）、政治家H.ウォルポール（Horace Walpole）らを招いて歓談した。招かれたある人物がフォーマルな服がないのでと断ると、いま履かれている毛の「青い靴下」（普段着）で結構ですと、ヴィーシー夫人が答えたことに由来する。

（15）オランダ人ウィリアム

名誉革命によりイングランド王に就いたウィリアム３世（William III, イングランド王の在位：1689〜1702）のこと。

第二部

Ⅰ章

（１）ローハンプトン

ロンドン南西部の地区で、ポロクラブがあった。

（２）グッドウッド

イングランド南部ウェスト・サセックス州チチェスターにある競馬場。

ブリア）生まれの狩猟家。彼を題材に、友人のJohn Woodcock Graves（1795～1886）が*'D'ye ken John Peel'*を作詞し、この詞はスコットランドの伝統的バラード*Bonnie Annie*の節に合わせて歌われた。

（２）"Die Sommer Nacht…"

ハイネの詩ではなく、ヨセフ・ヴィクトール・シェッフェル（Joseph Victor von Scheffel, 1826～86）作の詩集「ゼッキンゲンのトランペット吹き」（'Der Trompeter von *Säckingen*'）の第３節のなかの詩行。領主の娘とトランペット吹きという身分違いのこの恋の物語を1884年に作曲家ヴィクトール・ネスラー（Victor Nessler）がオペラ化している。

（３）そして僕は緑の森に行かなければならない…

トマス・パーシー（Thomas Percy, 1729～1811）の『英国古謡拾遺集』*Reliques of Ancient English Poetry*に収録されている古英詩、'The Nut-brown Maid' 中の折り返し句。

（４）ホワイト

ギルバート・ホワイト（Gilbert White, 1720～1793）は、18世紀イギリスの牧師、博物学者。その著『セルボーンの博物誌』は、博物学やネイチャーライティングの古典として今日なお読み継がれている。

（５）ダウンズ

イングランド南部の白亜質で樹木のない小高い草原地帯。

（６）「三つの巨大な岩が突き出た土地」

オウィディウス（Publius Ovidius Naso, BC43～AD17）の『祭暦』（*Fasti*）の一節。

（７）'Tristibus et lacrimis oscula mixta dabis.'

古代ローマの抒情詩人ティブルス（Albius Tibullus, BC50頃～BC19）の詩集、第１巻第１歌62行。

（８）ベイリオル

1263年に設立された、オクスフォード大学の構成カレッジの１つ。

（９）穀物法撤廃

1815年に施行された穀物法は、穀物価格の高値維持を目的としており地主貴族層の利益を保護していたが、安価な穀物の供給による労働者賃金の引き下げを期図した産業資本家を中心とする反穀物法同盟などの反対運動の結果、1845年に撤廃され自由貿易体制が確立した。

なかの折り返し句。

（７）「彼女の付けていた宝石は高価で珍しいものだった…」

トマス・モア（Thomas Moore, 1779〜1852）作のバラッドの題名かつ１行目の句。

（８）驚異のクライトン

スコットランドの多芸多才の学者・論客・冒険家 James Crichton（1560〜1582）の異名で、スコットランドの作家・翻訳家のトマス・アーカート Thomas Urquhart が命名した。

（９）自分の誤り

女性は投票権を持っていないのだから、700 人の男の工員を首にした議員は 700 票を失って落選することになる。よって、投票権が役に立たないというティージェンスの理論は破綻する。

（10）女性社会政治同盟

W.P.S.U.（Women's Social and Political Union）は 1903 年に創設された戦闘的婦人参政権団体。

（11）ディジー

保守党の党首で２回イギリスの首相を務めたベンジャミン・ディズレーリ（Benjamin Disraeli, 1804〜81）を指しているのであろう。

（12）汝の能力は汝の齢に従わん

「申命記」33 章 25 節の言葉。

（13）サザビー

英国の競売商人 John Sotheby（1740 〜 1807）のこと。おじのサミュエル・ベーカー（Samuel Baker）が書籍の販売のための競売会社を設立し、おじの死後 1778 年に経営を受け継ぎ社名もサザビーズ（Sotheby's）とした。

（14）ゲインズバラもどきの帽子

18 世紀イギリスの画家トマス・ゲインズバラ（Thomas Gainsborough, 1727〜1788）の肖像画に描かれたようなつばの広い婦人用の帽子。

（15）デュークリーズ

ノッティンガムシャー州北部の広大な土地。

Ⅶ章

（１）『ジョン・ピール』

John Peel（1776?〜1854）は、イングランド北西部カンバーランド（現カン

ード大学の神学者ニューマン（John Henry Newman）らで、当時の自由主義の風潮に反対して、教会の歴史的権威を主張し、典礼を重んじた。

（13）アウソニウスの『モゼラ』

アウソニウス（Decimus Magnus Ausonius, 310?～393?）はボルドー出身の官吏・詩人。モーゼル河を謳った『モゼラ』（371～375）は、アウソニウスの代表作。戦乱の続く西ローマ帝国領の辺境にあって、平和と繁栄を謳歌する美しい土地であることを描くように、という皇帝からの依頼による詩であると言われている。

Ⅵ章

（１）ウィールド層

ウィールド地方（ケント、サリー、東サセックス、ハンプシャーの諸州を含むイングランド南東部を総称してこう言う）に見られる白亜紀前期（１億50万～１億4500万年前）の堆積地層。

（２）農家の旦那さん…

リチャード・ドッドリッジ・ブラックモア（Richard Doddridge Blackmore, 1825－1900）作、17世紀後期の英国、デヴォン州とサマセット州が舞台の歴史小説『ローナ・ドゥーン』（*Lorna Doone*）の22章からの引用。

（３）それを若い娘らは…

『ハムレット』4幕7場141～3行を基にしている。紫蘭は 'rampant widow' すなわち「好色後家」とも呼ばれており、自由奔放な羊飼いはこのように呼んだということになろう。

（４）『希望と栄光の国』

イギリスの音楽家エルガー（Edward William Elgar）作曲による『威風堂々』第１番のメロディに歌詞をつけた楽曲。作詞はイギリスの詩人アーサー・クリストファー・ベンソン（Arthur Christopher Benson）。1902年発表。

（５）キー付きビューグル

ビューグルは単純な構造の金管楽器のナチュラルホルンの一種。キー付きのものとは19世紀初期に英国のジョゼフ・ホーリデイ（Joseph Halliday）が1811年に特許を取得した特定の設計の発明品「ロイヤル・ケント・ビューグル」を指す。これは大変普及し1850年代まで非常に広く使われた。

（６）「これがすべての男の欲望のなれの果て」

スウィンバーン（A. C. Swinburne, 1837～1909）の詩 'A Ballad of Burdens' の

（6）ポスト・コイトゥム・トリスティス！

「性交の後の悲しさよ」の意。古代ギリシャの医師ガレンが一つの起源と考えられ、性交の後の悲哀についてガレンは「人間の女性と雄鶏を除いて、すべての動物は性交後悲しい」と記している。この言葉は中世ヨーロッパにおいて人口に膾炙した。

（7）「トリマルキオの饗宴」

紀元1世紀の文筆家ペトロニウス（Gaius Petronius Arbiter）の作だと推定される古代風刺小説の金字塔『サチュリコン』の有名な一部。かつては奴隷だったトリマルキオが現在では解放されて大金持ちになり、想像を絶する豪華な宴会を催している。この宴会に参加した主人公たちによって、ぜいたくな食事のメニューやそこで交わされる会話が詳細に紹介されるが、この成り上がり者の趣味の悪さは皇帝ネロを批判したものとも考えられる。

（8）フェスティナンス・プエル・カリーデ

後に出てくるように「急げ、生温い愛に浸る若者よ」が一つの解釈。同性愛を仄めかす言葉と考えられる。

（9）ヴィラモーヴィッツ＝メレンドルフ

Ulrich von Wilamowitz-Moellendorff（1848～1931）は、ドイツの正統派古典文献学の学者。

（10）ホイストンとディットン

ホイストン（William Whiston, 1667～1752）とディットン（Humphry Ditton, 1675～1715）はともに数学者で、海上に信号船を等距離に錨泊させ、定期的に花火を打ち上げれば、その花火の音と光の到達時間差、又は音（光）のみの観測で経度が測定できるという提案をしたことで有名。

（11）「アラ・フィネストラ・デル・キエロ」

イタリア語で「天の窓」の意。ロセッティには「窓辺の淑女」（La Donna della Finestra, 1879）という油絵があるが、「窓辺の淑女」のモデルはJane Morris。高齢で、たくさんの絵を持っているという点はFanny Cornforthにもっと良く合致しているという。Pamela Brickley, ‘Ford and Pre-Raphaelitism’, in *Ford Madox Ford: A Reappraisal*, ed. Robert Hampson and Tony Davenport, International Ford Madox Ford Studies, 1, p.70（Amsterdam and New York: Rodopi, 2002）を参照。（Saunders注）

（12）オクスフォード運動

1833～40年頃、イギリス国教会内に起こった復古運動。指導者はオクスフォ

を弾劾する作家ゾラらの人権擁護派・共和派と軍部・右翼が激しく対立し、ユダヤ人問題を含め国論を二分し、フランス第三共和制を揺るがせた事件。1906年、ドレフュスに無罪判決が下る。

（5）カーン石

フランス北西部のカーン市近郊で産出される、建築に用いられるクリーム色の石灰岩。

V章

（1）強制摂取

1975年の世界医師会による「東京宣言」で禁止されるまでは、囚人がハンガー・ストライキを行った場合に、経管栄養食などによる食事の強制摂取が行われた。英国では、1913年に法律が制定され、病気になった場合は釈放となったが、女性解放運動のためのハンガー・ストライキ実行者に対し食事の強制摂取が行われた。女性解放運動家シルヴィア・パンクハースト（Sylvia Pankhurst）は、鉄製の猿ぐつわによって口をこじ開けられ、歯茎から出血し、嘔吐したことを記している。

（2）アタランテー

ギリシャ神話中の女性。父が結婚させようとすると、求婚者たちに競争して勝つことを求め、負けた場合には殺した。ヒッポメネスがアプロディーテーより与えられた3個の黄金の林檎をもって競争に臨み、追いつかれそうになると林檎を投げた。それを1個ずつ拾っている間に競争に敗れ、ヒッポメネスの妻になったという。

（3）『野生のオリーブの冠』…『空の女王』…

どちらもラスキン（John Ruskin, 1819～1900）の作品であり、『空の女王』はアテナの話などギリシャ神話を扱っているが、いずれの作品にもアタランテーへの言及はない。

（4）アジャンクールの戦い

百年戦争中の1415年、カレー南東の町Agincourtで、イングランド王ヘンリー5世の率いる約6000の弓隊がフランスの騎士・歩兵隊約2万に大勝した戦いを指す。

（5）『ツバメが高い門から門へと滑空するときのように』

ウェルギリウス（Publius Vergilius Maro, BC70～BC19）の『アエネーイス』第7巻473－5行から取られたものかもしれない。（Saunders 注）

に列せられた。人生を貧しい人々のためにささげたジャンヌ・ジュガンは人と人との連帯の模範とされている。カンカルの村の入口にある彼女の家は現在巡礼と瞑想の場所となっており、彼女が存命した1792年の頃のままに保存されている。

Ⅲ章

（1）サマーセットハウス

ロンドンの中心部、ストランド通りとテムズ川の間にある、18世紀に建てられた広大な新古典主義の建造物。実業家サミュエル・コートールド（Samuel Courtauld）が集めた、ルネサンスから20世紀にかけての幅広い時代の絵画が揃うコートールド美術館がある。

（2）ベルヴォア

ここでは馬の名前だろうが、リンカンシャーのグランサムからほぼ16キロのところに建つベルヴォア城では、王族による一級のキツネ狩りが行われてきた。馬に乗ってキツネ狩りに出かけていく光景が想像される。

（3）アルスター義勇軍

アイルランド自治に反対した、北部6州のプロテスタント系武装組織。

（4）コンノート・レインジャーズ連隊

英国正規軍の第88連隊。全軍のなかでもっとも恐るべき兵士たちだと言われていた。

Ⅳ章

（1）ラフズガイド

ブリテン・アイルランドにおいて競馬施行規程に基づいて行われた競馬の全記録が掲載されている年鑑。1842年から刊行。

（2）ヘイマーケット

ロンドン、ウエストエンドの劇場街。

（3）エンパイア・プロムナード

ロンドンのレスター広場に面して旧エンパイア劇場があった。ロンドンの娯楽の中心地で、遊歩道のエンパイア・プロムナードでは売春婦が客を引いた。

（4）ドレフュス

アルフレド・ドレフュス（A. Dreyfus, 1859～1935）は、フランスのユダヤ人将校で、いわゆるドレフュス事件の被疑者。ドレフュス事件は、1894年に軍法廷がドレフュスにドイツのスパイ容疑で終身刑を科したことをめぐり、軍の不正

犠牲者とも言えるこの２人を不義により地獄落ちとした。

（12）「引用が認められるぞ」

2010年にCarcanet Pressから出版された*Some Do Not...*で、編集者Max Saundersは引用元の可能性として、George and Weedon Grossmith兄弟作のコミック小説*The Diary of a Nobody*（1888〜9）をあげている。

なお、本訳書の注のなかには他にもこの版から多大な恩恵を得ているものがあり、そうしたものについては、以下（Saunders注）と記した。

（13）ポンドランド

南アフリカ共和国、東ケープ州北東部の地方名。

Ⅱ章

（１）聖ヴィンセンシオ・ア・パウロ

Vincentius a Paulo（1581〜1660）貧者に尽くしたカトリック教会の司祭。カトリック教会と聖公会の両方で崇敬されており、1737年に列聖された。

（２）聖アントニウス

Antonius（251〜356）「修道生活の父」と呼ばれ、キリスト教修道主義の創始者。聖人。修業時代、美女の群に姿を変えた悪魔たちの誘惑に耐えたといわれ、多くの画家がこの主題からインスピレーションを得て作品を残した。

（３）フラ・アンジェリコ

Fra' Angelico：15世紀前半のフィレンツェを代表する画家。サン・マルコ修道院の僧房の壁面に描かれた『受胎告知』の絵に、清楚で可憐な聖母マリアを見ることができる。

（４）アシュタロス

ヨーロッパの伝承に伝わる悪魔の一人。メソポタミアのイシュタルやギリシャのアプロディーテーと起源を同じくすると考えられている。後出の「アスタルテ」も同様で、アシュタロスは、ジョン・ミルトン（John Milton, 1608〜74）の『失楽園』第１巻438行において「フェニキア人の呼び名でいえばアスタルテ」とされている。

（５）シスター・マリ・ドゥ・ラ・クロワ

Soeur Marie de la Croix：本名ジャンヌ・ジュガン（Jeanne Jugan）。1792年10月25日にカンカルで生まれた。レ・プティット・スール・デ・ポーヴル（les Petites Soeurs des Pauvres）という修道会の設立者。1982年にヨハネ・パウロⅡ世によって福者に列せられ、その後2009年にはベネディクト16世によって聖人

訳 注

第一部

Ⅰ章

（1）トンブリッジ

ケント州の市場町

（2）アシュフォード

ケント州の町の名。アシュフォード駅はロンドンから鉄道でライへ向かう際の乗換駅。

（3）ベイリオル口調

オクスフォード大学のカレッジの一つ、ベイリオルカレッジで学んだ者のエリート口調。

（4）クリフトン

ロンドン、ウエストエンドのクリフトン地区にあるパブリックスクール。

（5）チャンスリーレーン

ロンドン法曹界の中心地。

（6）火曜日はハイジに、水曜日はサンドイッチに…

ティージェンスとマクマスターがライへ赴くのは金曜日と考えられるので、一日ずつゴルフ場を変えるとすれば、土曜日がライ、日曜日がハイジ、月曜日がサンドイッチとするのが論理的であろう。

（7）クロンダイク

カナダ北西端、ユーコン・テリトリー西部の地域名。

（8）「ハイランドのメアリー」

19世紀のスコットランドの詩人、ロバート・バーンズ（Robert Burns, 1759～96）が亡き恋人メアリー・キャンベルを偲んで作った詩。

（9）「あのとき…手だけが触れ合うようにして／二人並んで立って以来…」

E.B. Williamsが1883年に書いた‘Better far’という詩。マクマスターがDante Gabriel Rossettiの詩だというのは間違っている。

（10）『滑稽な才女たち』

17世紀フランスの劇作家モリエール（Molière, 1622～73）の喜劇。

（11）パオロとフランチェスカ

ダンテ（Dante Alighieri, 1265～1321）は『神曲』地獄篇第五歌で政略結婚の

†著者
フォード・マドックス・フォード（Ford Madox Ford）
1873年生まれ。父親はドイツ出身の音楽学者Francis Hueffer、母方の祖父は著名な画家Ford Madox Brown。名は、もともとはFord Hermann Huefferだったが、1919年にFord Madox Fordと改名。
多作家で、初期にはポーランド出身のJoseph Conradとも合作した。代表作に*The Good Soldier*（1915）、*Parade's End*として知られる第一次大戦とイギリスを取り扱った四部作（1924-8）、1929年の世界大恐慌を背景とした*The Rash Act*（1933）などがある。また、文芸雑誌English ReviewおよびTransatlantic Reviewの編集者として、D.H. LawrenceやJames Joyceを発掘し、モダニズムの中心的存在となった。晩年はフランスのプロヴァンス地方やアメリカ合衆国で暮らし、1939年フランスのDeauvilleで没した。

†訳者
高津　昌宏（たかつ・まさひろ）
1958年、千葉県生まれ。慶應義塾大学文学部卒業、早稲田大学大学院文学研究科前期課程修了、慶應義塾大学文学研究科博士課程満期退学。現在、北里大学一般教育部教授。訳書に、フォード・マドックス・フォード『五番目の王妃 いかにして宮廷に来りしか』（論創社、2011）、『王璽尚書　最後の賭け』（同、2012）、『五番目の王妃　戴冠』（同、2013）、ジョン・ベイリー『愛のキャラクター』（監・訳、南雲堂フェニックス、2000）、ジョン・ベイリー『赤い帽子　フェルメールの絵をめぐるファンタジー』（南雲堂フェニックス、2007）、論文に「現代の吟遊詩人——フォード・マドックス・フォード『立派な軍人』の語りについて」（『二十世紀英文学再評価』、20世紀英文学研究会編、金星堂、2003）などがある。

パレーズ・エンド1　為《な》さざる者《もの》あり

2016年4月20日　初版第1刷印刷
2016年4月30日　初版第1刷発行

著　者　フォード・マドックス・フォード
訳　者　高津昌宏
発行者　森下紀夫
発行所　論創社
東京都千代田区神田神保町2-23　北井ビル
tel. 03（3264）5254　fax. 03（3264）5232
web. http://www.ronso.co.jp/
振替口座　00160-1-155266

装幀／奥定泰之
組版／フレックスアート
印刷・製本／中央精版印刷
ISBN978-4-8460-1508-4　